Les «Claudine»

ŒUVRES DE COLETTE
aux Éditions Albin Michel

*

CLAUDINE A L'ÉCOLE
CLAUDINE A PARIS
CLAUDINE S'EN VA
L'INGÉNUE LIBERTINE
LA VAGABONDE
CHATS
CHIENS
BÊTES LIBRES ET PRISONNIÈRES

COLETTE
ET WILLY

Claudine à l'école

*

Claudine à Paris

*

Claudine en ménage

*

Claudine s'en va

Préface de Gérard Bonal

*Ein Quäntchen
des Hasslichkeiten
von SS.*

Albin Michel

Cette édition, réunissant pour la première fois en un seul volume la série complète des *Claudine*, a pu être réalisée grâce à l'aimable autorisation des éditions du Mercure de France.

© 1977, Editions Albin Michel, pour la préface,

© Ollendorf et Albin Michel pour *Claudine à l'école* (1900), *Claudine à Paris* (1901) et *Claudine s'en va* (1903).

© 1902, Mercure de France pour *Claudine en ménage*.

Tous droits de reproduction, de traduction et d'adaptation réservés pour tous pays.

Préface

Dans Mes apprentissages *— dont les premières éditions portent en sous-titre :* « Ce que Claudine n'a pas dit » *— Colette a raconté comment Willy, deux ans à peine après leur mariage, lui suggéra d'écrire ce qui allait devenir* Claudine à l'école :
« — *Vous devriez jeter sur le papier des souvenirs de l'école primaire. N'ayez pas peur des détails piquants, je pourrais peut-être en tirer quelque chose...*
« *Je sortais d'une longue, d'une grave maladie, dont je gardais le corps et l'esprit paresseux. Mais, ayant retrouvé chez un papetier et racheté des cahiers semblables à mes cahiers d'école, leurs feuillets vergés, rayés de gris, à barre marginale rouge, leur dos de toile noire, leur couverture à médaillon et titre orné "Le Calligraphe" me remirent aux doigts une sorte de prurit du pensum, la passivité d'accomplir un travail commandé. Un certain filigrane, au travers du papier vergé, me rajeunissait de six ans. Sur un bout de bureau, la fenêtre derrière moi, l'épaule de biais et les genoux tors, j'écrivis avec application et indifférence...*
« *Quand j'eus finis, je remis à mon mari un texte serré qui respectait les marges. Il le parcourut et dit :*
« — *Je m'étais trompé, ça ne peut servir à rien.*
« *Délivrée, je retournai au divan, à la chatte, aux livres, au silence, à la vie que je tâchais de me rendre douce, et dont j'ignorais qu'elle me fût malsaine.*
« *Les cahiers restèrent plus de deux ans dans le fond d'un tiroir. Un jour, Willy décida de ranger le contenu de son bureau. L'affreux comptoir en faux ébène, nappé de drap grenat, montra ses tiroirs de bois blanc, vomit ses paperasses comprimées et l'on revit, oubliés, les cahiers que j'avais noircis :* Claudine à l'école.
« — *Tiens, dit M. Willy. Je croyais les avoir mis au panier.*
« *Il ouvrit un cahier, le feuilleta :*

« — *C'est gentil...*
« *Il ouvrit un second cahier, ne dit plus rien, — un troisième, un quatrième...*
« — *Nom de Dieu, grommela-t-il, je ne suis qu'un c...*
« *Il rafla en désordre les cahiers, sauta sur son chapeau à bords plats, courut chez un éditeur... Et voilà comment je suis devenue écrivain.* »

La citation est longue. Fallait-il l'amputer ? Assurément non. Telle quelle, elle explique le caractère presque fortuit de Claudine à l'école. *Le hasard fait bien les choses : d'une série de coïncidences, un mythe était né.*

Le roman paraît en 1900, non sans qu'un vent de panique ait soufflé sur la vénérable maison Ollendorf qui l'édite. Très vite, c'est le succès : 40 000 exemplaires sont vendus en deux mois — tirage considérable pour l'époque. Un succès qui tourne d'ailleurs au triomphe après la publication, l'année suivante, de Claudine à Paris, *puis, coup sur coup, de* Claudine en ménage *et* Claudine s'en va.

On mesure mal aujourd'hui l'engouement que suscitèrent les Claudine *durant ces premières années du siècle. Le théâtre s'en empare, l'opérette, le music-hall — pas une revue n'oserait se priver d'un sketch mettant Claudine en scène, et l'on voit apparaître des* Claudine en vadrouille, Claudine aux deux écoles, *etc. ; la mode aussi, la parfumerie... « L'affaire » Claudine, montée par Willy — qui signe seul les quatre volumes —, savamment exploitée, est devenue une affaire commerciale.*

Contrainte à l'anonymat, à la passivité, conjugalement dépossédée, Colette se tait. Mais trente ans plus tard, rendant hommage à Polaire, l'actrice qui créa le rôle, elle nous livre en quelque sorte sa propre vision du personnage : « *Il n'y eut qu'une interprète de qui le jeu trépidant, le brûlant visage, la voix parfois saccadée d'émotion écartaient toute idée d'école, de métier, de sensualité concertée, il n'y eut pas d'autre "vraie Claudine" que Polaire.* »

Engouement, parfum de scandale, battage publicitaire... Mais quelque chose de plus : un ton nouveau — le naturel.
Logiquement, « *l'affaire* » *Claudine aurait dû retomber avec le temps. Il n'en fut rien, bien au contraire. C'est qu'en fait,*

Préface

Claudine vivait son âge ingrat; une sorte de puberté qu'il lui fallait accomplir, tel un purgatoire, avant d'atteindre, après maints avatars, son dernier état: le type littéraire.

Certains, toutefois, ne s'y trompèrent point. Rachilde, d'abord, dès le début du siècle, promettait à son auteur « un peu plus que la gloire ». Catulle Mendès, dont Colette nous rapporte le clairvoyant jugement:

« C'est vous, n'est-ce pas, l'auteur des Claudine... Mais non, mais non, je ne vous pose pas de question, n'exagérez pas votre embarras... Dans... je ne sais pas, moi... Dans vingt ans, dans trente ans, cela se saura. Alors, vous verrez ce que c'est que d'avoir, en littérature, créé un type. Vous ne vous rendez pas compte. Une force, certainement, oh! certainement! mais aussi une sorte de châtiment, une faute qui vous suit, qui vous colle à la peau, une récompense insupportable qu'on vomit... Vous n'y échapperez pas, vous avez créé un type. »

La prédiction de Catulle Mendès s'est révélée exacte — et ce n'est pas à nous de démêler ce qui, dans l'histoire des Claudine, ressortit au châtiment ou à la récompense.

« J'ai souvent pensé à la prédiction de Catulle, ajoute Colette. Il parlait de vingt, de trente ans; nous sommes en 1935, et je viens de recevoir une lettre d'un chemisier pour hommes et dames, qui me propose trois modèles nouveaux de cols, récemment baptisés: Claudine à l'école, pour le matin, Claudine à Paris (organdi travaillé et piqûres), et (il faut songer aux lointaines randonnées!) Claudine s'en va. »

En quelle perplexité amusée la jetteraient, en cette année 1977, les modèles d'un grand couturier, accueillis à grands cris par la presse: « C'est Claudine et Gigi! » Montrerait-elle de l'étonnement à voir la télévision tourner les Claudine en quatre épisodes? Sans doute répéterait-elle ce qu'elle disait quarante ans plus tôt: « Je m'étonne, sincèrement, et Mendès, revenant, pourrait me dire que je n'ai pas encore compris. »

Quant à nous, n'incriminons pas la mode dite « rétro »; le recommencement, la permanence de certains phénomènes ne sont pas toujours le fruit d'une paresse de l'imagination — il y a simplement que, par leur seule force, leur indestructible évidence, ils sont une façon d'échapper au temps. Enfantés par une mode, ils défient la mode. Claudine est de ceux-là.

Donc, les voilà de nouveau, ces Claudine, qui « font l'enfant

et la follette » — *le mot est de Colette elle-même, qui ajoute :*
« La jeunesse, certes, y éclate. » La jeunesse oui, et l'éclat :
*ainsi apparut Claudine, un jour de l'année 1900, dans son
sarrau noir d'écolière, campée sur le seuil de la classe des
grandes... C'est cette jeunesse qui nous attache et nous retient
auprès d'elle après trois quarts de siècle.*

*Et puis, cette Claudine, « personnage acide qui, vêtu en
enfant, a licence de se comporter en femme », ne faut-il pas
la voir comme le premier état, la gracieuse et fraîche ébauche
de tant d'héroïnes qui vont lui faire escorte dans l'œuvre de
Colette ? Julie de Carneilhan par exemple, cette Claudine parvenue à la maturité... Au bord du déclin, blessée, bafouée, elle
n'abdique ni son intrépidité ni sa sincère imprudence. Comme
Claudine, Julie s'en va... Comme s'éloignent Renée Néré,
la* Vagabonde, *et la narratrice de* La Naissance du jour...

*Il reste évidemment à s'interroger sur la valeur autobiographique du cycle des Claudine, qui n'est peut-être pas aussi
mince qu'ont pu le penser certains. Effectués à partir des
Claudine, des recoupements avec des ouvrages tels que* Mes
apprentissages, Le Pur et l'impur, *feraient à coup sûr surgir
similitudes, contradictions et... prémonitions. Bref, un habile
montage où les parts revenant respectivement à la fiction et à
la réalité demeurent et demeureront difficiles à trancher.
Laissons cette tâche aux biographes, et tenons-nous-en à ce
dialogue des* Vrilles de la vigne, *que Colette imagine entre ellemême et Claudine : « Je ne suis pas votre sosie. Vous êtes
Claudine. Je suis Colette. »*

Voici Claudine : elle se suffit à elle seule.

*Colette l'a voulu ainsi : « Un jeune lecteur, une jeune lectrice
n'ont pas besoin d'en savoir davantage sur un écrivain caché,
casanier et sage, derrière son roman voluptueux. »*

Gérard Bonal.

Claudine à l'école

Je m'appelle Claudine, j'habite Montigny ; j'y suis née en 1884 ; probablement je n'y mourrai pas. Mon *Manuel de géographie départementale* s'exprime ainsi : « Montigny-en-Fresnois, jolie petite ville de 1.950 habitants, construite en amphithéâtre sur la Thaize ; on y admire une tour sarrasine bien conservée... » Moi, ça ne me dit rien du tout, ces descriptions-là ! D'abord, il n'y a pas de Thaize ; je sais bien qu'elle est censée traverser des prés au-dessous du passage à niveau ; mais en aucune saison vous n'y trouveriez de quoi laver les pattes d'un moineau. Montigny construit « en amphithéâtre » ? Non, je ne le vois pas ainsi ; à ma manière, c'est des maisons qui dégringolent, depuis le haut de la colline jusqu'en bas de la vallée ; ça s'étage en escalier au-dessous d'un gros château, rebâti sous Louis XV et déjà plus délabré que la tour sarrasine, basse, toute gainée de lierre, qui s'effrite par en haut un petit peu chaque jour. C'est un village, et pas une ville : les rues, grâce au ciel, ne sont pas pavées ; les averses y roulent en petits torrents, secs au bout de deux heures ; c'est un village, pas très joli même, et que pourtant j'adore.

Le charme, le délice de ce pays fait de collines et de vallées si étroites que quelques-unes sont des ravins, c'est les bois, les bois profonds et envahisseurs, qui moutonnent et ondulent jusque là-bas, aussi loin qu'on peut voir... Des prés verts les trouent par places, de petites cultures aussi, pas grand-chose, les bois superbes dévorant tout. De sorte que cette belle contrée est affreusement pauvre, avec ses quelques fermes disséminées, peu nombreuses, juste ce qu'il faut de toits rouges pour faire valoir le vert velouté des bois.

Chers bois ! Je les connais tous ; je les ai battus si souvent. Il y a les bois-taillis, des arbustes qui vous agrippent méchamment la figure au passage, ceux-là sont pleins de soleil, de fraises, de muguet, et aussi de serpents. J'y ai tressailli de frayeurs suffocantes à voir glisser devant mes pieds ces atroces petits corps lisses et froids ; vingt fois je me suis arrêtée, haletante, en trouvant sous ma main, près de la « passe-rose », une couleuvre bien sage, roulée en colimaçon régulièrement, sa tête en dessus, ses petits yeux dorés me regardant ; ce n'était pas dangereux, mais quelles terreurs ! Tant pis, je finis toujours par y retourner seule ou avec des camarades ; plutôt seule, parce que ces petites grandes filles m'agacent, ça a peur de se déchirer aux ronces, ça a peur des petites bêtes, des chenilles velues et des araignées des bruyères, si jolies, rondes et roses comme des perles, ça crie, c'est fatigué, — insupportables enfin.

Et puis il y a mes préférés, les grands bois qui ont seize et vingt ans, ça me saigne le cœur d'en voir couper un ; pas broussailleux, ceux-là, des arbres comme des colonnes, des sentiers étroits où il fait presque nuit à midi, où la voix et les pas sonnent d'une façon inquiétante. Dieu, que je les aime ! Je m'y sens tellement seule, les yeux perdus loin entre les arbres, dans le jour vert et mystérieux, à la fois délicieusement tranquille et un peu anxieuse, à cause de la solitude et de l'obscurité vague... Pas de petites bêtes, dans ces grands bois, ni de hautes herbes, un sol battu, tour à tour sec, sonore, ou mou à cause des sources ; des lapins à derrière blanc les traversent ; des chevreuils peureux dont on ne fait que deviner le passage, tant ils courent vite ; de grands faisans lourds, rouges, dorés, des sangliers (je n'en ai pas vu) ; des loups — j'en ai entendu un, au commencement de l'hiver, pendant que je ramassais des faînes, ces bonnes petites faînes huileuses qui grattent la gorge et font tousser. Quelquefois des pluies d'orage vous surprennent dans ces grands bois-là ; on se blottit sous un chêne plus épais que les autres, et, sans rien dire, on écoute la pluie crépiter là-haut comme sur un toit, bien à l'abri, pour ne sortir de ces profondeurs que tout éblouie et dépaysée, mal à l'aise au grand jour.

Et les sapinières ! Peu profondes, elles, et peu mystérieuses, je les aime pour leur odeur, pour les bruyères roses et violettes qui poussent dessous, et pour leur chant sous le vent. Avant d'y arriver, on traverse des futaies serrées, et tout à coup, on a la surprise délicieuse de déboucher au bord d'un étang, un étang lisse et profond, enclos de tous côtés par les bois, si loin de toutes choses ! Les sapins poussent dans une espèce d'île au milieu ; il faut passer bravement à cheval sur un tronc déraciné qui rejoint les deux rives. Sous les sapins, on allume du feu, même en été, parce que c'est défendu ; on y cuit n'importe quoi, une pomme, une poire, une pomme de terre volée dans un champ, du pain bis faute d'autre chose ; ça sent la fumée amère et la résine, c'est abominable, c'est exquis.

J'ai vécu dans ces bois dix années de vagabondages éperdus, de conquêtes et de découvertes ; le jour où il me faudra les quitter j'aurai un gros chagrin.

. . . .

Quand, il y a deux mois, j'ai eu quinze ans sonnés, j'ai allongé mes jupes jusqu'aux chevilles, on a démoli la vieille école et on a changé l'institutrice. Les jupes longues, mes mollets les exigeaient, qui tiraient l'œil, et me donnaient déjà trop l'air d'une jeune fille ; la vieille école tombait en ruine ; quant à l'institutrice, la pauvre bonne Madame X..., quarante ans, laide, ignorante, douce, et toujours affolée devant les inspecteurs primaires, le docteur Dutertre, délégué cantonal, avait besoin de sa place pour y installer une protégée à lui. Dans ce pays, ce que Dutertre veut, le ministre le veut.

Pauvre vieille école, délabrée, malsaine, mais si amusante ! Ah ! les beaux bâtiments qu'on construit ne te feront pas oublier [1].

Les chambres du premier étage, celles des instituteurs, étaient maussades et incommodes ; le rez-de-chaussée, nos deux classes l'occupaient, la grande et la petite, deux salles incroyables de laideur et de saleté, avec des tables comme je n'en revis jamais, diminuées de moitié par l'usure, et sur lesquelles nous aurions dû, raisonnablement, devenir bossues au bout de six mois. L'odeur de ces classes, après les trois heures d'étude du matin et de l'après-midi, était littéralement à renverser. Je n'ai jamais eu de camarades de mon espèce, car les rares familles bourgeoises de Montigny envoient, par genre, leurs enfants en pension au chef-lieu, de sorte que l'école ne compte guère pour élèves que des filles d'épiciers, de cultivateurs, de gendarmes et d'ouvriers surtout ; tout ça assez mal lavé.

Moi, je me trouve dans ce milieu étrange parce que je ne veux pas quitter Montigny ; si j'avais une maman, je sais bien qu'elle ne

1. Le nouveau « groupe scolaire » pousse depuis sept ou huit mois, dans un jardin avoisinant acheté tout exprès, mais nous ne nous intéressons guère, jusqu'à présent, à ces gros cubes blancs qui montent peu à peu : malgré la rapidité (inusitée en ce pays de paresseux) avec laquelle sont menés les travaux, les écoles ne seront pas achevées, je pense, avant l'Exposition. Et alors, munie de mon Brevet élémentaire, j'aurai quitté l'Ecole, — malheureusement.

me laisserait pas vingt-quatre heures ici, mais papa, lui, ne voit rien, ne s'occupe pas de moi, tout à ses travaux, et ne s'imagine pas que je pourrais être plus convenablement élevée dans un couvent ou dans un lycée quelconque. Pas de danger que je lui ouvre les yeux !

Comme camarades, donc, j'eus, j'ai encore Claire (je supprime le nom de famille), ma sœur de première communion, une fillette douce, avec de beaux yeux tendres et une petite âme romanesque, qui a passé son temps d'école à s'amouracher tous les huit jours (oh ! platoniquement) d'un nouveau garçon, et qui, maintenant encore, ne demande qu'à s'éprendre du premier imbécile, sous-maître ou agent voyer, en veine de déclarations « poétiques ».

Puis la grande Anaïs (qui réussira sans doute à franchir les portes de l'Ecole de Fontenay-aux-Roses, grâce à une prodigieuse mémoire lui tenant lieu d'intelligence véritable), froide, vicieuse, et si impossible à émouvoir que jamais elle ne rougit, l'heureuse créature ! Elle possède une véritable science du comique et m'a souvent rendue malade de rire. Des cheveux ni bruns ni blonds, la peau jaune, pas de couleur aux joues, de minces yeux noirs, et longue comme une rame à pois. En somme, quelqu'un de pas banal ; menteuse, filouteuse, flagorneuse, traîtresse, elle saura se tirer d'affaire dans la vie, la grande Anaïs. A treize ans, elle écrivait et donnait des rendez-vous à un nigaud de son âge ; on l'a su et il en est résulté des histoires qui ont ému toutes les gosses de l'Ecole, sauf elle. Et encore les Jaubert, deux sœurs, deux jumelles même, bonnes élèves, ah ! bonnes élèves, je crois bien, je les écorcherais volontiers, tant elles m'agacent avec leur sagesse, et leurs jolies écritures propres, et leur ressemblance niaise, des figures molles et mates, des yeux de mouton pleins de douceur pleurarde. Ça travaille toujours, c'est plein de bonnes notes, c'est convenable et sournois, ça souffle une haleine à la colle forte, pouah !

Et Marie Belhomme, bébête, mais si gaie ! raisonnable et sensée, à quinze ans, comme une enfant de huit ans peu avancée pour son âge, elle abonde en naïvetés colossales, qui désarment notre méchanceté et nous l'aimons bien, et j'ai toujours dit force choses abominables devant elle parce qu'elle s'en choque sincèrement, d'abord, pour rire de tout son cœur une minute après en levant au plafond ses longues mains étroites, « ses mains de sage-femme », dit la grande Anaïs. Brune et mate, des yeux noirs longs et humides, Marie ressemble, avec son nez sans malice, à un joli lièvre peureux. Ces quatre-là et moi, nous formons cette année la pléiade enviée ; désormais au-dessus des « grandes » nous aspirons au brevet élémentaire. Le reste, à nos yeux, c'est la lie, c'est le vil peuple ! Je présenterai quelques autres camarades au cours de ce journal, car c'est décidément un journal, ou presque, que je vais commencer...

Madame X..., qui a reçu l'avis de son changement, en a pleuré, la pauvre femme, toute une journée, — et nous aussi — ce qui m'inspire une solide aversion contre sa remplaçante. En même temps que les démolisseurs de la vieille école paraissent dans les cours de récréation, arrive la nouvelle institutrice, mademoiselle Sergent, accompagnée de sa mère, grosse femme en bonnet, qui sert sa fille et l'admire, et qui me fait l'effet d'une paysanne finaude, connaissant le prix du beurre, mais pas méchante au fond. Mademoiselle Sergent, elle, ne paraît rien moins que bonne, et j'augure mal de cette rousse bien faite, la taille et les hanches rondes, mais d'une laideur flagrante, la figure bouffie et toujours enflammée, le nez un peu camard, entre deux petits yeux noirs, enfoncés et soupçonneux. Elle occupe dans l'ancienne école une chambre qu'il n'est pas nécessaire de démolir tout de suite, et son adjointe de même, la jolie Aimée Lanthenay, qui me plaît autant que sa supérieure me déplaît. Contre mademoiselle Sergent, l'intruse, je conserve ces jours-ci une attitude farouche et révoltée ; elle a déjà tenté de m'apprivoiser, mais j'ai regimbé d'une façon presque insolente. Après quelques escarmouches vives, il me faut bien la reconnaître institutrice tout à fait supérieure, nette, cassante souvent, d'une volonté qui serait admirablement lucide si la colère ne l'aveuglait parfois. Avec plus d'empire sur elle-même, cette femme-là serait admirable ; mais qu'on lui résiste : les yeux flambent, les cheveux roux se trempent de sueur... je l'ai vue avant-hier sortir pour ne pas me jeter un encrier à la tête.

Pendant les récréations, comme le froid humide de ce vilain automne ne m'engage guère à jouer, je cause avec mademoiselle Aimée. Notre intimité progresse très vite. Nature de chatte caressante, délicate et frileuse, incroyablement câline, j'aime à regarder sa frimousse rose de blondinette, ses yeux dorés aux cils retroussés. Les beaux yeux qui ne demandent qu'à sourire ! Ils font retourner les gars quand elle sort. Souvent, pendant que nous causons sur le seuil de la petite classe empressée, mademoiselle Sergent passe devant nous pour regagner sa chambre, sans rien dire, fixant sur nous ses regards jaloux et fouilleurs. Dans son silence nous sentons, ma nouvelle amie et moi, qu'elle enrage de nous voir « corder » si bien.

Cette petite Aimée — elle a dix-neuf ans et me vient à l'oreille — bavarde comme une pensionnaire qu'elle était encore il y a trois mois, avec un besoin de tendresse, de gestes blottis qui me touche. Des gestes blottis ! Elle les contient dans une peur instinctive de mademoiselle Sergent, ses petites mains froides serrées sous le collet de fausse fourrure (la pauvrette est sans argent comme des milliers de ses pareilles). Pour l'apprivoiser, je me fais douce, sans peine, et je la questionne, assez contente de la regarder. Elle parle, jolie en dépit, ou à cause, de sa frimousse irrégulière. Si les pommettes saillent un peu trop, si, sous le nez court, la bouche un peu renflée fait un drôle de petit coin à gauche quand elle rit, en revanche quels yeux merveilleux couleur d'or jaune, et quel teint, un de ces teints délicats à l'œil, si solides que le froid ne les bleuit même pas ! Elle parle, elle parle, — et son père qui est tailleur de pierre, et sa mère qui tapait souvent, et sa sœur et ses trois frères, et la dure Ecole normale du chef-lieu où l'eau gelait dans les brocs, où elle tombait toujours de sommeil parce qu'on se lève à cinq heures (heureusement la maîtresse d'anglais était bien gentille pour elle) et les vacances dans sa famille où on la forçait à se remettre au ménage, en disant qu'elle serait mieux à tremper la soupe qu'à faire la demoiselle, tout ça défile dans son bavardage, toute cette jeunesse de misère qu'elle supportait impatiemment, et dont elle se souvient avec terreur.

Petite mademoiselle Lanthenay, votre corps souple cherche et appelle un bien-être inconnu ; si vous n'étiez pas institutrice adjointe à Montigny, vous seriez peut-être... je ne veux pas dire quoi. Mais que j'aime vous entendre et vous voir, vous qui avez quatre ans de plus que moi, et de qui je me sens, à chaque instant, la sœur aînée !

Ma nouvelle confidente me dit un jour qu'elle sait pas mal d'anglais, et cela m'inspire un projet simplement merveilleux. Je demande à papa (puisqu'il me tient lieu de maman) s'il ne voudrait pas me faire donner par mademoiselle Aimée Lanthenay des leçons de grammaire anglaise. Papa trouve l'idée géniale, comme la plupart de mes idées, et, « pour boucler l'affaire », comme il dit, m'accompagne chez mademoiselle Sergent. Elle nous reçoit avec une politesse impassible, et, pendant que papa lui expose *son* projet, paraît l'approuver ; mais je sens une vague inquiétude de ne pas voir ses yeux pendant qu'elle parle. (Je me suis aperçue très vite que ses yeux disent toujours sa pensée, sans qu'elle puisse la dissimuler, et je suis anxieuse de constater qu'elle les tient obstinément baissés.) On appelle mademoiselle Aimée qui descend empressée, rougissante, et répétant « Oui, Monsieur », et « Certainement, Monsieur », sans trop savoir ce qu'elle dit, pendant que je la regarde, toute contente de ma ruse, et réjouie à la pensée que je vais désormais l'avoir avec moi plus intimement que sur le seuil de la petite classe. Prix des leçons : quinze francs par mois, deux séances par semaine ; pour cette pauvre petite adjointe qui gagne soixante-quinze francs par mois et paie sa pension là-dessus, c'est une aubaine inespérée. Je crois aussi qu'elle a du plaisir à se trouver plus souvent avec moi. Pendant cette visite-là, je n'échange guère que deux ou trois phrases avec elle.

Premier jour de leçon ! Je l'attends après la classe pendant qu'elle réunit ses livres d'anglais, et en route pour la maison ! J'ai installé un coin confortable pour nous deux dans la bibliothèque de papa, une grande table, des cahiers et des plumes, avec une bonne lampe qui n'éclaire que la table. Mademoiselle Aimée, très embarrassée (pourquoi ?) rougit, toussote :

— Allons, Claudine, vous savez votre alphabet, je pense ?

— Bien sûr, Mademoiselle, je sais aussi un peu de grammaire anglaise, je pourrais très bien faire cette petite version-là... on est bien, s'pas, ici ?

— Oui, très bien.

Je demande, en baissant un peu la voix pour prendre le ton de nos bavardages :

— Est-ce que mademoiselle Sergent vous a reparlé de mes leçons avec vous ?

— Oh ! presque pas. Elle m'a dit que c'était une chance pour moi, que vous ne me donneriez pas de peine, si vous vouliez seulement travailler un peu, que vous appreniez avec une grande facilité quand vous vouliez bien.

— Rien que ça ? C'est pas beaucoup ! Elle pensait bien que vous me le répéteriez.

— Voyons, Claudine, nous ne travaillons pas. Il n'y a en anglais qu'un seul article... etc., etc.

Au bout de dix minutes d'anglais sérieux, j'interroge encore :

— Vous n'avez pas remarqué qu'elle n'avait pas l'air content quand je suis venue avec papa pour demander de prendre des leçons avec vous ?

— Non... Si... Peut-être, mais nous ne nous sommes presque pas parlé le soir.

— Otez donc votre jaquette, on étouffe toujours chez papa. Ah ! comme vous êtes mince, on vous casserait ! Vos yeux sont bien jolis à la lumière.

Je dis ça parce que je le pense, et que je prends plaisir à lui

faire des compliments, plus de plaisir que si j'en recevais pour mon compte. Je demande :
— Vous couchez toujours dans la même chambre que mademoiselle Sergent ?

Cette promiscuité me paraît odieuse, mais le moyen de faire autrement ! Toutes les autres chambres sont déjà démeublées, et on commence à enlever le toit. La pauvre petite soupire :
— Il faut bien, mais c'est ennuyeux comme tout ! Le soir, à neuf heures, je me couche tout de suite, vite, vite, et elle vient se coucher après, mais c'est tout de même désagréable, quand on est si peu à son aise ensemble.
— Oh ! ça me blesse pour vous, énormément ! Comme ça doit vous assommer de vous habiller devant elle, le matin ! Je détesterais me montrer en chemise à des gens que je n'aime pas !

Mademoiselle Lanthenay sursaute en tirant sa montre :
— Mais enfin, Claudine, nous ne faisons rien ! Travaillons donc !
— Oui... Vous savez qu'on attend de nouveaux sous-maîtres ?
— Je sais, deux. Ils arrivent demain.
— Ça va être amusant ! Deux amoureux pour vous !
— Oh ! taisez-vous donc. D'abord tous ceux que j'ai vus étaient si bêtes que ça ne me tentait guère ; je sais déjà leurs noms, à ceux-ci, des noms ridicules : Antonin Rabastens et Armand Duplessis.
— Je parie que ces pierrots-là vont passer vingt fois par jour dans notre cour, sous prétexte que l'entrée des garçons est encombrée de démolitions...
— Claudine, écoutez, c'est honteux, nous n'avons rien fait aujourd'hui.
— Oh ! C'est toujours comme ça le premier jour. Nous travaillerons beaucoup mieux vendredi prochain, il faut bien le temps de se mettre en train.

Malgré ce raisonnement remarquable, mademoiselle Lanthenay, impressionnée de sa propre paresse, me fait travailler sérieusement jusqu'à la fin de l'heure ; après quoi je la reconduis au bout de la rue. Il fait nuit, il gèle, ça me fait peine de voir cette petite ombre menue s'en aller dans ce froid et dans ce noir, pour rentrer chez la Rousse aux yeux jaloux.

Cette semaine nous avons goûté des heures de joie pure, parce qu'on nous employa, nous, les grandes, à déménager le grenier, pour en descendre les livres et les vieux objets qui l'encombraient. Il a fallu se presser ; les maçons attendaient pour démolir le premier étage. Ce furent des galopades insensées dans les greniers

Claudine à l'école

et les escaliers ; au risque d'être punies, nous nous aventurions, la grande Anaïs et moi, jusque dans l'escalier conduisant aux chambres des instituteurs, dans l'espoir d'entrevoir enfin les deux nouveaux sous-maîtres demeurés invisibles depuis leur arrivée...

Hier, devant un logis entrebâillé, Anaïs me pousse, je trébuche et j'ouvre la porte avec ma tête. Alors nous pouffons et nous restons plantées sur le seuil de cette chambre, justement une chambre d'adjoint, vide, par bonheur, de son locataire ; nous l'inspectons rapidement. Au mur et sur la cheminée, de grandes chromolithographies banalement encadrées : une Italienne avec des cheveux foisonnants, les dents éclatantes et la bouche trois fois plus petite que les yeux ; comme pendant, une blonde pâmée qui serre un épagneul sur son corsage à rubans bleus. Au-dessus du lit d'Antonin Rabastens (il a fixé sa carte sur la porte avec quatre punaises), des banderoles s'entrecroisent, aux couleurs russes et françaises. Quoi encore ? une table avec une cuvette, deux chaises, des papillons piqués sur des bouchons de liège, des romances éparpillées sur la cheminée, et rien de plus. Nous regardons tout sans rien dire, et tout d'un coup nous nous sauvons vers le grenier en courant, oppressées de la crainte folle que le nommé Antonin (on ne s'appelle pas Antonin !) ne vienne à monter l'escalier ; notre piétinement, sur ces marches défendues, est si tapageur qu'une porte s'ouvre au rez-de-chaussée, la porte de la classe des garçons, et quelqu'un se montre, en demandant avec un drôle d'accent marseillais : « Qu'est-ce que c'est, pas moins ? Depuis demi-heure j'entends des chevox dans l'escalier ? » Nous avons encore le temps d'entrevoir un gros garçon brun avec des joues bien portantes... Là-haut, en sûreté, ma complice me dit en soufflant :

— Hein, s'il savait que nous venons de sa chambre !
— Oui, il ne se consolerait pas de nous avoir ratées.
— Ratées ! reprend Anaïs avec un sérieux de glace, il a l'air d'un gars solide qui ne doit pas vous rater.
— Grande sale, va !

Et nous poursuivons le déménagement du grenier ; c'est un enchantement de farfouiller dans cet amas de livres et de journaux à emporter, qui appartiennent à mademoiselle Sergent. Bien entendu, nous feuilletons le tas avant de les descendre et je constate qu'il y a là l'*Aphrodite* de Pierre Louys, avec de nombreux numéros du *Journal Amusant*. Nous nous régalons, Anaïs et moi, émoustillées d'un dessin de Gerbault : *Bruits de couloirs*, des messieurs en habit noir occupés à chatouiller de gentilles danseuses de l'Opéra, en maillot et en jupe courte, qui gesticulent et piaillent. Les autres élèves sont descendues ; il fait sombre dans le grenier, et nous nous attardons à des images qui nous font rire, des Albert Guillaume, d'un raide !

Tout d'un coup nous sursautons, car quelqu'un ouvre la porte en demandant d'un ton à l'ail : « Hé ! qui peut faire cet infernal tapage dans l'escalier ? » Nous nous levons, graves, les bras chargés de livres, et nous disons posément : « Bonjour, Monsieur », maîtrisant une envie de rire qui nous tord. C'est le gros sous-maître à figure réjouie de tout à l'heure. Alors, parce que nous sommes de grandes filles paraissant bien seize ans, il s'excuse et s'en va en disant : « Mille pardons, Mesdemoiselles. » Et derrière son dos nous dansons silencieusement, en lui faisant des grimaces comme des diables. Nous descendons en retard ; on nous gronde ; mademoiselle Sergent me demande : « Qu'est-ce que vous pouviez bien faire là-haut ?
— Mademoiselle, nous mettions en tas des livres pour les descendre. » Et je pose devant elle, ostensiblement, la pile de livres avec l'audacieuse *Aphrodite* et les numéros du *Journal Amusant* pliés dessus, l'image en dehors. Elle voit tout de suite ; ses joues rouges deviennent plus rouges, mais vite raccrochée, elle explique : « Ah ! ce sont les livres de l'instituteur que vous avez descendus, tout est si mêlé dans ce grenier commun, je les lui rendrai. » Et la semonce s'arrête là ; pas la moindre punition pour nous deux. En sortant, je pousse le coude d'Anaïs dont les yeux minces sont plissés de rire :

— Hein, il a bon dos, l'instituteur !
— Tu penses, Claudine, comme il doit collectionner des « bêtises »[1] cet innocent ! S'il ne croit pas que les enfants naissent dans les choux, c'est tout juste.

Car l'instituteur est un veuf triste, incolore, on sait à peine s'il existe, il ne quitte sa classe que pour s'enfermer dans sa chambre.

Je prends, le vendredi suivant, ma deuxième leçon avec mademoiselle Aimée Lanthenay. Je lui demande :

— Est-ce que les sous-maîtres vont font déjà la cour ?
— Oh ! justement, Claudine, ils sont venus hier nous « rendre leurs devoirs ». Le bon enfant et qui fait le beau, c'est Antonin Rabastens.
— Dit « la perle de la Canebière » ; et l'autre, comment est-il ?
— Maigre, beau, intéressant de figure, il s'appelle Armand Duplessis.

---

1. *Saletés* dans le patois d'ici. Exemple : Si l'on va au bois des Fredonnes, le soir, on peut y rencontrer les gars et les « gobettes » y faire leurs *bêtises*.

Claudine à l'école

— Ce serait un péché de ne pas le surnommer « Richelieu ».
Elle rit :
— Un nom qui va lui rester parmi les élèves, méchante Claudine. Mais quel sauvage ! Il ne dit rien que oui et non.

Ma maîtresse d'anglais me semble adorable ce soir-là, sous la lampe de la bibliothèque ; ses yeux de chat brillent tout en or, malins, câlins, et je les admire, non sans me rendre compte qu'ils ne sont ni bons, ni francs, ni sûrs. Mais ils scintillent d'un tel éclat dans sa figure fraîche, et elle semble se trouver si bien dans cette chambre chaude et assourdie que je me sens déjà prête à l'aimer tant et tant, avec tout mon cœur déraisonnable. Oui, je sais très bien, depuis longtemps, que j'ai un cœur déraisonnable, mais, de le savoir, ça ne m'arrête pas du tout.

— Et *Elle*, la Rousse, elle ne vous dit rien, ces jours-ci ?
— Non, elle est même assez aimable, je ne la crois pas si fâchée que vous le pensez, de nous voir bien ensemble.
— Poûoûoûh ! Vous ne voyez pas ses yeux ! Ils sont moins beaux que les vôtres, mais plus méchants... Jolie petite Mademoiselle, que vous êtes mignonne !...

Elle rougit beaucoup, et me dit sans aucune conviction :
— Vous êtes un peu folle, Claudine, je commence à le croire, on me l'a tant dit !
— Oui, je sais bien que les autres le disent, mais qu'est-ce que ça fait ? Je suis contente d'être avec vous ; parlez-moi de vos amoureux.
— Je n'en ai pas ! Vous savez, je crois que nous verrons souvent les deux adjoints ; Rabastens me semble très « mondain », et traîne son collègue Duplessis avec lui. Vous savez aussi que je ferai sans doute venir ma petite sœur comme pensionnaire, ici ?
— Votre sœur, je m'en moque pas mal. Quel âge a-t-elle ?
— Votre âge, quelques mois de moins, quinze ans ces jours-ci.
— Elle est gentille ?
— Pas jolie, vous verrez : un peu timide et sauvage.
— Zut pour votre sœur ! Dites donc, j'ai vu Rabastens dans le grenier, il est monté exprès. Il possède un solide accent de Marseille, ce gros Antonin !...
— Oui, mais il n'est pas trop laid... Voyons, Claudine, travaillons donc, vous n'avez pas honte ? Lisez ça et traduisez.

Elle a beau s'indigner, le travail ne marche guère.

Je l'embrasse en lui disant au revoir.

Le lendemain, pendant la récréation, Anaïs était en train, pour m'abrutir, de danser devant moi une danse de possédée tout en gardant sa figure fermée et froide, quand voici que Rabastens et Duplessis surgissent à la porte de la cour.

Comme nous sommes là, Marie Belhomme, la grande Anaïs et moi, ces messieurs saluent, et nous répondons avec une correction froide. Ils entrent dans la grande salle où Mesdemoiselles corrigent les cahiers, et nous les voyons causer et rire avec elles. Alors, je me découvre un besoin urgent et subit de prendre mon capuchon, resté sur mon pupitre, et je me précipite dans la classe, poussant la porte, comme si je n'avais jamais supposé que ces messieurs pussent s'y trouver; puis je m'arrête, jouant la confusion, sur le seuil. Mademoiselle Sergent ralentit ma course par un « Soyez plus calme, Claudine », à frapper une carafe, et je me retire à pas de chat; mais j'ai eu le temps de voir que mademoiselle Aimée Lanthenay rit en bavardant avec Duplessis, et fait des grâces pour lui. Attends, beau ténébreux, demain ou après, il y aura une chanson sur toi, ou des calembours faciles, ou des sobriquets, ça t'apprendra à séduire mademoiselle Aimée. Mais... eh bien, quoi donc? On me rappelle? Quelle chance! Je rentre, d'un air docile.

— Claudine, explique mademoiselle Sergent, venez déchiffrer ça; M. Rabastens est musicien, mais pas tant que vous.

Qu'elle est aimable! Quel revirement! Ça, c'est un air du *Chalet*, ennuyeux à pleurer. Moi, rien ne me coupe la voix comme de chanter devant des gens que je ne connais pas; aussi je déchiffre proprement, mais avec une voix ridiculement tremblante qui se raffermit, Dieu merci, à la fin du morceau.

— Ah! Mademoiselle, permettez-moi de vous féliciter, vous *ettes* d'une force!

Je proteste en lui tirant intérieurement la langue, la *lanngue*, dirait-il. Et je m'en vais retrouver les *otres* (ça se gagne) qui m'accueillent avec des sentiments au vinaigre.

— Ma chère! grince la grande Anaïs, j'espère que te voilà dans les bonnes grâces! Tu as dû produire un effet foudroyant sur ces messieurs, et nous les verrons souvent.

Les Jaubert ricanent en dessous, jalousement.

— Laissez-moi donc tranquille, il n'y a vraiment pas de quoi mousser parce que j'ai déchiffré quelque chose. Rabastens est du Midi, du Midi et demi, et c'est une race que j'exècre; quant à Richelieu, s'il revient souvent, je sais bien qui l'attirera.

— Qui donc?

— Mademoiselle Aimée, tiens! Il la mange des yeux.

— Dis donc, chuchote Anaïs, ce n'est pas de lui que tu seras jalouse, alors c'est d'elle...

Peste d'Anaïs ! Ça voit tout, et ce que ça ne voit pas, ça l'invente !

Les deux adjoints rentrent dans la cour, Antonin Rabastens expansif et salueur, l'autre intimidé, presque farouche. Il est temps qu'ils s'en aillent, la rentrée va sonner et leurs gamins font autant de bruit, dans la cour voisine, que si on les avait plongés tous ensemble dans une chaudière d'eau bouillante. On sonne pour nous, et je dis à Anaïs :

— Dis donc, il y a longtemps que le délégué cantonal n'est venu ; ça m'étonne bien si nous ne le voyons pas cette semaine.

— Il est arrivé hier, il viendra sûrement fouiner un peu par ici.

Dutertre, délégué cantonal, est en outre médecin des enfants de l'hospice qui, pour la plupart, fréquentent l'école, cette double qualité l'autorise à venir nous visiter, et Dieu sait s'il en use ! Des gens prétendent que mademoiselle Sergent est sa maîtresse, je n'en sais rien. Qu'il lui doive de l'argent, oui, je le parierais ; les campagnes électorales coûtent cher et Dutertre, ce sans-le-sou, s'obstine, avec un insuccès persistant, à vouloir remplacer le vieux crétin muet mais millionnaire qui représente à la Chambre les électeurs du Fresnois. Que cette rousse passionnée soit amoureuse de lui, j'en suis sûre ! Elle tremble de rage jalouse quand elle le voit nous frôler avec trop d'insistance.

Car, je le répète, il nous honore fréquemment de ses visites, s'assied sur les tables, se tient mal, s'attarde auprès des plus grandes, surtout de moi, lit nos devoirs, nous fourre ses moustaches dans les oreilles, nous caresse le cou et nous tutoie toutes (il nous a vues si gamines !) en faisant briller ses dents de loup et ses yeux noirs. Nous le trouvons fort aimable ; mais je le sais une telle canaille que je ne ressens devant lui aucune timidité, ce qui scandalise les camarades.

C'est le jour de leçon de couture, on tire l'aiguille paresseusement en causant à voix insaisissable. Bon, voilà les flocons qui commencent à tomber. Quelle chance ! on fera des glissades, on tombera beaucoup, et on se battra à coups de boules de neige. Mademoiselle Sergent nous regarde sans nous voir, l'esprit ailleurs.

Toc ! Toc ! aux vitres. A travers les plumes tournoyantes de la neige, on aperçoit Dutertre qui frappe, tout enveloppé et coiffé de fourrures, beau garçon là-dedans, avec ses yeux luisants et ses dents qu'on voit toujours. Le premier banc (moi, Marie Belhomme et la grande Anaïs) se remue ; j'arrange mes cheveux sur mes tempes, Anaïs se mord les lèvres pour les rendre rouges et Marie resserre sa ceinture d'un cran ; les sœurs Jaubert joignent les mains, comme deux images de première communion : « Je suis le temple du Saint-Esprit. »

Mademoiselle Sergent a bondi, si brusquement qu'elle a renversé sa chaise et son tabouret pour courir ouvrir la porte ; devant tant d'affolement je me roule, et Anaïs profite de cet émoi pour me pincer, pour me faire des grimaces démoniaques en croquant du fusain et la gomme à effacer. (On a beau lui interdire ces nourritures extravagantes, tout le long du jour elle a les poches et la bouche pleines de bois de crayons, de gomme noire et infecte, de fusain et de papier buvard rose. La craie, la plombagine, tout ça bourre son estomac de façon bizarre ; c'est ces nourritures-là, sans doute, qui lui font un teint couleur de bois et de plâtre gris. Au moins, moi, je ne mange que du papier à cigarettes, et encore d'une certaine marque. Mais la grande Anaïs ruine la commune qui nous donne la papeterie scolaire, en demandant des « fournitures » nouvelles toutes les semaines, si bien qu'au moment de la rentrée, le conseil municipal a fait une réclamation.)

Dutertre secoue ses fourrures poudrées de neige, on dirait que c'est son pelage naturel ; mademoiselle Sergent étincelle d'une telle joie à le voir qu'elle ne pense même pas à vérifier si je la surveille, il plaisante avec elle, son accent de montagne sonore et rapide réchauffe la classe. J'inspecte mes ongles et je mets mes cheveux en évidence car le visiteur regarde surtout de notre côté, dame ! on est de grandes filles de quinze ans, et si ma figure est plus jeune que mon âge, ma taille a bien dix-huit ans. Et mes cheveux aussi valent d'être montrés, puisqu'ils me font une toison remuante de boucles dont la couleur change selon le temps entre le châtain obscur et l'or foncé, et qui contraste avec mes yeux brun-café, pas vilainement ; tout bouclés qu'ils sont, ils me descendent presque aux reins ; je n'ai jamais porté de nattes ni de chignon, les chignons me donnent la migraine et les nattes n'encadrent pas assez ma figure ; quand nous jouons aux barres, je ramasse le tas de mes cheveux, qui feraient de moi une proie trop facile, et je les noue en queue de cheval. Et puis, enfin, est-ce que ce n'est pas plus joli comme ça ?

Mademoiselle Sergent interrompt enfin son dialogue ravi avec le délégué cantonal et lance un : « Mesdemoiselles, vous vous tenez fort mal. » Pour l'affirmer dans cette conviction, Anaïs trouve utile de laisser échapper le « Hpp... » des fous rires contenus, sans qu'un trait bouge dans sa figure, et c'est à moi que Mademoiselle jette un regard de colère qui promet une punition.

Enfin M. Dutertre hausse la voix, et nous l'entendons demander : « On travaille bien, ici ? on se porte bien ? »

— On se porte fort bien, répond mademoiselle Sergent, mais on travaille assez peu. Ces grandes filles sont d'une paresse !

Aussitôt que nous avons vu le beau docteur se tourner vers nous, nous nous sommes penchées sur nos cahiers, avec un air appliqué, absorbé, comme si nous oubliions sa présence.

— Ah ! Ah ! fait-il en s'approchant de nos bancs, on ne travaille pas beaucoup ? Quelles idées a-t-on en tête ? Est-ce que mademoiselle Claudine ne serait plus la première en composition française ?

Ces compositions françaises, je les ai en horreur ! Des sujets stupides et abominables : « Imaginez les pensées et les actions d'une jeune fille aveugle. » (Pourquoi pas sourde et muette en même temps ?) Ou encore : « Ecrivez, pour faire votre portrait physique et moral, à un frère que vous n'avez pas vu depuis dix ans. » (Je n'ai pas la corde fraternelle, je suis fille unique.) Non, ce qu'il faut que je me retienne pour ne pas écrire des blagues et des conseils subversifs, on n'en saura jamais rien ! Mais quoi, mes camarades — sauf Anaïs — s'en tirent si mal, toutes, que je suis, malgré moi, « l'élève remarquable en composition littéraire ».

Dutertre en est venu là où il souhaitait en venir, et je lève la tête, pendant que mademoiselle Sergent lui répond :

— Claudine ? oh, si ! Mais ce n'est pas sa faute, elle est douée pour cela et ne se fatigue pas.

Il est assis sur la table, une jambe pendante, et me tutoie pour ne pas perdre l'habitude :

— Alors, tu es paresseuse ?

— Dame, c'est mon seul plaisir sur la terre.

— Tu n'es pas sérieuse ! Tu aimes mieux lire, hein ? Qu'est-ce que tu lis ? Tout ce que tu trouves ? Toute la bibliothèque de ton père ?

— Non, Monsieur, pas les livres qui m'ennuient.

— Tu te fais une jolie instruction, je parie ! Donne-moi ton cahier.

Pour lire plus commodément, il appuie une main sur mon épaule et roule une boucle de mes cheveux. La grande Anaïs en jaunit plus que de raison ; il ne lui a pas demandé son cahier à elle ! Cette préférence me vaudra des coups d'épingle en dessous, des rapports sournois à mademoiselle Sergent, et des espionnages quand je causerai avec mademoiselle Lanthenay. Elle est près de la porte de la petite classe, cette gentille Aimée, et me sourit si tendrement, de ses yeux dorés, que je suis presque consolée de n'avoir pu, aujourd'hui ni hier, causer avec elle autrement que devant mes camarades. Dutertre pose mon cahier et me caresse les épaules d'un air distrait. Il ne pense pas du tout à ce qu'il fait, évidemment, é-vi-dem-ment...

— Quel âge as-tu ?
— Quinze ans.
— Drôle de petite fille ! Si tu n'avais pas l'air si toqué, tu paraîtrais davantage, tu sais. Tu te présenteras pour le brevet au mois d'octobre prochain ?
— Oui, Monsieur, pour faire plaisir à papa.
— A ton père ? Qu'est-ce que ça peut lui fiche ! Mais toi, ça ne te remue pas beaucoup, donc ?
— Si, ça m'amuse de voir tous ces gens qui nous interrogeront ; et puis s'il y a des concerts au chef-lieu à ce moment-là, ça se trouvera bien.
— Tu n'entreras pas à l'Ecole normale ?
Je bondis :
— Non, par exemple !
— Pourquoi cet emballement, jeune fille exubérante ?
— Je ne veux pas y aller, pas plus que je n'ai voulu aller en pension, parce qu'on est enfermé.
— Oh ! oh ! tu tiens tant à ta liberté ? Ton mari ne fera pas ce qu'il voudra, diable ! Montre-moi cette figure. Tu te portes bien ? Un peu d'anémie, peut-être ?

Ce bon docteur me tourne vers la fenêtre, son bras passé autour de moi, et plonge ses regards de loup dans les miens, que je fais candides et sans mystère. Mes yeux sont toujours cernés, et il me demande si j'ai des palpitations et des essoufflements.

— Non, pas du tout.

Je baisse les paupières parce que je sens que je rougis bêtement. Il me regarde trop, aussi ! Et je devine mademoiselle Sergent qui se crispe derrière nous.

— Dors-tu toute la nuit ?

J'enrage de rougir davantage en répondant :

— Mais oui, Monsieur, toute la nuit.

Il n'insiste pas et se redresse en me lâchant la taille.

— Bah ! tu es solide au fond.

Une petite caresse sur ma joue, puis il passe à la grande Anaïs qui sèche sur son banc.

— Montre-moi ton cahier.

Pendant qu'il le feuillette, assez vite, mademoiselle Sergent foudroie à voix basse la première division (des gamines de douze à quatorze ans qui commencent déjà à se serrer la taille et à porter des chignons) car la première division a profité de l'inattention directoriale pour se livrer à un sabbat de tous les diables ; on entend des tapes de règles sur des mains, des gloussements de gamines qu'on pince ; elles vont se faire orner d'une retenue générale, sûr !

Anaïs étrangle de joie en voyant son cahier dans de si augustes mains, mais Dutertre la trouve sans doute assez peu digne d'attention et passe après quelques compliments et un pinçon à l'oreille. Il reste quelques minutes près de Marie Belhomme dont la fraîcheur brune et lisse lui plaît, mais, tout de suite affolée de timidité, elle baisse la tête comme un bélier, répond oui pour non et appelle Dutertre « Mademoiselle ».

Quant aux deux sœurs Jaubert il les compliment sur leur belle écriture, c'était prévu. Enfin, il sort. Bon vent !

Il nous reste une dizaine de minutes avant la fin de la classe, comment les employer ? Je demande à sortir pour ramasser furtivement une poignée de la neige qui tombe toujours ; je roule une boule et je mords dedans : c'est bon et froid, ça sent un peu la poussière, cette première tombée. Je la cache dans ma poche et je rentre. On me fait signe autour de moi, et je passe la boule de neige, où chacune, à l'exception des jumelles impeccables, mord avec des mines ravies. Zut ! voilà cette niaise de Marie Belhomme qui laisse tomber le dernier morceau, et mademoiselle Sergent le voit.

— Claudine ! vous avez encore apporté de la neige ? Ça passe les bornes, à la fin !

Elle roule des yeux si furieux que je retiens un « c'est la première fois depuis l'an dernier », car j'ai peur que mademoiselle Lanthenay ne pâtisse de mes insolences et j'ouvre mon Histoire de France sans rien répondre.

Ce soir je prendrai ma leçon d'anglais et ça me consolera de mon silence.

A quatre heures, mademoiselle Aimée vient, et nous filons, contentes.

Qu'il fait bon avec elle, dans la bibliothèque chaude ! Je serre ma chaise tout près de la sienne, et je pose ma tête sur son épaule ; elle passe son bras autour de moi ; je presse sa taille qui plie.

— Oh ! petite Mademoiselle, il y a longtemps que je ne vous ai vue !

— Mais... il n'y a que trois jours...

— Ça ne fait rien... taisez-vous et embrassez-moi ! Vous êtes une méchante, et le temps vous semble court loin de moi... Ça vous ennuie donc bien, ces leçons ?

— Oh ! Claudine ! Au contraire, vous savez bien que je ne cause qu'avec vous, et que je ne me plais qu'ici.

Elle m'embrasse et je ronronne, et tout d'un coup, je la serre si brusquement dans mes bras qu'elle en crie un peu.

— Claudine, il faut travailler.

Eh ! Que la grammaire anglaise soit au diable ! J'aime bien mieux me reposer la tête sur sa poitrine, elle me caresse les cheveux ou le cou, et j'entends sous mon oreille son cœur qui s'essouffle. Que je suis bien avec elle ! Il faut pourtant prendre un porte-plume et faire semblant au moins de travailler ! Au fait, à quoi bon ? Qui pourrait entrer ? Papa ? Ah bien oui ! Dans la chambre la plus incommode du premier étage, celle où il gèle en hiver, où l'on rôtit en été, papa s'enferme farouchement, absorbé, aveuglé et sourd aux bruits du monde, pour... Ah ! voilà... vous n'avez pas lu, parce qu'il ne sera jamais terminé, son grand travail sur la *Malacologie du Fresnois*, et vous ne saurez jamais que, des expériences compliquées, des attentions angoissées qui l'ont penché des heures et des heures sur d'innombrables limaces encloses dans de petites cloches de verre, dans des boîtes de treillages métalliques, papa a tiré cette certitude foudroyante : un *limax flavus* dévore en un jour jusqu'à 0 gr. 24 de nourriture, tandis que l'*helix ventricosa* n'en consomme que 0 gr. 19 dans le même temps ! Comment voulez-vous que l'espoir naissant de pareilles constatations laisse à un passionné malacologiste le sentiment de la paternité, de sept heures du matin à neuf heures du soir ? C'est le meilleur homme et le plus tendre, entre deux repas de limaces. Il me regarde vivre, quand il a le temps, avec admiration, d'ailleurs, et s'étonne de me voir exister, « comme une personne naturelle ». Il en rit de ses petits yeux embusqués, de son noble nez bourbon (où a-t-il été pêcher ce nez royal ?) dans sa belle barbe panachée de trois couleurs, roux, gris et blanc... n'y ai-je pas vu briller souvent de petites baves de limaces ?

Je demande à Aimée avec indifférence, si elle a revu les deux copains, Rabastens et Richelieu. Elle s'anime, ce qui me surprend :

— Ah ! c'est vrai, je ne vous ai pas dit... vous savez, nous couchons maintenant à l'école maternelle, puisqu'on démolit tout ; eh bien, hier soir, je travaillais dans ma chambre, vers dix heures, et, en fermant les volets pour me coucher, j'ai vu une grande ombre qui se promenait sous ma fenêtre, dans ce froid ; devinez qui c'était ?

— Un des deux, pardi.

— Oui ! mais c'était Armand ; l'auriez-vous cru de ce sauvage ?

Je réponds que non, mais je l'aurais très bien cru, au contraire, de ce grand être noir, aux yeux sérieux et sombres, qui me paraît beaucoup moins nul que le joyeux Marseillais. Cependant, je vois la tête d'oiseau de mademoiselle Aimée déjà envornée[1] sur cette mince aventure et j'en suis un peu triste. Je lui demande :

— Comment ? Vous le trouvez déjà digne d'un si vif intérêt, ce corbeau solennel ?

— Mais non, voyons ! ça m'amuse seulement.

C'est égal, la leçon se termine sans autre expansion. En sortant, seulement, dans le corridor noir, je l'embrasse de toute ma force sur son cou mignon et blanc, dans ses petits cheveux qui sentent bon. Elle est amusante à embrasser comme un petit animal chaud et joli et me rend mon baiser tendrement. Ah ! je la garderais bien tout le temps près de moi, si je pouvais !

Demain, c'est dimanche, pas d'école, quelle scie ! je ne m'amuse que là.

Ce dimanche-là, je suis allée passer l'après-midi à la ferme qu'habite Claire, ma douce et gentille sœur de première communion, qui ne vient plus en classe, elle, depuis un an déjà. Nous descendons le chemin des Matignons, qui donne sur la route de la gare, un chemin feuillu et sombre de verdure en été ; en ces mois d'hiver, il n'y a plus de feuilles, bien entendu, mais on est encore assez caché, dedans, pour pouvoir guetter les gens qui s'asseyent sur les bancs de la route. Nous marchons dans la neige qui craque. Les petites mares gelées geignent musicalement sous le soleil, avec le joli son, pareil à nul autre, de la glace qui se fend. Claire chuchote ses amourettes ébauchées avec les gars, au bal du dimanche chez Trouillard, de rudes et brusques gars ; et moi, je frétille à l'entendre :

— Tu comprends, Claudine, Montassuy était là aussi, et il a dansé la polka avec moi, en me serrant fort contre lui. A ce moment-là, Eugène, mon frère, qui dansait avec Adèle Tricotot, lâche sa danseuse et saute en l'air pour donner un coup de tête dans une des lampes qui sont pendues ; le verre de la lampe, il chavire, et ça éteint la lampe. Pendant que tout le monde regarde, fait des « Ah ! », voilà-t'y pas que le gros Féfed tourne le bouton

1. *Envornement*, **étourdissement**.

de l'autre lampe, et tout est noir, noir, plus rien qu'une chandelle tout au fond de la petite buvette. Ma chère, le temps que la mère Trouillard apporte des allumettes, on n'entendait que des cris, des rires, des bruits de baisers. Mon frère tenait Adèle Tricotot à côté de moi et elle faisait des soupirs, des soupirs en disant : « Lâche-moi, Eugène » d'une voix étouffée comme si elle avait eu ses jupes sur la tête ; et le gros Féfed avec sa « cavalière » étaient tombés par terre ; ils riaient, ils riaient qu'ils n'en pouvaient plus se relever !

— Et toi avec Montassuy ?

Claire devint rouge d'une pudeur tardive :

— Ah ! justement voilà... Dans le premier moment, il a été si surpris de voir les lampes éteintes qu'il a gardé seulement ma main qu'il tenait ; et puis, il m'a reprise par la taille et m'a dit tout bas : « N'ayez pas peur. » Je n'ai rien dit et j'ai senti qu'il se penchait, qu'il m'embrassait les joues tout doucement, à tâtons, et même il faisait si noir qu'il s'est trompé (petite Tartuffe !) et qu'il m'a embrassé la bouche ; ça m'a fait tant de plaisir, tant de bien et tant d'émotion que j'ai manqué tomber et qu'il m'a retenue en me serrant davantage. Oh ! Il est gentil, je l'aime.

— Et après, coureuse ?

— Après, la mère Trouillard a rallumé les lampes, en rechignant, et elle a juré que si une pareille chose recommençait jamais, elle porterait plainte, et on fermerait le bal.

— Le fait est que c'était tout de même un peu raide !... ouch ! tais-toi ; qui vient là ?

Nous sommes assises derrière la haie de ronces, tout près de la route qui passe à deux mètres au-dessous de nous, avec un banc au bord du fossé, une merveilleuse cachette pour écouter sans être vues.

— C'est les sous-maîtres !

Oui, c'est Rabastens et le sombre Armand Duplessis qui marchent en causant, veine inespérée ! L'avantageux Antonin veut s'asseoir sur ce banc, à cause du soleil pâlot qui le tiédit un peu. Nous allons entendre leur conversation et nous frétillons de joie dans notre champ, au-dessus de leurs têtes.

— Ah ! soupire le Méridional avec satisfaction, on se *choffe* un peu, ici. Vous ne trouvez pas ?

Armand grogne quelque chose d'indécis. Le Marseillais repart ; il parlerait tout seul, j'en suis sûre !

— Moi, voyez-vous, je me trouve bien en ce pays : ces dames les institutrices sont très aimables, mademoiselle Sergent est laide,

par exemple! Mais la petite mademoiselle Aimée est si brave!
Je me sens plus fier quand elle me regarde.
Le faux Richelieu s'est redressé, sa langue se délie :
— Oui, elle est attrayante, et si mignonne! Elle sourit toujours
et bavarde comme une fauvette.
Mais il se reprend tout de suite de son expansion et ajoute d'un
autre ton : « C'est une gentille demoiselle, vous allez bien sûr lui
tourner la tête, don Juan! »
J'ai failli éclater. Rabastens en don Juan! Je l'ai vu avec un
feutre emplumé sur sa tête ronde et ses joues pleines... Là-haut,
tendues vers la route, nous nous rions des yeux, toutes deux, sans
bouger d'une ligne.
— Mais, ma foi, reprend le casse-cœurs de l'enseignement primaire, il y a d'autres jolies filles qu'elle, on dirait que vous ne les
avez pas vues! L'autre jour, dans la classe, mademoiselle Claudine
vint chanter d'une façon charmante (je peux dire que je m'y
connais un peu, hé?). Et elle n'est pas pour passer inaperçue, avec
ses cheveux qui roulent sur ses épaules et partout autour d'elle
et des yeux bruns d'une malice! Mon cher, je crois que cette enfant
sait plus de choses qu'elle devrait ignorer que de géographie!
J'ai eu un petit tressaut d'étonnement, et nous avons bien failli
nous faire surprendre, parce que Claire a lâché un rire en fuite
de gaz qui aurait pu être entendu. Rabastens s'agite sur son banc,
près de Duplessis absorbé, et lui chuchote quelque chose à l'oreille,
en riant d'un air égrillard. L'autre sourit ; ils se lèvent ; ils s'en
vont. Nous deux, là-haut, nous sommes enchantées, et nous dansons
la « chieuvre » de joie, autant pour nous réchauffer que pour nous
congratuler de cet espionnage délicieux.
En rentrant, je rumine déjà des coquetteries pour allumer ce
gros Antonin ultra-combustible, de quoi faire passer le temps en
récréation quand il pleut. Moi qui le croyais en train de projeter
la séduction de mademoiselle Lanthenay! Je suis bien contente
qu'il ne cherche pas à lui plaire, car cette petite Aimée me semble
si aimeuse que même un Rabastens aurait pu réussir, qui sait ?
Il est vrai que Richelieu est encore plus pincé par elle que je ne
pensais.
Dès sept heures du matin, j'entre à l'école ; c'est mon tour
d'allumer le feu, zut! Il va falloir casser du petit bois dans le
hangar, et s'abîmer les mains, et porter des bûches, et souffler, et
recevoir dans les yeux de la fumée piquante... Tiens, mais le premier
bâtiment neuf s'élève déjà haut, et sur celui des garçons, symé-
trique, le toit est presque achevé ; notre pauvre vieille école à

moitié démolie semble une minime masure près de ces deux bâtiments qui sont si vite sortis de terre. La grande Anaïs me rejoint et nous allons casser du bois ensemble.

— Tu sais, Claudine, il vient une seconde adjointe aujourd'hui, et nous allons être forcées de déménager toutes ; on nous fera la classe dans l'école maternelle.

— Fameuse idée ! On y attrapera des puces et des poux : c'est d'une saleté là-dedans.

— Oui, mais on est plus près de la classe des garçons, ma vieille. (Quelle dévergondée, Anaïs ! Au fait, elle a raison.)

— Ça c'est vrai. Eh bien, feu de deux sous, prendras-tu ? Voilà dix minutes que je m'époumone. Ah ! que M. Rabastens doit flamber plus facilement !

Peu à peu, le feu se décide, les élèves arrivent, mademoiselle Sergent est en retard (pourquoi ? c'est la première fois). Elle descend enfin, nous répond « Bonjour » d'un air préoccupé, puis s'assied à son bureau en nous disant : « A vos places » sans nous regarder, et visiblement sans penser à nous. Je copie mes problèmes en me demandant quelles pensées la travaillent et je m'aperçois avec une surprise inquiète qu'elle me lance de temps en temps des regards rapides, à la fois furieux et vaguement satisfaits. Qu'est-ce qu'il y a donc ? Je ne suis pas tranquille du tout, du tout. Voyons que je me rappelle... Je ne vois rien, sinon qu'elle nous a regardées partir pour notre leçon d'anglais, mademoiselle Lanthenay et moi avec une colère presque douloureuse, à peine dissimulée. Ah ! la, la, la, la, on ne nous laissera donc pas tranquilles, ma petite Aimée et moi ? Nous ne faisons rien de mal, pourtant ! Notre dernière leçon d'anglais a été si douce ! Nous n'avons pas même ouvert le dictionnaire, ni le « choix de phrases usuelles », ni le cahier...

Je songe et je rage en copiant mes problèmes, d'une écriture échevelée ; Anaïs me guette en dessous et devine qu'il y a « quelque chose ». Je regarde encore cette terrible rousse aux yeux jaloux, en ramassant le porte-plume que j'ai jeté à terre avec une heureuse maladresse. Mais, mais elle a pleuré, je ne me trompe pas ! Alors pourquoi ces regards encolérés et presque contents ? Ça ne va pas du tout, il faut absolument que je questionne Aimée aujourd'hui. Je ne pense plus guère au problème à transcrire :

« ...Un ouvrier plante des piquets pour faire une palissade. Il les enfonce à une distance telle les uns des autres que le seau de goudron dans lequel il trempe l'extrémité inférieure jusqu'à une hauteur de trente centimètres se trouve vide au bout de trois

Claudine à l'école

heures. Etant donné que la quantité de goudron qui reste au piquet égale dix centimètres cubes, que le seau est un cylindre de 0 m. 15 de rayon à la base et de 0 m. 75 de hauteur, plein aux 3/4, que l'ouvrier trempe quarante piquets par heure et se repose huit minutes environ dans le même temps, quel est le nombre de piquets et quelle est la surface de la propriété qui a la forme d'un carré parfait ? Dire également quel serait le nombre de piquets nécessaires si on les plantait distants de dix centimètres de plus. Dire aussi le prix de revient de cette opération dans les deux cas, si les piquets valent 3 francs le cent et si l'ouvrier est payé 0 fr. 50 de l'heure. »*

Faudrait-il pas, aussi, dire si l'ouvrier est heureux en ménage ? Oh ! quelle est l'imagination malsaine, le cerveau dépravé où germent ces problèmes révoltants dont on nous torture ? Je les exècre ! Et les ouvriers qui se coalisent pour compliquer la somme de travail dont ils sont capables, qui se divisent en deux escouades dont l'une dépense 1/3 de force de plus que l'autre, tandis que l'autre, en revanche, travaille deux heures de plus ! Et le nombre d'aiguilles qu'une couturière use en vingt-cinq ans quand elle se sert d'aiguilles à 0 fr. 50 le paquet pendant onze ans, et d'aiguilles à 0 fr. 75 pendant le reste du temps, mais que celles de 0 fr. 75 sont... etc., etc... Et les locomotives qui compliquent diaboliquement leurs vitesses, leurs heures de départ et l'état de santé de leurs chauffeurs ! Odieuses suppositions, hypothèses invraisemblables, qui m'ont rendue réfractaire à l'arithmétique pour toute ma vie !

— *Anaïs, passez au tableau.*

La grande perche se lève, et m'adresse en cachette une grimace de chat incommodé ; personne n'aime « passer au tableau » sous l'œil noir et guetteur de mademoiselle Sergent.

— *Faites le problème.*

Anaïs le « fait » et l'explique. J'en profite pour examiner l'institutrice tout à mon aise : ses regards brillent, ses cheveux roux flamboient... Si, au moins, j'avais pu voir Aimée Lanthenay avant la classe ! Bon, le problème est fini. Anaïs respire et revient à sa place.

— *Claudine, venez au tableau. Ecrivez les fractions :*

$$\frac{3525}{5712}, \frac{806}{925}, \frac{14}{56}, \frac{302}{1052}$$

(Mon Dieu ! préservez-moi des fractions divisibles par 7 et par 11, de même que celles par 5, par 9, et par 4 et 6, et par 1.127) et trouvez leur plus grand commun diviseur.

Voilà ce que je craignais. Je commence mélancoliquement ; je lâche quelques bêtises parce que je n'ai pas la tête à ce que je fais. Qu'elles sont vite réprimandées d'un geste sec de la main ou d'un froncement de sourcils les petites bourdes que je m'accorde! Enfin je m'en tire et reviens à ma place, emportant un : « Pas de traits d'esprit ici, n'est-ce pas ? », parce qu'à son observation : « Vous oubliez d'abaisser les zéros », j'ai répondu :

— Il faut toujours abaisser les zéros, ils le méritent.

Après moi, Marie Belhomme vient au tableau et accumule des énormités de la meilleure foi du monde, selon son habitude ; volubile et sûre d'elle quand elle patauge, indécise et rouge quand elle se souvient de la leçon précédente.

La porte de la petite classe s'ouvre, mademoiselle Lanthenay entre. Je la regarde avidement : oh ! les pauvres yeux dorés qui ont pleuré et sont gonflés en dessous, les chers yeux qui me lancent un regard effaré et se détournent vite ! Je reste consternée ; mon Dieu, qu'est-ce qu'Elle a bien pu lui faire ? J'ai rougi de colère, de telle façon que la grande Anaïs le remarque et ricane tout bas. La dolente Aimée a demandé un livre à mademoiselle Sergent qui le lui a donné avec un empressement marqué et dont les joues sont devenues d'un carmin plus sombre. Qu'est-ce que tout ça veut dire ? Quand je pense que la leçon d'anglais n'a lieu que demain, je m'angoisse davantage. Mais quoi ? Je ne peux rien faire. Mademoiselle Lanthenay rentre dans sa classe.

— Mesdemoiselles, annonce la mauvaise rousse, sortez vos livres et vos cahiers, nous allons être forcées de nous réfugier à l'école maternelle provisoirement.

Aussitôt toutes les gamines s'agitent comme si le feu était à leurs bas ; on se pousse, on se pince, on remue les bancs, les livres tombent, nous les empilons dans nos grands tabliers. La grande Anaïs me regarde prendre ma charge, portant elle-même son bagage dans ses bras, puis elle tire lestement le coin de mon tablier et tout croule.

Elle conserve son air absent et considère attentivement trois maçons qui se lancent des tuiles dans la cour. On me gronde pour ma maladresse et, deux minutes après, cette peste d'Anaïs recommence la même expérience sur Marie Belhomme qui, elle, s'exclame si bruyamment qu'elle reçoit quelques pages d'histoire ancienne à

Claudine à l'école

copier. Enfin, notre meute bavarde et piétinante traverse la cour et entre à l'école maternelle. Je fronce le nez : c'est sale, nettoyé à la hâte pour nous, ça sent encore l'enfant mal tenu. Pourvu que ce « provisoire » ne dure pas trop longtemps !

Anaïs a posé ses livres et s'est assurée immédiatement que les fenêtres donnent sur le jardin de l'instituteur. Moi je n'ai pas le temps de contempler les sous-maîtres, trop inquiète des ennuis que je pressens.

Nous retournons à l'ancienne classe avec le bruit d'un troupeau de bœufs échappés, et nous transportons les tables si vieilles, si lourdes, que nous heurtons et accrochons un peu partout, dans l'espoir qu'une d'elles au moins se disloquera complètement et tombera en morceaux vermoulus. Vain espoir ! Elles arrivent entières ; ce n'est pas notre faute.

On n'a pas beaucoup travaillé ce matin, c'est autant de gagné. A onze heures, quand nous sortons, je rôde pour apercevoir mademoiselle Lanthenay, mais sans succès. *Elle* l'enferme donc ? Je m'en vais déjeuner, si grondante de colère rentrée que papa lui-même s'en aperçoit et me demande si j'ai la fièvre... Puis je reviens très tôt, à midi et quart, et je m'énerve, parmi les rares élèves qui sont là, des gamines de la campagne déjeunant dans l'école avec des œufs durs, du lard, de la mélasse sur du pain, des fruits. Et j'attends inutilement, et je me tourmente !

Antonin Rabastens entre (une diversion comme une autre) et me salue avec des grâces d'ours dansant.

— Mille pardons, Mademoiselle ; et autremint, ces dames ne sont pas encore descendues ?

— Non, Monsieur, je les attends ; puissent-elles ne pas tarder, car « l'absence est le plus grand des maux » ! Voilà déjà sept fois que je commente cet aphorisme d'après La Fontaine, en des compositions françaises qui furent remarquées.

J'ai parlé avec une gravité douce ; le beau Marseillais a écouté, de l'inquiétude sur sa bonne figure de lune. (Lui aussi, il va penser que je suis un peu folle.) Il change de conversation :

— Mademoiselle, on m'a dit que vous lisiez beaucoup. Monsieur votre père possède une nombreuse bibliothèque ?

— Oui, Monsieur, deux mille trois cent sept volumes, pas un de plus.

— Vous savez bien des choses intéressantes, sans doute, et j'ai vu tout de suite, l'autre jour — quand vous avez si gracieusement chanté — que vous aviez des idées bien au-dessus de votre âge.

(Dieu, quel idiot ! est-ce qu'il ne va pas s'en aller ? Ah ! j'oubliais qu'il est un peu amoureux de moi. Soyons plus gentille.)

— Mais vous-même, Monsieur, vous possédez une belle voix de baryton, m'a-t-on dit. Nous vous entendons quelquefois chanter dans votre chambre quand les maçons ne font pas rage.

Il devient ponceau de joie et proteste avec une modestie enchantée. Il se tortille :

— Oh ! Mademoiselle !... D'ailleurs vous pourrez en juger bientôt, car mademoiselle Sergent m'a demandé de donner des leçons de solfège aux grandes élèves du brevet, le jeudi et le dimanche, et nous commencerons la semaine prochaine.

Quelle chance ! Si je n'étais pas aussi préoccupée, je serais enchantée d'apprendre la nouvelle aux autres qui ne savent encore rien. Ce qu'Anaïs va s'inonder d'eau de Cologne, et mordre ses lèvres, jeudi prochain, et serrer sa ceinture de cuir, et roucouler en chantant !

— Comment ? Mais je n'en savais rien du tout ! Mademoiselle Sergent ne nous en a pas dit un mot.

— Oh ! je n'aurais pas dû le dire, peut-être ? Soyez assez bonne pour feindre de l'ignorer !

Il me supplie avec des effets de torse, et moi je secoue la tête pour chasser des boucles qui ne me gênent pas du tout. Ce semblant de secret entre nous deux le met en joie, il va lui servir de thème à des coups d'œil d'intelligence, d'intelligence très ordinaire. Il se retire, portant beau, avec un adieu déjà plus familier. « Adieu, mademoiselle Claudine. — Adieu, Monsieur. »

Midi et demi, les élèves arrivent, et toujours pas d'Aimée ! Je refuse de jouer sous prétexte de migraine, et je me chauffe.

Oh ! oh ! Qu'est-ce que je vois ? Les voilà qui sont descendues, Aimée et sa redoutable supérieure ; elles sont descendues et traversent la cour, et la Rousse a passé le bras de mademoiselle Lanthenay sous le sien, événement inouï ! Mademoiselle Sergent parle, et très doucement à son adjointe, qui, encore un peu effarée, lève des yeux déjà rassurés et jolis vers l'autre bien plus grande qu'elle. Le spectacle de cette idylle tourne mon inquiétude en chagrin. Avant qu'elles soient tout près de la porte, je me précipite au-dehors au milieu d'une folle partie de *loup* en criant : « Je joue ! » comme je crierais « au feu ! ». Et, jusqu'à l'heure où l'on sonne la rentrée, je m'essouffle et je galope, poursuivie et poursuivante, me retenant de penser le plus que je peux.

Claudine à l'école

Pendant la partie, j'ai aperçu la tête de Rabastens : il regarde par-dessus le mur et prend plaisir à voir courir ces grandes filles qui montrent inconsciemment, les unes comme Marie Belhomme, et très sciemment, d'autres, comme la grande Anaïs, des mollets jolis ou ridicules. L'aimable Antonin me dédie un sourire extrêmement gracieux ; je ne crois pas devoir y répondre à cause de mes camarades, mais je cambre ma taille et je secoue mes boucles. Il faut bien amuser ce garçon. (D'ailleurs, il me semble né gaffeur et metteur de pieds dans tous les plats.) Anaïs qui l'a elle aussi aperçu, court en donnant des coups de genou dans ses jupes pour faire voir des jambes pourtant sans attraits, et rit, et pousse des cris d'oiseau. Elle ferait de la coquetterie devant un bœuf de labour.

Nous rentrons et nous ouvrons nos cahiers, encore essoufflées. Mais, au bout d'un quart d'heure, la mère Sergent vient prévenir sa fille, en un patois sauvage, que deux pensionnaires arrivent. La classe ébullitionne ; deux « nouvelles » à taquiner ! Et Mademoiselle sort en priant, à voix douce, mademoiselle Lanthenay de garder la classe. Aimée arrive, je cherche ses yeux pour lui sourire de toute ma tendresse anxieuse, mais elle me rend un regard assez mal assuré, et mon cœur se gonfle stupidement pendant que je me penche sur mon tricot diamant... Je n'ai jamais laissé tomber tant de mailles ! J'en laisse tomber un nombre si considérable que je suis obligée d'aller demander secours à mademoiselle Aimée. Pendant qu'elle cherche un remède à mes maladresses, je lui chuchote : « Bonjour, chère petite demoiselle mignonne, qu'est-ce qu'il y a donc, mon Dieu ? Je me ronge de ne pas pouvoir vous parler. » Elle jette des yeux inquiets autour d'elle et me répond très bas :

— Je ne peux rien vous dire maintenant ; demain à la leçon.

— Je ne pourrai jamais attendre jusqu'à demain ! Si je prétendais que papa a affaire dans sa bibliothèque demain, et si je demandais que vous me donniez ma leçon ce soir ?

— Non... oui... demandez-le. Mais retournez vite à votre place, les grandes nous regardent.

Je lui dis « Merci » tout haut et me rassieds. Elle a raison : la grande Anaïs nous guette, cherchant à deviner ce qui se passe depuis deux ou trois jours.

Mademoiselle Sergent rentre enfin, accompagnée de deux jeunesses insignifiantes dont la venue provoque une petite rumeur sur les bancs.

Elle installe ces nouvelles à leurs places. Les minutes s'écoulent lentement.

Quand sonnent quatre heures, enfin, je vais tout de suite trouver mademoiselle Sergent, et lui demande d'un trait :

— Mademoiselle, vous seriez bien bonne de permettre à mademoiselle Lanthenay de me donner ma leçon ce soir au lieu de demain, papa reçoit quelqu'un pour affaires, dans sa bibliothèque, et nous ne pourrions pas y rester.

Ouf ! J'ai débité ma phrase sans respirer. Mademoiselle fronce ses sourcils, me dévisage une seconde et se décide : « Oui, allez prévenir mademoiselle Lanthenay. »

J'y cours, elle met son chapeau, son manteau, et je l'emmène, trépignante de l'anxiété de savoir.

— Ah ! que je suis contente de vous avoir un peu ! Dites, vite, qu'est-ce qu'il y a de cassé ?

Elle hésite, tergiverse :

— Pas ici, attendez, c'est difficile de raconter ça dans la rue ; dans une minute nous serons chez vous.

En attendant, je serre son bras sous le mien, mais elle n'a pas son sourire gentil des autres fois. La porte de la bibliothèque tirée sur nous, je la prends dans mes bras et je l'embrasse ; il me semble qu'on l'a enfermée un mois loin de moi, cette pauvre petite Aimée aux yeux cernés, aux joues pâlies ! Elle a donc eu bien du chagrin ? Pourtant, ses regards me paraissent surtout embarrassés et elle est plus fébrile que triste. Et puis elle me rend mes baisers vite ; je n'aime pas du tout qu'on m'embrasse à la six-quatre-deux !

— Allons, parlez, racontez depuis le commencement.

— Mais ce n'est pas bien long ; il n'y a pas eu grand-chose, en somme. C'est mademoiselle Sergent, oui, qui voudrait... enfin, elle aime mieux... elle trouve que ces leçons d'anglais m'empêchent de corriger les cahiers, et que je suis forcée de me coucher trop tard...

— Allons, voyons, ne perdez pas de temps, et soyez franche ; elle ne veut plus que vous veniez ?

J'en tremble d'angoisse, je serre mes mains entre mes genoux pour les faire tenir tranquilles. Aimée tourmente la couverture de la grammaire et la décolle, en levant sur moi ses yeux qui redeviennent effarés.

— Oui, c'est cela, mais elle ne l'a pas dit comme vous le dites, Claudine ; écoutez-moi un peu...

Je n'écoute rien du tout, je me sens fondue de chagrin ; je suis assise sur un petit tabouret par terre, et sa taille mince entourée de mon bras, je la supplie :

— Ma chérie, ne vous en allez pas ; si vous saviez, j'aurais trop de chagrin ! Oh ! trouvez des prétextes, inventez quelque chose, revenez, ne me laissez pas ! Vous m'inondez de plaisir, rien qu'à être près de moi ! Ça ne vous fait donc pas plaisir à vous ? Je suis donc comme une Anaïs ou une Marie Belhomme pour vous ? Ma chérie, revenez, revenez encore me donner des leçons d'anglais ! Je vous aime tant... je ne vous le disais pas, mais maintenant vous le voyez bien !... Revenez, je vous en prie. Elle ne peut pourtant pas vous battre, cette rousse de malheur !

La fièvre me brûle, et je m'énerve plus encore de sentir qu'Aimée ne vibre pas à l'unisson. Elle caresse ma tête qui repose sur ses genoux, et ne m'interrompt guère que par des tremblants « ma petite Claudine ! ». A la fin, ses yeux se trempent et elle se met à pleurer en disant :

— Je vais tout vous raconter, c'est trop malheureux ; vous me faites trop de chagrin ! Voilà : samedi dernier, j'ai bien remarqué qu'*elle* me faisait plus de gentillesses que de coutume, et moi, croyant qu'elle s'habituait à moi et qu'elle nous laisserait tranquilles toutes deux, j'étais contente et toute gaie. Et puis, vers la fin de la soirée, comme nous corrigions des cahiers sur la même table, tout d'un coup, en relevant la tête, je vois qu'elle pleurait, en me regardant avec des yeux si bizarres que j'en suis restée interdite ; elle a tout de suite quitté sa chaise et est allée se coucher. Le lendemain, après une journée remplie de prévenances pour moi, voilà que, le soir, seule avec elle, je me préparais à lui dire bonsoir, quand elle me demande : « Vous aimez donc bien Claudine ? Elle vous le rend sans doute ? » Et avant que j'aie eu le temps de répondre elle était tombée assise près de moi en sanglotant. Et puis elle m'a pris les mains, et m'a dit toutes sortes de choses dont j'étais ébahie...

— Quelles choses ?

— Eh bien ! Elle me disait : « Ma chère petite, vous ne voyez donc pas que vous me crevez le cœur avec votre indifférence ? Oh ! ma chère mignonne, comment ne vous êtes-vous pas aperçue de la grande affection que j'ai pour vous ? Ma petite Aimée, je suis jalouse de la tendresse que vous témoignez à cette Claudine sans cervelle qui est sûrement un peu détraquée... Si vous vouliez seulement ne pas me détester, oh ! si vous vouliez seulement m'aimer un peu, je serais pour vous une amie plus tendre que vous ne pouvez l'imaginer... » Et elle me regardait jusqu'au fond de l'âme avec des yeux comme des tisons.

— Vous ne lui répondiez rien ?

— Bien sûr ! Je n'avais pas le temps ! Elle disait encore : « Croyez-vous que ce soit bien utile pour elle et bien gentil pour

moi ces leçons d'anglais que vous lui donnez ? Je sais trop que
vous ne faites guère d'anglais pendant les leçons et ça me déchire
de vous voir partir chaque fois ! N'y allez pas, n'y allez plus !
Claudine n'y pensera plus au bout d'une semaine, et je vous donnerai plus d'affection qu'elle n'est capable d'en éprouver ! » Je
vous assure, Claudine, je ne savais plus ce que je faisais, elle me
magnétisait avec ses yeux fous, et tout à coup la chambre tourne
autour de moi, et ma tête chavire, et je n'ai plus rien vu pendant
deux ou trois secondes, pas plus ; j'entendais seulement qu'elle
répétait tout effrayée : « Mon Dieu... Ma pauvre petite ! Je l'épouvante, elle est pâle, ma petite Aimée, ma chérie ! » Et tout de suite
après, elle m'a aidée à me déshabiller, avec des manières caressantes, et j'ai dormi comme si j'avais marché toute la journée...
Ma pauvre Claudine, vous voyez si j'y puis quelque chose !
   Je suis abasourdie. Elle a des amitiés plutôt violentes, cette
rousse volcanique ! Au fond, je ne m'en étonne pas énormément ;
ça devait finir ainsi. En attendant, je reste là, atterrée, et devant
Aimée, petite créature fragile ensorcelée par cette furie, je ne sais
que dire. Elle s'essuie les yeux. Il me semble que son chagrin finit
avec ses larmes. Je la questionne :
   — Mais vous, vous ne l'aimez pas du tout ?
   Elle répond sans me regarder :
   — Non, bien sûr ; mais réellement, elle semble m'aimer beaucoup
et je ne m'en doutais pas.
   Elle me glace, sa réponse, parce qu'enfin je ne suis pas encore
idiote, et je comprends ce qu'on veut me dire. Je lâche ses mains
que je tenais et je me relève. Il y a quelque chose de cassé. Puisqu'elle ne veut pas m'avouer franchement qu'elle n'est plus avec
moi contre l'autre, puisqu'elle cache le fond de sa pensée, je crois
que c'est fini. J'ai les mains gelées et les joues qui me brûlent.
Après un silence désagréable, c'est moi qui reprends :
   — Ma chère Aimée aux beaux yeux, je vous supplie de revenir
encore une fois pour finir le mois ; pensez-vous qu'Elle le veuille
bien ?
   — Oh ! oui, je le lui demanderai.
   Elle a dit ça vite, spontanément, déjà sûre d'obtenir de mademoiselle Sergent, maintenant, tout ce qu'elle voudra. Comme elle
s'éloigne vite de moi, et comme l'autre a vite réussi ! Lâche petite
Lanthenay ! Elle aime le bien-être comme une chatte qui a froid,
et comprend que l'amitié de sa supérieure lui sera plus profitable
que la mienne ! Mais je ne veux pas le lui dire, car elle ne reviendrait pas pour la dernière leçon, et je garde encore un vague

espoir... L'heure est passée, je reconduis Aimée, et, dans le corridor, je l'embrasse violemment, avec un petit désespoir. Une fois seule, je m'étonne de ne pas me sentir aussi triste que je le croyais. Je m'attendais à une grosse explosion ridicule ; non, c'est plutôt un froid qui me gèle...

A table, je coupe le rêve de papa :

— Tu sais, papa, mes leçons d'anglais ?

— Oui, je sais, tu as raison d'en prendre...

— Ecoute-moi donc, je n'en prendrai plus.

— Ah ! ça te fatigue ?

— Oui, ça m'énerve.

— Tu as raison.

Et sa pensée revole vers les limaces ; les a-t-elle quittées ?

Nuit traversée de rêves stupides, mademoiselle Sergent en Furie, des serpents dans ses cheveux roux, voulait embrasser Aimée Lanthenay qui se sauvait en criant. Je cherchais à la secourir, mais Antonin Rabastens me retenait, vêtu de rose tendre, et m'arrêtait par le bras en disant : « Ecoutez, écoutez donc, voici une romance que je chante, et j'en suis vraiment ravi. » Alors il barytonnait :

Mes chers amis, quand je mourrai,
Plantez un sole au cimetière...

sur l'air « Ah ! qu'on est fier d'être Français, quand on regarde la colonne ! » Une nuit absurde et qui ne me repose guère !

J'arrive en retard à l'école et je considère mademoiselle Sergent avec une surprise secrète de penser que cette audacieuse rousse a réussi. Elle me lance des regards malicieux, presque moqueurs ; mais fatiguée, abattue, je n'ai pas le cœur à lui répondre.

A la sortie de la classe, je vois mademoiselle Aimée qui aligne en rang les petites (il me semble que j'ai rêvé la soirée d'hier). Je lui dis bonjour en passant ; elle a l'air lasse elle aussi. Mademoiselle Sergent n'est pas là ; je m'arrête :

— Vous allez bien, ce matin ?

— Mais oui, merci. Vous avez les yeux battus, Claudine ?

— Possible. Quoi de nouveau ? La scène n'a pas recommencé ? On est toujours aussi aimable avec vous ?

Elle rougit et perd contenance :

— Oui, oui, il n'y a rien de nouveau et elle est très aimable.

Je... je crois que vous la connaissez mal, elle n'est pas du tout comme vous pensez...

Ecœurée un peu, je la laisse bafouiller ; quand elle a bien emmêlé sa phrase, je l'arrête :

— Peut-être est-ce vous qui avez raison. Vous viendrez mercredi pour la dernière fois ?

— Oh ! certainement, je l'ai demandé, c'est une chose assurée.

Comme les choses changent vite ! Depuis la scène d'hier soir nous ne parlons déjà plus de la même façon, et je n'oserais pas aujourd'hui lui montrer le chagrin bruyant que j'ai laissé voir hier au soir. Allons ! Il faut la faire rire un peu :

— Et vos amours ? Il va bien, le beau Richelieu ?

— Qui donc ? Armand Duplessis ? Mais oui, il va bien ; il reste quelquefois deux heures dans l'ombre sous ma fenêtre ; mais hier soir, je lui ai fait comprendre que je m'en apercevais, et il est parti vite, sur ses jambes en compas. Et quand M. Rabastens a voulu l'amener avant-hier, il a refusé.

— Vous savez, Armand est sérieusement emballé sur vous, croyez-moi ; j'ai entendu une conversation entre les deux adjoints, dimanche dernier, par hasard sur une route, et... je ne vous dis que ça ! Armand est très pincé ; seulement, tâchez de l'apprivoiser, c'est un oiseau sauvage.

Tout animée, elle voudrait des détails, mais je me sauve.

Tâchons de penser aux leçons de solfège du séduisant Antonin Rabastens. Elles commencent jeudi ; je mettrai ma jupe bleue, avec la blouse à plis qui dessine ma taille, et mon tablier, pas le grand tablier noir de tous les jours à corsage ajusté (qui me va pourtant bien), mais le joli petit bleu clair, brodé, celui des dimanches à la maison. Et c'est tout ; pas trop de frais pour ce monsieur, mes bonnes petites camarades s'en apercevraient.

Aimée, Aimée ! C'est vraiment dommage qu'elle se soit enfuie si vite, cette jolie oiselle qui m'aurait consolée de toutes ces oies ! Maintenant, je sens bien que la dernière leçon ne servira à rien du tout. Avec une petite nature comme la sienne, délicate, égoïste, et qui aime son plaisir en ménageant son intérêt, inutile de lutter contre mademoiselle Sergent. J'espère seulement que cette grosse déception ne m'attristera pas longtemps.

Aujourd'hui, en récréation, je joue éperdument pour me secouer et me réchauffer. Anaïs et moi, tenant solidement Marie Belhomme par ses « mains de sage-femme », nous la faisons courir à perdre haleine jusqu'à ce qu'elle demande grâce ; ensuite, sous peine d'être enfermée dans les cabinets, je la condamne à déclamer à haute et intelligible voix le récit de Théramène.

Elle clame ses alexandrins d'une voix de martyre, et se sauve après, les bras en l'air. Les sœurs Jaubert me semblent impressionnées. C'est bon, si elles n'aiment pas le classique, on leur servira du moderne à la prochaine occasion !

La prochaine occasion ne tarde guère ; à peine rentrées, on nous attelle à des exercices de ronde et de bâtarde en vue des examens proches. Car nous avons des écritures en général détestables.

— Claudine, vous allez dicter les modèles pendant que je donne les places de la petite classe.

Elle s'en va chez les « seconde classe » qui, délogées à leur tour, vont être installées je ne sais où. Ça nous promet une bonne demi-heure de solitude. Je commence :

— Mes enfants, aujourd'hui je vous dicte quelque chose de très amusant.

Chœur : « Ah ! »

— Oui, des chansons guillerettes, extraites des *Palais nomades*.

— Ça a l'air tout à fait gentil, rien que ce titre-là, remarque avec conviction Marie Belhomme.

— Tu as raison. Vous y êtes ? Allez.

> *Sur la même courbe lente,*
> *Implacablement lente,*
> *S'extasie, vacille et sombre*
> *Le présent complexe des courbes lentes.*

Je me repose. La grande Anaïs ne rit pas parce qu'elle ne comprend pas. (Moi non plus.) Et Marie Belhomme, toujours de bonne foi, s'exclame : « Mais tu sais bien qu'on a déjà fait de la géométrie ce matin ! Et puis celui-là a l'air trop difficile, je n'ai pas écrit la moitié de ce que tu as dit. »

Les jumelles roulent quatre yeux défiants. Je continue, impassible :

> *A l'identique automne les courbes s'homologuent,*
> *Analogue ta douleur aux longs soirs d'automne,*
> *Et détonne la lente courbe des choses et tes brefs sautillements.*

Elles suivent péniblement, sans plus chercher à comprendre, et j'éprouve une satisfaction bien douce à entendre Marie Belhomme se plaindre encore et m'arrêter : « Attends donc, attends donc, tu vas trop vite... La lente courbe des quoi ? »

Je répète : « *La lente courbe des choses et tes brefs sautillements*... Maintenant, recopiez-moi ça en ronde d'abord et en bâtarde après. »

C'est ma joie, ces leçons d'écriture supplémentaires, à dessein de satisfaire aux examens de la fin de juillet. Je dicte des choses extravagantes, et j'ai un grand plaisir à entendre ces filles d'épiciers, de cordonniers et de gendarmes réciter et écrire docilement des pastiches de l'Ecole romane, ou des berceuses murmurées par M. Francis Jammes, tout ça recueilli à l'intention de ces chères petites camarades, dans les revues et les bouquins que reçoit papa, et il en reçoit ! Depuis la *Revue des Deux Mondes* jusqu'au *Mercure de France*, tous les périodiques s'accumulent à la maison. Papa me confie le soin de les couper, je m'octroie celui de les lire. Il faut bien que quelqu'un les lise ! Papa y jette un œil superficiel et distrait, le *Mercure de France* ne traitant que bien rarement de malacologie. Moi, je m'y instruis, sans comprendre toujours, et j'avertis papa quand les abonnements touchent à leur fin. « Renouvelle, papa, pour garder la considération du facteur. »

La grande Anaïs qui manque de littérature — ce n'est pas sa faute — murmure avec scepticisme :

— Ces choses que tu nous dictes aux leçons d'écriture, je suis sûre que tu les inventes exprès.

— Si on peut dire ! C'est des vers dédiés à notre allié le tzar Nicolas, ainsi !...

Elle ne peut pas me blaguer et garde des yeux incrédules.

Rentrée de mademoiselle Sergent qui jette un coup d'œil sur nos écritures. Elle se récrie : « Claudine, vous n'avez pas honte de leur dicter des absurdités semblables ? Vous feriez mieux de retenir par cœur des théorèmes d'arithmétique, ça vaudrait mieux pour tout le monde ! » Mais elle gronde sans conviction, car, tout au fond, ces fumisteries ne lui déplaisent pas. Pourtant, je l'écoute sans rire, et ma rancune revient, de sentir si près de moi celle qui a forcé la tendresse de cette petite Aimée si peu sûre... Mon Dieu ! Voilà qu'il est trois heures et demie, et dans une demi-heure elle viendra chez nous pour la dernière fois.

Mademoiselle Sergent se lève et dit :

— Fermez vos cahiers. Les grandes du brevet, restez, j'ai à vous parler.

Les autres s'en vont, s'affublent de leurs capuchons et de leurs fichus avec lenteur, vexées de ne pas rester pour entendre le discours, évidemment formidable d'intérêt qu'on va nous adresser. La rousse directrice nous interpelle et malgré moi j'admire, comme toujours, la netteté de sa voix, la décision et la précision de ses phrases.

— Mesdemoiselles, je pense que vous ne vous faites pas d'illusions sur votre nullité en musique, toutes, sauf mademoiselle Claudine qui joue du piano et déchiffre couramment ; je vous ferais bien donner des leçons par elle, mais vous êtes trop indisciplinées pour obéir à une de vos compagnes. A partir de demain, vous viendrez le dimanche et le jeudi à neuf heures, vous exercer au solfège et au déchiffrage sous la direction de M. Rabastens, l'instituteur adjoint, puisque je ne suis pas, non plus que mademoiselle Lanthenay, en état de vous donner des leçons. M. Rabastens sera assisté de mademoiselle Claudine. Tâchez de ne pas vous tenir trop mal. Et soyez ici à neuf heures, demain.

J'ajoute à voix basse un « rompez ! » saisi par son oreille redoutable ; elle fronce les sourcils, pour sourire malgré elle, après. Son petit discours a été débité d'un ton si péremptoire qu'un salut militaire s'impose presque, elle s'en est aperçue. Mais vrai ! on dirait que je ne peux plus la fâcher ; c'est décourageant ; faut-il qu'elle soit sûre de son triomphe pour se montrer si bonne !

Elle part, et toutes éclatent en rumeurs. Marie Belhomme n'en revient pas :

— C'est égal, vrai, nous faire donner des leçons par un jeune homme, c'est un peu fort ! Mais ça sera amusant tout de même, crois-tu, Claudine ?

— Oui. Faut bien se distraire un peu.

— Ça ne va pas t'intimider, toi, de nous donner des leçons de chant avec le sous-maître ?

— Tu n'imagines pas ce que ça m'est égal.

Je n'écoute pas beaucoup et j'attends, en trépignant à l'intérieur, parce que mademoiselle Aimée Lanthenay ne vient pas tout de suite. La grande Anaïs, ravie, ricane, et se serre les côtes, comme si le rire la tordait, et houspille Marie Belhomme, qui gémit sans savoir se défendre : « Hein ! tu vas faire la conquête du bel Antonin Rabastens : il ne résistera pas longtemps à tes mains fines et longues, à tes mains de sage-femme, à ta taille mince, à tes yeux éloquents ; hein ! ma chère, voilà une histoire qui finira par un mariage ! » Elle s'excite et danse devant Marie qu'elle a acculée dans un coin et qui cache ses malheureuses mains en criant à l'inconvenance.

Aimée n'arrive toujours pas ! Enervée, je ne tiens pas en place

et vais rôder jusqu'à la porte de l'escalier qui conduit aux chambres
« provisoires » (toujours !) des institutrices. Ah ! J'ai bien fait de
venir voir ! En haut, sur le palier, mademoiselle Lanthenay est
toute prête à partir. Mademoiselle Sergent la tient par la taille et
lui parle bas, avec l'air d'insister tendrement. Puis elle embrasse
longuement la petite Aimée voilée, qui se laisse faire et se prête
gentiment, et même s'attarde et se retourne en descendant l'escalier.
Je me sauve sans qu'elles m'aperçoivent, mais j'ai encore une fois
un gros chagrin. Méchante, méchante petite, qui s'est vite détachée
de moi pour me donner ses tendresses et ses yeux dorés à celle
qui était notre ennemie !... Je ne sais plus que penser... Elle me
rejoint dans la classe où je suis restée figée dans mes songeries.

— Vous venez, Claudine ?
— Oui, Mademoiselle, je suis prête.

Dans la rue, je n'ose plus la questionner ; qu'est-ce qu'elle me
répondrait ? J'aime mieux attendre d'être à la maison, et, dehors,
lui parler banalement du froid, prédire qu'il va neiger encore, que
les leçons de chant du dimanche et du jeudi nous amuseront... ;
mais je parle sans conviction et elle sent bien, elle aussi, que tout
ce bavardage ne compte pas.

Chez nous, sous la lampe, j'ouvre mes cahiers et je la regarde :
elle est plus jolie que l'autre soir, un peu plus pâle, avec des
yeux cernés qui paraissent plus grands :

— Vous êtes fatiguée, on dirait ?

Elle s'embarrasse de toutes mes questions, pourquoi donc ? La
voilà qui redevient rose, qui regarde autour d'elle. Je parie qu'elle
se sent vaguement coupable envers moi. Continuons :

— Dites, elle vous témoigne toujours autant d'amitié, l'horrible
rousse ? Est-ce que les rages et les caresses de l'autre soir ont
recommencé ?

— Mais non... elle est très bonne pour moi... Je vous assure
qu'elle me soigne beaucoup.

— Elle ne vous a pas « magnétisée » de nouveau ?

— Oh ! non, il n'est pas question de ça... Je crois que j'ai exagéré
un peu, l'autre soir, parce que j'étais énervée.

Eh là ! la voilà tout près de perdre contenance ! Tant pis, je
veux savoir. Je me rapproche d'elle et lui prends ses mains, ses
toutes petites mains.

— Oh ! chérie, racontez-moi ce qu'il y a encore ! Vous ne voulez
donc plus rien dire à votre pauvre Claudine qui a eu tant de peine
avant-hier ?

Mais on dirait qu'elle vient de se ressaisir, brusquement décidée à se taire ; elle prend par degré un petit air calme, faussement naturel, et me regarde de ses yeux de chat, menteurs et clairs.

— Non, Claudine, voyons, puisque je vous assure qu'elle me laisse tout à fait tranquille, et que même elle se montre très bonne. Nous la faisions plus mauvaise qu'elle ne l'est, vous savez...

Qu'est-ce que c'est que cette voix froide et ces yeux fermés, tout larges ouverts qu'ils sont ? C'est sa voix de classe, ça, je n'en veux pas ! Je renfonce mon envie de pleurer pour ne pas paraître ridicule. Alors quoi, c'est fini nous deux ? Et si je la tourmente de questions, nous nous quitterons brouillées ?... Je prends ma grammaire anglaise, il n'y a rien d'autre à faire ; elle a un geste empressé pour ouvrir mon cahier.

C'est la première fois, et la seule, que j'ai pris avec elle une leçon sérieuse ; le cœur tout gonflé et prêt à crever, j'ai traduit des pages entières de :

« *Vous aviez des plumes, mais il n'avait pas de cheval.*

« *Nous aurions les pommes de votre cousin s'il avait beaucoup de canifs.*

« *Avez-vous de l'encre dans votre encrier ? Non, mais j'ai une table dans ma chambre à coucher, etc., etc.* »

Vers la fin de la leçon, cette singulière Aimée me demande à brûle-pourpoint :

— Ma petite Claudine, vous n'êtes pas fâchée contre moi ?

Je ne mens pas tout à fait :

— Non, je ne suis pas *fâchée* contre vous.

C'est presque vrai, je ne me sens pas de colère, rien que du chagrin et de la fatigue. Je la reconduis, et je l'embrasse, mais elle me tend sa joue en tournant si fort la tête que mes lèvres touchent presque son oreille. La petite sans-cœur ! Je la regarde s'en aller sous le réverbère avec une vague envie de courir après elle ; mais à quoi bon ?

J'ai dormi assez mal, mes yeux le prouvent, cernés jusqu'au milieu des joues ; heureusement, ça me va plutôt bien, je le constate dans la glace en brossant rudement mes boucles (toutes dorées ce matin) avant de partir pour la leçon de chant.

J'arrive une demi-heure trop tôt, et je ne peux m'empêcher de rire en trouvant deux de mes camarades, sur quatre, déjà installées à l'école ! Nous nous inspectons mutuellement, et Anaïs a un sifflement approbateur pour ma robe bleue et mon tablier mignon.

Elle a sorti pour la circonstance son tablier du jeudi et du dimanche, rouge, brodé de blanc (il la fait paraître encore plus pâle) ; coiffée en « casque » avec un soin méticuleux, la coque très avant, presque sur le front, elle se serre à étouffer dans une ceinture neuve. Charitablement, elle remarque tout haut que j'ai mauvaise mine ; mais je réponds que l'air fatigué m'avantage. Marie Belhomme accourt, écervelée et éparse, à son ordinaire. Elle a fait des frais, elle aussi, quoique en deuil ; sa fraise de crêpe ruché lui donne un air de pierrot noir, ahuri ; avec ses longs yeux veloutés, son air naïf et éperdu, elle est toute gentille. Les deux Jaubert arrivent ensemble, comme toujours, pas coquettes, ou du moins pas tant que nous autres, prêtes à se tenir irréprochablement, à ne pas lever les yeux, et à dire du mal de chacune de nous, après la leçon. Nous nous chauffons, serrés autour du poêle, en blaguant par avance le bel Antonin. Attention, le voici... Un bruit de voix et de rires s'approche, mademoiselle Sergent ouvre la porte, précédant l'irrésistible adjoint.

Splendide, le Rabastens ! Casquetté de fourrure, vêtu de bleu foncé sous son pardessus, et il se décoiffe et se dévêt en entrant, après un profond « Mesdemoiselles ! » Il a décoré son veston d'un chrysanthème rouge-rouille du meilleur goût et sa cravate impressionne, vert-de-gris avec semis d'anneaux blancs entrelacés. Une régate travaillée au miroir ! Tout de suite, nous sommes rangées et convenables, avec des mains qui tirent sournoisement les corsages pour effacer jusqu'aux velléités de plis disgracieux. Marie Belhomme s'amuse déjà de si bon cœur qu'elle pouffe bruyamment, et s'arrête effrayée d'elle-même. Mademoiselle Sergent fronce ses terribles sourcils et s'agace. Elle m'a regardée en entrant : je parie que sa petite lui raconte tout, déjà ! Je me répète obstinément qu'Aimée ne vaut pas tant de chagrin, mais je ne me persuade guère.

— Mesdemoiselles, grasseye Rabastens, l'une de vous voudra-t-elle me passer son livre ?

La grande Anaïs tend vite son Marmontel pour se mettre en valeur et reçoit un « merci » d'amabilité exagérée. Ce gros garçon-là doit se faire des politesses devant son armoire à glace. Il est vrai qu'il n'a pas d'armoire à glace.

— Mademoiselle Claudine, me dit-il avec une œillade enchanteresse (enchanteresse pour lui, s'entend), je suis charmé et très honoré de devenir votre collègue ; car vous donniez des leçons de chant à ces demoiselles, n'est-ce pas ?

— Oui, mais elles n'obéissent pas du tout à une de leurs compagnes, coupe brièvement mademoiselle Sergent, que ce bavardage impatiente. Aidée par vous, Monsieur, elle obtiendra de meilleurs résultats, ou elles échoueront au brevet : car elles sont nulles en musique.

Bien fait ! ça lui apprendra à filer des phrases inutiles, au Monsieur. Mes camarades écoutent, avec un étonnement non dissimulé ; jamais on n'avait encore employé pour elles tant de galanterie ; surtout, elles restent stupéfaites des compliments que me prodigue le louangeur Antonin.

Mademoiselle Sergent prend le « Marmontel » et indique à Rabastens l'endroit que ses nouvelles élèves refusent de franchir, par défaut d'attention, les unes, par incompréhension, les autres (sauf Anaïs à qui sa mémoire permet d'apprendre par cœur tous les exercices de solfège sans les « battre » et sans les décomposer). Comme c'est vrai, qu'elles sont « nulles en musique » ces petites cruches, et comme elles mettent une sorte de point d'honneur à ne pas m'obéir, elles se feraient sûrement octroyer des zéros au prochain examen. Cette perspective enrage mademoiselle Sergent qui chante faux et qui ne peut leur servir de professeur de chant, non plus que mademoiselle Aimée Lanthenay mal guérie d'une laryngite ancienne.

— Faites-les d'abord chanter séparément, dis-je au Méridional (tout épanoui de paonner au milieu de nous), elles font des fautes de mesure, toutes, mais pas les mêmes fautes, et je n'ai pas pu les empêcher jusqu'à présent.

— Voyons, Mademoiselle ?...

— Marie Belhomme.

— Mademoiselle Marie Belhomme, veuillez me solfier cet exercice.

C'est une petite polka en *sol*, totalement dépourvue de méchanceté, mais la pauvre Marie, antimusicienne au possible, n'a jamais pu la solfier correctement. Sous cette attaque directe, elle a tressailli, elle est devenue pourpre, et ses yeux tournent.

— Je bats une mesure à vide, et vous commencerez sur le premier temps : *ré si si, la sol fa fa*... Pas bien difficile, n'est-ce pas ?

— Oui, Monsieur, répond Marie qui perd la tête à force de timidité.

— Bon, je commence... Un, deux, un...

— *Ré si si, la sol fa fa*, piaille Marie d'une voix de poule enrouée.

Elle n'a pas manqué l'occasion de commencer sur le second temps ! Je l'arrête :

— Non, écoute donc : un, deux, *ré si si*... comprends-tu ? Monsieur bat une mesure vide. Recommence.

— Un, deux, un...

— *Ré si si...* elle recommence avec ardeur, en faisant la même faute ! Dire que depuis trois mois, elle chante sa polka à contre-mesure ! Rabastens s'interpose, patient et discret.

— Permettez, mademoiselle Belhomme, veuillez battre la mesure en même temps que moi.

Il lui a pris le poignet et lui conduit la main.

— Vous allez mieux comprendre ainsi : un, deux, un... Eh bien ! chantez donc !

Elle n'a pas commencé du tout, cette fois ! Cramoisie à cause de ce geste inattendu, elle a complètement perdu contenance. Je m'amuse beaucoup. Mais le beau baryton, très flatté du trouble de la pauvre linotte, se ferait scrupule d'insister. La grande Anaïs a les joues gonflées de rires retenus.

— Mademoiselle Anaïs, je vous prie de chanter cet exercice, pour montrer à mademoiselle Belhomme comment il doit être interprété.

Elle ne se fait pas prier celle-là ! Elle roucoule son petit machin « avec âme » en portant la voix aux notes élevées et pas trop en mesure. Mais quoi, elle le sait par cœur, et sa façon un peu ridicule de solfier comme si elle chantait une romance plaît au Méridional qui la complimente. Elle essaie de rougir, ne peut pas, et se borne faute de mieux, à baisser les yeux, se mordre les lèvres et pencher la tête.

Je dis à Rabastens : « Monsieur, voulez-vous faire répéter quelques exercices à deux voix ? Quoi que j'aie pu faire, elles ne les savent pas du tout. »

Je suis sérieuse, ce matin, d'abord parce que je n'ai pas grande envie de rire, ensuite parce que, si je batifolais trop pendant cette première leçon, mademoiselle Sergent supprimerait les autres. Et puis, je pense à Aimée. Elle ne descend donc pas, ce matin ? Il y a seulement huit jours, elle n'aurait pas osé faire aussi tard la grasse matinée !

En songeant à tout cela, je distribue les deux parties : la première à Anaïs, aggravée de Marie Belhomme, l'autre aux pensionnaires. Pour moi, je viendrai au secours de celle qui faiblira le plus. Rabastens soutient la seconde.

Et nous exécutons le petit morceau à deux voix, moi à côté du bel Antonin qui barytonne des « ah ! ah ! » pleins d'expression en se penchant de mon côté. Nous devons former un petit groupe extrêmement risible. Ce Marseillais indécrottable est si préoccupé des grâces qu'il déploie, qu'il commet fautes sur fautes, sans que, d'ailleurs, personne s'en aperçoive. Le chrysanthème distingué qu'il porte à son veston se détache et tombe ; — son morceau fini, il le ramasse et le jette sur la table, en disant, comme s'il réclamait des compliments pour lui-même : « Eh bien, ça n'a pas trop mal marché, il me semble ? »

Mademoiselle Sergent souffle sur son emballement en répondant :

— Oui, mais laissez-les chanter seules, sans vous, sans Claudine, et vous verrez.

(Je parierais, à sa mine déconfite, qu'il avait oublié pourquoi il est ici. Ça va être encore quelque chose de soigné comme professeur, ce Rabastens ! Tant mieux ! Quand la Directrice n'assistera pas aux leçons, on pourra tout se permettre avec lui.)

— Oui, évidemment, Mademoiselle, mais si ces demoiselles veulent se donner un peu de peine, vous verrez qu'elles arriveront vite à en savoir assez pour répondre aux examens. On demande si peu de musique, vous le savez bien, n'est-ce pas ?

Tiens, tiens, il se rebiffe maintenant ? Impossible de mieux servir à la rousse qu'elle n'est pas capable de chanter une gamme. Elle comprend la rosserie et ses sombres yeux se détournent. Antonin remonte un peu dans mon estime, mais il vient de mal disposer mademoiselle Sergent, qui lui dit sèchement :

— Si vous voulez bien faire étudier encore un peu ces enfants. J'aimerais assez qu'elles chantassent séparément, pour prendre un peu d'aplomb et de sûreté.

C'est au tour des jumelles qui possèdent des voix inexistantes, incertaines, sans trop de sens du rythme, mais ces deux bêcheuses-là s'en tireront toujours, ça travaille d'une façon si exemplaire ! Je ne peux souffrir ces Jaubert, sages et modestes. Et je les vois d'ici travaillant chez elles, répétant soixante fois chaque exercice, avant de venir aux leçons du jeudi, irréprochables et sournoises.

Pour finir, Rabastens se « donne le plaisir », dit-il, de m'entendre et me prie de déchiffrer des choses fortement embêtantes, romances néfastes, ou airs à gargouillades dont les vocalises démodées lui paraissent le dernier mot de l'art. Par amour-propre, parce que mademoiselle Sergent est là, et Anaïs aussi, je chante de mon mieux. Et l'ineffable Antonin s'extasie ; il s'emberlificote dans des compliments tortueux, dans des phrases pleines d'embûches, dont je n'aurais garde de l'aider à se dépêtrer, trop heureuse de l'écouter, au contraire, avec des yeux attentifs et rivés aux siens. Je ne sais pas comment il aurait trouvé la fin d'une phrase bourrée d'incidentes, si mademoiselle Sergent ne se fut approchée :

— Vous avez donné à ces demoiselles des morceaux d'étude pour la semaine ?

Non, il n'a rien donné du tout. Il ne peut pas se mettre dans la tête qu'on ne l'a pas convoqué ici pour chanter à deux voix avec moi !

Mais que devient donc la petite Aimée ? Il faut que je sache. Donc, je renverse avec adresse un encrier sur la table, en prenant soin de me tacher les doigts abondamment. Et je pousse un « ah ! » de désolation, avec tous mes doigts écartés en araignée. Mademoiselle Sergent prend le temps de remarquer que je n'en fais jamais d'autres et m'envoie me laver les mains à la pompe.

Une fois dehors, je m'essuie les mains à l'éponge du tableau noir pour ôter le plus gros, et je fouine, et je regarde dans tous les coins. Rien dans la maison. Je ressors et m'avance jusqu'au petit mur qui nous sépare du jardin de l'instituteur. Rien toujours. Mais, mais, on cause, là-dedans ! Qui ? Je me penche par-dessus le petit mur pour regarder en bas, dans le jardin qui est plus bas de deux mètres, et là, sous des noisetiers défeuillés, dans le petit soleil pâlot qu'on sent à peine, je vois le sombre Richelieu qui cause avec mademoiselle Aimée Lanthenay. Il y a trois ou quatre jours, je me serais mise sur la tête pour m'étonner avec les pieds devant ce spectacle, mais ma grosse déception de cette semaine m'a un peu cuirassée.

Ce sauvage de Duplessis ! Il trouve sa langue, à présent, et ne baisse plus les yeux. Il a donc brûlé ses vaisseaux ?

— Dites, Mademoiselle, vous ne vous en doutiez pas ? Oh ! dites que si !

Aimée, toute rose, frémit de joie, et ses yeux sont plus en or que jamais, ses yeux qui guettent et écoutent alertement pendant qu'il parle, tout autour. Elle rit gentiment en faisant signe qu'elle ne se doutait de rien, la menteuse !

— Si, vous vous en doutiez bien, quand je passais des soirées sous vos fenêtres. Mais je vous aime de toutes mes forces, non pas pour coqueter pendant une saison et m'en aller aux vacances ensuite. Voulez-vous m'écouter sérieusement, comme je vous parle maintenant ?

— C'est si sérieux que cela ?

— Oui, je vous l'affirme. M'autorisez-vous à aller ce soir vous parler devant mademoiselle Sergent ?

Ah ! la la ! J'entends la porte de la classe qui s'ouvre ; on vient voir ce que je deviens. En deux bonds je suis loin du mur et presque tout près de la pompe ; je me jette à genoux par terre, et quand la Directrice, accompagnée de Rabastens qui part, arrive près de moi, elle me voit en train de frotter énergiquement l'encre de mes mains avec du sable, « puisque ça ne s'en va pas avec de l'eau ».

Ça prend très bien.

— Laissez donc, dit mademoiselle Sergent, vous l'enlèverez chez vous à la pierre ponce.

Le bel Antonin m'adresse un « au revoir » à la fois joyeux et mélancolique. Je me suis relevée et lui envoie mon signe de tête le plus onduleux, qui fait rouler des boucles de cheveux mollement le long de mes joues. Derrière son dos, je ris : gros hanneton, il croit que c'est arrivé ! Je rentre dans la classe pour prendre mon capuchon, et je reviens chez nous rêvassant à la conversation surprise derrière le petit mur.

Quel dommage que je n'aie pas pu entendre la fin de leur amoureux dialogue ! Aimée aura consenti, sans se faire prier, à recevoir ce Richelieu inflammable mais honnête, et il est capable de la demander en mariage. Qu'est-ce qu'elle a donc dans la peau, cette petite femme même pas régulièrement jolie ? Fraîche, c'est vrai, avec des yeux magnifiques ; mais enfin, il ne manque pas de beaux yeux dans de plus jolies figures, et celle-ci tous les hommes la regardent ! Les maçons cessent de gâcher quand elle passe, en faisant l'un à l'autre des yeux clignés et des claquements de langue. (Hier, j'en ai entendu un dire à son camarade en la désignant : « Vrai, je m'abonnerais bien à être puce dans son lit ! ») Les gars, dans les rues, font les farauds pour elle, et les vieux habitués du café de la Perle, ceux qui prennent le vermouth tous les soirs, causent entre eux avec intérêt, « d'une petite fille, institutrice à l'école, qui fait *regipper* comme une tarte aux fruits pas assez sucrée ». Maçons, petits rentiers, directrice, instituteur, tous alors ? Moi, elle m'intéresse un peu moins depuis que je la découvre si traîtresse, et je me sens toute vide, vide de ma tendresse, vide de mon gros chagrin du premier soir.

On démolit, on finit de démolir l'ancienne école ; pauvre vieille école ! On jette à bas le rez-de-chaussée, et nous assistons curieusement à la découverte de murs doubles, des murs qu'on croyait pleins et épais, et qui sont creux comme des armoires, avec une espèce de corridor noir, où on ne trouve rien que de la poussière et une affreuse odeur vieille et répugnante. Je me plais à terrifier Marie Belhomme en lui racontant que ces cachettes mystérieuses ont été aménagées au temps jadis pour y murer des femmes qui trompaient leurs maris, et que j'ai vu des os blancs traîner dans les gravats ; elle ouvre des yeux effarés, demande : « C'est vrai ? » et s'approche vite pour « voir les os ». Elle revient près de moi tout de suite.

— Je n'ai rien vu, c'est encore une menterie que tu me fais !

— Que l'usage de la langue me soit ôté à l'instant si ces cachettes dans les murs n'ont pas été creusées dans un but criminel ! Et puis d'abord, tu sais, ça te va bien de dire que je mens, toi qui caches un chrysanthème dans ton Marmontel, celui que M. Antonin Rabastens portait à sa boutonnière !

J'ai crié ça bien haut, parce que je viens d'apercevoir mademoiselle Sergent qui entre dans la cour, précédant Dutertre. Oh ! on le voit souvent celui-là, c'est une justice à lui rendre ! Et c'est un beau dévouement qu'il a, ce docteur, de quitter sa clientèle à chaque instant pour venir constater l'état satisfaisant de notre école, — qui s'en va par morceaux en ce moment, la première classe à l'Ecole maternelle, la deuxième, là-bas dans la mairie. Il a peur, sans doute, que notre instruction ne souffre de ces déplacements successifs, le digne délégué cantonal !

Ils ont entendu, elle et lui, ce que je disais — pardi, je l'ai fait exprès ! — et Dutertre saisit cette occasion de s'approcher. Marie voudrait rentrer sous terre, et gémit en se voilant la figure de ses mains. Bon prince, il s'approche tout riant et frappe sur l'épaule de la nigaude qui tressaille et s'effare : « Petite, qu'est-ce que te dit cette Claudine endiablée ? Tu conserves les fleurs que porte notre bel adjoint ? Dites donc, mademoiselle Sergent, vos élèves ont le cœur très éveillé, savez-vous ! Marie, veux-tu que j'en informe ta mère pour lui faire comprendre que sa fille n'est plus une gamine ? »

Pauvre Marie Belhomme ! Hors d'état de répondre un mot, elle regarde Dutertre, elle me regarde, elle regarde la Directrice avec des yeux de biche ahurie, et va pleurer.... Mademoiselle Sergent, qui n'est pas absolument enchantée de l'occasion qu'a trouvée le délégué cantonal de bavarder avec nous, le contemple avec des yeux jaloux et admiratifs ; elle n'ose pas l'emmener (je le connais assez pour croire qu'il refuserait avec aisance). Moi, je jubile de la confusion de Marie, du mécontentement impatient de mademoiselle Sergent (et sa petite Aimée, elle ne lui suffit donc plus ?) et aussi de voir le plaisir qu'éprouve notre bon docteur à rester près de nous. Il faut croire que mes yeux disent l'état de rage et de contentement où je suis, car il rit en montrant ses dents pointues :

— Claudine, qu'as-tu à pétiller ainsi ? C'est la méchanceté qui t'agite ?

Je réponds « oui » de la tête, en secouant mes cheveux, sans parler, irrévérence qui fait froncer les sourcils touffus de mademoiselle Sergent... Ça m'est bien égal. Elle ne peut pas tout avoir, cette mauvaise rousse, son délégué cantonal et sa petite adjointe, non, non... Plus sans gêne que jamais, Dutertre vient à moi et passe son bras autour de mes épaules. La grande Anaïs, curieuse, nous regarde en rapetissant ses yeux.

— Tu vas bien ?

— Oui, docteur, je vous remercie beaucoup.

— Sois sérieuse. (Avec ça qu'il l'est, lui, sérieux !) Pourquoi as-tu toujours les yeux cernés ?

— Parce que le bon Dieu me les a faits comme ça.

— Tu ne devrais pas lire autant. Tu lis dans ton lit, je parie ?

— Un petit peu, pas beaucoup. Est-ce qu'il ne faut pas ?

— Heu... si, tu peux bien lire. Qu'est-ce que tu lis ? Voyons, dis-moi ça.

Il s'excite et m'a serré les épaules d'un geste brusque. Mais je ne suis pas si sotte que l'autre jour, et je ne rougis pas, pas encore. La Directrice a pris le parti d'aller gronder les petites qui jouent avec la pompe et s'inondent. Ce qu'elle doit bouillir à l'intérieur ! J'en danse !

— Hier, j'ai fini *Aphrodite* ; ce soir, je commence *La Femme et le Pantin*.

— Oui ? Tu vas bien, toi ! Pierre Louys ? Peste ! Pas étonnant que tu... je voudrais bien savoir ce que tu comprends là-dedans ? Tout ?

(Je ne suis pas poltronne, je crois, mais je n'aimerais pas continuer cette conversation, seule avec lui le long d'un bois ou sur un canapé, ses yeux brillent tellement ! Et puis, s'il se figure que je m'en vais lui faire des confidences polissonnes...)

— Non, je ne comprends pas tout, malheureusement, mais assez de choses tout de même. Et j'ai aussi lu, l'autre semaine, la *Suzanne* de Léon Daudet. Je termine l'*Année de Clarisse*, un Paul Adam qui me ravit !

— Oui, et tu dors après ?... Mais tu te fatigueras avec ce régime-là ; ménage-toi un peu, ce serait dommage de t'abîmer, tu sais.

Qu'est-ce qu'il croit donc ? Il me regarde de si près, avec une si visible envie de me caresser, de m'embrasser, que voici le fâcheux fard brûlant qui m'envahit, et je perds mon assurance. Il craint peut-être aussi de perdre son sang-froid, lui, car il me laisse aller, en respirant profondément et me quitte après une caresse sur mes cheveux, de la tête jusqu'à l'extrémité de mes boucles, comme sur le dos des chats. Mademoiselle Sergent se rapproche, ses mains frémissent de jalousie, et ils s'éloignent tous deux ; je les vois se parler très vivement, elle avec un air d'imploration anxieuse ; lui, hausse légèrement l'épaule et rit.

Ils croisent mademoiselle Aimée, et Dutertre s'arrête, séduit par ses yeux câlins, il plaisante familièrement avec elle, toute rose, un peu embarrassée, contente ; et mademoiselle Sergent ne témoigne pas de jalousie cette fois, au contraire... Moi, le cœur me saute toujours un peu quand cette petite arrive. Ah ! tout ça s'est mal arrangé !

Je m'enfonce si loin dans mes pensées que je ne vois pas la grande Anaïs qui exécute une danse sauvage autour de moi :

— Veux-tu me laisser tranquille, sale monstre ! Je n'ai pas envie de jouer aujourd'hui.

— Voui, je sais, c'est le délégué cantonal qui te trotte... Ah ! dame, tu ne sais plus auquel entendre, Rabastens, Dutertre, qui encore ? As-tu fait ton choix ? et mademoiselle Lanthenay ?

Elle tourbillonne, avec des yeux démoniaques dans sa figure immobile, furieuse au fond. Pour avoir la paix, je me jette sur elle et lui meurtris les bras de coups de poing ; elle crie tout de suite, lâchement, et se sauve, je la poursuis, et la bloque dans le coin de la pompe, où je lui verse un peu d'eau sur la tête, pas beaucoup, le fond du gobelet commun. Elle se fâche tout à fait.

— Tu sais, c'est stupide, c'est pas des choses à faire, justement, je suis enrhumée, je tousse !

— Tousse ! le docteur Dutertre te donnera une consultation gratuite, et encore quelque chose avec !

La venue de l'amoureux Duplessis coupe notre querelle ; il est transfiguré, depuis deux jours, cet Armand, et ses yeux rayonnants disent assez qu'Aimée lui a accordé sa main, avec son cœur et sa foi, tout ça dans le même sac. Mais il voit sa douce fiancée qui bavarde et rit, entre Dutertre et la Directrice, lutinée par le délégué cantonal, encouragée par mademoiselle Sergent, et ses yeux noircissent. Ah ! ah ! il n'est pas jaloux, non, c'est moi ! Je crois bien qu'il retournerait sur ses pas si la rousse elle-même ne l'appelait. Il accourt à grandes enjambées et salue profondément Dutertre qui lui serre la main familièrement, avec un geste de félicitations. Le pâle Armand rougit, s'illumine, et regarde sa petite fiancée avec un tendre orgueil. Pauvre Richelieu, il me fait de la peine ! Je ne sais pas pourquoi, mais j'ai idée que cette Aimée qui joue à demi l'inconscience et s'engage si vite ne lui donnera guère de bonheur. La grande Anaïs ne perd pas un geste du groupe, et en oublie de m'injurier.

— Dis donc, me souffle-t-elle très bas, qu'est-ce qu'ils font comme ça ensemble ? Qu'est-ce qu'il y a ?

J'éclate : « Il y a que M. Armand, le compas, Richelieu, oui, a demandé la main de mademoiselle Lanthenay, qu'elle la lui a accordée, qu'ils sont fiancés et que Dutertre les félicite, à l'heure qu'il est ! C'est ça qu'il y a ! »

— Ah !... Ben vrai, alors ! Comment, il lui a demandé sa main, *pour se marier ?*

Je ne peux pas m'empêcher de rire ; elle a lâché le mot si naturellement, avec une naïveté qui ne lui est pas habituelle ! Mais je ne la laisse pas moisir dans sa stupéfaction : « Cours, cours, va chercher n'importe quoi dans la classe, entends ce qu'ils disent ; de moi ils se méfieraient trop vite ! »

Elle s'élance ; passant près du groupe, elle perd adroitement son sabot (nous portons toutes des sabots, l'hiver), et tend ses oreilles en s'attardant à le remettre. Puis elle disparaît et revient, portant ostensiblement ses mitaines qu'elle glisse sur ses mains en revenant près de moi.

— Qu'est-ce que tu as entendu ?

— M. Dutertre disait à Armand Duplessis : « Je ne forme pas pour vous de vœux de bonheur, Monsieur, ils sont inutiles quand on épouse une pareille jeune fille. » Et mademoiselle Aimée Lanthenay baissait les yeux, comme ça. Mais vrai, je n'aurais jamais cru que ça y était, aussi sûr que ça !

Moi aussi je m'étonne, mais pour une autre raison. Comment ! Aimée se marie, et ça ne produit pas plus d'effet à mademoiselle Sergent ? Sûrement il y a là-dessous quelque chose que j'ignore ! Pourquoi aurait-elle fait ces frais de conquête, et pourquoi ces scènes de larmes à Aimée, si elle la donne maintenant, sans plus de regrets, à un Armand Duplessis qu'elle connaît à peine ? Que le diable les emporte ! Il va falloir encore que je m'*arale*[1] à découvrir le fin mot de l'histoire. Après tout, elle n'est sans doute jalouse que des femmes.

Pour me dégourdir les idées, j'organise une grande partie de « grue » avec mes camarades, et les « gobettes » de la deuxième division, qui deviennent assez grandes personnes pour que nous les admettions à jouer avec nous. Je trace deux raies distantes de

---

1. Je me tourmente.

trois mètres, me place au milieu pour faire la grue, et la partie commence, semée de cris pointus et de quelques chutes que je favorise.

On sonne ; nous rentrons pour l'assommante leçon de travail à l'aiguille. Je prends ma tapisserie avec dégoût. Au bout de dix minutes, mademoiselle Sergent s'en va, sous prétexte d'aller distribuer des fournitures à la « petite classe » qui, de nouveau déménagée, se tient, provisoirement (bien entendu !) dans une salle vide de l'école maternelle, tout près de nous. Je parie qu'en fait de fournitures, la rousse va surtout s'occuper de sa petite Aimée.

Après une vingtaine de points de tapisserie, je suis prise d'un accès soudain de stupidité qui m'empêche de savoir si je dois changer de nuance pour remplir une feuille de chêne, ou bien conserver la même laine avec laquelle j'ai terminé une feuille de saule. Et je sors, mon ouvrage à la main, pour demander conseil à l'omnisciente Directrice. Je traverse le corridor, j'entre dans la petite classe : les cinquante gamines enfermées là-dedans piaillent, se tirent les cheveux, rient, dansent, dessinent des bonshommes au tableau noir, et pas la moindre mademoiselle Sergent, pas la moindre mademoiselle Lanthenay. Ça devient curieux ! Je ressors, je pousse la porte de l'escalier ; rien dans l'escalier ! Si je montais ? Oui, mais qu'est-ce que je répondrai, si on me trouve là ? Bah ! je dirai que je viens chercher mademoiselle Sergent, parce que j'ai entendu sa vieille paysanne de mère qui l'appelait.

Houche ! Je monte sur mes chaussons, doucement, doucement, en laissant mes sabots en bas. Rien en haut de l'escalier. Mais voici la porte d'une chambre qui bâille un peu, et je ne songe plus à rien autre qu'à regarder par l'ouverture. Mademoiselle Sergent, assise dans son grand fauteuil, me tourne le dos, heureusement, et tient son adjointe sur ses genoux, comme un bébé ; Aimée soupire doucement et embrasse de tout son cœur la rousse qui la serre. A la bonne heure ! On ne dira pas que cette directrice rudoie ses subordonnées ! Je ne vois pas leurs figures parce que le fauteuil a un grand dossier assez haut, mais je n'ai pas besoin de les voir. Mon cœur me bat dans les oreilles, et tout d'un coup, je bondis dans l'escalier sur mes chaussons muets.

Trois secondes après je suis réinstallée à ma place, près de la grande Anaïs qui se délecte à la lecture et aux images du *Supplément*. Pour qu'on ne s'aperçoive pas de mon trouble, je demande à voir aussi comme si ça m'intéressait ! Il y a un conte de Catulle Mendès, tout câlin qui me plairait, mais je n'ai pas bien la tête à ce que je lis, encore toute pleine de ce que j'ai guetté là-haut ! Je n'en demandais pas tant, et je ne croyais certes pas leurs tendresses si vives...

Anaïs me montre un dessin de Gil Baër représentant un petit jeune homme sans moustaches, l'air d'une femme déguisée, et, entraînée par la lecture du *Carnet de Lyonnette* et des folichonneries d'Armand Sylvestre, elle me dit avec des yeux troublés : « J'ai un cousin qui ressemble à ça, il s'appelle Raoul, il est au collège et je vais le voir aux vacances tous les étés. » Cette révélation m'explique sa sagesse relative et nouvelle ; elle écrit très peu aux gars en ce moment. Les sœurs Jaubert jouent les scandalisées à cause de ce journal polisson, Marie Belhomme renverse son encrier pour venir voir : quand elle a regardé les images et lu un peu, elle s'enfuit, ses longues mains en l'air, criant : « C'est abominable ! je ne veux pas lire le reste avant la récréation ! » Elle est à peine assise, en train d'éponger son encre renversée, que mademoiselle Sergent rentre, sérieuse, mais avec des yeux enchantés, scintillants ; je regarde cette rousse comme si je n'étais pas sûre que ce fût la même que l'embrasseuse de là-haut.

— Marie, vous me ferez une narration sur la maladresse, et vous me l'apporterez ce soir à cinq heures. Mesdemoiselles, demain arrive une nouvelle adjointe, mademoiselle Griset, vous n'aurez pas affaire à elle, elle s'occupera de la petite classe seulement.

J'ai failli demander : « Et mademoiselle Aimée, elle s'en va donc ? » Mais la réponse arrive toute seule :

— Mademoiselle Lanthenay emploie trop peu son intelligence dans la seconde classe, désormais elle vous donnera ici des leçons d'histoire, de travail à l'aiguille et de dessin, sous ma surveillance.

Je la regarde en souriant, et je hoche la tête comme pour la complimenter de cet arrangement vraiment assez réussi. Elle fronce les sourcils, tout de suite encolérée :

— Claudine, qu'avez-vous fait à votre tapisserie ? Tout ça ? Oh ! vous ne vous êtes vraiment pas fatiguée !

Je prends mon air le plus idiot pour répondre :

— Mais, Mademoiselle, je suis allée tout à l'heure à la petite classe pour vous demander s'il fallait prendre le vert n° 2 pour la feuille de chêne et il n'y avait personne ; je vous ai appelée dans l'escalier, il n'y avait personne non plus.

Je parle lentement, à haute voix, afin que tous les nez penchés sur les tricots et les coutures se lèvent ; on m'écoute avidement ; les plus grandes se demandent ce que la directrice pouvait faire au loin, laissant ainsi les élèves à l'abandon. Mademoiselle Sergent devient d'un cramoisi noircissant, et répond vivement : « J'étais allée voir où il serait possible de loger la nouvelle adjointe ; le bâtiment scolaire est presque achevé, on le sèche avec de grands feux, et nous pourrons sans doute nous y installer bientôt. »

Je fais un geste de protestation et d'excuse qui veut dire : « Oh ! je n'ai pas à savoir où vous étiez, vous ne pouviez qu'être où vous appelait votre devoir. » Mais j'éprouve un contentement rageur à penser que je pourrais lui répliquer : « Non, zélée éducatrice, vous vous souciez aussi peu que possible de la nouvelle adjointe, c'est l'autre, mademoiselle Lanthenay, qui vous occupe, et vous étiez dans votre chambre, avec elle, en train de l'embrasser à pleine bouche. »

Pendant que je roule des pensées de révolte, la rousse s'est ressaisie ; très calme, à présent, elle parle d'une voix nette :

— Prenez vos cahiers. En titre : *Composition française*. Expliquez et commentez cette pensée : « Le temps ne respecte pas ce qu'on a fait sans lui. » Vous avez une heure et demie.

O désespoir et navrement ! Quelles inepties va-t-il falloir sortir encore ! Ça m'est égal que le temps respecte ou non ce qu'on fait sans l'inviter ! Toujours des sujets pareils ou pires ! Oui, pires, car nous voici à la veille du jour de l'an, presque, et nous n'échapperons pas à l'inévitable petit morceau de style sur les étrennes, coutume vénérable, joie des enfants, attendrissement des parents, bonbons, joujoux (avec un *x* au pluriel, comme bijou, caillou, chou, genou, hibou et pou) — sans oublier la note touchante sur les petits pauvres qui ne reçoivent pas d'étrennes et qu'il faut soulager en ce jour de fête, pour qu'ils aient leur part de joie ! — Horreur, horreur !

Pendant que je rage, les autres « brouillonnent » déjà ; la grande Anaïs attend que je commence pour copier son début sur le mien ; les deux Jaubert ruminent et réfléchissent sagement, et Marie Belhomme a déjà rempli une page d'inepties, de phrases contradictoires et de réflexions à côté du sujet. Après avoir bâillé un quart d'heure, je me décide, et j'écris tout de suite sur le « cahier-journal » sans brouillon, ce qui indigne les autres.

A quatre heures, en sortant, je constate sans douleur que c'est mon tour de balayage avec Anaïs. D'habitude, cette corvée me dégoûte, mais aujourd'hui ça m'est égal, j'aime mieux ça même. En allant chercher l'arrosoir, je rencontre enfin mademoiselle Aimée qui a les pommettes rouges et les yeux brillants.

— Bonjour, Mademoiselle. A quand la noce ?

— Comment ! mais... ces gamines savent toujours tout ! Mais ce n'est pas encore décidé... la date, du moins. Ce sera pour les

grandes vacances, sans doute... Vous ne le trouvez pas laid, dites, M. Duplessis ?
— Laid, Richelieu ? Non, par exemple ! Il est tellement mieux que l'autre, tellement ! Vous l'aimez ?
— Mais, dame, puisque je l'accepte comme mari !
— En voilà une raison ! Ne me faites donc pas des réponses semblables, croyez-vous parler à Marie Belhomme ? Vous ne l'aimez guère, vous le trouvez gentil et vous avez envie de vous marier, pour voir ce que c'est, et par vanité, pour embêter vos camarades de l'Ecole normale qui resteront vieilles filles, voilà tout ! Ne lui faites pas trop de farces, c'est tout ce que je peux lui souhaiter, car il mérite sans doute d'être aimé mieux que vous ne l'aimez.

Vlan ! Là-dessus, je tourne les talons, et je cours chercher de l'eau pour arroser. Elle est restée là plantée, décontenancée. Enfin, elle s'en va surveiller le balayage de la petite classe, ou bien raconter ce que je viens de dire à sa chère mademoiselle Sergent. Qu'elle y aille ! Je ne veux plus me soucier de ces deux folles, dont une ne l'est pas. Et tout excitée, j'arrose, j'arrose trop, j'arrose les pieds d'Anaïs, les cartes géographiques, puis je balaye à tour de bras. Ça me repose de me fatiguer ainsi.

Leçon de chant. Entrée d'Antonin Rabastens, cravaté de bleu ciel, « Té, bel astre », comme disaient les Provençales à Roumestan. Tiens, mademoiselle Aimée Lanthenay est là aussi, suivie d'une petite créature, plus petite qu'elle encore, à démarche singulièrement souple, et qui paraît treize ans, avec une figure un peu plate, des yeux verts, le teint frais, les cheveux soyeux et foncés. Cette gamine s'est arrêtée, toute sauvage sur le seuil. Mademoiselle Aimée se tourne vers elle en riant : « Allons, viens, n'aie pas peur ; Luce, entends-tu ? »

Mais c'est sa sœur ! J'avais complètement oublié ce détail. Elle m'avait parlé de cette sœur probable au temps où nous étions amies... Je trouve ça si drôle, cette petite sœur qu'elle amène, que je pince Anaïs qui glousse, je chatouille Marie Belhomme qui miaule, et j'esquisse un petit pas à deux temps derrière mademoiselle Sergent. Rabastens trouve ces folies charmantes ; la petite sœur Luce me regarde de ses yeux bridés. Mademoiselle Aimée se met à rire (elle rit de tout, maintenant, elle est si heureuse !) et me dit :

— Je vous en prie, Claudine, ne la rendez pas folle pour commencer ; elle est bien assez timide naturellement.

— Mademoiselle, je veillerai sur elle comme sur ma personnelle vertu. Quel âge a-t-elle ?

— Quinze ans le mois dernier.

— Quinze ? Eh bien, maintenant, je n'ai plus confiance en personne ! Je lui en donnais treize, bien payés.

La petite, devenue toute rouge, regarde ses pieds, jolis d'ailleurs. Elle se tient contre sa sœur et lui serre le bras pour se rassurer. Attends, je vais lui donner du courage, moi !

— Viens, petite, viens ici avec moi. N'aie pas peur. Ce monsieur, qui arbore en notre honneur des cravates enivrantes, c'est notre bon professeur de chant, tu ne le verras que les jeudis et les dimanches, malheureusement. Ces grandes filles-là, c'est des camarades, tu les connaîtras assez tôt. Moi, je suis l'élève irréprochable, l'oiseau rare, on ne me gronde jamais (s'pas, Mademoiselle ?) et je suis toujours sage comme aujourd'hui. Je serai pour toi une seconde mère !

Mademoiselle Sergent s'amuse sans vouloir en avoir l'air, Rabastens admire, et les yeux de la nouvelle expriment des doutes sur mon état mental. Mais je la laisse, j'ai assez joué avec cette Luce ; elle reste près de sa sœur qui l'appelle « petite bête », elle ne m'intéresse plus. Je demande sans me gêner :

— Où allez-vous la coucher, cette enfant, puisque rien n'est fini encore ?

— Avec moi, répond Aimée.

Je pince les lèvres, je regarde la Directrice bien en face et je dis nettement :

— Bien z'ennuyeux, ça !

Rabastens rit dans sa main (est-ce qu'il saurait quelque chose ?) et émet cette opinion qu'on pourrait peut-être commencer à chanter. Oui, on pourrait ; et même on chante. La petite nouvelle ne veut rien savoir, et reste muette obstinément.

— Vous ne savez pas bien la musique, mademoiselle Lanthenay *junior* ? demande l'exquis Antonin, avec des sourires de placier en vins.

— Si, Monsieur, un peu, répond la petite Luce d'une faible voix chantante, qui doit être douce à l'oreille quand la frayeur ne l'étrangle pas.

— Eh bien, alors ?

Eh bien, alors, rien du tout. Laisse donc cette enfant tranquille, galantin de la Canebière !

Dans le même instant, Rabastens me souffle : « Et autremint, je crois que si ces demoiselles sont fatiguées, les leçons de chant n'y seront pour rien ! »

Je jette les yeux autour de moi, toute surprise de son audace à me parler bas ; mais il a raison, mes camarades sont occupées de la nouvelle, la cajolent et lui parlent doucement ; elle répond gentiment, toute rassurée de se voir bien accueillie ; quant à la chatte Lanthenay et à son tyran aimé, blotties dans l'embrasure de la fenêtre qui donne sur le jardin, elles nous oublient profondément ; mademoiselle Sergent a entouré de son bras la taille d'Aimée, elles parlent tout bas, ou ne parlent pas du tout, ça revient au même. Antonin qui a suivi mon regard, ne se retient pas de rire :

— Elles sont rudement bien ensemble !

— Plutôt, oui. C'est touchant, cette amitié, n'est-ce pas, Monsieur ?

Ce gros naïf ne sait pas cacher ses sentiments et s'exclame tout bas :

— Touchant ? Dites que c'est embarrassant pour les otres ! Dimanche soir, je suis allé reporter des cahiers de musique, ces demoiselles étaient dans la classe ici, sans lumière. J'entre — n'est-ce pas, c'est un endroit public, cette classe — et, dans le crépuscule, j'entrevois mademoiselle Sergent avé mademoiselle Aimée, l'une près de l'otre, s'embrassant comme du pain. Vous croyez qu'elles se sont dérangées, peut-être ? Non, mademoiselle Sergent s'est retournée languissammint, en demandant : « Qui est là ? » Moi, je ne suis pas trop timide, pourtant, eh bien, je suis resté tout bette devant elles.

(Cause toujours, tu ne m'apprends rien, candide sous-maître ! Mais j'oubliais le plus important.)

— Et votre collègue, Monsieur, je le crois fort heureux, depuis que le voilà fiancé à mademoiselle Lanthenay ?

— Oui, le povre garçon, mais il me semble qu'il n'y a pas de quoi être si heureux.

— Oh ! pourquoi donc ?

— Hé ! la Directrice fait tout ce qu'elle veut de mademoiselle Aimée, ce n'est pas bien agréable pour un futur mari. Moi ça m'ennuierait que ma femme fût dominée de cette façon par un otre que moi.

Je suis de son avis. Mais les autres ont fini d'interviewer la nouvelle venue, il est prudent de nous taire. Chantons... Non, inutile : voici Armand qui ose entrer, dérangeant le chuchotage tendre des deux femmes. Il reste en extase devant Aimée qui coquette avec lui, et joue de ses paupières aux cils frisés, tandis que mademoiselle Sergent le contemple avec des yeux attendris de belle-mère qui a casé sa fille. Les conversations de nos camarades recommencent jusqu'à ce que l'heure sonne. Rabastens a raison, quelles drolles, pardon, quelles drôles de leçons de chant !

Je trouve ce matin à l'entrée de l'école une jeune fille pâle, — des cheveux ternes, des yeux gris, la peau déveloutée — qui serre un fichu de laine sur ses épaules étroites avec l'aspect navrant d'un chat maigre qui a froid et peur. Anaïs me la désigne d'un geste de menton avec une moue mécontente. Je secoue la tête avec pitié, et je lui dis tout bas : « En voilà une qui sera malheureuse ici, ça se voit tout de suite ; les deux autres sont trop bien ensemble pour ne pas la faire souffrir. »

Les élèves arrivent peu à peu. Avant d'entrer, je remarque que les deux bâtiments scolaires s'achèvent avec une rapidité prodigieuse ; il paraît que Dutertre a promis une forte prime à l'entrepreneur si tout était prêt à une date qu'il a fixée. Il doit en manigancer des tripotages, cet être-là !

Leçon de dessin, sous la direction de mademoiselle Aimée Lanthenay. « Reproduction linéaire d'un objet usuel. » Cette fois, c'est une carafe taillée que nous devons dessiner, posée sur le bureau de Mademoiselle. Toujours gaies, ces séances de dessin, parce qu'elles fournissent mille prétextes pour se lever ; on trouve des « impossibilités », on fait des taches d'encre de Chine partout où le besoin ne s'en fait pas sentir. Tout de suite, les réclamations commencent. J'ouvre le feu :

— Mademoiselle Aimée, je ne *peux* pas dessiner la carafe d'où je suis, le tuyau de poêle me la cache !

Mademoiselle Aimée, fort occupée à chatouiller la nuque rousse de la Directrice qui écrit une lettre, se tourne vers moi :

— Penchez la tête en avant, vous la verrez, je pense.

— Mademoiselle, continue Anaïs, je ne *peux* pas du tout voir le modèle, parce que la tête de Claudine est devant !

— Oh ! que vous êtes agaçantes ; tournez un peu votre table, alors, vous verrez toutes les deux.

A Marie Belhomme, maintenant. Elle gémit :

— Mademoiselle, je n'ai plus de fusain, et puis la feuille que vous m'avez donnée a un défaut au milieu, et alors je ne *peux* pas dessiner la carafe.

— Oh ! grince mademoiselle Sergent, énervée, avez-vous fini, toutes, de nous ennuyer ? Voilà une feuille, voilà du fusain, et maintenant que je n'entende plus personne, ou je vous fais dessiner tout un service de table !

Silence épouvanté. On entendrait respirer une mouche.... pendant cinq minutes. A la sixième minute, un bourdonnement léger renaît, un sabot tombe, Marie Belhomme tousse, je me lève pour aller mesurer, à bras tendu, la hauteur et la largeur de la carafe. La grande Anaïs en fait autant, après moi, et profite de ce qu'on doit fermer un œil pour plisser sa figure en horribles grimaces qui font rire Marie. Je finis par esquisser la carafe au fusain, et je me lève pour aller prendre l'encre de Chine dans le placard derrière le bureau des deux institutrices. Elles nous ont oubliées, elles se parlent bas, elles rient et parfois mademoiselle Aimée se recule avec une moue effarouchée qui lui va très bien. Vrai, elles se gênent si peu devant nous, maintenant, que ce n'est pas la peine de nous gêner non plus. Attendez, mes enfants !

Je lance un « Psst » d'appel qui fait se lever toutes les figures et, désignant à la classe le tendre couple Sergent-Lanthenay, j'étends au-dessus des deux têtes, par-derrière, mes mains bénissantes. Marie Belhomme éclate de joie, les Jaubert baissent des nez réprobateurs, et sans avoir été vue des intéressées, je me replonge dans le placard d'où je rapporte la bouteille d'encre de Chine.

En passant, je regarde le dessin d'Anaïs : sa carafe lui ressemble, trop haute, avec un goulot trop mince et trop long. Je veux l'en prévenir, mais elle n'entend pas, tout occupée à préparer sur ses genoux du « gougnigougna » pour l'envoyer à la nouvelle dans une boîte à plumes, la grande chenille ! (Du gougnigougna, c'est du fusain pilé dans l'encre de Chine, de manière à faire un mortier presque sec, qui tache les doigts sans défiance, intensément, et les robes et les cahiers.) Cette pauvre petite Luce va noircir ses mains, salir son dessin en ouvrant la boîte, et sera grondée. Pour la venger, je m'empare du dessin d'Anaïs vivement, je dessine à l'encre une ceinture avec une boucle, qui enserre la taille de la carafe, et j'écris au-dessous : *Portrait de la Grande Anaïs*. Elle relève la tête à l'instant où je finis d'écrire, et pousse son gougnigougna en boîte à Luce, avec un gracieux sourire. La petite devient rouge et remercie. Anaïs se repenche sur son dessin et pousse un « oh ! » retentissant d'indignation qui rappelle nos roucoulantes institutrices à la réalité :

— Eh bien ! Anaïs, vous devenez folle, je pense ?

— Mademoiselle, regardez ce que Claudine a fait sur mon dessin !

Elle le porte, gonflée de colère, sur le bureau ; mademoiselle Sergent y jette des yeux sévères et, brusquement, éclate de rire. Désespoir et rage d'Anaïs qui pleurerait de dépit si elle n'avait la larme si difficile. Reprenant son sérieux, la directrice prononce : « Ce n'est pas ce genre de plaisanteries qui vous aidera à passer un examen satisfaisant, Claudine ; mais vous avez fait là une critique assez juste du dessin d'Anaïs qui était en effet trop étroit et trop long. » La grande bringue revient à sa place, déçue, ulcérée. Je lui dis :

— Ça t'apprendra à envoyer du gougnigougna à cette petite qui ne t'a rien fait !

— Oh ! oh ! tu voudrais donc te rattraper sur la petite de ton peu de succès auprès de sa sœur aînée, que tu la défends avec tant de zèle !

Pan !

Ça, c'est une gifle énorme qui sonne sur sa joue. Je la lui ai lancée à toute volée, avec un « Mêle-toi de ce qui te regarde » supplémentaire. La classe, en désordre, bourdonne comme une ruche ; mademoiselle Sergent descend de son bureau pour une si grave affaire. Il y avait longtemps que je n'avais battu une camarade, on commençait à croire que j'étais devenue raisonnable. (Jadis, j'avais la fâcheuse habitude de régler mes querelles toute seule, avec des calottes et des coups de poing, sans juger utile de rapporter comme les autres.) Ma dernière bataille date de plus d'un an.

Anaïs pleure sur la table.

— Mademoiselle Claudine, dit sévèrement la Directrice, je vous engage à vous contenir. Si vous recommencez à battre vos compagnes, je me verrai forcée de ne plus vous recevoir à l'école.

Elle tombe mal, je suis lancée ; je lui souris avec tant d'insolence qu'elle s'emballe tout de suite :

— Claudine, baissez les yeux !

Je ne baisse rien du tout.

— Claudine, sortez !

— Avec plaisir, Mademoiselle !

Je sors, mais, dehors, je m'aperçois que je suis tête nue. Je rentre aussitôt pour prendre mon chapeau. La classe est consternée et muette. Je remarque qu'Aimée, accourue près de mademoiselle Sergent, lui parle rapidement, tout bas. Je ne suis pas encore sur le seuil que la Directrice me rappelle :

— Claudine, venez ici ; asseyez-vous à votre place. Je ne veux pas vous renvoyer, puisque vous quittez la classe après le brevet... Et puis enfin, vous n'êtes pas une élève médiocre, quoique vous soyez souvent une mauvaise élève, et je ne voudrais me priver de vous qu'à la dernière extrémité. Remettez votre chapeau à sa place.

Ce que ça a dû lui coûter ! Encore tout émue, les battements de son cœur font trembler les feuilles du cahier qu'elle tient. Je dis : « Merci, Mademoiselle », très sage. Et, rassise, à ma place, à côté de la grande Anaïs silencieuse et un peu effrayée de la scène qu'elle a provoquée, je songe avec stupeur aux raisons qui ont pu décider cette rousse rancunière à me rappeler. A-t-elle eu peur de l'effet produit dans le chef-lieu de canton ? A-t-elle pensé que je bavarderais à tue-tête, que je raconterais tout ce que je sais (au moins), tout le désordre de cette Ecole, le tripotage des grandes filles par le délégué cantonal et ses visites prolongées à nos institutrices, l'abandon fréquent des classes par ces deux demoiselles, tout occupées à échanger des câlineries à huis clos, les lectures plutôt libres de mademoiselle Sergent (*Journal Amusant*, Zolas malpropres et pis encore), le beau sous-maître galant et barytonneur qui flirte avec les demoiselles du brevet, — un tas de choses suspectes et ignorées des parents parce que les grandes qui s'amusent à l'Ecole ne les leur raconteront jamais, et que les petites ne voient pas clair ? A-t-elle redouté un demi-scandale qui endommagerait singulièrement sa réputation et l'avenir de la belle Ecole qu'on bâtit à grands frais ? Je le crois. Et puis, maintenant que mon emballement est tombé, comme le sien, j'aime mieux rester dans cette boîte où je m'amuse mieux que partout ailleurs. Assagie, je regarde la joue marbrée d'Anaïs, et je lui murmure gaiement :

— Eh ben ! ma vieille, ça te tient chaud ?

Elle a eu si peur de mon renvoi dont j'aurais pu l'accuser d'être la cause, qu'elle ne me tient pas rancune :

— Sûr, que ça tient chaud ! Mais, tu sais, tu as la main lourde ! T'es pas folle de te mettre en colère comme ça ?

— Allons, va, n'en parlons plus. Je crois que j'ai eu un mouvement nerveux un peu violent dans le bras droit.

Tant bien que mal, elle a effacé la « ceinture » de sa carafe ; j'ai achevé la mienne, et mademoiselle Aimée, les doigts fébriles, corrige nos dessins.

Aujourd'hui, je trouve la cour vide ou presque. Dans l'escalier de l'école maternelle, on cause beaucoup, des voix s'appellent et crient des « Fais donc attention ! — C'est lourd, bon sang ! » Je m'élance :

— Qu'est-ce qu'on fait ?

— Tu vois bien, explique Anaïs, nous aidons ces demoiselles à déménager d'ici pour aller dans le bâtiment neuf.

— Vite, donnez-moi quelque chose à porter !

— Y en a là-haut, vas-y.

Je grimpe dans la chambre de la Directrice, la chambre où j'ai guetté à la porte... enfin ! Sa paysanne de mère, son bonnet de travers, me confie à porter, aidée de Marie Belhomme, une grande manne contenant les objets de toilette de sa fille. Elle se met bien, la rousse ! Toilette fort minutieusement garnie, petits et grands flacons de cristal taillé, ongliers, vaporisateurs, brosses, pinces et houppettes, cuvette immense et « petit cheval », ce n'est pas là, pas du tout, la garniture de toilette d'une institutrice de campagne. Il n'y a qu'à regarder, pour en être sûr, la toilette de mademoiselle Aimée, celle aussi de cette pâle et silencieuse Griset, que nous transportons ensuite : une cuvette, un pot à eau de dimensions restreintes, une petite glace ronde, une brosse à dents, du savon et c'est tout. Pourtant, cette petite Aimée est très coquette, surtout depuis quelques semaines, toute pomponnée et parfumée. Comment s'y prend-elle ? Cinq minutes après, je m'aperçois que le fond de son pot à eau est poussiéreux. C'est bon, on comprend.

Le bâtiment neuf, qui contient trois salles de classe, un dortoir au premier étage, et des petites chambres de sous-maîtresses, est encore trop frais pour mon goût, et sent désagréablement le plâtre. Entre les deux, on construit la maison principale, qui contiendra la mairie au rez-de-chaussée, les appartements privés au premier et reliera les deux ailes déjà achevées.

En redescendant, il me pousse l'idée merveilleuse de grimper sur les échafaudages, puisque les maçons sont encore à déjeuner. Et me voilà tout de suite en haut d'une échelle, puis vagabondant sur les « châfauds » où je m'amuse beaucoup. Aïe ! voilà des ouvriers qui reviennent ! Je me cache derrière un pan de maçonnerie, attendant de pouvoir redescendre ; ils sont déjà sur l'échelle. Bah ! ils ne me dénonceront pas s'ils m'aperçoivent. C'est Houette le Rouge et Houette le Noir, je les connais bien de vue.

Leurs pipes allumées, ils causent :

— Bien sûr, c'est pas celle-là qui me rendra fou [1].

— Laquelle donc ?

— C'te nouvelle sous-maîtresse qu'est arrivée hier.

— Ah ! dame, elle n'a pas l'air heureuse, pas si tant que les deux autres.

— Les deux autres, m'en parle pas, j'en suis saoul ; c'est pus rien à mon idée, on dirait l'homme et la femme. Tous les jours je les vois d'ici, tous les jours c'est pareil : ça se liche, ça ferme la fenêtre et on ne voit pus rien. M'en parle plus ! La petite est pourtant bien plaisante, arriée [2] ; mais c'est fini. Et l'autre sous-

---

1. « Fou » signifie amoureux.
2. Explétif intraduisible.

maître qui va l'épouser ! Encore un qu'a rudement de la fiente dans les yeux pour faire un coup pareil !

Je m'amuse follement, mais, comme on sonne la rentrée, je n'ai que le temps de descendre à l'intérieur (il y a des échelles un peu partout), et j'arrive blanchie de mortier et de plâtre, heureuse d'en être quittte pour un sec : « D'où sortez-vous ? Si vous vous salissez tant, on ne vous permettra plus d'aider aux emménagements. » Je jubile d'avoir entendu les maçons parler d'elles avec autant de bon sens.

Lecture à haute voix. Morceaux choisis. Zut ! Pour me distraire, je déplie sur mes genoux un numéro de l'*Echo de Paris* apporté en cas de leçon ennuyeuse, et je savoure le chic *Mauvais Désir* de Lucien Muhlfeld, quand mademoiselle Sergent m'interpelle : « Claudine, continuez ! » Je ne sais pas du tout où on en est, mais je me dresse avec brusquerie, décidée à « faire un malheur » plutôt qu'à laisser pincer mon journal. Au moment où je songe à renverser un encrier, à déchirer la page de mon livre, à crier « Vive l'Anarchie ! » on frappe à la porte... Mademoiselle Lanthenay se lève, ouvre, s'efface, et Dutertre paraît.

Il a donc enterré tous ses malades, ce médecin, qu'il a tant de loisirs ? Mademoiselle Sergent court au-devant de lui, il lui serre la main en regardant la petite Aimée qui, devenue rose foncé, rit avec embarras. Pourquoi donc ? Elle n'est pas si timide ! Tous ces gens-là me fatiguent, en m'obligeant sans cesse à chercher ce qu'ils peuvent penser ou faire...

Dutertre m'a bien vue, puisque je suis debout ; mais il se contente de me sourire de loin, et reste près de ces demoiselles ; ils causent tous les trois à demi-voix ; je me suis assise sagement, je regarde. Soudain, mademoiselle Sergent — qui ne cesse de contempler amoureusement son beau délégué cantonal — élève la voix et dit : « Vous pouvez vous en rendre compte maintenant, Monsieur ; je vais continuer la leçon de ces enfants, et mademoiselle Lanthenay vous conduira. Vous constaterez facilement la lézarde dont je vous parlais ; elle sillonne le mur neuf, à gauche du lit, du haut en bas. C'est assez inquiétant dans une maison neuve, et je ne dors pas tranquille. » Mademoiselle Aimée ne répond rien, esquisse un geste d'objection, puis se ravise et disparaît, précédant Dutertre qui tend la main à la Directrice et la serre vigoureusement comme pour remercier.

Je ne regrette certes pas d'être revenue à l'Ecole, mais, si habituée que je sois à leurs manières étonnantes, et à ces mœurs inusitées, je reste abasourdie et je me demande ce qu'elle espère en envoyant ce coureur de jupons et cette jeune fille, ensemble, constater dans sa chambre une lézarde qui, j'en jurerais, n'existe pas.

« En voilà une histoire de fissure ! » Je glisse cette réflexion tout bas dans l'oreille de la grande Anaïs qui se serre les flancs et mange de la gomme frénétiquement, pour montrer sa joie de ces aventures douteuses. Entraînée par l'exemple, je tire de ma poche un cahier de papier à cigarettes (je ne mange que le Nil) et je mâche avec enthousiasme.

— Ma vieille, dit Anaïs, j'ai trouvé quelque chose d'épatant à manger.

— Quoi ? des vieux journaux ?

— Non ; la mine des crayons rouges d'un côté et bleus de l'autre, tu sais bien. Le côté bleu est un peu meilleur. J'en ai déjà chipé cinq dans le placard aux fournitures. C'est délicieux !

— Fais voir que j'essaie... Non, pas fameux. Je m'en tiendrai à mon Nil.

— T'es bête, tu sais pas ce qui est bon !

Pendant que nous bavardons tout bas, mademoiselle Sergent, absorbée, fait lire la petite Luce sans l'écouter. Une idée ! Qu'est-ce que je pourrais bien inventer pour qu'on place à côté de moi cette gamine ? J'essaierais de lui faire dire ce qu'elle sait de sa sœur Aimée, elle parlerait peut-être... d'autant plus qu'elle me suit, quand je traverse la classe, avec des yeux étonnés et curieux, un peu souriants, des yeux verts, d'un vert étrange qui brunit dans l'ombre, et bordés de cils noirs, longs.

Ce qu'ils restent longtemps, là-bas ! Est-ce qu'elle ne va pas venir nous faire réciter la géographie, cette petite dévergondée ?

— Dis donc, Anaïs, il est deux heures.

— Ben quoi, te plains pas ! Si on pouvait ne pas réciter la leçon aujourd'hui, ça serait pas si bête. Ta carte de France est faite, ma vieille ?

— Comme ça... les canaux ne sont pas finis. Tu sais, il ne faudrait pas que l'inspecteur passe aujourd'hui, il trouverait vraiment du désordre. Regarde si Mademoiselle Sergent s'occupe de nous, avec sa figure collée à la fenêtre !

La grande Anaïs se tord subitement de rire.

— Qu'est-ce qu'ils peuvent faire ? Je vois d'ici M. Dutertre qui mesure la largeur de la fissure.

— Tu crois qu'elle est large, la fissure ? demande naïvement Marie Belhomme qui fignole ses chaînes de montagnes en roulant sur la carte un crayon à dessin taillé inégalement.

Tant de candeur m'arrache un éclat de rire. N'ai-je pas pouffé trop haut ? Non, la grande Anaïs me rassure.

— Tu peux être tranquille, va ; Mademoiselle est tellement absorbée que nous pourrions danser dans la classe sans nous faire punir.

— Danser ? Veux-tu parier que je le fais ? dis-je en me levant doucement.

— Oh ! je te parie deux caïens[1] que tu ne danses pas sans attraper un verbe !

J'ôte mes sabots, délicatement, et je me place au milieu de la classe, entre les deux rangées de tables. Tout le monde lève la tête ; évidemment le tour de force annoncé excite un vif intérêt. Allons-y ! Je jette en arrière mes cheveux qui me gênent, je pince ma jupe entre deux doigts, et je commence une « polka piquée » qui pour être muette n'en soulève pas moins l'admiration générale. Marie Belhomme exulte et ne peut retenir un glapissement d'allégresse ; que le bon Dieu la patafiole ! Mademoiselle Sergent tressaille et se retourne, mais je me suis déjà jetée sur mon banc à corps perdu, et j'entends la Directrice annoncer à la nigaude, d'une voix lointaine et ennuyée :

— Marie Belhomme, vous me copierez le verbe *rire*, en ronde moyenne. Il est vraiment fâcheux que de grandes filles de quinze ans ne puissent se bien conduire que lorsqu'on a les yeux sur elles.

La pauvre Marie a bonne envie de pleurer. Tiens, aussi, on n'est pas si bête ! Et je réclame immédiatement les deux « caïens », à la grande Anaïs, qui me les passe d'assez mauvaise grâce.

Que peuvent faire ces deux observateurs de fissure ? Mademoiselle Sergent regarde toujours par la fenêtre ; deux heures et demie sonnent, ça ne peut pas durer plus longtemps. Il faut qu'elle sache au moins que nous avons constaté l'absence indue de sa petite favorite. Je tousse, sans succès ; je retousse, et je demande d'une voix sage, la voix des Jaubert :

— Mademoiselle, nous avons des cartes à faire examiner par mademoiselle Lanthenay ; est-ce qu'il y a une leçon de géographie aujourd'hui ?

La rousse se retourne vivement et jette les yeux sur la pendule. Puis elle fronce les sourcils, contrariée et impatientée :

— Mademoiselle Aimée va rentrer à l'instant, vous savez bien

1. Biscaïens, grosses billes.

que je l'ai envoyée à la nouvelle école ; repassez votre leçon en attendant, vous ne la saurez jamais trop bien.

Bon, ça ! On est capable de ne pas réciter aujourd'hui. Grande joie et bourdonnement d'activité, sitôt que nous savons qu'il n'y a rien à faire. Et la comédie « du repassage des leçons » commence : à chaque table, une élève prend son livre, sa voisine ferme le sien et doit réciter la leçon ou répondre aux questions que lui pose sa camarade. Sur douze élèves, il n'y a guère que ces jumelles de Jaubert qui repassent réellement. Les autres se posent des questions fantaisistes, en conservant la figure de leçon et la bouche qui semble réciter tout bas. La grande Anaïs a ouvert son atlas, et elle m'interroge :

— Qu'est-ce qu'une écluse ?

Je réponds comme si je récitais :

— Zut ! tu ne vas pas m'ennuyer avec tes canaux ; regarde donc la tête de Mademoiselle, c'est plus drôle.

— Que pensez-vous de la conduite de mademoiselle Aimée Lanthenay ?

— Je pense qu'elle court le guilledou avec le délégué cantonal, constateur de fissures.

— Qu'appelle-t-on une « fissure » ?

— C'est une lézarde qui, régulièrement, devrait se trouver dans un mur, mais qu'on rencontre parfois ailleurs, et même dans les endroits les plus abrités du soleil.

— Qu'appelle-t-on une « fiancée » ?

— C'est une hypocrite petite coureuse qui fait des farces à un sous-maître amoureux d'elle.

— Que feriez-vous à la place dudit sous-maître ?

— Je lancerais mon pied dans la partie postérieure du délégué cantonal et une paire de gifles à la petite qui le mène constater les fissures.

— Qu'arriverait-il ensuite ?

— Il arriverait un autre sous-maître et une autre adjointe.

La grande Anaïs hausse son atlas de temps à autre pour pouffer derrière. Mais j'en ai assez. Je veux aller dehors, tâcher de *les* voir revenir. Employons le vulgaire moyen :

— Mmmselle ?...

Pas de réponse.

— Mmmselle, s'iou plaît, permett' sortir ?

— Oui ; allez, et ne soyez pas longtemps.

Elle a dit ça sans accent, sans pensée ; visiblement toute son âme est là-bas, dans la chambre où le mur neuf pourrait se lézarder.

Je sors vivement, je cours du côté des cabinets « provisoires » (eux aussi), et je reste tout près de la porte trouée d'un losange, prête à me réfugier dans l'infect petit kiosque si quelqu'un survenait. Au moment où je vais rentrer dans la classe, désolée, — car le temps moral est écoulé, hélas ! — je vois Dutertre qui sort (tout seul), de l'école neuve, en remettant ses gants d'un air satisfait. Il ne vient pas ici, et s'en va directement en ville. Aimée n'est pas avec lui, mais ça m'est égal, j'en ai assez vu. Je me retourne pour rentrer en classe, mais je recule effrayée : à vingt pas de moi — derrière un mur neuf haut de six pieds qui protège le petit « édicule » des garçons (semblable au nôtre et également provisoire) — apparaît la tête d'Armand. Le pauvre Duplessis, pâle et ravagé, regarde dans la direction de notre école neuve ; je le vois pendant cinq secondes, et puis il disparaît, enfilant à toutes jambes le chemin qui mène aux bois. Je ne ris plus. Qu'est-ce que tout ça va devenir ? Rentrons vite, sans flâner davantage.

La classe bouillonne toujours : Marie Belhomme a tracé sur la table un carré traversé de deux diagonales et de deux droites qui se coupent au centre du carré, la « caillotte », et joue gravement à ce jeu délicieux avec la nouvelle petite Lanthenay — pauvre petite Luce ! — qui doit trouver cette école fantastique. Et mademoiselle Sergent regarde toujours à la fenêtre.

Anaïs, en train de colorier aux crayons Conté les portraits des grands hommes les plus hideux de l'Histoire de France, m'accueille par un « quoi que t'as vu ? »

— Ma vieille, ne blague plus ! Armand Duplessis les guettait au-dessus du mur des cabinets ; Dutertre est rentré en ville, et le Richelieu est parti en courant comme un fou !

— Va, je parie que c'est des mensonges que tu me colles !

— Non là, je te dis, c'est pas le jour, je l'ai vu, ma pure parole ! J'en ai le cœur qui me bat !

L'espoir du drame possible nous rend silencieuses un instant. Anaïs demande :

— Tu vas le raconter aux autres ?

— Non, ma foi, ces cruches le répéteraient. Rien qu'à Marie Belhomme, tiens.

Je narre tout à Marie, dont les yeux s'arrondissent encore, et qui pronostique : « Tout ça finira mal ! »

La porte s'ouvre, nous nous retournons d'un seul mouvement : c'est mademoiselle Aimée, le teint animé, un peu essoufflée. Mademoiselle Sergent court à elle, et retient juste à temps le geste d'étreinte qu'elle ébauchait. Elle renaît, la Directrice, elle entraîne

la petite coureuse près de la fenêtre et la questionne avidement.
(Et notre leçon de géographie ?)

L'enfant prodigue, sans émoi excessif, débite de petites phrases qui ne paraissent pas satisfaire la curiosité de sa digne supérieure. A une question plus anxieuse, elle répond « Non », en secouant la tête, avec un soupir malicieux ; la rousse, alors, pousse un soupir de soulagement. Nous trois, à la première table, nous observons, tendues d'attention. J'ai un peu de crainte pour cette immorale petite, et je l'avertirais bien de se méfier d'Armand, mais l'autre, sa despote, prétendrait tout de suite que je suis allée dénoncer sa conduite à Richelieu, au moyen de lettres anonymes, peut-être. Je m'abstiens.

Elles m'irritent avec leurs chuchotements ! Finissons-en... Je lance un « Houche ! » à demi-voix pour attirer l'attention des camarades, et nous commençons le bourdon. Le bourdon n'est d'abord qu'un murmure d'abeille continu ; il s'enfle, grossit, et finit par entrer de force dans les oreilles de nos toquées d'institutrices, qui échangent un regard inquiet ; mais mademoiselle Sergent, brave, prend l'offensive :

— Silence ! Si j'entends bourdonner, je mets la classe en retenue jusqu'à six heures ! Croyez-vous que nous puissions vous donner régulièrement les leçons tant que l'Ecole neuve ne sera pas achevée ? Vous êtes assez grandes pour savoir que vous devez travailler seules quand l'une de nous est empêchée de vous servir de professeur. Donnez-moi un atlas. L'élève qui ne saura pas sa leçon sans faute me fera des devoirs supplémentaires pendant huit jours !

Elle a de l'allure, tout de même, cette femme laide, passionnée et jalouse, et toutes deviennent muettes aussitôt qu'elle élève la voix. La leçon est récitée tambour battant, et personne n'a envie de se « dissiper » parce qu'on sent souffler un vent menaçant de retenues et de pensums. Pendant ce temps, je songe que je ne me consolerai pas, si je n'assiste à la rencontre d'Armand et d'Aimée ; j'aime mieux me faire renvoyer (pour ce que ça me coûte) et voir ce qui se passera.

A quatre heures cinq, quand résonne à nos oreilles le quotidien : « Fermez les cahiers et mettez-vous en rang », je m'en vais, bien à regret. Allons, ce n'est pas encore pour aujourd'hui la tragédie inespérée ! J'arriverai demain à l'école de bonne heure pour ne rien manquer de ce qui se passera.

Le lendemain matin, arrivée bien avant l'heure réglementaire, j'entame, pour tuer le temps, une conversation quelconque avec

la timide et triste mademoiselle Griset, toujours pâle et craintive.
— Vous vous plaisez ici, Mademoiselle ?
Elle regarde autour d'elle avant de répondre :
— Oh ! pas beaucoup, je ne connais personne, je m'ennuie un peu.
— Mais votre collègue est aimable avec vous, ainsi que mademoiselle Sergent ?
— Je... je ne sais pas ; non, vraiment, je ne sais pas si elles sont aimables ; elles ne s'occupent jamais de moi.
— Par exemple !
— Oui... à table elles me parlent un peu, mais une fois les cahiers corrigés, elles s'en vont et je reste toute seule avec la mère de mademoiselle Sergent, qui dessert et se renferme dans la cuisine.
— Et où vont-elles, toutes deux ?
— Dame, dans leurs chambres.
A-t-elle voulu dire *leur chambre*, ou *leurs chambres* ? Malheureuse, va ! Elle les gagne, ses soixante-quinze francs par mois !
— Voulez-vous que je vous prête des livres, Mademoiselle, si vous vous ennuyez le soir ?
(Quelle joie ! Elle en devient presque rose !)
— Oh ! je veux bien... Oh ! vous êtes bien aimable ; est-ce que vous croyez que cela ne fâchera pas la Directrice ?
— Mademoiselle Sergent ? Si vous croyez qu'elle le saura seulement, vous avez encore des illusions sur l'intérêt que vous porte cette rousse !
Elle sourit, presque avec confiance, et me demande si je veux lui prêter le *Roman d'un jeune homme pauvre*, qu'elle a tant envie de lire ! Certes, elle l'aura demain, son Feuillet romanesque ; elle me fait pitié, cette abandonnée ! Je l'élèverais bien au rang d'alliée, mais comment compter sur cette pauvre fille chlorotique, et trop peureuse ?
A pas silencieux, la sœur de la favorite s'avance, la petite Luce Lanthenay, contente et effarouchée de causer avec moi.
— Bonjour, petit singe ; dis-moi « bonjour, Votre Altesse », dis-le tout de suite. Tu as bien dormi ?
Je lui caresse rudement les cheveux, ce qui ne paraît pas lui déplaire, et elle me rit de ses yeux verts pareils, tout à fait, aux yeux de Fanchette, ma belle chatte.
— Oui, Votre Altesse, j'ai bien dormi.
— Où couches-tu ?
— Là-haut.
— Avec ta sœur Aimée, bien entendu ?
— Non, elle a un lit dans la chambre de mademoiselle Sergent.

— Un lit ? tu l'as vu ?

— Non... oui... c'est un divan ; il paraît qu'il se déplie en forme de lit, elle me l'a dit.

— Elle te l'a dit ? Gourde ! cruche obscure ! objet sans nom ! ramassis infect ! rebut du genre humain !

Elle fuit épouvantée, car je scande mes insultes de coups de courroie à livres (oh ! pas des coups bien forts), et quand elle disparaît dans l'escalier, je lui jette cette suprême injure : « Graine de femme ! tu mérites de ressembler à ta sœur ! »

Un divan qui se déplie ! Je déplierais plutôt ce mur ! Ça ne voit rien ces êtres-là, ma parole ! Elle a pourtant l'air assez vicieuse, celle-là, avec ses yeux retroussés vers les tempes... La grande Anaïs arrive pendant que je souffle encore, et me demande ce que j'ai.

— Rien du tout, j'ai seulement battu la petite Luce pour la dégourdir un peu.

— Y a rien de nouveau ?

— Rien, personne n'est descendu encore. Veux-tu jouer aux billes ?

— A quel jeu ? j'ai pas de « neuf billes »[1].

— Mais moi, j'ai les caïens que je t'ai gagnés. Viens, on va faire une poursuite.

Poursuite très animée ; les caïens reçoivent des chocs à les faire éclater. Pendant que je vise longuement pour un coup difficile : « Houche ! » fait Anaïs, « regarde ! »

C'est Rabastens qui entre dans la cour. Si tôt, nous pouvons nous en étonner. D'ailleurs, le plus beau des Antonins est déjà pomponné et luisant — trop luisant. Sa figure s'éclaire à ma vue, et il vient droit à nous.

— Mesdemoiselles !... Que l'animation du jeu vous enlumine de belles couleurs, mademoiselle Claudine !

Ce pataud est-il assez ridicule ! Toutefois, pour vexer la grande Anaïs, je le regarde avec complaisance et je cambre ma taille en faisant battre mes cils.

— Monsieur, qui vous amène si tôt chez nous ? Ces demoiselles sont encore dans leurs appartements.

— Justement, je ne sais pas bien ce que je viens dire, sinon que le fiancé de mademoiselle Aimée n'a pas dîné hier soir avé nous ; des gens affirment l'avoir rencontré l'air souffrant, en tout cas il n'est pas encore rentré ; je le crois en mauvaise passe, et je voudrais avertir mademoiselle Lanthenay de l'état maladif de son fiancé.

---

1. Il faut neuf billes pour jouer au « carré ».

« L'état maladif de son fi-ancé... » Il s'exprime bien ce Marseillais ! Il devrait s'établir « annonceur de morts et d'accidents graves ». Allons, la crise approche. Mais moi, qui songeais, hier, à mettre en garde la coupable Aimée, je ne veux plus maintenant qu'il aille la prévenir. Tant pis pour elle ! Je me sens méchante et avide d'émotions, ce matin, et je m'arrange de façon à retenir Antonin près de moi. Bien simple ; il suffit d'ouvrir des yeux naïfs et de pencher la tête pour que mes cheveux tombent librement le long de ma figure. Il mord tout de suite à l'hameçon.

— Monsieur, dites-moi un peu si c'est vrai que vous faites des vers charmants ? Je l'ai entendu dire en ville.

C'est un mensonge, bien entendu. Mais j'inventerais n'importe quoi pour l'empêcher de monter chez les institutrices. Il rougit et bégaie, éperdu de joie et de surprise :

— Qui a pu vous dire ?... Mais non, mais je ne mérite pas, certes. C'est singulier, je ne croyais pas en avoir parlé à qui que ce soit !

— Vous voyez, la renommée trahit votre modestie ! (Je vais parler comme lui, tout à l'heure.) Serait-il indiscret de vous demander...

— Je vous en prie, Mademoiselle... vous me voyez confus... Je ne pourrais vous faire lire que de pauvres vers amoureux... mais chastes ! (Il bafouille.) Je n'aurais jamais, naturellement... osé me permettre...

— Monsieur, est-ce que la cloche ne sonne pas la rentrée chez vous ?

Qu'il s'en aille, qu'il s'en aille donc ! tout à l'heure Aimée va descendre, il la préviendra, elle se défiera et nous ne verrons rien !

— Oui... mais il n'est pas l'heure, ce sont ces diables de gamins qui se pendent à la chaîne, on ne peut pas les laisser une seconde. Et mon collègue n'est toujours pas là. Ah ! c'est pénible d'être seul pour veiller à tout !

Il est candide tout de même ! Cette façon de « veiller à tout », qui consiste à venir conter fleurette aux grandes filles, ne doit pas l'éreinter outre mesure.

— Vous voyez, Mesdemoiselles, il faut que j'aille sévir. Mais mademoiselle Lanthenay...

— Oh ! vous pourrez toujours prévenir à onze heures, si votre collègue est encore absent — ce qui m'étonnerait. Peut-être va-t-il rentrer d'une minute à l'autre ?

Va sévir, va donc sévir, gros muid de gaffes. Tu as assez salué, assez souri ; file, disparais ! Enfin !

La grande Anaïs, un peu vexée de l'inattention du sous-maître pour elle, me révèle qu'il est amoureux de moi. Je hausse les épaules : « Finissons donc notre partie, ça vaudra mieux que de dire des insanités. »

La partie finit pendant que les autres arrivent, et que les institutrices descendent au dernier moment. Elles ne se quittent pas d'une semelle ! Cette petite horreur d'Aimée prodigue à la rousse des malices de gamine.

On rentre et mademoiselle Sergent nous laisse aux mains de sa favorite qui nous demande les résultats de nos problèmes de la veille.

— Anaïs, au tableau. Lisez l'énoncé.

C'est un problème assez compliqué, mais la grande Anaïs, qui a le don de l'arithmétique, se meut parmi les courriers, les aiguilles de montres, et les partages proportionnels avec une remarquable aisance. Aïe, c'est à mon tour.

— Claudine, au tableau. Extrayez la racine carrée de deux millions soixante-treize mille six cent vingt.

Je professe une insupportable horreur pour ces petites choses qu'il faut extraire. Et puis, mademoiselle Sergent n'étant pas là, je me décide brusquement à jouer un tour à mon ex-amie ; tu l'as voulu, lâcheuse ! Arborons l'étendard de la révolte ! Devant le tableau noir, je fais doucement : « Non » en secouant la tête.

— Comment, non ?

— Non, je ne veux pas extraire de racines aujourd'hui. Ça ne me dit pas.

— Claudine, vous devenez folle ?

— Je ne sais pas, Mademoiselle. Mais je sens que je tomberais malade si j'extrais cette racine ou toute autre analogue.

— Voulez-vous une punition, Claudine ?

— Je veux bien n'importe quoi, mais pas de racines. Ce n'est pas par désobéissance ; c'est parce que je ne peux pas extraire de racines. Je regrette beaucoup, je vous assure.

La classe trépigne de joie ; mademoiselle Aimée s'impatiente et rage.

— Enfin, m'obéirez-vous ? Je ferai mon rapport à mademoiselle Sergent et nous verrons.

— Je vous répète que je suis au désespoir.

Intérieurement, je lui crie : « Mauvaise petite rosse, je n'ai pas d'égards à montrer pour toi, et je te causerai plutôt tous les embêtements possibles. »

Elle descend les deux marches du bureau et s'avance sur moi, dans le vague espoir de m'intimider. Je m'empêche de rire à grand-peine, et je garde mon air respectueusement désolé... Cette toute petite ! Elle me vient au menton, ma parole ! La classe s'amuse follement ; Anaïs mange un crayon, bois et mine, à grandes bouchées.

— Mademoiselle Claudine, obéirez-vous, oui ou non ?

Avec une douceur pointue, je recommence ; elle est tout près de moi, et je baisse un peu le ton :

— Encore une fois, Mademoiselle, faites-moi ce que vous voudrez, donnez-moi des fractions à réduire au même dénominateur, des triangles semblables à construire..., *des fissures à constater*..., tout, quoi, tout : mais pas ça, oh non, pas de racines carrées !

Les camarades, à l'exception d'Anaïs, n'ont pas compris, car j'ai lâché mon insolence vite, et sans appuyer : elles s'amusent seulement de ma résistance ; mais mademoiselle Lanthenay a reçu une commotion. Toute rouge, la tête perdue, elle crie :

— C'est... trop fort ! Je vais appeler mademoiselle Sergent... ah ! c'est trop fort !

Elle se jette vers la porte. Je cours après elle et la rattrape dans le corridor, pendant que les élèves rient à pleine gorge, crient de joie et grimpent debout sur leurs bancs. Je retiens Aimée par le bras, pendant qu'elle essaie, de toutes ses petites forces, de se défaire de mes mains, sans rien dire, sans me regarder, les dents serrées.

— Ecoutez-moi donc quand je vous parle ! Nous n'en sommes plus à dire des *passe-temps*, entre nous : je vous jure que si vous me dénoncez à mademoiselle Sergent, je cours raconter à votre fiancé l'histoire de la fissure. Monterez-vous encore chez la Directrice, maintenant ?

Elle s'est arrêtée net, toujours sans rien dire, les yeux obstinément baissés, la bouche pincée.

— Allons, parlez ! Revenez-vous dans la classe avec moi ? Si vous n'y rentrez pas tout de suite, je n'y rentre pas non plus, moi ; je vais prévenir votre Richelieu. Dépêchez-vous de choisir.

Elle ouvre enfin les lèvres pour murmurer sans me regarder : « Je ne dirai rien. Lâchez-moi, je ne dirai rien. »

— C'est sérieux ? Vous savez que si vous le racontez à la rousse, elle ne sera pas capable de s'en cacher plus de cinq minutes et je le saurai vite. C'est sérieux ? c'est... promis ?

— Je ne dirai rien, lâchez-moi. Je rentrerai tout de suite dans la classe.

Je lui lâche le bras et nous rentrons sans rien dire. Le bruit de la ruche tombe brusquement. Ma victime, au bureau, nous ordonne brièvement de transcrire au net les problèmes. Anaïs me demande tout bas : « Est-ce qu'elle est montée le dire ? »

— Non, je lui ai fait de modestes excuses. Tu comprends, je ne voulais pas pousser trop loin une blague pareille.

Mademoiselle Sergent ne revient pas. Sa petite adjointe garde jusqu'à la fin de la classe sa figure fermée et ses yeux durs. A dix heures et demie, on songe déjà à la sortie proche ; je prends quelques braises dans le poêle pour les fourrer dans mes sabots, excellent moyen de les chauffer, défendu formellement, cela va de soi ; mais mademoiselle Lanthenay songe bien à la braise et aux sabots ! Elle rumine sourdement sa colère, et ses yeux dorés sont deux topazes froides. Ça m'est égal. Et même ça m'enchante.

Qu'est-ce que c'est que ça ? Nous dressons l'oreille : des cris, une voix d'homme qui injurie, mêlée à une autre voix qui cherche à la dominer... des maçons qui se battent ? Je ne crois pas, je flaire autre chose. La petite Aimée est debout, toute pâle, elle aussi sent venir autre chose. Soudain, mademoiselle Sergent se jette dans la classe, le cramoisi de ses joues s'est enfui :

— Mesdemoiselles, sortez tout de suite, il n'est pas l'heure, mais ça ne fait rien... Sortez, sortez, ne vous mettez pas en rang, entendez-vous, allez-vous-en !

— Qu'est-ce qu'il y a ? crie mademoiselle Lanthenay.

— Rien, rien..., mais faites-les donc sortir et ne bougez pas d'ici, il faut plutôt fermer la porte à clef... Vous n'êtes pas encore parties, petites emplâtres !

Il n'y a plus de ménagements à garder, décidément. Plutôt que de quitter l'école en un pareil moment, je me laisserais écorcher ! Je sors dans la bousculade des camarades abasourdies. Dehors, on entend clairement la voix qui vocifère... Bon Dieu ! c'est Armand, plus livide qu'un noyé, les yeux creux et égarés, tout verdi de mousse, avec des brindilles dans les cheveux — il a couché dans le bois, sûr... Fou de rage après cette nuit passée à remâcher sa douleur, il veut se ruer dans la classe, hurlant, les poings tendus : Rabastens le retient à pleins bras et roule des yeux effarés. Quelle affaire ! Quelle affaire !

Marie Belhomme se sauve, terrifiée, la seconde division derrière elle ; Luce disparaît et j'ai le temps de surprendre son méchant petit sourire ; les Jaubert ont couru à la porte de la cour sans tourner la tête. Je ne vois pas Anaïs, mais je jurerais que, blottie dans un coin, elle ne perd rien du spectacle !

Le premier mot que j'entends distinctement, c'est « Garces ! » Armand a traîné son collègue essoufflé jusque dans la classe où nos institutrices muettes se serrent l'une contre l'autre, il crie : « Traînées ! Je ne veux pas m'en aller sans vous le dire, ce que

vous êtes, quand j'y perdrais ma place ! Espèce de petite rosse !
Ah ! tu vas te faire tripoter pour de l'argent par ce cochon de
délégué cantonal ! Tu es pire qu'une fille de trottoir, mais celle-ci
vaut encore moins que toi, cette sacrée rousse qui te rend pareille
à elle. Deux rosses, deux rosses, vous êtes deux rosses, cette maison
est... » Je n'ai pas entendu quoi. Rabastens, qui doit avoir doubles
muscles comme Tartarin, réussit à entraîner le malheureux qui
s'étrangle d'injures. Mademoiselle Griset, perdant la tête, refoule
dans la petite classe les gamines qui en sortent, et je me sauve,
le cœur un peu secoué. Mais je suis contente que Duplessis ait
éclaté sans plus attendre, car Aimée ne pourra m'accuser de l'avoir
averti.

En revenant l'après-midi nous trouvons, en tout et pour tout,
mademoiselle Griset qui répète la même phrase à chaque nouvelle
arrivante : « Mademoiselle Sergent est malade, et mademoiselle
Lanthenay va partir dans sa famille ; il ne faudra pas revenir avant
une semaine. »

C'est bon, on s'en va ; mais, vrai, cette Ecole n'est pas banale !

Dans la semaine de vacances imprévues que nous valut cette bagarre, je pris la rougeole, ce qui me contraignit à trois semaines de lit, puis à quinze jours de convalescence, et l'on m'a tenue en quarantaine pendant quinze jours de plus, sous prétexte de « sécurité scolaire ». Sans les livres et sans Fanchette, que serais-je devenue ! Ce que je dis là n'est pas gentil pour papa et pourtant il m'a soignée comme une limace rare ; persuadé qu'il faut donner à une petite malade tout ce qu'elle demande, il m'apportait des marrons glacés pour faire baisser ma température ! Fanchette s'est léchée de l'oreille à la queue, pendant une semaine, sur mon lit, jouant avec mes pieds à travers la couverture et nichée dans le creux de mon épaule dès que je n'ai plus senti la fièvre. Je retourne à l'école, un peu fondue et pâlie, très curieuse de retrouver cet extraordinaire « personnel enseignant ». J'ai eu si peu de nouvelles pendant ma maladie ! Personne ne venait me voir, pas plus Anaïs que Marie Belhomme, à cause de la contagion possible.

Sept heures et demie sonnent quand j'entre dans la cour de récréation, par cette fin de février douce comme un printemps. On accourt, on me fait fête ; les deux Jaubert me demandent soigneusement si je suis bien guérie avant de m'approcher. Je suis un peu étourdie de ce bruit. Enfin on me laisse respirer et je demande vite à la grande Anaïs les dernières nouvelles.

— Voilà ; Armand Duplessis est parti, d'abord.

— Révoqué ou déplacé, le pauvre Richelieu ?

— Déplacé seulement. Dutertre s'est employé à lui trouver un autre poste.

— Dutertre ?

— Dame oui ; si Richelieu avait bavardé, ça aurait empêché le délégué cantonal de passer jamais député. Dutertre a dit sérieusement dans la ville que le malheureux jeune homme avait eu un accès de fièvre chaude très dangereux, et qu'on l'avait appelé à temps, lui, médecin des écoles.

— Ah ! on l'a appelé à temps ? La Providence avait mis le remède à côté du mal... Et mademoiselle Aimée, déplacée aussi ?

— Mais non ! Ah ! pas de danger ! Au bout de huit jours, il n'y paraissait plus ; elle riait avec mademoiselle Sergent comme avant.

C'est trop fort ! L'étrange petite créature, qui n'a ni cœur ni cervelle, qui vit sans mémoire, sans remords et qui recommencera à enjôler un sous-maître, à batifoler avec le délégué cantonal, jusqu'à ce que ça casse encore une fois, et qui vivra contente avec cette femme jalouse et violente qui se détraque dans ces aventures. J'entends à peine Anaïs m'informer que Rabastens est toujours ici et qu'il demande souvent de mes nouvelles. Je l'avais oublié, ce pauvre gros Antonin !

On sonne, mais c'est dans la nouvelle école que nous rentrons maintenant, et l'édifice du milieu, qui relie les deux ailes, est bientôt achevé.

Mademoiselle Sergent s'installe au bureau, tout luisant. Adieu les vieilles tables branlantes, taillardées, incommodes, nous nous asseyons devant de belles tables inclinées, munies de bancs à dossiers, de pupitres à charnières et l'on n'est plus que deux à chaque banc : au lieu de la grande Anaïs, j'ai maintenant pour voisine... la petite Luce Lanthenay. Heureusement les tables sont extrêmement rapprochées et Anaïs se trouve près de moi sur une table parallèle à la mienne, de sorte que nous pourrons bavarder ensemble aussi commodément que jadis ; on a logé Marie Belhomme à côté d'elle ; car mademoiselle Sergent a placé intentionnellement deux « dégourdies » (Anaïs et moi), à côté des deux « engourdies » (Luce et Marie), pour que nous les secouions un peu. Sûr, que nous les secouerons ! Moi du moins, car je sens bouillir en moi des indisciplines comprimées pendant ma maladie. Je reconnais les lieux nouveaux, j'installe mes livres et mes cahiers, pendant que Luce s'assied et me regarde en coulisse, timidement. Mais je ne daigne pas lui parler encore, j'échange seulement des réflexions sur la nouvelle école, avec Anaïs qui croque avidement je ne sais quoi, des bourgeons verts, il me semble.

— Qu'est-ce que tu manges-là, des vieilles pommes de crocs[1] ?

— Des bourgeons de tilleul, ma vieille. Rien de si bon que ça, c'est le moment, vers le mois de mars.

— Donne-z'en un peu ?... Vrai, c'est très bon, c'est gommé comme

---

1. Fruits du pommier non greffé, effroyablement âcres.

du « coucou »[1]. J'en prendrai aux tilleuls de la cour. Et qu'est-ce que tu dévores encore d'inédit ?

— Heu ! rien d'étonnant. Je ne peux même plus manger de crayons Conté, ceux de cette année sont sableux, mauvais, de la camelote. En revanche, le papier buvard est excellent. Y a aussi une chose bonne à mâcher, mais pas à avaler, les échantillons de toile à mouchoirs qu'envoient le Bon Marché et le Louvre.

— Pouah ! ça ne me dit rien... Ecoute, jeune Luce, tu vas tâcher d'être sage et obéissante à côté de moi. Sinon, je te promets des taraudées et des pinçons, gare !

— Oui, Mademoiselle, répond la petite, pas trop rassurée, avec ses cils baissés sur ses joues.

— Tu peux me tutoyer. Regarde-moi, que je voie tes yeux ? C'est bien. Et puis, tu sais que je suis folle, on te l'a sûrement dit ; eh bien, quand on me contrarie, je deviens furieuse et je mords, et je griffe, surtout depuis ma maladie. Donne ta main : tiens, voilà comment je fais.

Je lui enfonce mes ongles dans la main, elle ne crie pas et serre les lèvres.

— Tu n'as pas hurlé, c'est bien. Je t'interrogerai à la récréation.

Dans la seconde classe dont la porte reste ouverte, je viens de voir entrer mademoiselle Aimée, fraîche, frisée et rose, les yeux plus veloutés et dorés que jamais, avec son air malicieux et câlin. Petite gueuse ! Elle envoie un radieux sourire à mademoiselle Sergent qui s'oublie une minute à la contempler, et sort de son extase pour nous dire brusquement :

— Vos cahiers. Devoir d'histoire : *La guerre de 70*. Claudine, ajoute-t-elle plus doucement, pourrez-vous faire cette rédaction, quoique n'ayant pas suivi les cours de ces deux derniers mois ?

— Je vais essayer, Mademoiselle ; je ferai le devoir avec moins de développement, voilà tout.

J'expédie, en effet, un petit devoir, bref à l'excès, et, quand je suis arrivée vers la fin, je m'attarde et m'applique faisant durer les quinze dernières lignes, pour pouvoir à mon aise guetter et fureter autour de moi. La Directrice, toujours la même, garde son air de passion concentrée et de bravoure jalouse. Son Aimée, qui dicte nonchalamment des problèmes dans l'autre classe, rôde et se rapproche tout en parlant. Tout de même, elle n'avait pas cette allure assurée et coquette de chatte gâtée l'autre hiver ! Elle est

1. Gomme des arbres fruitiers.

maintenant le petit animal adoré, choyé, et qui devient tyrannique, car je surprends des regards de mademoiselle Sergent l'implorant de trouver un prétexte pour venir près d'elle, et auxquels l'écervelée répond par des mouvements de tête capricieux et des yeux amusés qui disent non. La rousse, décidément devenue son esclave, n'y tient plus et va la trouver en demandant très haut : « Mademoiselle Lanthenay, vous n'avez pas chez vous le registre des présences ? » Ça y est, elle est partie ; elles jacassent tout bas. Je profite de cette solitude où on nous laisse pour interviewer rudement la petite Luce.

— Ah ! ah ! laisse un peu ce cahier et réponds-moi. Y a-t-il un dortoir là-haut ?

— Bien sûr, nous y couchons maintenant, les pensionnaires et moi.

— C'est bien, tu es une cruche.

— Pourquoi ?

— Ça ne te regarde pas. Vous prenez toujours des leçons de chant le jeudi et le dimanche ?

— Oh ! on a essayé d'en prendre une sans vous... sans toi, je veux dire, mais ça n'allait pas du tout ; M. Rabastens ne sait pas nous apprendre.

— Bien. Le peloteur est-il venu, pendant que j'étais malade ?

— Qui ça ?

— Dutertre.

— Je ne me rappelle plus... Si, il est venu une fois, mais pas dans les classes, et il n'est resté que quelques minutes à causer dans la cour avec ma sœur et mademoiselle Sergent.

— Elle est gentille avec toi, la rousse ?

Ses yeux obliques noircissent :

— Non... elle me dit que je n'ai pas d'intelligence, que je suis paresseuse... que ma sœur a donc pris toute l'intelligence de la famille, comme elle en a pris la beauté... D'ailleurs, ça a toujours été la même chanson partout où j'étais avec Aimée ; on ne faisait attention qu'à elle, et moi, on me rebutait...

Luce est près de pleurer, furieuse contre cette sœur plus « gente », comme on dit ici, qui la relègue et l'efface. Je ne la crois pas, du reste, meilleure qu'Aimée ; plus craintive et plus sauvage seulement, parce qu'habituée à rester seule et silencieuse.

— Pauvre gosse ! Tu as laissé des amies, là-bas où tu étais ?

— Non, je n'avais pas d'amies ; elles étaient trop brutales et riaient de moi.

— Trop brutales ? Alors, ça t'embête, quand je te bats, quand je te bouscule ?

Elle rit sans lever les yeux :

— Non, parce que je vois bien que vous... que tu ne fais pas ça méchamment, par brutalité... enfin que c'est quelque chose comme des farces pas pour de vrai ; c'est comme quand tu m'appelles « cruche », je sais que c'est pour rire. Au contraire, j'aime bien avoir un peu peur, quand il n'y a pas de danger du tout.

Tralala ! Pareilles toutes deux ces petites Lanthenay, lâches, naturellement perverses, égoïstes et si dénuées de tout sens moral, que c'en est amusant à regarder. C'est égal, celle-ci déteste sa sœur, et je crois que je pourrai lui extirper une foule de révélations sur Aimée, en m'occupant d'elle, en la gavant de bonbons, et en la battant.

— Tu as fini ton devoir ?

— Oui, j'ai fini... mais je ne savais pas du tout, j'aurai bien sûr une note pas fameuse...

— Donne ton cahier.

Je lis son devoir, très quelconque, et je lui dicte des choses oubliées ; je lui retape un peu ses phrases ; elle baigne dans la joie et la surprise, et me considère sournoisement, avec des yeux étonnés et ravis.

— Là, tu vois, c'est mieux comme ça... Dis donc, les garçons pensionnaires ont leur dortoir en face du vôtre ?

Ses yeux s'allument de malice :

— Oui, et le soir ils vont se coucher à la même heure que nous, exprès, et tu sais qu'il n'y a pas de volets aux fenêtres ; alors, les garçons cherchent à nous voir en chemise ; nous levons les coins de rideaux pour les regarder, et mademoiselle Griset a beau nous surveiller jusqu'à ce que la lumière soit éteinte, nous trouvons toujours moyen de lever un rideau tout grand, tout d'un coup, et ça fait que les garçons reviennent tous les soirs guetter.

— Eh bien ! vous avez le déshabillage gai, là-haut !

— Dame !

Elle s'anime et se familiarise. Mademoiselle Sergent et mademoiselle Lanthenay sont toujours ensemble dans la seconde classe. Aimée montre une lettre à la rousse, et elles rient aux éclats, mais tout bas.

— Sais-tu où l'ex-Armand de ta sœur est allé cuver son chagrin, petite Luce ?

— Je ne sais pas. Aimée ne me parle guère des choses qui la regardent.

— Je m'en doutais. Elle a sa chambre aussi là-haut ?

— Oui ; la plus commode et la plus gentille des chambres des sous-maîtresses, bien plus jolie et plus chaude que celle de mademoiselle Griset. Mademoiselle y a fait mettre des rideaux à fleurs roses et du linoléum par terre, ma chère, et une peau de chèvre, et on a ripoliné le lit en blanc. Aimée a même voulu me faire croire qu'elle avait acheté ces belles choses sur ses économies. Je lui ai répondu : « Je demanderai à maman si c'est vrai. » Alors elle m'a dit : « Si tu en parles à maman, je te ferai renvoyer chez nous sous prétexte que tu ne travailles pas. » Alors, tu penses, je n'ai plus eu qu'à me taire.

— Houche ! Mademoiselle revient.

Effectivement, mademoiselle Sergent s'approche de nous, quittant son air tendre et riant pour sa figure d'institutrice :

— Vous avez fini, Mesdemoiselles ? Je vais vous dicter un problème de géométrie.

Des protestations douloureuses s'élèvent, demandant encore cinq minutes de grâce. Mais mademoiselle Sergent ne s'émeut pas de cette supplication, qui se renouvelle trois fois par jour, et commence tranquillement à dicter le problème. Le ciel confonde les triangles semblables !

J'ai soin d'apporter souvent des bonbons à dessein de séduire complètement la jeune Luce. Elle les prend sans presque dire merci, en remplit ses petites mains et les cache dans un ancien œuf à chapelet en nacre. Pour dix sous de pastilles de menthe anglaise, trop poivrées, elle vendrait sa grande sœur et encore un de ses frères par-dessus le marché. Elle ouvre la bouche, aspire l'air pour sentir le froid de la menthe et dit : « Ma langue gèle, ma langue gèle » avec des yeux pâmés. Anaïs me mendie effrontément des pastilles, s'en gonfle les joues, et redemande précipitamment avec une irrésistible grimace de prétendue répugnance :

— Vite, vite, donne-m'en d'autres, pour ôter le goût, celles-là étaient « flogres »[1] !

Comme par hasard, tandis que nous jouons à la grue, Rabastens entre dans la cour, porteur de je ne sais quels cahiers-prétextes. Il feint une aimable surprise en me revoyant et profite de l'occasion pour me mettre sous les yeux une romance dont il lit les amoureuses paroles d'une voix roucoulante. Pauvre nigaud d'Antonin, tu ne peux plus me servir à rien, maintenant, et tu ne m'as jamais servi à grand-chose. C'est tout au plus si tu seras encore bon à m'amuser pendant quelque temps et surtout à exciter la jalousie de mes camarades. Si tu t'en allais...

---

1. Blettes, — ne se dit que des fruits pourris.

— Monsieur, vous trouverez ces demoiselles dans la classe du fond ; je crois les avoir aperçues qui descendaient, n'est-ce pas, Anaïs ?

Il pense que je le renvoie à cause des yeux malins de mes compagnes, me lance un regard éloquent et s'éloigne. Je hausse les épaules aux « Hum ! » entendus de la grande Anaïs et de Marie Belhomme, et nous reprenons une émouvante partie de « tourne-couteau » au cours de laquelle la débutante Luce commet fautes sur fautes. C'est jeune, ça ne sait pas ! On sonne la rentrée.

Leçon de couture, épreuve d'examen ; c'est-à-dire qu'on nous fait exécuter les échantillons de couture demandés à l'examen, en une heure. On nous distribue de petits carrés de toile, et mademoiselle Sergent écrit au tableau, de son écriture nette, pleine de traits en forme de massue :

Boutonnière. Dix centimètres de surjet. Initiale G, au point de marque. Dix centimètres d'ourlet à points devant. Je grogne devant cet énoncé, parce que la boutonnière, le surjet, je m'en tire encore, mais l'ourlet à points devant et l'initiale au point de marque, je ne les « perle » pas, comme le constate avec regret mademoiselle Aimée. Heureusement je recours à un procédé ingénieux et simple : je donne des pastilles à la petite Luce qui coud divinement, et elle m'exécute un G mirifique. « Il se faut entraider. » (Justement nous avons commenté, pas plus tard qu'hier, cet aphorisme charitable.)

Marie Belhomme confectionne une lettre G qui ressemble à un singe accroupi, et, bonne toquée, s'esclaffe devant son œuvre. Les pensionnaires, têtes penchées et coudes serrés, cousent en causant imperceptiblement, et échangent avec Luce de temps à autre des regards éveillés du côté de l'école des garçons. Je soupçonne que, le soir, elles épient des spectacles amusants du haut de leur blanc dortoir paisible.

Mademoiselle Lanthenay et mademoiselle Sergent ont changé de bureau ; ici, c'est Aimée qui surveille la leçon de couture, pendant que la Directrice fait lire les élèves de la seconde classe. La favorite est occupée à écrire en belle ronde le titre d'un registre de présences, quand sa rousse l'interpelle de loin :

— Mademoiselle Lanthenay !

— *Qu'est-ce que tu veux ?* crie étourdiment Aimée.

Silence de stupeur. Nous nous regardons toutes : la grande Anaïs commence à se serrer les côtes pour rire davantage ; les deux Jaubert penchent la tête sur leurs coutures ; les pensionnaires se donnent des coups de coude, sournoisement ; Marie Belhomme

éclate d'un rire comprimé qui sonne en éternuement ; et moi, devant la figure consternée d'Aimée, je m'exclame tout haut :
— Ah ! elle est bien bonne !
La petite Luce rit à peine ; on voit qu'elle a déjà dû entendre de pareils tutoiements ; mais elle considère sa sœur avec des yeux narquois.
Mademoiselle Aimée se retourne furieuse sur moi :
— Il peut arriver à tout le monde de se tromper, mademoiselle Claudine ! Et je fais mes excuses de mon inadvertance à mademoiselle Sergent.
Mais celle-ci, remise de sa secousse, sent bien que nous ne gobons pas l'explication, et hausse les épaules en signe de découragement devant la gaffe irrémédiable. Cela finit gaiement l'ennuyeuse leçon de couture. J'avais besoin de cet incident folâtre.
Après la sortie, à quatre heures, au lieu de m'en aller, j'oublie astucieusement un cahier et je reviens. Car je sais qu'à l'heure du balayage les pensionnaires montent de l'eau à tour de rôle dans leur dortoir ; je ne le connais pas encore, je veux le visiter, et Luce m'a dit : « Aujourd'hui, *je suis d'eau.* » A pas de chat, je grimpe là-haut, portant un broc plein en cas de rencontre fâcheuse. Le dortoir est blanc de murs et de plafond, meublé de huit lits blancs ; Luce me montre le sien, mais je m'en moque pas mal, de son lit ! Je vais tout de suite aux fenêtres qui, effectivement, permettent de voir dans le dortoir des garçons. Deux ou trois grands de quatorze à quinze ans y rôdent et regardent de notre côté ; sitôt qu'ils nous ont aperçues, ils rient, font des gestes et désignent leurs lits. Tas de vauriens ! Avec ça qu'ils sont tentants ! Luce, effarouchée ou feignant de l'être, ferme la fenêtre précipitamment, mais je pense bien que le soir, à l'heure du coucher, elle affiche moins de bégueulerie. Le neuvième lit, au bout du dortoir, est placé sous une sorte de dais qui l'enveloppe de rideaux blancs.
— Ça, m'explique Luce, c'est le lit de la surveillante. Les sous-maîtresses de semaine doivent se relayer pour coucher tour à tour dans notre dortoir.
— Ah ! Alors, c'est tantôt ta sœur Aimée, tantôt mademoiselle Griset ?
— Dame... ça devrait être ainsi... mais jusqu'à présent... c'est toujours mademoiselle Griset... je ne sais pas pourquoi.
— Ah ! tu ne sais pas pourquoi ? Tartuffe !
Je lui donne une bourrade dans l'épaule ; elle se plaint sans conviction. Pauvre mademoiselle Griset !
Luce continue à me mettre au courant :

— Le soir, Claudine, tu ne peux pas te figurer comme on s'amuse quand on se couche. On rit, on court en chemise, on se bat à coups de traversins. Il y en a qui se cachent derrière les rideaux pour se déshabiller parce qu'elles disent que ça les gêne ; la plus vieille, Rose Raquenot, se lave si mal que son linge est gris au bout de trois jours qu'elle le porte. Hier, elles m'ont caché ma robe de nuit, et j'ai failli rester toute nue dans le cabinet de toilette, heureusement mademoiselle Griset est arrivée ! Et puis on se moque d'une, tellement grasse qu'elle est obligée de se poudrer d'amidon un peu partout pour ne pas se couper. Et Poisson, que j'oubliais, qui met un bonnet de nuit qui la fait ressembler à une vieille femme, et qui ne veut se déshabiller qu'après nous dans le cabinet de toilette. Ah ! on rit bien, va !

Le cabinet de toilette est sommairement meublé d'une grande table recouverte de zinc sur laquelle s'alignent huit cuvettes, huit savons, huit paires de serviettes, huit éponges, tous les objets pareils, le linge matriculé à l'encre indélébile. C'est proprement tenu.

Je demande :

— Est-ce que vous prenez des bains ?

— Oui, et c'est encore quelque chose de drôle, va ! Dans la buanderie neuve, on fait chauffer de l'eau plein une grande cuve à vendanges, grande comme une chambre. Nous nous déshabillons toutes et nous nous fourrons dedans pour nous savonner.

— Toutes nues ?

— Dame, comment ferait-on pour se savonner, sans ça ? Rose Raquenot ne voulait pas, bien sûr, parce qu'elle est trop maigre. Si tu la voyais, ajoute Luce en baissant la voix, elle n'a presque rien sur les os, et c'est tout plat sur sa poitrine, comme un garçon ! Jousse, au contraire, c'est comme une nourrice, ils sont gros comme ça ! Et celle qui met un bonnet de nuit de vieille, tu sais, Poisson, elle est velue partout comme un ours, et elle a les cuisses bleues.

— Comment bleues ?

— Oui, bleues, comme quand il gèle et qu'on a la peau bleue de froid.

— Ça doit être engageant !

— Non, pour sûr, si j'étais garçon, ça ne me ferait pas grand-chose de me baigner avec elle !

— Mais elle, ça lui ferait peut-être plus d'effet, de se baigner avec un garçon ?

Nous pouffons ; mais je bondis en entendant le pas et la voix de mademoiselle Sergent dans le corridor. Pour ne pas me faire pincer, je me blottis sous le dais réservé à la seule mademoiselle Griset ; puis, le danger passé, je me sauve et je dégringole, en criant tout bas : « Au revoir. »

Ce matin, qu'il fait bon dans ce cher pays ! Que mon joli Montigny se chauffe gaiement par ce printemps précoce et chaud ! Dimanche dernier et jeudi, j'ai déjà couru les bois délicieux, tout pleins de violettes, avec ma sœur de première communion, ma douce Claire, qui me racontait ses amourettes... son « suiveux » lui donne des rendez-vous au coin de la Sapinière, le soir, depuis que le temps est doux. Qui sait si elle ne finira pas par faire des bêtises ! Mais ce n'est pas ce qui la tente : pourvu qu'on lui débite des paroles choisies, qu'elle ne comprend pas très bien, pourvu qu'on l'embrasse, qu'on se mette à ses genoux, que ça se passe *comme dans les livres*, enfin, ça lui suffit parfaitement.

Dans la classe, je trouve la petite Luce affalée sur une table, sanglotante à s'étrangler. Je lui lève la tête de force et je vois ses yeux gros comme des œufs, tant elle les a tamponnés.

— Oh ! vrai ! Tu n'es pas belle comme ça ! Qu'est-ce qu'il y a, petite ? Pourquoi *chougnes*-tu ?

— Elle... m'a... elle... m'a battue !

— Ta sœur, au moins ?

— Ouiii !

— Qu'est-ce que tu lui avais fait ?

Elle se sèche un peu et raconte :

— Voilà, je n'avais pas compris mes problèmes, alors je ne les avais pas faits ; ça l'a mise en colère, alors elle m'a dit que j'étais une buse, que c'était bien la peine que notre famille paie ma pension, que je la dégoûtais, et tout ça... Alors je lui ai répondu : « Tu m'embêtes à la fin. » Alors elle m'a battue, giflée sur la figure elle est mauvaise comme la gale, je la déteste.

Nouveau déluge.

— Ma pauvre Luce, tu es une oie ; il ne fallait pas te laisser battre, il fallait lui jeter au nez son ex-Armand...

Les yeux subitement effarés de la petite me font retourner ; j'aperçois mademoiselle Sergent qui nous écoute sur le seuil. Patatras ! qu'est-ce qu'elle va dire ?

— Mes compliments, mademoiselle **Claudine**, vous donnez à cette enfant de jolis conseils.

— Et vous de jolis exemples !

Luce est terrifiée de ma réponse. Moi, ça m'est bien égal, les yeux de braise de la Directrice scintillent de colère et d'émotion ! Mais cette fois, trop fine pour s'emballer, elle secoue la tête et dit simplement :

— Il est heureux que le mois de juillet approche, mademoiselle Claudine ; vous sentez, n'est-ce pas, que je peux de moins en moins vous garder ici ?

— Il me semble. Mais, vous savez, c'est faute de s'entendre, nos rapports ont été mal engagés.

— Allez en récréation, Luce, dit-elle sans me répondre.

La petite ne se le fait pas répéter deux fois, elle sort en courant et en se mouchant. Mademoiselle Sergent continue :

— C'est bien votre faute, je vous assure. Vous vous êtes montrée pleine de mauvais vouloir pour moi, à mon arrivée, et vous avez repoussé mes avances, car je vous en ai fait, bien que ce ne fût pas mon rôle. Vous m'aviez pourtant paru intelligente et assez jolie pour m'intéresser, moi qui n'ai ni sœur ni enfant.

Du diable si j'aurais jamais pensé... On ne peut pas me déclarer plus nettement que j'eusse été « sa petite Aimée » si j'avais voulu. Eh bien ! non, ça ne me dit rien, même rétrospectivement. Pourtant, c'est de moi que mademoiselle Lanthenay serait jalouse, à cette heure-ci... Quelle comédie !

— C'est vrai, Mademoiselle. Mais, fatalement, ça aurait mal tourné tout de même, à cause de mademoiselle Aimée Lanthenay ; vous avez mis une telle ardeur à conquérir... son amitié, et à détruire celle qu'elle pouvait me porter !

Elle détourne les yeux :

— Je n'ai pas cherché, comme vous le prétendez, à détruire... Mademoiselle Aimée aurait pu vous continuer ses leçons d'anglais sans que je l'en empêchasse...

— Ne dites donc pas ça ! Je ne suis pas encore idiote, et il n'y a que nous deux ici ! J'en ai été longtemps furieuse, désolée même, parce que je suis presque aussi jalouse que vous... Pourquoi l'avez-vous prise ? J'ai eu tant de peine, oui, là, soyez contente, j'ai eu tant de peine ! Mais j'ai vu qu'elle ne tenait pas à moi, à qui tient-elle ? J'ai vu aussi qu'elle ne valait réellement pas cher : ça m'a suffi. J'ai pensé que je ferais assez de bêtises sans commettre celle de vouloir l'emporter sur vous. Voilà. Maintenant tout ce que je désire, c'est qu'elle ne devienne pas trop la petite souveraine de cette école, et qu'elle ne tourmente pas exagérément cette petite, sa sœur, qui au fond ne vaut pas mieux qu'elle, ni moins, je vous assure... Je ne raconte rien chez nous jamais, de ce que je peux voir ici ; je ne reviendrai plus après les vacances, et je me présenterai au brevet parce que papa se figure qu'il y tient, et qu'Anaïs serait trop contente si je ne passais pas l'examen... Vous pouvez me laisser tranquille jusque-là, je ne vous tourmente guère maintenant...

Je pourrais parler longtemps, je crois, elle ne m'écoute plus. Je ne lui disputerai pas sa petite, c'est tout ce qu'elle a entendu ; elle regarde en dedans, suit une idée, et se réveille pour me dire, subitement redevenue Directrice, au sortir de cette causerie sur pied d'égalité :

— Allez vite dans la cour, Claudine, il est huit heures passées, il faut vous mettre en rang.

— Qu'est-ce que tu causais si longtemps là-dedans avec Mademoiselle ? me demande la grande Anaïs. Tu es donc bien avec elle, maintenant ?

— Une paire d'amies, ma chère !

En classe, la petite Luce se serre contre moi, me lance des regards affectueux et me prend les mains, mais ses caresses m'agacent ; j'aime seulement la battre, la tourmenter, et la protéger quand les autres l'embêtent.

Mademoiselle Aimée entre en coup de vent dans la classe en criant tout bas : « L'inspecteur ! l'inspecteur ! » Rumeur. Tout est prétexte à désordre ici ; sous couleur de ranger nos livres irréprochablement, nous avons ouvert tous nos pupitres et nous bavardons avec rapidité derrière les couvercles. La grande Anaïs fait sauter en l'air les cahiers de Marie Belhomme toute désemparée, et enfouit prudemment dans sa poche un *Gil Blas Illustré* qu'elle abritait entre deux feuilles de son Histoire de France. Moi, je dissimule des histoires de bêtes merveilleusement contées par Rudyard Kipling (en voilà un qui connaît les animaux !) — c'est pourtant pas des lectures bien coupables. On bourdonne, on se lève, on ramasse les papiers, on retire les bonbons dissimulés dans les pupitres, car ce père Blanchot, l'inspecteur, a des yeux louches mais qui fouinent partout.

Mademoiselle Lanthenay, dans sa classe, bouscule les gamines, range son bureau, crie et voltige, et voici que, de la troisième salle, sort la pauvre Griset, effarée, qui demande aide et protection : « Mademoiselle Sergent, est-ce que M. l'Inspecteur me demandera les cahiers des petites ? Ils sont bien sales, les toutes petites ne font que des bâtons... » La mauvaise Aimée lui rit au nez ; la Directrice répond en haussant les épaules : « Vous montrerez ce qu'il vous demandera, mais si vous croyez qu'il s'occupera des cahiers de vos gamines ! » Et la triste ahurie rentre dans sa classe où ses petits animaux font un vacarme terrible, car elle n'a pas pour vingt-cinq centimes d'autorité !

Nous sommes prêtes, ou peu s'en faut. Mademoiselle Sergent s'écrie : « Vite, prenez vos morceaux choisis ! Anaïs, crachez immédiatement le crayon à ardoise que vous avez dans la bouche ! Ma parole d'honneur, je vous mets à la porte devant M. Blanchot si vous mangez encore de ces horreurs-là ! Claudine, vous ne pourriez pas cesser un instant de pincer Luce Lanthenay ? Marie Belhomme, quittez tout de suite les trois fichus que vous avez sur la tête et au cou ; et quittez aussi l'air bête qui est sur votre figure. Vous êtes pires que les petites de la troisième classe et vous ne valez pas chacune la corde pour vous pendre ! »

Il faut bien qu'elle dépense son énervement. Les visites de l'Inspecteur la tracassent toujours parce que Blanchot est en bons termes avec le député, qui déteste à mort son remplaçant possible, Dutertre, lequel protège mademoiselle Sergent. (Dieu que la vie est compliquée !) Enfin, tout se trouve à peu près en ordre ; la grande Anaïs se lève, inquiétante de longueur, la bouche encore sale du crayon gris qu'elle croquait et commence *la Robe* du pleurard Manuel :

Dans l'étroite mansarde où glisse un jour douteux
La femme et le mari se disputaient tous deux...

Il était temps ! Une grande ombre passe sur les vitres du corridor, toute la classe frémit et se lève — par respect — au moment où la porte s'ouvre devant le père Blanchot. Il a une figure solennelle entre deux grands favoris poivre et sel, et un redoutable accent franc-comtois. Il pontifie, il mâche ses paroles avec enthousiasme, comme Anaïs les gommes à effacer, il est toujours vêtu avec une correction rigide et démodée ; quel vieux bassin ! En voilà pour une heure ! Il va nous poser des questions idiotes et nous démontrer que nous devrions toutes « embrasser la carrière de l'enseignement ». J'aimerais encore mieux ça que de l'embrasser, lui.

— Mesdemoiselles !... Mes enfants, asseyez-vous.

« Ses enfants » s'asseyent modestes et douces. Je voudrais bien m'en aller. Mademoiselle Sergent s'est empressée au-devant de lui d'un air respectueux et malveillant, pendant que son adjointe, la vertueuse Lanthenay, s'est enfermée dans sa classe.

M. Blanchot pose dans un coin sa canne à béquille d'argent, et commence par horripiler tout d'abord la Directrice (bien fait !) en l'entraînant près de la fenêtre, pour lui parler programmes de brevet, zèle, assiduité, et allez donc ! Elle l'écoute, elle répond : « Oui, Monsieur l'Inspecteur. » Ses yeux se reculent et s'enfoncent ; elle a sûrement envie de le battre. Il a fini de la raser, c'est à notre tour.

— Que lisait cette jeune fille, quand je suis entré ?

La jeune fille, Anaïs, cache le papier buvard rose qu'elle mastiquait et interrompt le récit, évidemment scandaleux, qu'elle déversait dans les oreilles de Marie Belhomme qui, choquée, cramoisie, mais attentive, roule ses yeux d'oiseau avec un effarement pudique. Sale Anaïs ! Qu'est-ce que ça peut bien être que ces histoires-là ?

— Voyons, mon enfant, dites vouâr ce que vous lisiez.
— *La Robe*, Monsieur l'Inspecteur.
— Veuillez reprendre.

Elle recommence, avec des mines faussement intimidées, pendant que Blanchot nous examine de ses yeux vert sale. Il blâme toute coquetterie, et ses sourcils se froncent quand il voit un velours noir sur le cou blanc, ou des frisettes qui volent sur le front et les tempes. Moi, il m'attrape à chacune de ses visites, à cause de mes cheveux toujours défaits et bouclés, et aussi des grandes collerettes blanches, plissées, que je porte sur mes robes sombres. C'est pourtant d'une simplicité que j'aime, mais assez gentille pour qu'il trouve mes costumes affreusement répréhensibles. La grande Anaïs a terminé *la Robe* et il lui en fait analyser logiquement (oh ! la ! la !) cinq ou six vers. Puis il lui demande :

— Mon enfant, pourquoi avez-vous noué ce velours « nouâr » après *(sic)* votre cou ?

Ça y est ! Qu'est-ce que je disais ? Anaïs, démontée, répond bêtement que « c'est pour tenir chaud ». Gourde sans courage !

— Pour vous tenir chaud, dites-vous ? Mais ne pensez-vous point qu'un foulard remplirait mieux cet office ?

Un foulard ! Pourquoi pas un passe-montagne, antique rasoir ? Je ne peux pas m'empêcher de rire, ce qui attire son attention sur moi.

— Et vous, mon enfant, pourquoi êtes-vous ainsi décoâffée et les cheveux pendants, au lieu de les porter tordus sur la tête, et retenus par des épingles ?

— Monsieur l'Inspecteur, ça me donne des migraines.
— Mais vous pourriez au moins les tresser, je crois ?
— Oui, je le pourrais, mais papa s'y oppose.

Il me tanne, je vous dis ! Après un petit claquement de lèvres désapprobateur, il va s'asseoir et tourmente Marie sur la guerre de Sécession, une des Jaubert sur les côtes d'Espagne, et l'autre sur les triangles rectangles. Puis il m'envoie au tableau noir, et m'enjoint de tracer un cercle. J'obéis. C'est un cercle... si on veut.

— Inscrivez dedans une rosace à cinq feuilles. Supposez qu'elle est éclairée de gauche, et indiquez par des traits forts les ombres que reçoivent les feuilles.

Ça, ça m'est égal. S'il avait voulu me faire chiffrer, je n'en sortais pas ; mais les rosaces et les ombres, ça me connaît. Je m'en tire assez bien, au grand ennui des Jaubert qui espéraient sournoisement me voir grondée.

— C'est... bien. Oui, c'est assez bien. Vous subissez cette année l'examen du brevet ?

— Oui, Monsieur l'Inspecteur, au mois de juillet.

— Puis, ne voulez-vous point entrer à l'Ecole normale après ?

— Non, Monsieur l'Inspecteur, je rentrerai dans ma famille.

— Ah ? Je crois en effet que vous n'avez point la vocation de l'enseignement. C'est regrettable.

Il me dit ça du même ton que : « Je crois que vous êtes une infanticide. » Pauvre homme, laissons-lui ses illusions ! Mais j'aurais seulement voulu qu'il puisse voir la scène d'Armand Duplessis, ou encore l'abandon dans lequel on nous laisse pendant des heures, quand nos deux institutrices sont là-haut à se becqueter...

— Montrez-moi votre seconde classe, je vous prie, Mademoiselle.

Mademoiselle Sergent l'emmène dans la seconde classe, où elle reste avec lui pour protéger sa petite mignonne contre les sévérités inspectoriales. Profitant de son absence, j'esquisse au tableau noir une caricature du père Blanchot et de ses grands favoris, qui met les gamines en joie ; je lui ajoute des oreilles d'âne, puis je l'efface vite et je regagne ma place où la petite Luce passe son bras sous le mien, câlinement, et tente de m'embrasser. Je la repousse d'une légère calotte, et elle prétend que je suis « bien méchante » !

— Bien méchante ? Je vais t'apprendre à avoir avec moi des libertés pareilles ! Tâche de museler tes sentiments, et dis-moi si c'est toujours mademoiselle Griset qui couche dans le dortoir.

— Non, Aimée y a couché deux fois deux jours de suite.

— Ça fait quatre fois. Tu es une cruche ; même pas une cruche, un siau ! Est-ce que les pensionnaires se tiennent plus tranquilles quand c'est ta chaste sœur qui couche sous le dais ?

— Guère. Et même, une nuit, une élève a été malade, on s'est levées, on a ouvert une fenêtre, j'ai même appelé ma sœur pour qu'elle me donne des allumettes qu'on ne pouvait pas trouver, elle n'a pas remué, elle n'a pas plus soufflé que s'il n'y avait personne dans le lit ! Faut-il qu'elle ait le sommeil dur ?

— Sommeil dur ! Sommeil dur ! Quelle oie ! Mon Dieu, pourquoi avez-vous permis qu'il y ait sur cette terre des êtres aussi dépourvus de toute intelligence ? J'en pleure des larmes de sang !

— Qu'est-ce que j'ai encore fait ?

— Rien ! oh ! rien, voilà seulement des bourrades dans les épaules pour te former le cœur et l'esprit, et t'apprendre à ne pas croire aux alibis de la vertueuse Aimée.

Luce se roule sur la table avec un désespoir feint, ravie d'être rudoyée et meurtrie. Mais j'y pense :

— Anaïs, qu'est-ce que tu racontais donc à Marie Belhomme pour lui faire piquer des fards, que ceux de la Bastille sont pâles à côté !

— Quelle Bastille ?

— Ça n'a pas d'importance. Dis vite.

— Approche-toi un peu.

Sa figure vicieuse pétille ; ça doit être des choses très vilaines.

— Eh bien, voilà. Tu ne sais pas ? au dernier réveillon, le maire avait chez lui sa maîtresse, la belle Julotte, et puis son secrétaire avait amené une femme de Paris ; au dessert, ils les ont fait déshabiller toutes les deux, sans chemise, et ils en ont fait autant, et ils se sont mis à danser comme ça un quadrille, ma vieille !

— Pas mal ! Qui t'a dit ça ?

— C'est papa qui l'a raconté à maman ; j'étais couchée, seulement on laisse toujours la porte de la chambre ouverte, parce que je prétends que j'ai peur et alors j'entends tout.

— Tu ne t'embêtes pas. Il en raconte souvent comme ça, ton père ?

— Non, pas toujours d'aussi bien ; mais quelquefois, je me roule de rire dans mon lit.

Elle me narre encore d'autres potins du canton assez sales ; son père, employé à la mairie, connaît à fond la chronique scandaleuse du pays. Je l'écoute et le temps passe.

Mademoiselle Sergent revient ; nous n'avons que le temps de rouvrir nos livres au hasard ; mais elle vient droit à moi sans regarder ce que nous faisons :

— Claudine, pourriez-vous faire chanter vos camarades devant M. Blanchot ? Elles savent maintenant ce joli chœur à deux voix : *Dans ce doux asile.*

— Moi, je veux bien ; seulement l'inspecteur a si mal au cœur de me voir les cheveux défaits qu'il n'écoutera pas !

— Ne dites pas de bêtises, ce n'est pas le jour ; faites-les chanter vite. M. Blanchot paraît assez peu content de la deuxième classe ; je compte sur la musique pour le dérider.

Je le crois sans peine qu'il doit être assez peu content de la deuxième classe : mademoiselle Aimée Lanthenay s'en occupe toutes les fois qu'elle n'a pas autre chose à faire ; elle gorge ses gosses de devoirs écrits, pour pouvoir, pendant qu'elles noircissent du papier, causer tranquillement avec sa chère Directrice. Moi, je veux bien faire chanter les élèves, pour ce que ça me coûte !

Mademoiselle Sergent ramène l'odieux Blanchot ; je range en demi-cercle notre classe et la première division de la seconde ; je confie les dessus à Anaïs, les secondes à Marie Belhomme (infortunées secondes !). Et je chanterai les deux parties à la fois, c'est-à-dire que je changerai vite quand je sentirai faiblir un côté. Allez-y ! une mesure pour rien : un, deux, trois.

Dans ce doux asile
Les sages sont couronnés,
Venez !
Aux plaisirs tranquilles
Ces lieux charmants sont destinés...

Veine ! Ce vieux normalien racorni rythme la musique de Rameau avec sa tête (à contre-mesure d'ailleurs), et paraît enchanté. Toujours l'histoire du compositeur Orphée apprivoisant les bêtes.

— C'est bien chanté. De qui est-ce ? De Gounod, je crois ?

(Pourquoi prononce-t-il *Gounode ?*)

— Oui, Monsieur. (Ne le contrarions pas.)

— Il me semblait bien. C'est un fort joli chœur. (Joli chœur toi-même !)

En entendant cette attribution inattendue d'un air de Rameau à l'auteur de *Faust*, mademoiselle Sergent se pince les lèvres pour ne pas rire. Quant au Blanchot, rasséréné, il lâche quelques paroles aimables et s'en va, après nous avoir dicté — la flèche du Parthe ! — ce canevas de composition française :

« Expliquer et commenter cette pensée de Franklin : *L'oisiveté est comme la rouille, elle use plus que le travail.* »

Allons-y ! A la clef brillante, aux contours arrondis, que la main vingt fois par jour polit et tourne dans la serrure, opposons la clef rongée de rouille rougeâtre. Le bon ouvrier qui travaille joyeusement, levé dès l'aube, dont les muscles solides, et tatatata... mettons-le en parallèle avec l'oisif qui, languissamment couché sur les divans orientaux, regarde défiler sur sa table somptueuse... et tatatata... les mets rares... et tatata... qui tentent vainement de réveiller son appétit... tatatata. Oh! c'est bientôt bâclé!

Avec ça que ce n'est pas bon de paresser dans un fauteuil! Avec ça que les ouvriers qui travaillent toute leur vie ne meurent pas jeunes et épuisés! Mais quoi, faut pas le dire. Dans le « programme des examens » les choses ne se passent pas comme dans la vie.

La petite Luce manque d'idées et geint tout bas pour que je lui en fournisse. Je la laisse généreusement lire ce que j'ai écrit, elle ne me prendra pas grand-chose.

Enfin, quatre heures. On s'en va. Les pensionnaires montent prendre le goûter que prépare la mère de mademoiselle Sergent ; je pars avec Anaïs et Marie Belhomme, après m'être mirée dans les vitres pour voir si mon chapeau n'est pas de travers.

En route, nous cassons un pain de sucre sur le dos de Blanchot. Il m'ennuie, ce vieux, qui veut toujours qu'on soit habillées avec de la toile à sac et les cheveux tendus!

— Je crois qu'il n'est pas très content de la deuxième classe, tout de même, remarque Marie Belhomme ; si tu ne l'avais pas amadoué avec la musique!

— Dame, fait Anaïs, sa classe, mademoiselle Lanthenay s'en occupe un peu... par-dessous la jambe.

— Tu as des mots! Elle ne peut pas tout faire, voyons! Mademoiselle Sergent l'a attachée à sa personne, c'est elle qui fait sa toilette le matin.

— Ça, c'est une blague! s'écrient à la fois Anaïs et Marie.

— Pas le moins du monde! Si jamais vous allez au dortoir et dans les chambres des sous-maîtresses (c'est très facile, on n'a qu'à monter de l'eau avec les pensionnaires), passez la main au fond de la cuvette de mademoiselle Aimée et ne craignez pas de vous mouiller, il n'y a que de la poussière.

— Non, c'est trop fort tout de même! déclare Marie Belhomme.

La grande Anaïs n'ajoute rien, et s'en va songeuse ; sans doute, elle racontera ces aimables détails au grand gamin avec lequel elle flirte cette semaine. Je sais très peu de choses de ses fredaines ; elle reste fermée et narquoise quand je la tâte là-dessus.

Je m'ennuie à l'école, fâcheux symptôme, et tout nouveau. Je ne suis pourtant amoureuse de personne. (Au fait, c'est peut-être pour cela.) Je fais mes devoirs presque exactement tant j'ai la flemme, et je vois paisiblement nos deux institutrices se caresser, se bécoter, se disputer pour le plaisir de s'aimer mieux après. Elles ont les gestes et la parole si libres l'une avec l'autre maintenant, que Rabastens, malgré son aplomb, s'en effarouche, et bafouille avec entrain. Alors, les yeux d'Aimée brasillent de joie comme ceux d'une chatte en malice, et mademoiselle Sergent rit de la voir rire. Elles sont étonnantes, ma parole ! Ce que la petite est devenue « agouante » [1] on ne peut pas se le figurer ! L'autre change de visage sur un signe d'elle, sur un froncement de ses sourcils de velours.

Attentive devant cette intimité tendre, la petite Luce guette, flaire, s'instruit. Elle s'instruit même beaucoup, car elle saisit toutes les occasions d'être seule avec moi, me frôle, câline, ferme presque ses yeux verts et ouvre à demi sa petite bouche fraîche ; non, elle ne me tente pas. Que ne s'adresse-t-elle à la grande Anaïs qui s'intéresse, elle aussi, aux jeux des deux colombelles qui nous servent d'institutrices à leurs moments perdus, et qui s'en étonne fort, car elle a des coins d'ingénuité assez curieux !

Ce matin, je l'ai battue comme plâtre, la petite Luce, parce qu'elle voulait m'embrasser dans le hangar où on range les arrosoirs ; elle n'a pas crié et s'est mise à pleurer, jusqu'à ce que je la console en lui caressant les cheveux. Je lui ai dit :

— Bête, tu auras bien le temps d'épancher ton trop-plein de tendresse, plus tard, puisque tu vas entrer à l'Ecole normale !

— Oui, mais tu n'y entreras pas, toi !

— Non, par exemple ! Mais tu n'y seras pas depuis deux jours que deux « troisième année » se seront brouillées à cause de toi, dégoûtant petit animal !

Elle se laisse injurier voluptueusement, et me jette des regards de reconnaissance.

C'est peut-être parce qu'on m'a changé ma vieille école que je m'ennuie dans celle-ci ? Je n'ai plus les « rabicoins » où on se mussait dans la poussière, ni les couloirs de ce vieux bâtiment compliqué dans lequel on ne savait jamais si on se trouvait chez les instituteurs ou bien chez nous, et où on débouchait si naturellement dans une chambre de sous-maître qu'on avait à peine besoin de s'excuser en rentrant à la classe.

C'est peut-être que je vieillis ? Je me ressentirais donc des seize ans que j'atteins ? Voilà une chose stupide, en vérité.

C'est peut-être le printemps ? Il est trop beau aussi, c'en est inconvenant ! Le jeudi et le dimanche, je file toute seule, pour retrouver ma sœur de communion, ma petite Claire, embarquée solidement dans une sotte aventure avec le secrétaire de la mairie qui ne veut pas l'épouser. Pardi, il en serait bien empêché ; il paraît

---

1. Exigeante.

qu'il a subi, encore au collège, une opération pour une maladie bizarre, une de celles dont on ne nomme jamais le « siège » ; et on prétend que s'il a encore envie des filles, il ne peut plus guère « contenter ses désirs ». Je ne comprends pas très bien, je comprends même assez mal, mais je me tue à redire à Claire ce que j'ai vaguement appris. Elle lève au ciel des yeux blancs, secoue la tête, et répond, avec des mines extatiques : « Ah ! qu'est-ce que ça fait, qu'est-ce que ça fait ? Il est si beau, il a des moustaches si fines, et puis, les choses qu'il me dit me rendent assez heureuse ! Et puis, il m'embrasse dans le cou, il me parle de la poésie, des soleils couchants, qu'est-ce que tu veux que je demande jamais davantage ? » Au fait, puisque ça lui suffit...

Quand j'ai assez de ses divagations, je lui dis, pour qu'elle me laisse seule, que je rentre chez papa ; et je ne rentre pas. Je reste dans les bois, je cherche un coin plus délicieux que les autres, et je m'y couche. Des armées de petites bêtes courent par terre, sous mon nez (elles se conduisent même quelquefois très mal, mais c'est si petit !) et ça sent un tas d'odeurs bonnes, ça sent les plantes fraîches qui chauffent... O mes chers bois !

A l'école où j'arrive en retard (je m'endors difficilement, mes idées dansent devant moi sitôt que j'ai éteint la lampe) je trouve mademoiselle Sergent au bureau, digne et froncée, et toutes les gamines arborant des figures convenables, pincées et cérémonieuses. Qu'est-ce que c'est que ça ? Ah ! la grande Anaïs affalée sur son pupitre fait de tels efforts pour sangloter que ses oreilles en sont bleues. On va s'amuser ! Je me glisse à côté de la petite Luce qui me souffle dans l'oreille : « Ma chère, on a trouvé dans le pupitre d'un garçon toutes les lettres d'Anaïs ; l'instituteur vient de les apporter ici pour que la directrice les lise. »

Elle les lit, en effet, mais tout bas, pour elle seule. Quel malheur, mon Dieu, quel malheur ! Je donnerais bien trois ans de la vie de Rabastens (Antonin), pour parcourir cette correspondance. Oh ! qui inspirera à la rousse de nous en lire tout haut deux ou trois passages bien choisis ! Hélas ! hélas ! Mademoiselle Sergent a fini... Sans rien dire à Anaïs toujours vautrée sur sa table, elle se lève solennellement, marche à pas comptés vers le poêle, à côté de moi ; elle l'ouvre, y dépose les papiers scandaleux, pliés en quatre, frotte une allumette et met le feu, puis referme la petite porte. En se redressant, elle dit à la coupable :

— Mes compliments, Anaïs, vous en savez plus long que bien des grandes personnes. Je vous garde ici jusqu'à l'examen, parce que vous êtes inscrite, mais je vais déclarer à vos parents que je me décharge de toute responsabilité à votre égard. Copiez vos problèmes, Mesdemoiselles, et ne vous occupez pas davantage de cette personne qui ne le mérite pas.

Incapable de supporter le tourment d'entendre brûler la littérature d'Anaïs, j'ai pris, pendant que la Directrice s'énonçait majestueusement, la règle plate qui me sert pour le dessin : je l'ai passée sous ma table et, au risque de me faire pincer, je m'en suis servie pour pousser la petite poignée qui fait mouvoir la rosace de tirage. On n'a rien vu ; peut-être que la flamme, ainsi étouffée, ne brûlera pas tout ; je le saurai après la classe. J'écoute ; le poêle tait son ronflement au bout de quelques secondes. Est-ce qu'onze heures ne vont pas bientôt sonner ? Comme je pense peu à ce que je copie, aux « deux pièces de toile qui, après lessivage, se rétrécissent de 1/19 dans leur longueur et de 1/22 dans leur largeur », elles pourraient rétrécir encore bien davantage sans m'intéresser.

Mademoiselle Sergent nous quitte et se rend dans la classe d'Aimée, sans doute pour lui raconter la bonne histoire et en rire avec elle. Aussitôt qu'elle a disparu, Anaïs relève la tête, nous la considérons avidement, elle a les joues marbrées, les yeux gonflés à force de les frotter, et elle regarde son cahier obstinément. Marie Belhomme se penche vers elle et lui dit, avec une sympathie tumultueuse : « Bien, ma vieille, je crois qu'on va te râbâter chez toi. Tu disais-t-y beaucoup de choses dans tes lettres ? » Elle ne lève pas les yeux et répond à haute voix pour que nous entendions toutes : « Ça m'est bien égal, les lettres ne sont pas de moi. » Les gamines échangent des regards indignés : « Crois-tu, ma chère ! ma chère, ce qu'elle est menteuse ! »

Enfin l'heure sonne. Jamais sortie n'a été si lente à venir ! Je m'attarde à ranger mon pupitre pour rester la dernière. Dehors, après avoir marché pendant une cinquantaine de mètres, je prétends avoir oublié mon atlas et je quitte Anaïs pour voler à l'école : « Attends-moi, veux-tu ? »

Je me rue silencieusement dans la classe vide et j'ouvre le poêle : j'y trouve une poignée de papiers à demi brûlés, que je retire avec des précautions maternelles ; quelle chance ! Le dessus et le dessous sont perdus, mais l'épaisseur du milieu est à peu près intacte ; c'est bien l'écriture d'Anaïs. J'emporte le paquet dans ma serviette pour les lire chez nous à loisir, et je rejoins Anaïs, calme, qui flâne en m'attendant ; nous repartons ensemble ; elle me lorgne en dessous. Tout à coup, elle s'arrête net et soupire d'angoisse... Je vois ses regards fixés sur mes mains, anxieusement, et je m'aperçois qu'elles sont noires des papiers brûlés que j'ai touchés. Je ne vais pas lui mentir, bien sûr. Je prends l'offensive :

— Eh bien, quoi ?

— Tu y es allée, hein, chercher dans le poêle ?

— Bien sûr que j'y suis allée ! Pas de danger que je laisse perdre une occasion pareille de lire tes lettres !

— Elles sont brûlées ?

— Heureusement non ; tiens, regarde là-dedans.

Je lui montre les papiers, en les tenant solidement. Elle darde sur moi des yeux vraiment meurtriers, mais n'ose pas sauter sur ma serviette, trop sûre que je la rosserais ! Je vais la consoler un peu ; elle me fait presque de la peine.

— Ecoute, je vais lire ce qui n'est pas brûlé parce que ça me fait trop envie ; et puis je te rapporterai tout ce soir. Je ne suis pas encore trop mauvaise ?

Elle se méfie beaucoup.

— Ma pure parole ! Je te les remettrai à la récréation, avant de rentrer.

Elle s'en va, désemparée, inquiète, plus jaune et plus longue que de coutume.

A la maison, j'épluche enfin ces lettres. Grosse déception ! Ce n'est pas ce que je pensais. Un mélange de sentimentalités bébêtes et d'indications pratiques : « Je pense à toi toujours quand il fait clair de lune... Tu feras attention, jeudi, d'apporter au champ de Vrimes le sac de blé que tu avais pris la dernière fois ; si maman voyait ma robe verdie, elle me ferait un raffut ! » Et puis des allusions peu claires, qui doivent rappeler au jeune Gangneau des épisodes polissons... En somme, oui, une déception. Je lui rendrai ses lettres, bien moins amusantes qu'elle-même qui est fantasque, froide et drôle.

Je les lui ai remises, elle n'en croyait pas ses yeux. Toute à la joie de les revoir, elle se moque pas mal que je les aie lues ; elle a couru les jeter dans les cabinets, et maintenant elle a repris sa figure close et impénétrable, aucune humiliation. Heureuse nature !

Zut, j'ai pincé un rhume ! Je reste dans la bibliothèque de papa, à lire la folle *Histoire de France* de Michelet, écrite en alexandrins. (J'exagère peut-être un peu ?) Je ne m'ennuie pas du tout, bien installée dans ce grand fauteuil, entourée de livres, avec ma belle Fanchette, cette chatte intelligente entre toutes, qui m'aime avec tant de désintéressement malgré les misères que je lui inflige, mes morsures dans ses oreilles roses et le dressage compliqué que je lui fais subir.

Elle m'aime au point de comprendre ce que je dis, et de venir me caresser la bouche quand elle entend le son de ma voix. Elle aime aussi les livres comme un vieux savant, cette Fanchette, et me tourmente chaque soir après le dîner pour que je retire de leur rayon deux ou trois gros Larousses de papa, le vide qu'ils laissent forme une espèce de petite chambre carrée où Fanchette s'installe et se lave ; je referme la vitre sur elle, et son ronron prisonnier vibre avec un bruit de tambour voilé, incessant. De temps en temps, je la regarde, alors elle me fait signe avec ses sourcils, qu'elle lève, comme une personne. Belle Fanchette, que tu es intéressante et compréhensive ! (Bien plus que Luce Lanthenay, cette chatte inférieure.) Tu m'amuses depuis que tu es au monde ; tu n'avais qu'un seul œil ouvert que, déjà, tu essayais des pas belliqueux dans ta corbeille, encore incapable de te tenir debout sur tes quatre allumettes ; depuis, tu vis joyeusement, et tu me fais rire, par tes danses du ventre en l'honneur des hannetons et des papillons, par tes appels maladroits aux oiseaux que tu guettes, par tes façons de te disputer avec moi et de me donner des tapes sèches qui résonnent dur sur mes mains. Tu mènes la conduite la plus indigne ; deux ou trois fois l'an, je te rencontre dans le jardin sur les murs, l'air fou, ridicule, une trôlée de matous autour de toi. Je connais même ton favori, perverse Fanchette, c'est un matou gris sale, long, efflanqué, dépoilé, des oreilles de lapin et les attaches canailles, comment peux-tu te mésallier avec cet animal de basse extraction, et si souvent ? Mais, même en ces temps de démence, quand tu m'aperçois, tu reprends un moment ta figure naturelle, tu me miaules amicalement quelque chose comme : « Tu vois, j'en suis là ; ne me méprise pas trop, la nature a ses exigences, mais je rentrerai bientôt et je me lécherai longtemps pour me purifier de cette existence dévergondée. » O belle Fanchette blanche, ça te va si bien de te mal conduire !

Mon rhume fini, je constate qu'on commence à s'agiter beaucoup à l'Ecole, à cause des examens proches, nous voilà fin mai et « on passe » le 5 juillet ! Je regrette de n'être pas plus remuée, mais les autres le sont assez pour moi, surtout la petite Luce Lanthenay qui a des crises de larmes quand elle reçoit une mauvaise note ; quant à mademoiselle Sergent, elle s'occupe de tout, mais plus que de tout, de la petite aux beaux yeux qui la fait « tourner en chieuvre ». Elle a fleuri, cette Aimée, d'une façon surprenante ! Son teint merveilleux, sa peau de velours, et ses yeux, « qu'on y frapperait des effigies »! comme dit Anaïs, en font une petite créature maligne et triomphante. Elle est tellement plus jolie que l'année dernière! On ne prêterait plus attention maintenant au léger écrasement de sa figure, au petit cran de sa lèvre à gauche, quand elle sourit ; et quand même, elle a de si blanches dents pointues! sa rousse amoureuse défaut rien qu'à la regarder et ne résiste plus guère devant nous aux furieuses envies qui la saisissent d'embrasser sa mignonne toutes les trois minutes...

Cette après-midi chaude, la classe bourdonne un « morceau choisi » qu'on doit réciter à trois heures ; je sommeille presque, écrasée de paresse nerveuse. Je n'en peux plus, et, tout d'un coup, j'ai des envies de griffer, de m'étirer violemment et d'écraser les mains de quelqu'un : ce quelqu'un se trouve être Luce, ma voisine. Elle a eu la nuque empoignée, et mes ongles enfoncés dedans ; heureusement, elle n'a rien dit. Je retombe dans ma langueur agacée...

La porte s'ouvre sans qu'on ait même frappé : c'est Dutertre, en cravate claire, les cheveux au vent, rajeuni et batailleur. Mademoiselle Sergent, dressée, lui dit à peine bonjour et l'admire passionnément, sa tapisserie « chutée » par terre. (L'aime-t-elle plus qu'Aimée ? ou Aimée plus que lui ? Drôle de femme!) La classe s'est levée. Par mauvaiseté, je reste assise, de sorte que Dutertre, quand il se retourne vers nous, me remarque tout de suite.

— Bonjour, Mademoiselle. Bonjour, les petites. Comme te voilà affalée, toi!

— Je suis flâ[1]. Je n'ai plus d'os.

— Tu es malade ?

— Non, je ne crois pas. C'est le temps, la flemme.

— Viens ici, qu'on te voie.

Ça va recommencer, ces prétextes médicaux à examens prolongés ? La Directrice me lance des regards enflammés d'indignation, pour la façon dont je me tiens, dont je parle à son chéri de délégué cantonal. Non, je vais me gêner! D'ailleurs, il adore ces façons malséantes. Je me traîne paresseusement à la fenêtre.

— On n'y voit pas, ici, à cause de cette ombre verte des arbres. Viens dans le corridor, il y fait du soleil. Tu as une piètre mine, mon petit.

Triple extrait de mensonge! J'ai bonne mine, je me connais ; si c'est à cause des yeux battus qu'il me croit malade, il se trompe, c'est bon signe, je me porte bien quand j'ai du bistre autour des

---

1. Inconsistante, molle.

yeux. Heureusement qu'il est trois heures de l'après-midi, sans cela, je ne serais pas plus rassurée qu'il ne faut, d'aller, même dans le couloir vitré, avec cet individu dont je me défie comme du feu.

Quand il a refermé la porte derrière nous, je me retourne sur lui et je lui dis :

— Mais non, voyons, je n'ai pas l'air malade ; pourquoi dites-vous ça ?

— Non ? Et ces yeux battus jusqu'aux lèvres ?

— Eh bien, c'est la couleur de ma peau, voilà.

Il s'est assis sur le banc et me tient debout devant lui, contre ses genoux.

— Tais-toi, tu dis des bêtises. Pourquoi as-tu toujours l'air fâché contre moi ?

— ... ?

— Si, tu me comprends bien. Tu as une frimousse, tu sais, qui vous trotte dans la tête quand on l'a vue !

Je ris stupidement. O Père Eternel, envoyez-moi de l'esprit, des reparties fines, car je m'en sens terriblement dénuée !

— Est-ce vrai que tu vas te promener toujours seule dans les bois ?

— Oui, c'est vrai. Pourquoi ?

— Parce que, coquine, tu vas trouver un amoureux, peut-être ? Tu es si bien surveillée !

Je hausse les épaules :

— Vous connaissez aussi bien que moi tous les gens d'ici ; me voyez-vous un amoureux dedans ?

— C'est vrai. Mais tu aurais assez de vice...

Il me serre les bras, il fait briller ses yeux et ses dents. Quelle chaleur ici ! J'aimerais mieux qu'il me laissât rentrer.

— Si tu es mal portante, que ne viens-tu me consulter chez moi ?

Je réponds trop vite : « Non ! Je n'irai pas... » et je cherche à dégager mes bras, mais il me tient solidement et lève vers moi des yeux ardents et méchants, — beaux aussi, c'est vrai.

— O petite, petite charmante, pourquoi as-tu peur ? Tu as si tort d'avoir peur de moi ! Crois-tu que je sois un goujat ? Tu n'aurais rien à craindre, rien. O petite Claudine, tu me plais tant, avec tes yeux d'un brun chaud et tes boucles folles ! Tu es faite comme une statue adorable, je suis sûr...

Il se dresse brusquement, m'enveloppe et m'embrasse ; je n'ai pas eu le temps de me sauver, il est trop fort et trop nerveux, et mes idées sont en salade dans ma tête... En voilà une aventure ! Je ne sais plus ce que je dis, ma cervelle tourne... Je ne peux pourtant pas rentrer en classe, rouge et secouée comme je suis, et je le sens derrière moi qui va vouloir m'embrasser encore, sûrement... J'ouvre la porte du perron, je dévale dans la cour jusqu'à la pompe où je bois un gobelet d'eau. Ouf !... Il faut remonter... Mais il doit s'être embusqué dans le couloir. Ah ! et puis zut ! Je crierai s'il veut me reprendre... C'est qu'il m'a embrassée sur le coin de la bouche, ne pouvant faire mieux, cet animal-là !

Non, il n'est plus dans le corridor, quelle chance ! Je rentre dans la classe, et je le vois debout, près du bureau, causant tranquillement avec mademoiselle Sergent. Je m'assieds à ma place, il me dévisage et demande :

— Tu n'as pas bu trop d'eau au moins ? Ces gosses, ça avale des gobelets d'eau froide, c'est détestable pour la santé.

Je suis plus hardie devant tout le monde.

— Non, je n'ai bu qu'une gorgée, c'est bien assez, je n'en reprendrai pas.

Il rit d'un air content :

— Tu es drôle, tu n'es pas trop bête.

Mademoiselle Sergent ne comprend pas, mais l'inquiétude qui plissait ses sourcils s'efface peu à peu ; elle n'a plus que du mépris pour la tenue déplorable que j'affiche avec son idole.

J'en ai chaud, moi ; il est stupide ! La grande Anaïs flaire quelque chose de suspect et ne peut se tenir de me demander : « Il t'a donc auscultée de bien près, que tu es si émue ? » Mais ce n'est pas elle qui me fera parler : « Tu es bête ! Je te dis que je viens de la pompe. » La petite Luce, à son tour, se frotte contre moi comme une chatte énervée et se risque à me questionner : « Dis, ma Claudine, qu'est-ce qu'il a donc à t'emmener comme ça ? »

— D'abord, je ne suis pas « ta » Claudine ; et puis ça ne te regarde pas, petite *arnie*[1]. Il avait à me consulter sur l'unification des retraites. Parfaitement.

— Tu ne veux jamais rien me dire, et moi je te dis tout !

— Tout quoi ? Ça m'avance à grand-chose de savoir que ta sœur ne paie pas sa pension, ni la tienne, et que mademoiselle Olympe la couvre de cadeaux, et qu'elle porte des jupons en soie, et que...

— Houche ! Tais-toi, je t'en prie ! Je serais perdue si on savait que je t'ai raconté tout ça !

1. Terme de mépris : outil en mauvais état.

— Alors, ne me demande rien. Si tu es sage, je te donnerai ma belle règle en ébène, qui a des filets en cuivre.
— Oh! tu es gentille. Je t'embrasserais bien, mais ça te déplaît...
— Assez ; je te la donnerai demain — si je veux !

Car la passion des « articles de bureau » s'apaise en moi, ce qui est encore un bien mauvais symptôme. Toutes mes camarades (et j'étais naguère comme elles) raffolent des « fournitures scolaires », nous nous ruinons en cahiers de papier vergé, à couvertures de « moiré métallique », en crayons de bois de rose, en plumiers laqués, vernis à s'y mirer, en porte-plume de bois d'olivier, en règles d'acajou et d'ébène comme la mienne qui a ses quatre arêtes en cuivre, et devant laquelle pâlissent d'envie les pensionnaires trop peu fortunées pour s'en payer de semblables. Nous avons de grandes serviettes d'avocat en maroquin plus ou moins du Levant, plus ou moins écrasé. Et si les gamines ne font pas, pour leurs étrennes, gainer de reliures voyantes leurs bouquins de classe, si je ne le fais pas non plus, c'est uniquement parce qu'ils ne sont pas notre propriété. Ils appartiennent à la commune, qui nous les fournit généreusement, sous obligation de les laisser à l'Ecole quand nous la quittons pour n'y point revenir. Aussi, nous haïssons ces livres administratifs, nous ne les sentons pas à nous, et nous leur jouons d'horribles farces ; il leur arrive des malheurs imprévus et bizarres ; on en a vu prendre feu au poêle, l'hiver ; on en a vu sur qui les encriers se renversaient avec une rare prédilection ; ils attirent la foudre, quoi ! Et toutes les avanies qui surviennent aux tristes « livres de la commune » sont le sujet de longues lamentations de mademoiselle Lanthenay et de terribles semonces de mademoiselle Sergent.

Dieu, que les femmes sont bêtes ! (Les petites filles, la femme, c'est tout un.) Croirait-on que depuis les « coupables tentatives » de cet enragé de Dutertre sur ma personne, j'éprouve comme qui dirait une vague fierté ? Bien humiliante pour moi, cette constatation. Mais je sais pourquoi ; au fond, je me dis : « Puisque celui-là qui a connu des tas de femmes, à Paris et partout, me trouve plaisante, c'est donc que je ne suis pas très laide ! » Voilà. C'est plaisir de vanité. Je me doutais bien que je ne suis pas repoussante, mais j'aime à en être sûre. Et puis, je suis contente d'avoir un secret que la grande Anaïs, Marie Belhomme, Luce Lanthenay et les autres ne soupçonnent pas.

La classe est bien dressée, maintenant. Toutes les gosses, jusqu'à la troisième division incluse, savent qu'il ne faut jamais pénétrer pendant la récréation dans une classe où les institutrices se sont enfermées. Dame, l'éducation ne s'est pas faite en un jour ! On est entré plus de cinquante fois, l'une, l'autre, dans la classe où se cachait le tendre couple, mais on les trouvait si tendrement enlacées, ou si absorbées dans leur chuchotement, ou bien mademoiselle Sergent tenant sur ses genoux sa petite Aimée avec tant d'abandon, que les plus bêtes en restaient interdites et se sauvaient vite sur un « Qu'est-ce que vous voulez encore ? » de la rousse, épouvantées par le froncement féroce de ses sourcils touffus. Moi comme les autres j'ai fait irruption souvent, et même sans intention, quelquefois : les premières fois, quand c'était moi, et qu'elles se trouvaient par trop rapprochées, on se levait vivement ou bien l'une feignait de retordre le chignon défait de l'autre,— puis elles ont fini par ne plus se gêner pour moi. Alors ça ne m'a plus amusée.

Rabastens ne vient plus ; il s'est déclaré à maintes reprises « trop intimidé de cette intimité », et cette façon de dire lui semblait une sorte de jeu de mots qui l'enchantait. Elles, elles ne songent plus à autre chose qu'à elles-mêmes. L'une vit sur les pas de l'autre, marche dans son ombre, elles s'entr'aiment si absolument que je ne songe plus à les tourmenter, près d'envier leur délicieux oubli de tout le reste.

Là ! Ça y est ; ça devait arriver ! Lettre de la petite Luce que je trouve en rentrant à la maison, dans une poche de ma serviette.

Ma Claudine chérie,

Je t'aime beaucoup, tu as l'air toujours de n'en rien savoir ; et j'en dépéris de chagrin. Tu es bonne et méchante avec moi, tu ne veux pas me prendre au sérieux, tu es pour moi comme pour un petit chien ; j'en ai une peine que tu ne peux pas te figurer. Vois pourtant comme on pourrait être contentes toutes les deux ; regarde ma sœur Aimée avec Mademoiselle, elles sont si heureuses qu'elles ne pensent plus à rien. Je te prie, si tu n'es pas fâchée de cette lettre, de ne rien me dire demain matin à l'école, je serais trop embarrassée sur le moment. Je saurai bien, rien que par la manière que tu auras de me parler dans la journée, si tu veux ou si tu ne veux pas être ma grande amie.

Je t'embrasse de tout mon cœur, ma Claudine chérie, et je compte aussi sur toi pour brûler cette lettre, car je sais que tu ne voudrais pas la montrer pour me faire arriver des ennuis, ce n'est pas ton habitude. Je t'embrasse encore bien tendrement et j'attends d'être à demain avec tant d'impatience ! Ta petite Luce.

Ma foi non, je ne veux pas ! Si ça me disait, ce serait avec quelqu'un de plus fort et de plus intelligent que moi, qui me meurtrirait un peu, à qui j'obéirais, et non pas avec une petite bête vicieuse qui n'est peut-être pas sans charme, griffante et miaulante, rien que pour une caresse, mais trop inférieure. Je n'aime pas les gens que je domine. Sa lettre, gentille et sans malice, je l'ai déchirée tout de suite et j'ai mis les morceaux dans une enveloppe pour les lui rendre.

Le lendemain matin, je vois une petite figure soucieuse qui m'attend, collée aux vitres. Cette pauvre Luce, ses yeux verts sont pâlis d'anxiété ! Tant pis, je ne peux pourtant pas, rien que pour lui faire plaisir...

J'entre ; elle est, par chance, toute seule.

— Tiens, petite Luce, voici les morceaux de ta lettre, je ne l'ai pas gardée longtemps, tu vois.

Elle ne répond rien et prend machinalement l'enveloppe.

— Toquée ! Aussi, qu'allais-tu faire dans cette galère, — je veux dire dans cette galerie du premier étage, — derrière les serrures de l'appartement de mademoiselle Sergent ? Voilà où ça te mène ! Seulement, moi, je ne peux rien pour toi.

— Oh ! fait-elle atterrée.

— Mais oui, mon pauvre petit. C'est pas par vertu, tu penses bien ; ma vertu, elle est encore trop petite, je ne la sors pas. Mais, vois-tu, c'est que, dans ma verte jeunesse, un grand amour m'a incendiée ; j'ai adddoré un homme qui est décédé en me faisant jurer à son lit de mort de ne jamais...

Elle m'interrompt en gémissant :

— Voilà, voilà, tu te moques encore de moi, je ne voulais pas t'écrire, tu es sans cœur, oh ! que je suis malheureuse ! Oh ! que tu es méchante !

— Et puis tu m'étourdis à la fin ! En voilà un raffut ! Veux-tu parier que je t'allonge des calottes pour te ramener dans le chemin du devoir ?

— Ah ! qu'est-ce que ça me fait ! Ah ! j'ai bien l'idée à rire !...

— Tiens, graine de femme ! donne-moi un reçu.

Elle a encaissé une gifle solide qui a pour effet de la faire taire tout de suite ; elle me regarde en dessous avec des yeux doux et pleure, déjà consolée en se frottant la tête. Comme elle aime être battue, c'est prodigieux !

— Voilà Anaïs et un tas d'autres, tâche de prendre un air à peu près convenable ; on va rentrer, les deux tourterelles descendent.

Plus que quinze jours avant le brevet ! Juin nous accable ; nous cuisons, ensommeillées, dans les classes, nous nous taisons de paresse, j'en lâche mon journal ! Et par cette température d'incendie, il nous faut encore apprécier la conduite de Louis XV, raconter le rôle du suc gastrique dans la digestion, esquisser des feuilles d'acanthe, et diviser l'appareil auditif en oreille interne, oreille moyenne et oreille externe. Il n'y a pas de justice sur terre ! Louis XV a fait ce qu'il a voulu, ce n'est pas moi que ça regarde, oh ! Dieu non, moi moins que personne !...

La chaleur est telle qu'on en perd le sentiment de la coquetterie, — ou plutôt, que la coquetterie se modifie sensiblement, maintenant, on montre de la peau. J'inaugure des robes ouvertes en carré, quelque chose de moyenâgeux, avec des manches qui s'arrêtent au coude ; on a des bras encore un peu minces, mais gentils tout de même, et pour le cou, je ne crains personne ! Les autres m'imitent : Anaïs ne porte pas de manches courtes, mais elle en profite pour retrousser les siennes jusqu'à l'épaule ; Marie Belhomme montre des bras dodus imprévus au-dessus de ses mains maigres, un cou frais et destiné à l'empâtement. Ah ! Seigneur, qu'est-ce qu'on ne montrerait pas par une température semblable ! En grand secret, je remplace mes bas par des chaussettes. Au bout de trois jours, toutes le savent, se le répètent, et me prient tout bas de relever ma jupe.

— Fais voir tes chaussettes, si c'est vrai ?
— Tiens !
— Veinarde ! C'est égal, je n'oserais pas, moi.
— Pourquoi, rapport aux convenances ?
— Dame.
— Laisse donc, je sais pourquoi, tu as du poil sur les jambes !
— Oh ! menteuse des menteuses ! on peut regarder, je n'en ai pas plus que toi ; seulement, ça me ferait honte de sentir mes jambes toutes nues sous ma robe !

La petite Luce exhibe de la peau timidement, de la peau blanche et douce à émerveiller ; et la grande Anaïs envie cette blancheur au point de lui faire aux bras des piqûres d'aiguille, les jours de couture.

Adieu le repos ! L'approche des examens, l'honneur qui doit rejaillir sur cette belle école neuve, de nos succès possibles ont enfin tiré nos institutrices de leur doux isolement. Elles nous enferment, nous, les six candidates, elles nous obsèdent de redites, nous forcent à entendre, à retenir, à comprendre même, nous font venir une heure avant les autres et partir une heure après ! — Presque toutes, nous devenons pâles, fatiguées et bêtes ; il y en a qui perdent l'appétit et le sommeil à force de travail et de souci ; moi, je suis restée à peu près fraîche, parce que je ne me tourmente pas beaucoup, et que j'ai la peau mate ; la petite Luce Lanthenay aussi, qui possède comme sa sœur Aimée, un de ces heureux teints blanc et rose inattaquables...

Nous savons que mademoiselle Sergent nous conduira toutes ensembles au chef-lieu, nous logera avec elle à l'hôtel, se chargera de toutes les dépenses et qu'on réglera les comptes au retour. Sans ce maudit examen, ce petit voyage nous enchanterait.

Ces derniers jours sont déplorables. Institutrices, élèves, toutes, atrocement énervées, éclatent à chaque instant. Aimée a jeté son cahier à la figure d'une pensionnaire qui commettait pour la troisième fois la même ineptie dans un problème d'arithmétique, et s'est sauvée ensuite dans sa chambre. La petite Luce a reçu des gifles de sa sœur et s'est venue jeter dans mes bras pour que je la console. J'ai battu Anaïs qui me taquinait mal à propos. Une Jaubert vient d'être prise d'une crise frénétique de sanglots, puis d'une non moins frénétique attaque de nerfs, parce que, criait-elle, « elle ne pourra jamais arriver à être reçue !... » (serviettes mouillées, fleur d'oranger, encouragements). Mademoiselle Sergent, exaspérée elle aussi, a fait tourner comme une toupie, devant le tableau noir, la pauvre Marie Belhomme qui désapprend le lendemain, régulièrement, ce qu'elle a appris la veille.

Je ne me repose bien, le soir, qu'au sommet du gros noyer, sur une longue branche que le vent berce... le vent, la nuit, les feuilles... Fanchette vient me retrouver là-haut ; j'entends chaque fois ses griffes solides qui grimpent, avec quelle sûreté ! Elle miaule avec étonnement : « Qu'est-ce que tu peux bien chercher dans cet arbre ? Moi, je suis faite pour être là, mais toi, ça me choque toujours un peu ! » Puis elle vagabonde dans les petites branches, toute blanche dans la nuit, et parle aux oiseaux endormis, avec simplicité, dans l'espoir qu'ils vont venir se faire manger complaisamment ; mais comment donc !

Veille du départ ; pas de travail ; nous avons porté nos valises à l'école (une robe et un peu de linge, on ne reste que deux jours).

Demain matin, rendez-vous à neuf heures et demie et départ dans l'omnibus malodorant du père Racalin qui nous trimballe à la gare.

C'est fait, nous sommes revenues du chef-lieu hier, triomphantes, sauf (naturellement) la pauvre Marie Belhomme, recalée. Mademoiselle Sergent se rengorge d'un tel succès. Il faut que je raconte.

Le matin du départ, on nous empile dans l'omnibus du père Racalin, ivre mort comme par hasard, qui nous conduit follement, zigzaguant d'un fossé à l'autre, nous demandant si on nous mène toutes marier, et se congratulant de la maîtrise avec laquelle il nous cahote : « J'vons bramant [1], pas ?... » tandis que Marie pousse des cris aigus et verdit de terreur. A la gare, on nous parque dans la salle d'attente, mademoiselle Sergent prend nos billets et prodigue des adieux tendres à la chérie qui est venue l'accompagner jusqu'ici. La chérie, en robe de toile bise, coiffée d'un grand chapeau simplet sous lequel elle est plus fraîche qu'un liseron (petite rosse d'Aimée !) excite l'admiration de trois commis voyageurs qui fument des cigares, et qui, amusés de ce départ d'un pensionnat, viennent dans la salle d'attente faire briller pour nous leurs bagues et leurs blagues, car ils trouvent charmant de lâcher d'énormes inconvenances. Je pousse le coude de Marie Belhomme pour l'avertir d'écouter ; elle tend ses oreilles et ne comprend pas ; je ne peux pourtant pas lui dessiner des figures à l'appui ! La grande Anaïs comprend bien, elle, et se fatigue en attitudes gracieuses avec d'inutiles efforts pour rougir.

Le train souffle, siffle ; nous empoignons nos valises, et nous nous engouffrons dans un wagon de seconde, surchauffé, suffocant ; heureusement, le voyage ne dure que trois heures ! Je me suis installée dans un coin pour respirer un peu, et tout le long du chemin, nous ne causons guère, amusées de regarder filer les paysages. La petite Luce, nichée à côté de moi, passe tendrement son bras sous le mien, mais je me dégage : « Laisse, il fait trop chaud. » J'ai pourtant une robe de tussor écru, toute droite, froncée comme celles des bébés, serrée à la taille par une ceinture de cuir plus large que la main, et ouverte en carré ; Anaïs, ravivée par une robe de toile rouge, paraît à son avantage, de même que Marie Belhomme, en demi-deuil, toile mauve à bouquets noirs. Luce Lanthenay conserve son uniforme noir, chapeau noir à nœud rouge. Les deux Jaubert continuent à ne pas exister et tirent de leur poche des questionnaires que mademoiselle Sergent, dédaigneuse de ce zèle excessif, leur fait rengainer. Elles n'en reviennent pas !

---

1. « Bramant » : confortablement, à l'aise. De « bravement ».

Des cheminées d'usines, des maisons clairsemées et blanches qui se resserrent tout de suite et deviennent nombreuses, — voilà la gare, nous descendons. Mademoiselle Sergent nous pousse vers un omnibus et nous roulons sur de douloureux pavés en têtes de chat, vers l'hôtel de la Poste. Dans les rues pavoisées, des oisifs badaudent, car c'est demain la Saint je ne sais quoi — grande fête locale — et la Philharmonique sévira dans la soirée.

La gérante de l'hôtel, madame Cherbay, une payse de mademoiselle Sergent, grosse femme trop aimable, s'empresse. Des escaliers sans fin, un corridor et... trois chambres pour six. Je n'avais pas songé à ça ! Avec qui va-t-on me loger ? c'est stupide ; je déteste coucher avec des gens !

La gérante nous laisse, enfin. Nous éclatons en paroles, en questions, on ouvre les valises ; Marie a perdu la clef de la sienne et se lamente ; je m'assieds déjà lasse. Mademoiselle réfléchit : « Voyons, il faut que je vous case... » Elle s'arrête et cherche à nous appareiller de la meilleure façon ; la petite Luce se coule silencieusement près de moi et me serre la main ; elle espère qu'on nous fourrera dans le même lit. La Directrice se décide : « Les deux Jaubert, vous coucherez ensemble ; vous, Claudine, avec... (elle me regarde d'une façon aiguë, mais je ne bronche ni ne cille)... avec Marie Belhomme, et Anaïs avec Luce Lanthenay. Je crois que cela ira assez bien ainsi. » La petite Luce n'est pas du tout de cet avis ! Elle prend son paquet d'un air penaud et s'en va tristement avec la grande Anaïs dans la chambre en face de la mienne. Marie et moi nous nous installons ; je me déshabille vivement pour laver la poussière du train, et derrière les volets, clos à cause du soleil, nous vagabondons en chemise avec volupté. Le voilà, le costume rationnel, le seul pratique !

Dans la cour, on chante, je regarde et je vois la grosse patronne assise à l'ombre avec des servantes, des jeunes gens et des jeunes filles ; tout ça bêle des romances sentimentales : « Manon, voici le soleil ! » en confectionnant des roses en papier et des guirlandes de lierre pour décorer la façade, demain. Des branches de pin jonchent la cour ; la table de fer peint est chargée de bouteilles de bière et de verres ; le paradis terrestre, quoi !

On frappe : c'est mademoiselle Sergent ; elle peut entrer, elle ne me gêne pas. Je la reçois en chemise pendant que Marie Belhomme passe précipitamment un jupon, par respect. Elle n'a pas l'air de s'en apercevoir, d'ailleurs, et nous engage seulement à nous dépêcher ; le déjeuner est servi. Nous descendons toutes. Luce se plaint de leur chambre, éclairée par en haut, pas même la ressource de se mettre à la fenêtre !

Mauvais déjeuner de table d'hôte.

L'examen écrit ayant lieu demain, mademoiselle Sergent nous enjoint de monter dans nos chambres et d'y repasser une dernière fois ce que nous savons le moins. Pas besoin d'être ici pour ça ! J'aimerais mieux rendre visite aux X..., des amis de papa, charmants, excellents musiciens... Elle ajoute : « Si vous êtes sages, ce soir vous descendrez avec moi, après dîner, et nous ferons des roses avec madame Cherbay et ses filles. » Murmures de joie ; toutes mes camarades exultent. Pas moi ! Je ne ressens aucune ivresse à l'idée de confectionner des roses en papier dans une cour d'hôtel avec cette obèse gérante, en graisse blanche. Je le laisse voir probablement, car la Rousse reprend, tout de suite excitée :

— Je ne force personne, bien entendu ; si mademoiselle Claudine ne croit pas devoir se joindre à nous...

— C'est vrai, Mademoiselle, je préfère rester dans ma chambre, je crains vraiment d'être si inutile !

— Restez-y, nous nous passerons de vous. Mais je me verrai forcée, dans ce cas, de prendre avec moi la clef de votre chambre ; je suis responsable de vous.

Je n'avais pas pensé à ce détail et je ne sais que répondre. Nous remontons là-haut, et nous bâillons tout l'après-midi sur nos livres, énervées par l'attente du lendemain. Mieux aurait valu nous promener, car nous ne faisons rien de bon, rien...

Et dire que ce soir je serai enfermée, enfermée ! Tout ce qui ressemble à un emprisonnement me rend enragée ; je perds la tête, sitôt qu'on m'enferme. (On n'a jamais pu me mettre en pension, gamine, parce que des pâmoisons de rage me prenaient à sentir qu'on me défendait de franchir la porte. On a essayé deux fois ; j'avais neuf ans ; les deux fois, dès le premier soir, j'ai couru aux fenêtres comme un oiseau stupide, j'ai crié, mordu, griffé, je suis tombée suffoquée. Il a fallu me remettre en liberté, et je n'ai pu « durer » que dans cette invraisemblable école de Montigny, parce que là, au moins, je ne me sentais pas « prise » et je couchais dans mon lit, chez nous.)

Certes, je ne le montrerai pas aux autres, mais je suis malade d'agacement et d'humiliation. Je ne quémanderai pas mon pardon ; elle serait trop contente, la mauvaise rousse ! Si elle voulait seulement me laisser la clef en dedans ! Mais je ne le demanderai pas non plus, je ne veux pas ! puisse la nuit être courte...

Avant dîner, mademoiselle Sergent nous mène promener le long de la rivière ; la petite Luce, tout apitoyée, veut me consoler de ma punition :

— Ecoute, si tu lui demandais de te laisser descendre, elle voudrait bien, tu lui demanderais ça gentiment...

— Allons donc ! J'aimerais mieux être enfermée à triple tour pendant huit mois, huit jours, huit heures, huit minutes.

— Tu as bien tort de ne pas vouloir ! On va faire des roses, on chantera, on...

— Plaisirs purs ! je vous verserai de l'eau sur la tête.

— Houche ! tais-toi ! Mais vrai, tu as gâté notre journée ; je ne serai pas gaie, ce soir, puisque tu ne seras pas là !

— Ne t'attendris pas. Je dormirai, je prendrai des forces pour le « grand jour » qu'est demain.

Redîner à table d'hôte avec des commis voyageurs et des marchands de chevaux. La grande Anaïs, possédée du désir de se faire remarquer, prodigue les gestes et renverse sur la nappe blanche son verre d'eau rougie. A neuf heures, nous remontons. Mes camarades se munissent de fichus contre la fraîcheur qui pourrait tomber et moi... je rentre dans ma chambre. Oh ! je fais belle contenance, mais j'écoute sans bienveillance la clef que mademoiselle Sergent tourne dans la serrure et emporte dans sa poche... Voilà, on est toute seule... Presque tout de suite je les entends dans la cour, et je pourrais les voir très bien de ma fenêtre, mais pour rien au monde je n'avouerai mes regrets en montrant de la curiosité. Eh bien, quoi ? Je n'ai plus qu'à me coucher.

J'enlève ma ceinture, déjà, quand je tombe en arrêt devant la commode-toilette, devant la porte de communication qu'elle condamne. Cette porte s'ouvre sur la chambre voisine (le verrou est de mon côté) et la chambre voisine donne dans le corridor... Je reconnais là le doigt de la Providence, il n'y a pas à le nier... Tant pis, il arrivera ce qui arrivera, mais je ne veux pas que la Rousse puisse triompher et se dire : « Je l'ai enfermée ! » Je ragrafe ma ceinture, je remets mon chapeau. Je ne vais pas dans la cour, pas si bête, je vais chez les amis de papa, ces X..., hospitaliers et aimables qui m'accueilleront bien. Ouf ! Que cette commode est lourde ! J'en ai chaud. Le verrou est dur à pousser, il manque d'exercice, et la porte s'ouvre en grinçant, mais elle s'ouvre. La chambre où je pénètre, la bougie haute, est vide, le lit sans draps ; je cours à la porte, la porte bénie qui n'est pas fermée, qui s'ouvre gentiment sur le délicieux corridor... Comme on respire bien, quand on n'est pas sous clef ! Ne nous faisons pas pincer ; personne dans l'escalier, personne dans le bureau de l'hôtel, tout le monde fait des roses. Faites des roses, bonnes gens, faites des roses sans moi !

Dehors, dans la nuit tiède, je ris tout bas ; mais je dois aller chez les X... L'ennui, c'est que je ne connais pas le chemin, surtout la nuit. Bah ! je demanderai. Je remonte d'abord résolument le cours de la rivière, puis je me décide, sous un réverbère, à demander la « place du Théâtre, s'il vous plaît ? » à un monsieur qui passe. Il s'arrête, se penche pour me regarder : « Mais, ma belle enfant, permettez-moi de vous y conduire, vous ne sauriez trouver toute seule... » Quelle scie ! Je tourne les talons et je fuis prestement dans l'ombre. Ensuite, je m'adresse à un garçon épicier qui abaisse à grand bruit le rideau de fer de son magasin, et, de rue en rue, souvent poursuivie d'un rire ou d'un appel familier, j'arrive place du Théâtre. Je sonne à la maison connue.

Mon entrée interrompt le trio de violon, violoncelle et piano que jouent deux blondes sœurs et leur père ; on se lève en tumulte : « C'est vous ? Comment ? Pourquoi ? Toute seule ? — Attendez, laissez-moi dire et excusez-moi. » Je leur conte mon emprisonnement, ma fuite, le brevet de demain ; les blondines s'amusent comme de petites folles. « Ah ! que c'est drôle ! Il n'y a que vous pour inventer des tours pareils ! » Le papa rit aussi, indulgent : « Allez, n'ayez pas peur, on vous reconduira, on obtiendra votre grâce. » Braves gens !

Et nous musiquons, sans remords. A dix heures, je veux partir et j'obtiens qu'une seule vieille bonne me reconduise... Trajet dans les rues assez désertes, sous la lune levée... Tout de même, je me demande ce que la Rousse coléreuse va bien pouvoir me dire ?

La bonne entre avec moi à l'hôtel, et je constate que toutes mes camarades sont encore dans la cour occupées à chiffonner des roses, à boire de la bière et de la limonade. Je pourrais rentrer dans ma chambre, inaperçue, mais je préfère me payer un petit effet, et je me présente, modeste, devant Mademoiselle qui bondit sur ses pieds à ma vue : « D'où sortez-vous ? » Du menton, je désigne la bonne qui m'accompagne et celle-ci débite sa leçon docilement : « Mademoiselle a passé la soirée chez Monsieur avec ces demoiselles. » Puis elle murmure un vague bonsoir et disparaît. Je reste seule (un, deux, trois) avec... une furie ! Ses yeux ragent, ses sourcils se touchent et se mêlent, mes camarades stupéfaites restent debout, des roses commencées dans les mains ; je suppose à voir les regards brillants de Luce, les joues rouges de Marie, l'air fébrile de la grande Anaïs qu'elles se sont un peu grisées ; il n'y a pas de mal à ça, vraiment, mademoiselle Sergent ne prononce pas un mot ; elle cherche sans doute ; ou bien elle s'efforce pour ne pas éclater. Enfin, elle parle ; pas à moi : « Montons, il est tard. » C'est dans ma chambre qu'elle fera explosion ? Soit... Dans l'escalier, toutes les gamines me regardent comme une pestiférée ; la petite Luce me questionne de ses yeux suppliants.

Dans la chambre, il y a d'abord un silence solennel, puis la Rousse m'interroge avec une solennité pesante :

— Où étiez-vous ?

— Vous le savez bien, chez les X..., des amis de mon père.

— Comment avez-vous osé sortir ?

— Dame, vous voyez, j'ai tiré la commode qui barrait cette porte.

— C'est d'une effronterie odieuse ! J'apprendrai cette conduite extravagante à Monsieur votre père, il ne manquera pas d'y prendre un grand plaisir.

— Papa ? Il dira : « Mon Dieu, oui, cette enfant a un grand amour de la liberté », et attendra avec impatience la fin de votre histoire pour se replonger avidement dans la *Malacologie du Fresnois*.

Elle s'aperçoit que les autres écoutent, et vire sur ses talons. « Allez toutes vous coucher ! Si dans un quart d'heure vos bougies ne sont pas éteintes, vous aurez affaire à moi ! Quant à mademoiselle Claudine, elle cesse d'être sous ma responsabilité et peut se faire enlever cette nuit, si cela lui plaît ! »

Oh ! shocking ! Mademoiselle ! Les gamines ont disparu comme des souris effrayées, et je reste seule avec Marie Belhomme qui me déclare :

— C'est pourtant vrai qu'on ne peut pas t'enfermer ! Moi, je n'aurais pas eu l'idée de tirer la commode !

— Je ne me suis pas ennuyée. Mais « applette »[1] un peu, pour qu'elle ne revienne pas souffler la bougie.

On dort mal dans un lit étranger ; et puis, je me suis collée toute la nuit contre le mur pour ne pas frôler les jambes de Marie.

Le matin, on nous réveille à cinq heures et demie ; nous nous levons engourdies ; je me noie dans l'eau froide pour me secouer un peu. Pendant que je barbote, Luce et la grande Anaïs viennent emprunter mon savon parfumé, quêter un tire-bouton, etc., Marie me prie de lui commencer son chignon. Toutes ces petites, peu vêtues et ensommeillées, c'est amusant à voir.

Echange de vues sur les précautions ingénieuses à prendre contre les examinateurs : Anaïs a copié toutes les dates d'histoire dont

---

1. **Appléter**, faire vite.

elle n'est pas certaine sur le coin de son mouchoir (il me faudrait une nappe à moi !). Marie Belhomme a confectionné un minuscule atlas qui tient dans le creux de la main ; Luce a écrit sur ses manchettes blanches les dates, des lambeaux de règnes, des théorèmes d'arithmétique, tout un manuel ; les sœurs Jaubert ont également consigné une foule de renseignements sur des bandes de papier mince qu'elles roulent dans le tuyau de leurs porte-plume. Toutes s'inquiètent beaucoup des examinateurs eux-mêmes ; j'entends Luce dire : « En arithmétique, c'est Lerouge qui interroge ; en sciences physiques et en chimie, c'est Roubaud, une rosse à ce qu'il paraît ; en littérature, c'est le père Sallé... » J'interromps :

— Quel Sallé ? l'ancien principal du collège ?
— Oui, celui-là.
— Quelle chance !

Je suis ravie d'être interrogée par ce vieux monsieur très bon, que papa et moi nous connaissons beaucoup, il sera gentil pour moi.

Mademoiselle Sergent paraît, concentrée et silencieuse en ce moment de bataille. « Vous n'oubliez rien ? Partons. »

Notre petit peloton passe le pont, grimpe des rues, des ruelles, arrive enfin devant un vieux porche endommagé, sur la porte duquel une inscription presque effacée annonce *Institution Rivoire* ; c'est l'ancienne pension de jeunes filles, abandonnée depuis deux ou trois ans pour cause de vétusté. (Pourquoi nous parque-t-on là-dedans ?) Dans la cour à demi dépavée, une soixantaine de jeunes filles bavardent activement, en groupes bien scindés ; les écoles ne se mêlent pas. Il y en a de Villeneuve, de Beaulieu, et d'une dizaine de chefs-lieux de canton ; toutes massées en petits groupes autour de leurs institutrices respectives, abondent en remarques dénuées de bienveillance sur les écoles étrangères.

Dès notre arrivée, nous sommes dévisagées, déshabillées ; on me toise, moi surtout, à cause de ma robe blanche rayée de bleu, et de ma grande capeline de dentelle qui font tache sur le noir des uniformes ; comme je souris avec effronterie aux concurrentes qui me regardent, on se détourne de la façon la plus méprisante qu'on sache. Luce et Marie rougissent sous les regards et rentrent dans leur coquille ; la grande Anaïs exulte de se sentir ainsi épluchée. Les examinateurs ne sont pas encore arrivés ; on piétine ; je m'ennuie.

Une petite porte sans loquet bâille sur un corridor noir, percé à l'extrémité d'une baie lumineuse. Pendant que mademoiselle Sergent échange de froides politesses avec ses collègues, je m'insinue doucement dans le couloir : au bout, c'est une porte vitrée — ou qui le fut, du moins — je lève le loquet rouillé, et je me trouve dans une petite courette carrée, près d'un hangar. Là, des jasmins ont poussé à l'abandon, et des clématites, avec un petit prunier sauvage, des herbes libres et charmantes ; c'est vert, silencieux, au bout du monde. Par terre, trouvaille admirable, des fraises ont mûri et embaument.

Appelons les autres pour leur montrer ces merveilles ! Je rentre dans la cour sans attirer l'attention, et j'apprends à mes camarades l'existence de ce verger inconnu. Après des regards craintifs vers mademoiselle Sergent qui cause avec une institutrice mûre, vers la porte qui ne s'ouvre toujours pas sur les examinateurs (ils font la grasse matinée, ces gens-là), Marie Belhomme, Luce Lanthenay, et la grande Anaïs se décident, les Jaubert s'abstiennent. Nous mangeons les fraises, nous ravageons les clématites, nous secouons le prunier, quand, à un brouhaha plus haut dans la cour d'entrée, nous devinons l'arrivée de nos tourmenteurs.

A toutes jambes, nous repassons le couloir ; nous arrivons à temps pour voir une file de messieurs noirs, pas beaux, pénétrer dans la vieille maison, solennels et muets. A leur suite, nous franchissons l'escalier avec un bruit d'escadron, soixante et quelques que nous sommes, mais, dès le premier étage, on nous arrête au seuil d'une salle d'étude délaissée : il faut laisser ces messieurs s'installer. Ils s'asseyent à une grande table, s'épongent et délibèrent. Sur quoi ? l'utilité de nous laisser entrer ? Mais non, je suis sûre qu'ils échangent des considérations sur la température et causent de leurs petites affaires, pendant qu'on nous contient difficilement sur le palier et l'escalier où nous débordons.

Au premier rang, je puis considérer ces sommités : un long grisonnant, l'air doux et grand-papa — le bon père Sallé, tordu et goutteux, avec ses mains comme des sarments ; — un gros court, le cou serré dans une cravate aux teintes chatoyantes, à l'instar de Rabastens lui-même, c'est Roubaud, le terrible, qui nous interrogera demain en « sciences ».

Enfin, ils se sont décidés à nous dire d'entrer. Nous emplissons cette vieille salle laide, aux murs de plâtre indiciblement sales, couturés d'inscriptions et de noms d'élèves ; les tables sont affreuses aussi, tailladées, noires et violettes d'encriers renversés autrefois. C'est honteux de nous interner dans un pareil taudis.

Un de ces messieurs procède à notre placement : il tient à la main une grande liste et mêle soigneusement toutes les écoles, séparant le plus possible les élèves d'un même canton, pour éviter les communications. (Il ne sait donc pas qu'on peut toujours communiquer ?) Je me trouve à un bout de table, près d'une petite jeune fille en deuil, qui a de grands yeux graves. Où sont mes camarades ? Là-bas, j'aperçois Luce qui m'adresse des signes et des regards désespérés ; Marie Belhomme s'agite devant elle à une table, elles pourront se passer des renseignements, ces deux faibles... Roubaud circule, distribuant de grandes feuilles timbrées de bleu au coin gauche, et des pains à cacheter. Nous connaissons toutes la manœuvre : il faut écrire au coin son nom, avec celui de l'école où nous avons fait nos études, puis replier et cacheter ce coin. (Histoire de rassurer tout le monde sur l'impartialité des appréciations.)

Cette petite formalité remplie, nous attendons qu'on veuille bien nous dicter quelque chose. Je regarde autour de moi les petites figures inconnues, dont plusieurs me font pitié, tant elles sont déjà tendues et anxieuses.

On sursaute, Roubaud a parlé dans le silence : « Epreuve d'orthographe, Mesdemoiselles, veuillez écrire : je ne répète qu'une seule fois la phrase que je dicte. » Il commence la dictée en se promenant dans la classe.

Grand silence recueilli. Dame ! les cinq sixièmes de ces petites jouent leur avenir. Et penser que tout ça va devenir des institutrices, qu'elles peineront de sept heures du matin à cinq heures du soir, et trembleront devant une Directrice, la plupart du temps malveillante, pour gagner 75 fr. par mois ! Sur ces soixante gamines, quarante-cinq sont filles de paysans ou d'ouvriers ; pour ne pas travailler dans la terre ou dans la toile, elles ont préféré jaunir leur peau, creuser leur poitrine et déformer leur épaule droite : elles s'apprêtent bravement à passer trois ans dans une Ecole normale (lever à cinq heures, coucher à huit heures et demie, deux heures de récréation sur vingt-quatre), et s'y ruiner l'estomac, qui résiste rarement à trois ans de réfectoire. Mais au moins, elles porteront un chapeau, ne coudront pas les vêtements des autres, ne garderont pas les bêtes, ne tireront pas les seaux du puits, et mépriseront leurs parents ; elles n'en demandent pas davantage. Et qu'est-ce que je fais ici, moi Claudine ? Je suis ici parce que je n'ai pas autre chose à faire, parce que papa, pendant que je subis les interrogations de ces professeurs, peut tripoter en paix ses limaces ; j'y suis aussi « pour l'honneur de l'Ecole », pour lui obtenir un brevet de plus, de la gloire de plus, à cette Ecole unique, invraisemblable et délicieuse...

Ils ont fourré des participes, tendu des embûches de pluriels équivoques, dans cette dictée qui arrive à n'avoir plus aucun sens,

tant ils ont tortillé et hérissé toutes les phrases. C'est enfantin !
— Un point, c'est tout. Je relis.

Je crois bien ne pas avoir de fautes ; je n'ai qu'à veiller aux accents, car ils vous comptent des demi-fautes, des quarts de faute, pour des velléités d'accents qui traînent mal à propos au-dessus des mots. Pendant que je relis, une petite boule de papier, lancée avec une adresse extrême, tombe sur ma feuille ; je la déroule dans le creux de main, c'est la grande Anaïs qui m'écrit : « Faut-il un *s* à *trouvés*, dans la seconde phrase ? » Elle ne doute de rien, cette Anaïs ! Lui mentirai-je ? Non, je dédaigne les moyens dont elle se sert familièrement. Relevant la tête, je lui adresse un imperceptible « oui », et elle corrige, paisiblement.

— Vous avez cinq minutes pour relire, annonce la voix de Roubaud ; l'épreuve d'écriture suivra.

Seconde boulette de papier, plus grosse. Je regarde autour de moi : elle vient de Luce dont les yeux anxieux épient les miens. Mais, mais, elle demande quatre mots ! Si je renvoie la boulette, je sens qu'on la pincera ; une inspiration me vient, tout bonnement géniale : sur la serviette de cuir noir qui contient les crayons et les fusains (les candidates doivent tout fournir elles-mêmes) j'écris, un petit morceau de plâtre détaché du mur me servant de craie, les quatre mots qui inquiètent Luce, puis je lève brusquement la serviette au-dessus de ma tête, le côté vierge tourné vers les examinateurs qui, d'ailleurs, s'occupent assez peu de nous. La figure de Luce s'illumine, elle corrige rapidement ; ma voisine en deuil qui a suivi la scène, m'adresse la parole :

— Vrai, vous n'avez pas peur, vous.

— Pas trop, comme vous voyez. Faut bien s'entr'aider un peu.

— Ma foi... Oui. Mais je n'oserais pas. Vous vous appelez Claudine, n'est-ce pas ?

— Oui, comment le savez-vous ?

— Oh ! il y a longtemps qu'on « cause » de vous. Je suis de l'école de Villeneuve ; nos maîtresses disaient de vous : « C'est une jeune fille intelligente, mais hardie comme un page et dont il ne faut pas imiter ni les manières de garçon, ni la coiffure. Cependant, si elle veut s'en donner la peine, ce sera une concurrente redoutable pour l'examen. » A Bellevue aussi, on vous connaît, on dit que vous êtes un peu folle, et passablement excentrique...

— Elles sont gentilles, vos institutrices ! Mais elles s'occupent de moi plus que je ne m'occupe d'elles. Dites-leur donc qu'elles ne sont qu'un tas de vieilles filles enragées de monter en graine, n'est-ce pas, dites-leur ça de ma part !

Scandalisée, elle se tait. D'ailleurs Roubaud promène entre les tables son petit ventre rondelet et recueille nos copies qu'il porte à ses congénères. Puis il nous distribue d'autres feuilles pour l'épreuve d'écriture et s'en va mouler au tableau noir, d'une « belle main », quatre vers :

> *Tu t'en souviens, Cinna, tant d'heur et tant de gloire,*
> Etc., etc.

— Vous êtes priées, Mesdemoiselles, d'exécuter une ligne de grosse cursive, une de moyenne cursive, une de fine cursive, une de grosse ronde, une de moyenne ronde, une de ronde fine, une de grosse bâtarde, une de moyenne et une de fine. Vous avez une heure.

C'est un repos, cette heure-là. Un exercice pas fatigant, et on n'est pas très exigeant pour l'écriture. La ronde et la bâtarde, ça me va, car c'est du dessin, presque ; mais ma cursive est détestable ; mes lettres bouclées et mes majuscules arrivent difficilement à garder le nombre exigé de « corps » et de « demi-corps » d'écriture, tant pis ! Il fait faim quand on atteint le bout de l'heure !

Nous nous envolons de cette salle attristante et moisie pour retrouver, dans la cour, nos institutrices, inquiètes, groupées dans l'ombre qui n'est pas même fraîche. Tout de suite, des flots de paroles jaillissent, des questions, des plaintes : « Ça a bien marché ? Quel sujet de dictée ? Vous rappelez-vous des phrases difficiles ? »

« — C'était ceci — cela — j'ai mis « *indication* » au singulier — moi au pluriel — le participe était invariable, n'est-ce pas, Mademoiselle ? — Je voulais corriger, et puis je l'ai laissé — une dictée si difficile !... »

Il est midi passé et l'hôtel est loin...

Je bâille d'inanition. Mademoiselle Sergent nous emmène à un restaurant proche, notre hôtel étant trop loin pour aller jusque-là sous cette lourde chaleur. Marie Belhomme pleure et ne mange pas, désolée de trois fautes qu'elle a commises (et chaque faute diminue de deux points !). Je raconte à la Directrice — qui ne paraît plus songer à mon escapade d'hier — nos moyens de communiquer ; elle en rit, contente, et nous recommande seulement de ne pas commettre trop d'imprudences. En temps d'examen, elle nous pousse aux pires tricheries ; tout pour l'honneur de l'école.

En attendant l'heure de la composition française, nous sommeillons presque toutes sur nos chaises, accablées de chaleur. Mademoiselle lit les journaux illustrés, et se lève après un coup d'œil à l'horloge : « Allons, petites, il faut partir... Tâchez de ne pas vous montrer trop bêtes tout à l'heure. Et vous, Claudine, si vous n'êtes pas notée 18 sur 20 pour la composition française, je vous jette dans la rivière. »

— J'y serais plus fraîchement, au moins !

Quelles tourtes, ces examinateurs ! L'esprit le plus obtus aurait compris que, par ce temps écrasant, nous composerions en français plus lucidement le matin. Eux, non. De quoi sommes-nous capables, à cette heure-ci ?

Quoique pleine, la cour est plus silencieuse que ce matin, et ces messieurs se font attendre, encore ! Je m'en vais seule dans le petit jardin clos, je m'assieds sous les clématites, dans l'ombre, et je ferme les yeux, ivre de paresse...

Des cris, des appels : « Claudine ! Claudine ! » Je sursaute, mal réveillée, car je dormais de tout mon cœur, et je trouve devant moi Luce effarée qui me secoue, m'entraîne : « Mais tu es folle ; mais tu ne sais pas ce qui se passe ! on est rentré, ma chère, depuis un quart d'heure ! On a dicté le sommaire de la composition, et pis j'ai osé enfin dire, avec Marie Belhomme, que tu n'étais pas là... on t'a cherchée, Mademoiselle Sergent est aux champs, — et j'ai pensé que tu flânais peut-être ici... Ma chère, on va t'en dire, là-haut ! »

Je me jette dans l'escalier, Luce derrière moi ; un brouhaha léger se lève à mon entrée, et ces messieurs, rouges d'un déjeuner qui s'est prolongé tard, se tournent vers moi : « Vous n'y pensiez plus, Mademoiselle ? où étiez-vous ? » C'est Roubaud qui m'a parlé, demi-aimable, demi-rosse. « J'étais dans le jardin, là-bas, je faisais la sieste. » Un battant de fenêtre ouverte me renvoie mon image assombrie, j'ai des pétales de clématites mauves dans les cheveux, des feuilles à ma robe, une petite bête verte et une coccinelle sur l'épaule, et mes cheveux roulent en désordre... Ensemble pas répugnant... Il faut le croire, du moins, car ces messieurs s'attardent à me considérer et Roubaud me demande à brûle-pourpoint :

— Vous ne connaissez pas un tableau qui s'appelle *Le Printemps*, de Botticelli ?

Pan ! je l'attendais :

— Si, Monsieur, on me l'a déjà dit.

Je lui ai coupé le compliment sous le pied et il pince les lèvres, vexé ; il me revaudra ça. Les hommes noirs rient entre eux ; je gagne ma place, escortée de cette phrase rassurante, mâchonnée par Sallé, brave homme, qui pourtant ne me reconnaît pas, le pauvre myope : « Vous n'êtes pas en retard, d'ailleurs, copiez le sommaire

Claudine à l'école

inscrit au tableau, vos compagnes n'ont pas encore commencé. »
Eh là ! qu'il n'ait pas peur, je ne le gronde pas !

En avant la composition française ! Cette petite histoire m'a donné du cœur.

« *Sommaire.* — Exposez les réflexions et commentaires que vous inspirent ces paroles de Chrysale : « Qu'importe qu'elle manque aux lois de Vaugelas », etc.

Ce n'est pas un sujet trop idiot ni trop ingrat, par chance inespérée. J'entends autour de moi des questions anxieuses et désolées, car la plupart de ces petites filles ne savent pas ce que c'est que Chrysale ni les *Femmes savantes*. Il va y avoir le joli gâchis ! Je ne peux pas m'empêcher d'en rire d'avance. Je prépare une petite élucubration pas trop sotte, émaillée de citations variées, pour montrer qu'on connaît un peu son Molière ; ça marche assez bien, je finis par ne plus penser à ce qui se passe autour de moi.

En levant le nez pour chercher un mot rétif, j'aperçois Roubaud fort occupé à crayonner mon portrait sur un petit calepin. Moi, je veux bien ; et je reprends la pose sans en avoir l'air.

Paf ! encore une boulette qui tombe. C'est de Luce : « Peux-tu m'écrire deux ou trois idées générales, je n'en sors pas, je suis désolée ; je t'embrasse de loin. » Je la regarde, je vois sa pauvre petite figure toute marbrée, ses yeux rouges, et elle répond à mon regard par un hochement de tête désespéré. Je lui griffonne sur un papier calque tout ce que je peux et je lance la boulette, non en l'air — trop dangereux — mais par terre, dans l'allée qui sépare les deux rangées de tables ; et Luce pose son pied dessus, lestement.

Je fignole ma conclusion ; j'y développe des choses qui plairont et qui me déplaisent. Ouf ! fini ! Voyons ce que font les autres...

Anaïs travaille sans lever la tête, sournoise, le bras gauche arrondi sur sa feuille pour empêcher sa voisine de copier. Roubaud a terminé son esquisse et l'heure s'avance pendant que le soleil baisse à peine. Je suis éreintée ; ce soir, je me coucherai sagement avec les autres, sans musique. Continuons à regarder la classe : tout un régiment de tables sur quatre files, qui s'en vont jusqu'au fond ; des petites filles noires penchées dont on ne voit que des chignons lisses ou la natte pendante, serrée comme une corde, peu de robes claires, seulement celles des élèves d'écoles primaires comme la nôtre, — les rubans verts, au cou des pensionnaires de Villeneuve, font tache. Un grand silence, troublé par le bruit léger des feuillets qu'on tourne, pas un soupir de fatigue... Enfin, Roubaud plie le *Moniteur du Fresnois* sur lequel il s'est un peu assoupi, et tire sa montre : « Il est l'heure, Mesdemoiselles, je relève les feuilles ! »

Quelques faibles gémissements s'élèvent, les petites qui n'ont pas fini s'effarent, demandent cinq minutes de grâce qu'on leur accorde ; puis ces messieurs ramassent les copies et nous lâchent. Toutes nous nous levons, on s'étire, on bâille, et les groupes se reforment immédiatement avant le bas de l'escalier ; Anaïs se précipite vers moi :

— Qu'est-ce que tu as mis ? Comment as-tu commencé ?

— Tu m'*éluges* [1], crois-tu que j'aie retenu ces choses-là par cœur !

— Mais ton brouillon ?

— Je n'en ai pas fait ; seulement quelques phrases que j'ai mises sur leurs pattes avant de les écrire.

— Ma chère, ce que tu vas être grondée ! Moi, j'ai rapporté mon brouillon pour le montrer à Mademoiselle.

Marie Belhomme aussi rapporte son brouillon, et Luce, et les autres ; et toutes d'ailleurs ; ça se fait toujours.

Dans la cour encore tiède du soleil retiré, mademoiselle Sergent lit un roman, assise sur un petit mur bas : « Ah ! vous voilà enfin ! Vos brouillons, tout de suite, que je voie si vous n'avez pas pondu trop de bêtises. »

Elle les lit, et décrète ; celui d'Anaïs n'est « pas nul », paraît-il ; Luce « a de bonnes idées » (pardi, les miennes) « pas assez développées » ; Marie « a fait du délayage, comme toujours » ; les Jaubert, compositions « très présentables ».

— Votre brouillon, Claudine ?

— Je n'en ai pas fait.

— Ma petite, il faut que vous soyez folle ! Pas de brouillon un jour d'examen ! Je renonce à obtenir de vous quoi que ce soit de raisonnable... Enfin, est-il mauvais, votre devoir ?

— Mais non, Mademoiselle, je ne le crois pas mauvais.

— Ça vaut quoi ? 17 ?

— 17 ? Oh ! Mademoiselle, la modestie m'empêche... 17, c'est beaucoup... Mais enfin ils me donneront bien 18 !

Mes camarades me regardent avec une envieuse malveillance : « Cette Claudine, a-t-elle une chance de pouvoir prédire sa note ! Disons bien vite qu'elle n'a aucun mérite, disposition naturelle et voilà tout ; elle fait des compositions françaises comme on ferait un œuf sur le plat... et patati et patata ! »

Autour de nous, les candidates babillent sur le mode aigu, et exhibent leurs brouillons aux institutrices, et s'exclament, et

1. **Tu m'ennuies.**

poussent des *ah !* de regret d'avoir oublié une idée... un piaillement d'oisillons en volière.

Ce soi, au lieu de me sauver en ville, étendue dans le lit côte à côte avec Marie Belhomme, je cause avec elle de cette grande journée.

— Ma voisine de droite, me raconte Marie, vient d'une pension religieuse ; figure-toi, Claudine, que ce matin pendant qu'on distribuait les feuilles avant la dictée, elle avait sorti de sa poche un chapelet qu'elle égrenait sous la table, oui, ma chère, un chapelet avec des gros grains tout ronds, quelque chose comme un bouliercompteur de poche. C'était pour se porter bonheur.

— Bah ! Si ça ne fait pas de bien, ça ne fait pas de mal non plus... Qu'est-ce qu'on entend ?

On entend, il me semble, un grand *rabâtemen* dans la chambre en face de la nôtre, celle où couchent Luce et Anaïs. La porte s'ouvre violemment, Luce, en chemise courte, se jette dans la chambre, éperdue :

— Je t'en prie, défends-moi, Anaïs est si méchante !...

— Elle t'a fait quoi ?

— Elle m'a versé de l'eau dans mes bottines, d'abord, et puis dans le lit elle m'a donné des coups de pied et elle m'a pincé les cuisses, et quand je me suis plainte elle m'a dit que je pouvais coucher sur la descente de lit si je n'étais pas contente !

— Pourquoi n'appelles-tu pas Mademoiselle ?

— Oui ! appeler Mademoiselle ! Je suis allée à la porte de sa chambre, elle n'y est pas ; et la fille qui passait dans le corridor m'a dit qu'elle était sortie avec la gérante... Maintenant, qu'est-ce que je vais faire ?

Elle pleure. Pauvre gosse ! Si menue dans sa chemise de jour qui montre ses bras fins et ses jolies jambes. Décidément, toute nue, et la figure voilée, elle serait bien plus séduisante. (Deux trous pour les yeux, peut-être ?) Mais le temps n'est pas de délibérer là-dessus : je saute à terre, je cours à la chambre d'en face. Anaïs occupe le milieu du lit, la couverture tirée jusqu'au menton ; elle a sa plus mauvaise figure.

— Eh bien, qu'est-ce qui te prend ? Tu ne veux pas laisser Luce coucher avec toi ?

— Je ne dis pas ça ; seulement, elle veut prendre toute la place, alors je l'ai poussée.

— Des blagues ! Tu la pinces, et tu lui as versé de l'eau dans ses bottines.

— Couche-la avec toi, si tu veux, moi je n'y tiens pas.

— Elle a pourtant la peau plus fraîche que toi ! Il est vrai que ce n'est pas difficile.

— Va donc, va donc, on sait que la petite sœur te plaît autant que la grande !

— Attends, ma fille, je vais te changer les idées.

Tout en chemise, je me jette sur le lit, j'arrache les draps, je saisis la grande Anaïs par les deux pieds, et malgré les ongles silencieux dont elle s'accroche à mes épaules, je la tire en bas du lit, sur le dos, avec ses pattes toujours dans les mains, et j'appelle : « Marie, Luce, venez voir ! »

Une petite procession de chemises blanches accourt sur des pieds nus, et on s'effare : « Eh ! là, séparez-les ! Appelez Mademoiselle ! » Anaïs ne crie pas, agite ses jambes et me jette des regards dévorants, acharnée à cacher ce que je montre en la traînant par terre : des cuisses jaunes, un derrière en poire. J'ai si envie de rire que j'ai peur de la lâcher. J'explique :

— Il y a que cette grande Anaïs que je tiens ne veut pas laisser la petite Luce coucher avec elle, qu'elle la pince, qu'elle lui met de l'eau dans ses chaussures, et que je veux la faire tenir tranquille.

Silence et froid. Les Jaubert sont trop prudentes pour donner tort à l'une de nous deux. Je lâche enfin les chevilles d'Anaïs qui se relève et baisse sa chemise précipitamment.

— Va te coucher, à présent, et tâche de laisser cette gosse tranquille, ou tu auras une taraudée... qui te cuira la peau.

Toujours muette et furieuse, elle court à son lit, s'y musse le nez au mur. Elle est d'une incroyable lâcheté et ne craint au monde que les coups. Pendant que les petits fantômes blancs regagnent leurs chambres, Luce se couche timidement à côté de sa persécutrice, qui ne remue pas plus qu'un sac maintenant. (Ma protégée m'a dit le lendemain qu'Anaïs n'avait bougé, de toute la nuit, que pour faire sauter son oreiller par terre, de rage.)

Personne ne parla de l'histoire à mademoiselle Sergent. Nous étions bien assez occupées de la journée qui allait s'écouler ! Epreuves d'arithmétique et de dessin et, le soir, affichage des concurrentes admises à l'oral.

Chocolat rapide, départ précipité. Il fait déjà chaud à sept heures. Plus familiarisées, nous prenons nos places nous-mêmes et nous jabotons, en attendant ces messieurs, avec décence et modération. On est déjà plus chez soi, on se faufile sans se cogner entre le banc et la table, on range devant soi les crayons, porte-plume, gommes

Claudine à l'école

et grattoirs d'un air d'habitude ; c'est très bien porté d'ailleurs. Pour un peu nous afficherions des manies.

Entrée des maîtres de nos destinées. Ils ont déjà perdu une partie de leur prestige : les moins timides les regardent paisiblement, d'un air de connaissance. Roubaud, qui arbore un pseudo-panama sous lequel il se croit très chic, s'impatiente, tout frétillant : « Allons, Mesdemoiselles, allons ! Nous sommes en retard, ce matin, il faut rattraper le temps perdu. » J'aime bien ça ! Tout à l'heure, ce sera de notre faute, s'ils n'ont pas pu se lever de bonne heure. Vite, vite, les feuilles jonchent les tables ; vite, nous cachetons le coin pour cacher notre nom ; vite, l'accéléré Roubaud rompt le sceau de la grande enveloppe jaune, timbrée de l'Inspection académique, et en retire l'énoncé redoutable des problèmes :

« *Première question.* — Un particulier a acheté de la rente 3 1/2 % au cours de 94 fr. 60, etc. »

Puisse la grêle transpercer son pseudo-panama ! Les opérations de Bourse me navrent : il y a des courtages, des 1/800 % que j'ai toujours toutes les peines du monde à ne pas oublier.

« *Deuxième question.* — La divisibilité par 9. Vous avez une heure. »

Ce n'est pas trop, ma foi. Heureusement, la divisibilité par 9, je l'ai apprise si longtemps que j'ai fini par la retenir. Encore il faudra mettre en ordre toutes les conditions nécessaires et suffisantes, quelle scie !

Les autres concurrentes sont déjà absorbées, attentives ; un léger chuchotement de chiffres, de calculs faits à voix basse, court au-dessus des nuques penchées.

... Il est fini, ce problème. Après avoir recommencé chaque opération deux fois (je me trompe si souvent !) j'obtiens un résultat de 22.850 francs, comme bénéfice du monsieur ; un joli bénéfice ! J'ai confiance en ce nombre rond et rassurant, mais je veux tout de même m'étayer de Luce, qui joue avec les chiffres d'une façon magistrale. Plusieurs concurrentes ont fini, et je ne vois guère que des visages contents. La plupart de ces petites filles de paysans avides ou d'ouvrières adroites ont d'ailleurs le don de l'arithmétique à un point qui m'a souvent stupéfaite. Je pourrais interroger ma brune voisine, qui a fini aussi, mais je me méfie de ses yeux sérieux et discrets ; je confectionne donc une boule qui vole et tombe sous le nez de Luce, portant le chiffre 22.850. La gamine, joyeusement, m'envoie un « oui » de la tête ; ça va bien. Satisfaite, je demande alors à ma voisine : « Vous avez combien ? » Elle hésite et murmure, réservée : « J'ai plus de 20.000 francs. »

— Moi aussi, mais combien plus ?
— Dame... plus de 20.000 francs...
— Eh ! Je ne vous demande pas de me les prêter ! Gardez vos 22.850 francs, vous n'êtes pas la seule à avoir le bon résultat, vous ressemblez à une fourmi noire, pour diverses raisons !

Autour de nous, quelques-unes rient ; mon interlocutrice, pas même offensée, croise ses mains et baisse les yeux.

— Vous y êtes, Mesdemoiselles ? clame Roubaud. Je vous rends votre liberté, soyez exactes pour l'épreuve de dessin.

Nous revenons à deux heures moins cinq à l'ex-Institution Rivoire. Quel dégoût, et quelle envie de m'en aller me communique la vue de cette geôle délabrée !

A l'endroit le plus éclairé de la classe, Roubaud a disposé deux cercles de chaises ; au centre de chacun, une sellette. Que va-t-on poser là-dessus ? nous sommes tout yeux. L'examinateur factotum disparaît et revient porteur de deux cruches de verre à anse. Avant qu'il les pose sur les sellettes, toutes les élèves chuchotent : « Ma chère, ce que ça va être difficile, à cause de la transparence ! »

Roubaud parle :

— Mesdemoiselles, vous êtes libres, pour l'épreuve de dessin, de vous placer comme vous l'entendrez. Reproduisez ces deux vases (vase toi-même !) au trait, l'esquisse au fusain, le repassé au crayon Conté, avec interdiction formelle de se servir d'une règle ou de quoi que ce soit qui y ressemble. Les cartons que vous devez toutes avoir apportés vous serviront de planches à dessin.

Il n'a pas fini, que je me précipite déjà sur la chaise que je guigne, une place excellente, d'où l'on voit la cruche de profil, avec l'anse de côté ; plusieurs m'imitent, et je me trouve entre Luce et Marie Belhomme. « Interdiction formelle de se servir d'une règle pour les lignes de construction » ? Bah ! on sait ce que ça veut dire ! Nous avons en réserve, mes camarades et moi, des bandes de papier raide, longues d'un décimètre et divisées en centimètres, très faciles à cacher.

Il est permis de causer, on en use peu ; on aime mieux faire des mines, le bras tendu, l'œil fermé, pour prendre des mesures avec le porte-fusain. Avec un peu d'adresse, rien de plus simple que de tracer à la règle les lignes de construction (deux traits qui coupent la feuille en croix et un rectangle pour enfermer le ventre de la cruche).

Dans l'autre cercle de chaises, une petite rumeur soudaine, des exclamations étouffées et la voix de Roubaud sévère : « Il n'en faudra pas davantage, Mademoiselle, pour vous faire exclure de l'examen ! » C'est une pauvre petite, étriquée et chétive, qui s'est fait pincer un double-décimètre entre les mains, et sanglote maintenant dans son mouchoir. Du coup, Roubaud devient très fouineur et nous épluche de près ; mais les bandes de papier à divisions ont disparu comme par enchantement. D'ailleurs, on n'en a plus besoin.

Ma cruche vient à ravir, bien ventrue. Pendant que je la considère complaisamment, notre surveillant, distrait par l'entrée timide des institutrices qui viennent savoir « si les compositions sont bonnes en général », nous laisse seules, et Luce me tire doucement : « Dis-moi, je t'en prie, si mon dessin est bien ; il me semble qu'il y a quelque chose qui cloche. »

Après examen, je lui explique :

— Pardi, elle a l'anse trop basse ; ça lui donne l'air d'un chien fouetté qui baisse la queue.

— Et la mienne ? demande Marie de l'autre côté.

— La tienne, elle est bossue à droite ; mets-lui un corset orthopédique.

— Un quoi ?

— Je dis que tu dois lui mettre du coton à gauche, elle n'a des « avantages » que d'un côté ; demande à Anaïs de te prêter un de ses faux nénés (car la grande Anaïs introduit deux mouchoirs dans les goussets de son corset, et toutes nos moqueries n'ont pu la décider à abandonner ce puéril rembourrage).

Ce bavardage jette mes voisines dans une gaieté immodérée : Luce se renverse sur sa chaise, riant de toutes les dents fraîches de sa petite gueule féline. Marie gonfle ses joues comme des poches de cornemuse, puis toutes deux s'arrêtent figées au milieu de leur joie — car la terrible paire d'yeux brasillants de mademoiselle Sergent les méduse du fond de la salle. Et la séance s'achève au milieu d'un silence irréprochable.

On nous met dehors, enfiévrées et bruyantes à l'idée que nous viendrons lire ce soir, sur une grande liste clouée à la porte, les noms des candidates admises à l'oral du lendemain. Mademoiselle Sergent nous contient avec peine ; nous bavardons insupportablement.

— Tu viendras voir les noms, Marie ?

— Non, tiens ! Si je n'y étais pas, les autres se moqueraient de moi.

— Moi, dit Anaïs, j'y viendrai ! Je veux voir les têtes de celles qui ne seront pas admises.

— Et si tu en étais, de celles-là ?

— Eh bien, je ne porte pas mon écrit sur mon front et je saurai faire une figure contente pour que les autres ne prennent pas des airs de pitié.

— Assez ! Vous me rompez la cervelle, fait brusquement mademoiselle Sergent ; vous verrez ce que vous verrez, et prenez garde que je vienne seule, ce soir, lire les noms sur la porte. D'abord, nous ne rentrons pas à l'hôtel, je n'ai pas envie de faire deux fois de plus cette trotte ; nous dînons au restaurant.

Elle demande une salle réservée. Dans l'espèce de cabine de bains qu'on nous assigne, où le jour tombe tristement d'en haut, notre effervescence s'éteint ; nous mangeons comme autant de petits loups, sans guère parler. Et, la fringale apaisée, nous demandons tour à tour, toutes les dix minutes, l'heure qu'il est. Mademoiselle essaie vainement de calmer notre énervement en assurant que les concurrentes sont trop nombreuses pour que ces messieurs aient pu lire toutes les compositions avant neuf heures ; nous bouillonnons quand même.

On ne sait plus que faire dans cette cave ! Mademoiselle Sergent ne veut pas nous mener dehors ; je sais pourquoi : la garnison est en liberté, à cette heure-ci, et les pantalons rouges, farauds, ne se gênent pas. Déjà, en venant dîner, notre petite bande était escortée de sourires, de claquements de langue et de bruits de baisers jetés ; ces manifestations exaspèrent la Directrice qui fusille de ses regards les audacieux fantassins ; mais il en faudrait plus pour les faire rentrer dans le rang !

Le jour qui décroît, et notre impatience, nous rendent maussades et méchantes ; Anaïs et Marie ont déjà échangé des répliques aigres, avec des attitudes hérissées de poules en bataille ; les deux Jaubert semblent méditer sur les ruines de Carthage, et j'ai repoussé d'un coude pointu la petite Luce qui voulait se faire câliner. Heureusement, Mademoiselle, presque aussi agacée que nous-mêmes, sonne, et demande de la lumière et deux jeux de cartes. Bonne idée !

La clarté des deux becs de gaz nous remonte un peu le moral, et les jeux de cartes nous font sourire.

— Un trente et un, voyons !

Allons bon ! Les deux Jaubert ne savent pas jouer ! Eh bien, qu'elles continuent à réfléchir sur la fragilité de la destinée humaine ; nous cartonnerons, nous autres, pendant que Mademoiselle lit les journaux.

On s'amuse, on joue mal. Anaïs triche. Et parfois nous nous arrêtons au milieu de la partie, les coudes sur la table, le visage tendu, pour questionner : « Quelle heure peut-il être ? »

Marie émet cette idée que, puisqu'il fait nuit, on ne pourra pas lire les noms ; il faudrait emporter des allumettes.

— Bête ! il y aura des réverbères.

— Ah oui... Mais s'il n'y en avait pas à cet endroit-là, justement ?

— Eh bien, dis-je tout bas, je vais voler une bougie aux flambeaux de la cheminée, et tu porteras des allumettes. Jouons... Le misti et deux as !

Mademoiselle Sergent tire sa montre ; nous ne la quittons pas des yeux. Elle se lève ; nous l'imitons si brusquement que des chaises tombent. Reprises d'emballement, nous dansons vers nos chapeaux, et en me regardant dans la glace pour coiffer le mien je chipe une bougie.

Mademoiselle Sergent se donne une peine inouïe pour nous empêcher de courir ; des passants rient à cette ribambelle qui s'efforce de ne pas galoper, et nous rions aux passants. Enfin, la porte brille à nos yeux. Quand je dis brille, je fais de la littérature... c'est pourtant vrai qu'il n'y a pas de réverbère ! Devant cette porte fermée, une foule d'ombres s'agitent, crient, sautent de joie ou se lamentent, ce sont nos concurrentes des autres écoles ; de brusques et courtes flammes d'allumettes, tôt éteintes, des flammes vacillantes de bougies éclairent une grande feuille blanche piquée sur la porte. Nous nous précipitons, déchaînées, poussant brutalement des coudes les petites silhouettes remuantes ; on ne fait guère attention à nous.

Tenant la bougie volée aussi droite que je peux, je lis, je devine, guidée par les initiales, en ordre alphabétique : « Anaïs, Belhomme, Claudine, Jaubert, Lanthenay. » Toutes, toutes ! Quelle joie ! Et maintenant, vérifions le nombre des points. C'est 45 le minimum des points exigés ; le total est écrit à côté des noms, les notes détaillées entre deux parenthèses. Mademoiselle Sergent, ravie, transcrit sur son calepin : « Anaïs 65, Claudine 68, combien les Jaubert ? 63 et 64, Luce 49, Marie Belhomme 44 1/2. Comment 44 1/2 ? Mais vous n'êtes pas reçue alors ? Qu'est-ce que vous me chantez là ?

— Non, Mademoiselle, dit Luce qui vient d'aller vérifier, c'est 44 3/4, elle est admise avec une faute d'un quart, c'est une bonté de ces messieurs.

La pauvre Marie, tout essoufflée de la peur chaude qu'elle vient d'avoir, respire longuement. Ils ont bien fait, ces gens-là, de lui passer son quart de point, mais j'ai peur qu'elle ne bafouille à l'oral. Anaïs, la première joie passée, éclaire charitablement les nouvelles arrivantes en les arrosant de bougie fondue, la mauvaise fille !

Mademoiselle ne nous calme pas, même en nous douchant de cette prédiction sinistre : « Vous n'êtes pas au bout de vos peines, je voudrais vous voir demain soir après l'oral. »

Elle nous rentre difficilement à l'hôtel, sautillantes et chantonnantes sous la lune.

Et le soir, la Directrice, couchée et endormie, nous sortons de nos lits pour danser, Anaïs, Luce, Marie et moi (sans les Jaubert, bien entendu) pour danser follement, les cheveux bondissants, pinçant la chemise courte comme pour un menuet.

Puis, pour un bruit imaginaire du côté de la chambre où repose Mademoiselle, les danseuses de l'inconvenant quadrille s'enfuient avec des frôlements de pattes nues et des rires étouffés.

Le lendemain matin, éveillée trop tôt, je cours « faire peur » au couple Anaïs-Luce qui dort d'un air absorbé et consciencieux : je chatouille avec mes cheveux le nez de Luce qui éternue avant d'ouvrir les yeux et son effarement réveille Anaïs qui bougonne et s'assied en m'envoyant au diable. Je m'écrie avec un grand sérieux : « Mais tu ne sais pas l'heure qu'il est ? Sept heures, ma chère, et l'oral à 7 h 30 ! » Je les laisse se précipiter au bas du lit, se chausser, et j'attends que leurs bottines soient boutonnées pour leur dire qu'il n'est que six heures, que j'avais mal vu. Ça ne les ennuie pas tant que j'avais espéré.

A sept heures moins le quart, mademoiselle Sergent nous bouscule, presse le chocolat, nous engage à jeter un coup d'œil sur nos résumés d'histoire tout en mangeant nos tartines, nous pousse dans la rue ensoleillée tout étourdies, Luce munie de ses manchettes crayonnées, Marie de son tube de papier roulé, Anaïs de son atlas minuscule. Elles s'accrochent à ces petites planches de salut, plus encore qu'hier, car il faudra parler aujourd'hui, parler à ces messieurs qu'on ne connaît pas, parler devant trente paires de petites oreilles malveillantes. Seule Anaïs fait bonne contenance ; elle ignore l'intimidation.

Dans la cour délabrée, les candidates sont aujourd'hui bien moins nombreuses ; il en est tant resté en route, entre l'écrit et l'oral ! (Bon, ça ; quand on en reçoit beaucoup à l'écrit, on en refuse beaucoup à l'oral.) La plupart, pâlottes, bâillent nerveusement, et se plaignent, comme Marie Belhomme, d'avoir l'estomac serré... le fâcheux trac !

La porte s'ouvre sur les hommes noirs ; nous les suivons silencieusement jusque dans la salle du haut, aujourd'hui débarrassée de toutes ses chaises ; aux quatre coins, derrière des tables noires, ou qui le furent, un examinateur s'assied, grave, presque lugubre. Tandis que nous considérons cette mise en scène, curieuses et craintives, massées à l'entrée, gênées de la grande distance à franchir, Mademoiselle nous pousse : « Allez ! allez donc ! prendrez-vous racine ici ? » Notre groupe s'avance plus brave, en peloton, le père Sallé, noueux et recroquevillé, nous regarde sans nous voir, invraisemblablement myope ; Roubaud joue avec sa chaîne de montre, les yeux distraits ; le vieux Lerouge attend patiemment et consulte la liste des noms ; et dans l'embrasure d'une fenêtre s'étale une grosse bonne dame, qui est d'ailleurs demoiselle, mademoiselle Michelot, des solfèges devant elle. J'allais oublier un autre, le grincheux Lacroix, qui ronchonne, hausse furieusement les épaules en feuilletant ses bouquins, et semble se disputer avec soi-même ; les petites, effrayées, se disent qu'il doit être « rudement mauvais »! C'est celui-là qui se décide à grogner un nom : « Mademoiselle Aubert ! »

La nommée Aubert, une trop longue, pliante et penchée, tressaute comme un cheval, louche et devient stupide, immédiatement, dans son désir de bien faire elle se jette en avant en criant d'une voix de trompette, avec un gros accent paysan : « Et j'suis là, Môssieur ! » Nous éclatons de rire toutes, et ce rire que nous n'avons pas songé à retenir nous remonte et nous ragaillardit.

Ce bouledogue de Lacroix a froncé les sourcils quand la malheureuse a poussé son « Et j'suis là ! » de détresse, et lui a répondu : « Qui vous dit le contraire ? » De sorte qu'elle est dans un état à faire pitié.

— « Mademoiselle Vigoureux ! » appelle Roubaud, qui, lui, prend l'alphabet par la queue. Une boulotte se précipite, elle porte le chapeau blanc, enguirlandé de marguerites de l'école de Villeneuve.

— « Mademoiselle Mariblom ! » glapit le père Sallé qui prend le milieu de l'alphabet et lit tout de travers. Marie Belhomme s'avance cramoisie et s'assied sur la chaise en face du père Sallé, il la dévisage et lui demande si elle sait ce que c'est que l'*Iliade*. Luce, derrière moi, soupire : « Au moins, elle a commencé, c'est le tout de commencer. »

Les concurrentes inoccupées, dont je suis, se dispersent timidement, s'éparpillent et vont écouter leurs collègues placées sur la sellette. Moi, je vais assister à l'examen de la jeune Aubert pour me réjouir un peu. A l'instant où je m'approche, le père Lacroix lui demande : « Alors, vous ne savez pas qui avait épousé Philippe le Bel ? »

Elle a les yeux hors de la tête, la figure rouge et luisante de sueur ; ses mitaines laissent passer des doigts comme des saucisses : « Il avait épousé..., non, il n'avait pas épousé. Môssieur, Môssieur, crie-t-elle tout à coup, j'ai oublié, tout ! » Elle tremble, elle a de grosses larmes qui roulent. Lacroix la regarde, mauvais comme la gale : « Vous avez tout oublié ? Avec ce qui vous reste, on a un joli zéro. »

— Oui, oui, bégaye-t-elle, mais ça ne fait rien, j'aime mieux m'en aller chez nous, ça m'est égal...

On l'emmène, hoquetante de gros sanglots, et, par la fenêtre, je l'entends dehors dire à son institutrice mortifiée : « Ma foi, voui, que j'aime mieux garder les vaches chez papa, et pis que je reviendrai plus ici, et pis que je prendrai le train de deux heures. »

Dans la classe, ses camarades parlent du « regrettable incident », sérieuses et blâmantes. « Ma chère, crois-tu qu'elle est bête ! Ma chère, on m'aurait demandé une question aussi facile, je serais trop contente, ma chère ! »

— Mademoiselle Claudine !

C'est le vieux Lerouge qui me réclame. Aïe ! l'arithmétique... Une chance qu'il a l'air d'un bon papa... Tout de suite je vois qu'il ne me fera pas de mal.

— Voyons, mon enfant, vous me direz bien quelque chose sur les triangles rectangles ?

— Oui, Monsieur, quoique, eux, ils ne me disent pas grand-chose.

— Bah ! bah ! vous les faites plus mauvais qu'ils sont. Voyons, construisez-moi un triangle rectangle sur ce tableau noir, et puis vous lui donnerez des dimensions, et puis vous me parlerez gentiment du carré de l'hypoténuse...

Il faudrait y tenir pour se faire recaler par un homme comme ça ! Aussi je suis plus douce qu'un mouton à collier rose, et je dis tout ce que je sais. C'est vite fait, d'ailleurs.

— Mais ça va très bien ! Dites-moi encore comment on reconnaît qu'un nombre est divisible par 9, et je vous tiens quitte.

Je dégoise : « somme de ses chiffres... condition nécessaire... suffisante. »

— Allez, mon enfant, ça suffit.

Je me lève en soupirant d'aise, je trouve derrière moi Luce qui dit : « Tu as de la chance, j'en suis contente pour toi. » Elle a dit ça gentiment : pour la première fois je lui caresse le cou sans malice. Bon ! Encore moi ! On n'a pas le temps de respirer !

— Mademoiselle Claudine !

C'est le porc-épic Lacroix, ça va chauffer ! Je m'installe, il me regarde par-dessus son lorgnon et dit : « Ha ! qu'est-ce que c'était que la guerre des Deux-Roses ! »

Pan ! collée du premier coup ! Je ne sais pas quinze mots sur la guerre des Deux-Roses. Après les noms des deux chefs de partis, je m'arrête.

— Et puis ? Et puis ? Et puis ?

Il m'agace, j'éclate :

— Et puis, ils se sont battus comme des chiffonniers, pendant longtemps, mais ça ne m'est pas resté dans la mémoire.

Il me regarde stupéfait. Je vais recevoir quelque chose sur la tête, sûr !

— C'est comme ça que vous apprenez l'Histoire, vous ?

— Pur chauvinisme, Monsieur ! L'Histoire de France seule m'intéresse.

Chance inespérée : il rit !

— J'aime mieux avoir affaire à des impertinentes qu'à des ahuries. Parlez-moi de Louis XV (1742).

— Voici. C'était le temps où madame de la Tournelle exerçait sur lui une influence déplorable...

— Sacrebleu ! on ne vous demande pas ça !

— Pardon, Monsieur, ce n'est pas de mon invention, c'est la vérité simple... Les meilleurs historiens...

— Quoi ? les meilleurs historiens...

— Oui, Monsieur, je l'ai lu dans Michelet, avec des détails !

— Michelet ! mais c'est de la folie ! Michelet, entendez bien, a fait un roman historique en vingt volumes et il a osé appeler ça l'*Histoire de France* ! Et vous venez me parler de Michelet !...

Il est emballé, il tape sur la table ; je lui tiens tête ; les jeunes candidates sont figées autour de nous, n'en croyant pas leurs oreilles ; mademoiselle Sergent s'est approchée, haletante, prête à intervenir. — Quand elle m'entend déclarer :

— Michelet est toujours moins embêtant que Duruy !...

Elle se jette contre la table et proteste avec angoisse :

— Monsieur, je vous prie de pardonner... cette enfant a perdu la tête : elle va se retirer à l'instant...

Il lui coupe la parole, s'éponge le front et souffle :

— Laissez, Mademoiselle, il n'y a pas de mal : je tiens à mes opinions, mais j'aime bien que les autres tiennent aux leurs ; cette jeune fille a des idées fausses et de mauvaises lectures, mais elle ne manque pas de personnalité — on voit tant de dindes ! Seulement, vous, la lectrice de Michelet, tâchez de me dire comment vous iriez, en bateau, d'Amiens à Marseille, ou je vous flanque un 2 dont vous me direz des nouvelles !

— Partie d'Amiens en m'embarquant sur la Somme, je remonte... etc., et... canaux... etc., et j'arrive à Marseille, seulement au bout d'un temps qui varie entre six mois et deux ans.

— Ça, c'est pas votre affaire. Système orographique de la Russie, et vivement.

Heu ! je ne peux pas dire que je brille particulièrement par la connaissance du système orographique de la Russie, mais je m'en tire à peu près, sauf quelques lacunes qui semblent regrettables à l'examinateur.

— Et les Balkans, vous les supprimez, alors ?

Cet homme parle comme un pétard.

— Que non pas, Monsieur, je les gardais pour la bonne bouche.

— C'est bon, allez-vous-en.

On s'écarte sur mon passage avec un peu d'indignation. Ces chères petites belles !

Je me repose, on ne m'appelle pas, et j'entends avec épouvante Marie Belhomme qui répond à Roubaud que « pour préparer de l'acide sulfurique, on verse de l'eau sur de la chaux, que ça se met à bouillonner ; alors on recueille le gaz dans un ballon ». Elle a sa figure des vastes gaffes et des stupidités sans bornes, ses mains immenses, longues et étroites, s'appuient sur la table ; ses yeux d'oiseau sans cervelle brillent et tournent ; elle débite, avec une volubilité extrême, des inepties monstrueuses. Il n'y a rien à faire, on lui soufflerait dans l'oreille qu'elle n'entendrait pas ! Anaïs l'écoute aussi et s'amuse de toute sa bonne âme. Je lui demande :

— Tu as passé quoi, déjà ?

— Le chant, l'histoire, la jographie...

— Méchant, le vieux Lacroix ?

— Oui, qu'il est ch'tit ! Mais il m'a demandé des choses faciles, guerre de Trente Ans, les Traités... Dis donc, Marie déraille !

— Dérailler est un mot qui semble faible.

La petite Luce, émue et ébouriffée, vient à nous :

— J'ai passé la jographie, l'histoire, j'ai bien répondu, ah ! que j'ai du goût ![1]

---

1. Locution fresnoise : « Je suis contente ».

— Te voilà, arnie ? moi je vais boire à la pompe, je ne peux plus tenir, qui vient ac'moi ?

Personne ; elles n'ont pas soif ou elles ont peur de manquer un appel. Dans une espèce de parloir, en bas, je trouve l'élève Aubert, les joues encore plaquées du rouge de son désespoir de tout à l'heure et les yeux en poche ; elle écrit à sa famille, sur une petite table, tranquille maintenant et contente de rentrer à la ferme. Je lui dis :

— Eh bien, vous n'avez rien voulu savoir tout à l'heure ?

Elle lève des yeux de veau :

— Moi, ça m' fait peur, tout ça, et ça me mange les sangs. Ma mère m'a mise en pension, mon père voulait pas, il disait que j'étais bonne à tenir la maison comme mes sœurs, et à faire la lessive et à pieucher le jardin, ma mère a pas voulu, c'est elle qu'on a écoutée. On m'a rendue malade à force de me faire apprendre, et vous voyez ce que ça fait aujourd'hui. Je l'avais prédit ! Ils me croiront à présent !

Et elle se remet à écrire paisiblement.

Là-haut, dans la salle, il fait chaud à mourir ; ces petites, presque toutes rouges et luisantes (une chance que je ne suis pas une nature rouge !) sont affolées, tendues, elles guettent leur nom qu'on appellera, avec l'obsession de ne pas répondre de bêtises. Ne sera-t-il pas bientôt midi, qu'on s'en aille ?

Anaïs revient de la physique et chimie ; elle n'est pas rouge, elle, comment serait-elle rouge ? Dans une chaudière bouillante, je crois qu'elle resterait jaune et froide.

— Eh bien, ça va ?

— Ma foi, j'ai fini. Tu sais que Roubaud interroge en anglais par-dessus le marché ; il m'a fait lire des phrases et traduire ; je ne sais pas pourquoi il se tordait quand je lisais en anglais ; est-il bête !

C'est la prononciation ! Dame, mademoiselle Lanthenay, qui nous donne des leçons, ne parle pas l'anglais avec une pureté excessive, je m'en doute. De sorte que, tout à l'heure, cet imbécile de professeur se paiera ma tête puisque je ne prononce pas mieux, moi ! Encore quelque chose de gai ! J'enrage de penser que cet idiot rira de moi.

Midi. Ces messieurs se lèvent et nous procédons au raffut du départ. Lacroix, hérissé et les yeux hors de la tête, annonce que la petite fête recommencera à 2 h 30. Mademoiselle nous trie avec peine dans le remous de ces jeunesses bavardes et nous emmène au restaurant. Elle me tient encore rigueur, à cause de mon

« odieuse » conduite avec le père Lacroix ; mais ça m'est égal ! La chaleur pèse, je suis fatiguée et sans voix...

Ah ! les bois, les chers bois de Montigny ! A cette heure-ci, je le sais bien comme ils bourdonnent ! Les guêpes et les mouches qui pompent dans les fleurs des tilleuls et des sureaux font vibrer toute la forêt comme un orgue ; et les oiseaux ne chantent pas, car à midi ils se tiennent debout sur les branches, cherchent l'ombre, lissent leurs plumes, et regardent le sous-bois avec des yeux mobiles et brillants. Je serais couchée, au bord de la Sapinière d'où l'on voit toute la ville, en bas, au-dessous de soi, avec le vent chaud sur ma figure, à moitié morte d'aise et de paresse.

...Luce me voit partie, complètement absente, et me tire par la manche avec son sourire le plus aguicheur. Mademoiselle lit des journaux ; mes camarades échangent des bouts de phrase ensommeillés. Je geins et Luce proteste doucement :

— Tu ne me parles plus jamais, aussi ! Toute la journée on passe les examens, le soir on se couche, et à table tu es de si mauvaise humeur que je ne sais plus quand te trouver !

— Bien simple ! Ne me cherche pas !

— Oh ! que tu n'es pas gentille ! Tu ne vois même pas toute ma patience à t'attendre, à supporter tes façons de toujours me rebuter...

La grande Anaïs rit comme une porte mal graissée, et la petite s'arrête très intimidée. C'est vrai pourtant qu'elle a une patience solide. Et dire que tant de constance ne lui servira à rien, triste ! triste !

Anaïs suit son idée ; elle n'a pas oublié les incohérentes réponses de Marie Belhomme, et, bonne rosse, demande gentiment à la malheureuse, hébétée et immobile :

— Quelle question t'a-t-on posée, en physique et chimie ?

— Ça n'a pas d'importance, grogne Mademoiselle hargneuse ; de toute façon elle aura répondu des bêtises.

— Je ne sais plus, moi, fait la pauvre Marie démontée, l'acide sulfurique, je crois...

— Et qu'est-ce que vous avez raconté ?

— Oh ! heureusement je savais un peu, Mademoiselle ; j'ai dit qu'on versait de l'eau sur de la chaux, que les bulles de gaz qui se formaient étaient de l'acide sulfurique...

— Vous avez dit cela ? articule Mademoiselle avec des envies de mordre...

Anaïs se dévore les ongles de joie. Marie foudroyée n'ouvre plus la bouche, et la Directrice nous emmène raide, rouge, marchant au pas accéléré ; nous trottons derrière comme des petits chiens, et c'est tout juste si nous ne tirons pas la langue sous ce soleil écrasant.

Nous ne faisons plus guère attention à nos concurrentes étrangères qui ne nous regardent pas davantage. La chaleur et l'énervement nous ôtent toute coquetterie, toute animosité. Les élèves de l'école supérieure de Villeneuve, les « vert pomme » comme on les appelle — à cause du ruban vert dont elles sont colletées, cet affreux vert cru dont les pensionnats gardent la spécialité — affectent bien encore des airs prudes et dégoûtés en passant près de nous (pourquoi ? on ne saura jamais) ; mais tout ça se tasse et se calme ; on songe au départ du lendemain matin, on songe avec délices qu'on fera la « gnée »[1] aux camarades recalées, à celles qui n'ont pu se présenter pour cause de « faiblesse générale ». Ce que la grande Anaïs va se pavaner, parler de l'Ecole normale comme si c'était une propriété de rapport, peuh ! Je n'ai pas assez d'épaules pour les lever.

Les examinateurs reparaissent enfin, ils s'épongent, ils sont laids et luisants. Dieu ! Je n'aimerais pas être mariée par ce temps-là ! Rien que l'idée de coucher avec un monsieur qui aurait chaud comme eux... (D'ailleurs, l'été, j'aurai deux lits...) Et puis dans cette salle surchauffée, l'odeur est affreuse ; beaucoup de ces petites filles sont mal tenues en dessous, sûrement. Je voudrais bien m'en aller.

Affalée sur une chaise, j'écoute vaguement les autres en attendant mon tour ; je vois celle, heureuse entre toutes, qui « a fini » la première. Elle a subi toutes les questions, elle respire, elle traverse la salle, escortée des compliments, des envies, des « tu en as une chance ! ». Bientôt une autre la suit, la rejoint dans la cour, où les « délivrées » se reposent et échangent leurs impressions.

Le père Sallé, détendu un peu par ce soleil qui chauffe sa goutte et ses rhumatismes, se repose, forcément, car l'élève qu'il attend est occupée ailleurs ; si je risquais une tentative sur sa vertu ! Doucement, je m'approche et je m'assieds sur la chaise en face de lui.

— Bonjour, monsieur Sallé.

Il me regarde, assure ses lunettes, clignote et ne me voit pas.

— Claudine, vous savez bien ?

---

1. Faire bisquer.

— Ah !... comment donc ! Bonjour, ma chère enfant ! Votre père va bien ?

— Très bien, je vous remercie.

— Eh bien, ça marche, l'examen ? Etes-vous contente ? Avez-vous bientôt fini ?

— Hélas, je le voudrais ! Mais j'ai encore à passer la physique et chimie, la littérature, que vous représentez, l'anglais et la musique. Madame Sallé se porte bien ?

— Ma femme, elle se promène dans le Poitou ; elle ferait bien mieux de me soigner, mais...

— Ecoutez, monsieur Sallé, puisque vous me tenez, débarrassez-moi de la littérature.

— Mais je n'en suis pas à votre nom, loin de là ! Revenez tout à l'heure...

— Monsieur Sallé, qu'est-ce que ça peut bien faire ?

— Ça fait, ça fait que je jouissais d'un instant de repos et que je l'avais bien mérité. Et puis ce n'est pas dans le programme, on ne doit pas rompre l'ordre alphabétique.

— Monsieur Sallé, soyez bon. Vous ne me demanderez presque rien. Vous savez que j'en sais plus que n'en exige le programme, sur les bouquins de littérature. Je suis souris dans la bibliothèque de papa.

— Heu... oui, c'est vrai. Je peux bien faire ça pour vous. J'avais l'intention de vous demander ce que c'étaient que les aèdes et les troubadours et le Roman de la Rose, etc.

— Reposez-vous, monsieur Sallé. Les troubadours, ça me connaît : je les vois tous sous la forme du petit Chanteur florentin, comme ça...

Je me lève et je prends la pose : le corps appuyé sur la jambe droite, l'ombrelle verte du père Sallé me servant de mandoline. Heureusement nous sommes seuls en ce coin ! Luce me regarde de loin et bée de surprise. Ce pauvre homme goutteux, ça le distrait un peu, il rit.

— ... Ils ont une toque en velours, les cheveux bouclés, souvent même un costume mi-partie (en bleu et jaune ça fait très bien) ; leur mandoline pendue à un cordon de soie, ils chantent la petite chose du *Passant* : « Mignonne, voici l'avril. » C'est ainsi, monsieur Sallé, que je me représente les troubadours. Nous avons aussi le troubadour premier empire.

— Mon enfant, vous êtes un peu folle, mais je me délasse avec vous. Qu'est-ce que vous pouvez bien appeler les troubadours premier empire, Dieu juste ? Parlez tout bas, ma petite Claudine, si ces messieurs nous voyaient...

— Chut! les troubadours premier empire, je les ai connus par des chansons que chantait papa. Ecoutez bien.

Je fredonne tout bas :

> *Brûlant d'amour et partant pour la guerre,*
> *Le casque en tête et la lyre à la main,*
> *Un troubadour à sa jeune bergère*
> *En s'éloignant répétait ce refrain :*
> *Mon bras à ma patrie,*
> *Mon cœur à mon amie,*
> *Mourir content pour la gloire et l'amour,*
> *C'est le refrain du joyeux troubadour!*

Le père Sallé rit de tout son cœur :

— Mon Dieu! que ces gens étaient ridicules! Je sais bien que nous le serons autant qu'eux dans vingt ans, mais cette idée d'un troubadour avec un casque et une lyre!... Sauvez-vous vite, mon enfant, allez, vous aurez une bonne note, mes amitiés à votre père, dites-lui que je l'aime bien, et qu'il apprend de belles chansons à sa fille!

— Merci, monsieur Sallé, adieu, merci encore de ne m'avoir pas interrogée, je ne dirai rien, soyez tranquille!

Voilà un brave homme! ça m'a rendu un peu de courage, et j'ai l'air si gaillard que Luce me demande : « Tu as donc bien répondu ? Qu'est-ce qu'il t'a demandé ? Pourquoi prenais-tu son ombrelle ? »

— Ah! voilà! Il m'a demandé des choses très difficiles sur les troubadours, sur la forme des instruments dont ils se servaient; une chance que je savais tous ces détails-là!

— La forme des instruments... non vrai, je tremble en pensant qu'il pouvait me le demander! La forme des... mais ce n'est pas dans le programme! Je le dirai à Mademoiselle!

— Parfaitement, nous ferons une réclamation. Tu as fini, toi ?

— Oui, merci! J'ai fini. J'ai cent kilos de moins sur la poitrine, je t'assure; je crois qu'il n'y a plus que Marie à passer.

— Mademoiselle Claudine! fait une voix derrière nous.

Ah! ah! c'est Roubaud. Je m'assieds devant lui, réservée et convenable; il fait le gentil, il est le professeur mondain de l'endroit, je parle, mais il m'en veut encore, le rancunier, d'avoir trop vite écarté son madrigal botticellique. C'est d'une voix un peu grincheuse qu'il me demande :

— Vous ne vous êtes pas endormie sous les frondaisons, aujourd'hui, Mademoiselle ?

— Est-ce une question qui fait partie du programme, Monsieur ?

Il toussote. J'ai commis une grosse maladresse pour le vexer. Tant pis !

— Veuillez me dire comment vous vous y prendriez pour vous procurer de l'encre.

— Mon Dieu, Monsieur, il y a bien des manières ; la plus simple serait encore d'aller en demander chez le papetier du coin...

— La plaisanterie est aimable, mais ne suffirait pas à vous obtenir une note somptueuse... Tâchez de me dire avec quels ingrédients vous fabriqueriez de l'encre ?

— Noix de galle... tannin... oxyde de fer... gomme...

— Vous ne connaissez pas les proportions ?

— Non.

— Tant pis ! pouvez-vous me parler du mica ?

— Je n'en ai jamais vu ailleurs que dans les petites vitres des Salamandres.

— Vraiment ? Tant pis encore ! La mine de crayon, de quoi est-elle faite ?

— Avec de la plombagine, une pierre tendre qu'on scie en baguettes et qu'on enferme dans deux moitiés de cylindre en bois.

— C'est le seul usage de la plombagine ?

— Je n'en connais pas d'autres.

— Tant pis, toujours ! on ne fait que des crayons avec ?

— Oui, mais on en fait beaucoup ; il y a des mines en Russie, je crois. On consomme dans le monde entier une quantité fabuleuse de crayons, surtout les examinateurs qui croquent des portraits de candidates sur leur calepin...

(Il rougit et s'agite.)

— Passons à l'anglais.

Et ouvrant un petit recueil de Contes de Miss Edgeworth :

— Veuillez me traduire quelques phrases.

— Traduire, oui, mais lire... c'est autre chose !

— Pourquoi ?

— Parce que notre professeur d'anglais prononce d'une façon ridicule ; je ne sais pas prononcer autrement.

— Bah ! qu'est-ce que ça fait ?

— Ça fait que je n'aime pas être ridicule.

— Lisez un peu, je vous arrêterai tout de suite.

Je lis, mais tout bas, en esquissant à peine les syllabes, et je traduis les phrases avant d'avoir articulé les derniers mots.

Roubaud, malgré lui, pouffe de tant d'empressement à ne pas montrer mon insuffisance en anglais, et j'ai envie de le griffer. Comme si c'était ma faute !

— C'est bien. Voulez-vous me citer quelques verbes irréguliers, avec leur forme au parfait et au participe passé ?

— *To see*, voir. *I saw, seen. To be*, être. *I was, been. To drink*, boire. *I drank, drunk. To...*

— Assez, je vous remercie. Bonne chance, Mademoiselle.

— Vous êtes trop bon, Monsieur.

J'ai su le lendemain que ce tartuffe bien mis m'avait collé une très mauvaise note, trois points au-dessous de la moyenne de quoi me faire recaler, si les notes de l'écrit, la composition française surtout, n'avaient plaidé en ma faveur. Fiez-vous à ces sournois prétentieusement cravatés, qui lissent leurs moustaches et crayonnent votre portrait en vous coulant des regards ! Il est vrai que je l'avais vexé, mais c'est égal ; les bouledogues francs, comme le père Lacroix, valent cent fois mieux !

Délivrée de la physique et chimie ainsi que de l'anglais, je m'assieds et m'occupe de mettre un peu d'art dans le désordre de mes cheveux. Luce vient me trouver, roule complaisamment mes boucles sur son doigt, toujours chatte et frôleuse ! Elle a du courage, par cette température.

— Où sont les autres, petite ?

— Les autres ? Elles ont fini toutes, elles sont en bas dans la cour avec Mademoiselle, et toutes celles des autres écoles qui ont fini sont là aussi.

Le fait est que la salle se vide rapidement.

Cette grosse bonne femme de mademoiselle Michelot m'appelle enfin. Elle est rouge et fatiguée à faire pitié à Anaïs elle-même. Je m'assieds ; elle me considère sans rien dire, d'un gros œil perplexe et débonnaire.

— Vous êtes... musicienne, m'a dit mademoiselle Sergent.

— Oui, Mademoiselle, je joue du piano.

Elle s'exclame en levant les bras :

— Mais alors, vous en savez bien plus que moi !

Ça lui est parti du cœur ; je ne peux pas m'empêcher de rire.

— Ma foi, écoutez, je vais vous faire déchiffrer et puis voilà tout. Je vais vous chercher quelque chose de difficile, vous vous en tirerez toujours.

Ce qu'elle a trouvé de difficile, c'est un exercice assez simple, qui, tout en doubles croches, avec sept bémols à la clef, lui a semblé « noir » et redoutable. Je le chante *allegro vivace*, entourée d'un cercle admiratif de petites filles qui soupirent d'envie. Mademoiselle Michelot hoche la tête et m'adjuge, sans insister davantage, un 20 qui fait loucher l'auditoire.

Ouf ! C'est donc fini ! On va rentrer à Montigny, on va retourner à l'école, courir les bois, assister aux ébats de nos institutrices (pauvre petite Aimée, elle doit languir, toute seule !). Je dévale dans la cour, mademoiselle Sergent n'attendait plus que moi et se lève à ma vue.

— Eh bien ! c'est terminé ?
— Oui, Dieu merci ! J'ai 20 en musique.
— Vingt en musique !

Les camarades ont crié ça en chœur, n'en croyant pas leurs oreilles.

— Il ne manquerait plus que ça, que vous n'eussiez pas 20 en musique, dit Mademoiselle d'un air détaché, flattée au fond.
— C'est égal, dit Anaïs, ennuyée et jalouse, 20 en musique, 19 en composition française... si tu as beaucoup de notes comme celles-là !
— Rassure-toi, douce enfant, l'élégant Roubaud m'aura chichement notée !
— Parce que ? demande Mademoiselle, tout de suite inquiète.
— Parce que je ne lui ai pas dit grand-chose. Il m'a demandé de quel bois on fait les flûtes, non, les crayons, quelque chose comme ça, et puis des histoires sur l'encre... et sur Botticelli, enfin, ça ne « cordait » pas nous deux.

La Directrice s'est rembrunie.

— Je m'étonnerais bien si vous n'aviez pas fait quelque bêtise ! Vous ne vous en prendrez pas à d'autres qu'à vous si vous échouez.
— Hé, qui sait ? Je m'en prendrai à M. Antonin Rabastens ; il m'avait inspiré une violente passion et mes études en ont singulièrement souffert.

Sur ce, Marie Belhomme déclare, en joignant ses mains de sage-femme, que si elle avait un amoureux, elle ne le dirait pas si effrontément. Anaïs me regarde en coin pour savoir si je plaisante ou non, et Mademoiselle, haussant les épaules, nous rentre à l'hôtel, traînardes, égrenées, si musardes qu'elle doit toujours en attendre quelqu'une au détour des rues. On dîne, on bâille ; — à neuf heures la fièvre nous reprend d'aller lire le nom des élues, à la porte de ce laid paradis. « Je n'emmène personne, déclare Mademoiselle, j'irai seule, vous attendrez. » Mais un tel concert de gémissements s'élève qu'elle s'attendrit et nous laisse venir.

Nous nous sommes encore précautionnées de bougies, inutiles cette fois, une main bienveillante ayant accroché une grosse lan-

terne au-dessus de l'affiche blanche où sont inscrits nos noms...
eh ! là ! je m'avance un peu trop en disant *nos*... si le mien allait
ne pas se trouver sur la liste ? Anaïs s'évanouirait de bonheur ! Au
milieu des exclamations, des poussées, des battements de mains,
je lis, heureusement : Anaïs, Claudine, etc. Toutes, donc ! Hélas,
non, pas Marie. « Marie est refusée », murmure Luce. « Marie n'y
est pas », chuchote Anaïs, qui cache difficilement sa joie mauvaise.

La pauvre Marie Belhomme reste plantée, toute pâle, devant la
méchante feuille, qu'elle considère de ses yeux brillants d'oiseau,
agrandis et ronds ; puis, les coins de sa bouche se tirent et elle
éclate en pleurs bruyants... Mademoiselle l'emmène, ennuyée ; nous
suivons, sans songer aux passants qui se retournent, Marie gémit
et sanglote tout haut.

— Voyons, voyons, ma petite fille, dit Mademoiselle, vous n'êtes
pas raisonnable. Ce sera pour le mois d'octobre, vous serez plus
heureuse... Quoi donc, ça vous fait deux mois à travailler encore...

— Heu ! se lamente l'autre, inconsolable.

— Vous serez reçue, je vous dis ! Tenez, je vous promets que
vous serez reçue ! Etes-vous contente ?

Effectivement cette affirmation produit un heureux effet. Marie
ne pousse plus que des petits grognements de chien d'un mois
qu'on empêche de téter, et marche en se tamponnant les yeux.

Son mouchoir est à tordre, et elle le tord ingénument, en passant
sur le pont. Cette rosse d'Anaïs dit à demi-voix : « Les journaux
annoncent une forte crue de la Lisse... » Marie, qui entend, éclate
d'un fou rire mêlé d'un reste de sanglots, et nous pouffons toutes.
Et voilà, et la tête mobile de la retoquée a girouetté du côté de la
joie ; elle songe qu'elle va être reçue au mois d'octobre, elle s'égaye,
et nous ne trouvons rien de plus opportun, par cette soirée accablante, que de sauter à la corde, sur la place (toutes, oui, même
les Jaubert !) jusqu'à dix heures, sous la lune.

Le lendemain, Mademoiselle vient nous secouer dans nos lits dès
six heures ; pourtant, le train ne part qu'à dix ! « Allons, allons,
petites louaches[1], il faut refaire les valises, déjeuner, vous n'aurez
pas trop de temps ! » Elle vibre, dans un état de trépidation extraordinaire, ses yeux aigus brillent et pétillent, elle rit, bouscule Luce
qui chancelle de sommeil, bourre Marie Belhomme qui se frotte
les yeux, en chemise, les pieds dans ses pantoufles, sans reprendre
la conscience nette des choses réelles. Nous sommes toutes éreintées, nous, mais qui reconnaîtrait en Mademoiselle la duègne qui

1. Chique, parasite du chien.

nous chaperonna ces trois jours ? Le bonheur la transfigure, elle va revoir sa petite Aimée, et, d'allégresse, ne cesse de sourire aux anges, dans l'omnibus qui nous ramène à la gare. Marie semble un peu mélancolique de son échec, mais je pense que c'est par devoir qu'elle affiche une mine contrite. Et nous jacassons éperdument, toutes à la fois, chacune racontant son examen à cinq autres qui n'écoutent pas.

— Ma vieille ! s'écrie Anaïs, quand j'ai entendu qu'il me demandait les dates des...

— J'ai défendu cent fois qu'on s'appelle « ma vieille », interrompt Mademoiselle.

— Ma vieille, recommence tout bas Anaïs, je n'ai eu que le temps d'ouvrir mon petit calepin dans ma main ; le plus fort, c'est qu'il l'a vu, ma pure parole, et qu'il n'a rien dit !

— Menteuse des menteuses ! crie l'honnête Marie Belhomme, les yeux hors de la tête. J'étais là, je regardais, il n'a rien vu du tout ; il te l'aurait ôté, on a bien ôté le décimètre à une des Villeneuve.

— Je te conseille de parler ! va donc raconter à Roubaud que la Grotte du Chien est pleine d'acide sulfurique !

Marie baisse la tête, devient rouge, et recommence à pleurer au souvenir de ses infortunes : je fais le geste d'ouvrir un parapluie et Mademoiselle sort une fois encore de son « espoir charmant » :

— Anaïs, vous êtes une gale ! Si vous tourmentez une seule de vos compagnes, je vous fais voyager seule dans un wagon à part.

— Celui des fumeurs, parfaitement, affirmai-je.

— Vous, on ne vous demande pas ça. Prenez vos valises, vos collets, ne soyez pas les éternelles engaudres [1] !

Une fois dans le train, elle ne s'occupe pas plus de nous que si nous n'existions pas ; Luce s'endort, la tête sur mon épaule ; les Jaubert s'absorbent dans la contemplation des champs qui filent, du ciel pommelé et blanc ; Anaïs se ronge les ongles ; Marie s'assoupit, elle et son chagrin.

A Bresles, la dernière station avant Montigny, on commence à s'agiter un peu ; dix minutes encore et nous serons là-bas. Mademoiselle tire sa petite glace de poche et vérifie l'équilibre de son chapeau, le désordre de ses rudes cheveux roux crespelés, la pourpre cruelle de ses lèvres, — absorbée, palpitante, et l'air quasi dément ; Anaïs se pince les joues dans le fol espoir d'y amener une ombre de rose, je coiffe mon tumultueux et immense chapeau. Pour qui faisons-nous tant de frais ? Pas pour mademoiselle Aimée, nous

---

1. Emplâtres au figuré.

autres, bien sûr... Eh bien ! pour personne, pour les employés de la gare, pour le conducteur de l'omnibus, le père Racalin, ivrogne de soixante ans, pour l'idiot qui vend les journaux, pour les chiens qui trottent sur la route.

Voilà la Sapinière, et le bois de Bel Air, et puis le pré communal, et la gare des marchandises, et enfin les freins geignent ! Nous sautons à terre, derrière Mademoiselle qui a couru déjà à sa petite Aimée, joyeuse et sautillante sur le quai. Elle l'a serrée d'une étreinte si vive que la frêle adjointe en a brusquement rougi, suffoquée. Nous accourons près d'elle et lui souhaitons la bienvenue de l'air des écolières sages : « ... jour, Mmmselle !... zallez bien, Mmmselle ? »

Comme il fait beau, comme rien ne presse, nous fourrons nos valises dans l'omnibus et nous revenons à pied, flânant le long de la route entre les haies hautes où fleurissent les polygalas, bleus et rose vineux, et les *Ave Maria* aux fleurs en petites croix blanches. Joyeuses d'être lâchées, de ne pas avoir d'histoire de France à repasser ni de cartes à mettre en couleur, nous courons devant et derrière ces demoiselles, qui marchent bras sur bras, unies et rythmant leur pas. Aimée a embrassé sa sœur, lui a donné une tape sur la joue en lui disant : « Tu vois bien, petite serine, qu'on s'en tire tout de même ? » Et maintenant elle n'a d'yeux, d'oreilles que pour sa grande amie.

Désappointée une fois de plus, la pauvre Luce s'attache à ma personne et me suit comme une ombre, en murmurant des moqueries et des menaces : « C'est vraiment la peine qu'on se brège[1] la cervelle pour recevoir des compliments comme ça !... Elles ont bonne touche toutes les deux ; ma sœur pendue à l'autre comme un panier !... Devant tous les gens qui passent, si ça fait pas soupirer ! » Elles s'en fichent pas mal des gens qui passent.

Rentrée triomphale ! Tout le monde sait d'où nous venons et le résultat de l'examen, télégraphié par Mademoiselle ; les gens se trouvent sur leurs portes et nous font des signes amicaux... Marie sent croître sa détresse et disparaît le plus qu'elle peut.

D'avoir quelques jours quitté l'Ecole, nous la voyons mieux en la retrouvant : achevée, parachevée, léchée, blanche, la mairie au milieu, flanquée de deux écoles, garçons et filles, la grande cour dont on a respecté les cèdres, heureusement, et les petits massifs réguliers à la française, et les lourdes portes de fer — beaucoup trop lourdes et trop redoutables — qui nous enferment, et les

---

1. Endommage.

water-closets à six cabines, trois pour les grandes, trois pour les petites (par une touchante et pudique attention, les cabinets des grandes ont des portes pleines, celles des petites des demi-portes), les beaux dortoirs du premier étage, dont on aperçoit au-dehors les vitres claires et les rideaux blancs. Les malheureux contribuables la paieront longtemps. On dirait une caserne, tant c'est beau !

Les élèves font une réception bruyante ; mademoiselle Aimée ayant bonnement confié la surveillance de ses élèves et celle de la première classe à la chlorotique mademoiselle Griset, pendant sa petite promenade à la gare, les classes sont semées de papiers, hérissées de sabots-projectiles, des trognons de pommes de moisson... Sur un froncement des sourcils roux de mademoiselle Sergent, tout rentre dans l'ordre, des mains rampantes ramassent les trognons de pommes, des pieds s'allongent, et, silencieusement, réintègrent les sabots épars.

Mon estomac crie et je vais déjeuner, charmée de retrouver Fanchette, et le jardin, et papa ; — Fanchette blanche qui se cuit et se fait maigrir au soleil, et m'accueille avec des miaulements brusques et étonnés ; — le jardin vert, négligé et envahi de plantes qui se hissent et s'allongent pour trouver le soleil que leur cachent les grands arbres ; et papa qui m'accueille d'une bonne bourrade tendre au défaut de l'épaule :

— Qu'est-ce que tu deviens donc ? Je ne te vois plus !

— Mais, papa, je viens de passer mon examen.

— Quel examen ?

Je vous dis qu'il n'y en a pas deux comme lui ! Complaisamment je lui narre les aventures de ces derniers jours, pendant qu'il tire sa grande barbe rousse et blanche. Il paraît content. Sans doute, ses croisements de limaces lui auront fourni des résultats inespérés.

Je me suis payé quatre ou cinq jours de repos, de vagabondages aux Matignons, où je trouve Claire, ma sœur de communion, ruisselante de larmes parce que son amoureux vient de quitter Montigny sans daigner même l'en prévenir. Dans huit jours elle possédera un autre promis qui la lâchera au bout de trois mois, pas assez rusée pour retenir les gars, pas assez pratique pour se faire épouser ; et comme elle s'entête à rester sage... ça peut durer longtemps.

En attendant, elle garde ses vingt-cinq moutons, petite bergère un peu opéra-comique, un peu ridicule, avec le grand chapeau cloche qui protège son teint et son chignon (le soleil fait jaunir les cheveux, ma chère !), son petit tablier bleu brodé de blanc, et le roman blanc à titre rouge *En Fête !* qu'elle cache dans son panier. (C'est moi qui lui ai prêté les œuvres d'Auguste Germain pour l'initier à la grande vie ! Hélas, toutes les horreurs qu'elle commettra, j'en serai peut-être responsable.) Je suis sûre qu'elle se trouve poétiquement malheureuse, triste fiancée abandonnée, et qu'elle se plaît, toute seule, à prendre des poses nostalgiques, « les bras jetés comme de vaines armes », ou bien la tête penchée, à demi ensevelie sous ses cheveux épars. Pendant qu'elle me raconte les maigres nouvelles de ces quatre jours, et ses malheurs, c'est moi qui m'occupe des moutons et pousse la chienne vers eux : « Amène-les, Lisette ! Amène-les là-bas ! », c'est moi qui roule les « prrr... ma guéline ! » pour les empêcher de toucher à l'avoine ; j'ai l'habitude.

— ...Quand j'ai appris par quel train il partait, soupire Claire, je me suis arrangée pour laisser mes moutons à Lisette et je suis descendue au passage à niveau. A la barrière, j'ai attendu le train, qui ne va pas trop vite là parce que ça monte. Je l'ai aperçu, j'ai agité mon mouchoir, j'ai envoyé des baisers, je crois qu'il m'a vue... Ecoute, je ne suis pas sûre, mais il m'a semblé que ses yeux étaient rouges. Peut-être que ses parents l'ont forcé de revenir... Peut-être qu'il m'écrira...

Va toujours, petite romanesque, ça ne coûte rien d'espérer. Puis si j'essayais de te détourner, tu ne me croirais pas.

Au bout de cinq jours de trôleries dans les bois, à me griffer les bras et les jambes aux ronces, à rapporter des brassées d'œillets sauvages, de bluets et de silènes, à manger des merises amères et des groseilles à maquereau, la curiosité et le mal de l'Ecole me reprennent. J'y retourne.

Je les trouve toutes, les grandes, assises sur des bancs à l'ombre, dans la cour, travaillant paresseusement aux ouvrages « d'exposition » ; les petites, sous le préau, en train de barboter à la pompe ; Mademoiselle dans un fauteuil d'osier, son Aimée à ses pieds sur une caisse à fleurs renversée, flânant et chuchotant. A mon arrivée, mademoiselle Sergent bondit et pivote sur son siège :

— Ah ! vous voilà ! ce n'est pas malheureux ! Vous prenez du bon temps ! Mademoiselle Claudine court les champs, sans songer que la distribution des prix approche, et que les élèves ne savent pas une note du chœur qu'on doit y chanter !

— Mais... mademoiselle Aimée n'est donc pas professeur de chant ? ni M. Rabastens (Antonin) ?

— Ne dites pas de bêtises ! Vous savez fort bien que mademoiselle Lanthenay ne peut pas chanter, la délicatesse de sa voix ne le lui permet pas ; quant à M. Rabastens, on a jasé en ville sur ses visites et ses leçons de chant, à ce qu'il paraît. Ah ! Dieu !

votre sale pays de cancans ! Enfin, il ne reviendra plus. On ne peut pas se passer de vous pour les chœurs et vous en abusez. Ce soir, à quatre heures, nous diviserons les parties et vous ferez copier les couplets au tableau.

— Je veux bien, moi. Qu'est-ce que c'est, le chœur de cette année ?

— L'*Hymne à la Nature*. Marie, allez le chercher sur mon bureau, Claudine va commencer à le seriner.

C'est un chœur à trois parties, très chœur de pension. Les sopranos piaillent avec conviction :

Là-bas au lointain,
L'hymne du matin
S'élève en un doux murmure...

Cependant que les mezzos, faisant écho aux rimes, en *tin*, répètent *tin tin tin*, pour imiter la cloche de l'Angélus. Ça plaira beaucoup.

Elle va commencer cette douce vie, qui consiste à m'égosiller, à chanter trois cents fois le même air, à rentrer aphone à la maison, à m'enrager contre ces petites réfractaires à tout rythme. Si on me faisait un cadeau, au moins.

Anaïs, Luce, quelques autres, ont heureusement une bonne mémoire de l'oreille, et me suivent de la voix dès la troisième fois. On cesse parce que Mademoiselle a dit : « Assez pour aujourd'hui », ce serait trop de cruauté de nous faire chanter longtemps par cette température sénégalienne.

— Et puis, vous savez, ajoute Mademoiselle, défense de fredonner l'*Hymne à la Nature* entre les leçons ! Sinon, vous l'estropierez, vous le déformerez et vous ne serez pas capables de le chanter proprement à la distribution. Travaillez, maintenant, et que je n'entende pas causer trop haut.

On nous garde dehors, les grandes, pour que nous exécutions plus à l'aise les mirifiques travaux destinés à l'exposition des *ouvrages de main*! (Est-ce que les ouvrages peuvent être autres que « de main » ? Je n'en connais pas de « pied ».) Car, après la distribution des prix, la ville entière vient admirer nos travaux exposés, emplissant deux classes : dentelles, tapisseries, broderies, lingeries enrubannées, déposées sur les tables d'étude. Les murs sont tendus de rideaux ajourés, de jetés de lit au crochets sur transparents de couleur, de descentes de lit en mousse de laine verte (du tricot détricoté) piquée de fleurs fausses rouges et roses, toujours en laine ; de dessus de cheminée en peluche brodée... Ces grandes petites filles, coquettes des dessous qu'elles montrent, exposent surtout une quantité de lingeries somptueuses, des chemises en batiste de coton à fleurettes, empiècements merveilleux, des pantalons forme sabot, jarretés de rubans, des cache-corset festonnés en haut et en bas, tout ça sur transparent de papier bleu, rouge et mauve avec pancartes où le nom de l'auteur ressort, en belle ronde. Le long des murs s'alignent des tabourets au point de croix où repose soit l'horrible chat dont les yeux sont faits de quatre points verts, un noir au milieu, soit le chien, à dos rouge et à pattes violâtres, qui laisse pendre une langue couleur d'andrinople.

Bien entendu, la lingerie, plus que tout le reste, intéresse les gars, qui viennent visiter l'exposition comme tout le monde ; ils s'attardent aux chemises fleuries, aux pantalons enrubannés, se poussent de l'épaule, rient et chuchotent des choses énormes.

Il est juste de dire que l'Ecole des garçons possède aussi son exposition, rivale de la nôtre. S'ils n'offrent pas à l'admiration des lingeries excitantes, ils montrent d'autres merveilles : des pieds de table habilement tournés, des colonnes torses (ma chère ! c'est le plus difficile), des assemblages de menuiserie en « queue d'aronde », des cartonnages ruisselants de colle, et surtout des moulages en terre glaise — joie de l'instituteur, qui baptise cette salle « *Section de sculpture* », modestement — des moulages, dis-je, qui ont la prétention de reproduire des frises du Parthénon et autres bas-reliefs, noyés, empâtés, piteux. La *Section de dessin* n'est pas plus consolante : les têtes des Brigands des Abruzzes louchent, le Roi de Rome a une fluxion, Néron grimace horriblement, et le président Loubet, dans un cadre tricolore, menuiserie et cartonnage combinés, a envie de vomir (c'est qu'il songe à son ministère, explique Dutertre, toujours enragé de n'être pas député). Aux murs, des lavis mal lavés, des plans d'architecture et la « vue générale anticipée *(sic)* de l'Exposition de 1900 », aquarelle qui mérite le prix d'honneur.

Et pendant le temps qui nous sépare encore des vacances, on laissera au rancart tous les livres, on travaillera mollement dans l'ombre des murs, en se lavant les mains à toutes les heures — prétexte à rôderie — pour ne pas tacher de moiteur les laines claires et les linges blancs ; j'expose seulement trois chemises de linon, roses, forme bébé, avec les pantalons pareils, fermés, détail qui scandalise mes camarades, unanimes à trouver cela « inconvenant », parole d'honneur !

Je m'installe entre Luce et Anaïs, voisine elle-même de Marie Belhomme, car nous nous tenons, par habitude, en un petit groupe. Pauvre Marie ! Il lui faut retravailler pour l'examen d'octobre...

Comme elle s'enuyait à périr dans la classe, Mademoiselle la laisse par pitié venir avec nous ; elle lit dans les Atlas, dans des Histoires de France ; quand je dis qu'elle lit... son livre est ouvert sur ses genoux, elle penche la tête et glisse des regards vers nous, tendant l'oreille à ce que nous disons. Je prévois le résultat de l'examen d'octobre !

— Je sèche de soif ! As-tu la bouteille ? me demande Anaïs.
— Non, pas pensé à l'apporter, mais Marie doit avoir la sienne.

Encore une de nos coutumes immuables et ridicules, ces bouteilles. Dès les premiers jours de grosse chaleur, il est convenu que l'eau de la pompe devient imbuvable (elle l'est en tout temps), et chacune apporte au fond du petit panier, — quelquefois dans la serviette de cuir ou le sac de toile — une bouteille pleine de boisson fraîche. C'est à qui réalisera le mélange le plus baroque, les liquides les plus dénaturés. Pas de coco, c'est pour la petite classe ! A nous l'eau vinaigrée qui blanchit les lèvres et tiraille l'estomac, les citronnades aiguës, les menthes qu'on fabrique soi-même avec les feuilles fraîches de la plante, l'eau-de-vie chipée à la maison et empâtée de sucre, le jus des groseilles vertes qui fait *regipper*[1]. La grande Anaïs déplore amèrement le départ de la fille du pharmacien, qui nous fournissait jadis des flacons pleins d'alcool de menthe trop peu additionné d'eau, ou encore d'eau de Botot sucrée ; moi qui suis une nature simple, je me borne à boire du vin blanc coupé d'eau de Seltz, avec du sucre et un peu de citron. Anaïs abuse du vinaigre et Marie du jus de réglisse, si concentré qu'il tourne au noir. L'usage des bouteilles étant interdit, chacune, je le répète, apporte la sienne, fermée d'un bouchon que traverse un tuyau de plume, ce qui nous permet de boire en nous penchant, sous prétexte de ramasser une bobine, sans déplacer la bouteille couchée dans le panier, le bec dehors. A la petite récréation d'un quart d'heure (à neuf heures et à trois heures), tout le monde se précipite à la pompe pour inonder les bouteilles et les rafraîchir un peu. Il y a trois ans, une petite est tombée avec sa bouteille, s'est crevé un œil ; son œil est tout blanc, maintenant. A la suite de cet accident, on a confisqué tous les récipients ; tous, pendant une semaine... et puis quelqu'une a rapporté le sien, exemple suivi par une autre le jour suivant... le mois d'après, les bouteilles fonctionnaient régulièrement. Mademoiselle ignore peut-être cet acci-

---

1. Mot intraduisible indiquant l'impression produite par les saveurs astringentes.

dent qui date d'avant son arrivée, — ou bien elle préfère fermer les yeux pour que nous la laissions tranquille.

Rien ne se passe, en vérité. La chaleur nous ôte tout entrain : Luce m'assiège moins de ses importunes câlineries ; des velléités de querelles s'éveillent à peine pour tomber tout de suite ; c'est la flemme, quoi, et les orages brusques de juillet, qui nous surprennent dans la cour, nous balaient sous des trombes de grêle — une heure après, le ciel est pur.

On a joué une méchante farce à Marie Belhomme qui s'était vantée de venir à l'Ecole sans pantalon, à cause de la chaleur.
Nous étions quatre, un après-midi, assises sur un banc dans l'ordre que voici :
        Marie — Anaïs — Luce — Claudine.
Après s'être fait dûment expliquer mon plan, tout bas, mes deux voisines se lèvent pour se laver les mains, et le milieu du banc reste vide, Marie à un bout, moi à l'autre. Elle dort à moitié sur son arithmétique. Je me lève brusquement ; le banc bascule ; Marie, réveillée en sursaut, tombe les jambes en l'air, avec un de ces cris de poule égorgée dont elle a le secret, et nous montre... qu'effectivement elle ne porte pas de pantalon. Des huées, des rires énormes éclatent ; la directrice veut tonner et ne peut pas, prise elle-même d'un fou rire ; et Aimée Lanthenay préfère s'en aller, pour ne pas offrir à ses élèves le spectacle de ses tortillements de chatte empoisonnée.
Dutertre ne vient plus depuis des temps. On le dit aux bains de mer, quelque part, où il lézarde et flirte (mais où prend-il de l'argent ?). Je le vois, en flanelle blanche, en chemises molles, avec des ceintures trop larges et des souliers trop jaunes ; il adore ces costumes un peu rastas, très rasta lui-même sous ces teintes claires, trop hâlé et d'yeux trop brillants, les dents pointues et la moustache d'un noir roussi comme si on l'avait flambée. Je n'ai guère pensé à sa brusque attaque dans le couloir vitré, l'impression a été vive mais courte — et puis, avec lui, on sait si bien que ça ne tire pas à conséquence ! Je suis peut-être la trois centième petite fille qu'il tente d'attirer chez lui, l'incident n'a d'intérêt ni pour lui ni pour moi. Ça en aurait si le coup avait réussi, voilà tout.
Déjà nous songeons beaucoup aux toilettes de la distribution des prix. Mademoiselle se fait broder une robe de soie noire par sa mère, fine travailleuse qui exécute dessus, au plumetis, de grands bouquets, des guirlandes minces qui suivent le bas de la jupe, des

branches qui grimpent sur le corsage, tout cela en soies violettes nuancées, passées — quelque chose de très distingué, un peu « dame âgée » peut-être, mais de coupe impeccable ; toujours sombrement et simplement vêtue, le chic de ses jupes éclipse toutes les notairesses, receveuses, commerçantes et rentières d'ici ! C'est sa petite vengeance de femme laide et bien faite.

Mademoiselle Sergent s'occupe aussi d'habiller gentiment sa petite Aimée pour ce grand jour. On a fait venir des échantillons du Louvre, du Bon Marché, et les deux amies choisissent ensemble, absorbées, devant nous, dans la cour où nous travaillons à l'ombre. Je pense que voilà une robe qui ne coûtera pas cher à mademoiselle Aimée ; de vrai, elle aurait bien tort d'agir autrement, ce n'est pas avec ses 75 francs par mois — desquels il faut retrancher trente francs, sa pension (qu'elle ne paie pas), autant pour celle de sa sœur (qu'elle économise) et vingt francs qu'elle envoie à ses parents, je le sais par Luce — ce n'est pas avec ces appointements, je dis, qu'elle paierait la gentille robe de mohair blanc dont j'ai vu l'échantillon.

Parmi les élèves, c'est très bien porté de ne point paraître s'occuper de sa toilette de distribution. Toutes y réfléchissent un mois à l'avance, tourmentent les mamans pour obtenir des rubans, des dentelles, ou seulement des modifications qui moderniseront la robe de l'an passé, — mais il est de bon goût de n'en rien dire ; on se demande avec une curiosité détachée, comme par politesse : « Comment sera ta robe ? » Et on semble à peine écouter la réponse, faite sur le même ton négligent et dédaigneux.

La grande Anaïs m'a posé la question d'usage, les yeux ailleurs, la figure distraite. Le regard perdu, la voix indifférente, j'ai expliqué : « Oh ! rien d'étonnant... de la mousseline blanche... le corsage en fichu croisé ouvert en pointe... et les manches Louis XV avec un sabot de mousseline, arrêtées au coude... C'est tout. »

Nous sommes toutes en blanc pour la distribution ; mais les robes sont ornées de rubans clairs, choux, nœuds, ceintures, dont la nuance, que nous tenons à changer tous les ans, nous préoccupe beaucoup.

— Les rubans ? demanda Anaïs du bout des lèvres.

(J'attendais ça.)

— Blancs aussi.

— Ma chère, une vraie mariée, alors ! Tu sais, il y en a beaucoup qui seraient noires, dans tout ce blanc-là, comme des puces sur un drap.

— C'est vrai. Par bonheur, le blanc me va assez bien.

(Rage, chère enfant. On sait qu'avec ta peau jaune tu es forcée de mettre des rubans rouges ou orange à ta robe blanche pour ne pas avoir l'air d'un citron.)
— Et toi ? rubans orange ?
— Non, voyons ! J'en avais l'année dernière ! Des rubans Louis XV pékinés, faille et satin, ivoire et coquelicot. Ma robe est en lainage crème.
— Moi, annonce Marie Belhomme à qui on ne demande rien, c'est de la mousseline blanche, et les rubans couleur pervenche, d'un bleu mauve, très joli !
— Moi, fait Luce, toujours nichée dans mes jupes ou tapie dans mon ombre, j'ai la robe, seulement je ne sais quels rubans y mettre ; Aimée les voudrait bleus...
— Bleus ? ta sœur est une gourde, sauf le respect que je lui dois. Avec des yeux verts comme les tiens, on ne prend pas de rubans bleus, ça fait grincer des dents. La modiste de la place vend des rubans très jolis, en glacé vert et blanc... ta robe est blanche ?
— Oui, en mousseline.
— Bon ! Maintenant, tourmente ta sœur pour qu'elle t'achète les rubans verts.
— Pas besoin, c'est moi qui les achète.
— C'est encore mieux. Tu verras que tu seras gentille ; il n'y en aura pas trois qui oseront risquer des rubans verts, c'est trop difficile à porter.
Cette pauvre gosse ! Pour la moindre amabilité que je lui dis, sans le faire exprès, elle s'illumine...
Mademoiselle Sergent, à qui l'exposition proche inspire des inquiétudes, nous bouscule, nous presse ; les punitions pleuvent, punitions qui consistent à faire après la classe vingt centimètres de dentelle, un mètre d'ourlet ou vingt rangs de tricot. Elle travaille aussi, elle, à une paire de splendides rideaux de mousseline qu'elle brode fort joliment, quand son Aimée lui en laisse le temps. Cette gentille fainéante d'adjointe, paresseuse comme une chatte qu'elle est, soupire et s'étire, pour cinquante points de tapisserie, devant toutes les élèves, et Mademoiselle lui dit, sans oser la gronder que « c'est un exemple déplorable pour nous ». Là-dessus, l'insubordonnée jette son ouvrage en l'air, regarde son amie avec des yeux scintillants, et se jette sur elle pour lui mordiller les mains. Les grandes sourient et se poussent du coude, les petites ne sourcillent pas.
Un grand papier, estampillé de la Préfecture, timbré de la mairie, trouvé par Mademoiselle dans la boîte aux lettres, a troublé singu-

lièrement cette matinée, fraîche par hasard ; toutes les têtes travaillent, et toutes les langues. La Directrice ouvre le pli, le lit, le relit et ne dit rien. Sa toquée de petite compagne, impatientée de ne rien savoir, jette dessus des pattes vives et exigeantes et pousse des « Ah ! » et des « Ça va en faire des embarras ! » si forts que, violemment intriguées, nous palpitons.

— Oui, lui dit Mademoiselle, j'étais avertie, mais j'attendais la feuille officielle ; c'est un des amis du docteur Dutertre...

— Mais ce n'est pas tout ça, il faut le dire aux élèves, puisqu'on va pavoiser, puisqu'on va illuminer, puisqu'il y aura un banquet... Regardez-les donc, elles cuisent d'impatience !

Si nous cuisons !

— Oui, il faut leur annoncer... Mesdemoiselles, tâchez de m'écouter et de comprendre ! Le ministre de l'Agriculture, M. Jean Dupuy, viendra au chef-lieu à l'occasion du prochain comice agricole, et en profitera pour inaugurer les écoles neuves ; la ville sera pavoisée, illuminée, il y aura réception à la gare... et puis vous m'ennuyez, vous saurez bien tout ça puisque le tambour de ville le criera, tâchez seulement d'*appletter* plus que ça, que vos ouvrages soient prêts.

Un silence profond. Et puis nous éclatons ! Des exclamations partent, se mêlent, et le tumulte croît, troué d'une petite voix pointue : « Est-ce que le ministre va nous interroger ? » On hue Marie Belhomme, la cruche, qui a demandé ça.

Mademoiselle nous fait mettre en rang, quoique l'heure ne soit pas encore venue, et nous lâche, criardes et bavardes, pour aller éclaircir ses idées et prendre des dispositions en vue de l'événement inouï qui se prépare.

— Ma vieille, qu'est-ce que tu dis de ça ? me demande Anaïs dans la rue.

— Je dis que nos vacances commenceront huit jours plus tôt, ça ne me fait pas rire ; ça m'ennuie quand je ne peux pas venir à l'école.

— Mais il va y avoir des fêtes, des bals, des jeux sur les places.

— Oui, et beaucoup de gens devant qui parader, je t'entends bien ! Tu sais, nous serons très en vue ; Dutertre, qui est l'ami particulier du nouveau ministre (c'est à cause de lui que cette Excellence de fraîche date se risque dans un trou comme Montigny), nous mettra en avant...

— Non ? tu crois ?

— Sûr ! C'est un coup qu'il a monté pour dégommer le député !

Elle s'en va radieuse, rêvant de fêtes officielles pendant lesquelles dix mille paires d'yeux la contempleront !

Le tambour de ville a crié la nouvelle : on nous promet des joies sans fin : arrivée du train ministériel à neuf heures, les autorités municipales, les élèves des deux Ecoles, enfin tout ce que la population de Montigny compte de plus remarquable attendra le ministre près de la gare, à l'entrée de la ville, et le conduira, à travers les rues pavoisées, au sein des Ecoles. Là, sur une estrade, il parlera ! Et dans la grande salle de la mairie il banquettera en nombreuse compagnie. Puis, distribution des prix aux grandes personnes (car M. Jean Dupuy apporte quelques petits rubans violets et verts aux obligés de son ami Duterte, qui réussit là un coup de maître). Le soir, grand bal dans la salle du banquet. La fanfare du chef-lieu (quelque chose de propre !) prêtera son gracieux concours. Enfin le maire invite les habitants à pavoiser leurs demeures et à les décorer de verdure. Ouf ! Quel honneur pour nous !

Ce matin, en classe, Mademoiselle nous annonce solennellement — on voit tout de suite que de grandes choses se préparent — la visite de son cher Dutertre, qui nous donnera, avec sa complaisance habituelle, d'amples détails sur la façon dont on réglera la cérémonie.

Là-dessus, il ne vient pas.

L'après-midi seulement, vers quatre heures, à l'instant où nous plions dans les petits paniers nos tricots, dentelles et tapisseries, Dutertre entre, comme toujours, en coup de vent, sans frapper. Je ne l'avais pas revu depuis son « attentat », il n'a pas changé : vêtu avec son habituelle négligence recherchée, — chemise de couleur, vêtements presque blancs, une grande régate claire prise dans la ceinture qui lui sert de gilet — mademoiselle Sergent, comme Anaïs, comme Aimée Lanthenay, comme toutes, trouvent qu'il s'habille d'une façon suprêmement distinguée.

En parlant à ces demoiselles, il laisse errer ses yeux de mon côté, des yeux allongés, tirés sur les tempes, des yeux d'animal méchant, qu'il sait rendre doux. Il ne m'y prendra plus à me laisser emmener dans le couloir, c'est fini, ce temps-là !

— Eh bien, petites, s'écrie-t-il, vous êtes contentes de voir un ministre ?

On répond par des murmures indistincts et respectueux.

— Attention ! Vous allez lui faire à la gare une réception soignée, toutes en blanc ! Ce n'est pas tout, il faut lui offrir des bouquets, trois grandes, dont l'une récitera un petit compliment ; ah, mais !

Nous échangeons des regards de timidité feinte et d'effarouchement menteur.

— Ne faites pas les petites dindes ! Il en faut une en blanc pur, une en blanc avec rubans bleus, une en blanc avec rubans rouges, pour figurer un drapeau d'honneur, eh ! eh ! un petit drapeau pas vilain du tout ! Tu en es, bien entendu, du drapeau, toi (c'est moi, ça !), tu es décorative, et puis j'aime qu'on te voie. Comment sont tes rubans pour la distribution des prix ?

— Dame, cette année, c'est blanc partout.

— C'est bon, espèce de petite vierge, tu feras le milieu du drapeau. Et tu réciteras un speech à mon ministre d'ami, il ne s'embêtera pas à te regarder, sais-tu ?

(Il est complètement fou de lâcher ici de pareilles choses ! Mademoiselle Sergent me tuera !)

— Qui a des rubans rouges ?

— Moi ! crie Anaïs qui palpite d'espérance.

— Bon, toi, je veux bien.

C'est un demi-mensonge de cette enragée, puisque ses rubans sont pékinés.

— Qui a des bleus ?

— Moi, Mon...sieur, bégaye Marie Belhomme, étranglée de peur.

— Ça va bien, vous ne serez pas répugnantes toutes trois. Et puis, vous savez, pour les rubans, allez-y gaiement, faites des folies, c'est moi qui paie ! (hum !) Des belles ceintures, des nœuds ébouriffants, et je vous commande des bouquets à vos couleurs !

— Si loin ! dis-je. Ils auront le temps de se faner.

— Tais-toi, gamine, tu n'auras jamais la bosse du respect. J'aime à croire que tu en possèdes déjà d'autres plus agréablement situées ?

Toute la classe s'esclaffe avec entraînement. Mademoiselle rit jaune. Quant à Dutertre, je jurerais qu'il est ivre.

On nous met à la porte avant son départ. Ce que j'entends de « Ma chère, on peut le dire que tu as de la chance ! Pour toi tous les honneurs, quoi ! Ça ne serait pas tombé sur une autre, pas de danger ! » Je ne réponds rien, mais je m'en vais consoler cette pauvre petite Luce, toute triste de n'avoir pas été choisie dans le drapeau : « Va, le vert t'ira mieux que tout... et puis c'est ta faute, pourquoi ne t'es-tu pas mise en avant comme Anaïs ? »

— Oh ! soupire la petite, ça ne fait rien. Je perds la tête devant le monde et j'aurais fait quelque bêtise. Mais je suis contente que tu récites le compliment et pas la grande Anaïs.

Papa, averti de la part glorieuse que je prendrai à l'inauguration des écoles, a froncé son nez bourbon pour demander : « Mille dieux ! va-t-il falloir que je me montre là-bas ? »
— Pas du tout, papa, tu restes dans l'ombre !
— Alors, parfait, je n'ai pas à m'occuper de toi ?
— Bien sûr que non, papa, ne change pas tes habitudes !

La ville et l'école sont sens dessus dessous. Si ça continue, je n'aurai plus le temps de rien raconter. Le matin nous arrivons en classe dès sept heures, et il s'agit bien de classe ! La Directrice a fait venir du chef-lieu des ballots énormes de papier de soie, rose, bleu tendre, rouge, jaune, blanc ; dans la classe du milieu nous les éventrons — les plus grandes constituées en commis principaux — et allez, allez compter les grandes feuilles légères, les plier en six dans leur longueur, les couper en six bandes, et attacher ces bandes en petits monceaux qui sont portés au bureau de Mademoiselle. Elle les découpe sur les côtés, en dents rondes à l'emporte-pièce, mademoiselle Aimée les distribue ensuite à toute la première classe, à toute la seconde classe. Rien à la troisième, ces gosses trop petites gâcheraient le papier, le joli papier, dont chaque bande deviendra une rose chiffonnée et gonflée, au bout d'une tige en fil d'archal.

Nous vivons dans la joie ! Les livres et les cahiers dorment sous les pupitres fermés, et c'est à qui se lèvera la première pour courir tout de suite à l'Ecole transformée en atelier de fleuriste.

Je ne paresse plus au lit, non, et je me presse tant d'arriver tôt que j'attache ma ceinture dans la rue. Quelquefois nous sommes déjà toutes réunies dans les classes quand ces demoiselles descendent enfin, et elles en prennent à leur aise aussi, au point de vue toilette ! Mademoiselle Sergent s'exhibe en peignoir de batiste rouge (sans corset, fièrement) ; sa câline adjointe la suit, en pantoufles, les yeux ensommeillés et tendres. On vit en famille ; avant-hier matin, mademoiselle Aimée, s'étant lavé la tête, est descendue les cheveux défaits et encore humides, des cheveux dorés doux comme de la soie, assez courts, annelés mollement à l'extrémité ; elle ressemblait à un polisson de petit page, et sa Directrice, sa bonne Directrice, la buvait des yeux.

La cour est désertée ; les rideaux de serge, tirés, nous enveloppent d'une atmosphère bleue et fantastique. Nous nous mettons à l'aise, Anaïs quitte son tablier et retrousse ses manches comme une pâtissière ; la petite Luce, qui saute et court derrière moi tout le long du jour, a relevé en laveuse sa robe et son jupon, prétexte pour montrer ses mollets ronds et ses chevilles fragiles. Mademoiselle, apitoyée, a permis à Marie Belhomme de fermer ses livres ; en blouse de toile à rayures noires et blanches, l'air toujours un peu pierrot, elle voltige avec nous, coupe les bandes de travers, se trompe, s'accroche les pieds dans les fils d'archal, se désole et se pâme de joie dans la même minute, inoffensive et si douce qu'on ne la taquine même pas.

Mademoiselle Sergent se lève et tire le rideau d'un geste brusque, du côté de la cour des garçons. On entend, dans l'école en face, des braiements de jeunes voix rudes et mal posées : c'est M. Rabastens qui enseigne à ses élèves un chœur républicain. Mademoiselle attend un instant, puis fait un signe du bras, les voix se taisent là-bas, et le complaisant Antonin accourt, nu-tête, la boutonnière fleurie d'une rose de France.

— Soyez donc assez aimable pour envoyer deux de vos élèves à l'atelier, vous leur ferez couper ce fil d'archal en bouts de vingt-cinq centimètres.

— Incontinint, Mademoiselle. Vous travaillez toujours à vos fleurs ?

— Ce n'est pas fini de sitôt ; il faut cinq mille roses rien que pour l'école seule, et nous sommes encore chargées de décorer la salle du banquet !

Rabastens s'en va, courant nu-tête sous le soleil féroce. Un quart d'heure après, on frappe à notre porte, qui s'ouvre devant deux grands nigauds de quatorze à quinze ans ; ils rapportent les fils de fer, ne savent que faire de leurs longs corps, rouges et stupides, excités de tomber au milieu d'une cinquantaine de fillettes qui, les bras nus, le cou nu, le corsage ouvert, rient méchamment des deux gars. Anaïs les frôle en passant, j'accroche doucement à leurs poches des serpents de papier, ils s'échappent enfin, contents et malheureux, tandis que Mademoiselle prodigue des « Cht ! » qu'on écoute peu.

Avec Anaïs je suis plieuse et coupeuse, Luce empaquette et porte à la Directrice, Marie met en tas. A onze heures du matin, on laisse tout et on se groupe pour répéter l'*Hymne à la Nature*. Vers cinq heures, on s'attife un peu, les petites glaces sortent des poches ; des gamines de la deuxième classe, complaisantes, nous tendent leur tablier noir derrière les vitres d'une fenêtre ouverte ; devant ce sombre miroir nous remettons nos chapeaux, j'ébouriffe mes boucles, Anaïs rehausse son chignon affaissé, et l'on s'en va.

La ville commence à se remuer autant que nous ; songez donc, M. Jean Dupuy arrive dans six jours ! Les gars partent le matin dans des carrioles, chantant à pleine gorge et fouettant à tour de bras la rosse qui les traîne ; ils vont dans le bois de la commune — et dans les bois privés aussi, j'en suis sûre — choisir leurs arbres et les marquer ; des sapins surtout, des ormes, des trembles aux feuilles veloutées périront par centaines, il faut bien faire honneur à ce récent ministre ! Le soir, sur la place, sur les trottoirs, les jeunes filles chiffonnent des roses de papier et chantent pour attirer les gars qui viennent les aider. Grand Dieu, qu'ils doivent donc hâter la besogne ! Je vois ça d'ici, ils s'y emploient des deux mains.

Des menuisiers enlèvent les cloisons mobiles de la grande salle de la mairie où l'on banquettera ; une grande estrade pousse dans la cour. Le médecin-délégué cantonal Dutertre fait de courtes et fréquentes apparitions, approuve tout ce qu'on édifie, tape sur les épaules des hommes, pince les mentons féminins, paye à boire et disparaît pour revenir bientôt. Heureux pays ! Pendant ce temps-là on ravage les bois, on braconne jour et nuit, on se bat dans les cabarets, et une vachère du Chêne-Fendu a donné son nouveau-né à manger aux cochons. (Au bout de quelques jours on a mis fin aux poursuites, Dutertre ayant réussi à prouver l'irresponsabilité de cette fille... On ne s'occupe déjà plus de l'affaire.) Grâce à ce système-là il empoisonne le pays, mais il s'est constitué, de deux cents chenapans, des âmes damnées qui tueraient et mourraient pour lui. Il sera élu député. Qu'importe le reste !

Nous, mon Dieu ! nous faisons des roses. Cinq ou six mille roses, ce n'est pas une petite affaire. La petite classe s'occupe tout entière à fabriquer des guirlandes de papier plissé, de couleurs tendres, qui flotteront un peu partout au gré de la brise. Mademoiselle craint que ces préparatifs ne soient pas terminés à temps, et nous donne à emporter chaque soir une provision de papier de soie et de fil de fer ; nous travaillons chez nous après dîner, avant dîner, sans repos ; les tables, dans toutes les maisons, s'encombrent de roses blanches, bleues, rouges, roses et jaunes, gonflées, raides et fraîches au bout de leurs tiges. Ça tient tant de place, qu'on ne sait où les mettre ; elles débordent partout, fleurissent en tas multicolores, et nous les rapportons le matin en bottes, avec l'air d'aller souhaiter la fête à des parents.

La Directrice, bouillonnante d'idées, veut encore faire construire un arc de triomphe à l'entrée des écoles ; les montants s'épaissiront de branches de pin, de feuillages échevelés, piqués de roses en foule. Le fronton portera cette inscription, en lettres de roses roses, sur un fond de mousse :

SOYEZ LES BIENVENUS !

C'est gentil, hein ?
Moi aussi, j'ai eu ma trouvaille : j'ai suggéré l'idée de couronner de fleurs le drapeau, c'est-à-dire nous.

— Oh ! oui, ont crié Anaïs et Marie Belhomme.

— Ça va. (Pour ce que ça nous coûte !) Anaïs, tu seras couronnée de coquelicots ; Marie, tu te diadèmeras de bluets, et moi, blancheur, candeur, pureté, je mettrai...

— Quoi ? des fleurs d'oranger ?

— Je les mérite encore, Mademoiselle ! Plus que vous-même sans doute !

— Les lis te semblent-ils assez immaculés ?

— Tu m'*arales* ! Je prendrai des marguerites ; tu sais bien que le bouquet tricolore est composé de marguerites, de coquelicots et de bluets. Allons chez la modiste.

D'un air dégoûté et supérieur, nous choisissons, la modiste mesure notre tour de tête et nous promet « ce qui se fait de mieux ».

Le lendemain, nous recevons trois couronnes qui me navrent : des diadèmes renflés au milieu comme ceux des mariées de campagne ; le moyen d'être jolie avec ça ! Marie et Anaïs, ravies, essayent les leurs au milieu d'un cercle admirant de gosses ; moi, je ne dis rien, mais j'emporte mon ustensile à la maison où je le démolis commodément. Puis, sur la même armature de fil de fer, je reconstruis une couronne fragile, mince, les grandes marguerites en étoiles posées comme au hasard, prêtes à se détacher ; deux ou trois fleurs pendent en grappes près des oreilles, quelques-unes roulent par derrière dans les cheveux ; j'essaye mon œuvre sur ma tête ; je ne vous dis que ça ! Pas de danger que j'avertisse les deux autres !

Un surcroît de besogne nous arrive : les papillotes ! Vous ne savez pas, vous ne pouvez pas savoir. Apprenez qu'à Montigny une élève n'assisterait pas à une distribution de prix, à une solennité quelconque, sans être dûment frisée ou ondulée. Rien d'étrange à cela, certes, quoique ces tire-bouchons raides et ces torsions excessives donnent plutôt aux cheveux l'aspect de balais irrités ; mais les mamans de toutes ces petites filles, couturières, jardinières, femmes d'ouvriers et boutiquières, n'ont pas le temps, ni l'envie, ni l'adresse de papilloter toutes ces têtes. Devinez à qui revient ce travail, parfois peu ragoûtant ? Aux institutrices et aux élèves de la première classe ! Oui, c'est fou, mais quoi, c'est l'habitude, et ce mot-là répond à tout. Une semaine avant la distribution des prix, des petites nous harcèlent et s'inscrivent sur nos listes. Cinq ou six pour chacune de nous, au moins ! Et pour une tête propre aux jolis cheveux souples, combien de tignasses grasses — sinon habitées !

Aujourd'hui nous commençons à papilloter ces gamines de huit à onze ans ; accroupies à terre, elles nous abandonnent leurs têtes, et, comme bigoudis, nous employons des feuilles de nos vieux cahiers. Cette année, je n'ai voulu accepter que quatre victimes, et choisies dans les propres encore ; chacune des autres grandes frise six petites ! Besogne peu facile, car les filles de ces pays possèdent presque toutes des crinières abondamment fournies. A midi, nous appelons le troupeau docile ; je commence par une blondinette aux cheveux légers qui bouclent mollement, de façon naturelle.

— Comment ? qu'est-ce que tu viens faire ici ? avec des cheveux comme ça, tu veux que je te les frise ? C'est un massacre !

— Tiens ! mais bien sûr que je veux qu'on me les frise ! Pas frisée, un jour de Prix, un jour de Ministre ! On n'aurait jamais vu ça !

— Tu seras laide comme les quatorze péchés capitaux ! Tu auras des cheveux raides, une tête de loup...

— Ça m'est égal, je serai frisée, au moins.

Puisqu'elle y tient ! Et dire que toutes pensent comme celle-ci ! Je parie que Marie Belhomme elle-même...

— Dis donc, Marie, toi qui tirebouchonnes naturellement, je pense bien que tu restes comme tu es ?

Elle en crie d'indignation :

— Moi ? Rester comme ça ? Tu n'y songes pas ! J'arriverais à la distribution avec une tête plate !

— Mais moi, je ne me frise pas.

— Toi, ma chère, tu « boucles » assez serré, et puis tes cheveux font le nuage assez facilement... et puis on sait que tes idées ne sont jamais pareilles à celles des autres.

En parlant, elle roule avec animation — avec trop d'animation — les longues mèches couleur de blé mûr de la fillette assise devant elle et ensevelie dans sa chevelure, — une broussaille d'où sortent parfois des gémissements pointus.

Anaïs malmène, non sans méchanceté, sa patiente, qui hurle.

— Aussi, elle a trop de cheveux, celle-là ! dit-elle en guise d'excuse.

Quand on croit avoir fini, on est à moitié ; tu l'as voulu, tu y es, tâche de ne pas crier !

On frise, on frise... le couloir vitré s'emplit des bruissements du papier plié qu'on tord sur les cheveux... Notre travail achevé, les gamines se relèvent en soupirant et nous exhibent des têtes hérissées de copeaux de papier où l'on peut lire encore : « Problèmes... morale... duc de Richelieu... » Pendant ces quatre jours, elles se promènent, ainsi fagotées, par les rues, en classe, sans honte. Puisqu'on vous dit que c'est l'habitude.

... On ne sait plus comment on vit ; tout le temps dehors, trottant n'importe où, portant ou rapportant des roses, quêtant — nous quatre Anaïs, Marie, Luce et moi — réquisitionnant partout des fleurs naturelles celles-là, pour orner la salle du banquet, nous entrons (envoyées par Mademoiselle qui compte sur nos jeunes frimousses pour désarmer les formalistes) chez des gens que nous n'avons jamais vus ; ainsi, chez Paradis, le receveur de l'enregistrement, parce que la rumeur publique l'a dénoncé comme le possesseur de rosiers nains en pots, de petites merveilles. Toute timidité perdue, nous pénétrons dans son logis tranquille et « Bonjour, Monsieur ! Vous avez de beaux rosiers, nous a-t-on dit, c'est pour les jardinières de la salle du banquet, vous savez bien, nous venons de la part, etc., etc. » Le pauvre homme balbutie quelque chose dans sa grande barbe, et nous précède armé d'un sécateur. Nous repartons chargées, des pots de fleurs dans les bras, riant, bavardant, répondant effrontément aux gars qui travaillent tous à dresser, au débouché de chaque rue, les charpentes des arcs de triomphe et nous interpellent : « Hé ! les gobettes, si vous avez besoin de quelqu'un, on vous trouverait encore ça... heullà t'y possible ; en v'là justement qui tombent ! Vous perdez quelque chose, ramassez-le donc ! » Tout le monde se connaît, tout le monde se tutoie...

Hier et aujourd'hui, les gars sont partis à l'aube, dans des carrioles, et ne reviennent qu'à la tombée du jour, ensevelis sous les branches de buis, de mélèzes, de thuyas, sous des charretées de mousse verte qui sent le marais ; et après ils vont boire, comme de juste. Je n'ai jamais vu en semblable effervescence cette populations de bandits qui, d'ordinaire, se fichent de tout, même de la politique ; ils sortent de leurs bois, de leurs taudis, des taillis où ils guettent les gardeuses de vaches, pour fleurir Jean Dupuy ! C'est à n'y rien comprendre ! La bande à Louchard, six ou sept vauriens dépeupleurs de forêts, passent en chantant, invisibles sous des monceaux de lierre en guirlandes, qui traînent derrière eux avec un chuchotement doux.

Les rues luttent entre elles, la rue du Cloître édifie trois arcs de triomphe, parce que la Grande-Rue en promettait deux, un à chaque bout. Mais la Grande-Rue se pique au jeu et construit une merveille, un château moyen âge tout en branches de pin égalisées aux ciseaux avec des tours en poivrières. La rue des Fours-Banaux, tout près de l'école, subissant l'influence artistico-champêtre de mademoiselle Sergent, se borne à tapisser complètement les maisons qui la bordent en branches chevelues et désordonnées, puis à tendre des lattes d'une maison à l'autre et à couvrir ce toit de lierres retombants et enchevêtrés; résultat: une charmille obscure et verte, délicieuse, où les voix s'étouffent comme dans une chambre étoffée; les gens passent et repassent dessous par plaisir. Furieuse alors, la rue du Cloître perd toute mesure et relie l'un à l'autre ses trois arcs triomphaux par des faisceaux de guirlandes moussues, piquées de fleurs, pour avoir, elle aussi, sa charmille. Là-dessus, la Grande-Rue se met tranquillement à dépaver ses trottoirs, et dresse un bois, mon Dieu, oui, un vrai petit bois de chaque côté, avec de jeunes arbres déracinés et replantés. Il ne faudrait pas plus de quinze jours de cette émulation batailleuse pour que tout le monde s'entr'égorgeât.

Le chef-d'œuvre, le bijou, c'est notre Ecole, ce sont nos Ecoles. Quand tout sera fini, on ne verra pas transparaître un pouce carré de muraille sous les verdures, les fleurs et les drapeaux. Mademoiselle a réquisitionné une armée de gars; les plus grands élèves, les sous-maîtres, elle dirige tout ça, les mène à la baguette, ils lui obéissent sans souffler. L'arc de triomphe de l'entrée a vu le jour, grimpées sur des échelles, Mesdemoiselles et nous quatre avons passé trois heures à « écrire » en roses roses:

SOYEZ LES BIENVENUS

au fronton, pendant que les gars se distrayaient à reluquer nos mollets. De là-haut, des toits, des fenêtres, de toutes les aspérités des murs, s'échappe et ruisselle un tel flot de branches, de guirlandes, d'étoffes tricolores, de cordages masqués sous le lierre, de roses pendantes, de verdures traînantes, que le vaste bâtiment semble, au vent léger, onduler de la base au faîte, et se balancer doucement. On entre à l'école en soulevant un rideau bruissant de lierre fleuri, et la féerie continue: des cordons de roses suivent les angles, relient les murs, pendent aux fenêtres; c'est adorable.

Malgré notre activité, malgré nos invasions audacieuses chez les propriétaires de jardins, nous nous sommes vues sur le point de manquer de fleurs, ce matin. Consternation générale ! Des têtes papillotées se penchent, s'agitent autour de Mademoiselle qui réfléchit les sourcils froncés.

— Tant pis, il m'en faut ! s'écria-t-elle. Toute l'étagère de gauche en manque, il faudrait des fleurs en pot. Les promeneuses, ici, tout de suite !

— Voilà, Mademoiselle !

Nous jaillissons toutes quatre (Anaïs, Marie, Luce, Claudine), nous jaillissons du remous bourdonnant, prêtes à courir.

— Ecoutez-moi. Vous allez trouver le père Caillavaut...

— Oh ! ! !...

Nous ne l'avons pas laissée achever. Dame, écoutez donc : le père Caillavaut est un vieil Harpagon, détraqué, mauvais comme la peste, riche démesurément, qui possède une maison et des jardins splendides, où personne n'entre que lui et son jardinier. Il est redouté comme fort méchant, haï comme avare, respecté comme mystère vivant. Et Mademoiselle voudrait que nous lui demandions des fleurs ! Elle n'y songe pas !

— ... Ta ta ta ! on dirait que je vous envoie à l'abattoir ! Vous attendrirez son jardinier, et vous ne le verrez seulement pas, lui, le père Caillavaut. Et puis, quoi ? vous avez des jambes pour vous sauver, en tout cas ? Trottez !

J'emmène les trois autres qui manquent d'enthousiasme, car je sens une envie ardente, mêlée d'une vague appréhension, de pénétrer chez le vieux maniaque. Je les stimule : « Allons, Luce, allons, Anaïs ! on va voir des choses épatantes, nous raconterons tout aux autres... vous savez, ça se compte, les personnes qui sont entrées chez le père Caillavaut ! »

Devant la grande porte verte, où débordent par-dessus le mur des acacias fleuris et trop parfumés, aucune n'ose tirer la chaîne de la cloche. Je me pends après, déchaînant ainsi un tocsin formidable ; Marie a fait trois pas pour fuir, et Luce tressaillante se cache bravement derrière moi. Rien, la porte reste close. Une seconde tentative n'a pas plus de succès. Je soulève alors le loquet qui cède, et, comme des souris, une à une, nous entrons, inquiètes, laissant la porte entrebâillée. Une grande cour sablée, très bien tenue, devant la belle maison blanche aux volets clos sous le soleil ; la cour s'élargit en un jardin vert, profond et mystérieux à cause des bosquets épais... Plantées là nous regardons sans oser bouger ; toujours personne, et pas un bruit. A droite de la maison, les serres fermées et pleines de plantes merveilleuses... L'escalier de pierre s'évase doucement jusqu'à la cour sablée, chaque degré supporte des géraniums enflammés, des calcéolaires aux petits ventres tigrés, des rosiers nains qu'on a forcés à trop fleurir.

L'absence évidente de tout propriétaire me rend courage : « Ah ! ça, viendra-t-on ? nous n'allons pas prendre racine dans les jardins de l'Avare-au-Bois-dormant ! »

— Chut ! fait Marie effrayée.

— Quoi, chut ? Au contraire, il faut appeler ! Hé, là-bas, Monsieur ! Jardinier !

Pas de réponse, silence toujours. Je m'avance contre les serres, et le nez collé aux vitres, je cherche à deviner l'intérieur ; une espèce de forêt d'émeraude sombre, piquée de taches éclatantes, des fleurs exotiques sûrement...

La porte est fermée.

— Allons-nous-en, chuchote Luce mal à l'aise.

— Allons-nous-en, répète Marie plus troublée encore. Si le vieux sortait de derrière un arbre !

Cette idée les fait s'enfuir vers la porte, je les rappelle de toute ma force.

— Que vous êtes cruches ! Vous voyez bien qu'il n'y a personne. Ecoutez-moi : vous allez choisir chacune deux ou trois pots, des plus beaux sur l'escalier, nous les emporterons là-bas, sans rien dire, et je crois que nous aurons un vrai succès !

Elles ne bougent pas, tentées, sûrement, mais craintives. Je m'empare de deux touffes de « sabots-de-Vénus » piquetés comme des œufs de mésange, et je fais signe que j'attends. Anaïs se décide à m'imiter, se charge de deux géraniums doubles, Marie imite Anaïs, Luce aussi, et toutes les quatre, nous marchons prudemment. Près de la porte la peur nous ressaisit, absurde, nous nous pressons comme des brebis dans l'ouverture étroite de la porte, et nous courons jusqu'à l'Ecole, où Mademoiselle nous accueille avec des cris de joie. Toutes à la fois, nous racontons l'odyssée. La Directrice, étonnée, reste un instant perplexe, et conclut avec insouciance : « Bah ! nous verrons bien ! Ce n'est qu'un prêt, en somme, — un peu forcé. » Nous n'avons jamais, jamais, entendu parler de rien, mais le père Caillavaut a hérissé de tessons et de fers de lance ses murs (ce vol nous a valu une certaine considération, ici on se connaît en brigandage). Nos fleurs furent placées au premier rang et puis, ma foi, dans le tourbillon de l'arrivée ministérielle, on oublia complètement de les rendre ; elles embellirent le jardin de Mademoiselle.

Ce jardin est depuis pas mal de temps l'unique sujet de discorde entre Mademoiselle et sa grosse femme de mère ; celle-ci, restée tout à fait paysanne, bêche, désherbe, traque les escargots dans leurs derniers retranchements, et n'a pas d'autre idéal que de faire pousser des carrés de choux, des carrés de poireaux, des carrés de pommes de terre, — de quoi nourrir toutes les pensionnaires sans rien acheter, enfin. Sa fille, nature affinée, rêve de charmilles épaisses, de fleurs en buissons, de tonnelles enguirlandées de chèvrefeuille, — des plantes inutiles, quoi ! De sorte qu'on peut voir tantôt la mère Sergent donner des coups de pioche méprisants aux petits vernis du Japon, aux bouleaux pleureurs, tantôt Mademoiselle danser d'un talon irrité sur les bordures d'oseille et les ciboulettes odorantes. Cette lutte nous tord de joie. Il faut être juste et reconnaître aussi que, partout ailleurs qu'au jardin et à la cuisine, madame Sergent s'efface complètement, ne paraît jamais en visite, ne donne pas son avis dans les discussions, et porte bravement le bonnet tuyauté.

Le plus amusant, en ce peu d'heures qui nous reste, c'est d'arriver à l'Ecole et de repartir à travers les rues méconnaissables, transformées en allées de forêt, en décors de parc, tout embaumées de l'odeur pénétrante des sapins coupés. On dirait que les bois qui cernent Montigny l'ont envahi, sont venus, presque, l'ensevelir... On n'aurait pas rêvé, pour cette petite ville perdue dans les arbres, une parure plus jolie, plus seyante... Je ne peux pourtant pas dire plus « adéquate », c'est un mot que j'ai en horreur.

Les drapeaux, qui enlaidiront et banaliseront ces allées vertes, seront tous en place demain, et aussi les lanternes vénitiennes et les veilleuses de couleur. Tant pis !

On ne se gêne pas avec nous, les femmes et les gars nous appellent au passage : « Eh ! vous qui avez l'habitude, allons, venez nous *ainder* un peu, à piquer des roses ! »

On « ainde » volontiers, on grimpe aux échelles ; mes camarades se laissent — mon Dieu ! pour le ministre ! — chatouiller un peu la taille et quelquefois les mollets ; je dois dire que jamais on ne s'est permis ces facéties sur la fille du « Monsieur aux limaces ». Aussi bien, avec ces gars qui n'y songent plus la main tournée, c'est inoffensif et pas même blessant ; je comprends que les élèves de l'Ecole se mettent au diapason. Anaïs permet toutes les libertés et soupire après les autres ; Féfed la descend de dessus l'échelle en la portant dans ses bras. Touchart, dit Zéro, lui fourre sous les jupes des branches de pin piquantes ; elle pousse des petits cris de souris prise dans une porte et ferme à demi des yeux pâmés, sans force pour même simuler une défense.

Mademoiselle nous laisse un peu reposer, de peur que nous ne soyons trop défraîchies pour le grand jour. Je ne sais pas d'ailleurs ce qui resterait à faire, tout est fleuri, tout est en place ; les fleurs coupées trempent à la cave dans des seaux d'eau fraîche, on les sèmera un peu partout au dernier moment. Nos trois bouquets sont arrivés ce matin dans une grande caisse fragile ; Mademoiselle n'a pas voulu même qu'on la déclouât complètement, elle a enlevé une planche, soulevé un peu les papiers de soie qui enlinceulent les fleurs patriotiques, et l'ouate d'où sortait une odeur mouillée : tout de suite la mère Sergent a descendu à la cave la caisse légère où roulent des cailloux d'un sel que je ne connais pas, qui empêche les fleurs de se flétrir.

Soignant ses premiers sujets, la Directrice nous envoie, Anaïs, Marie, Luce et moi, nous reposer au jardin, sous les noisetiers. Affalées à l'ombre sur le banc vert, nous ne songeons pas à grand-chose ; le jardin bourdonne. Comme piquée par une mouche, Marie Belhomme sursaute et se met soudain à dérouler une des grosses papillotes qui grelottent depuis trois jours autour de sa tête.

— ... s'tu fais ?
— Voir si c'est frisé, tiens !
— Et si ce n'était pas assez frisé ?
— Dame, j'y mettrais de l'eau ce soir en me couchant. Mais tu vois, c'est très frisé, c'est bien !

Luce imite son exemple et pousse un petit cri de déception :
— Ah ; C'est comme si je n'avais rien fait ! Ça tirebouchonne au bout, et rien du tout en haut, ou presque rien !

Elle a en effet de ces cheveux souples et doux comme de la soie, qui fuient et glissent sous les doigts, sous les rubans, et ne font que ce qu'ils veulent.

— C'est tant mieux, lui dis-je, ça t'apprendra. Te voilà bien malheureuse de n'avoir pas la tête comme un rince-bouteilles !

Mais elle ne se console pas, et comme leurs voix m'ennuient, je m'en vais plus loin me coucher sur le sable, dans l'ombre que font les marronniers. Je ne me sens pas trois idées nettes, la chaleur, la fatigue...

Ma robe est prête, elle va bien... je serai jolie demain, plus que la grande Anaïs, plus que Marie : ce n'est pas difficile, ça fait plaisir tout de même... Je vais quitter l'école, papa m'enverra à Paris chez une tante riche et sans enfants, je ferai mon entrée dans le monde, et mille gaffes en même temps... Comment me passer de la campagne, avec cette faim de verdure qui ne me quitte guère ? Ça me paraît insensé de songer que je ne viendrai plus ici, que je ne verrai plus Mademoiselle, sa petite Aimée aux yeux d'or, plus Marie la toquée, plus Anaïs la rosse, plus Luce, gourmande de coups et de caresses... j'aurai du chagrin de ne plus vivre ici... Et puis, pendant que j'ai le temps, je peux bien me dire quelque chose : c'est que Luce me plaît, au fond, plus que je ne veux me l'avouer : j'ai beau me répéter son peu de beauté vraie, sa câlinerie animale et traîtresse, la fourberie de ses yeux, n'empêche qu'elle possède un charme à elle, d'étrangeté, de faiblesse, de perversité encore naïve, — et la peau blanche, et les mains fines au bout des bras ronds, et les pieds mignons. Mais jamais elle n'en saura rien ! Elle pâtit à cause de sa sœur que mademoiselle Sergent m'a enlevée de vive force. Plutôt que de rien avouer, je m'arracherais la langue !

Sous les noisetiers, Anaïs décrit à Luce sa robe de demain ; je me rapproche, en veine de mauvaiseté, et j'entends :

— Le col ? Il n'y en a pas, de col ! C'est ouvert en V devant et derrière, entouré d'une chicorée de mousseline de soie et fermé par un chou de ruban rouge...

— « Les choux rouges, dit frisés, demandent un terrain maigre et pierreux », nous enseigne l'ineffable Bérillon ; ça fera bien l'affaire, hein, Anaïs ? De la chicorée, des choux, c'est pas une robe, c'est un potager.

— Mademoiselle Claudine, si vous venez ici pour dire des choses aussi spirituelles, vous pouviez rester sur votre sable, on n'attendait pas après vous !

— Ne t'échauffe pas ; dis-nous comment est faite la jupe, de quels légumes on l'assaisonnera ? Je la vois d'ici, il y a une frange de persil autour !

Luce s'amuse de tout son cœur ; Anaïs se drape dans sa dignité et s'en va ; comme le soleil baisse, nous nous levons aussi.

A l'instant où nous fermons la barrière du jardin, des rires clairs jaillissent, se rapprochent, et mademoiselle Aimée passe, courant, pouffant, poursuivie par l'étonnant Rabastens qui la bombarde de fleurs de bignonier égrenées. Cette inauguration ministérielle autorise d'aimables libertés dans les rues, et à l'Ecole aussi, paraît-il ! Mais mademoiselle Sergent vient derrière, pâlissante de jalousie et les sourcils froncés ; plus loin, nous l'entendons appeler : « Mademoiselle Lanthenay, je vous ai demandé deux fois si vous aviez donné rendez-vous à vos élèves pour sept heures et demie. » Mais

Claudine à l'école

l'autre folle, ravie de jouer avec un homme et d'irriter son amie, court sans s'arrêter et les fleurs de pourpre s'accrochent à ses cheveux, glissent dans sa robe... Il y aura une scène ce soir.

A cinq heures, ces demoiselles nous rassemblent à grand-peine, éparses que nous sommes dans tous les coins de la maison. La Directrice prend le parti de sonner la cloche du déjeuner, et interrompt ainsi un galop furieux que nous dansions, Anaïs, Marie, Luce et moi, dans la salle du banquet, sous le plafond fleuri.

— Mesdemoiselles, crie-t-elle de sa voix des grands jours, vous allez rentrer chez vous tout de suite et vous coucher de bonne heure ! Demain matin, à sept heures et demie, vous serez toutes réunies ici, habillées, coiffées, de façon qu'on n'ait plus à s'occuper de vous ! On vous remettra des banderoles et des bannières ; mesdemoiselles Claudine, Anaïs et Marie prendront leurs bouquets... Le reste... vous le verrez quand vous y serez. Allez-vous-en, n'abîmez pas les fleurs en passant par les portes, et que je n'entende plus parler de vous jusqu'à demain matin !

Elle ajoute :

— Mademoiselle Claudine, vous savez votre compliment ?

— Si je le sais ! Anaïs me l'a fait répéter trois fois aujourd'hui.

— Mais... et la distribution des prix ! risque une voix timide.

— Ah ! la distribution des prix, on la fera quand on pourra ! Il est probable d'ailleurs que je vous donnerai simplement les livres ici, et qu'il n'y aura pas cette année de distribution publique, à cause de l'inauguration.

— Mais... les chœurs, l'*Hymne à la Nature* ?

— Vous les chanterez demain, devant le ministre. Disparaissez !

Cette allocution a consterné pas mal de petites filles qui attendaient la distribution des prix comme une fête unique dans l'année ; elles s'en vont perplexes et pas contentes sous les arceaux de verdure fleurie.

Les gens de Montigny, fatigués et fiers, se reposent assis sur les seuils et contemplent leur œuvre ; les jeunes filles usent le reste du jour qui s'éteint à coudre un ruban, à poser une dentelle au bord d'un décolletage improvisé, pour le grand bal de la Mairie, ma chère !

Demain matin, au jour, les gars sèmeront la jonchée sur le parcours du cortège, des herbes coupées, des feuilles vertes, mêlées de fleurs et de roses effeuillées. Et si le ministre Jean Dupuy n'est pas content, c'est qu'il sera trop difficile, zut pour lui !

Mon premier mouvement, en ouvrant ce matin les yeux, c'est de courir à la glace ; — dame, on ne sait pas, s'il m'était poussé une fluxion cette nuit ? Rassurée, je me toilette soigneusement : temps admirable, il n'est que six heures ; j'ai le temps de me fignoler. Grâce à la sécheresse de l'air, mes cheveux font bien « le nuage ». Petite figure toujours un peu pâlotte et pointue, mais je vous assure, mes yeux et ma bouche ne sont pas mal. La robe bruit légèrement ; la jupe de dessus, en mousseline sans empois, ondule au rythme de la marche et caresse les souliers aigus. La couronne maintenant : ah ! qu'elle me va bien ! Une petite Ophélie toute jeunette, avec des yeux cernés si drôlement !... Oui, on me disait, quand j'étais petite, que j'avais des yeux de grande personne ; plus tard, c'étaient des yeux « pas convenables » ; on ne peut pas contenter tout le monde et soi-même. J'aime mieux me contenter d'abord...

L'ennui, c'est ce gros bouquet serré et rond, qui va m'enlaidir. Bah ! puisque je le refile à Son Excellence...

Toute blanche, je m'en vais, à l'Ecole, par les rues fraîches ; les gars, en train de « joncher », crient de gros, d'énormes compliments à la « petite mariée » qui s'enfuit, sauvage.

J'arrive en avance, et pourtant je trouve déjà une quinzaine de gamines, des petites de la campagne environnante, des fermes lointaines ; c'est habitué à se lever à quatre heures en été. Risibles et attendrissantes, la tête énorme à cause des cheveux gonflés en tortillons raides, elles restent debout pour ne pas chiffonner leurs robes de mousseline, trop passées au bleu, qui se boursouflent, rigides, nouées à la taille par des ceintures groseille ou indigo ; et leurs figures hâlées paraissent toutes noires dans ce blanc. A mon arrivée, elles ont poussé un petit « ah ! » vite contenu, et se taisent maintenant, très intimidées de leurs belles toilettes et de leur frisure, roulant dans leurs mains gantées de fil blanc un beau mouchoir où leur mère a versé du « senti-bon ».

Ces demoiselles ne paraissent pas, mais à l'étage supérieur, j'entends des petits pas courir... Dans la cour débouchent des nuages blancs, enrubannés de rose, de rouge, de vert et de bleu ; toujours et toujours plus nombreuses, les gamines arrivent, — silencieuses pour la plupart, parce que fort occupées à se toiser, à se comparer, et à pincer la bouche d'un air dédaigneux. On dirait un camp de Gauloises, ces chevelures flottantes, bouclées, crêpées, débordantes, presque toutes blondes... Une galopade dévale l'escalier, ce sont les pensionnaires — troupeau toujours isolé et hostile — à qui les robes de communiantes servent encore ; derrière elles descend Luce, légère comme un angora blanc, gentille avec ses boucles molles et mobiles, son teint de rose fraîche. Ne lui faudrait-il, comme à sa sœur, qu'une passion heureuse pour l'embellir tout à fait ?

— Comme tu es belle, Claudine ! Et ta couronne n'est pas du tout pareille aux deux autres. Ah ! que tu es heureuse d'être si jolie !

— Mais, mon petit chat, sais-tu que je te trouve, toi, tout à fait amusante et désirable avec tes rubans verts ? Tu es vraiment un bien curieux petit animal ! Où est ta sœur et sa Mademoiselle ?

— Pas prêtes encore ; la robe d'Aimée s'attache sous le bras, tu penses ! C'est Mademoiselle qui la lui agrafe.

— Oui, ça peut durer quelque temps.

D'en haut, la voix de la sœur aînée appelle : « Luce, viens chercher les banderoles ! »

La cour s'emplit de petites et de grandes fillettes, et tout ce blanc, sous le soleil, blesse les yeux. (D'ailleurs trop de blancs différents qui se tuent les uns les autres.)

Voici Liline, avec son sourire inquiétant de Joconde sous ses ondulations dorées, et ses yeux glauques ; et cette jeune perche de « Maltide », couverte jusqu'aux reins d'une cascade de cheveux blé mûr ; la lignée des Vignale, cinq filles de huit à quatorze ans, toutes secouant des tignasses foisonnantes, comme teintes au henné — Jeannette, petite futée aux yeux malins, marchant sur deux tresses aussi longues qu'elle, blond foncé, pesantes comme de l'or sombre, — et tant, et tant d'autres ; et sous la lumière éclatante ces toisons flamboient.

Marie Belhomme arrive, appétissante dans sa robe crème, rubans bleus, drôlette sous sa couronne de bluets. Mais, bon Dieu, que ses mains sont grandes sous le chevreau blanc !

Enfin, voici Anaïs, et je soupire d'aise à la voir si mal coiffée, en plis cassants ; sa couronne de coquelicots pourpres trop près du front lui fait un teint de morte. Avec un touchant accord, Luce et moi nous accourons au-devant d'elle, nous éclatons en concert de compliments : « Ma chère, ce que tu es bien ! Tu sais, ma chère, décidément rien ne te va comme le rouge, c'est tout à fait réussi ! »

Un peu défiante d'abord, Anaïs se dilate de joie, et nous opérons une entrée triomphale dans la classe où les gamines, au complet maintenant, saluent d'une ovation le vivant drapeau tricolore.

Un religieux silence s'établit : nous regardons descendre ces demoiselles posément, marche à marche, suivies de deux ou trois pensionnaires chargées de légers drapeaux au bout de grandes lances dorées. Aimée, dame, je suis forcée de le reconnaître, on la mangerait toute vive, tant elle séduit dans sa robe blanche en mohair brillant (une jupe sans couture derrière, rien que cela !), coiffée de paille de riz et de gaze blanche. Petit monstre, va !

Et Mademoiselle la couve des yeux, moulée dans la robe noire, brodée de branches mauves, que je vous ai décrite. Elle, la mauvaise rousse, elle ne peut être jolie, mais sa robe la serre comme un gant, et l'on ne voit que des yeux qui scintillent sous les ondes ardentes coiffées d'un chapeau noir extrêmement chic.

— Où est le drapeau ? demande-t-elle tout de suite.

Le drapeau s'avance, modeste et content de soi.

— C'est bien ! c'est... très bien ! Venez ici, Claudine... je savais bien que vous seriez à votre avantage. Et maintenant, séduisez-moi ce ministre-là !

Elle examine rapidement tout son bataillon blanc, range une boucle ici, tire un ruban là, ferme la jupe de Luce, qui bâillait, renfonce dans le chignon d'Aimée une épingle glissante, et ayant tout scruté de son œil redoutable, saisit le faisceau des inscriptions variées : *Vive la France ! Vive la République ! Vive la Liberté ! Vive le Ministre !...* etc., en tout vingt drapeaux qu'elle distribue à Luce, aux Jaubert, à des élues qui s'empourprent d'orgueil et tiennent la hampe comme un cierge, enviées des simples mortelles qui enragent.

Nos trois bouquets noués de flots tricolores, on les tire précieusement de leur ouate comme des bijoux. Dutertre a bien employé l'argent des fonds secrets ; je reçois une botte de camélias blancs, Anaïs une de camélias rouges ; à Marie Belhomme échoit le gros bouquet de bluets larges et veloutés, — car la nature n'ayant point prévu les réceptions ministérielles a négligé de produire des camélias bleus. Les petites se poussent pour voir, et des bourrades s'échangent déjà, ainsi que des plaintes aigres.

— Assez ! crie Mademoiselle. Croyez-vous que j'aie le temps de faire la police ? Ici, le drapeau ! Marie à gauche, Anaïs à droite, Claudine au milieu, et marchez, descendez dans la cour un peu vite ! Il ferait beau voir que nous manquions l'arrivée du train ! Les porteuses d'oriflammes, suivez, quatre par quatre, les plus grandes en tête...

Nous descendons le perron, nous n'entendons plus, Luce et les plus grandes marchent derrière nous, les banderoles de leurs fanions claquent légèrement sur nos têtes ; suivies d'un piétinement de moutons nous passons sous l'arc de verdure... SOYEZ LES BIENVENUS !

Toute la foule qui nous attendait dehors, foule endimanchée, emballée, prête à crier « Vive n'importe quoi ! » pousse à notre vue un grand *Ah !* de feu d'artifice. Fières comme de petits paons, les yeux baissés, et crevant de vanité dans notre peau, nous marchons doucement, le bouquet dans nos mains croisées, foulant la jonchée qui abat la poussière ; c'est seulement au bout de quelques minutes que nous échangeons des regards de côté et des sourires enchantés, tout épanouies.

— On a du goût [1] ! soupire Marie en contemplant les allées vertes où nous passons lentement, entre deux haies de spectateurs béants, sous les voûtes du feuillage qui tamisent le soleil laissant filtrer un jour faux et charmant de sous-bois.

— Je te crois qu'on est bien ! On dirait que la fête est pour nous !

Anaïs ne souffle mot, trop absorbée dans sa dignité, trop occupée de chercher, parmi la foule qui s'écarte devant nous, les gars qu'elle connaît et qu'elle pense éblouir. Pas belle aujourd'hui, pourtant, dans tout ce blanc, — non, pas belle ! mais ses yeux minces pétillent d'orgueil quand même. Au carrefour du Marché, on nous crie : « Halte ! » Il faut nous laisser rejoindre par l'école des garçons, toute une file sombre qu'on a une peine infinie à maintenir en rangs réguliers, les gamins nous semblent aujourd'hui fort méprisables, hâlés et gauches dans leurs beaux habits ; leurs grosses mains pataudes lèvent des drapeaux.

Pendant la halte, nous nous sommes retournées toutes les trois, en dépit de notre importance : derrière nous, Luce et ses congénères s'appuient belliqueusement aux hampes de leurs fanions ; la petite rayonne de vanité et se tient droite comme Fanchette quand elle fait la belle ; elle rit tout bas de joie, incessamment ! Et jusqu'à perte de vue, sous les arceaux verts, robes bouffantes et chevelures gonflées, s'enfonce et se perd l'armée des Gauloises.

« En marche ! » Nous repartons, légères comme des roitelets, nous descendons la rue du Cloître et nous franchissons enfin cette muraille verte, faite d'ifs taillés aux ciseaux qui représente un château fort, et comme, sur la route, le soleil tape dur, on nous arrête dans l'ombre du petit bois d'acacias tout près de la ville ; nous attendrons là les voitures ministérielles. On se détend un peu.

— Ma couronne tient ? questionne Anaïs.

— Oui... juge toi-même.

Je lui passe une petite glace de poche, prudemment apportée, et nous vérifions l'équilibre de nos coiffures... La foule nous a suivies, mais, trop serrée dans le chemin, elle a éventré les haies qui la

---

1. On s'amuse : locution spéciale au Fresnois.

bordent et piétine les champs sans souci du regain. Les gars en délire portent des bottes de fleurs, des drapeaux, et aussi des bouteilles ! (Parfaitement, car je viens d'en voir un s'arrêter, renverser la tête et boire au goulot d'un litre.)

Les dames de la « Société » sont restées aux portes de la ville, assises qui sur l'herbe, qui sur des pliants, toutes sous des ombrelles. Elles attendront là, c'est plus distingué ; il ne sied pas de montrer trop d'empressement.

Là-bas flottent des drapeaux sur les toits rouges de la gare, vers où court la foule ; et son tumulte s'éloigne. Mademoiselle Sergent toute noire et son Aimée toute blanche, déjà essoufflées de nous surveiller et de trotter à côté de nous, en avant, en arrière, s'asseyent sur le talus, les jupes relevées par crainte de se verdir. Nous attendons debout, sans envie de parler, — je repasse dans ma tête le petit compliment un peu zozo, œuvre d'Antonin Rabastens, que je réciterai tout à l'heure :

Monsieur le Ministre,

Les enfants des écoles de Montigny, parés des fleurs de leur terre natale...

(Si jamais on a vu ici des champs de camélias, qu'on me le dise !)

... viennent à vous pleins de reconnaissance...

Poum !!! une fusillade qui éclate à la gare met debout nos institutrices.

Les cris du populaire nous arrivent en rumeur assourdie qui grandit tout de suite et se rapproche, avec un bruit confus de clameurs joyeuses, de piétinements multiples et de galopades de chevaux... Toutes tendues, nous guettons le détour de la route... Enfin, enfin, débouche l'avant-garde ; des gamins poussiéreux qui traînent des branches et braillent, puis des flots de gens, puis deux coupés qui miroitent au soleil, deux ou trois landaus d'où se lèvent des bras agitant des chapeaux... Nous n'avons plus que des yeux pour regarder... D'un trot ralenti les voitures se rapprochent, elles sont là, devant nous, avant que nous ayons eu le temps de nous reconnaître, quand s'ouvre à dix pas de nous la portière du premier coupé.

Un jeune homme en habit noir saute à terre et tend son bras sur lequel s'appuie le ministre de l'Agriculture. Pas distinguée pour deux sous, l'Excellence, malgré le mal qu'elle se donne pour nous paraître imposante. Même je le trouve un peu ridicule, ce rogue petit monsieur à ventre de bouvreuil, qui éponge son front quelconque, et ses yeux durs, et sa courte barbe roussâtre, car il dégoutte de sueur. Dame, il n'est pas vêtu de mousseline blanche, lui, et le drap noir sous ce soleil...

Une minute de silence curieux l'accueille, et tout de suite des cris extravagants de « Vive le Ministre ! Vive l'Agriculture ! Vive la République !... » M. Jean Dupuy remercie d'un geste étriqué, mais suffisant. Un gros monsieur, brodé d'argent, coiffé d'un bicorne, la main sur la poignée de nacre d'une petite épée, vient se placer à la gauche de l'illustre, un vieux général à barbiche blanche, haut et voûté, le flanque du côté droit. Et l'imposant trio s'avance, grave, escorté d'une troupe d'habits noirs, à cordons rouges, à brochettes, à Medjidiés. Entre des épaules et des têtes, je distingue la figure triomphante de cette canaille de Dutertre, acclamé par la foule qui le choie en tant qu'ami du Ministre, en tant que futur député.

Je cherche des yeux Mademoiselle, je lui demande du menton et des sourcils : « Faut-il y aller du petit speech ? » Elle me fait signe que oui, et j'entraîne mes deux acolytes. Un silence surprenant s'établit soudain ; — mon Dieu ! Comment vais-je oser parler devant tout ce monde ? Pourvu que le sale trac ne m'étrangle pas ! — D'abord, bien ensemble, nous plongeons dans nos jupes, en une belle révérence qui fait faire « fuiiiiii » à nos robes, et je commence, les oreilles tellement bourdonnantes que je ne m'entends pas :

Monsieur le Ministre,

Les enfants des écoles de Montigny, parés des fleurs de leur terre natale, viennent à vous, pleins de reconnaissance...

Et puis, je m'affermis tout de suite et je continue, détaillant la prose où Rabastens se porte garant de notre « inébranlable attachement aux institutions républicaines », aussi tranquille, maintenant, que si je récitais, en classe, *la Robe*, d'Eugène Manuel. D'ailleurs, le trio officiel ne m'écoute pas ; le Ministre songe qu'il meurt de soif, les deux autres grands personnages échangent tout bas des appréciations :

— Monsieur le Préfet, d'où sort donc ce petit portrait ?

— N'en sais rien, mon général, elle est gentille comme un cœur.

— Un petit primitif (lui aussi !) si elle ressemble à une fille du Fresnois, je veux qu'on me...

« Veuillez accepter ces fleurs du sol maternel ! »

terminai-je en tendant mon bouquet à Son Excellence.

Anaïs, pincée comme toutes les fois qu'elle vise à la distinction, passe le sien au Préfet, et Marie Belhomme, pourpre d'émoi, offre le sien au général.

Le Ministre bredouille une réponse où je saisis les mots de « République... sollicitude du gouvernement... confiance dans l'attachement » ; il m'agace. Puis il reste immobile, moi aussi ; tout le monde attend, quand Dutertre se penchant à son oreille lui souffle : « Faut l'embrasser, voyons ! »

Alors il m'embrasse, mais maladroitement (sa barbe rêche me pique). La fanfare du chef-lieu rugit la *Marseillaise* et, faisant volte-face, nous marchons vers la ville, suivies des porte-fanion ; le reste des écoles s'écarte pour nous laisser passer et, devançant le cortège majestueux, nous passons sous le « château fort », nous rentrons sous les voûtes de verdure ; on crie, autour de nous, d'une manière aiguë, forcenée, nous ne semblons vraiment rien entendre ! Droites et fleuries, c'est nous trois qu'on acclame, autant que le Ministre... Ah ! si j'avais de l'imagination, je nous verrais tout de suite les trois filles du roi, entrant avec leur père dans une « bonne ville » quelconque ; les gamines en blanc sont nos dames d'honneur, on nous mène au tournoi, où les preux chevaliers se disputeront l'honneur de... Pourvu que ces gars de malheur n'aient pas trop rempli d'huile les veilleuses de couleur, dès ce matin ! Avec les secousses que donnent aux mâts les gamins grimpés et hurlants, nous serions propres ! Nous ne nous parlons pas, nous n'avons rien à nous dire, assez occupées de cambrer nos tailles à l'usage des gens de Paris, et de pencher la tête dans le sens du vent, pour faire voler nos cheveux...

On arrive dans la cour des écoles, on fait halte, on se masse, la foule reflue de tous côtés, bat les murs et les escalade. Du bout des doigts, nous écartons assez froidement les camarades trop disposées à nous entourer, à nous noyer ; on échange d'aigres « Fais donc attention ! — Et toi, fais donc pas tant ta sucrée ! on t'a assez remarquée depuis ce matin ! » La grande Anaïs oppose aux moqueries un silence dédaigneux ; Marie Belhomme s'énerve, je me retiens tant que je peux d'ôter un de mes souliers découverts pour l'appliquer sur la figure de la plus rosse des Jaubert qui m'a sournoisement bousculée.

Le ministre, escorté du général, du préfet, d'un tas de conseillers, de secrétaires, de je ne sais pas bien quoi (je connais mal ce monde-là) qui fendent la foule, a gravi l'estrade et s'installe dans le beau fauteuil trop doré que le maire a tiré de son salon tout exprès. Maigre consolation pour le pauvre homme cloué chez lui par la goutte en ce jour inoubliable ! M. Jean Dupuy sue et s'éponge ; qu'est-ce qu'il ne donnerait pas pour être à demain ! Au fait, on le paye pour ça... Derrière lui, en demi-cercles concentriques, s'asseyent les conseillers généraux, le conseil municipal de Montigny... tous ces gens en nage, ça ne doit pas sentir très bon... Eh bien, et nous ? C'est fini, notre gloire ? On nous laisse là en bas, sans que personne nous offre seulement une chaise ? Trop fort ! « Venez, vous autres, on va s'asseoir. » Non sans peine, nous nous ouvrons un passage jusqu'à l'estrade, nous, le drapeau, et toutes les porte-fanion. Là, la tête levée, je hèle à demi-voix Dutertre qui bavarde, penché au dossier de M. le Préfet, tout au bord de l'estrade : « Monsieur ! Hé, Monsieur ! Monsieur Dutertre, voyons !... Docteur ! » Il entend cet appel-là mieux que les autres et se penche souriant, montrant ses crocs : « C'est toi ? Qu'est-ce que tu veux ? Mon cœur ? Je te le donne ! » Je pensais bien qu'il était déjà ivre.

— Non, Monsieur, j'aimerais bien mieux une chaise pour moi et d'autres pour mes camarades. On nous abandonne là toutes seules, avec les simples mortelles, c'est navrant.

— Ça crie justice, tout simplement ! Vous allez vous échelonner, assises sur les degrés, que les populations puissent au moins se rincer l'œil pendant que nous les embêterons avec nos discours. Montez toutes !

On ne se le fait pas répéter. Anaïs, Marie et moi nous grimpons les premières, avec Luce, les Jaubert, les autres porte-bannière derrière nous, embarrassées de leurs lances qui s'accrochent, s'enchevêtrent, et qu'elles tirent rageusement, les dents serrées et les yeux en dessous, parce qu'elles pensent que la foule s'amuse d'elles. Un homme — le sacristain — les prend en pitié et rassemble complaisamment les petits drapeaux qu'il emporte ; bien sûr, les robes blanches, les fleurs, les bannières, ont donné à ce brave homme l'illusion qu'il assistait à une Fête-Dieu un peu plus laïque et, obéissant à une longue habitude, il nous enlève nos cierges, je veux dire nos drapeaux, à la fin de la cérémonie.

Installées et trônantes, nous regardons la foule à nos pieds et les écoles devant nous, ces écoles aujourd'hui charmantes sous les rideaux de verdure, sous les fleurs, sous toute cette parure frissonnante qui dissimule leur aspect sec de casernes. Quant au vil peuple des camarades restées en bas debout, qui nous dévisage

envieusement, se pousse du coude, et rit jaune, nous le dédaignons.
Sur l'estrade, on remue des chaises, on tousse, et nous nous
détournons à demi pour voir l'orateur. C'est Dutertre qui, debout
au milieu, souple et agité, se prépare à parler, sans papier, les
mains vides. Un silence profond s'établit. On entend, comme à la
grand-messe, les pleurs aigus d'un mioche qui voudrait bien s'en
aller et, comme à la grand-messe, ça fait rire. Puis :

Monsieur le Ministre,

. . . .

Il ne parle pas plus de deux minutes ; son discours adroit et
brutal, plein de compliments grossiers, de rosseries subtiles (dont
je n'ai compris que le quart probablement) est terrible contre le
député et gentil pour tout le reste des humains ; pour son glorieux
Ministre et cher ami — ils ont dû faire de sales coups ensemble —
pour ses chers concitoyens, pour l'institutrice, « si indiscutablement
supérieure, Messieurs, que le nombre des brevets, des certificats
d'études obtenus par les élèves, me dispense de tout autre éloge »...
(Mademoiselle Sergent, assise en bas, modestement baisse la tête
sous son voile), pour nous-mêmes, ma foi : « fleurs portant des
fleurs, drapeau féminin, patriotique et séduisant ». Sous ce coup
inattendu, Marie Belhomme perd la tête et se cache les yeux de sa
main, Anaïs renouvelle de vains efforts pour rougir, et je ne peux
pas m'empêcher d'onduler sur mes reins. La foule nous regarde
et nous sourit, et Luce cligne vers moi...

...de la France et de la République !

Les applaudissements et les cris durent cinq minutes, violents à
faire *bzii* dans les oreilles ; pendant qu'on se calme, la grande Anaïs
me dit :

— Ma chère, tu vois Monmond ?
— Où donc ?... oui, je le vois. Eh bien, quoi ?
— Il regarde tout le temps la Joublin.
— Ça te donne des cors aux pieds ?
— Non, mais vrai ! Faut avoir de drôles de goûts ! Regarde-le
donc ! Il la fait monter sur un banc, et il la soutient ! Je parie qu'il
tâte si elle a les mollets fermes.
— Probable. Cette pauvre Jeannette, je ne sais pas si c'est

l'arrivée du ministre qui lui donne tant d'émotion ! Elle est rouge comme tes rubans, et elle tressaille...
— Ma vieille, sais-tu à qui Rabastens fait la cour ?
— Non.
— Regarde-le, tu le sauras.

De vrai, le beau sous-maître considère obstinément quelqu'un... Et ce quelqu'un, c'est mon incorrigible Claire, vêtue de bleu pâle, dont les beaux yeux un peu mélancoliques se tournent complaisamment vers l'irrésistible Antonin... Bon ! Encore une fois pincée, ma sœur de communion ! Sous peu, j'entendrai des récits romanesques de rencontres, de joies, d'abandons... Dieu, que j'ai faim !
— Tu n'as pas faim, Marie ?
— Si, un peu.
— Moi, je meurs d'inanition. Tu l'aimes, toi, la robe neuve de la modiste ?
— Non, je trouve que c'est criard. Elle croit que tant plus que ça se voit, tant plus que c'est beau. La mairesse a commandé la sienne à Paris, tu sais ?
— Ça lui fait une belle jambe ! Elle porte ça comme un chien habillé. L'horlogère met encore son corsage d'il y a deux ans.
— Tiens ! Elle veut faire une dot à sa fille, elle a raison, c'te femme !

Le petit père Jean Dupuy s'est levé et commence la réplique d'une voix sèche, avec un air d'importance tout à fait réjouissant. Heureusement, il ne parle pas longtemps. On applaudit, nous aussi, tant que nous pouvons. C'est amusant, toutes ces têtes qui s'agitent, toutes ces mains qui battent en l'air, à nos pieds, toutes ces bouches noires qui crient... Et quel joli soleil là-dessus ! un peu trop chaud...

Remuement de chaises sur l'estrade, tous ces messieurs se lèvent, on nous fait signe de descendre, on mène manger le ministre, allons déjeuner !

Difficilement, ballottées dans la foule qui se pousse en remous contraires, nous finissons par sortir de la cour, sur la place où la cohue se desserre un peu. Toutes les petites filles blanches s'en vont, seules ou avec les mamans très fières qui les attendaient ; nous trois, aussi, nous allons nous séparer.
— Tu t'es amusée ? demande Anaïs.
— Sûr ! Ça s'est très bien passé, c'était joli !
— Eh bien, moi, je trouve... Enfin, je croyais que ce serait plus drôle... Ça manquait un peu d'entrain, voilà !
— Tais-toi, tu me fais mal ! Je sais ce qui te manque, tu aurais

voulu chanter quelque chose, toute seule sur l'estrade. La fête t'aurait tout de suite paru plus gaie.

— Va toujours, tu ne m'offenses pas ; on sait ce que ces compliments valent dans ta bouche !

— Moi, confesse Marie, jamais je ne me suis tant amusée. Oh ! ce qu'il a dit pour nous... Je ne savais plus où me musser !... A quelle heure revenons-nous ?

— A deux heures précises. Ça veut dire deux heures et demie, tu comprends bien que le banquet ne sera pas fini avant. Adieu, à tout à l'heure.

A la maison, papa me demande avec intérêt :

— Il a bien parlé, Méline ?

— Méline ! Pourquoi pas Sully ? C'est Jean Dupuy, voyons, papa !

— Oui, oui.

Mais il trouve sa fille jolie et se complaît à la regarder.

Après avoir déjeuné, je me relisse, je redresse les marguerites de ma couronne, je secoue la poussière de ma jupe de mousseline et j'attends patiemment deux heures, résistant de mon mieux à une forte envie de siester. Qu'il fera chaud là-bas, grand Dieu ! Fanchette, ne touche pas à ma jupe, c'est de la mousseline. Non, je ne te prends pas de mouches, tu ne vois donc pas que je reçois le Ministre ?

Je ressors ; les rues bourdonnent déjà et sonnent du bruit des pas qui, tous, descendent vers les écoles. On me regarde beaucoup, ça ne me déplaît pas. Presque toutes mes camarades sont déjà là quand j'arrive ; figures rouges, jupes de mousseline déjà froissées et aplaties, ça n'a plus le neuf de ce matin. Luce s'étire et bâille ; elle a déjeuné trop vite, elle a sommeil, elle a trop chaud, elle « se sent pousser des griffes ». Anaïs, seule, reste la même, aussi pâle, aussi froide, sans mollesse et sans émoi.

Ces demoiselles descendent enfin. Mademoiselle Sergent, les joues cuites, gronde Aimée qui a taché le bas de sa jupe avec du jus de framboise ; la petite gâtée boude et remue les épaules, et se détourne sans vouloir voir la tendre prière des yeux de son amie. Luce guette tout cela, rage et se moque.

— Voyons, y êtes-vous toutes ? gronde Mademoiselle qui, comme toujours, fait éclater sur nos têtes innocentes ses rancunes personnelles. Tant pis, partons, je n'ai pas envie de faire le pied de... d'attendre une heure ici. En rangs, et plus vite que ça !

La belle avance ! Sur cette énorme estrade, nous piétinons longtemps, car le Ministre n'en finit pas de prendre son café et les accessoires. La foule moutonne en bas et nous regarde en riant, des faces suantes de gens qui ont beaucoup déjeuné... Ces dames ont apporté des pliants ; l'aubergiste de la rue du Cloître a posé des bancs qu'il loue deux sous la place ; les gars et les filles s'y empilent et s'y poussent ; tous ces gens-là, gris, grossiers et rieurs, attendent patiemment en échangeant de fortes gaillardises, qu'ils s'envoient à distance avec des rires formidables. De temps en temps une petite fille blanche se fraie un passage jusqu'aux degrés de l'estrade, grimpe, se fait bousculer et reléguer aux derniers rangs par Mademoiselle, crispée de ces retards et qui ronge son frein sous sa voilette, — enragée davantage à cause de la petite Aimée qui joue de ses longs cils et de ses beaux yeux pour un groupe de calicots, venus de Villeneuve à bicyclette.

Un grand « Ah ! » soulève la foule vers les portes de la salle du banquet qui viennent de s'ouvrir devant le ministre plus rouge, plus transpirant encore que ce matin, suivi de son escorte d'habits noirs. On s'écarte sur son passage avec déjà plus de familiarité, des sourires de connaissance ; il resterait ici trois jours que le garde champêtre lui taperait sur le ventre, en lui demandant un bureau de tabac pour sa bru qui a trois enfants, la pauv' fille, et pas de mari.

Mademoiselle nous masse sur le côté droit de l'estrade, car le ministre et ses comparses vont s'asseoir sur ce rang de sièges pour nous mieux entendre chanter. Ces messieurs s'installent ; Dutertre, couleur de cuir de Russie, rit et parle trop haut, ivre, comme par hasard. Mademoiselle nous menace tout bas de châtiments effroyables si nous chantons faux, et allons-y de l'*Hymne à la Nature* :

> *Déjà l'horizon se colore*
> *Des plus éclatantes lueurs ;*
> *Allons, debout ; voici l'aurore !*
> *Et le travail veut nos sueurs !*

(S'il ne se contente pas des sueurs du cortège officiel, le travail, c'est qu'il est exigeant.)

Les petites voix se perdent un peu en plein air ; je m'évertue à surveiller à la fois la « seconde » et la « troisième ». M. Jean Dupuy suit vaguement la mesure en dodelinant de la tête, il a sommeil, il rêve au *Petit Parisien.* Des applaudissements convaincus le réveillent ; il se lève, s'avance et compliment gauchement Mademoiselle Sergent qui devient aussitôt farouche, regarde à terre et rentre dans sa coquille... Drôle de femme !

On nous déloge, on nous remplace par les élèves de l'école des garçons, qui viennent braire un chœur imbécile :

Sursum corda ! Sursum corda !
Haut les cœurs ! que cette devise
Soit notre cri de ralliement.
Eloignons tout ce qui divise

Pour marcher au but sûrement !
Arrière le froid égoïsme
Qui, mieux que les traîtres vendus,
Etouffe le patriotisme..., etc., etc.

Après eux, la fanfare du chef-lieu « l'Amicale du Fresnois » vient tapager. C'est bien ennuyeux, tout ça ! Si je pouvais trouver un coin tranquille... Et puis, comme on ne s'occupe plus du tout de nous, ma foi, je m'en vais sans le dire à personne, je rentre à la maison, je me déshabille et je m'étends jusqu'au dîner. Tiens, je serai plus fraîche au bal, donc !

A neuf heures, je respire la fraîcheur qui tombe enfin, debout sur le perron. En haut de la rue, sous l'arc de triomphe, mûrissent les ballons de papier en gros fruits de couleur. J'attends, toute prête et gantée, un capuchon blanc sous le bras, l'éventail blanc aux doigts, Marie et Anaïs qui viendront me chercher... Des pas légers, des voix connues descendent la rue, ce sont elles... Je proteste :

— Vous n'êtes pas folles ! Partir à neuf heures et demie pour le bal ! Mais la salle ne sera pas seulement allumée, c'est ridicule !

— Ma chère, Mademoiselle a dit : « Ça commencera à huit heures et demie, dans ce pays ils sont ainsi, on ne peut pas les faire attendre, ils se précipitent au bal sitôt la bouche essuyée ! » Voilà ce qu'elle a dit.

— Raison de plus pour ne pas imiter les gars et les gobettes d'ici ! Si les « habits noirs » dansent ce soir, ils arriveront vers onze heures, comme à Paris, et nous serons déjà défraîchies de danser ! Venez un peu dans le jardin avec moi.

Elles me suivent à contrecœur dans les allées sombres où ma chatte Fanchette, comme nous en robe blanche, danse après les papillons de nuit, cabriolante et folle... Elle se méfie en entendant des voix étrangères et grimpe dans un sapin, d'où ses yeux nous suivent, comme deux petites lanternes vertes. D'ailleurs, Fanchette me méprise : l'examen, l'inauguration des écoles, — je ne suis plus jamais là, je ne lui prends plus de mouches, des quantités de mouches que j'enfilais en brochette sur une épingle à chapeau et qu'elle débrochait délicatement pour les manger, toussant parfois à cause d'une aile gênante arrêtée dans la gorge ; je ne lui donne plus que rarement du chocolat cru et des corps de papillons qu'elle adore, et il m'arrive d'oublier le soir de lui « faire sa chambre » entre deux Larousses. — Patience, Fanchette chérie ! J'aurai tout le temps de te tourmenter et de te faire sauter dans le cerceau, puisque, hélas ! je ne retournerai plus à l'Ecole...

Anaïs et Marie ne tiennent pas en place, ne me répondent que par des *oui* et *non* distraits, — les jambes leur fourmillent. Allons, partons donc puisqu'elles en ont tant envie ! « Mais vous verrez que ces demoiselles ne seront pas seulement descendues ! »

— Oh ! tu comprends, elles n'ont que le petit escalier intérieur à descendre pour se trouver dans la salle de bal ; elles jettent de temps en temps un coup d'œil par la petite porte, pour voir si c'est le vrai moment de faire leur entrée.

— Justement, si nous arrivons trop tôt, nous aurons l'air cruches, toutes seules avec trois chats et un veau dans cette grande salle !

— Oh ! que tu es ennuyeuse, Claudine ! Tiens, s'il n'y a pas de monde, nous monterons chercher les pensionnaires par le petit escalier et nous redescendrons quand les danseurs seront arrivés !

— Comme ça, je veux bien.

Et moi qui redoutais le désert de cette grande salle ! Elle est déjà plus qu'à demi pleine de couples qui tournoient aux sons d'un orchestre mixte (juché sur l'estrade enguirlandée dans le fond de la salle), un orchestre composé de Trouillard et d'autres violoneux, pistons et trombones locaux, mêlés à des parcelles de « l'Amicale du Fresnois », en casquettes galonnées. Tout ça souffle, racle et tape avec peu d'ensemble, mais énormément d'entrain.

Il faut nous frayer un passage à travers la haie des gens qui regardent et encombrent la porte d'entrée, ouverte à deux battants, car vous savez, le service d'ordre ici !... C'est là que s'échangent les remarques désobligeantes et les caquets sur les toilettes des jeunes filles, sur les appareillages fréquents des mêmes danseurs et danseuses :

— Ma chère, montrer sa peau comme ça ! c'est une petite catiche !
— Oui, et montrer quoi ? des os !
— Quatre fois, quatre fois qu'elle danse de suite avec Monmond !

Si j'étais que de sa mère, je te la « resouperais¹ », je te l'enverrais se coucher, moi !

— Ces messieurs de Paris, ça danse pas comme par ici.

— Ça, c'est vrai ! On dirait que ça a peur de se casser, si peu que ça se remue. A la bonne heure, les gars d'ici, ils se donnent du plaisir sans regarder à leur peine !

C'est la vérité, encore que Monmond, brillant danseur, se retienne de voltiger les jambes en X, « rapport à » la présence des gens de Paris. Beau cavalier, Monmond, et qu'on s'arrache ! Clerc de notaire, un visage de fille et des cheveux noirs bouclés, comment voulez-vous qu'on résiste ?

Nous opérons une entrée timide, entre deux figures de quadrille, et nous traversons posément la salle pour aller nous asseoir, trois petites filles bien sages, sur une banquette.

Je pensais bien, je voyais bien que ma toilette me seyait, que mes cheveux et ma couronne me faisaient une petite figure pas méprisable du tout, — mais les regards sournois, les physionomies soudainement figées des jeunes filles qui se reposent et s'éventent m'en rendent certaine et je me sens mieux à mon aise. Je peux examiner la salle sans crainte.

Les « habits noirs », ah ! ils ne sont pas nombreux ! Tout le cortège officiel a pris le train de six heures ; adieu ministre, général, préfet et leur suite. Il reste juste cinq ou six jeunes gens, secrétaires quelconques, gentils d'ailleurs et de bonne façon, qui debout dans un coin, paraissent s'amuser prodigieusement de ce bal comme, à coup sûr, ils n'en virent jamais. Le reste des danseurs ? Tous les gars et les jeunes gens de Montigny et des environs, deux ou trois en habit mal coupé, les autres en jaquette ; piètres accoutrements pour cette soirée qu'on a voulu faire croire officielle.

Comme danseuses, rien que des jeunes filles, car, en ce pays primitif, la femme cesse de danser sitôt mariée. Elles se sont mises en frais, ce soir, les jeunesses ! Robes de gaze bleue, de mousseline rose, qui font paraître tout noirs ces teints vigoureux de petites campagnardes, cheveux trop lisses et pas assez bouffants, gants de fil blanc, et, quoi que prétendent les commères de la porte, pas assez de décolletage ; les corsages s'arrêtent trop tôt, là où ça devient blanc, ferme et rebondi.

L'orchestre avertit les couples de se joindre et, dans les coups d'éventail des jupes qui nous frôlent les genoux, je vois passer ma sœur de communion Claire, alanguie et toute gentille, aux

---

1. *Resouper*, châtier, remettre dans le bon chemin.

bras du beau sous-maître Antonin Rabastens, qui valse avec furie, un œillet blanc à la boutonnière.

Ces demoiselles ne sont pas encore descendues (je surveille assidûment la petite porte de l'escalier dérobé par où elles apparaîtront) quand un monsieur, un des « habits noirs », s'incline devant moi. Je me laisse emmener ; il n'est pas déplaisant, trop grand pour moi, solide, et il valse bien, sans trop me serrer, en me regardant d'en haut d'un air amusé...

Comme je suis bête ! Je n'aurais dû songer qu'au plaisir de danser, à la joie pure d'être invitée avant Anaïs qui lorgne mon cavalier d'un œil d'envie... et, de cette valse-là, je ne retire que du chagrin, une tristesse, niaise peut-être, mais si aiguë que je retiens mes larmes à grand-peine... Pourquoi ? Ah ! parce que... — non, je ne peux pas être sincère absolument, jusqu'au bout, je peux seulement indiquer... — je me sens l'âme tout endolorie, parce que, moi qui n'aime guère danser, j'aimerais danser avec quelqu'un que j'adorerais de tout mon cœur, parce que j'aurais voulu avoir là ce quelqu'un, pour me détendre à lui dire tout ce que je ne confie qu'à Fanchette ou à mon oreiller (et même pas à mon journal), parce que ce quelqu'un-là me manque follement, et que j'en suis humiliée, et que je ne me livrerai qu'au quelqu'un que j'aimerai et que je connaîtrai tout à fait, — des rêves qui ne se réaliseront jamais, quoi !

Mon grand valseur ne manque pas de me demander :

— Vous aimez la danse, Mademoiselle ?

— Non, Monsieur.

— Mais alors... pourquoi dansez-vous ?

— Parce que j'aime encore mieux ça que rien.

Deux tours en silence, et puis il reprend :

— Est-ce qu'on peut constater que vos deux compagnes vous servent admirablement de repoussoirs ?

— Oh ! mon Dieu, oui, on peut. Marie est pourtant assez gentille.

— Vous dites ?

— Je dis que celle en bleu n'est pas laide.

— Je... ne goûte pas beaucoup de genre de beauté... Me permettez-vous de vous inviter dès maintenant pour la prochaine valse ?

— Je veux bien.

— Vous n'avez pas de carnet ?

— Ça ne fait rien ; je connais tout le monde ici, je n'oublierai pas.

Il me ramène à ma place et n'a pas plutôt tourné le dos qu'Anaïs me complimente par un « Ma chère ! » des plus pincés.

— Oui, c'est vrai qu'il est gentil, n'est-ce pas ? Et puis il est amusant à entendre parler, si tu savais !

— Oh ! on sait que tu as toutes les veines aujourd'hui ! Moi, je suis invitée pour la prochaine, par Féfed.

— Et moi, dit Marie qui rayonne, par Monmond ! Ah ! voilà Mademoiselle !

En effet, voilà même Mesdemoiselles. Dans la petite porte du fond de la salle elles s'encadrent tour à tour : d'abord la petite Aimée qui a mis seulement un corsage de soirée tout blanc, tout vaporeux, d'où sortent des épaules délicates et potelées, des bras fins et ronds, dans les cheveux, près de l'oreille, des roses blanches et jaunes avivent encore les yeux dorés — qui n'avaient pas besoin d'elles pour briller !

Mademoiselle Sergent, toujours en noir, mais pailletée, très peu décolletée sur une chair ambrée et solide, les cheveux mousseux faisant ombre ardente sur la figure disgraciée et laissant luire les yeux, n'est pas mal du tout. Derrière elle, serpente la file des pensionnaires, blanches, en robes montantes, quelconques ; Luce accourt vers moi me raconter qu'elle s'est décolletée, « en rentrant le haut de son corsage » malgré l'opposition de sa sœur. Elle a bien fait. Presque en même temps, Dutertre entre par la grande porte, rouge, excité et parlant trop haut.

A cause des bruits qui circulent en ville, on surveille beaucoup, dans la salle, ces entrées simultanées du futur député et de sa protégée. Ça ne fait pas un pli : Dutertre va droit à mademoiselle Sergent, la salue, et, comme l'orchestre commence une polka, il l'entraîne hardiment avec lui. Elle, rouge, les yeux demi-clos, ne dit mot et danse, gracieusement, ma foi ! Les couples se reforment et l'attention se détourne.

La Directrice reconduite à sa place, le délégué cantonal vient à moi, — attention flatteuse, très remarquée. Il mazurke violemment, sans valser, mais en tournant trop, en me serrant trop, en me parlant trop dans les cheveux :

— Tu es jolie comme les amours !

— D'abord, Docteur, pourquoi me tutoyez-vous ? Je suis assez grande.

— Non, je vais me gêner ! Voyez-moi cette grande personne !... Oh ! tes cheveux et cette couronne ! J'aimerais tant te l'enlever !

— Je vous jure que ce n'est pas vous qui me l'enlèverez.

— Tais-toi, ou je t'embrasse devant tout le monde !

— Ça n'étonnerait personne, on vous en a vu faire tant d'autres...
— C'est vrai. Mais pourquoi ne viens-tu pas me voir ? Ce n'est que la peur qui te retient, tu as des yeux de vice !... Va, va, je te rattraperai quelque jour ; ne ris pas, tu me fâcherais à la fin !
— Bah ! Ne vous faites pas si méchant, je ne vous crois pas.

Il rit en montrant les dents, et je pense en moi-même : « Cause toujours : l'hiver prochain, je serai à Paris, et tu ne m'y rencontreras guère ! »

Après moi, il s'en va tourner avec la petite Aimée, tandis que Monmond, en jaquette d'alpaga, m'invite. Je ne refuse pas, ma foi non ! Pourvu qu'ils aient des gants, je danse très volontiers avec les gars du pays (ceux que je connais bien), qui sont gentils avec moi, à leur façon. Et puis je redanse avec mon grand « habit noir » de la première valse, jusqu'au moment où je souffle un peu pendant un quadrille, pour ne pas devenir rouge et aussi parce que le quadrille me paraît ridicule. Claire me rejoint et s'assied, douce et languissante, attendrie ce soir d'une mélancolie qui lui sied. Je l'interroge :

— Dis donc, on parle beaucoup de toi, à propos des assiduités du beau sous-maître ?
— Oh ! tu crois ?... On ne peut rien dire, puisqu'il n'y a rien.
— Voyons ! tu ne prétends pas faire des cachotteries avec moi ?
— Dieu non ! mais c'est la vérité qu'il n'y a rien... Tiens, nous nous sommes rencontrés deux fois, celle-ci, c'est la troisième, il parle d'une façon... captivante ! Et tout à l'heure il m'a demandé si je me promenais parfois le soir du côté de la Sapinière.
— On sait ce que ça veut dire. Tu vas répondre quoi ?

Elle sourit sans parler, d'un air hésitant et convoiteur. Elle ira. C'est drôle, ces petites filles ! En voilà une qui, depuis l'âge de quatorze ans, jolie et douce, sentimentale et docile, se fait lâcher successivement par une demi-douzaine d'amoureux. Elle ne sait pas s'y prendre. Il est vrai que je ne saurais guère m'y prendre non plus, moi qui construis de si beaux raisonnements...

Un vague étourdissement me gagne, de tourner, et surtout de voir tourner. Presque tous les habits noirs sont partis, mais Dutertre qui tourbillonne avec emportement, danse avec toutes celles qu'il trouve gentilles, ou seulement très jeunes. Il les entraîne, les roule, les pétrit et les laisse ahuries, mais extrêmement flattées. A partir de minuit, le bal devient de minute en minute plus familier ; les « étrangers » partis, on se retrouve entre amis, le public de la guinguette à Trouillard, les jours de fête, — seulement on est plus à l'aise dans cette grande salle gaiement décorée, et le lustre éclaire mieux que les trois lampes à pétrole du cabaret. La présence du docteur Dutertre n'est pas pour intimider les gars, bien au contraire, et déjà Monmond ne contraint plus ses pieds à glisser sur le parquet. Ils volent, ses pieds, ils surgissent au-dessus des têtes, ou s'éloignent follement l'un de l'autre, en « grands écarts » prodigieux. Les filles l'admirent et pouffent dans leurs mouchoirs parfumés d'eau de Cologne à bon marché. « Ma chère, qu'il est tordant ! Il n'y en a pas un pareil ! »

Tout d'un coup, cet enragé passe, avec une brutalité de cyclone, emportant sa danseuse comme un paquet, car il a parié « un siau de vin blanc », payable au buffet installé dans la cour, qu'il « ferait » la longueur de la salle en six pas de galop ; on s'attroupe, on l'admire. Monmond a gagné, mais sa danseuse — Fifine Baille, une petite traînée qui porte en ville du lait et tout ce qu'on veut — le quitte furieuse, et l'injurie.

— Espèce de grande armelle[1] ! t'aurais pu aussi ben bréger ma robe ! Reviens m'inviter, je te resouperai !

L'assistance se tord, et les gars profitent du rassemblement pour pincer, chatouiller et caresser ce qu'ils trouvent à portée de la main. On devient trop gai, je vais bientôt aller me coucher. La grande Anaïs, qui a pu enfin conquérir un « habit noir » retardataire, se promène avec lui dans la salle, s'évente, rit haut en roucoulant, ravie de voir le bal s'animer et les gars s'exciter ; il y en aura au moins un qui l'embrassera dans le cou, ou ailleurs !

Où a bien pu passer Dutertre ? Mademoiselle a fini par acculer sa petite Aimée dans un coin et lui fait une scène de jalousie, redevenue, en quittant son beau délégué cantonal, impérieuse et tendre ; l'autre écoute en secouant les épaules, les yeux au loin et le front têtu. Quant à Luce, elle danse éperdument, — « je n'en manque pas une » — passant de bras en bras sans s'essouffler ; les gars ne la trouvent pas jolie, mais quand ils l'ont invitée une fois, ils y reviennent tant ils la sentent souple, petite, et blottie et légère comme un flocon.

Mademoiselle Sergent a disparu, à présent, peut-être vexée de voir sa favorite valser, malgré ses objurgations, avec un grand faraud blond qui la serre, qui l'effleure de ses moustaches et de ses lèvres, sans qu'elle bronche. Il est une heure, je ne m'amuse plus guère et je vais aller me coucher. Pendant l'interruption d'une polka (ici, la polka se danse en deux parties, entre lesquelles les couples se promènent à la queue leu leu autour de la salle, bras

---

1. Invective intraduisible.

sur bras) j'arrête Luce au passage et la force à s'asseoir une minute :
— Tu n'en es pas fatiguée, de ce métier-là ?
— Tais-toi ! Je danserais pendant huit jours ! Je ne sens pas mes jambes...
— Alors, tu t'amuses bien ?
— Est-ce que je sais ? Je ne pense à rien, j'ai la tête engourdie, c'est tellement bon ! Pourtant j'aime bien quand ils me serrent... Quand ils me serrent et qu'on valse bien, ça donne envie de crier !

Qu'est-ce qu'on entend tout à coup ? Des piétinements, des piaillements de femme qu'on gifle, des injures criées... Est-ce que les gars se battent ? Mais non, ça vient de là-haut, ma parole ! Les cris deviennent tout de suite si aigus que la promenade des couples s'arrête ; on s'inquiète, et une bonne âme, le brave et ridicule Antonin Rabastens, se précipite à la porte de l'escalier intérieur, l'ouvre... le tumulte croît, je reconnais avec stupeur la voix de la mère Sergent, cette voix criarde de vieille paysanne qui hurle des choses épouvantables. Tous écoutent, figés sur place, dans un absolu silence, les yeux fixés sur cette petite porte d'où sort tant de bruit.

— Ah ! garce de fille ! tu ne l'as pas volé ! Hein, j'y ai t'y cassé mon manche à balai sur le dos, à ton cochon de médecin ! Hein, je te l'ai t'y flanquée c'te fessée ! Ah ! il y avait longtemps que je flairais quelque chose ! Non, non, ma belle, je ne me tairai pas, je m'en fiche, moi, des gens du bal ! Qu'ils entendent donc, ils entendront quelque chose de propre ! Demain matin, non, pas demain, tout de suite, je fais mon ballot, je ne couche pas dans une maison pareille, moi ! Saleté, t'as profité de ce qu'il était saoul, hors d'état *(sic)* pour le mettre dans ton lit, ce fumellier-là [1] ! c'est donc ça que ton traitement avait raugmenté, chienne en folie ! Si je t'avais fait tirer les vaches comme j'ai fait, t'en serais pas là ! Mais t'en porteras la peine, je le crierai partout, je veux qu'on te montre dans les rues, je veux qu'on rie de toi ! Il ne peut rien me faire ton salaud de délégué cantonal malgré qu'il tutoie le minisse, j'y ai fichu une frottée qu'il s'en est sauvé, il a peur de moi ! Ça vient faire des cochonneries ici, dans une chambre que je borde le lit tous les matins, et ça s'enferme même pas ! Ça se sauve moitié en chemise, nu-pieds, que ses sales bottines y sont encore ! Tiens, v'là ses bottines, qu'on les voie donc !

On entend les chaussures jetées dans l'escalier, rebondissantes ;

---

1. Coureur « de fumelles ».

une retombe jusqu'en bas, sur le seuil, dans la lumière, une bottine vernie, toute luisante et fine... Personne n'ose y toucher. La voix exaspérée diminue, s'éloigne au long des corridors, dans les claquements des portes, s'éteint ; on se regarde alors, chacun n'en croyant pas ses oreilles. Les couples encore unis demeurent perplexes, aux aguets, et peu à peu des rires sournois se dessinent sur les bouches narquoises, courent en goguenardant jusque sur l'estrade où les musiciens se font du bon sang, tout comme les autres.

Je cherche des yeux Aimée, je la vois pâle comme son corsage, les yeux agrandis, fixés sur la bottine, point de mire de tous les regards. Un jeune homme s'approche charitablement d'elle, lui offrant de sortir un peu pour se remettre... Elle promène autour d'elle des regards affolés, éclate en sanglots et se jette dehors en courant. (Pleure, pleure, ma fille, ces moments pénibles te feront trouver les heures de joie plus douces.) Après cette fuite, on ne se gêne plus pour s'amuser de meilleur cœur, échanger des coups de coude, des « T'as-t'y ben vu ça ! »

J'entends alors près de moi un fou rire, un rire perçant, suffocant, vainement étouffé dans un mouchoir, c'est Luce qui se tord sur une banquette, pliée en deux, pleurant de joie, et, sur la figure, une telle expression de bonheur sans ombre, que le rire me gagne, moi aussi.

— Tu n'es pas folle, Luce, de rire comme ça ?

— Ah ! Ah !... oh ! laisse-moi... c'est trop bon... ah ! je n'aurais jamais osé espérer ça ! ah ! ah ! je peux partir, j'ai *du goût* pour longtemps... Dieu que ça fait du bien !...

Je l'emmène dans un coin pour la calmer un peu. Dans la salle, on bavarde ferme, et personne ne danse plus... Quel scandale, le matin venu !... Mais un violon lance une note égarée, les cornets à piston et les trombones le suivent, un couple esquisse timidement un pas de polka, deux couples l'imitent, puis tous ; quelqu'un ferme la petite porte pour cacher la scandaleuse bottine, et le bal recommence, plus joyeux, plus échevelé d'avoir assisté à un spectacle tellement drôle, tellement inattendu ! Moi, je vais me coucher, pleinement heureuse de couronner par cette nuit mémorable mes années scolaires.

Adieu, la classe ; adieu, Mademoiselle et son amie ! adieu, féline petite Luce et méchante Anaïs ! Je vais vous quitter pour entrer dans le monde ; — ça m'étonnera bien si je m'y amuse autant qu'à l'Ecole.

Claudine à Paris

Aujourd'hui, je recommence à tenir mon journal forcément interrompu pendant ma maladie, ma grosse maladie, — car je crois vraiment que j'ai été très malade !

Je ne me sens pas encore trop solide à présent, mais la période de fièvre et de grand désespoir m'a l'air passée. Bien sûr, je ne conçois pas que des gens vivent à Paris pour leur plaisir, sans qu'on les y force, non, mais je commence à comprendre qu'on puisse s'intéresser à ce qui se passe dans ces grandes boîtes à six étages.

Il va falloir, pour l'honneur de mes cahiers, que je raconte pourquoi je me trouve à Paris, pourquoi j'ai quitté Montigny, l'Ecole si chère et si fantaisiste où mademoiselle Sergent, insoucieuse des qu'en-dira-t-on, continue à chérir sa petite Aimée pendant que les élèves font les quatre cents coups, pourquoi papa a quitté ses limaces, tout ça, tout ça !... Je serai bien fatiguée quand j'aurai fini ! Parce que, vous savez, je suis plus maigre que l'année dernière, et un peu plus longue ; malgré mes dix-sept ans, échus depuis avant-hier, c'est tout juste si j'en parais seize. Voyons que je me regarde dans la glace. Oh, oui !

Menton pointu, tu es gentil, mais n'exagère pas, je t'en supplie, ta pointe. Yeux noisette, vous persévérez à être noisette, et je ne saurais vous en blâmer ; mais ne vous reculez pas sous mes sourcils avec cet excès de modestie. Ma bouche, vous êtes toujours ma bouche, mais si blême, que je ne résiste pas à frotter sur ces lèvres courtes et pâlottes les pétales arrachés au géranium rouge de la fenêtre. (Ça fait, d'ailleurs, un sale ton violacé que je mange tout de suite.) O vous, mes pauvres oreilles ! Petites oreilles blanches et anémiques, je vous cache sous les cheveux en boucles, et je vous regarde de temps en temps à la dérobée, et je vous pince pour vous faire rougir. Mais ce sont mes cheveux, surtout ! Je ne peux pas y toucher sans avoir envie de pleurer... On me les a coupés, coupés sous l'oreille, mes copeaux châtain roussi, mes beaux copeaux bien roulés ! Pardi, les dix centimètres qui m'en restent font tout ce qu'ils peuvent, et bouclent, et gonflent et se dépêcheront de grandir, mais je suis si triste tous les matins, quand je fais involontairement le geste de relever ma toison, avant de me savonner le cou.

Papa à la belle barbe, je t'en veux presque autant qu'à moi-même. On n'a pas idée d'un père comme celui-là ! Ecoutez plutôt.

Son grand traité sur la *Malacologie du Fresnois* presque terminé, papa envoya une grosse partie de son manuscrit chez l'éditeur Masson, à Paris, et fut dévoré dès ce jour d'une épouvantable fièvre d'impatience. Comment ! Ses « placards » corrigés, expédiés boulevard Saint-Germain le matin (huit heures de chemin de fer) n'étaient pas de retour à Montigny le soir même ? Ah ! le facteur Doussine en entendit de raides. « Sale bonapartiste de facteur qui ne m'apporte pas d'épreuves ! Il est cocu, il ne l'a pas volé ! » Et les typographes, ah, la la ! Les menaces de scalp à ces faiseurs de « coquilles » scandaleuses, les anathèmes sur ce « gibier de Sodome » ronflaient toute la journée. Fanchette, ma belle chatte, qui est une personne bien, levait des sourcils indignés. Novembre était pluvieux, et les limaces, délaissées, crevaient l'une après l'autre. Si bien qu'un soir, papa, une main dans sa barbe tricolore, me déclara : « Mon bouquin ne marche pas du tout ; les imprimeurs se fichent de moi ; le plus raisonnable *(sic)* serait d'aller nous installer à Paris. » Cette proposition me bouleversa. Tant de simplicité, unie à tant de démence, m'exaltèrent, et je ne demandai que huit jours pour réfléchir. « Dépêche-toi, ajouta papa, j'ai quelqu'un pour notre maison, Machin veut la louer. » O la duplicité des pères les plus ingénus ! Celui-ci avait déjà tout arrangé en sous-main, et je n'avais pas pressenti la menace de ce départ !

Deux jours après, à l'Ecole, où, sur le conseil de Mademoiselle, je songeais vaguement à préparer mon brevet supérieur, la grande Anaïs s'affirma plus teigne encore que d'habitude ; je n'y tins plus et je lui dis en haussant les épaules : « Va, va, ma vieille, tu ne m'élugeras[1] plus longtemps, je vais habiter Paris dans un mois. » La stupéfaction qu'elle n'eut pas le temps de déguiser me jeta dans une extrême joie. Elle courut à Luce : « Luce ! Tu vas perdre ta grande amie ! Ma chère, tu pleureras du sang quand Claudine partira pour Paris. Vite, coupe-toi une mèche de cheveux, échangez vos derniers serments, vous n'avez que juste le temps ! » Luce,

---

1. Embêter, en patois, du Fresnois.

médusée, écarta ses doigts en feuille de palmier, ouvrit tout grands ses yeux verts et paresseux, et, sans pudeur, fondit en larmes bruyantes. Elle m'agaçait. « Pardié oui, je m'en vais ! Et je ne vous regretterai guère, toutes ! »

A la maison, décidée, je dis à papa le « oui » solennel. Il peigna sa barbe avec satisfaction et prononça :

— Pradeyron est déjà en train de nous chercher un appartement. Où ? Je n'en sais rien. Pourvu que j'aie de la place pour mes bouquins, je me fous du quartier. Et toi ?

— Moi aussi, je m'en... ça m'est égal.

Je n'en savais rien du tout, en réalité. Comment voulez-vous qu'une Claudine, qui n'a jamais quitté la grande maison et le cher jardin de Montigny, sache ce qu'il lui faut à Paris, et quel quartier on doit choisir ? Fanchette non plus n'en sait rien. Mais je devins agitée, et, comme dans toutes les grandes circonstances de ma vie, je me mis à errer pendant que papa soudainement pratique, — non, je vais trop loin, — soudainement actif, s'occupait, à grand fracas, des emballages.

J'aimai mieux, pour cent raisons, fuir dans les bois et ne point écouter les plaintes rageuses de Mélie.

Mélie est blonde, paresseuse et fanée. Elle a été fort jolie. Elle fait la cuisine, m'apporte de l'eau et soustrait les fruits de notre jardin, pour les donner à de vagues « connaissances ». Mais papa assure qu'elle m'a nourrie, jadis, avec un lait « superbe » et qu'elle continue à m'aimer bien. Elle chante beaucoup, elle garde en sa mémoire un recueil varié de chansons grivoises, voire obscènes, dont j'ai retenu un certain nombre. (Et on dit que je ne cultive pas les arts d'agrément !) Il y en a une très jolie :

> *Il a bu cinq ou six coups*
> *Sans vouloir reprendre haleine,*
> *Trou la la...*
> *Et comm' c'était de son goût*
> *Il n'épargnait pas sa peine,*
> *Trou la la...* etc., etc.

Mélie choye avec tendresse mes défauts et mes vertus. Elle constate avec exaltation que je suis « gente », que j'ai « un beau corps » et conclut : « C'est dommage que t'ayes pas un galant. » Ce besoin ingénu et désintéressé de susciter et de satisfaire d'amoureux desseins, Mélie l'étend sur toute la nature. Au printemps, quand Fanchette miaule, roucoule et se traîne sur le dos dans les allées, Mélie appelle complaisamment les matous, et les attire au moyen d'assiettes remplies de viande crue. Puis elle contemple attendrie, les idylles qui en résultent, et, debout dans le jardin, en tablier sale, elle laisse « attacher » le... derrière du veau ou le lièvre en salmis, songeuse, en soupesant dans ses paumes ses seins sans corset, d'un geste fréquent qui a le don de m'agacer. Malgré moi, ça me dégoûte vaguement de songer que je les ai tétés.

Tout de même, si je n'étais qu'une petite niaise et non une fille bien sage, Mélie, obligeante, ferait tout le nécessaire pour que je faute. Mais je ris seulement d'elle, quand elle me parle d'un amoureux, — ah ! non, par exemple, — et je la bourre, et je lui dis : « Va donc porter ça à Anaïs, tu seras mieux reçue qu'ici. »

Mélie a juré, sur le sang de sa mère, qu'elle ne viendrait pas à Paris. Je lui ai répondu : « Je m'en fiche. » Alors elle a commencé ses préparatifs, en prophétisant mille effroyables catastrophes.

J'errai donc dans les chemins pattés[1], dans les bois rouillés, parfumés de champignons et de mousses mouillées, récoltant des girolles jaunes, amies des sauces crémeuses et du veau à la casserole. Et peu à peu, je compris que cette installation à Paris sentait la folie de trop près. Peut-être qu'en suppliant papa, ou plutôt en l'intimidant ? Mais que dirait Anaïs ? Et Luce qui pourrait croire que je reste à cause d'elle ? Non. Zut ! Il sera bien temps d'aviser, si je me trouve trop mal là-bas.

Un jour, à la lisière du bois des Vallées, comme je regardais au-dessous de moi, et les bois, les bois qui sont ce que j'aime le plus au monde, et les prés jaunes, et les champs labourés, leur terre fraîche presque rose, et la tour sarrasine, au-dessus, qui baisse tous les ans, je vis nettement, si clairement la bêtise, le malheur de partir, que je faillis courir et dévaler jusqu'à la maison, pour supplier, pour ordonner qu'on déclouât les caisses de livres et qu'on désentortillât les pieds des fauteuils.

Pourquoi ne l'ai-je pas fait ? Pourquoi suis-je restée là, toute vide, avec mes mains froides sous ma capeline rouge ? Les châtaignes tombaient sur moi dans leur coque et me piquaient un peu la tête, comme des pelotons de laine où l'on a oublié des aiguilles à repriser...

J'abrège. Adieux à l'Ecole ; froids adieux à la Directrice (étonnante, Mademoiselle ! Sa petite Aimée dans ses jupes, elle me dit

---

1. Boueux.

« au revoir » comme si je devais rentrer le soir même) ; adieux narquois d'Anaïs : « Je ne te souhaite pas bonne chance, ma chère, la chance te suit partout, tu ne daigneras sans doute m'écrire que pour m'annoncer ton mariage » ; adieux angoissés et sanglotants de Luce, qui m'a confectionné une petite bourse en filet de soie jaune et noir, d'un mauvais goût parfait, et qui me donne encore une mèche de ses cheveux dans un étui à aiguilles en bois de Spa. Elle a fait « empicasser » ces souvenirs pour que je ne les perde jamais.

(Pour ceux qui ignorent le sortilège d'empicassement, voici : Vous posez à terre l'objet o à empicasser, vous l'enfermez entre deux parenthèses dont les bouts rejoints (Xo) se croisent et où vous inscrivez, à gauche de l'objet, un X. Après ça, vous pouvez être tranquille, l'empicassement est infaillible. On peut aussi cracher sur l'objet, mais ce n'est pas absolument indispensable.)

La pauvre Luce m'a dit : « Va, tu ne crois pas que je serai malheureuse. Mais tu verras, tu verras ce que je suis capable de faire. J'en ai assez, tu sais, de ma sœur et de sa Mademoiselle. Il n'y avait que toi ici, je *n'avais du goût* qu'à cause de toi. Tu verras ! » J'ai embrassé beaucoup la désolée, sur ses joues élastiques, sur ses cils mouillés, sur sa nuque blanche et brune, j'ai embrassé ses fossettes et son irrégulier petit nez trop court. Elle n'avait jamais eu de moi autant de caresses et le désespoir de la pauvre gobette a redoublé. J'aurais pu, pendant un an, la rendre peut-être très heureuse. (Il ne t'en aurait pas coûté tant que ça, Claudine, je te connais !) Mais je ne me repens guère de ne pas l'avoir fait.

L'horreur physique de voir déplacer les meubles et emballer mes petites habitudes me rendit frileuse et mauvaise comme un chat sous la pluie. D'assister au départ de mon petit bureau d'acajou taché d'encre, de mon étroit lit bateau en noyer et du vieux buffet normand qui me sert d'armoire à linge, je faillis avoir une crise de nerfs. Papa, plus faraud que jamais, déambulait au milieu du désastre, et chantait : « Les Anglais pleins d'arrogance, Sont venus assiéger Lorient. Et les Bas-Bretons... » (on ne peut pas citer le reste, malheureusement). Je ne l'ai jamais détesté comme ce jour-là.

Au dernier moment, je crus perdre Fanchette, qui, autant que moi horrifiée, avait piqué une fuite éperdue dans le jardin, et s'était réfugiée dans la soupente à charbon. J'eus mille peines à la capturer pour l'enfermer dans un panier de voyage, crachante et noire, jurant comme un diable. Elle n'admet, en fait de paniers, que celui à viande.

Le voyage, l'arrivée, le commencement de l'installation se perdent dans une brume de détresse. L'appartement sombre, entre deux cours, de cette rue Jacob triste et pauvre, me laissa dans une torpeur navrée. Sans bouger, je vis arriver, une à une, les caisses de livres, puis les meubles dépaysés ; je vis papa, excité et remuant, clouer des rayons, pousser son bureau de coin en coin, se gaudir à voix haute de la situation de l'appartement : « A deux pas de la Sorbonne, tout près de la Société de géographie, et la bibliothèque Sainte-Geneviève à la portée de la main ! », j'entendis Mélie geindre sur la petitesse de sa cuisine — qui est pourtant, de l'autre côté du palier, une des plus belles pièces de l'appartement — et je souffris qu'elle nous servît, sous l'excuse de l'emménagement incomplet et difficile, des mangeailles... incomplètes et difficiles à ingérer. Une seule idée me rongeait : « Comment, c'est moi qui suis ici, c'est moi qui ai laissé s'accomplir cette folie ? » Je refusai de sortir, je refusai obstinément de m'occuper de quoi que ce fût d'utile, j'errai d'une chambre à l'autre, la gorge rétrécie et l'appétit absent. Je pris, au bout de dix jours, une si étrange mine, que papa lui-même s'en aperçut et s'affola tout de suite, car il fait toutes choses à fond et sans mesure. Il m'assit sur ses genoux, contre sa grande barbe tricolore, me berça dans ses mains noueuses qui sentaient le sapin à force d'installer des rayons... Je ne dis rien, je serrai les dents, car je lui gardais une farouche rancune... Et puis, mes nerfs tendus cédèrent dans une belle crise, et Mélie me coucha, toute brûlante.

Après ça, il se passa beaucoup de temps. Quelque chose comme une fièvre cérébrale avec des allures de typhoïde. Je ne crois pas avoir beaucoup déliré, mais j'étais tombée dans une nuit lamentable et je ne sentais plus que ma tête, qui me faisait si mal ! Je me souviens d'avoir, pendant des heures, couchée sur le côté gauche, suivi du bout de mon doigt, contre le mur, les contours d'un des fruits fantastiques imprimés sur mes rideaux ; une espèce de pomme avec des yeux. Il suffit encore à présent que je la regarde pour voguer tout de suite dans un monde de cauchemars et de songes tourbillonnants où il y a de tout : Mademoiselle, et Aimée, et Luce, un mur qui va tomber sur moi, la méchante Anaïs, et Fanchette qui devient grosse comme un âne et s'assied sur ma poitrine. Je me souviens aussi que papa se penchait sur moi, sa barbe et sa figure me semblaient énormes, et je le poussais avec mes deux bras faibles, et je retirais mes mains tout de suite parce que le drap de son pardessus me semblait si rude et si pénible à toucher ! Je me souviens enfin d'un médecin doux, un petit blond avec une voix de femme et des mains froides qui me faisaient frémir partout.

Pendant deux mois on n'a pas pu me peigner, et, comme le feutrage de mes boucles me faisait souffrir quand je roulais ma tête sur l'oreiller, Mélie m'a coupé les cheveux, avec des ciseaux, tout contre la tête, comme elle a pu, en escaliers ! Mon Dieu, quelle chance que la grande Anaïs ne me voie pas ainsi garçonnisée, elle qui jalousait tant mes boucles châtaines et me les tirait sournoisement pendant la récréation !

J'ai repris goût à la vie, petit à petit. Je me suis aperçue un matin, quand on a pu m'asseoir sur mon lit, que le soleil levant entrait dans ma chambre, que le papier pékiné blanc et rouge égayait les murs, et j'ai commencé à songer aux pommes de terre frites.

— Mélie, j'ai faim. Mélie, qu'est-ce que ça sent dans ta cuisine ? Mélie, ma petite glace. Mélie, de l'eau de Cologne pour me laver les oreilles. Mélie, qu'est-ce qu'on voit par la fenêtre ? Je veux me lever.

— Oh ! ma petite compagnie, que tu redeviens *agouante !* C'est que tu vas mieux. Mais tu ne te tiendrais seulement pas debout à quatre pattes, et le médecin l'a défendu.

— C'est comme ça ? Attends, marche, bouge pas ! Tu vas voir.

Hop ! Malgré les objurgations désolées, et les « Ma France adorée, tu vas te flanquer par terre ; ma petite servante, je le dirai au médecin ! » d'un gros effort je tire mes jambes de mon lit... Misère ! Qu'est-ce qu'on a fait de mes mollets ? Et mes genoux, comme ils paraissent gros ! Sombre, je rentre dans mon lit, n'en pouvant plus déjà.

Je consens à rester assez sage, bien que je trouve aux « œufs frais » de Paris un singulier goût de papier imprimé. Il fait bon dans ma chambre ; on y brûle du bois, je prends plaisir à en regarder le papier pékiné rouge et blanc (je l'ai déjà dit), mon buffet normand à deux portes, avec mon petit trousseau dedans ; la tablette est usée et écornée, je l'ai un peu tailladée et tachée d'encre. Il voisine avec mon lit, sur la plus longue paroi de ma chambre rectangulaire, mon lit bateau, en noyer, à rideaux de perse (on est vieux jeu) à fond blanc, fleurs et fruits rouges et jaunes. En face de mon lit, mon petit bureau d'acajou démodé. Pas de tapis ; en guise de descente de lit, une grande peau de caniche blanc. Un fauteuil crapaud, en tapisserie un peu usée aux bras. Une chaise basse en vieux bois, paillée rouge et jaune ; une autre, tout aussi basse, en ripolin blanc. Et une petite table en rotin, carrée, qui fut vernie en ton naturel. Voilà une salade ! Mais cet ensemble m'a toujours paru exquis. Une des parois étroites est occupée par deux portes d'alcôve, qui ferment dans le jour mon cabinet de toilette obscur. Ma table de toilette est une console Louis XV à dessus de marbre rose. (C'est du gaspillage, c'est de l'imbécillité ; elle serait infiniment mieux à sa place dans le salon, je le sais, mais on n'est pas pour rien la fille à papa.) Complétons l'énumération : une grande cuvette banale, un fougueux coursier, et pas de *tub*, non ; à la place du *tub*, qui gèle les pieds, ridicule avec ses bruits de tonnerre de théâtre, un baquet en bois, un cuveau, là ! Un bon cuveau de Montigny, en hêtre cerclé, où je m'accroupis en tailleur, dans l'eau chaude, et qui râpe agréablement le derrière.

Je mange donc docilement des œufs, et, comme on me défend absolument de lire, je ne lis que peu (la tête me tourne tout de suite). Je ne parviens pas à m'expliquer comment la joie de mes réveils s'assombrit graduellement, dans le jour tombant, jusqu'à la mélancolie et au recroquevillement farouche, malgré les agaceries de Fanchette.

Fanchette, heureuse fille, a pris gaîment l'internat. Elle a, sans protestation, accepté, pour y déposer ses petites horreurs, un plat de sciure dissimulé dans ma ruelle, et je m'amuse, penchée, à suivre sur sa physionomie de chatte les phases d'une opération importante. Fanchette se lave les pattes de derrière, soigneuse, entre les doigts. Figure sage et qui ne dit rien. Arrêt brusque dans le washing : figure sérieuse et vague souci. Changement soudain de pose ; elle s'assied sur son séant. Yeux froids et quasi sévères. Elle se lève, fait trois pas et se rassied. Puis, décision irrévocable, on saute du lit, on court à son plat, on gratte... et rien du tout. L'air indifférent reparaît. Mais pas longtemps. Les sourcils angoissés se rapprochent ; elle regratte fiévreusement la sciure, piétine, cherche la bonne place et pendant trois minutes, l'œil fixe et sorti, semble songer âprement. Car elle est volontiers un peu constipée. Enfin, lentement, on se relève et, avec des précautions minutieuses, on recouvre le cadavre, de l'air pénétré qui convient à cette funèbre opération. Petit grattement superfétatoire *autour* du plat, et sans transition, cabriole déhanchée et diabolique, prélude à une danse de chèvre, le pas de la délivrance. Alors, je ris et je crie : « Mélie, viens changer, vite, le plat de la chatte ! »

J'ai commencé à m'intéresser aux bruits de la cour. Une grande cour maussade ; au bout le revers d'une maison noire. Dans la cour, des petits bâtiments sans nom à toits de tuiles, des tuiles..., comme à la campagne. Une porte basse, obscure, ouvre, me dit-on, sur la rue Visconti. Cette cour, je ne l'ai vu traverser que par des ouvriers en blouse et des femmes en cheveux, tristes, avec cet affaissement du buste sur les hanches, à chaque pas, spécial aux créatures éreintées. Un enfant y joue, silencieux, toujours tout seul, appartenant, je pense, à la concierge de ce sinistre immeuble. En bas, chez nous — si j'ose appeler « chez nous » cette maison carrée pleine de gens que je ne connais pas et qui me sont antipathiques — une sale bonne à coiffe bretonne corrige tous les matins un pauvre toutou qui sans doute se conduit malproprement pendant la nuit, dans la cuisine, et qui crie et qui pleure ; cette fille-là, attendez seulement que je sois guérie, elle ne périra que de ma main ! Enfin, tous les jeudis, un orgue de Barbarie moud d'infâmes romances de dix à onze, et tous les vendredis, un pauvre (on dit ici un pauvre et non un « malheureux » comme à Montigny), un grand pauvre classique, à barbe blanche, vient déclamer pathétiquement : « Messieurs et Mesdames — n'oubliez pas — un povr' malheureux ! — A peine s'il voit clair ! — Il se recomman'de — à votre bonn'té ! — s'il vous plaît, Messieurs et Mesdames ! (un, deux, trois...)... s s s s'il vous plaît ! » Le tout sur une petite mélopée mineure qui se termine en majeur. Ce vénérable-là, je lui fais jeter quatre sous par Mélie, qui grogne et dit que je gâte le métier.

Papa, tiré d'inquiétude et rayonnant de me savoir en vraie convalescence, en profite pour ne plus paraître à la maison que vers l'heure des repas. O les Bibliothèques, les Archives, les Nationale

et les Cardinale qu'il arpente, poussiéreux, barbu et bourbonien !
Pauvre papa, n'a-t-il pas failli remettre tout en question un matin de février, en m'apportant un bouquet de violettes ! L'odeur des fleurs vivantes, leur toucher frais, ont tiré d'un coup brusque le rideau d'oubli que ma fièvre avait tendu devant le Montigny quitté... J'ai revu les bois transparents et sans feuilles, les routes bordées de prunelles bleues flétries et de gratte-culs gelés, et le village en gradins, et la tour au lierre sombre qui seule demeure verte, et l'Ecole blanche sous un soleil doux et sans reflet ; j'ai respiré l'odeur musquée et pourrie des feuilles mortes, et aussi l'atmosphère viciée d'encre, de papier et de sabots mouillés, dans la classe. Et papa qui empoignait frénétiquement son nez Louis XIV, et Mélie qui tripotait ses nénés avec angoisse ont cru que j'allais recommencer à être bien malade. Le médecin doux, à voix féminine, a grimpé les trois étages en hâte et affirmé que ce n'était rien du tout.

(Je déteste cet homme blond à lunettes légères. Il me soigne bien, pourtant ; mais, à sa vue, je rentre mes mains sous le drap, je me plie en chien de fusil, je ferme mes doigts de pieds, comme fait Fanchette quand je veux lui regarder les ongles de près ; sentiment parfaitement injuste, mais que je ne ferai, certes, rien pour détruire. Je n'aime pas qu'un homme que je ne connais pas me touche et me tripote, et me mette la tête sur la poitrine pour écouter si je respire comme il faut. Et puis, bon sang, il pourrait bien se chauffer les mains !)

Ce n'était rien du tout, en effet, bientôt j'ai pu me lever. Et de ce jour-là mes préoccupations prennent un autre tour :

— Mélie, qui donc va me faire mes robes, à présent ?

— J'en sais rien de rien, ma guéline. Pourquoi que tu demandes pas une adresse à Maame Cœur ?

Mais, elle a raison, Mélie !

Ça, par exemple, c'est roide de ne pas y avoir plus tôt songé, car « Maame » Cœur, mon Dieu, ce n'est pas une parente éloignée, c'est la sœur de papa ; mais cet admirable père s'est toujours libéré, avec une aisance parfaite, de toute espèce de liens et de devoirs familiaux. Je crois bien que je l'ai vue une fois en tout, ma tante Cœur. J'avais neuf ans et papa m'apportait à Paris, avec lui. Elle ressemblait à l'impératrice Eugénie ; je pense que c'est pour embêter son frère qui ressemble, lui, au Roi-Soleil. Famille souveraine ! Elle est veuve, cette aimable femme, et je ne lui connais pas d'enfants.

Chaque jour, je déambule un peu plus par l'appartement, perdue, toute maigre, dans ma robe de chambre flottante, froncée aux épaules, en velours de coton aubergine passé. Dans le salon sombre, papa a fait porter les meubles de son fumoir et ceux du salon de Montigny.

Le voisinage me paraît blessant des petits fauteuils Louis XVI bas et larges, un peu éventrés, avec les deux tables arabes, le fauteuil mauresque en bois incrusté et le sommier couvert d'un tapis oriental. Claudine, il faudra arranger ça...

Je touche des bibelots, je tire un tabouret marocain, je replace sur la cheminée la petite vache sacrée (bibelot japonais très ancien et recollé deux fois grâce à Mélie), et puis je tombe tout de suite assise sur le sommier-divan, contre la glace où mes yeux trop grands et mes joues rentrées, et surtout, surtout, mes pauvres cheveux en marches inégales, me jettent dans le regret noir. Hein, ma vieille, s'il te fallait à présent monter sur le gros noyer du jardin de Montigny ! Où est ta belle prestesse, où sont tes jambes agiles et tes mains de singe qui faisaient *flac* si net sur les branches, quand tu montais là-haut en dix secondes ? Tu as l'air d'une petite fille de quatorze ans qu'on aurait martyrisée.

Un soir à table, tout en grignotant — sans en avoir l'air — des croûtes de pain encore interdites, j'interroge l'auteur de la *Malacologie du Fresnois*:

— Pourquoi n'avons-nous pas encore vu ma tante, est-ce que tu ne lui as pas écrit ? Tu n'es pas allé la voir ?

Papa, avec la condescendance qu'on a pour les fous, me demande, doucement, l'œil clair et la voix suave :

— Quelle tante, mon mignon ?

Habituée à ces candides absences, je lui fais comprendre qu'il s'agit de sa sœur.

— Tu penses à tout ! s'écria-t-il alors plein d'admiration. Mille troupeaux de cochons ! Cette brave fille, elle va être contente de savoir que nous sommes à Paris ! Elle va bougrement me cramponner, ajouta-t-il en s'assombrissant.

Progressivement j'étends mes promenades jusqu'au trou à livres, papa a fait rayonner les trois parois de la chambre qui reçoit le jour par une grande fenêtre (la seule pièce un peu claire de l'appartement, c'est la cuisine, — bien que Mélie prétende, pittoresque, qu'« on n'y voit ni de la tête ni du... contraire ») et il a planté au milieu son secrétaire, thuya et cuivre, muni de roulettes, qui se balade dans tous les coins, suivi péniblement d'un vieux fauteuil Voltaire en cuir rouge, blanchi aux coins et fendu aux deux bras. La petite échelle volante, pour atteindre les dictionnaires haut perchés, une table sur tréteaux, c'est tout.

Plus solide de jour en jour, je viens me réchauffer aux titres connus des bouquins, et rouvrir de temps en temps le Balzac déshonoré par Bertall, ou le *Dictionnaire philosophique* de Voltaire. Que viens-je faire dans ce dictionnaire ? M'ennuyer, et... apprendre quelques vilaines choses, presque toujours choquantes (les vilaines choses ne sont pas toujours choquantes ; au contraire). Mais, depuis que je sais lire je suis « souris chez papa » et, si je ne m'effarouche guère, je ne me passionne pas trop non plus.

J'explore la « turne » de papa. Ce papa ! Il a dans sa chambre, tendue de papier à bouquets champêtres, un papier pour jeunes filles, un lit bateau également, le matelas incliné en pente vertigineuse. Papa ne veut dormir qu'assis. Je vous fais grâce des meubles Empire, des grands fauteuils d'osier coussinés de brochures et de revues scientifiques, des planches en couleur pendues un peu partout, semées de limaces, de mille-pattes, de saletés d'« arnies » de petites bêtes ! Sur la cheminée, des rangées de fossiles, qui furent mollusques, il y a un bon bout de temps. Et par terre, à côté du lit, deux ammonites grandes comme des roues de voiture. Vive la Malacologie ! Notre maison est le sanctuaire d'une belle science, et pas galvaudée j'ose le dire.

Pas intéressante, la salle à manger. N'était le buffet bourguignon et les grosses chaises, aussi bourguignonnes, je la trouverais bien banale. Le dressoir trop rustique n'a plus pour fond les boiseries brunes de Montigny. Mélie a planté là, faute de place, la grande armoire à linge, belle avec ses panneaux Louis XV à attributs de musique, mais, ainsi que tout le reste, triste et dépaysée. Elle pense à Montigny, comme moi.

Quand le médecin antipathique me dit, avec un air de triomphe modeste, que je peux sortir, je crie : « Jamais de la vie ! » pleine d'une si belle indignation, qu'il en demeure, c'est le mot, stupide.

— Pourquoi ?

— Parce que j'ai les cheveux coupés ! Je ne sortirai que quand j'aurai les cheveux longs !

— Eh bien, mon enfant, vous redeviendrez malade. Vous avez besoin, absolument besoin d'oxygène.

— Vous « m'aralez », vous ! J'ai absolument besoin de cheveux.

Il s'en va, toujours doux. Que ne se fâche-t-il ? Je lui dirais des choses pénibles pour me soulager...

Ulcérée, je m'étudie dans les glaces. Je constate que ce n'est pas le court de mes cheveux qui aggrave mon air de chat triste, mais surtout leur inégalité. A nous les ciseaux du bureau ! Ils sont trop grands, et émoussés. Les ciseaux de ma boîte à ouvrage ? Ils sont trop courts. Il y a bien les ciseaux de Mélie... mais elle s'en sert pour couper les tripes de poulet et pour fendre les gésiers, ils me dégoûtent.

— Mélie, tu m'achèteras demain matin des ciseaux de couturière.

C'est une besogne longue et difficile. Un coiffeur ferait mieux et plus vite ; mais ma misanthropie à l'égard de tout ce qui tient à Paris frémit, trop vive encore. O les pauvres, coupés tous à la hauteur de l'oreille ! Ceux du front, drôlement roulés, ne font pas encore trop mauvaise contenance, mais j'ai un gros chagrin rageur à mirer dans deux glaces cette nuque blanche et amincie sous les petits cheveux raides et qui ne se décident que lentement à spiraler, comme les cosses des graines de balsamines qui, après avoir lâché leur semence, se roulent petit à petit en colimaçon, et sèchent là.

Avant que je consente à mettre un pied dehors, le genre humain fait irruption chez moi, représenté par la concierge. Exaspérée d'entendre la servante bretonne battre injustement son malheureux toutou en bas, chaque matin, je l'ai guettée et lui ai versé la moitié de mon broc sur sa coiffe.

Cinq minutes après, entre la portière, ancienne belle femme, sale et phraseuse. Papa absent, elle regarde avec une certaine surprise cette petite fille pâle et rogue. « Mademoiselle, la Bretonne a dit qu'on avait versé un siau... — C'est moi. Après ? — Elle dit comme ça qu'une supposition qu'elle porte plainte... — Elle me porte surtout sur les nerfs. Et puis, si elle recommence à battre le chien, c'est autre chose que de l'eau qu'elle recevra. Est-ce que je raconte à ses patrons qu'elle crache dans les tasses du déjeuner et qu'elle se mouche dans les serviettes ? Si elle préfère ça, qu'elle le dise ! » Et la Bretonne a enfin laissé ce pauvre chien tranquille. D'ailleurs, vous savez, je ne l'ai jamais vue cracher dans les tasses, ni se moucher dans les serviettes. Mais elle a bien une tête à le faire. Et puis, comme on dit chez nous, elle me *rebute*. Est-ce que ce n'est pas ça qu'on appelle un « généreux mensonge » ?

Ma première sortie a eu lieu en mars. Un soleil pointu et un vent acide ; papa et moi dans un fiacre à pneumatiques. Avec ma cape rouge de Montigny et mon polo d'astrakan, j'ai l'air d'un pauvre petit garçon en jupe. (Et toutes mes chaussures devenues si larges !) Promenade à pas lents au Luxembourg, où mon noble père m'entretient des mérites comparés de la Nationale et de la bibliothèque Sainte-Geneviève. Le vent m'étourdit, et le soleil. Je trouve vraiment belles les grandes allées plates, mais l'abondance des enfants et l'absence des mauvaises herbes me choquent, l'une autant que l'autre.

— En relisant les épreuves de mon grand *Traité*, me dit papa, j'ai vu qu'il y avait encore beaucoup à creuser. Je m'étonne moi-même de la superficialité de certaines parties. Tu ne trouves pas étrange qu'avec la précision de mon esprit, j'aie pu seulement effleurer certains points importants, — passionnants, j'ose le dire — relatifs aux espèces minuscules ? Mais ce ne sont pas des histoires pour petite fille.

Petite fille ! Il ne consentira donc pas à s'apercevoir que je file bon train, laissant derrière moi mes dix-sept ans ? Quant aux espèces minuscules, ah ! la la, ce que je m'en fiche ! Et des majuscules itou !

Que d'enfants, que d'enfants ! Est-ce que j'aurai un jour tant d'enfants que ça ? Et quel est le monsieur qui m'inspirera l'envie d'en commettre avec lui ? Pouah, pouah ! C'est curieux comme, depuis ma maladie, j'ai l'imagination et les nerfs chastes. Que penserait-on d'un *Grand Traité* — moi aussi — *de l'influence moralisatrice des fièvres cérébrales chez la jeune fille* ? Ma pauvre petite Luce... Comme les arbres sont avancés ici ! Les lilas dardent des feuilles tendres. Là-bas, là-bas... on ne doit voir encore que des bourgeons bruns et vernis, tout au plus des anémones des bois, et encore !

En rentrant de ma promenade, je constate que la rue Jacob conserve opiniâtrement son aspect graillonneux. Indifférente aux louanges de ma fidèle Mélie, prétendant que la promenade a rosi les joues de sa « petite servante » (elle ment effrontément, ma fidèle Mélie) et attristée par ce printemps de Paris qui me fait trop songer à l'autre, au vrai, je m'étends sur mon lit, fatiguée, et je me relève pour écrire à Luce. Ma lettre fermée, je songe trop tard que la pauvre gobette n'y comprendra rien du tout. Ça lui est bien égal à elle que Machin, le nouveau locataire de notre maison de Montigny, ait coupé les branches du gros noyer parce qu'elles traînaient par terre, et que le bois de Fredonnes soit déjà embué (on le voit de l'Ecole) du brouillard vert des jeunes pousses ! Luce ne saura pas me dire non plus si les blés s'annoncent bien, ou si les violettes, au versant ouest du chemin creux qui mène aux Vrimes, sont en retard ou en avance sur leurs feuilles. Elle ne verra que le ton peu tendre de ma lettre, ne comprendra pas que je lui donne si peu de détails sur ma vie de Paris, et que les nouvelles de ma santé se bornent à ceci : « J'ai été malade deux mois, mais je vais mieux. » C'est à Claire, à ma petite sœur de communion qu'il fallait écrire ! Elle garde ses moutons, aujourd'hui, au champ de Vrimes ou près du bois des Matignons, une grande cape sur les épaules, et sa petite tête ronde aux yeux doux protégée par un fichu coquettement épinglé en mantille. Ses moutons errent, difficilement contenus par Lisette, la chienne sage, et Claire s'absorbe dans un roman à couverture jaune, un de ceux que je lui ai laissés en partant.

J'écris donc à Claire une affectueuse et banale bonne lettre. Narration française : *Lettre d'une jeune fille à son amie pour lui annoncer son arrivée à Paris.* O Mademoiselle ! Rousse et vindicative Mademoiselle, j'entends, un peu enfiévrée encore, j'entends votre voix coupante, habile à réprimer tout désordre. Que faites-vous de votre petite Aimée, à cette heure ? Je l'imagine, je l'imagine assez bien : Et ça me fait monter ma « température », de l'imaginer...

Papa, que j'ai orienté sur ma tante Cœur, exprime les jours suivants des velléités de m'emmener chez elle en visite. Je jette de grands cris pour l'effrayer :

— Aller chez ma tante ? Ben, voilà une idée ! Avec les cheveux que j'ai, et la figure que j'ai, et pas de robes neuves ! Papa, il y a de quoi compromettre mon avenir et faire rater un mariage !

(Il n'en fallait pas tant. Le faciès du grand siècle se rassérène.)

— Trente-six troupeaux de cochons ! Ça me fait bougrement plaisir que tu aies les cheveux coupés ! Non, enfin, je veux dire... C'est que je retape en ce moment un chapitre difficile. Il me faut encore une bonne semaine.

(Ça va bien.)

— Houche, Mélie, grande « louache » paresseuse, dégrouille-toi, « rabâte », fais du « raffut » ! Il me faut une couturière.

On en découvre une, qui vient « prendre mes ordres ». Elle habite la maison, c'est une femme d'âge, qui s'appelle Poullanx, qui a des scrupules, qui est timorée, qui n'aime pas les jupes collantes et qui affiche une honnêteté démodée. Quand elle a terminé une robe de drap bleu toute simple, un corsage à petits plis pincés, un col cerclé de piqûres qui enferme jusqu'aux oreilles mon cou (on le montrera plus tard, quand j'aurai renforci), elle me rapporte les fausses coupes, les biais, les petits coupassons de trois centimètres. Terrible femme, avec sa façon janséniste de réprouver les « robes immodestes » qu'on se plaît en ce moment à porter !

Rien de tel qu'une robe neuve pour donner envie de sortir ! Mais j'ai beau brosser mes cheveux, ils n'allongent pas vite. L'activité de l'ancienne Claudine reparaît tout doucement. L'abondance des bananes contribue d'ailleurs à me rendre la vie supportable. En les achetant mûres et les laissant pourrir un petit peu, les bananes, c'est le bon Dieu en culotte de velours liberty ! Fanchette trouve que ça sent mauvais.

Je reçois entre temps (il y a quinze jours), une réponse de Luce, une lettre au crayon qui me méduse, je l'avoue.

« *Ma Claudine chérie, c'est bien tard que tu penses à moi ! Tu aurais bien fait d'y penser plus tôt, pour me donner un peu la force de supporter mes tourments. J'ai raté mon examen d'entrée à Normale, ma sœur me le fait payer depuis ce jour-là. Pour un oui, pour un non, c'est des gifles à me faire démancher la tête, et elle me refuse des chaussures. Je ne peux pas demander à ma mère de retourner chez nous, elle me battrait trop. Ce n'est pas Mademoiselle qui me soutiendra, elle est toujours aussi affolée après ma sœur qui la fait tourner en chieuvre. Je t'écris en cinq ou six fois, je ne veux pas qu'elle prenne ma lettre. Quand tu étais ici, elles avaient un peu peur de toi. A présent c'est fini, tout est parti avec toi, et c'est adieu que je dirais à ce monde, si je n'avais pas si peur pour me tuer. Je ne sais pas ce que je vais faire, mais ça ne peut pas durer ainsi. Je me sauverai, j'irai je ne sais où. Ne te moque pas de moi, ma Claudine. Hélas, si je t'avais ici rien que pour me battre, ça serait encore bien bon. Les deux Jaubert et Anaïs sont à Normale, Marie Belhomme est demoiselle dans un magasin, il y a quatre nouvelles pensionnaires qui sont des amies, et quant aux violettes je ne sais pas si elles sont en avance, il y a longtemps que je ne me suis promenée. Adieu, ma Claudine, si tu trouves un moyen de me rendre moins malheureuse ou de venir me voir, fais-le, c'est une charité. J'embrasse tes beaux cheveux, et tes chers yeux qui ne m'aimaient guère, et toute ta figure, et ton cou blanc ; ne ris pas de moi, ce n'est pas de la misère pour rire qui fait pleurer ta*

Luce. »

Qu'est-ce qu'elles lui font, ces deux mauvaises ? Ma pauvre petite Luce sans consistance, trop méchante pour être bonne, trop lâche pour être méchante, je ne pouvais pourtant pas t'apporter avec moi ! (d'ailleurs je n'en avais pas envie). Mais tu n'as plus de pastilles de menthe, plus de chocolat, et plus de Claudine. L'école neuve, l'inauguration par le ministre, le docteur Dutertre... comme je suis loin de tout ça ! Docteur Dutertre, vous êtes jusqu'ici le seul homme qui ait osé m'embrasser, et sur le coin de la bouche encore. Vous m'avez donné chaud et vous m'avez fait peur ; est-ce là tout ce que je dois espérer, en plus grand, de l'homme qui m'emmènera définitivement ? Comme notions pratiques de l'amour, c'est un peu bref. Heureusement, chez moi, la théorie est beaucoup plus complète, avec des plaques d'obscurité. Car la bibliothèque même de papa ne saurait tout m'apprendre.

Voilà le résumé de mes premiers mois de Paris, à peu près. Mon « cahier au net », comme nous disions à l'Ecole, est au courant, il ne me sera pas difficile de l'y maintenir. Je n'ai pas grand'chose à faire ici : coudre des petites chemises gentilles pour mon trousseau toujours à court, et des petits pantalons (fermés) ; brosser mes cheveux, — c'est si vite fait maintenant — peigner Fanchette blanche, qui n'a presque plus de puces depuis qu'elle se parisianise, et l'installer avec son coussin plat sur le rebord extérieur de la fenêtre pour qu'elle prenne l'air. Elle a aperçu hier le gros chat... comment dirais-je ?... ébréché de la concierge, et lui a mâchouillé, du haut de son troisième, des injures sans nom, de sa voix campagnarde et un peu enrouée d'ex-couche-dehors. Mélie la soigne et lui apporte contre la constipation, des pots d'herbe à chat, que la pauvre belle dévore. Est-ce qu'elle songe au jardin, et au gros noyer où nous excursionnâmes si souvent de compagnie ? Je crois que oui. Mais elle m'aime tant, elle vivrait avec moi dans le dernier des rabicoins !

J'ai goûté, escortée de Mélie, le charme des grands magasins. On me regarde dans la rue, parce que je suis pâlotte et mince, avec des cheveux courts et gonflés, et parce que Mélie porte la coiffe fresnoise. Vais-je enfin savourer la convoitise des « vieux messieurs » suiveurs, tant célébrés ? Nous verrons ça plus tard ; à présent, j'ai affaire.

J'ai surtout fait une étude des odeurs diverses, au Louvre et au Bon Marché. A la toile, c'est enivrant. O Anaïs ! Toi qui mangeais les échantillons de draps et de mouchoirs, ta demeure est ici. Cette odeur sucrée des cotonnades bleues neuves, est-ce qu'elle me passionne, ou bien si elle me donne envie de vomir ? Je crois que c'est les deux. Honte sur la flanelle et les couvertures de laine ! Ça et les œufs pourris, c'est quasiment. Le parfum des chaussures neuves a bien son prix, et aussi celui des porte-monnaie. Mais ils n'égalent pas la divine exhalaison du papier bleu gras à tracer les broderies, qui console de la poisserie écœurante des parfums et des savons...

Claire aussi m'a répondu. Elle est, encore une fois, extrêmement heureuse. Le véritable amour, elle le tient, ce coup-ci. Et elle m'annonce qu'elle va se marier. A dix-sept ans, vrai, elle « applette » ! Une basse petite vexation me fait hausser les épaules. (Fi, Claudine, ma chère, que tu es vulgaire !) « Il est si beau, m'écrit Claire, que je ne me lasse pas de le regarder. Ses yeux sont deux étoiles, et sa barbe est si douce. Et il est si fort, si tu savais, je ne pèse pas plus qu'une plume dans ses bras ! Je ne sais pas encore quand nous nous marierons, maman me trouve bien gobette. Mais je la supplie de me le permettre le plus tôt possible. Quel ne sera pas mon bonheur d'être sa femme ! » Elle joint à ces délires une petite photographie de l'Aimé : c'est un large garçon qui paraît trente-cinq ans, avec une figure honnête et paisible, des petits yeux bons et une barbe touffue.

Dans son extase, elle a totalement oublié de me dire si les violettes, au versant ouest du chemin creux qui mène aux Vrimes...

Y a pas, y a pas, il faut rendre visite à ma tante Cœur, sinon, elle se fâchera avec nous quand elle nous saura depuis si longtemps à Paris, et je déteste les brouilles de famille. Papa ayant émis l'idée ingénieuse de la prévenir d'avance de notre visite, je l'en ai chaudement dissuadé :

— Tu comprends, il faut lui laisser la joie de la surprise. Nous ne l'avons pas prévenue depuis trois mois que nous avons débarqué ici, soyons bien complets, faisons-la-lui à la grande fantaisie !

(Comme ça, si elle est sortie, ça sera toujours un peu de temps de gagné. Et nous aurons rempli notre devoir.)

Nous partons, papa et moi, vers quatre heures. Papa tout bonnement sublime avec sa redingote à copieux ruban rouge et ce haut-de-forme à bords trop larges, et ce nez dominateur, et cette barbe tricolore ; son aspect de « demi-solde » attendant le retour de l'Autre, son expression puérile et illuminée, enthousiasme les gamins du quartier qui l'acclament.

Moi, insoucieuse de cette popularité, j'ai revêtu ma robe neuve en drap bleu toute simple, j'ai posé sur mes cheveux... sur ce qui en reste... mon chapeau rond en feutre noir avec des plumes, ramenant avec soin des boucles à l'angle de mes yeux, et jusqu'aux sourcils. L'appréhension de la visite me donne mauvaise mine ; il n'y a pas encore grand'chose à faire pour me donner mauvaise mine !

Avenue de Wagram, ma tante Cœur habite une magnifique maison neuve déplaisante. L'ascenseur rapide inquiète papa. Moi, tout ce blanc des murs, de l'escalier, des peintures, m'offense un peu. Et madame Cœur... « est chez elle ». Quelle guigne !

Le salon où nous attendons une minute continue désespérément les blancheurs de l'escalier. Boiseries blanches, meubles blancs et légers, coussins blancs à fleurs claires, cheminée blanche. Grand Dieu, il n'y a pas un seul coin sombre ! Moi qui ne me sens à l'aise et en sécurité que dans les chambres obscures, les bois foncés, les fauteuils lourds et profonds ! Ce « quinze-seize » blanc des fenêtres, il fait un bruit de zinc froissé...

Entrée de ma tante Cœur. Elle est ahurie, mais bien sympathique. Et comme elle se complaît dans sa ressemblance auguste ! Elle a, de l'impératrice Eugénie, le nez distingué, les bandeaux lourds qui grisonnent, le sourire un peu tombant. Pour rien au monde, elle ne quitterait son chignon bas (et postiche), ni la jupe à fronces en soie qui ballonne, ni la petite écharpe de dentelle qui *badine* (hé hé !) sur ses épaules, tombantes comme son sourire. Ma tante, ce que votre majesté d'avant 1870 jure avec ce salon en crème fouettée du plus pur dix-neuf cent...

Mais elle est charmante, ma tante Cœur ! Elle parle un français châtié qui m'intimide, s'exclame sur notre installation imprévue — ah ! pour imprévue, elle l'est — et n'en finit pas de me regarder. Je n'en reviens pas d'entendre quelqu'un appeler papa par son petit nom. Et elle dit vous à son frère :

— Mais Claude, cette enfant — charmante et d'un type tout à fait personnel d'ailleurs — n'est pas encore bien remise ; vous avez dû la soigner à votre façon, la pauvrette ! Que vous n'ayez pas eu l'idée de m'appeler, voilà ce que je n'arrive pas à comprendre ! Toujours le même !...

Papa supporte mal les objections de sa sœur, lui qui se cabre si rarement. Ils ne doivent pas souvent être du même avis et se grafignent tout de suite. Je m'intéresse.

— Wilhelmine, j'ai soigné ma fille comme je le devais. J'avais des soucis en tête, pour le reste, et je ne peux pas penser à tout.

— Et cette idée de loger rue Jacob ! Mon ami, les quartiers neufs sont plus sains, plus aérés et mieux construits, sans coûter davantage, je ne comprends pas... Tenez, au 145 *bis*, à dix pas d'ici, il y a un appartement délicieux, et nous serions toujours les uns chez les autres, cela distrairait Claudine, et vous-même...

(Papa bondit.)

— Habiter ici ? Ma chère amie, vous êtes la femme la plus exquise de la terre, mais pour un boulet de canon je ne vivrais pas en votre compagnie !

(Aïe donc ! Ben fait ! Je ris de tout mon cœur, cette fois, et la tante Cœur paraît stupéfaite de me voir si peu affectée de leurs dissentiments.)

— Petite fille, vous ne préféreriez pas un joli logis clair comme celui-ci à cette rive gauche, noire et mal fréquentée ?

— Ma tante, je crois que j'aime mieux la rue Jacob et l'appar-

tement de là-bas, parce que les chambres claires me rendent triste.
Elle lève ses sourcils arqués à l'espagnole sous ses rides concentriques et semble mettre mes paroles démentes sur le compte de mon état de santé. Et elle entretient papa de leur famille.

— J'ai avec moi, ici, mon petit-fils Marcel ; vous savez, le fils de cette pauvre Ida (?). Il fait sa philosophie, et il a l'âge de Claudine. Celui-là, ajoute-t-elle radieuse, je ne vous en dis rien, c'est un trésor pour une grand-mère. Vous le verrez dans un instant : il rentre à cinq heures, et je tiens à vous le montrer.

Papa fait « oui » d'un air pénétré, et je vois bien qu'il ignore radicalement qui est Ida, qui est Marcel, et qu'il s'embête déjà d'avoir retrouvé sa famille ! Ah ! que j'ai du goût ! Mais mon divertissement est intérieur, et je ne brille pas par la conversation. Papa meurt d'envie de s'en aller, et n'y résiste qu'en parlant de son grand traité de Malacologie. Enfin, une porte bat ; un pas léger, et le Marcel annoncé entre... Dieu, qu'il est joli !

Je lui donne la main sans rien dire, tant je le regarde. Je n'ai jamais rien vu de si gentil. Mais c'est une fille, ça ! C'est une gobette en culottes ! Des cheveux blonds un peu longs, la raie à droite, un teint comme celui de Luce, des yeux bleus de petite Anglaise et pas plus de moustache que moi. Il est rose, il parle doucement, avec une façon de tenir sa tête un peu de côté en regardant par terre. On le mangerait ! Papa, cependant, paraît insensible à tant de charme si peu masculin, tandis que tante Cœur boit des yeux son petit-fils.

— Tu rentres bien tard, mon chéri, il ne t'est rien arrivé ?

— Non, grand-mère, répond suavement la petite merveille en levant ses yeux purs.

Papa, qui continue d'être à cent lieues de là, questionne Marcel, nonchalamment, sur ses études. Et je regarde toujours ce joli cousin en sucre ! Lui, en revanche, ne me regarde guère, et, si mon admiration n'était pas si désintéressée, j'en ressentirais un peu d'humiliation. Tante Cœur, qui constate avec joie l'effet produit par son chérubin, tente de nous rapprocher un peu :

— Tu sais, Marcel, Claudine a ton âge ; ne ferez-vous pas une paire de camarades ? Voici bientôt les vacances de Pâques.

J'ai fait un vif mouvement en avant pour acquiescer ; le petit, surpris de mon élan, lève sur moi des yeux polis et répond avec un entrain modéré :

— J'en serai très heureux, grand-mère, si Madem... si Claudine le veut bien.

Tante Cœur ne tarit plus, dit longuement la sagesse du chéri, sa douceur : « Jamais je n'eus à élever la voix. » Elle nous fait mettre épaule contre épaule, Marcel est plus grand de tout ça ! (*Tout ça,* c'est trois centimètres, voilà bien de quoi faire du raffut !) Le trésor veut bien rire et s'animer un peu. Il corrige sa cravate devant la glace. Il est habillé comme une jolie gravure de modes. Et cette démarche, cette démarche balancée et glissante ! Cette façon de se retourner en pliant sur une hanche ! Non, il est trop beau ! Je suis tirée de ma contemplation par cette question de tante Cœur :

— Claude, vous dînez ici tous les deux, n'est-ce pas ?

— Fichtre non ! éclate papa qui se crève d'ennui. J'ai un rendez-vous à la maison avec... avec Chose qui m'apporte des documents, des do-cu-ments pour mon Traité. Filons, petite, filons !

— Je suis désolée... et demain je ne dîne pas chez moi... Je suis assez prise cette saison, je me suis laissé inviter par les uns et les autres... Voulez-vous jeudi ? Dans l'intimité, bien entendu. Claude, vous m'écoutez ?

— Je suis suspendu à vos lèvres, ma chère, mais je suis bougrement en retard. A jeudi, Wilhelmine. Adieu, jeune Paul... non, Jacques...

Je dis adieu aussi, sans empressement. Marcel reconduit, tout à fait correct, et baise mon gant.

Retour silencieux dans les rues allumées. Je n'ai pas encore l'habitude de me trouver dehors à cette heure-ci, et les lumières, les passants noirs, tout ça me serre la gorge, nerveusement ; j'ai hâte de rentrer. Papa, délesté du souci de sa visite, fredonne allègrement des chansons de l'Empire (du premier). « Neuf mois après, un doux gage d'amour... »

La lampe douce et le couvert mis me réchauffent et me délient la langue.

— Mélie, j'ai vu ma tante. Mélie, j'ai vu mon cousin. Il est comme ci, comme ça, il est peigné « bramant », il a la raie de quart, il s'appelle Marcel.

— Acoute[1], mon guélin, acoute ! Tu m'assourdis. Viens mamer la papoue[2]. Enfin c'est pas trop tôt, t'auras donc un galant !

— Grosse gourde ! Arnie de bon sang, faut-il que tu sois bouchée ! C'est pas un galant ! Est-ce que je le connais seulement ? Tu m'arales, tiens, je vais dans ma chambre.

Et j'y vais en effet ; a-t-on idée ! Avec ça qu'un petit mignon

---

1. Attends.
2. Manger la soupe. Argot des nourrices fresnoises.

comme Marcel pourrait être un amoureux pour moi ! S'il me plaît tant, et si j'en fais si peu mystère, c'est justement parce qu'il me semble aussi peu mâle que Luce elle-même...

D'avoir revu des gens qui vivent la vie de tout le monde, d'avoir parlé à d'autres qu'à Fanchette et Mélie, j'ai eu une fièvre légère, plutôt agréable, qui m'a tenue éveillée une partie de la nuit. Les idées de minuit ont dansé dans ma tête. J'ai peur de ne savoir que répondre à cette aimable tante Cœur descendue d'une toile de Winterhalter; elle va me prendre pour une buse. Dame, ça ne développe pas le don de repartie, seize ans de Montigny, dont dix années d'école ! On sort de là avec tout juste un vocabulaire suffisant pour invectiver contre Anaïs et embrasser Luce. Cette jolie fillette de Marcel ne doit pas savoir dire *zut*, seulement. Il va se ficher de moi, jeudi, si j'épluche mes bananes avec les dents. Et ma robe pour le dîner ? Je n'en ai pas, je serai obligée de remettre celle de l'inauguration des écoles ; mousseline blanche à fichu croisé. Il va la trouver médiocre.

De sorte que m'étant endormie cette nuit en l'admirant à bouche ouverte, ce petit de qui les pantalons ne font pas un pli, je me réveille ce matin avec l'envie de lui coller des gifles... Tout de même, si Anaïs le voyait, elle serait capable de le violer ! La grande Anaïs, avec sa figure jaune et ses gestes secs, violant le petit Marcel, ça fait une drôle d'image. J'en ris malgré moi quand j'entre dans le trou à livres de papa.

Tiens, papa n'est pas seul : il cause avec un monsieur, un monsieur jeune à l'air raisonnable, barbu en carré. Il paraît que c'est un homme « de premier ordre », M. Maria, vous savez, qui a découvert les grottes souterraines de X... Papa l'a connu dans un endroit embêtant, la Société de géographie ou une autre Sorbonne, et s'est allumé sur ces grottes où, peut-être, d'hypothétiques limaces fossiles... Il lui dit en me montrant : « C'est Claudine », comme il aurait dit : « C'est Léon XIII, vous n'ignorez pas qu'il est pape. » Sur quoi, M. Maria s'incline d'un air parfaitement au courant. Un homme comme ça, qui tripote tout le temps dans les cavernes, bien sûr ça doit sentir l'escargot.

Après le déjeuner, j'affirme mon indépendance.

— Papa, je sors.

(Ça ne passe pas si bien que j'aurais cru.)

— Tu sors ? Avec Mélie, je pense ?

— Non, elle a du raccommodage.

— Comment, tu veux sortir toute seule ?

J'ouvre des yeux comme des palets de tonneau :

— Pardi, bien sûr, je sors toute seule, qu'est-ce qu'il y a ?

— Il y a qu'à Paris, les jeunes filles...

— Voyons, papa, il faut tâcher d'être logique avec soi-même. A Montigny, je « trôlais » dans les bois tout le temps : c'était rudement plus dangereux qu'un trottoir de Paris, il me semble.

— Il y a du vrai. Mais je pourrais pressentir à Paris des dangers d'une autre nature. Lis les journaux.

— Ah ! fi, mon père, c'est offenser votre fille qu'admettre même une telle supposition ! (Papa n'a pas l'air de comprendre cette allusion superfine. Sans doute il néglige Molière qui ne s'occupe pas assez de limaces.) Et puis, je ne lis jamais les faits divers. Je vais aux magasins du Louvre : il faut que je sois propre pour le dîner de ma tante Cœur, je manque de bas fins et mes souliers blancs sont usés. Do-moi de la belle argent, j'ai plus que cent **six sous**[1].

---

1. Dans le Fresnois, on compte par sous jusqu'à six francs. Exception faite pour soixante sous qu'on prononce « trois francs » comme ailleurs.

Eh bien, ce n'est pas si terrible de sortir seule dans Paris. J'ai rapporté de ma petite course à pied des observations très intéressantes : 1° il fait beaucoup plus chaud qu'à Montigny ; 2° on a le dedans du nez noir quand on rentre ; 3° on se fait remarquer quand on stationne seule devant les kiosques à journaux ; 4° on se fait également remarquer quand on ne se laisse pas manquer de respect sur le trottoir.

Narrons l'incident relatif à l'observation n° 4. Un monsieur très bien m'a suivie, rue des Saints-Pères. Pendant le premier quart d'heure, jubilation intérieure de Claudine. Suivie par un monsieur très bien ; comme dans les images d'Albert Guillaume ! Deuxième quart d'heure : le pas du monsieur se rapproche, je presse le mien, mais il garde sa distance. Troisième quart d'heure : le monsieur me dépasse, en me pinçant le derrière d'un air détaché. Bond de Claudine, qui lève son parapluie et l'assène sur la tête du monsieur, avec une vigueur toute fresnoise. Chapeau du monsieur dans le ruisseau, joie immense des passants, disparition de Claudine confuse de son trop grand succès.

Tante Cœur est très gentille. Avec un mot aimable, elle m'a envoyé une chaînette en or, pour le cou, coupée par des petites perles rondes de dix en dix centimètres. Fanchette trouve ce bijou charmant ; elle a déjà aplati deux chaînons, et elle mâche les perles sur ses grosses dents, comme un lapidaire.

En me préparant pour le dîner du jeudi, je songe à mon décolletage. Il est tout petit petit, mais si j'allais paraître trop maigre ? Assise dans mon cuveau, toute nue, je constate que je me remplume un peu ; mais il y a encore à faire. Une chance que mon cou est resté solide ! Ça me sauve. Tant pis pour les deux petites salières d'en dessous ! Je perds mon temps dans l'eau chaude, à compter mes osselets dans le dos, à mesurer si j'ai la même longueur des aines aux pieds que des aines au front, à me pincer le mollet droit parce que ça correspond dans l'omoplate gauche. (A chaque pinçon, une drôle de petite piqûre derrière l'épaule.) Et quelle joie pure de pouvoir accrocher mes pieds derrière ma nuque ! Comme disait la grande Anaïs, cette sale : « Ça doit être rudement amusant de pouvoir se ronger les ongles des pieds ! »

Mon Dieu, que j'ai peu de gorge ! (A l'école, ça s'appelle des *nichons* et Mélie dit des *tétés*.) Je songe à nos « Concours » d'il y a trois ans, pendant les rares promenades du jeudi.

Sur une lisière de bois, dans un chemin creux, nous nous asseyions en rond, — nous, les quatre grandes — et nous ouvrions nos corsages. Anaïs (quel toupet !) montrait un coin de peau citronnée, gonflait son estomac et disait avec aplomb : « *Ils* ont beaucoup forci depuis le mois dernier ! » Je t'en fiche ! Le Sahara ! Luce, blanche et rose, dans sa chemise rude de pensionnaire — des chemises à poignets sans même un feston, c'est la règle — découvrait un « vallonnement médian », à peine indiqué, et deux pointes roses et petites comme les mamelles de Fanchette. Marie Belhomme... le dessus de ma main. Et Claudine ? Un petit coffre bombé, mais à peu près autant de seins qu'un garçon un peu gras. Dame, à quatorze ans... L'exhibition terminée, nous refermions nos corsages, avec l'intime conviction, chacune, d'*en* avoir beaucoup plus que les trois autres.

Ma robe de mousseline blanche, bien repassée par Mélie, me semble encore assez gentille pour que je la revête sans maussaderie. Mes pauvres beaux cheveux ne la caressent plus jusqu'aux reins ; mais ils me coiffent si drôlement, que je ne languis pas trop après ma toison de jadis, ce soir. Mille troupeaux de porcs ! (comme dit Papa), il ne s'agit pas d'oublier ma chaîne en or.

— Mélie ! Papa s'habille ?

— S'ment que de trop, qu'il s'habille. Il m'a « brégé » déjà trois faux cols. Va donc y mettre sa crévate.

J'y cours, mon noble père est ficelé dans un habit noir un peu démodé, un peu beaucoup démodé, mais il ne peut pas ne point être imposant.

— Applette, applette, papa, il est sept heures et demie. Mélie, tu feras dîner Fanchette. Ma cape en drap rouge, et filons.

Ce salon blanc, avec des poires électriques dans tous les coins, me rendra épileptique. Papa pense comme moi, déteste cet aspect

crème cher à sa sœur Wilhelmine, et le proclame sans ambages :
— Tu me croiras, si tu veux, je me ferais fesser en place publique plutôt que de coucher dans ce saint-honoré.

Mais le joli Marcel arrive et embellit tout de sa présence. Qu'il est charmant ! Mince et léger dans un smoking, les cheveux d'un blond de lune, sa peau translucide se veloute aux lumières comme un intérieur de volubilis. Pendant qu'il nous dit bonsoir, j'ai bien vu que ses clairs yeux bleus m'inspectaient prestement.

Tante Cœur le suit, éblouissante ! Cette robe de soie gris perle, à volants de chantilly noir, date-t-elle de 1867 ou de 1900 ? De 1867 plutôt, seulement un cent-gardes se sera un peu assis sur la crinoline. Les deux bandeaux gris sont bien gonflés et bien lisses ; ce regard bleu pâle sous les paupières tombantes et fripées, elle a dû autrefois l'étudier si bien, d'après la comtesse de Téba, qu'il donne son effet tout seul. Elle marche en glissant, porte les emmanchures basses, et se montre pleine... d'urbanité. « Urbanité » est un substantif qui lui sied aussi bien que ses bandeaux.

Pas d'autres invités que nous. Mais, bon sang, on s'habille chez tante Cœur ! A Montigny, je dînais en tablier d'école, et papa gardait le vêtement impossible à nommer — houppelande, redingote, pardessus, un produit bâtard de tout ça, — qu'il avait revêtu depuis le matin pour faire paître ses limaces. Si on se décollette dans l'intimité stricte, qu'est-ce que je mettrai pour les grands dîners ? Peut-être ma chemise à bretelles en ruban rose...

(Claudine, ma vieille, trêve de digressions ! Tu vas tâcher de manger correctement et de ne pas dire, quand on passera un plat que tu n'aimes pas : « Enlevez, ça me rebute ! »)

Bien entendu, je m'assieds à côté de Marcel. Pitié-malheur ! La salle à manger est blanche aussi ! Blanche et jaune, mais c'est quasiment. Et les cristaux, les fleurs, la lumière électrique, tout ça fait un raffut sur la table, à croire qu'on l'entend. C'est vrai, ces pétillements de lumière me donnent une impression de bruit.

Marcel, sous l'œil attendri de tante Cœur, fait la jeune fille du monde et me demande si je m'amuse à Paris. Un « non » farouche est d'abord tout ce qu'il obtient. Mais bientôt je m'humanise un peu, parce que je mange une petite timbale aux truffes qui consolerait une veuve de la veille, et je condescends à expliquer :

— Vous comprenez, je me doute bien que je m'amuserai plus tard, mais, jusqu'à présent, j'ai une peine extrême à m'habituer à l'absence des feuilles. Les troisièmes étages, à Paris, n'abondent pas en « talles » vertes.

— En quoi... vertes ?

— En « talles » ; c'est un mot fresnois, ajouté-je avec une certaine fierté.
— Ah! c'est un mot de Montigny? Pas banal! « Des talles verrrtes » répète-t-il, taquin, en roulant l'*r*.
— Je vous défends de m'écharnir[1]! Si vous croyez que c'est plus élégant votre *r* parisien qu'on grasseye du fond de la gorge, comme un gargarisme!
— Fi! la sale! Est-ce que vos amies vous ressemblent?
— Je n'avais pas d'amies. Je n'aime pas beaucoup avoir des amies. Luce avait la peau douce, mais ça ne suffit pas.
— « Luce avait la peau douce... » Quelle drôle de façon d'apprécier les gens!
— Pourquoi drôle? Au point de vue moral, Luce n'existe pas. Je la considère du point de vue physique, et je vous dis qu'elle a les yeux verts et la peau douce.
— Vous vous aimiez bien?
(La jolie figure vicieuse! Que ne lui dirait-on pas pour voir luire ces yeux-là? Vilain petit garçon, va!)
— Non, je ne l'aimais guère. Elle, oui ; elle a bien pleuré quand je suis partie.
— Mais, alors, que lui préfériez-vous?
Ma tranquillité enhardit Marcel, il me prend peut-être pour une oie et me poserait volontiers des questions plus précises ; mais les grandes personnes se taisent un instant, pendant qu'un domestique à figure de curé change les assiettes, et nous nous taisons, déjà un peu complices.
Tante Cœur promène de Marcel à moi son regard bleu et lassé.
— Claude, dit-elle à papa, regardez comme ces deux enfants se font mutuellement valoir. Le teint mat de votre fille et ses cheveux touchés de reflets de bronze, et ses yeux profonds, toute cette apparence brune d'une petite fille qui n'est pas brune blondit encore mon chérubin, n'est-ce pas?
— Oui, répond papa avec conviction ; il est beaucoup plus fille qu'elle.
Son chérubin et moi, nous baissons les yeux comme il sied à des gosses gonflés, à la fois, d'envie de pouffer et d'orgueil. Et le dîner se poursuit sans autres confidences. Une admirable glace à la mandarine me détache d'ailleurs de toute autre préoccupation.
Au bras de Marcel, je reviens au salon. Et tout de suite on ne

---

1. Imiter par moquerie.

sait plus que faire. Tante Cœur semble avoir des choses austères à confier à papa, et nous écarte :

— Marcel, mon mignon, montre un peu l'appartement à Claudine. Tâche qu'elle s'y sente un peu chez elle, sois gentil...

— Venez, me dit le « mignon », je vais vous faire voir ma chambre.

J'avais bien pensé qu'elle était blanche, elle aussi ! Blanche et verte, avec des roseaux minces sur fond blanc. Mais tant de blancheurs m'inspirent à la fin l'envie inavouable d'y verser des encriers, des tas d'encriers, de barbouiller les murs au fusain, de souiller ces peintures à la colle, avec le sang d'une coupure au doigt... Dieu ! comme je deviendrais perverse dans un appartement blanc !

Je vais droit à la cheminée où je vois un cadre à photographie. Empressé, Marcel tourne le bouton d'une ampoule électrique au-dessus de nous.

— C'est mon meilleur ami... Charlie, presque un frère. N'est-ce pas qu'il est bien ?

Beaucoup trop bien, même : les yeux foncés aux cils courbes, un rien de moustache noire au-dessus d'une bouche tendre, la raie de quart, comme Marcel.

— Je vous crois qu'il est beau ! Presque aussi beau que vous, dis-je sincèrement.

— Oh ! bien plus, s'écrie-t-il avec feu, la photographie ne saurait rendre la peau blanche, les cheveux noirs. Et c'est une âme si charmante...

Et patia-patia ! Ce joli saxe s'anime enfin. J'écoute sans broncher le panégyrique du splendide Charlie, et quand Marcel se ressaisit, un peu confus, je réplique d'un air convaincu et naturel :

— Je comprends. C'est vous qui êtes sa Luce.

Il a fait un pas à reculons, et, sous la lumière, je vois ses jolis traits qui durcissent et son teint impressionnable qui se décolore insensiblement.

— Sa Luce ? Claudine, qu'est-ce que vous voulez dire ?

Avec l'aplomb que je dois à deux coupes de champagne, je secoue les épaules :

— Mais oui, sa Luce, son chouchou, sa chérie, quoi ! Il n'y a qu'à vous voir, est-ce que vous avez l'air d'un homme ? C'est donc ça que je vous trouvais si joli !

Et comme, immobile, il me regarde à présent d'une façon glaciale, j'ajoute de plus près, en lui souriant bien en face :

— Marcel, je vous trouve tout aussi joli à présent, croyez-le bien. Est-ce que je ressemble à quelqu'un qui voudrait vous causer des ennuis ? Je vous taquine, mais je ne suis pas méchante, et il y a beaucoup de choses que je sais très bien regarder en silence, — et écouter aussi. Je ne serai jamais la petite cousine à qui son pauvre cousin se croit forcé de faire la cour, comme dans les livres. Songez donc, dis-je encore en riant, que vous êtes le petit-fils de ma tante, mon neveu à la mode de Bretagne ; Marcel, ce serait presque de l'inceste.

Mon « neveu » prend le parti de rire, mais il n'en a pas grande envie.

— Ma chère Claudine, je crois en effet que vous ne ressemblez pas aux petites cousines des bons romans. Mais je crains que vous n'ayez rapporté de Montigny l'habitude des plaisanteries un peu... risquées. S'il y avait eu là quelqu'un pour nous entendre, grand-mère par exemple... ou votre père...

— Je n'ai fait que vous rendre la pareille, dis-je fort doucement. Et je n'ai pas jugé à propos d'attirer l'attention des parents, quand vous me questionniez sur Luce avec tant d'insistance.

— Vous aviez plus à perdre que moi, à attirer l'attention !

— Pensez-vous ? Je crois que non. Ces petites amusettes-là, ça s'appelle pour les gamines « jeux de pensionnaires », mais quand il s'agit de garçons de dix-sept ans, c'est presque une maladie...

Il fait de la main un geste violent.

— Vous lisez trop ! Les jeunes filles ont trop d'imagination pour bien comprendre ce qu'elles lisent, fussent-elles originaires de Montigny.

J'ai mal travaillé. Ce n'est pas là que je voulais en venir.

— Est-ce que je vous ai fâché, Marcel ? Je suis bien maladroite ! Moi qui voulais seulement vous prouver que je n'étais pas une oie, que je savais comprendre... comment dire ? goûter certaines choses... Voyons Marcel, vous n'exigez pourtant pas que je voie en vous le potache à gros os et à grands pieds qui fera un jour le plus beau des sous-officiers ! Regardez-vous, n'êtes-vous pas, Dieu merci, presque tout pareil à la plus jolie de mes camarades d'école ? Donnez-moi la main...

Oh ! fille manquée ! Il n'a souri, furtivement qu'aux compliments trop vifs. Il me tend sa petite patte soignée, sans mauvaise grâce.

— Claudine, méchante Claudine, rentrons vite en passant par la chambre à coucher de grand-mère. Je ne suis plus fâché, encore un peu estomaqué seulement. Laissez-moi réfléchir. Vous ne me semblez pas, vous, un trop mauvais *garçon*...

Ça m'est bien égal, son ironie ! Le voir bouder et le voir sourire après, c'est tout un bonheur. Je ne plains guère son ami aux cils courbes, et je leur souhaite à tous deux de se disputer souvent.

D'un air bien naturel, — oh ! bien naturel — nous poursuivons le tour du propriétaire. Quel bonheur, la chambre de tante Cœur est adéquate (aïe donc !) à sa propriétaire ! Elle y a rassemblé — ou exilé — les meubles de sa chambre de jeune fille, les souvenirs de son beau temps. Le lit en palissandre à moulures, et les fauteuils en damas rouge qui ressemblent tous au trône de Leurs Majestés Impériales, et le prie-Dieu en tapisserie hérissé de sculptures en chêne, et une copie criarde d'un bureau de Boulle, et des consoles en veux-tu en voilà. Du ciel de lit dégoulinent des rideaux de damas, et la garniture de cheminée, amas informe et compliqué d'amours, d'acanthes, de volutes en bronze doré, me remplit d'admiration. Marcel méprise abondamment cette chambre, et nous nous disputons à propos du style moderne et du blanc d'œuf battu. Ce chamaillis esthétique nous permet de regagner, plus calmes, le salon où papa, sous la pluie douce et tenace des conseils de tante Cœur, bâille comme un lion en cage.

— Grand-mère, s'écrie Marcel, Claudine est impayable ! Elle préfère votre chambre au reste de l'appartement.

— Petite fille, dit ma tante en me caressant de son sourire languide, ma chambre est fort laide, pourtant...

— ... Mais elle vous va bien, tante. Pensez-vous que vos bandeaux « cordent » avec ce salon ? Dieu merci, vous le savez bien, puisque vous avez conservé un coin de votre vrai cadre !

Ce n'est peut-être pas un compliment, ça, mais elle se lève et vient m'embrasser très gentiment. Tout à coup, papa bondit et tire sa montre :

— Mille troupeaux de... ! Pardon, Wilhelmine, mais il est dix heures moins cinq, et cette petite sort pour la première fois depuis sa maladie... Jeune homme, va nous commander une carriole !

Marcel sort, revient rapidement — avec cette prestesse souple à se retourner dans une embrasure de porte — et m'apporte ma cape de drap rouge qu'il pose adroitement sur mes épaules.

— Adieu, tante.

— Adieu, ma petite fille. Je reçois le dimanche. Vous seriez toute mignonne de venir servir mon thé à cinq heures avec votre ami Marcel.

Mon âme prend la forme d'un hérisson :

— Je ne sais pas, tante, je n'ai jamais...

— Si, si, il faut que je fasse de vous une petite personne aussi aimable qu'elle est jolie ! Adieu, Claude, ne vous enfermez pas trop dans votre tanière, pensez un peu à votre vieille sœur !

Mon « neveu », au seuil, me baise le poignet un peu plus fort, appuie son « A dimanche » d'un sourire malin et d'une moue délicieuse, et... voilà.

Tout de même, j'ai bien failli me brouiller avec ce gamin ! Claudine, ma vieille, tu ne te corrigeras jamais de ce besoin de fouiner dans ce qui ne te regarde pas, de ce petit désir un peu méprisable de montrer que, finaude et renseignée, tu comprends un tas de choses au-dessus de ton âge ! Le besoin d'étonner, la soif de troubler la quiétude des gens et d'agiter des existences trop calmes, ça te jouera un mauvais tour.

Je suis beaucoup plus à ma place, ici, accroupie sur mon lit bateau et caressant Fanchette qui commence sa nuit sans m'attendre, confiante et le ventre en l'air. Mais... pardon, pardon ! Je les connais ces sommeils souriants, Fanchette, ces heures béates de ronron persistant. Et je connais aussi cet arrondissement des flancs, et ce ventre exceptionnellement soigné où pointent de petites mamelles roses. Fanchette, tu as fauté ! Mais avec qui ? « C'est à se briser la tête contre les murs, Dieu juste ! » Une chatte qui ne sort pas, un chat de concierge incomplet... qui, qui ? Tout de même, je suis joliment contente. Des chatons en perspective ! Devant cet avenir joyeux le prestige de Marcel lui-même, pâlit.

J'ai demandé à Mélie des éclaircissements sur cette grossesse suspecte. Elle a tout avoué.

— Ma guéline, pendant ces derniers temps, la pauvre belle avait bien besoin ! Elle a souffri trois jours, hors d'état ; alors j'ai demandé dans le voisinage. La bonne d'en dessous m'a prêté un beau mari pour elle, un beau gris rayé. J'y ai donné mas[1] de lait pour l'assurer, et la pauvre belle ne s'est pas fait prier : ils ont cordé tout de suite.

Comme elle devait se languir cette Mélie, de s'entremettre pour le compte de quelqu'un, fût-ce pour la chatte ! Elle a bien fait.

La maison devient le rendez-vous de gens plus étonnants et plus scientifiques les uns que les autres. M. Maria, celui des grottes du Cantal, y amène souvent sa barbe d'homme timide. Quand nous nous rencontrons dans le trou à livres, il salue d'un air empoté et me demande en balbutiant des nouvelles de ma santé, que je lui affirme lugubrement « très mauvaise, très mauvaise, monsieur Maria ». J'ai fait connaissance avec de gros hommes décorés et généralement mal mis qui s'adonnent à la culture des fossiles, je crois... Pas excitants, les amis de papa !

1. Beaucoup.

A quatre heures, aujourd'hui, Marcel est venu me voir « tiré à quatre chevaux » au dire de Mélie. Je l'accueille comme le soleil, et je le mène au salon, où il s'amuse beaucoup de la disposition des meubles et de la cloison factice que crée le grand rideau. « Venez, mon neveu, je vais vous montrer ma chambre. » Il considère le lit bateau et les petits meubles dépareillés avec cette gaieté un peu méprisante que lui inspire la chambre de tante Cœur, mais Fanchette l'intéresse vivement.

— Comme elle est blanche !
— C'est que je la brosse tous les jours.
— Et grasse !
— Pardi, elle est enceinte.
— Ah ! elle est...
— Oui, cette toquée de Mélie lui a apporté un matou parce que Fanchette était en folie pendant ma maladie ; cette entrevue portera des fruits, vous voyez !

Ma liberté à parler de ces choses le gêne visiblement. Je me mets à rire et il me regarde, avec une petite mine choquée.

— Vous me regardez, parce que je ne parle pas convenablement ? C'est que là-bas, à la campagne, on assiste tous les jours à des épousailles très rapides de vaches, de chiens et de chèvres, et de chats, donc ! Là-bas, ce n'est pas inconvenant.

— Oh ! pas inconvenant ! Vous savez, dans *La Terre* de Zola j'ai très bien vu ce qu'il en était. Les paysans considèrent quelquefois ces choses-là autrement qu'avec des yeux de cultivateurs.

— Votre Zola n'y entend rien de rien, à la campagne. Je n'aime pas beaucoup ce qu'il fait, en général...

Marcel furette de l'œil dans tous les coins et se promène. Comme il a les pieds petits ! Il a trouvé *La Double maîtresse* sur mon bureau et me menace de son doigt pointu :

— Claudine, Claudine, je le dirai à mon oncle !
— Mon ami, il s'en fiche pas mal.
— Quel papa commode ! Si grand-mère était aussi coulante ! Oh ! ça ne m'empêche pas de lire, répond-il à mon menton interrogateur ; mais j'ai été forcé, pour avoir la paix, de prétendre que j'avais peur la nuit et qu'il me fallait de la lumière dans ma chambre.
J'éclate de rire.
— Peur ! Vous avez dit que vous aviez peur ! sans honte ?
— Oh ! qu'est-ce que ça fait ! Grand-mère m'a élevé — et elle continue — comme une petite fille.
Ce dernier mot nous remet vivement en mémoire la scène d'avant-hier au soir, et nous rougissons ensemble (lui plus que moi, il est si blanc !). Et nous pensons si bien à la même chose qu'il me demande :
— Vous n'avez pas une photographie de Luce ?
— Non ; pas une seule.
— Ça, c'est un mensonge.
— Ma pure parole ! Et d'ailleurs, vous la trouveriez peut-être laide. Mais je ne suis pas coquette de Luce, tenez, voici la seule lettre qu'elle m'ait écrite.
Il lit avidement la pauvre lettre au crayon, et ce petit Parisien amoureux des faits divers s'exalte :
— Mais c'est un drame, une séquestration ! Si on saisissait les tribunaux ?
— En voilà une idée ! Qu'est-ce que ça peut vous fiche ?
— Ce que ça me fait ? Mais, Claudine, c'est une cruauté, relisez ça !
Je m'appuie, pour lire, sur son épaule fragile. Il sourit parce que mes cheveux lui entrent dans l'oreille. Mais je n'appuie pas davantage. Je lui dis seulement :
— Vous n'êtes plus fâché, Marcel ?
— Non, non, fait-il précipitamment. Mais, je vous en prie, racontez-moi Luce. Je serai si gentil, si vous me racontez Luce ! Tenez, j'apporterai un collier à Fanchette.
— Ouiche ! Elle le mangerait. Mon pauvre ami, il n'y a rien à raconter. Et d'ailleurs, je ne ferai qu'*échanger* des confidences avec vous. Donnant, donnant.
Il boude comme une fille, le front en avant et la bouche gonflée.
— Dites-moi, Marcel, est-ce que vous faites souvent cette figure-là à... à votre ami ? Rappelez-moi donc son prénom...
— Il s'appelle Charlie, répond mon « neveu » après avoir hésité.

— Son âge ? Allons, allons, il faut tout vous arracher !
— Il a dix-huit ans. Mais très sérieux, très mûr pour son âge... Vous vous êtes figuré des choses, vraiment !...
— Oh ! écoutez, vous m'« aralez ». Nous n'allons pas recommencer, hein ? Soyez sa petite amie, mais soyez mon camarade, une bonne fois, et je vous raconterai Luce, là !

Avec sa grâce désarmante, il me saisit doucement les poignets.
— Oh ! que vous êtes gentille ! Il y a si longtemps que je voulais avoir de *vraies* confidences de jeune fille ! Ici, à Paris, les jeunes filles sont des femmes ou des cruches. Claudine, dites, mon amie Claudine, je serai votre confident !

Est-ce là la petite perfection froide du premier jour ? Il me parle en me tenant les mains, et joue de ses yeux, de sa bouche, de toute sa figure, pour obtenir une confidence, comme il en joue, je suis sûre, pour obtenir une caresse, une réconciliation. Et l'idée me vient d'inventer des turpitudes que je n'ai pas commises. Il m'en raconterait d'autres — qu'il a sans doute commises... C'est assez vilain, ce que je fais là. Mais comment voulez-vous ? Je ne peux pas me fourrer dans l'idée que je joue avec un garçon. S'il m'avait pris la taille ou embrassée, je lui aurais déjà griffé les yeux, et tout en serait resté là. Le mal vient de ce qu'il n'y a pas de danger...

Mon « neveu » n'est pas d'humeur à me laisser réfléchir longtemps. Il me tire par les poignets, m'assoit dans mon crapaud, et s'installe par terre sur mon coussin en balles de blé, en tirant son pantalon pour ne pas le marquer aux genoux :

— Là, nous sommes bien installés. Oh ! que cette cour sombre est vilaine ! Je baisse le rideau, vous voulez bien ? Et maintenant, racontez-moi comment ça a commencé.

Dans la glace, longue, je nous vois. Nous ne sommes pas laids, je dois le dire, il y a plus mal. Mais qu'est-ce que je vais lui forger, à ce blondin avide qui m'écoute de si près que je vois tous les rayons, bleu ardoise sur bleu pervenche, qui étoilent ses iris ? Claudine, ma petite servante, souviens-toi de l'Ecole. Tu n'en es pas à un mensonge près.

— Je ne sais pas, moi. Ça ne commence pas ces histoires-là. C'est... une transformation lente de la vie habituelle, une...
— ... infiltration...
— Merci bien, Monsieur : on voit que vous vous y connaissez.
— Claudine, Claudine, ne vous perdez pas dans les généralités. Les généralités sont incolores. Tenez votre promesse, racontez. Il faut me décrire Luce d'abord. Un chapitre d'exposition, mais court !
— Luce ? C'est bientôt fait. Petite, châtaine, blanche et rosée,

des yeux verts bridés, des cils retroussés — comme les vôtres — le nez trop petit et la figure un peu kalmouke... Là, je vous disais bien que vous n'aimeriez pas ce type-là ! Attendez. Des pieds, des mains, et des chevilles fragiles. Mon accent, l'accent bien fresnois, en plus traînant. Menteuse, gourmande, câline. Elle n'était jamais contente quand elle n'avait pas eu sa taraudée de chaque jour.

— Sa « taraudée » ? Vous voulez dire que vous la battiez ?

— Effectivement, c'est ce que je veux dire, mais il ne faut pas interrompre. « Silence à la petite classe, ou je double les problèmes pour demain ! » Ainsi s'exprimait Mademoiselle quand sa chère Aimée ne réussissait pas à maintenir les élèves dans le devoir.

— Qui était-ce cette Aimée ?

— La Luce de Mademoiselle, de la Directrice.

— Bon, continuez.

— Je continue. Un matin que c'était notre tour de casser du bois pour le feu, dans le hangar...

— Vous dites ?

— Je dis : Un matin que c'était notre tour de casser du bois pour le...

— Alors, vous cassiez du bois, dans cette pension ?

— C'est pas une pension, c'est une école. On cassait du bois chacune à son tour, à sept heures et demie, le matin, en hiver, par des froids ! Vous ne vous figurez pas comme les échardes font mal, quand il gèle ! J'avais toujours les poches pleines de châtaignes chaudes pour manger en classe et pour me chauffer les mains. Et on se dépêchait d'arriver tôt, celles qui cassaient le petit bois, pour sucer les chandelles de glace de la pompe, près du hangar. Et j'apportais aussi des châtaignes crues, pas fendues, pour fâcher Mademoiselle en les mettant dans le poêle.

— Ma tête ! Où a-t-on vu une école comme celle-là ! Mais Luce, Luce ?

— Luce geignait plus que tout le monde, les jours où elle était « de bois » et venait se faire consoler près de moi. « Claudine, j'ai la fret[1], mes mains pluchent, aga[2] mon pouce tout grafigné ! Bine-moi, Claudine, ma Claudine. » Et elle se mussait sous mon capuchon, et m'embrassait.

— Comment ? comment ? interroge nerveusement Marcel qui m'écoute, la bouche demi-ouverte, les joues trop roses. Comment est-ce qu'elle vous bi... vous embrassait ?

1. J'ai froid.
2. Regarde.

— Sur les joues, tiens, sur le cou, dis-je, comme soudainement devenue idiote.

— Allez vous promener, vous n'êtes qu'une femme comme les autres !

— Luce n'était pas du tout de cet avis-là (je lui mets les mains sur les épaules pour le faire tenir tranquille) ; ne vous fâchez pas, ça va venir, les horreurs !

— Claudine, une minute : ça ne vous gênait pas, qu'elle parlât patois ?

— Patois ? Vous vous en seriez contenté, jeune Parisien, du patois, parlé avec cette voix pleurante et chantante, de cette bouche-là, sous le capuchon rouge qui cache le front et les oreilles, ne laissant voir qu'un museau rose et des joues en velours de pêche, que le froid ne décolorait même pas ! Je vous en ficherai du patois !

— Quel feu, Claudine ! Vous ne l'avez pas encore oubliée, il s'en faut.

— Donc, un matin, Luce me remit une lettre.

— Ah ! Enfin ! Où est-elle, cette lettre ?

— Je l'ai déchirée et rendue à Luce.

— Ça n'est pas vrai !

— Dites donc, vous ! Je vais vous envoyer voir avenue de Wagram si votre pâte à gâteau est cuite !

— Pardon ! Je voulais dire : ce n'est pas vraisemblable.

— Petite arnie de mon cœur ! Oui, je la lui ai rendue, parce qu'elle m'y proposait des choses... pas convenables, là.

— Claudine, au nom du ciel, ne me faites pas languir.

— Elle m'écrivait : « Ma chérie, si tu voulais bien être ma grande amie, il me semble que je n'aurais plus rien à désirer. Nous serions aussi heureuses que ma sœur Aimée avec Mademoiselle, et je t'en serais reconnaissante toute ma vie. Je t'aime tant, je te trouve si jolie, ta peau est plus douce que la poudre jaune qui est dans les lys, et j'aime même quand tu me griffes parce que tu as des petits ongles froids. » Des choses comme ça, quoi.

— Ah !... cette humilité ingénue... Savez-vous que c'est adorable ?

Mon « neveu » est dans un bel état. Pour une nature impressionnable, c'est une nature impressionnable ! Il ne me regarde plus, il bat des cils, il a des pommettes tachées de carmin et son joli nez vient de pâlir. Cette émotion-là, je ne l'ai vue que chez Luce, mais qu'il est plus beau ! Brusquement, je pense : « S'il levait les yeux, s'il mettait ses bras autour de moi, à cette minute précise, qu'est-ce que je ferais ? » Une petite chenille me passe dans le dos. Il relève les cils, il tend la tête davantage, et implore passion-

Claudine à Paris

nément : « Après, Claudine, après ? » Ce n'est pas moi qui l'émeus, pardi, c'est mon histoire, et les détails qu'il espère ! Claudine, ma chère, ce n'est pas encore cette fois-ci qu'on t'outrage.

La porte s'ouvre. C'est Mélie, discrète, et qui fonde, je crois, de grandes espérances sur Marcel ; elle voit en lui ce « galant » qui me manquait. Elle apporte ma petite lampe, ferme les persiennes, tire les rideaux, et nous laisse dans une pénombre tiède. Mais Marcel s'est levé :

— La lampe, Claudine ! Quelle heure est-il donc ?
— Cinq heures et demie.
— Oh ! ce que grand-mère va me raser ! Il faut que je parte, j'ai promis de revenir à cinq heures.
— Mais je croyais que tante Cœur faisait vos trente-six caprices ?
— Oui et non. Elle est très gentille, mais elle me soigne trop. Si je rentre en retard d'une demi-heure je la trouve en larmes, c'est pas drôle ! Et, à chaque sortie, je subis des « Prends bien garde ! je ne vis pas quand tu es dehors ! Surtout ne passe pas par la rue Cardinet, elle est mal fréquentée. Ni par l'Etoile, toutes ces voitures, à la nuit tombante !... » Ah ! la, la, la, la ! vous ne savez pas ce que c'est, vous, que d'être élevé dans du coton ! Claudine, chuchote-t-il tout bas, de tout près, vous me gardez le reste de l'histoire, n'est-ce pas ? J'ai confiance en vous, je peux ?

— Autant que j'ai confiance en vous, dis-je sans rire.
— Méchante fille ! Votre menotte à embrasser. Ne faites plus de peine à votre « neveu » qui vous aime bien. Adieu, Claudine, à bientôt, Claudine !

De la porte il m'envoie un baiser du bout des doigts, pour jouer, et fuit sur ses pieds silencieux. Voilà un bon après-midi ! J'en ai la cervelle toute chaude. Hop ! Fanchette ! Un peu de gymnastique ! Venez faire danser vos futurs enfants !

Ma gaieté n'a pas duré. J'ai eu une brusque rechute de nostalgie fresnoise et scolaire. Et pourquoi ? A cause de Bérillon ; à cause de ce crétin de Bérillon ; de cet idiot de Bérillon. J'ai épousseté, dans mon petit bureau, mes livres, pieusement rapportés de l'Ecole, et j'ai ouvert machinalement *La Bonne Ménagère agricole, simples notions d'économie rurale et domestique à l'usage des écoles de jeunes filles,* par Louis-Eugène Bérillon. Cet ineffable petit bouquin était, pour toutes les grandes de l'école, une source de joies pures (y en avait déjà pas tant, des joies pures) et nous en redisions des passages à voix haute, la grande Anaïs et moi, sans nous lasser. Les jours de pluie, sous le préau neuf de la cour carrée, alors qu'on ne pouvait jouer ni au pot ni à la grue, nous nous poussions des colles sur *La Bonne Ménagère.*

— Anaïs, parlez-moi de *La Bonne Ménagère agricole* et de son ingéniosité en matière de vidanges.

Le petit doigt en l'air, sa bouche plate serrée en une moue d'extraordinaire distinction, Anaïs récitait avec un sérieux qui me faisait mourir de rire :

— « La bonne ménagère a amené son mari à lui construire, ou elle a construit elle-même, au nord du jardin, dans un coin retiré, au moyen de quelques perches, de quelques planches et de quelques poignées de glui ou de genêt, une sorte de cabane qui sert de lieu d'aisances. » (C'est comme j'ai l'honneur de vous le dire...) « Cette cabane, littéralement cachée sous le feuillage et les fleurs de plantes grimpantes et d'arbustes sarmenteux, ressemble moins à des latrines qu'à un joli berceau de verdure. »

— Charmant ! Quelle poésie de conception et de style, et que ne puis-je égarer mes pas rêveurs vers cette tonnelle fleurie, embaumée, et m'y asseoir une minute !... Mais, passons au côté pratique. Anaïs, continuez, je vous prie.

— « Comme les déjections de cinq ou six personnes, pendant un an, sont bien suffisantes pour fumer un hectare de terrain, et que rien en matière...

— Chut, chut, n'appuyez pas !

— « ... en matière d'engrais, ne doit être perdu, la fosse d'aisances est, ou un trou creusé en terre et recouvert de glaise battue, ou une sorte de vase profond en terre cuite, ou tout simplement un vieux tonneau hors de service. »

— Adieu, tonneaux, vidanges sont faites ! Ma chère enfant, c'est parfait. Je ne vous apprendrai rien en vous disant qu'il sied de mélanger *intimement* l'engrais humain avec deux fois son volume de terre, et que cinq kilos suffisent pour fumer un are, et pour en empoisonner deux cents. En récompense de votre assiduité, je vous autorise à embrasser cinq fois le docteur Dutertre, délégué cantonal.

— Tu blagues ! murmurait Anaïs rêveuse, mais s'il ne fallait que ton autorisation...

O Bérillon, que tu as amusé ces sales petites filles, dont j'étais ! Ta préface, nous la mimions en la déclamant. Marie Belhomme, à l'âme ingénue, tendait au ciel ses mains de sage-femme et apostrophait, vibrante de conviction attendrie, la jeune fille des champs.

— « Malheureuse enfant ! que votre erreur est grande ! Ah ! dans votre intérêt et pour votre bonheur, repoussez comme détestable la pensée de vous éloigner ainsi de vos parents et de la maisonnette où vous êtes née ! Si vous saviez à quel prix celles dont vous enviez le luxe ont acheté la soie et les bijoux dont elle se parent !... »

— Dix francs la nuit, interrompait Anaïs. Je crois que c'est le prix à Paris !

C'est ce saumâtre Bérillon, et sa couverture élimée aux gardes ornées de décalcomanies, qui m'ont remis trop vivement en mémoire l'école et mes petites compagnes. Tiens, je vais écrire à Luce. Il y a bien longtemps que je n'ai eu de ses nouvelles ; est-ce qu'elle aurait quitté Montigny ?

Rien de drôle ces jours-ci. Je sors à pied, je me remue pour des robes et des chapeaux. Un monsieur m'a suivie. J'ai eu la malencontreuse idée de lui tirer une langue pointue. « Oh ! donnez-la-moi ! » qu'il a fait. Ça m'apprendra. Aller servir le thé chez tante Cœur ? « Bouac ! » comme disait la grande Anaïs qui simulait si admirablement les nausées. Heureusement, Marcel sera là... C'est égal, j'aimerais bien mieux arcander[1] ici, même à quelque chose d'embêtant.

1. Travailler.

Je retourne chez tante Cœur dans ma petite robe simple en drap bleu, je n'en ai pas encore d'autres convenables. Et puis, si je « forcis » comme c'est probable, celles que je me commanderais trop tôt éclateraient. (Voyez-vous cette avalanche de chairs qui sauteraient dehors ?) En attendant, je ne pèse encore que cinquante kilos à la balance automatique de la place Saint-Germain-des-Prés.

J'arrive à quatre heures et demie. Personne encore au salon ; Marcel y voltige sans bruit, un peu pâlot, et le dessous des yeux mauve. Je crois que ce petit air fatigué le rend encore plus gentil. Il dispose des fleurs dans des vases et chantonne tout bas.

— Mon « neveu », si vous mettiez un petit tablier en broderie anglaise ?

— Et vous, voulez-vous mon pantalon ?

— J'en ai déjà un, merci. Oh ! maladroit, regardez donc ce que vous faites ! Vous posez le petit socle à bouchetonǃ

— A bouche-quoi ? dit-il en éclatant de rire.

— Sens dessus dessous. Vous ne comprenez donc rien ? Où vous a-t-on élevé ?

— Ici, hélas !... Claudine, pourquoi ne portez-vous pas de costumes tailleur ? Ça vous irait à ravir.

— Parce qu'il n'y a pas de tailleur à Montigny.

— Mais il y en a à Paris. Voulez-vous que je vous y conduise ? Pas chez les grands, n'ayez pas peur. Nous irons. J'adore chiffonner et tripoter des étoffes.

— Oui, je veux bien... Qui est-ce qui va venir ici aujourd'hui ? Ils vont m'arrœiller[1], tous ces gens. Si je m'en allais.

— Pas la peine, il n'y aura pas des foules pour vous arr... pour vous dévisager ! Madame Barmann, sûr, la vieille tortue. Peut-être...

1. Regarder de tous ses yeux.

Charlie, dit-il en détournant les yeux, mais ce n'est pas sûr; madame Van Langendonck...
— Une Belge?
— Non, elle est cypriote.
— C'est bien la peine d'être grecque pour s'affubler d'un nom pareil. Si j'étais flamande, je n'aurais pas l'idée de m'appeler Nausicaa!
— Que voulez-vous? Je n'y peux rien!... Il y aura aussi quelques jeunes gens du salon Barmann, une vieille dame que maman aime bien et qu'on appelle toujours madame Amélie, on ne sait plus son nom de famille, en somme presque rien...
— Bon sang, je m'en contente!
— Claudine... et Luce?
— Houche donc! voilà tante.
En effet, sa grand-mère entre, toute en soie murmurante.
— Ah! ma jolie nièce! Avez-vous dit qu'on vînt vous chercher ou voulez-vous que Marcel vous reconduise?
— Mais, tante, je n'ai besoin de personne. Je suis venue toute seule.
Elle en devient pourpre sous sa poudre.
— Seule! A pied? en voiture?
— Non, tante, dans Panthéon-Courcelles.
— Mon Dieu, mon Dieu, que Claude est coupable...
Elle n'ose pas en dire plus long. Marcel me regarde de coin en mangeant sa langue, le misérable, et, si je ris, tout est perdu. Il tourne les boutons électriques et tante Cœur sort de sa consternation avec un grand soupir.
— Mes enfants, j'aurai peu d'amis cette semaine...
Trrrrrr... en voilà toujours un. Non, c'est une. Précipitamment, je me suis garée derrière la table à thé, et Marcel rit de toute son âme. Une boule bossue auréolée de coton iodé en frisettes, a roulé jusqu'à ma tante Cœur.
Embobelinée d'une zibeline attardée sous quoi elle transpire, madame Barmann est coiffée d'une chouette éployée. Chouette dessus, chouette dessous. Le nez crochu, pour être jaspé de couperose, ne manque pas d'autorité, et les yeux gris en billes remuent terriblement.
— Je suis fourbue. J'ai fait onze kilomètres à pied, dit sa voix dure. Mais j'ai trouvé des merveilles de meubles chez deux vieilles filles qui habitent Montrouge. Un vrai voyage!... Huysmans aurait chéri ce pâté si curieusement pittoresque de maisons bancales... Je fouille un peu partout pour embellir, meubler le nouvel hôtel de

notre illustre ami Gréveuille... il a en moi une confiance enfantine...
Et, dans trois semaines, on joue chez moi une parade du répertoire
de la Foire... Je ne vous demande pas, chère Madame, d'y amener
cet enfant...

Elle regarde Marcel, et me regarde ensuite, sans ajouter un mot.

— Ma nièce Claudine, s'empresse de présenter tante Cœur.
Depuis peu de temps à Paris, ajoute-t-elle en me faisant signe
d'approcher, parce que, vraiment, je ne me déplace pas vite.

De tout près, la meubleuse de « l'illustre ami » me dévisage avec
une telle insolence que je me demande si je ne vais pas tout d'un
coup lui mettre mon poing sur sa couperose. Mais elle reporte enfin
les yeux sur tante Cœur.

— Charmante, dit-elle d'un ton rude. Me l'amènerez-vous un mercredi ? Le mercredi, c'est, en somme, candide.

Tante Cœur remercie pour moi. Je n'ai pas desserré les dents, et
je tremble si fort en versant du thé pour l'impudente vieille
chouette, que Marcel exulte. Ses yeux étincellent de moquerie. Il
me chuchote :

— Claudine, qu'est-ce qu'on va faire de vous, si vous vous jetez
comme ça à la tête des gens ? Voyons, voyons, contenez un peu
cette expansivité désordonnée !

— Zut ! lui dis-je tout bas, avec rage. Je ne peux pas souffrir
qu'on m'arœille comme ça !

Et je vais offrir ma tasse de thé, suivie de Marcel, autrement
câlin et fille que moi, qui porte les sandwiches.

Trrrrrrr... encore une dame. Mais charmante, celle-là, avec des
yeux jusqu'aux tempes et des cheveux jusqu'aux yeux.

— Madame Van Langendonck, m'informe Marcel tout bas, celle
qui est cypriote...

— Comme son nom l'indique, parfaitement.

— Est-ce qu'elle vous dit quelque chose, celle-là, Claudine ?

— Tiens, je crois bien. Elle a l'air d'une antilope qui fait la fête.

La jolie créature ! Des cheveux qui volent, un vaste chapeau
emplumé qui tangue, des yeux myopes et pâmés, un geste fréquent,
enveloppant et mou, de la petite main droite, brillante de bagues.
Elle incarne l'approbation. A tante Cœur, à madame Barmann, elle
dit : « oui », elle dit : « vous avez raison », elle dit : « comme c'est
vrai ». C'est une nature plutôt conciliante. Son ouiouisme ne va pas
sans quelque incohérence. Elle vient de nous renseigner coup sur
coup : « Hier, à cinq heures, j'étais en courses au Bon Marché » et :
« Hier à cinq heures, j'étais à une Bodinière tellement intéressante. » Ça ne paraît gêner personne, elle encore moins.

Tante Cœur m'appelle :
— Claudine !

J'arrive, de bonne grâce, et je souris à cette délicieuse figure offerte. Aussitôt, un déluge de compliments, sans mesure, s'abat sur ma tête innocente.

— Qu'elle est charmante ! Et c'est un type si original ! Et quelle jolie ligne de corps ! Dix-sept ans ? Je lui donnais au moins dix-huit...

— Oh ! non, par exemple, proteste la chouette Barmann ; elle paraît beaucoup moins que son âge.

— Oui, n'est-ce pas ? A peine quinze ans.

Et allez donc ! La fausse gravité de Marcel commence à m'incommoder, lorsque *trrrrrrr*... Un monsieur, cette fois. Un grand monsieur mince, un monsieur bien. Il a le teint foncé, beaucoup de cheveux châtains blanchissants, des yeux jeunes avec des paupières fatiguées et une moustache soignée, d'un blond qui s'argente. Il entre à peu près comme chez lui, baise la main de tante Cœur, et constate, sous le cruel lustre, narquoisement :

— Comme ça repose les yeux, cette pénombre douce des appartements d'aujourd'hui !

Amusée de la blague, je regarde Marcel ; il ne rit pas du tout et considère le monsieur sans bienveillance.

— Qui c'est ?

— C'est mon père, répond-il glacé, en se dirigeant vers le monsieur qui lui secoue la main, gentiment et distraitement, comme on tire l'oreille à son chien de chasse.

Son père ? Je la trouve très mauvaise ! je dois avoir l'air idiot. Un père avec qui on a eu des histoires, c'est facile à voir. Son fils ne lui ressemble que très vaguement. L'arête têtue des sourcils, peut-être ? Mais tous les traits, chez Marcel, sont si affinés, que ce n'est pas encore bien sûr. Quelle drôle de figure, à la fois sèche et soumise, fait mon neveu à l'auteur de ses jours ! En tout cas, il ne le crie pas sur les toits, qu'il a un papa ; celui-ci me paraît pourtant plus qu'avouable. Mais, manifestement, chez tous les deux, la voix du sang ne « huche » pas à vous détériorer l'oreille moyenne.

— Tu vas bien, mon petit ? tu travailles bien ?
— Oui, père.
— Je te trouve l'air un peu fatigué.
— Oh ! non, père.

— Tu aurais dû venir aux courses avec moi aujourd'hui. Ça t'aurait secoué.

— Père, il fallait bien que je servisse le thé.

— Ça, c'est vrai. Il fallait bien que tu servisses le thé. A Dieu ne plaise que je te détourne d'aussi graves devoirs !

Comme la chouette Barmann et l'antilope cypriote font patia-patia ensemble, l'une autoritaire, et l'autre d'une souplesse contre laquelle s'émoussent toutes les pointes, tante Cœur moins onctueuse que de coutume, risque :

— Trouvez-vous, Renaud, qu'un champ de courses soit le milieu qui convienne absolument à cet enfant ?

— Mais, chère Madame, il y verrait des gens très sortables, et encore plus d'israélites, ajoute-t-il doucement en regardant du côté de madame Barmann.

Ça va bien, ça va bien ! Je bouillonne de joie comprimée. Si ça continue, la porcelaine anglaise que je manie respectueusement va joncher les tapis. Tante Cœur, les yeux baissés, rougit imperceptiblement. Y a pas, y a pas, il n'est guère poli, mais je m'amuse bien. (Oh ! « que j'ai t'y du goût ! » dirait Luce.) Marcel compte les fleurs de la moquette avec la figure d'une jeune fille qu'on n'a pas invitée à danser.

— Vous avez joué aux courses, sans doute ? interroge douloureusement ma tante avec une figure d'angoisse.

Le monsieur hoche mélancoliquement la tête.

— J'y ai même perdu. Alors, j'ai donné vingt francs au fiacre qui m'a ramené.

— Pourquoi ? demande son fils en levant les sourcils.

— Parce que, avec ce que j'avais perdu, ça faisait un compte rond.

« Hppp... » c'est cette gourde de Claudine qui pouffe. Mon cousin... (voyons, si c'est le père de mon neveu, est-ce mon cousin ? je ne sais plus)... mon cousin tourne la tête vers ce rire indécent.

— Connaissez-vous ma petite nièce Claudine, Renaud ? La fille de mon frère Claude, depuis peu à Paris. Elle et Marcel sont déjà les meilleurs amis du monde.

— Je ne plains pas Marcel, déclare le monsieur à qui j'ai tendu la main. Il ne m'a regardée qu'une seconde, mais c'est quelqu'un qui sait regarder. Un regard en zigzag, arrêt imperceptible aux cheveux, aux yeux, au bas du visage et aux mains. Marcel se dirige vers la table à thé, je m'apprête à le suivre...

— ...La fille de Claude..., cherche mon cousin. Oh ! attendez une minute, j'ai si peu le sens des généalogies... Mais alors, Mademoiselle est la tante de Marcel ? C'est vaudevillesque cette situation, n'est-ce pas, ma... cousine ?

— Oui, mon oncle, dis-je sans hésiter.

— A la bonne heure ! Ça va me faire deux bébés à emmener au Cirque, si votre père m'y autorise. Vous avez bien... quoi ? quinze, seize ans ?

Je rectifie, froissée :

— Plus de dix-sept ans !

— Dix-sept... oui, ces yeux-là... Marcel, ça te change, hein, d'avoir une petite amie ?

— Oh ! dis-je, en riant, je suis bien trop garçon pour lui !

Mon cousin l'Oncle, qui nous a suivis à la table à thé, me scrute d'un regard vif, mais j'ai l'air d'une si bonne petite fille !

— Trop garçon pour lui ? Non, vraiment non, module-t-il avec un air de gouaillerie.

Marcel tripote si maladroitement une petite cuiller de vermeil qu'il vient d'en tordre le manche. Il lève ses gracieuses épaules et s'en va de son joli pas tranquille, refermant derrière lui la porte de la salle à manger. La mère Barmann s'en va, me lance un « Adieu, petite ! » très ridicule, et croise une vieille dame à bandeaux blancs, pareille à un tas de vieilles dames, qui s'assied en deux fois et refuse du thé. Veine !

Mon cousin l'Oncle, qui a reconduit la chouette jusqu'à la porte, revient à la table de thé, me demande du thé, exige de la crème, plus que ça, deux sucres, un sandwich, pas celui du dessus parce qu'il a dû sécher, et quoi encore ? Mais nos deux gourmandises se comprennent et je ne m'impatiente pas. Il m'est sympathique, ce cousin l'Oncle. Je voudrais bien savoir ce qu'il y a entre lui et Marcel. Il a l'air d'y songer, et, tout en trempant un bon petit sablé, il m'interroge à demi-voix.

— Mon fils vous avait parlé de moi ?

Pitié-malheur ! Quoi faire ? Que dire ? Je laisse tomber ma cuiller pour me donner du temps, comme à l'Ecole mon porte-plume, et je réponds enfin :

— Non, du moins je ne m'en souviens pas.

Ça n'est pas autrement fort, mais quoi ? Il n'a pas l'air étonné. Il mange proprement. Il n'est pas vieux. C'est un père encore jeune. Son nez m'amuse, un peu courbe avec des narines qui remuent. Sous des cils très noirs, ses yeux luisent gris-bleu foncé. Il n'a pas de vilaines oreilles pour un homme. Ses cheveux blanchissent aux tempes et floconnent. A Montigny, il y avait un beau chien cendré qui avait le poil de cette couleur-là. Pouf! il lève si brusquement les yeux qu'il me surprend en train de le regarder.

— Vous me trouvez laid ?

— Non, mon oncle, pas du tout.

— Pas si beau que Marcel, hein ?

— Ah! pour ça, non, par exemple! Il n'y a pas de garçon aussi joli que lui; et même très peu de femmes qui en approchent.

— Très juste! Mon orgueil de père est flatté... Il n'est pas très liant, mon fils, n'est-ce pas ?

— Mais si! Il est venu me voir tout seul, avant-hier à la maison, et nous avons beaucoup bavardé. Il est bien mieux élevé que moi.

— Que moi aussi. Mais vous m'étonnez en disant qu'il vous a déjà fait visite. Vous m'étonnez énormément. C'est une conquête. Je voudrais bien que vous me présent...assiez à votre père, ma cousine. La famille! Moi j'ai le culte de la famille, d'abord. Je suis un pilier des vieilles traditions.

— Et des champs de courses...

— Oh! mais c'est que c'est vrai, que vous êtes très mal élevée! Quand puis-je trouver votre père ?

— Le matin, il ne sort guère. L'après-midi, il va voir des gens décorés et remuer de la poussière dans des bibliothèques. Mais pas tous les jours. D'ailleurs, si vous voulez vraiment venir, je lui dirai de rester. Il m'obéit encore assez bien pour les petites choses.

— Ah! les petites choses! Il n'y a que celles-là: elles tiennent toute la place et il n'en reste plus pour les grandes. Voyons... qu'est-ce que vous avez vu à Paris, déjà ?

— Le Luxembourg et les grands magasins.

— C'est très suffisant, en somme. Si je vous menais au concert, dimanche, avec Marcel ? Je crois que les concerts sont assez « select », cette année, pour que mon fils consente à s'y risquer quelquefois.

— Les grands concerts ? Oh! oui, je vous remercie; j'avais bien envie d'y aller, quoique je n'y connaisse pas grand-chose. J'ai si rarement entendu de bons orchestres...

— Bon, c'est convenu. Quoi encore ? Vous m'avez l'air d'une petite personne pas difficile à amuser. J'aurais voulu une fille, hélas, je l'aurais si bien élevée à ma façon! Qu'est-ce que vous aimez ?

Je m'illumine.

— Tant de choses! Les bananes pourries, les bonbons en chocolat, les bourgeons de tilleul, l'intérieur des queues d'artichaut, le coucou [1] des arbres fruitiers, les livres nouveaux et les couteaux à beaucoup de lames, et...

Essoufflée, j'éclate de rire, parce que mon cousin l'Oncle a tiré gravement un carnet de sa poche et note :

— Une seconde de répit, je vous supplie, chère enfant ! Les bonbons en chocolat, les bananes pourries — horreur ! — et l'intérieur d'artichaut c'est un jeu d'enfant, mais, pour les bourgeons de tilleul, et le coucou qui perche sur les arbres fruitiers, exclusivement, je ne connais pas de maisons de dépôt à Paris. Est-ce qu'on peut s'adresser en fabrique ?

A la bonne heure ! Voilà un monsieur qui sait bien amuser les enfants ! Pourquoi son fils n'a-t-il pas l'air de corder avec lui ? Justement Marcel revient, exhibant une jolie frimousse trop indifférente. Mon cousin l'Oncle se lève, la vieille dame blanche se lève, la jolie Cypriote Van Langendonck se lève : retraite générale. Ces dames parties, ma tante s'enquiert :

— Ma mignonne, qui donc va vous reconduire chez votre père ? Voulez-vous que ma femme de chambre ?...

— Ou bien moi, grand-mère, propose Marcel gentiment.

— Toi... Oui, mais prends une voiture à l'heure, mon chéri.

— Comment, vous le laissez sortir en voiture, à cette heure-ci ? fait mon cousin l'Oncle, si narquois que tante Cœur s'en aperçoit.

— Mon ami, j'ai charge d'âme. Qui donc s'occupe de cet enfant ?

Je n'entends pas la suite, je vais mettre mon chapeau et ma veste. Quand je reviens, mon cousin l'Oncle a disparu, et tante Cœur reprend peu à peu son sourire de vieille dame qui a couché aux Tuileries.

Les adieux, les à bientôt, et la rue froide, après la tiédeur enfermée du salon.

Un fiacre à pneus nous reçoit à la station de la rue Jouffroy ! Je ne suis pas encore blasée sur la joie des pneumatiques, et je l'avoue. Marcel sourit sans rien dire. Tout de suite, j'attaque :

— Il est gentil, votre père.

— Gentil.

— Contenez votre tendresse délirante, ô le plus passionné des fils !

— Qu'est-ce que vous voulez ? Je ne vais pas découvrir papa aujourd'hui, n'est-ce pas ? Il y a dix-sept ans que je le connais.

Je me renferme dans une discrétion blessée.

---

1. Sorte de gomme.

— Ne boudez pas, Claudine, c'est trop compliqué à expliquer, tout ça.

— Vous avez bien raison, mon ami, ça ne me regarde en aucune façon. Si vous ne le montez pas en épingle, votre père, vous devez avoir vos raisons.

— Assurément, j'en ai. Il a rendu maman très malheureuse.

— Longtemps ?

— Oui... dix-huit mois.

— Il la battait ?

— Non, voyons ! Mais il n'était jamais à la maison.

— Et vous, il vous a rendu très malheureux ?

— Oh ! ce n'est pas ça. Mais, explique mon « neveu » avec une rage contenue, il sait être si blessant ! Nos deux natures ne sympathisent nullement.

Il a lancé ces derniers mots avec un ton désabusé et littéraire qui me fait tordre à l'intérieur.

— Claudine !... L'autre jour nous en étions restés à la lettre de Luce. Continuez, je le veux ! C'est autrement intéressant qu'un tas de pot-bouille et de linge sale en famille !

Ah ! je retrouve mon Marcel, mon joli Marcel.

Aux becs de gaz qui passent, sa figure mince brille et disparaît, et rebrille et s'efface, et toutes les trois secondes je distingue la fossette de son menton têtu et fin. Vibrante, énervée par mon après-midi, par l'obscurité, par les nouvelles figures et le thé trop noir, je musse commodément mes mains froides dans celles de mon « neveu » fiévreusement chaudes. Jusqu'ici je lui ai dit vrai, aujourd'hui, il s'agit de faire des forgeries, quelque chose de bien. Mentons ! « Mentissons bramant », comme dit Mélie.

— Alors, j'ai rendu à Luce sa lettre « mincée ».

— Déchirée ?

— Oui, mincée à morceaux.

— Qu'est-ce qu'elle a dit ?

— Elle a pleuré sans honte, tout haut.

— Et... ç'a été votre dernier mot ?

Silence équivoque, et comme un peu honteux, de Claudine... Marcel tend sa jolie tête avidement.

— Non... Elle a fait tout pour me fléchir. Quand j'étais *d'eau* — vous comprenez, on montait de l'eau chacune à son tour — elle m'attendait dans le dortoir et laissait descendre les autres pour me parler. Elle menaçait de pleurer tout haut pour m'ennuyer, et m'« aralait » jusqu'à ce que je finisse par la prendre sur mes genoux, moi assise sur son lit. Elle croisait ses petites mains derrière mon cou, cachait sa tête sur mon épaule et me montrait, en face, au fond de la cour, le dortoir des garçons où on les voyait se déshabiller le soir.

— On les voyait se... ?
— Oui, et ils faisaient des signes. Luce riait tout bas dans mon cou, et battait ma jambe de ses talons. Je lui disais : « Lève-toi. "Aga", Mademoiselle qui vient ! » Mais elle se jetait brusquement contre moi, et m'embrassait follement...
— ... Follement... répète Marcel en écho, et ses mains se refroidissent lentement dans les miennes.
— Alors je me levais d'un coup, et je la jetais presque par terre. Elle criait tout bas : « Méchante ! méchante ! sans cœur ! »
— Et puis ?
— Et puis je lui flanquais une de ces taraudées si solides qu'elle en avait les bras bleus et la peau de la tête chaude. Je tape bien, quand je m'y mets. Elle adorait ça. Elle cachait sa figure et se laissait battre, en faisant de grands soupirs... (Les ponts, Marcel, nous arrivons.) De grands soupirs, comme vous à présent.
— Claudine, dit sa voix douce, un peu étranglée, vous ne me direz rien de plus ? Je... j'aime tant ces histoires...
— Je m'en aperçois... Seulement, vous savez les conditions ?
— Chut ! je sais les conditions. Donnant, donnant... Mais, fait-il en avançant tout près ses yeux agrandis, sa bouche rose et sèche, les amitiés chastes, passionnées et toutes de cœur, sont plus difficiles à raconter, je crains d'être bref autant que maladroit...
— Prenez garde ! Vous avez envie de mentir. Je me muselle.
— Non, non, je vous obligerais à parler maintenant !... Nous sommes arrivés. Je descends, je vais sonner.

La porte ouverte, il reprend mes mains dans ses doigts moites, les serre trop et les baise l'une et l'autre.

— Mes compliments à mon oncle, Claudine. Et mes hommages à Fanchette. O Claudine inattendue ! Aurais-je pensé que de Montigny me viendrait tout ce plaisir-là ?

Il a bien dit ça.

A table, mon énervement tombe un peu, pendant que je raconte à papa, qui n'écoute pas, mon après-midi, et mon cousin l'Oncle. Fanchette, la chérie, aune avec son nez le bas de ma jupe pour savoir d'où je viens. Elle a un joli ventre rond qu'elle porte allégrement, et qui ne l'empêche pas de sauter après les papillons de la lampe. J'ai beau lui dire « Fanchette, on ne lève pas les bras quand on est enceinte », elle ne m'écoute pas.

Au chester, papa, que l'Esprit, sans doute, a visité, pousse un grand cri.
— Quoi, papa ? Une nouvelle limace ?
— J'ai trouvé, je sais qui c'est ! Tout ça m'était sorti de la mémoire ; quand on s'occupe toute sa vie de choses sérieuses, ces fantaisies-là s'oublient. La pauvre Ida, Marcel, Renaud, voilà ! Trente-six cochons ! La fille de Wilhelmine a épousé très jeune ce Renaud qui n'était pas vieux. Elle l'a embêté, je crois. Tu penses, une fille de Wilhelmine !... Alors, elle a eu un fils, Marcel. Ils n'étaient pas souvent du même avis, après l'enfant. Une petite femme puritaine et susceptible. Elle a dit : « Je retourne chez ma mère. » Il a dit : « Je vais vous faire avancer un fiacre. » Peu après, elle est morte de quelque chose de rapide. Voilà.

Le soir, avant de me coucher, pendant que Mélie ferme les volets :
— Mélie, j'ai un oncle, à présent. Non, je veux dire, j'ai un cousin et un neveu, tu comprends !
— T'as aussi le vertigo, à c't'heure. Et la chatte donc ! Depuis qu'elle est pleine, elle est toujours dans les tiroirs et dans les commodes, à tout cheuiller[1].
— Faut lui mettre une corbeille. C'est pour bientôt ?
— Pas avant quinze jours.
— Mais je n'ai pas apporté sa corbeille à foin.
— C'est malin ! Laisse, j'y achèterai une corbeille à chien, avec un coussin.
— Elle n'en voudra pas. C'est trop parisien pour elle.
— Avec ça ! Et le matou d'en dessous, est-ce qu'il était trop parisien pour elle ?

---

1. Gâcher.

Tante Wilhelmine est venue me voir, je n'étais pas là. Elle a causé avec papa, me raconte Mélie, et elle était « hors d'état » de me savoir sortie seule (sans doute, elle n'ignore pas que les élèves des Beaux-Arts tiennent beaucoup de place dans le quartier).

J'étais dehors, pour voir des feuilles.

Hélas ! les feuilles vertes ! elles sortent de bonne heure ici.

Là-bas, c'est tout au plus si les bouchures d'épines se voilent, à longue distance, de ce brouillard vert, et comme suspendu sur leurs branches, que leur tissent les toutes petites feuilles tendres. Au Luxembourg, j'ai voulu manger des pousses d'arbre, comme à Montigny, mais ici, elles croquent sous la dent, poudrées de charbon. Et jamais, jamais je ne respire plus l'odeur humide des feuilles pourries et des étangs jonceux, ni l'âcreté légère du vent qui a passé sur les bois où cuit le fraisil. *Là-bas,* les premières violettes ont poussé, je les vois ! La bordure, près du mur du jardin, celui qui regarde l'ouest, est fleurie de petites violettes rabougries, laides et chétives, mais d'une odeur souveraine. Que je suis triste ! La tiédeur excessive de ce printemps de Paris, et sa mollesse, font que je ne suis plus qu'une pauvre bête des bois condamnée à la ménagerie. Ils vendent ici, par voiturées, des primevères, et des pâquerettes jaunes, et des jeannettes. Mais les balles de pâquerettes, que je confectionne par habitude, n'amusent que Fanchette qui, demeurée leste malgré son petit bedon tendu, les manie adroitement d'une patte en forme de cuiller. Je suis dans un bien mauvais état d'esprit... Heureusement, mon corps va bien ; je le constate fréquemment, avec complaisance, accroupie dans l'eau chaude de mon cuveau. Tout ça est élastique et souple, long, pas bien gras, mais assez musclé pour ne point sembler trop maigre.

Entretenons la souplesse, quoique je n'aie plus d'arbres pour y grimper. Il s'agit, en équilibre dans mon cuveau sur le pied droit, de me renverser en arrière le plus possible, la jambe gauche levée très haut, le bras droit en balancier, la main gauche sous la nuque. Ça n'a l'air de rien, essayez seulement. Pouf! Je me suis répandue. Et, comme j'avais négligé de me sécher, mon derrière fait un rond mouillé par terre. (Fanchette, assise sur le lit, me dévisage avec une froideur méprisante, pour ma maladresse, et pour cette manie inconcevable que j'ai de m'asseoir dans l'eau.) Mais je triomphe dans d'autres exercices : les deux pieds posés alternativement sur la nuque, ou le renversement en arc, la tête au niveau des mollets. Mélie m'admire, mais me met en garde contre l'excès de ces gymnastiques :

— Tu vas te « bréger [1] » le portrait !

Je retombe, après tous ces divertissements intimes, dans l'apathie ou l'énervement ; les mains trop chaudes ou trop froides, les yeux brillants et las, des griffes partout. Je ne dis pas que ma figure de chatte agacée soit laide, il s'en faut même, avec sa calotte de cheveux bouclés. Ce qui me manque, ce qui me manque... je ne le saurai que trop tôt. Et d'ailleurs cela m'humilierait...

Le résultat de tout ceci jusqu'à présent, ç'a été une passion imprévue de Claudine pour Francis Jammes, parce que ce poète saugrenu comprend la campagne, les bêtes, les jardins démodés et la gravité des petites choses stupides de la vie.

---

1. Abîmer.

Mon cousin l'Oncle est venu ce matin voir papa qui, d'abord furibond parce qu'on le dérange, s'humanise tout de suite, parce que ce Renaud a le don de plaire et de désarmer. Au grand jour, il a davantage de cheveux blancs, mais la figure plus jeune que je n'avais vu d'abord, et une nuance d'yeux ardoise assez personnelle. Il a embarqué papa dans la Malacologie, et mon noble père ne tarit pas. Epouvantée d'un tel flot de paroles, j'endigue.

— Papa, je veux faire voir Fanchette à mon oncle.

Et j'emmène mon oncle dans ma chambre, ravie de voir qu'il apprécie le lit bateau, et la vieille perse, et mon cher vilain petit bureau. Adroitement, il tripote et grattouille le ventre sensible de Fanchette, et lui parle chat d'une ingénieuse façon. Sûr, quoi qu'en dise Marcel, c'est quelqu'un de bien !

— Ma chère petite, une chatte blanche et un fauteuil crapaud sont les animaux indispensables d'une chambre de jeune fille. Il n'y manque que le bon roman... non, le voici. Sapristi, c'est *André Tourette*... Quelle drôle d'idée !

— Oh ! vous en verrez d'autres ! Il faudra vous y habituer, je lis tout.

— Tout. C'est peu ! Ne cherchez pas à m'étonner, je trouve cela ridicule.

— Ridicule !... dis-je suffoquée de colère, je me trouve assez grande pour lire à ma guise !

— Tra, la la ! Assurément votre père, qui est charmant d'ailleurs, est un père pas ordinaire, mais... voilà, voilà, il y a des ignorances que vous pourriez regretter. Mon petit, ajoute-t-il en me voyant près de pleurer, je ne veux pas vous faire de peine. Qu'est-ce qui me prend de moraliser comme ça ? Je suis plus oncle que nature. Ça ne vous empêche pas, vous, d'être la plus jolie et la plus mignonne des nièces, bibliomanie à part. Et vous allez me donner votre menotte en signe de paix.

Je la donne. Mais j'ai eu de la peine tout d'un coup. J'étais si résolue à trouver cet homme-là absolument gentil !

Il m'a baisé la main. C'est le deuxième homme qui me baise la main. Et je constate des différences : de Marcel, le baiser est un effleurement rapide, si léger, si hâtif, que je ne sais pas si ce sont des lèvres, ou un doigt pressé, qui ont touché ma peau. Quand c'est son père, j'ai le temps de sentir la forme de sa bouche.

Il est parti. Il reviendra dimanche me chercher pour le concert. Il est parti...

Je vous demande un peu ! Un oncle qui avait l'air si peu vieux jeu ! Est-ce que je l'asticote sur ses habitudes de perdre son argent aux courses, moi ? Il pourrait, à la vérité, me répondre qu'il a cessé d'avoir dix-sept ans et qu'il ne se nomme pas Claudine.

Avec tout ça, je reste toujours sans nouvelles de Luce.

Claudine joue à la dame. Claudine se commande robes sur robes et tourmente la vieille et surannée Poullanx, couturière, ainsi que madame Abraham Lévi, modiste. Mon oncle m'a affirmé qu'à Paris toutes les modistes étaient juives. Celle-ci, quoique de la rive gauche, montre une vivacité de goût assez précieuse ; et puis, ça l'amuse de coiffer ma figure pointue à cheveux bouffants. Avant l'essayage, elle me brosse les cheveux en avant, rudement, fait gonfler les côtés, s'éloigne de deux pas et dit avec ravissement : « Vous voilà tout à fait comme Polaire ! » Moi, j'aime mieux être comme Claudine. Puisque ici les femmes se campent de la verdure sur la tête dès février, je me suis choisi deux chapeaux d'été : un grand noir, capeline en crin et plumes — « ça fait bébé cossu », constate madame Lévi avec une lippe aimable dans sa moustache brune — et un autre, roux avec du velours noir. Faut que ça aille avec tout. Je n'ai pas, moi, les goûts de la grande Anaïs qui n'était jamais contente quand sa tête ne chavirait pas sous trois kilogrammes de roses.

Et j'élabore encore une autre robe bleue. Je chéris le bleu, non pas pour lui-même, mais pour l'importance qu'il donne au tabac d'Espagne de mes yeux.

Pas de Marcel. Je sens vaguement qu'il me boude. « Boude » est un trop gros mot, mais je flaire un ressentiment sourd. Je me console, puisqu'il pleut, avec les vieux et jeunes bouquins, des Balzac ressassés qui cachent entre leurs feuillets des miettes de goûters anciens... Voilà une mie de gâteau qui vient de Montigny, sens, Fanchette. Bête sans cœur, ça ne lui dit rien, elle écoute les bruits de casseroles de la cuisine !... Papa, la cravate en corde, me caresse la tête en passant. Est-il heureux, cet homme-là, d'avoir trouvé chez les limaces la plénitude de la vie et la divagation féconde et renaissante !... Qui me servira de limace, à moi ?

Une lettre de Claire. Eh ben vrai !

« *Ma chérie, c'est un grand bonheur que je t'écris. Je me marie dans un mois avec le cher bien-aimé dont je t'ai envoyé la photographie. Il est plus riche que moi ; il n'a pas de peine, mais ça ne fait rien. Je suis si heureuse ! Il aura la surveillance d'une usine au Mexique (!!!) et je partirai avec lui. Tu vois bien que la vie, c'est comme dans les romans. Tu riais de moi, autrefois, quand je te le disais. Je veux que tu viennes à mon mariage, etc., etc., etc.* »

Suivent des recommencements, et des bavardages de petite fille qui délire de bonheur. Elle la mérite, toute sa joie, cette enfant confiante et douce, et si honnête ! Cette confiance et cette douceur l'ont, par un hasard merveilleux, mieux protégée que la ruse la plus avertie ; ce n'est pas tout à fait sa faute, mais c'est bien ainsi. Je lui ai répondu tout de suite, n'importe quoi de gentil et de tendre ; et je reste là, près d'un petit feu de bois — toujours frileuse dès qu'il pleut — à attendre la nuit et le dîner, dans une tristesse et un abattement honteux.

Elle se marie, elle a dix-sept ans. Et moi ?... Oh ! qu'on me rende Montigny, et l'année dernière, et celle d'avant, et ma turbulence fureteuse et indiscrète, qu'on me rende ma tendresse trompée pour la petite Aimée de Mademoiselle, et ma méchanceté voluptueuse pour Luce — car je n'ai personne ici, et même pas l'envie de mal faire !

Qui pourrait croire qu'elle roule des pensées si larmoyantes, cette Claudine en saut de lit, accroupie à l'orientale devant le marbre du foyer, et tout occupée, apparemment, à rôtir le ventre d'une tablette de chocolat que maintiennent debout les branches d'une pincette ? Lorsque la surface exposée au feu mollit, noircit, crépite et se boursoufle, je la soulève en minces lamelles avec mon petit couteau... Goût exquis, qui participe de l'amande grillée et du gratin à la vanille ! Douceur mélancolique de savourer le chocolat à la pincette tout en se teignant les ongles des pieds en rose avec un petit chiffon trempé dans l'encre rouge de Papa !

Le soleil revenu me montre le ridicule de mes désolations d'hier soir. D'autant plus que Marcel arrive à cinq heures et demie, vif, beau comme... comme Marcel seul, cravaté d'un pongée turquoise amorti qui avive ses lèvres jusqu'au rose de Chine, un rose artificiel de bouche peinte. Dieu ! ce petit sillon entre le nez et la lèvre supérieure, et l'imperceptible duvet qui l'argente ! La panne tout soie, à 15 fr. 90, n'est pas aussi suave.

— Mon « neveu », que je suis contente ! Vous n'êtes pas choqué que je garde mon petit tablier ?

— Il est charmant, votre petit tablier. Gardez-le, vous me faites penser à... — comment, déjà — à Montigny.

— Je n'ai pas besoin de le garder pour songer à Montigny, moi. Si vous saviez ce que ça fait bobo, quelquefois...

— Oh ! voyons, pas d'attendrissement nostalgique, Claudine ! ça ne vous va pas du tout !

Sa légèreté m'est cruelle en ce moment, et je lui lance sans doute un mauvais regard, car il devient souple et charmant :

— Attendez, attendez. Mal du pays ! Je vais souffler sur vos yeux, et il partira !

Avec sa grâce de femme, faite d'aisance et aussi d'une extraordinaire précision de mouvements, il m'a emprisonné la taille et souffle doucement sur mes yeux à demi fermés. Il prolonge le jeu et déclare à la fin :

— Vous sentez... la cannelle, Claudine.

— Pourquoi la cannelle ? dis-je mollement, appuyée à son bras et engourdie de son souffle léger.

— Je ne sais pas. Une odeur chaude, une odeur de sucrerie exotique.

— C'est ça ! Le bazar oriental, alors ?

— Non. Un peu la tarte viennoise ; une odeur bonne à manger. Et moi, qu'est-ce que je sens ? demande-t-il en mettant sa joue veloutée tout près de ma bouche.

— Le foin coupé, dis-je en le flairant. Et comme sa joue ne se retire pas, je l'embrasse doucement, sans appuyer. Mais j'aurais aussi bien embrassé un bouquet, ou une pêche mûre. Il y a des parfums qu'on ne respire bien qu'avec la bouche.

Marcel l'a compris, il me semble. Il ne me rend pas le baiser, et, se retirant avec une moue pour rire :

— Le foin ? C'est une odeur bien simplette... Vous venez au concert, demain, hein ?

— Sûrement. Votre père est venu voir papa l'autre matin ; vous ne le saviez pas ?

— Non, fait-il avec indifférence. Je ne vois pas papa tous les jours... il n'a pas le temps. Et puis je m'en vais, je n'ai qu'une minute. Savez-vous, ingrate petite fille, qui je fais attendre en restant ici ? Charlie !
Il éclate d'un rire malicieux et se sauve.
Mais j'apprécie, autant qu'il convient, le prix de cette préférence.

— Papa, je vais au concert tout à l'heure. Dépêche-toi un peu. Je sais bien que les œufs sur le plat, refroidis, sont un mets des dieux, mais, tout de même, hâte-toi.

— Créature inférieure ! déclame papa, en haussant les épaules, toutes les femmes sont égales à la dernière bourrique. Moi, je plane !

— Prends garde, tu vas renverser la carafe du bout de ton aile... N'est-ce pas que ma robe me va bien ?

— Heu... oui... C'est un paletot de l'année dernière ?

— Non pas. Tu l'as payée il y a deux jours.

— Oui. Cette maison est un gouffre. Ta tante va bien ?

— Mais, elle est venue ici. Tu ne l'as pas vue ?

— Non, oui, je ne sais plus ; elle m'embête. Son fils est beaucoup mieux qu'elle. Très intelligent ! Des vues sur beaucoup de choses. En Malacologie même, il n'est pas trop scandaleusement ignare.

— Qui ça ? Marcel ?

— Eh non, pas l'avorton, Machin, c'est le gendre de Wilhelmine que je veux dire.

L'avorton, l'avorton ! On lui en fichera, à papa, des avortons comme celui-là ! Non pas que je pense mal du père de Marcel, qui m'attire et me réchauffe, mais enfin...

Sonnette. Mélie se hâte avec lenteur. Mon cousin l'Oncle et mon « neveu » entrent tout reluisants, Marcel surtout, moulé dans des vêtements trop neufs pour mon goût ; le voisinage de son père le diminue un peu.

— Cher monsieur... Comme elle est jolie, votre petite, sous ce grand chapeau noir !

— Pas mal, pas mal, fait papa négligemment, en déguisant sa très sincère admiration.

Marcel m'épluche comme d'habitude :

— Mettez donc des suède au lieu de gris perle ; c'est plus joli avec le bleu.

Il a raison. Je change de gants.

Tous trois dans un fiacre fermé, Marcel sur l'affreux strapontin de supplice, nous roulons vers le Châtelet. Comme je trépide à l'intérieur, je ne dis rien et je me tiens sage. Entre l'oncle Renaud et son fils, la conversation ne risque pas de devenir fiévreuse.

— Voulez-vous voir le programme ? le voilà. *La Damnation de Faust* : ce n'est pas une première...

— C'est une première pour moi.

Sur la place, les sphinx cracheurs de la fontaine du Palmier me rappellent le jeu dégoûtant qui nous passionnait à Montigny : debout sur une même ligne, à cinq ou six petites sales, les joues gonflées d'eau, nous faisions comme les sphinx, et celle qui avait craché le plus loin gagnait une bille ou des noisettes.

Au contrôle, dans l'escalier, mon cousin l'Oncle a déjà salué ou serré la main à des gens. Il doit venir souvent ici.

C'est mal éclairé. Ça sent le crottin. Pourquoi ça sent-il le crottin ? Je le demande tout bas à Marcel qui me répond : « C'est parce qu'on joue *Michel Strogoff* tous les soirs. » L'oncle Renaud nous installe dans des fauteuils de balcon, au premier rang. Un peu froncée d'être si en vue je regarde farouchement autour de moi, mais on y voit mal en venant du grand jour, et je me sens à mon avantage. C'est égal, il y en a des dames ! Et elles en font un raffut ! Ces portes de loges qui claquent, ces chaises remuées, — on se croirait à l'église de Montigny, où personne ne s'occupait jamais de ce que l'abbé Millet disait en chaire, ni même à l'autel.

Cette salle du Châtelet est grande, mais banalement laide ; les lumières rougissent dans un halo de poussière. Je vous dis que ça sent le crottin ! Et toutes ces têtes, en bas — noires celles des hommes, fleuries celles des femmes — si je leur jetais du pain, à ces gens, est-ce qu'ils ouvriraient la bouche pour l'attraper ? Quand donc va-t-on commencer ? Mon cousin l'Oncle, qui me voit nerveuse et pâle, me prend la main et la garde entre ses doigts en signe de protection.

Un monsieur barbu, les épaules un peu en « digoinche », s'avance sur la scène, et des applaudissements (déjà !) arrêtent le si désagréable tumulte des bavardages et des instruments qui s'accordent. C'est Colonne lui-même. Il fait *toc-toc* sur son pupitre avec un petit bâton, inspecte ses administrés d'un regard circulaire, et lève le bras.

Aux premiers accords de la *Damnation*, une boule nerveuse me monte de l'estomac à la gorge et reste là, à m'étrangler. Je n'entends presque jamais d'orchestre, et ces archets jouent sur mes nerfs. J'ai une peur folle de pleurer d'agacement, je serais si ridicule ! Avec de grands efforts, je triomphe de cette émotion bête, et je retire doucement ma main de celle de mon oncle, pour me ressaisir mieux.

Marcel lorgne partout, et adresse des signes de tête aux galeries d'en haut, où je distingue des feutres mous, des cheveux longs, des visages sans moustaches et des moustaches intransigeantes.

— Là-haut, m'explique tout bas l'Oncle, c'est tout ce qu'il y a de bien. Des anarchistes musiciens, des écrivains qui changeront la face du monde, et même des garçons bien gentils, sans le sou, qui aiment la musique. C'est là-haut aussi qu'on place « celui qui proteste ». Il siffle et profère ses malédictions absconses ; un municipal le cueille comme une fleur, l'expulse, et le fait rentrer discrètement par une autre porte. Colonne a essayé d'en engager un spécialement pour des prix modiques, mais il y a renoncé. « Celui qui proteste » doit être avant tout un convaincu.

J'ai envie de rire, à présent, en entendant le Méphistophélès qui détaille les couplets de la puce — si burlesquement prosodiés que Berlioz a dû le faire exprès — oui, j'ai envie de rire parce que ce baryton a une peine infinie à ne pas *jouer* ce qu'il chante. Il se retient tant qu'il peut d'être diabolique, mais il sent sur son front le balancement de la plume fourchue, et ses sourcils dessinent d'eux-mêmes l'accent circonflexe de la tradition.

Jusqu'à l'entr'acte, j'écoute de toutes mes oreilles inhabiles, peu habituées à discerner les timbres.

— Ça qui chante à l'orchestre, aux instruments à vent, qu'est-ce que c'est, l'Oncle ?

— C'est une flûte dans le grave, je crois bien. Nous demanderons ça à Maugis pendant l'entr'acte, si vous voulez.

L'entr'acte vient trop tôt à mon gré. Je déteste qu'on me rationne et qu'on me coupe un plaisir sans que je l'aie demandé. Tous ces gens qui sortent, où courent-ils si pressés ? Ils ne vont que dans les couloirs, pourtant. Je me colle au flanc de Marcel, mais c'est l'Oncle Renaud qui passe d'autorité son propre bras sous le mien :

— Recueillez-vous, petite fille. Bien qu'on se borne à damner Faust aujourd'hui, sans nouveautés de la jeune Ecole, je peux vous montrer quelques têtes assez connues. Et vos illusions joncheront le sol, telles des couronnes défleuries !

— Oh ! C'est la musique qui vous fait sortir tant d'éloquence ?

— Oui. Au fond, j'ai une âme de jeune fille sous un front de penseur.

Ses yeux ardoise, indulgents et paresseux, me sourient d'un sourire qui m'apaise et me rend confiante. Son fils est trop tout à tous, en ce moment, et s'en va justement saluer la mère Barmann, qui pérore et décrète dans un groupe d'hommes.

— Fuyons, fuyons, supplie mon Oncle épouvanté. Elle va nous citer le dernier aphorisme social de « son illustre ami », et si nous traînons dans ses parages !

— Quel illustre ami ? Celui dont elle parlait chez tante Cœur, l'autre dimanche ?

— Gréveuille, un académicien très couru qu'elle subventionne, loge et nourrit. L'hiver dernier, je dînais encore dans cette boîte-là, et je suis parti sur cette impression délicate : le grand homme installé devant la cheminée Louis XIII, et présentant au feu, ingénument, ses deux bottines non reboutonnées...

— Pourquoi non reboutonnées ? (Je lui pose la question avec une candeur assez bien imitée.)

— Parbleu, parce qu'il venait de... Claudine, vous êtes insupportable ! Aussi, c'est tout à fait ma faute. Je n'ai pas l'habitude des petites filles, moi. Je suis Oncle depuis si peu de temps. Mais j'aurai l'œil désormais.

— Tant pis ! Ça ne sera pas si drôle.

— Chut, petite horreur !... Vous qui lisez *tout*, savez-vous qui est Maugis, que j'aperçois là-bas ?

— Maugis ? Oui, il fait de la critique musicale, des articles mêlés de grossièretés, de calembours, un salmigondis d'afféterie et de lyrisme que je ne comprends pas toujours...

— « D'afféterie et de lyrisme ! » Quelle drôle de nièce j'ai là, mon Dieu ! C'est pas mal jugé du tout, vous savez ? Mais je vais avoir un vrai plaisir à vous sortir, mon petit poulet !

— Merci bien ! Si je sais ce que parler veut dire, vous m'aviez donc « sortie » par politesse, aujourd'hui ?

Nous arrivons sur le Maugis en question ; très animé, il discute d'une voix de gorge qui s'étrangle facilement, et me paraît subir une phase de lyrisme. Je m'approche encore. Sans doute il donne la volée à ses admirations ? Bardadô ! (comme on dit chez nous quand un enfant tombe...) Voici ce que j'entends :

— Non, mais avez-vous savouré ce cochon de trombone aboyant parmi les roses de cette nuit éclose ? Si Faust dort malgré ce potin-là, c'est qu'il a dû lire *Fécondité* avant de se coller au pieu. D'ailleurs, quel fumier, cet orchestre ! Il y a là une pourriture de petit flûtiste qui n'est pas fichu, dans le Ballet sylphilitique, de souffler sa note de malheur en même temps que les machins harmoniques des harpes ; si je le tenais, je lui ferais avaler son instrument par le...

— Mon ami, mon ami, module avec douceur l'Oncle dans le dos du convulsionnaire, si vous continuez, vous allez perdre toute modération de termes !

Maugis fait virer ses grosses épaules et montre un nez bref, des yeux bleus bombés sous des paupières tombantes, deux grandes moustaches féroces au-dessus d'une bouche enfantine... Encore tout gonflé d'une juste fureur, ses yeux en hublots et son cou congestionné lui donnent l'air d'un petit bœuf quelque peu batracien. (Les leçons d'histoire naturelle de Montigny m'ont profité.) Mais il sourit, maintenant, d'une bouche avenante, et, comme il salue, en montrant un crâne rose, aux dimensions exagérées, je constate que tout le bas de la figure — menton flou, noyé d'embonpoint, et lèvres puériles, — dément sans cesse l'énergie du front vaste et du court nez volontaire. On me présente. Alors :

— Bon vieillard, pourquoi amenez-vous Mademoiselle dans ce lieu équivoque ? interrogea Maugis. Il fait si beau aux Tuileries avec un bon cerceau...

Vexée, je me tais. Et ma dignité amuse beaucoup les deux hommes.

— Votre Marcel est ici ? demande le critique à mon oncle.

— Oui, il est venu avec sa tante.

— Hein ? sursauta Maugis. Il s'affiche maintenant avec sa...

— Claudine, explique mon Oncle en haussant les épaules, Claudine, que voici est sa tante. Nous sommes une famille compliquée.

— Ah ! Mademoiselle, vous êtes la tante de Marcel ? Il y a des prédestinations !

— Si vous croyez que vous êtes drôle ! bougonne mon Oncle partagé entre l'envie de rire et le désir de grogner.

— On fait ce qu'on peut, réplique l'autre.

Qu'est-ce que cela signifie ? Il y a là quelque chose que je n'ai pas compris.

La jolie Cypriote, madame Van Langendonck, nous croise, escortée de six hommes qui semblent, tous les six, également épris d'elle, et qu'elle caresse impartialement de ses yeux de gazelle extasiée.

— Quelle délicieuse créature ! N'est-ce pas, l'Oncle ?

— Certes, oui. C'est une de ces femmes qu'il faut avoir à un jour de réception. Elle orne et elle aguiche.

— Et, ajoute Maugis, pendant que les hommes la contemplent, ils oublient de bâfrer tous les pains fourrés.
— Qui saluez-vous là, l'Oncle?
— Un trio de haute valeur.
— Comme celui de César Franck, coupe Maugis.

L'Oncle continue :
— Trois amis qui ne se quittent jamais ; on les invite ensemble, et on regretterait de les séparer. Ils sont beaux, ils sont propres, et chose incroyable, parfaitement honnêtes et délicats. L'un compose de la musique, de la musique personnelle et charmante ; le second, celui qui parle avec la princesse de C..., la chante en grand artiste, et le troisième pastellise, adroit, en les écoutant.

— Si j'étais femme, conclut Maugis, je voudrais les épouser tous les trois !

— Comment s'appellent-ils ?

— Vous les entendrez presque toujours nommer ensemble : Baville, Bréda et della Sugès.

Mon oncle échange des bonjours en passant avec le trio, qu'on regarde avec plaisir. Un Valois égaré parmi nous, mince et racé comme un lévrier héraldique, c'est Baville ; un beau garçon sain, avec des yeux bleus cernés et une délicieuse bouche féminine, Bréda, le ténor ; ce grand nonchalant de della Sugès, qui garde un peu d'Orient dans le teint mat et le nez à vive arête, regarde passer les gens, sérieux comme un enfant sage.

— Vous qui êtes un spécialiste, Maugis, désignez un peu à Claudine quelques échantillons notoires...

— ... du Tout-Paris, fait'ment. C'est un joli spectacle à faire voir à une enfant. Tenez, jeune *backfisch*, voici d'abord... à tout seigneur tout honneur... le stérilisateur élégant cher à toutes celles qui jamais, oh ! jamais plus, *ovairemore*, ne voudront combattre la dépopulation de notre chère patrie...

L'Oncle ne peut réprimer un petit geste d'humeur ; il a bien tort ; mon gros montreur parle avec une telle volubilité, évidemment voulue, que je n'arrive pas à saisir la moitié de ses plaisanteries ; elles ne dépassent pas sa moustache, et je le regrette, car l'agacement qu'elles procurent à mon oncle me prouve leur raideur.

A présent, d'un ton plus rassis, Maugis m'énumère d'autres gloires :

— Contemplez, tante enviable de l'enviable Marcel, quelques-uns des critiques que Sainte-Anne nous envie : cette barbe, dont nous allons chanter à la ronde, si vous voulez, que l'eau oxygénée la dore et qu'elle est blonde comme les blés, cette barbe se nomme Bel-

laigue. Ah ! Le Scudo de la *Revue des Deux Mondes* aurait dû la tourner sept fois dans sa bouche avant de proférer tels blasphèmes anti-wagnériens... mais il lui sera beaucoup pardonné parce qu'il a beaucoup aimé *Parsifal*... Autre critique : ce petit pas beau...
— Qui vient en rasant les murs ?
— Oui, il rase même les murs, ce tortillé — racine de buis, va ! — Ah ! c'qu'il est « carne » avec ses pauvres confrères, le frère !... Quand il n'écrit pas de musique, c'qu'il en fait courir, de vilains bruits...
— Et quand il écrit de la musique ?
— Il en fait courir de plus vilains encore, alorsss !
— Montrez-moi d'autres critiques, dites ?
— Pouah ! On a des goûts saumâtrement dépravés en votre patelin, ô princesse lointaine. Non ! Je ne vous montrerai plus d'autres critiques, pour ce que la musicographie française ne compte ici, comme représentants, que les deux bipèdes dont je viens d'avoir l'honneur de vous...
— Mais les autres ?
— Les autres, qui sont au nombre de neuf cent quarante-trois et demi (il y en a un cul-de-jatte), les autres ne s'aventurent jamais dans une salle de concert — d'ailleurs, pour ce que ça leur servirait — et refilent pieusement leurs places aux camelots. Ils vendent leurs arrêts, et même leurs « services » ! Mais laissons ces croquants, et contemplons madame Roger-Miclos au profil de camée, Blowitz à la face de gorille, Diémer qui recèle dans sa bouche un clavier sans dièzes, l'avocat Dutasby qui n'a pas raté un seul concert Colonne depuis le jour où il a été sevré.
— Qui c'est, cette belle personne qui ondule dans sa robe ?
— Dalila, Messaline, la future Omphale, la part de l'Autriche.
— Hein ?
— Vous n'avez pas lu ça dans le père Hugo ? « l'Angleterre prit Leygues »... je me demande ce qu'elle a bien pu en fiche... « et l'Autriche : l'Héglon ! »
— Et toutes ces dames chic ?
— Rien, moins que rien : Haute noblesse et Haute banque, Gotha et Goldgotha, le dessus du panier d'Hozier et du panier à salade. Ça loue des loges par genre — le genre ennuyeux — c'est musicien comme des putois, et toutes jacassent à couvrir l'orchestre, depuis la marquise de Saint-Fiel qui vient ici à la retape des artistes qu'elle fait fonctionner chez elle, ophtalmiquement, jusqu'à la mignonne Suzanne de Lizery, ce Greuze nanti, « la Cruche casée », dite aussi « le nom propre »...

Claudine à Paris

— Parce que ?
— Parce qu'elle n'a pas d'orthographe.

Me jugeant suffisamment ahurie, Maugis s'éloigne, appelé par un camarade vers les bocks du buffet, bien dus à un gosier que vient de dessécher tant d'éloquence.

J'avise Marcel devant un pilastre du foyer ; il parle bas et vite à un très jeune homme dont je ne vois que la nuque brune aux cheveux très soyeux ; je tire légèrement l'Oncle pour tourner le pilastre et je reconnais les yeux liquides, la figure blanche et noire de certaine photographie, sur la cheminée de la chambre de mon « neveu ».

— Mon oncle, savez-vous le nom du jeune homme qui cause avec Marcel, là, derrière le pilier ?

Il se retourne et jure un gros juron dans sa moustache.

— Parbleu, c'est Charlie Gonzalès... Il est rasta, en outre.
— En outre.
— Oui, je veux dire... ce n'est pas une camaraderie qui m'enchante pour Marcel... Ce garçon est d'un voyant !...

Une sonnerie nous rappelle. Marcel nous retrouve aux fauteuils. J'oublie beaucoup de choses pour écouter mademoiselle Pregi se plaindre, abandonnée, poignante, et l'orchestre m'enserre, l'orchestre où bat à coups sourds le cœur de Marguerite. On bisse l'invocation à la Nature ; Engel, impérieux, y ajoute des cheveux de tempête et remue enfin ce public qui n'écoute guère. « C'est que, m'explique mon oncle, il ne l'a guère entendue que soixante-seize fois, la *Damnation*, ce public-là ! » Marcel, à ma gauche, plisse sa bouche mécontente. Quand son père est là, il a l'air de m'en vouloir.

A travers des tumultes qui me fatiguent, Faust court à l'Abîme, — et nous vers la sortie, peu après.

Il fait encore jour dehors, et le soleil bas éblouit.

— Voulez-vous goûter, mes petits ?
— Merci, père, je vous demande la permission de vous quitter ; j'ai pris rendez-vous avec des amis.
— *Des* amis ? Ce Charlie Gonzalès, je pense.
— Charlie et d'autres, répond Marcel d'une voix cassante.
— Va. Seulement, tu sais, ajouta mon Oncle plus bas, penché sur son fils, le jour où j'en aurai assez, je ne te l'enverrai pas dire... Tu ne me feras pas deux fois l'histoire du lycée Boileau.

Quelle histoire ? Je me cuis d'envie de la connaître. Mais, sans répondre, les yeux noirs de rage concentrée, Marcel prend congé et file.

— Avez-vous faim, mon petit ? redemande mon Oncle. Sa figure désenchantée a vieilli depuis tout à l'heure.

— Non, merci. Je vais rentrer, si vous voulez bien me mettre en voiture.

— Je m'y mettrai même avec vous. Je vous accompagne.

Comme une grande faveur, je sollicite de monter dans un « pneu » qui passe ; ce roulement ouaté et rebondissant me charme.

Nous ne disons rien. L'Oncle regarde devant lui d'un air embêté et las.

— J'ai des ennuis, me dit-il au bout de dix minutes, répondant à une question que je n'ai pas posée. Parlez-moi, petite fille, distrayez le vieux monsieur.

— Mon oncle... je voulais vous demander comment vous connaissez ces gens-là. Maugis, les autres...

— Parce que j'ai traîné un peu partout depuis quinze ou vingt ans, et que les relations de journalisme sont faciles ; à Paris, on se lie vite...

— Je voulais vous demander aussi, — mais si c'est indiscret, vous répondrez n'importe quoi — ce que vous faites ordinairement, si... si vous avez un métier, quoi ! J'ai envie de le savoir.

— Si j'ai un métier ? Hélas, oui ! C'est moi qui « fais » la politique extérieure dans la *Revue diplomatique.*

— Dans la *Revue diplomatique...* Mais c'est rasant comme tout ! Je veux dire (quelle gaffe ! je sens que je m'empourpre), je veux dire que ce sont des articles très sérieux...

— N'arrangez rien ! Ne rabibochez pas ! Vous ne pouvez pas me flatter davantage ; cette parole rédemptrice vous sera comptée. Toute ma vie, j'ai été considéré par votre tante Wilhelmine, et par beaucoup d'autres, comme un individu méprisable qui s'amuse et qui amuse ses amis. Depuis dix ans, je me venge en embêtant mes contemporains. Et je les embête de la façon qu'ils préfèrent, je suis documenté, je suis poncif, je suis pessimiste et geignard !... Je rachète, Claudine, je remonte dans ma propre estime, j'ai pondu vingt-quatre articles, deux douzaines, sur le coup de la dépêche d'Ems, je m'intéresse présentement, trois fois par semaine, depuis six mois, à la politique russe en Mandchourie, et de la sorte je me procure l'utile numéraire.

— C'est inouï ! Je suis confondue !

— Maintenant, pourquoi je vous raconte tout ça, c'est une autre affaire. Je crois que vous cachez, sous l'ambition folle de sembler une grande personne à qui on n'en remontre pas, une âme enthousiaste et violente de fillette solitaire. Je ne m'épanche guère, vous l'avez vu, avec ce petit malheureux de Marcel, et j'ai des trop-pleins de paternité. Voilà pourquoi votre oncle n'est pas muet.

— Le cher homme ! J'ai envie de pleurer. La musique, l'énervement... quelque chose d'autre aussi. C'est un père comme lui qui me manque. Oh ! je ne veux pas dire du mal du mien ; ce n'est pas de sa faute s'il est un peu spécial... Mais celui-ci, je l'aurais adoré ! Avec l'embarras que j'éprouve toujours à montrer ce qui peut se trouver de bon en moi, je me risque...

— Vous savez, je serais peut-être un très passable déversoir, moi...

— Je m'en doute bien, je m'en doute bien. (Ses deux grands bras se ferment sur mes épaules, et il rit pour ne pas s'attendrir.) Je voudrais qu'on vous fît des misères pour que vous puissiez venir me les conter...

Je reste appuyée contre son épaule, les pneus font ronron sur le mauvais pavé qui longe les quais, et le grelot éveille en moi des idées romantiques de nuit et de chaise de poste.

— Claudine, que faisiez-vous à Montigny à cette heure-ci ?

Je tressaille ; je ne songeais pas du tout à Montigny.

— A cette heure-ci... Mademoiselle frappait dans ses mains pour la rentrée du cours du soir. Pendant une heure et demie, jusqu'à six heures, on s'abîmait les yeux à lire les leçons dans le crépuscule, ou pis encore, à la lumière de deux lampes à pétrole suspendues trop haut. Anaïs mangeait de la mine de plomb, de la craie ou du bois de sapin, et Luce me mendiait, avec des yeux de chatte, mes pastilles de menthe trop poivrées... Ça sentait le balayage de quatre heures, la poussière arrosée, l'encre et la petite fille mal lavée...

— Si mal lavée ? Diable ! Cette hydrophobie n'avait point d'autre exception que vous ?...

— Si, évidemment ; Anaïs et Luce m'ont toujours eu l'air assez propres ; mais les autres, je les connaissais moins, et, dame, les cheveux bien lissés, les bas tirés et les chemisettes blanches, ça ne veut quelquefois rien dire, vous savez !

— Dieu, si je le sais ! Je ne peux malheureusement pas vous dire à quel point je le sais.

— Les autres élèves n'avaient pas, pour la plupart, les mêmes idées que moi sur ce qui est sale et propre. Tenez, Célénie Nauphely, par exemple...

— Ah ! ah ! voyons ce que faisait Célénie Nauphely !

— Eh bien, Célénie Nauphely, elle se levait debout, — une grande fille de quatorze ans — à trois heures et demie, une demi-heure avant la sortie, et elle disait à voix haute, d'un air pénétré et important : « Mademoiselle, si vous plaît que je m'en âlle, il faut que j'âlle téter ma sœur. »

— Miséricorde ! téter sa sœur ?

— Oui, figurez-vous que sa sœur mariée, qui sevrait un enfant, avait trop de lait, et que ses seins lui faisaient mal. Alors, deux fois par jour, Célénie la tétait pour la soulager. Elle prétendait qu'elle recrachait le lait, mais c'est égal, elle devait en avaler malgré elle. Eh bien, les gobettes l'entouraient d'une considération envieuse, cette nourrissonne. Moi, la première fois que j'ai entendu raconter ça, je n'ai pas pu goûter. Ça ne vous fait rien, à vous ?

— N'insistez pas davantage, ou je crois, qu'en effet, ça me fera quelque chose. Vous m'ouvrez d'étranges horizons sur les institutions du Fresnois, Claudine !

— Et Héloïse Basseline, qui trouve un soir Claire, ma sœur de communion, les pieds dans l'eau ! « Tiens, qu'elle lui fait, t'es pas folle ? Nous ne sommes pas samedi pour te beûgner les pieds ! — Mais, répond Claire, je les lave tous les soirs. » Là-dessus, Héloïse Basseline part en haussant les épaules et en disant : « Ma chère, à seize ans tu as déjà des manies ridicules de vieille fille ! »

— Dieu du ciel !

— Oh ! je vous en dirais bien d'autres, mais les convenances s'y opposent.

— Bah ! un vieil oncle.

— Non, tout de même, je ne veux pas... Tiens, à propos, ma sœur de communion se marie.

— La laveuse de pieds ? A dix-sept ans ? Elle est toquée !

— Tiens, pourquoi donc ! dis-je, cabrée. A dix-sept ans, on n'est plus une gobette ! Moi, je pourrais très bien me marier aussi !

— Et avec qui ?

Prise au dépourvu, je me mets à rire :

— Ah ! ça, c'est autre chose. L'élu se fait attendre. On ne se rue pas, jusqu'à présent. Ma beauté ne fait pas encore assez de bruit par le monde.

L'Oncle Renaud soupire en s'adossant au fond de la voiture :

— Hélas ! vous n'êtes pas assez laide, vous ne resterez pas longtemps pour compte. Un monsieur s'éprendra de cette silhouette souple et du mystère de ces yeux allongés... et je n'aurai plus de nièce, et vous aurez bien tort.

— Alors, il ne faut pas me marier ?

— Ne croyez pas, Claudine, que j'exige de vous un tel dévouement avunculaire. Mais, au moins, je vous en prie, n'épousez pas n'importe qui.

— Choisissez-moi vous-même un mari de tout repos.

— Comptez là-dessus !

— Pourquoi ? Vous êtes si gentil pour moi !

— Parce que je n'aime pas qu'on mange sous mon nez de trop bons gâteaux... Descendez, mon petit, nous arrivons.

Ce qu'il vient de dire là, c'est meilleur que tous les autres compliments, je ne l'oublierai pas.

Mélie nous ouvre, un sein dans la main, et je trouve, dans le trou à livres, papa en grande conférence avec M. Maria. Ce savant poilu que j'oublie facilement, passe ici une heure presque tous les matins, je le vois peu.

Quand l'Oncle Renaud est parti, papa m'annonce solennellement :

— Mon enfant, je dois te faire part d'une heureuse nouvelle.

Qu'est-ce qu'il a encore inventé de néfaste, mon Dieu !

— M. Maria veut bien me servir de secrétaire et m'aider dans mes travaux.

Quel bonheur, ce n'est que ça ! Soulagée, je tends la main à M. Maria.

— Mais je suis très heureuse, Monsieur, je suis certaine que votre collaboration doit rendre à papa d'énormes services.

Je ne lui en ai jamais tant dit, à cet homme timide, et il se réfugie derrière sa forêt de cheveux, de barbe, de cils, sans réussir à cacher sa confusion. Je soupçonne cet honnête garçon de nourrir pour moi, à peu de frais, ce que Maugis appellerait un « béguin ». Ça ne me gêne pas. En voilà un qui ne songera pas à me manquer de respect !

Encore une lettre de Claire, qui radote son bonheur. « Comme tu dois t'amuser ! », me dit-elle, pour avoir l'air de penser à moi. M'amuser ? Peuh !... Ce n'est pas que je m'ennuie, mais je ne suis pas contente. N'allez pas croire que je suis amoureuse de Marcel. Non. Il m'inspire de la défiance, de l'intérêt, un peu de tendresse méprisante, et, physiquement, l'envie de le toucher. C'est ça. J'ai tout le temps l'envie de le peigner, de caresser ses joues, de lui tirer les oreilles, de lui décoller un peu les ongles comme à Luce, et, comme je faisais avec elle, d'approcher un de mes yeux d'un de ses yeux, cils contre cils, pour voir fantastiquement remuer les zébrures bleues de ses iris. Tout de même, quand on y pense bien, il ressemble un peu à son père, diminué. Oh oui, diminué !

Et toujours rien de Luce. C'est bizarre, si longtemps, ce silence !

J'ai un costume tailleur, après deux essayages à *New Britannia* avec Marcel, deux séances à mourir de rire, bien que j'aie tenu mon sérieux comme une vraie dame. Mon « neveu » fut admirable. Installé à trois pas sur une chaise, dans une des petites cabines de glaces, il a fait viôner[1] la jupière Léone et M. Rey, le coupeur, avec une désinvolture que j'admire : « La pince des hanches un peu plus en arrière, vous ne trouvez pas, Mademoiselle ? Pas trop longue, la jupe ; à ras de terre, c'est très suffisant pour trotter, et d'ailleurs Mademoiselle ne sait pas encore marcher en jupes très longues... (Regard enfiellé de Claudine qui ne dit rien...) Oui, la manche tombe bien. Deux petites poches en croissant à la veste, pour les pouces quand on a les mains vides... Claudine, pour Dieu, deux secondes d'immobilité ! Fanchette remuerait moins que vous. » La jupière, médusée, ne savait que penser. Elle regardait en dessous à quatre pattes sur le tapis, et se demandait visiblement : « C'est pas son frère, puisqu'il ne la tutoie pas, mais c'est-y son gigolo ? » Et quand après le dernier essayage, « l'essayage fini », nous sommes partis ensemble, Claudine raide dans sa chemisette à col blanc, sous son canotier qui dompte mal les cheveux courts, Marcel m'a dit, avec un œil de côté :

— Je sais bien de quoi vous avez l'air, Claudine, mais je garde mon opinion pour moi.

— Pourquoi ? Vous pouvez y aller, maintenant que vous avez dit ça.

— Non pas ! Le respect, le sentiment de la famille !... Mais ce col empesé et ces cheveux bouclés court, et cette jupe plate, ah ! la la ! Papa est capable d'en froncer le nez.

Je demande, déjà inquiète :

— Vous croyez qu'il n'aimera pas ça ?

— Bah ! il s'y fera. Papa n'est pas un saint, sous ses airs de défenseur de la morale outragée.

— Dieu merci, non, pas un saint. Mais il a du goût.

— Moi aussi, j'ai du goût ! fait Marcel pincé.

— Vous, vous avez surtout... des goûts, et pas ordinaires.

Il rit, du bout des lèvres, pendant que nous montons le triste escalier de la rue Jacob. Mon « neveu » veut bien goûter avec moi, dans ma chambre, où j'installe sur nos genoux du rahat-lukum, des bananes trop avancées, et des grogs froids avec des gâteaux salés.

---

1. Tourner comme une toupie.

Il fait chaud, dehors, et frais dans ma chambre sombre. Je vais risquer quelque chose que je retiens depuis plusieurs jours :
— Marcel, qu'est-ce que c'est que l'histoire du lycée Boileau ?

Accoudé au bras du fauteuil crapaud, en train de grignoter un gâteau salé au bout de ses doigts fins, il se retourne comme un lézard et me dévisage. Les joues enflammées, les sourcils serrés, avec sa bouche ouverte et surprise, quel beau petit dieu irrité ! « Petit comme *une* ail », mais si beau !

— Ah ! vous avez entendu ça ? Mes compliments, vous avez l'oreille bonne. Je pourrais vous répondre que... ça ne vous regarde pas...

— Oui ; mais je suis trop gentille pour que vous me répondiez d'une si vilaine façon.

— L'histoire du lycée Boileau ? Une pure infamie, et que je n'oublierai pas, tant que je vivrai ! Mon père, ça vous apprendra peut-être à le connaître mieux, vous qui le gobez. Il m'a fait là quelque chose...

C'est inouï ce qu'il a l'air « chetit », ce petit. Toute ma curiosité bouillonne.

— Dites-moi l'histoire, je vous en prie.

— Eh bien... Vous savez, Charlie ?

— Si je sais !

— Voilà. Quand je suis entré comme externe au lycée Boileau, Charlie devait en sortir l'année suivante. Tous ces garçons mal tenus, avec des poignets rouges et des cols sales, m'ont écœuré ! Lui seul... J'ai eu cette impression qu'il me ressemblait, à peine plus âgé ! Il m'a longtemps regardé sans me parler, et puis, à propos de rien nous nous sommes rapprochés, on ne résiste guère à l'attirance de ces yeux-là... J'étais obsédé de lui, sans oser le lui dire, il était,
— je dois le croire, chuchote Marcel en baissant les cils — obsédé de moi, puisque...

— Il vous l'a dit ?

— Non, il me l'a écrit. Hélas !... Mais attendez. J'ai répondu, avec quelle reconnaissance ! Et depuis, nous nous sommes vus hors du collège, chez grand-mère, ailleurs... Il m'a fait connaître et aimer mille choses que j'ignorais...

— Mille !

— Oh ! ne vous pressez pas de croire à des *Luceries*, proteste Marcel en étendant la main. Des échanges de pensées, de livres annotés, de menus souvenirs...

— Pensionnaire, va !

— Pensionnaire, si vous voulez. Et surtout cette correspondance exquise, presque quotidienne, jusqu'au jour...

— Ah ! voilà ce que je craignais !

— Oui, papa m'a volé une lettre.

— *Volé* est vif.

— Enfin, il dit qu'il l'a ramassée par terre. Un moins malveillant que lui aurait peut-être deviné tout ce que ces tendresses écrites contenaient de... de littérature pure. Mais lui ! Il est entré dans une fureur de brute, — ah ! quand j'y songe, je crois que je lui ferais tout le mal qu'on peut faire — il m'a giflé ! Et il est allé, là-dessus, faire, comme il disait, du « pétard » au collège.

— D'où l'on vous a... prié de sortir ?

— Si ce n'était que ça. Non, c'est Charlie qu'on a chassé. On a osé ! Sinon, papa aurait probablement fait du « pétard » dans ses sales journaux. Il en est bien capable.

Avide, j'écoute et j'admire. Ses joues rouges, ses yeux bleus qui noircissent, et cette bouche qui palpite, les coins tirés, peut-être, par une envie de pleurer — je ne verrai jamais de fille aussi belle que lui !

— La lettre ; votre père l'a gardée, naturellement ?

Il rit pointu.

— Il aurait bien voulu ! Mais, moi aussi, je suis adroit, je l'ai reprise, avec une clef qui ouvrait son tiroir.

— Oh ! montrez-la-moi, je vous en supplie !

Avec un geste instinctif vers sa poche de poitrine, il répondit :

— J'en serais bien empêché, ma chère, je ne l'ai pas sur moi.

— Je suis tout à fait certaine que vous l'avez, au contraire ; Marcel, mon joli Marcel, ce serait mal reconnaître la confiance, la belle confiance de votre amie Claudine !

J'avance sur lui des mains insidieuses et je fais mes yeux aussi câlins que je puis.

— Petite fouineuse ! Vous n'allez pas me la prendre de force ? A-t-on jamais vu ! Là, laissez, Claudine, vous allez me casser un ongle. Oui, on va vous la montrer. Mais vous l'oublierez ?

— Sur la tête de Luce !

Il tire un porte-cartes féminin, vert Empire, en extrait un papier pelure soigneusement plié, griffonné d'une écriture minuscule.

Savourons la littérature de Charlie Gonzalès :

Mon chéri,
Je vais rechercher ce conte d'Auerbach, et je t'en traduirai les passages où est décrite l'amitié amoureuse des deux enfants. Je sais

l'allemand comme le français, cette version n'aura donc pour moi aucune difficulté, et je le regrette presque, car il m'aurait été doux d'éprouver quelque peine pour toi, mon seul aimé.
Oh! oui, seul! mon seul aimé, mon seul adoré! Et dire que ta jalousie toujours en éveil vient encore de tiquer! Ne dis pas non, je sais lire à travers tes lignes comme je sais lire au fond de tes yeux, et je ne puis me méprendre à la petite phrase énervée de ta lettre sur « le nouvel ami aux boucles trop noires dont la conversation m'absorbait si fort à la sortie de quatre heures ».
Ce prétendu nouvel ami, je le connais à peine ; ce garçonnet « aux boucles trop noires » (pourquoi trop ?) est un Florentin, Giuseppe Bocci, que ses parents ont installé pensionnaire chez B..., le fameux prof. de philo, pour le soustraire à la dépravation des camarades scolaires ; il a des parents qui ont vraiment du nez! Cet enfant me parlait d'une amusante étude psychologique consacrée par un de ses compatriotes aux Amicizies di Collegio *que ce Kraft Ebing transalpin définit, paraît-il, « un mimétisme de l'instinct passionnel » — car, italiens, allemands ou français, ces matérialistes manifestent, tous, la plus écœurante morticolore imbécillité.*
Comme la brochure contient d'amusantes observations, Giuseppe me la prêtera ; je la lui ai demandée... pour qui ?... Pour toi, bien entendu, pour toi qui m'en récompenses par cet inique soupçon. Reconnais-tu ton injustice ? Alors embrasse-moi. Ne la reconnais-tu pas ? En ce cas, c'est moi qui t'embrasse.
Que de bouquins on a fabriqués, déjà, traitant plus ou moins maladroitement de cette question attirante et complexe entre toutes !...
Pour me retremper dans ma foi et ma religion sexuelle, j'ai relu les brûlants sonnets de Shakespeare au comte de Pembroke, ceux, non moins idolâtres, de Michel-Ange à Cavalieri, je me suis fortifié en reprenant des passages de Montaigne, de Tennyson, de Wagner, de Walt Whitmann et de Carpenter...

C'est drôle. Je jurerais que j'ai déjà lu quelque part cette liste d'auteurs un peu spéciaux !

« Mon svelte enfant chéri, mon Tanagra tiède et souple, je baise tes yeux qui palpitent. Tu le sais, tout ce passé malsain que je t'ai sacrifié sans hésitation, tout ce passé de curiosités avilissantes, à présent détestées, me semble aujourd'hui un cauchemar douloureux et lointain. Ta tendresse seule demeure, et m'exalte, et m'incendie...

« Zut ! Il me reste juste un quart d'heure pour étudier "le conceptualisme d'Abélard". Ses conceptions devaient être d'un ordre particulier, à cet amputé.
A toi corps et âme,   Ton CHARLIE.

C'est fini. Qu'est-ce que je dois dire ? Je suis un peu intimidée par ces histoires de garçons. Ça ne m'étonne pas du tout que le père de Marcel ait *tiqué*, lui aussi... Oh ! je sais bien, je sais très bien que mon neveu est tout à fait ragoûtant, et même pis. Mais l'autre ? Marcel l'embrasse, il l'embrasse ce Charlie phraseur et plagiaire, malgré la petite moustache noire ? Marcel ne doit pas être vilain, quand on l'embrasse. Je le regarde en dessous avant de rendre la lettre ; il ne pense pas du tout à moi, ne songe pas à me demander mon opinion ; le menton appuyé dans sa main, il suit une idée. Sa ressemblance avec mon cousin l'Oncle, évidente à ce moment-là, me gêne brusquement et je lui rends les feuillets.

— Marcel, votre ami écrit plus joliment que Luce ces lettres-là.

— Oui... Mais vous n'êtes pas indignée, enfin, d'une rigueur si stupide, châtiant un Charlie si exquis ?

— Indignée, ce n'est peut-être pas le mot, mais je suis surprise. Car enfin, il ne saurait y avoir qu'un seul Marcel en ce monde, mais j'imagine que les collèges doivent receler d'autres Charlie.

— D'autres Charlie ! Voyons, Claudine, vous ne le compareriez pas à ces potaches souillés qui... Tenez, donnez-moi à boire, et un lukum ! j'en ai chaud de penser à tout cela.

Il s'éponge d'un petit mouchoir en linon bleu. Comme je lui tends, empressée, un grog froid, il pose son porte-cartes près de lui, sur la table d'osier, et s'adosse encore fébrile, pour boire à petites gorgées. Il suce un lukum à la rose, mordille une galette salée, et s'absorbe dans le souvenir de son Charlie. Et moi je me demande, mordue par la curiosité, mordue à crier, quelles autres lettres peut bien contenir le porte-cartes vert Empire. Je ressens parfois (pas souvent, Dieu merci) de ces laides et violentes convoitises, aussi âpres que des envies de voler. Certes, je m'en rends bien compte, si Marcel me surprend en train de fouiller dans sa correspondance, il aura le droit de me mépriser, et en usera, mais, à cette pensée, le rouge de la honte n'envahit pas mon front, comme il eût été de règle dans toute narration scolaire. Tant pis ! Je pose, négligente, une assiette à gâteaux sur le porte-cartes tentateur. Si ça prend, ça prendra.

— Claudine, dit Marcel qui s'éveille, ma grand-mère vous trouve bien sauvage.

— C'est vrai. Mais je ne sais pas lui parler. Que voulez-vous, je ne la connais pas, moi...
— Ça n'a, d'ailleurs, aucune importance... Dieu ! comme Fanchette se déforme !
— Silence ! ma Fanchette est toujours admirable ! Elle aime beaucoup votre père.
— Ça ne m'étonne pas... il est si sympathique !
Il se lève sur ce mot aimable. Il glisse le chiffon de linon dans sa poche gauche... aïe !... non, il n'y pense pas. Qu'il s'en aille, vite ! Je me souviens, une seconde, des billets doux d'Anaïs qu'une semblable crise de curiosité me fit jadis extraire, à demi brûlés, du poêle de l'Ecole... et je ne sens aucun remords. D'ailleurs, il a blagué son père, c'est un vilain petit garçon !
— Vous partez ? déjà ?
— Oui, il le faut. Et, je vous assure, ce n'est jamais sans regret. Car vous êtes la confidente rêvée, — et si peu femme !
On n'est pas plus aimable ! Je le reconduis jusqu'à l'escalier pour m'assurer que la porte, dûment close, l'obligera à sonner s'il remonte.
Vite, au petit porte-cartes ! Il sent bon ; le parfum de Charlie, je suppose.
Dans une pochette, le portrait de Charlie. Un portrait-carte en buste, les épaules nues, la bandelette antique ceignant le front, et cette date « 28 décembre ». Voyons le calendrier : « 28 décembre ; les Saints-Innocents ». Vrai, les hasards de l'almanach en ont de bonnes !
Une pincée de petits bleus, écriture longue et prétentieuse, orthographe hâtive : des rendez-vous fixés ou remis. Deux télégrammes signés... Jules ! Ah, ça, par exemple, Anaïs en bâillerait d'étonnement. Avec cette correspondance une photographie de femme ! Qui est-ce ? Une fort jolie créature, mince à l'excès, les hanches fuyantes, décolletée discrètement dans du chantilly pailleté ; les doigts sur les lèvres, elle jette un baiser, au bas de la carte, la même signature... Jules ! Ça ! un homme ? Voyons, voyons ! J'aiguise mes yeux, je cours chercher la vénérable tri-loupe de papa, j'examine minutieusement : les poignets de « Jules » paraissent peut-être un peu forts, mais bien moins choquants que ceux de Marie Belhomme, pour ne citer que celle-là ; les hanches ne peuvent pas être masculines, ni ces épaules rondes, et pourtant, pourtant les muscles du cou, sous l'oreille, me font hésiter davantage. Oui, le cou est bien d'un éphèbe ; je m'en aperçois... C'est égal !... Continuons nos fouilles :

Sur un papier de cuisinière, en style de cuisinière, voici, orthographiés à la cuisinière, des renseignements obscurs :

« *Tant qu'à moi, je ne vous conseye pas d'allé rue Traversière, mais vous ne risquez rien de m'accompagner chez Léon ; c'est une salle aventageuse, près de la Brasserie que je vous ai causé, et vous y vérez des personnes qui valent la peine, des écuilliers de Médrano, eccetera. Pour ce qui est d'Ernestine et de la Charançone, ayez l'œil ! Je ne crois pas que Victorine a déjà tiré au sort. Rue Lafite, grand-mère a dû vous dire que l'hôtel est sûr.* »

Quel drôle de monde ! C'est ce ramassis que Charlie a « sacrifié » à Marcel ! Et il ose s'en faire un titre ! Ce qui m'ahurit par-dessus tout c'est que mon « neveu » accepte sans dégoût les restes d'une affection où il a traîné des Charançonnes, des écuyers ; « eccœtera »... En revanche, je comprends à merveille que Charlie, écœuré à la fin des Jules trop complaisantes — tout de même, cette photographie invraisemblable ! — ait trouvé adorable la nouveauté d'un enfant qui lui apportait une sentimentalité inédite, avec des scrupules délicieux à vaincre...

Décidément, ce Charlie me répugne. Mon cousin l'Oncle a eu joliment raison de le faire flanquer à la porte du lycée Boileau... Un garçon comme lui, ça doit avoir des poils sur la poitrine...

— Mélie ! Vite, cours chez tante Cœur, prends un fiacre, c'est pour porter ce petit paquet à Marcel, avec une lettre que je lui écris. Tu ne le laisseras pas chez le concierge...

— Une lettre, bonnes gens ! Ben sûr que je la monterai ! T'es une belle fille. Sois tranquille, ma nonore, ça sera remis. Et personne n'y verra que du feu !

Je peux m'en fier à elle. Son dévouement s'exalte à la pensée que je vais sauter le pas... Ne la détrompons point. Ça lui fait tant de plaisir.

C'est pourtant vrai que Fanchette devient ridicule à voir ! Elle accepte sa corbeille « parisienne » à la condition que j'y adjoigne un morceau de ma vieille robe de chambre en velours de coton. Elle pétrit ce lambeau énergiquement, y fait ses ongles, le tient au chaud en boule sous elle, ou le lèche en songeant à sa future famille. Ses petites mamelles gonflent et deviennent douloureuses ; elle est possédée d'un besoin fou de câlineries, et de « ferloties », comme on dit à Montigny.

Mélie me rapporte, jubilante, un mot de Marcel, en remerciement du porte-cartes renvoyé !

« Merci, chère, je n'étais pas inquiet (pardi non !) sachant le porte-cartes entre vos petites mains, que je baise affectueusement, discrète Claudine. »

« Discrète Claudine. » Ça peut être aussi bien une ironie qu'une prière de me taire.

Papa travaille avec M. Maria ; c'est-à-dire qu'il exténue le malheureux garçon à bouleverser de fond en comble tous ses bouquins. Il a d'abord cloué, lui-même, à grand renfort de jurons, douze rayons au mur de la bibliothèque, rayons destinés au format in-18 jésus. Une admirable besogne ! Seulement, quand M. Maria, doux, dévoué et poussiéreux, a voulu placer les volumes, il a découvert que papa s'était trompé d'un centimètre dans la distance entre les rayons, et que les livres ne pouvaient pas tenir debout. De sorte qu'il a fallu déclouer toutes ces maudites planches, sauf une. Vous parlez si les « Tonnerre de Dieu », et les « Père Eternel, descends ! » ont marché. Moi, je me tordais devant ce désastre. Et M. Maria, divinement patient, a seulement dit : « Oh ! ce n'est rien, nous espacerons un peu plus les onze rayons. »

Aujourd'hui, j'ai reçu un beau gros sac de chocolats à la crème, oui-da, avec une lettre de mon cousin l'Oncle : « Ma gentille petite amie, votre vieil oncle se fait aujourd'hui remplacer, vous ne vous en plaindrez pas, par ce sac P.P.C. Je voyage huit ou dix jours pour affaires. A mon retour, si vous voulez bien, nous explorerons d'autres endroits de plaisir mal aérés. Prenez bien soin de Marcel qui — sans rire — gagne à vous fréquenter. Je baise avunculairement vos menottes. »

Oui ? eh bien — sans rire — j'aimerais mieux un Oncle et pas de chocolats. Ou bien un oncle et des chocolats. D'ailleurs, ceux-ci sont inimitables. Luce se vendrait pour la moitié du sac. Attends, Fanchette, si tu veux que je te massacre, tu n'as qu'à continuer ! Cette horreur plonge dans le sac ouvert une patte en cuiller, trop adroite ; et pourtant elle n'aura que des moitiés de boules en chocolat, quand j'en aurai retiré la crème avec le gros bout d'une plume neuve.

Je n'ai pas revu Marcel de deux jours. Un peu honteuse de ma paresse à visiter tante Wilhelmine, je pars aujourd'hui sans entrain, quoique vêtue à mon gré. J'aime bien ma jupe tailleur qui colle, et ma chemisette en zéphyr bleu lavé qui m'orange la peau. Avant de me donner mon congé, papa énonce avec solennité :

— Dis bien à ma sœur que j'ai du travail par-dessus les yeux, et qu'il ne me reste pas une minute à moi afin qu'elle n'ait pas l'idée de venir me raser à domicile ! Et si on te manque de respect dans la rue, *malgré* ton jeune âge, fous-leur un bon coup de poing à travers la hure !

Munie de ces sages avis, je m'endors dans l'honnête et malodorant Panthéon-Courcelles pendant quarante minutes, pour ne me réveiller qu'au point terminus, place Pereire. Zut ! Je ne la rate pas souvent, cette bêtise-là ! Il me faut revenir à pied avenue de Wagram, où la femme de chambre malveillante considère avec blâme mes cheveux courts, et m'apprend que « Madame vient de sortir ». Veine, veine ! Je ne traîne pas, et je « débigouille » lestement l'escalier sans le secours de l'ascenseur.

Le parc Monceau, avec ses pelouses tendres voilées de jets d'arrosage en rideaux vaporeux, m'attire comme quelque chose de bon à manger. Il y a moins d'enfants qu'au Luxembourg. C'est mieux. Mais ces pelouses qu'on balaye comme des parquets ! N'importe, les arbres m'enchantent, et l'humidité chauffée que je respire m'alanguit. Le climat de Paris est ignoblement chaud, tout de même. Ce bruit des feuilles, quelle douce chose !

Je m'assieds sur un banc, mais un vieux monsieur, la moustache et les cheveux vernis au pinceau, m'en déloge, par son insistance à s'asseoir sur le pan de ma jupe et à me frôler du coude. L'ayant traité de « vieille armelle », je m'éloigne d'un pas digne vers un autre banc. Un tout petit télégraphiste, — qu'est-ce qu'il fiche là ? — occupé à driguer[1] en chassant du pied un caillou plat, s'arrête, me dévisage et crie : « Hou ! que t'es vilaine ! veux-tu bien aller te cacher dans mon pieu ! » Ce n'est pas le désert, évidemment. Ah ! que ne suis-je assise à l'ombre du bois des Fredonnes ! Affalée contre un arbre, sur une chaise, je m'assoupis, bercée par les jets d'arrosage qui font tambour sur les feuilles larges des ricins.

La chaleur m'écrase, me rend gâteuse, complètement gâteuse. Gentille, cette dame qui trottine, mais les jambes trop courtes ; d'ailleurs, à Paris, les trois quarts des femmes ont le derrière sur les talons. Mon Oncle est ridicule de s'en aller au moment où je l'aimais bien, Mon Oncle... il a des yeux jeunes malgré son commencement de patte d'oie, et une jolie façon de se pencher vers moi en

---

1. Sauter d'un pied sur l'autre.

me parlant. Sa moustache a le ton charmant que prennent les cheveux des blondes qui vieillissent. Il voyage pour affaires ! Pour affaires ou pour autre chose. Mélie, qui a l'œil exercé, m'a répondu, quand je lui ai demandé son impression : « Ton oncle, ma guéline, c'est un bel homme. Un bon arcandier, pour sûr [1]. »

Il doit « trôler » avec des femmes, cet homme du devoir. C'est du propre !

Cette petite femme qui passe... sa jupe tombe bien. Elle a une démarche... une démarche que je connais. Et cette joue ronde qu'un duvet fin cerne d'une ligne argentée dans la lumière, je la connais aussi... Ce petit nez esquissé, ces pommettes un peu hautes... Mon cœur saute. D'un bond, je suis sur elle, et je crie de toutes mes forces : « Luce ! »

C'est invraisemblable, mais c'est bien elle ! Sa poltronnerie me le prouve assez : à mon cri, elle a bravement sauté en arrière et a mis son coude sur ses yeux. Mon émotion cède en fou rire nerveux ; je la saisis par les deux bras ; son petit visage aux yeux étroits, tirés vers les tempes, rougit jusqu'aux oreilles, puis pâlit brusquement ; elle soupire enfin :

— Quel bonheur que ce soit toi !

Je la tiens toujours par les bras, et je n'en finis pas de m'étonner. Comment l'ai-je même reconnue ? Cette toute menue gobette — que j'ai toujours vue en tablier d'escot noir, chaussée de sabots pointus ou de solides souliers à lacets, sans autre chapeau que le capuchon rouge, la natte en semaine et le chignon le dimanche — cette Luce porte un complet tailleur mieux coupé que le mien, drap noir léger à piqûres blanches, une chemisette rose de Chine en soie souple, sous un boléro court, et une toque de crin drapé, soulevée d'une botte de roses, qu'elle n'a fichtre pas achetée aux « 4,80 ». Quelques fausses notes qu'on ne remarque pas tout de suite : un corset maladroit, trop raide et pas assez cambré ; les cheveux manquent d'air, trop lisses, et les gants trop étroits. Elle gante du 5 1/2, et sans doute se serre dans du 5.

Mais comment expliquer de telles splendeurs ? Y a pas, ma petite amie s'est sûrement jetée dans la lucrative inconduite. Qu'elle est fraîche et jeune, pourtant, sans poudre de riz ni rouge aux lèvres !

En face l'une de l'autre, à nous regarder sans rien nous dire, nous devons être impossibles. C'est Luce qui parle enfin :

— Oh ! tu as les cheveux coupés !

— Oui, tu me trouves laide, pas ?

---

1. Arcandier, travailleur à tout faire.

— Non, dit-elle tendrement. Tu ne pourrais pas. Tu as grandi. Tu es gente. Mais tu ne m'aimes plus ? Tu ne m'aimais pas guère déjà !

Elle a gardé son accent de Montigny, que j'écoute charmée, l'oreille tendue à sa voix un peu traînante et douce. Ses yeux verts ont changé dix fois de nuance depuis que je la regarde.

— Il s'agit bien de ça, petite « arnie » ! Pourquoi es-tu ici, et pourquoi si belle, bon sang ? Ton chapeau est délicieux, mets-le un peu plus en avant. Tu n'es pas seule ? Ta sœur est ici ?

— Non, qu'elle n'est pas ici ! répond Luce, souriante avec malice. J'ai tout planté là. C'est long. Je voudrais t'expliquer. C'est une histoire comme dans un roman, tu sais !

Son accent décèle une fierté insondable ; je n'y tiens plus.

— Mais raconte, mon petit « gouri[1] » ! j'ai tout mon après-midi à moi.

— Chance ! veux-tu venir chez moi, s'il te plaît, Claudine ?

— Oui, mais à une condition : je n'y trouverai *personne* ?

— Non, personne. Mais viens, viens vite, je demeure rue de Courcelles, à trois pas d'ici.

Les idées en salade, je l'accompagne en la regardant de côté. Elle ne sait pas bien relever sa jupe longue, et marche la tête un peu en avant, comme quelqu'un qui ne sent pas son chapeau très solide. Oh ! qu'elle était plus touchante et plus personnelle en jupe de laine à la cheville, avec sa natte mi-défaite, et ses pieds fins toujours hors des sabots. Non qu'elle soit enlaidie ! Je constate que sa fraîcheur et la nuance de ses prunelles équivoques produisent de l'effet sur les passants. Elle le sait, elle fait de l'œil, inconsciente et généreuse, à tous les chiens coiffés que nous croisons. Que c'est drôle, mon Dieu, que c'est drôle ! Je piétine dans l'irréel.

— Tu regardes mon ombrelle, dit Luce. Aga la pomme en cristal. Elle a coûté cinquante francs, ma vieille !

— A qui ?

— Attends que je te raconte. Il faut que je te prenne du commencement.

J'adore ces tournures locales. Contrastant avec le costume chic, l'accent de terroir vous prend un relief ! Je comprends certaines gaietés brusques de mon « neveu » Marcel.

Nous franchissons le seuil d'une maison neuve, écrasée de sculptures blanches et de balcons. Un vaste ascenseur nous enlève, tout en glaces, que Luce manie avec un respect craintif.

1. Gouri : le petit porcelet qui tette encore.

Chez qui va-t-elle me mener ?

Elle sonne au dernier étage — elle n'a donc pas sa clef ? — et passe vite devant une femme de chambre raide, vêtue à l'anglaise, noire avec un ridicule petit tablier en mousseline blanche, grand comme un costume de nègre, vous savez, ce costume qui se compose d'un menu carré de sparterie, pendu au-dessus du ventre par une ficelle.

Luce ouvre vivement une des portes de l'antichambre ; je la suis, dans un couloir blanc à tapis vert sombre ; elle ouvre une autre porte, s'efface, la referme sur nous et se jette dans mes bras.

— Luce ! veux-tu une tape ? dis-je, recouvrant à grand-peine mon ancienne autorité, car elle me tient ferme et fourre son nez frais dans mon cou, sous l'oreille. Elle relève la tête, et sans desserrer ses bras avec une ineffable expression d'esclavage heureux :

— Oh ! oui ! bats-moi un peu !

Mais je n'ai plus de goût, ou pas encore, à la battre. On ne bourre pas de coups de poing un costume tailleur de quatre cents francs et ce serait dommage d'aplatir d'une calotte ce joli paquet de roses. Griffer ses petites mains, oui... mais elle a gardé ses gants.

— Claudine !... oh ! tu ne m'aimes plus du tout !

— Je ne peux pas t'aimer comme ça sur commande. Il faut que je sache à qui j'ai affaire, moi ! Cette chemisette ne t'a pas poussé toute seule sur le dos, pas ? Et cet appartement ? « Où suis-je ? Est-ce un prestige, est-ce un rêve enchanté ? » comme chantait la grande Anaïs avec sa voix au verjus.

— C'est ma chambre, répond Luce d'une voix onctueuse. Et s'écartant un peu, elle me laisse à mon admiration.

Trop cossue, mais pas trop bête, sa chambre. Bien tapissier, par exemple ! Du laqué blanc — hélas ! — mais voici des sièges et des panneaux tendus d'un velours amande à dessin coquille, copie d'Utrecht, je pense, qui flatte l'œil et avive le teint. Le lit — ah ! quel lit ! je ne résiste pas à mesurer sa largeur, de mes deux bras étendus... Plus d'un mètre cinquante, Madame, plus d'un mètre cinquante, on vous dit, c'est un lit d'au moins trois places. De beaux rideaux de damas amande, aux deux fenêtres, et une armoire à glace à trois portes, et un petit lustre au plafond (il a l'air idiot, ce petit lustre) et une grande bergère pékinée blanc et jaune près de la cheminée, et quoi encore, mon Dieu !

— Luce ! sont-ce les fruits du déshonneur ? tu sais bien, « les fruits trompeurs qui laissent dans la bouche un goût de cendre » s'il faut en croire notre vieille *Morale en exemples*.

— Tu n'as pas vu le plus beau, continue Luce sans répondre. Regarde !
Elle ouvre une des portes à petites guirlandes sculptées :
— C'est le cabinet de toilette.
— Merci : j'aurais pu croire que c'était l'oratoire de mademoiselle Sergent.
Dallé de faïence, paroissé de faïence, le cabinet de toilette étincelle, telle Venise, de mille feux (et davantage). Heulla-t-y possible ! Une baignoire pour jeune éléphant, et deux cuvettes profondes comme l'étang des Barres, deux cuvettes renversables. Sur la coiffeuse, de l'écaille blonde pour des sommes folles. Luce se rue sur un bizarre petit banc, soulève, comme un dessus de boîte, le capitonnage bouton d'or qui le couvre, et dit avec simplicité, m'exhibant la cuvette oblongue :
— Il est en argent massif.
— Pouah ! Les bords doivent faire froid aux cuisses. Est-ce que tes armes sont gravées au fond ? Mais raconte-moi tout, ou je fiche le camp.
— Et c'est éclairé à l'électricité. Moi, j'ai toujours peur que ça fasse des accidents, des étincelles, quelque chose qui tue (ma sœur nous a tellement rasées avec ça à Montigny, pendant les leçons de physique !) Alors, *quante* je suis toute seule le soir, j'allume une petite lampe à pétrole. As-tu vu mes chemises ! J'en ai six en soie, et le reste Empire à rubans roses, et les pantalons pareils...
— Des pantalons Empire ? Je crois qu'on n'en faisait pas une consommation effrénée, dans ce temps-là...
— Si-da, à preuve que la lingère me l'a dit, qu'ils sont Empire ! Et puis...
Sa figure pétille. Elle voltige d'une armoire à l'autre et s'empêtre dans sa jupe longue. Tout d'un coup, elle relève à pleines mains ses jupons qui crissent, et me chuchote, extasiée :
— Claudine, j'ai des bas de soie !!!
Elle a, en effet, des bas de soie. Ils sont en soie, je puis le constater, jusqu'aux cuisses. Ses jambes, je les reconnais bien, les petites merveilles.
— Touche, comme c'est doux !
— Je m'en rapporte, je m'en rapporte. Mais je te jure que je m'en vais si tu continues à divaguer sans rien dire !
— Alors on va s'installer. Ici dans le fauteuil, « aploune-toi ». « Acoute » que je baisse le store, faute au soleil.
Impayables, ses coins de patois. Dans sa chemisette rose et sa jupe impeccable, ça fait opéra-comique.

Claudine à Paris

— Si on boivait ? J'ai toujours deux bouteilles de vin kola dans mon cabinet de toilette. *Il* dit que ça m'empêchera de tomber anémique.

— *Il !* Il y a un *Il !* Veine, on va tout savoir ! Le portrait du séducteur, tout de suite, amène-le.

Luce sort et revient un cadre à la main.

— Tiens, le voilà, dit-elle sans entrain.

Hideux, ce portrait-carte représentant un gros homme de soixante ans à peu près, peut-être plus, quasi chauve, l'air abruti, avec des bajoues de chien danois et de gros yeux de veau ! Terrifiée, je regarde ma petite amie, qui considère silencieusement le tapis et remue le bout de son pied.

— Ma vieille, tu vas tout raconter. C'est plus intéressant encore que je ne pensais.

Assise à mes pieds sur un coussin, dans l'ombre dorée des stores baissés, elle croise ses mains sur mes genoux... Sa coiffure changée me gêne beaucoup ; et puis elle ne devrait pas s'onduler... A mon tour, j'ôte mon canotier et je m'ébroue pour donner de l'air à mes boucles. Luce me sourit :

— Tu es tout-un-tel qu'un gars, Claudine, avec tes cheveux coupés, un joli gars, par exemple. Pourtant non, quand on te regarde, t'as bien une figure de fille, va, de jolie fille !

— Assez ! Raconte ; depuis le petit bout jusqu'à aujourd'hui. Et « applette » un peu, que papa ne me croie pas perdue, écrasée...

— Oui. Donc, quand tu t'es décidée à m'écrire, après ta maladie, *elles* me faisaient déjà toutes les mauvaisetés possibles. Et ci, et ça, et j'étais une oie, et j'étais la caricature de ma sœur, et tout le temps elles m'appelaient par-des-noms.

— Elles sont toujours bien ensemble, ta sœur et la Directrice ?

— Pardi, encore plus pires. Ma sœur ne balaye même plus sa chambre. Mademoiselle a pris une petite bonne. Et, pour un oui pour un non, Aimée prétend qu'elle est malade, ne descend pas, et c'est Mademoiselle qui la remplace pour presque toutes les leçons orales. Mieux que ça : un soir, j'ai entendu Mademoiselle, dans le jardin, faire une scène terrible à Aimée à cause d'un nouveau sous-maître. Elle ne se connaissait plus : « Tu en feras tant que je te tuerai », qu'elle disait à Aimée. Et ma sœur se tordait et répondait, en la regardant de côté : « Tu n'oserais pas, tu aurais trop de chagrin après. » Alors Mademoiselle se mettait à « chougner » et la suppliait de ne plus la tourmenter, et Aimée se jetait à son cou et elles remontaient ensemble. Mais c'est pas tout ça, j'y étais habituée. Seulement, ma sœur, je te dis, me traitait comme un chien,

et Mademoiselle aussi. Quand j'ai commencé à demander des bas, des chaussures, ma sœur m'a envoyée faire fiche : « Si les pieds de tes bas sont troués, raccommode-les, qu'elle m'a dit ; et puis les jambes sont encore bonnes, tant qu'on ne voit pas les trous c'est comme s'ils n'y étaient pas. » Pour les robes, la même chose ; elle a eu le toupet, cette saloperie, de me repasser un vieux corsage qui n'avait plus de dessous de bras. Je pleurais toute la journée d'être si mal arrangée dans mes effets, j'aurais mieux aimé qu'on me batte ! Une fois j'ai écrit chez nous. Y a jamais le sou, tu sais bien. Maman m'a répondu : « Arrange-toi avec ta sœur, tu nous coûtes assez d'argent, notre cochon est crevé de maladie et j'ai eu quinze francs de pharmacie, le mois dernier, pour ta petite sœur Julie ; tu sais qu'à la maison c'est misère et compagnie, et si tu as faim, mange ton poing. »
— Continue.
— Un jour que j'avais essayé de faire peur à ma sœur, à la fin elle m'a ri au nez et elle m'a crié : « Si tu ne te trouves pas bien ici, retourne donc chez nous, ça sera un bon débarras, tu garderas les oies. » Ce jour-là, j'ai pas pu dîner, ni dormir. Le lendemain matin, après la classe, en remontant au réfectoire, j'ai trouvé la porte de la chambre d'Aimée entrouverte, et son porte-monnaie sur la cheminée près de la pendule (car elle a une pendule, ma chère, oh ! la sale bête !). J'en ai eu comme un sang glacé. J'ai sauté sur le porte-monnaie, mais elle m'aurait bien fouillée, je ne savais pas où le musser. J'avais encore mon chapeau sur la tête, j'ai mis ma jaquette, je suis descendue aux cabinets, j'ai jeté mon tablier dedans, je suis ressortie sans rencontrer personne (tout le monde était déjà au réfectoire) et j'ai couru prendre, à pied, le train de 11 heures 39 pour Paris. Il allait partir. J'étais moitié morte de courir.

Luce s'arrête pour souffler et jouir de son effet. J'avoue que je suis abrutie. Jamais je ne l'aurais crue capable d'un tel coup de tête, cette mauviette.

— Après ? Vite, mon petit, après ? Combien contenait-il, le porte-monnaie ?

— Vingt-trois francs. Rendue à Paris, il me restait donc neuf francs, j'ai pris des troisièmes, tu penses. Mais, attends ; tout le monde me connaît, à la gare, et le père Racalin m'a demandé : « Où que vous courez comme ça, ma petite compagnie ? » Je lui dis : « Maman est malade, on nous a télégraphié, je m'en vais vite à Sementran, ma sœur ne peut pas quitter. — C'est bien tourmentant », qu'il a répondu.

Claudine à Paris

— Mais, arrivée à Paris, qu'est-ce que tu as fait ?
— Je suis sortie de la gare, j'ai marché. J'ai demandé où était la Madeleine.
— Pourquoi ?
— Tu vas voir. Parce que mon oncle — c'est lui, sur le portrait — demeure rue Tronchet, près de la Madeleine.
— Le frère de ta mère ?
— Non, son beau-frère. Il a épousé une femme riche, qui est morte ; il a refait encore « mas » de sous, et, comme de juste, il n'a plus voulu entendre parler de nous qui étions des crève-la-faim. C'est naturel. Je savais son adresse parce que maman, qui guigne l'argent, nous forçait à lui écrire, tous les cinq, au jour de l'an, sur du papier à fleurs. Jamais il ne répondait. Alors j'ai seulement été chez lui pour savoir où coucher.
— « Où coucher ! » Luce, je te vénère... tu es cent fois plus maligne que ta sœur, et que moi aussi.
— Oh ! maligne ?... ce n'est pas le mot. Je tombe là-dedans. Je mourais de faim. J'avais le vieux petit corsage d'Aimée et mon chapeau d'uniforme. Et je trouve un appartement *encore* plus beau qu'ici, et un domestique homme qui me dit tout sec : « Qu'est-ce que vous demandez ? » J'avais honte, j'avais envie de pleurer. Je réponds : « Je voudrais voir mon oncle. » Sais-tu ce qu'il me dit, cet « arnie-là » ? « Monsieur m'a donné l'ordre de ne recevoir personne de sa famille ! » Si c'est pas à tuer ! Je me tourne pour m'en aller, mais je me trouve nez à nez avec un gros monsieur qui rentre. Il en est resté de là ! « Comment vous appelez-vous ? — Luce. — C'est votre mère qui vous envoie ? — Oh ! non, c'est moi toute seule. Ma sœur me rendait si malheureuse que je me suis sauvée de l'Ecole. — De l'Ecole ? Quel âge as-tu donc ? qu'il me dit en me prenant par le bras et en m'emmenant dans la salle à manger. — Dix-sept ans dans quatre mois. — Dix-sept ? Vous ne les paraissez pas, loin de là. Quelle drôle d'histoire ! Asseyez-vous, mon enfant, et contez-moi ça. » Moi, n'est-ce pas, je lui sors tout, les misères, et Mademoiselle, et Aimée, et les bas troués, et tout, enfin. Il écoutait, il me regardait avec de gros yeux bleus, et il rapprochait sa chaise. Vers la fin, j'étais si fatiguée, je me mets à pleurer ! Voilà un homme qui me prend sur ses genoux, qui m'embrasse, qui me flatte : « Pauvre mignon ! C'est pitoyable, chagriner une si gentille petite fille. Ta sœur tient de sa mère, vois-tu, c'est une peste. A-t-elle de beaux cheveux ! Avec sa natte, on lui donnerait quatorze ans. » Et petit à petit voilà qu'il me tripote les épaules, me serre la taille et les hanches, et m'embrasse toujours en soufflant comme un

phoque. Ça me dégoûtait un peu, mais je ne voulais pas le mécontenter, tu comprends.

— Je comprends très bien. La suite ?

— La suite... je ne pourrai pas te la raconter toute.

— Fais la sainte-nitouche ! Tu n'étais pas si bégueule à l'Ecole !

— C'est pas la même chose... *Avant*, il m'a fait dîner avec lui, je mourais de faim. Des bonnes choses. Claudine ! Des « ferloties » partout et du champagne. Je ne savais plus ce que je disais après le dîner. Lui, il était rouge comme un coq, mais ne perdait pas la carte. Il m'a proposé carrément : « Ma petite Luce, je m'engage à te loger huit jours, à prévenir ta mère — et de façon qu'elle ne jappe pas — et plus tard à te préparer un joli petit avenir. Mais, à une condition : tu feras ce que je voudrai. Tu m'as l'air de ne pas cracher sur les bonnes choses et d'aimer tes aises ; moi aussi. Si tu es toute neuve, tant mieux pour toi, parce qu'alors je serai gentil avec toi. Si tu as déjà traîné avec des garçons, y a rien de fait ! J'ai mes idées et j'y tiens. »

— Et puis ?

— Et puis il m'a emmenée dans sa chambre, une belle chambre rouge.

— Et puis ? dis-je avidement.

— Et puis... je ne sais plus, na !

— Veux-tu une tape pour te faire parler ?

— Eh bien, dit Luce en secouant la tête, ce n'est pas si drôle, va...

— Ah ! Est-ce que ça fait vraiment très mal ?

— Pour sûr ! J'ai « huché » de toutes mes forces, et puis sa figure tout contre la mienne me faisait chaud, et puis ses jambes poilues me grattaient... Il soufflait, il soufflait ! Comme je « huchais » trop, il m'a dit d'une voix étranglée : « Si tu ne cries pas, je te colle une montre en or demain. » J'ai essayé de ne plus rien dire. Après, j'étais si énervée, je pleurais tout haut. Lui, il m'embrassait les mains et répétait : « Jure-moi que personne d'autre ne t'aura ; j'ai trop de chance, j'ai trop de chance ! » Mais je n'étais pas bien contente !

— Tu es difficile.

— Et puis, malgré moi, je songeais pendant ce temps-là au viol d'Ossaire, tu t'*en* rappelles, ce libraire d'Ossaire, Petitrot, qui avait violé une de ses employées. Nous lisions dans ce temps-là le *Moniteur du Fresnois* en cachette et nous retenions des phrases par cœur. Ces souvenirs-là, tout de même, ça reparaît mal à propos.

— Pas de littérature, conte la suite.

— La suite ? Dame... Le lendemain matin, de voir ce gros homme dans mon lit, je n'en revenais pas. Il est si laid quand il dort ! Mais

il n'a pas été bien méchant jamais, et même, quelquefois, on a de bons moments...
Les paupières de Luce, baissées, cachent des yeux hypocrites et renseignés. J'ai envie de la questionner, et en même temps ça me gêne. Etonnée de mon silence, elle me regarde.
— Ensuite, Luce, va donc !
— Ah ! oui... Ma famille m'a d'abord fait rechercher. Mais mon oncle a écrit tout de suite là-bas : « Mon petit mignon, j'ai simplement prévenu ta mère qu'elle nous flanque la paix, si elle tient à voir la couleur de mon argent après ma mort. Pour toi, fais ce que tu voudras. T'as vingt-cinq louis par mois, la pâtée et la couturière, envoie-leur de la braise, ne leur en envoie pas, je m'en fiche ! Moi, pas un rotin ! »
— Alors... tu as envoyé de l'argent chez toi ?
La figure de Luce devient diabolique.
— Moi ? Tu ne me connais pas ! Ah ! la, la, ils m'en ont trop fait ! Crever, tu entends, crever, je les verrais tous crever que je n'en boirais pas une goutte de moins ! Ah ! ils ne se sont pas privés de m'en demander de l'argent, et gentiment, avec des bonnes manières. Sais-tu ce que je leur ai répondu ? J'ai pris une feuille de papier blanc, une grande, et j'ai écrit dessus : M...e ! parfaitement !
Elle a dit le mot, un mot de cinq lettres.
Debout, elle danse, son joli visage rose tout illuminé de férocité. Je n'en reviens pas...
C'est ça, cette fillette craintive que j'ai connue à l'école, cette pauvre sœur battue par la favorite Aimée, la petite Luce câline qui voulait toujours m'embrasser dans le bûcher ? Si je m'en allais ? Cette gamine et son oncle, c'est trop moderne pour moi. C'est qu'elle les laisserait crever, comme elle dit !
— Vrai, Luce, tu les laisserais...
— Oh ! oui, ma Claudine ! Et puis, ajoute-t-elle, en riant d'un air pointu, si tu savais, je travaille mon oncle pour qu'il fasse un testament contre eux ! C'est à se tordre.
Evidemment, c'est à se tordre.
— Alors, tu es tout à fait contente ?
Elle interrompt sa valse et fait la moue :
— Tout à fait, tout à fait ?... Il y a des épines. Avec mon oncle, il faut encore que je file doux ! Il a une façon de me dire : « Si tu ne veux pas, c'est fini nous deux ! » qui me force à marcher.
— Si tu ne veux pas quoi ?
— Rien, un tas de choses, répond-elle, avec un geste déblayeur. Mais aussi il me donne de l'argent que je cache sous une pile de

chemises et surtout, oh ! surtout, des bonbons, des pâtisseries, des petits oiseaux à manger. Et, mieux que ça, du champagne à dîner.

— Tous les jours ? Tu te couperoseras, ma chère !

— Tu crois ? Regarde-moi donc...

C'est vrai qu'il n'y a pas de fleur plus fraîche. La peau de Luce est une étoffe grand teint : ça ne tache ni à l'eau, ni à la boue.

— Dis-moi, chère Madame et amie. Tu reçois ? Tu donnes à dîner ?

Elle se rembrunit.

— Pas mèche, avec ce vieux jaloux ! Il veut que je ne voie personne. Mais (elle baisse la voix et parle avec un sourire révélateur), mais on peut s'arranger quand même... J'ai revu mon petit ami, Caïn Brunat, tu sais, celui que tu appelais mon « flirt ». Il est aux Beaux-Arts, il doit devenir un grand artiste et il fera mon portrait. Si tu savais... dit-elle avec sa volubilité d'oiseau, il est vieux, mon oncle, mais il a des idées impossibles. Des fois il me fait mettre à quatre pattes, et courir comme ça dans la chambre. L'air d'un bouloustre [1] avec son gros ventre, il court après moi, aussi à quatre pattes, et se jette sur moi en criant : « Je suis le fauve !... sauve-toi ! Je suis le taureau ! »

— Quel âge a-t-il ?

— Cinquante-neuf ans, qu'il dit, un peu plus, je crois.

J'ai mal à la tête, j'ai des courbatures. Cette Luce est trop sale. Il faut la voir raconter ces horreurs ! Perchée sur un pied, ses frêles mains étendues, sa taille menue dans un ruban rose à boucle, et ses cheveux doux tirés sur ses tempes transparentes, la jolie petite pensionnaire !

— Luce, pendant que tu es déchaînée, donne-moi des nouvelles de Montigny, je t'en prie ! personne ne me parle plus de là-bas. La grande Anaïs ?

— Normale ; rien de particulier. Elle « est » avec une troisième année.

— Une troisième année pas dégoûtée, vrai ! Marie Belhomme et ses mains de sage-femme ? Tu te souviens, Luce, quand elle nous avouait, l'été, qu'elle ne portait pas de pantalon, pour sentir ses cuisses « faire doux en marchant » ?

— Oui, je m'*en* rappelle. Elle est demoiselle de magasin. Pas de chance, la pauvre fille !

— Tout le monde ne peut pas avoir ta chance, petite prostituée !

1. Caricature grotesque.

Claudine à Paris

— Je ne veux pas qu'on m'appelle comme ça, proteste Luce, choquée.
— Eh bien alors, vierge timide, parlez-moi de Dutertre.
— Oh! ce pauv' docteur, il me faisait beaucoup d'agaceries, les derniers temps...
— Eh bien? Pourquoi pas?
— Parce que ma sœur et Mademoiselle l'ont « resoupé » de la belle façon, et que ma sœur m'a dit : « Si ça t'arrive, je t'ôte les deux yeux ! » Il a des embêtements avec sa politique.
— Tant mieux. Lesquels?
— « Acoute » une histoire. A une séance du conseil municipal, Dutertre s'est fait attraper rapport à la gare du Moustier. Voulait-il pas la faire mettre à deux kilomètres du village, parce que ça aurait été plus commode à M. Corne — tu sais, le propriétaire de ce beau château au bord d'une route — qui lui a donné gros comme ça d'argent !
— Ce toupet !
— Donc, au conseil, Dutertre a essayé d'enlever ça comme une chose toute raisonnable, et les autres ne « mouffaient » guère, quand le docteur Fruitier, un grand vieux, sec, un peu maboul, s'est levé et a traité Dutertre comme le dernier des derniers. Dutertre y a répondu tout fort, trop fort, et Fruitier y a collé sa main sur la figure, en plein conseil !
— Ah! ah! je le vois d'ici, le vieux Fruitier ; sa petite main blanche, toute en os, a dû sonner...
— Oui, et Dutertre, hors d'état, se frottait la joue, gesticulait, criait : « Je vous enverrai mes témoins ! » Mais l'autre a répondu tranquillement : « On ne se bat pas avec un Dutertre ; ne me forcez pas à imprimer pourquoi dans les journaux de la région... » Ça en a été un « raffut » dans le pays, je t'assure !
— Je m'en doute. Mademoiselle a dû en faire une maladie?
— Elle en serait morte de rage, si ma sœur ne l'avait pas consolée ; mais elle en a dit ! Comme elle n'était pas de Montigny, elle n'arrêtait pas : « Sale pays de voleurs et de brigands ! » Et ci, et ça...
— Et Dutertre, on le montre au doigt?
— Lui ! Deux jours après on n'y pensait plus ; il n'a pas perdu ça de son influence. La preuve, c'est qu'à une des dernières séances du conseil, on est venu à parler de l'Ecole, et à dire qu'elle était drôlement tenue. Tu comprends, les histoires de Mademoiselle avec Aimée se savent maintenant dans tout le pays ; sans doute, il y a des grandes gobettes qui en auront causé... si bien qu'un conseiller a demandé le déplacement de mademoiselle Sergent. Là-dessus,

mon Dutertre se lève, et déclare : « Si on prend à partie la Directrice, j'en fais une affaire personnelle. » Il n'a rien ajouté de plus, mais on a compris, et on s'est mis à parler d'autre chose parce que, tu comprends, presque tous lui ont des obligations...

— Oui, et puis il les tient par les cochonneries qu'il sait sur leur compte.

— N'empêche que ses ennemis se sont jetés là-dessus, et que le curé en a parlé dans son sermon le dimanche suivant.

— Le vieil abbé Millet ? En pleine chaire ? Mais Montigny doit être à feu et à sang !

— Oui, oui. « Honte » qu'il criait, le curé. « Honte sur les scandaleuses leçons de choses prodiguées à la jeunesse dans vos écoles sans Dieu ! » Tout le monde comprenait qu'il parlait de ma sœur avec la Directrice ; on se faisait un bon sang, vrai !

— Encore, Luce, raconte encore... Tu m'épanouis.

— Ma foi, je ne sais plus rien. Liline est accouchée de deux jumelles, le mois dernier. On a fait une grande réception avec vin d'honneur au fils Hémier qui revenait du Tonkin, où il a gagné une belle position. Adèle Tricotot en est à son quatrième mari. Gabrielle Sandré, qui a toujours l'air si petite fille avec ses dents de bébé, se marie à Paris. Léonie Mercant est sous-maîtresse à Paris (tu sais bien, cette grande timide qu'on s'amusait à faire rougir parce qu'elle a la peau si fine). Toutes, je te dis, toutes viennent à Paris ; c'est une manie, c'est une rage.

— Une rage qui ne me gagne guère, dis-je, avec un soupir ; je me languis de là-bas, moi... Moins qu'en arrivant, pourtant, parce que je commence à m'attacher à...

Je me mords les lèvres, inquiète d'avoir trop parlé. Mais Luce n'est pas perspicace, et poursuit, grand train :

— Ben vrai, si tu te languis, c'est pas comme à moi. Des fois, je rêve, dans ce grand lit-là, que je suis encore à Montigny, et que ma sœur m'« arale » avec ses fractions décimales, et le système orographique de l'Espagne, et les pédoncules quadrijumeaux ; je me réveille en sueur, et j'ai toujours une grande joie en me voyant ici...

— Près de ton bon oncle, qui ronfle.

— Oui, il ronfle. Comment le sais-tu ?

— O Luce, que tu sais être désarmante ! Mais l'Ecole, raconte encore l'Ecole. Te souviens-tu des farces qu'on faisait à la pauvre Marie Belhomme, et de la méchante Anaïs ?

— Anaïs, elle est à Normale, je te l'ai déjà dit. Mais c'est le diable dans un bénitier. Avec sa « troisième année » qui s'appelle Charretier, c'est quasiment ma sœur avec Mademoiselle. Tu sais

Claudine à Paris

bien à Normale, les dortoirs sont composés de deux rangées de cabines ouvertes, séparées par une allée pour la surveillance. La nuit, on tire un rideau en andrinople devant ces boîtes-là. Eh bien, Anaïs trouve moyen d'aller retrouver Charretier presque toutes les nuits, et elle ne s'est pas encore fait pincer. Mais ça finira mal. Je l'espère du moins.

— Comment sais-tu ça ?

— Par une pensionnaire de chez nous, de Semantran, qui est entrée en même temps qu'Anaïs. Elle a une mine, cette Anaïs, il paraît, un squelette ! Elle ne peut pas trouver de cols d'uniforme assez étroits. Penses-tu, ma Claudine, on se lève à cinq heures là-bas ! Moi, je me prélasse dans mon dodo jusqu'à dix-onze heures, et j'y prends mon petit chocolat. Tu comprends, ajoute-t-elle avec une mine raisonnable de petite bourgeoise sensée, ça aide à passer sur bien des choses.

Moi, je divague du côté de Montigny, en mon for intérieur. Luce s'est accroupie à mes pieds, comme une petite poule.

— Luce, qu'est-ce qu'on a en style pour la prochaine fois ?

— Pour la prochaine fois, dit Luce en éclatant de rire, on a : *Ecrivez une lettre à une jeune fille de votre âge pour l'encourager dans sa vocation d'institutrice.*

— Non, Luce, c'est pas ça, on a : *Regarder en dessous de soi et non au-dessus, c'est le moyen d'être heureux.*

— Non-da ! C'est : *Que pensez-vous de l'ingratitude ? Appuyez votre commentaire d'une anecdote que vous imaginerez.*

— Ta carte est-elle faite ?

— Non, ma vieille, j'ai pas eu le temps de la « repasser ». Je vais me faire resouper, pense donc : mes montagnes pas hachées et ma côte de l'Adriatique pas finie.

Je fredonne : « Descendons vers l'Adriatique... »

— « Et portons à bord nos filets », chante Luce de sa petite voix agile.

Toutes deux alors, à la tierce : « Descendons et portons à bord tous nos filets ! »

Et nous entonnons :

Vite, en mer ! Pêcheurs, la marée
Ecume autour des noirs îlots :
La barque, au rivage amarrée,
Frémit sous les baisers des flots.
Allons, filles du bourg rustique,
Courons toutes sur les galets,

> *Descendons vers l'Adriatique*
> *Et portons à bord nos filets.*
> *Descendons et portons à bord tous nos filets.*

— Tu te rappelles, Luce, c'est là que Marie Belhomme descendait, toujours de deux tons, sans qu'on sache pourquoi. Elle en tremblait dix mesures avant, mais ça ne ratait jamais. Au refrain !

> *La nuit calme et fraîche*
> *Promet bonne pêche ;*
> *Sur les flots calmés,*
> *Beaux pêcheurs, ramez !*

— Et maintenant, Luce, le grand arrivage de la marée !

> *Voici les dorades,*
> *Reines de nos rades,*
> *Les seiches nageant*
> *Sur l'algue d'argent,*
> *Et puis les girelles*
> *Fluettes et frêles,*
> *Aux corsages bleus.*
> *Quelle pêche heureuse !*
> *La mer généreuse* ⎫ bis
> *A comblé nos vœux !* ⎭

Entraînées et battant la mesure, nous menons jusqu'au bout cette romance ébouriffante, et nous éclatons de rire, comme deux gosses que nous sommes encore. Pourtant, je ressens un peu de mélancolie, à ces vieux souvenirs ; mais Luce, débridée, saute sur un pied, pousse des cris de joie, se mire dans « son » armoire à trois portes...

— Luce, tu ne regrettes pas l'Ecole ?

— L'Ecole ? Quand j'y repense, à table, je redemande du champagne, et je mange des petits fours glacés à m'en rendre malade, pour rattraper le temps perdu et me récompenser. Va, je n'ai pas assez quitté l'Ecole !

Je suis son geste désenchanté vers le paravent à deux feuilles, laque et soie, qui masque à demi une petite table-pupitre, banc à dossier, une table comme celle de Montigny, tachée d'encre, où traînent des grammaires, des arithmétiques. J'y cours, et j'ouvre des cahiers remplis de l'écriture sage et puérile de Luce.

— Tes anciens cahiers, Luce ? Pourquoi ?
— Non, pas mes anciens cahiers, malheureusement, mes nouveaux ! Et tu pourras trouver mon grand tablier noir dans la penderie du cabinet de toilette.
— Quelle idée ?
— Oh ! dame, c'est une idée à mon oncle, la pire de toutes ! Tu n'imagines pas, ma Claudine, gémit Luce en levant deux bras dolents, il m'oblige souvent à refaire ma natte, à endosser un grand sarrau, à m'asseoir à ce pupitre... et puis il me dicte un problème, un canevas de narration...
— Non !
— Si. Et pas pour de rire : je dois calculer, rédiger, la scie des scies ! La première fois, comme je refusais, il s'est fâché, tout à fait. « Tu mérites d'être fouettée, tu vas être fouettée », qu'il me répétait, les yeux brillants, la voix drôle ; ma foi, j'ai eu peur ; je me suis mise au travail.
— Alors, ça l'intéresse, cet homme, tes progrès scolaires ?
— Ça l'amuse, ça... le met en train. Il me fait penser à Dutertre qui lisait nos compositions françaises en nous fourrant les doigts dans le cou. Mais Dutertre était plus beau garçon que mon oncle, ça oui, soupire la pauvre Luce, écolière à perpétuité.
Je n'en reviens pas ! Cette pseudo-petite fille en tablier noir, ce vieux magister qui l'interroge sur les fractions décimales...
— Crois-tu pas, ma Claudine, continue Luce en s'assombrissant davantage, qu'hier il m'a attrapée, *cel'-là*, tout un tel comme ma sœur à Montigny, parce que je me trompais sur des dates de l'Histoire d'Angleterre. Je me suis révoltée, je lui ai crié : « L'Histoire d'Angleterre, c'est du brevet supérieur, j'en ai assez ! » Mon oncle n'a pas sourcillé, il a seulement dit, en fermant son livre : « Si l'élève Luce veut son bijou, elle devra me réciter sans faute la *Conspiration des Poudres.* »
— Et tu l'as récitée sans faute ?
— Pardi ; voilà la *blouque*[1]. Elle valait bien ça ; « aga » les topazes, et les yeux du serpent sont en petits diamants.
— Mais dis donc, Luce, c'est très moral, en somme. Tu pourras te présenter au « supérieur » à la prochaine session.
— Bouge pas, rage-t-elle, en menaçant de son petit poing. Ma famille paiera tout. Et puis, je me revenge après, je mets mon oncle à la diète. Le mois dernier, j'ai été indisponible quinze jours. Aïe donc !

1. Prononciation fresnoise de « boucle ».

— Il devait faire une tête !

— Une tête ? Tu en as, des mots ! piaille Luce ravie, renversée dans son fauteuil, et montrant toutes ses petites dents, blanches et courtes.

A l'école, elle riait tout à fait de même, pour une grosse inconvenance d'Anaïs ou une méchanceté. Mais moi, je me sens choquée. Ce gros homme qu'elle plaisante est trop près de nous, dans tout ce luxe cocotte. Tiens, elle n'avait pas ce pli charmant à la naissance du cou.

— Luce, tu engraisses !

— Tu crois ? Je crois aussi. Je n'étais déjà pas bien noire de peau à Montigny, dit-elle rapprochée et coquette, à présent je suis encore plus blanche. Si seulement j'avais des vrais nichons ! Mais mon oncle m'aime mieux plate. Ils sont tout de même un peu plus ronds qu'à nos concours dans les chemins creux, tu sais, Claudine ?... Veux-tu voir ?

Tout près de moi, animée, caressante, elle défait d'une main preste sa chemisette rose. La naissance de la gorge est si fine et si nacrée qu'elle bleuit dans ce rose de Chine. Des rubans roses courent dans la dentelle de la chemise (Empire, ne l'oublions pas !) Et ses yeux, des yeux verts cillés de noir s'alanguissent singulièrement.

— O Claudine !

— Quoi ?

— Rien... Je suis contente de t'avoir retrouvée ! Tu es encore plus jolie que là-bas, quoique tu sois encore plus rude pour ta Luce.

Ses bras câlins entourent mon cou. Dieu, que j'ai mal à la tête !

— De quel parfum te sers-tu donc ?

— Du Chypre. Pas, je sens bon ? Oh ! embrasse-moi, tu ne m'as embrassée qu'une fois... Tu me demandais si je ne regrette rien de l'Ecole ? Si, Claudine, je regrette le petit hangar où nous cassions du bois à sept heures et demie du matin, et où je t'embrassais, et où tu me battais ! M'as-tu assez « taraudée », méchante ! Mais, dis, tu dois quand même me trouver plus jolie ? Je me baigne tous les matins, je me lave autant que ta Fanchette. Reste encore ! Reste ! Je ferai tout ce que tu voudras. Et puis, do'-moi ton oreille !... je sais tant de choses, à présent...

— Ah, non !

La frôleuse parle encore, que je l'ai poussée par les épaules, si brutalement qu'elle s'en va trébucher contre la belle armoire à trois portes et s'y cogne la tête. Elle se frotte le crâne et me regarde,

pour savoir s'il faut pleurer. Alors, je me rapproche et je lui allonge une calotte. Elle devient toute rouge et fond en larmes.
— Heullà-t-y possible ! Qu'est-ce que je t'ai fait ?
— Dis donc, est-ce que tu crois que je m'arrange des restes d'un vieux !

Je coiffe mon canotier d'une main nerveuse (je me pique très fort la tête avec mon épingle) ; je jette ma jaquette sur mon bras et je cherche la porte. Avant que Luce sache ce qui lui arrive, je suis déjà dans l'antichambre, où je tâtonne pour trouver la sortie. Luce, éperdue, se jette sur moi.
— Tu es folle, Claudine !
— Pas du tout, ma chère. Je suis trop vieux jeu pour toi, voilà tout. Ça ne marcherait pas, nous deux. Mille choses à ton oncle.

Et je descends vite, vite, pour ne pas voir Luce en larmes, sa chemisette ouverte sur sa gorge blanche, pleurant tout haut et me criant, penchée sur la rampe, de revenir.
— Erviens, ma Claudide ! erviens !

Je me trouve dans la rue avec une lourde migraine et l'ahurissement que vous laissent les rêves particulièrement idiots. Il est près de six heures ; l'air toujours poussiéreux de ce sale Paris me semble, ce soir, léger et doux. Qu'est-ce que c'est que cette histoire ? Je voudrais qu'on me réveillât en me tirant par la manche, et qu'une Luce en sabots pointus, ses cheveux indociles en mèches hors du capulet rouge, me pût dire en riant comme une gamine :
« Que t'es bête, ma Claudine, de rêver des choses pareilles ! »
Mais voilà, je ne me réveille pas. Et c'est l'autre Luce que je vois toujours éplorée, en désordre, et m'appelant dans son patois trempé de larmes, plus jolie et moins touchante que la Luce écolière.

Mais, avec tout ça, qu'est-ce qui m'a pris, quand cette petite m'a suppliée, ses bras fins noués à mon cou ? Je suis donc devenue, en peu de mois, bien bégueule ? disons le mot, bien vertueuse ? Ce n'est pas la première fois que cette Luce incorrigible cherche à me tenter, ni la première fois que je la bats. Mais tout un flot a remué dans moi. De la jalousie, peut-être... Une sourde indignation à penser que cette Luce qui m'adorait, qui m'adore à sa manière, est allée gaiement se jeter dans les jambes d'un vieux monsieur (non, ces yeux de veau mal cuit !)... Et du dégoût. Du dégoût, certes ! Je suis là à faire la maligne dans la vie, et à crier sur les toits : « Ah ! ah ! on ne m'apprend rien, à moi ! ah ! ah ! je lis tout, moi ! et je comprends tout, moi, quoique je n'aie que dix-sept ans ! »

Parfaitement. Et pour un monsieur qui me pince le derrière dans la rue, pour une petite amie qui vit ce que j'ai coutume de lire, je me bouleverse, je distribue des coups de parapluie, ou bien je fuis le vice avec un beau geste. Au fond, Claudine, tu n'es qu'une vulgaire honnête fille. Ce que Marcel se ficherait de moi s'il savait ça !

Voici poindre Panthéon-Courcelles, pacifique et zigzagant. Hop ! sautons, en dédaignant de faire arrêter. Un saut réussi sur une plate-forme d'omnibus au grand trot, ça console de bien des choses. Pourvu que papa ne s'avise pas de faire, aujourd'hui précisément, une station dans la vie réelle ! Il pourrait trouver mon absence un peu longue, et ça m'ennuie de lui mentir, de lui raconter que j'ai passé l'après-midi avec tante Cœur.

Rien à craindre : papa plane, comme d'habitude. Quand j'entre, entouré de manuscrits, il me lance, tapi dans sa barbe, un premier coup d'œil sauvage. M. Maria, qui ne fait pas beaucoup de bruit, écrit à une petite table, et, en m'apercevant, tire sa montre d'un geste furtif. C'est lui qui s'inquiète de mon absence !

— Ah ! ah ! s'écrie papa de sa plus belle voix. Tu t'en payes, du devoir de famille ! Il y a au moins une heure que tu es partie !

M. Maria jette sur papa un regard navré. Il sait, lui, que je suis sortie à deux heures et qu'il est six heures trente-cinq.

— Monsieur Maria, vous avez des yeux de lièvre. Ne prenez pas ça en mauvaise part, au moins ! Les lièvres ont de fort beaux yeux, noirs et humides. Papa, je n'ai pas vu tante Cœur parce qu'elle était sortie. Mais j'ai vu mieux que ça, j'ai retrouvé ici une petite amie de Montigny, Luce, tu sais bien, Luce ? Elle habite rue de Courcelles.

— Luce, j'y suis ! C'est elle qui va se marier, ta sœur de communion.

— A peu près. Nous avons bavardé longtemps, tu penses.

— Et tu vas la revoir souvent ?

— Non, parce qu'elle a un ameublement qui ne me plaît pas.

— Comment est-il son mari ? Infect, n'est-ce pas ?

— Je ne sais pas, je n'ai vu que sa photographie.

Je ne sors plus depuis deux jours. Je reste dans ma chambre ou dans le trou à livres, derrière les volets demi-fermés qui laissent entrer encore trop de chaleur et trop de lumière. Cet été qui menace m'effraie, je ne sais où me fourrer. Si j'allais retomber malade ! J'écoute les orages et je respire, après les averses, la moiteur électrisée. J'ai beau me mentir effrontément, cette aventure de Luce m'a secouée plus que je ne voudrais. Mélie, qui renonce à me com-

prendre, aggrave le mal en me parlant de Montigny, elle a reçu de là-bas des nouvelles récentes et détaillées :
— La petite à Kœnet vient d'accoucher.
— Ah ! quel âge a-t-elle ?
— Treize ans et demi. Un beau garçon, il paraît... Le noyer du jardin d'en haut aura beaucoup de noix.
— Tais-toi, Mélie, je ne serai pas là pour les manger...
— Quelles belles noix, pas ma guéline ? « Devine, devinotte, quatre fesses dans une culotte... »
— Dis-moi encore d'autres nouvelles.
— Le grand rosier cuisse-de-nymphe est déjà perdu de chenilles (c'est le valet du locataire qui m'écrit) et on s'amuse à les tuer toutes ; faut-il être « pétras » !
— Qu'est-ce que tu veux donc qu'on en fasse ? Des confitures ?
— Il ne faut pas tant de symétries [1] : tu prends une chenille dans ta main, tu vas la porter sur une autre commune, sur Moustier, par exemple, et alors toutes les autres la suivent.
— Mélie, qu'est-ce que tu attends pour t'assurer un brevet ? C'est génial, tout simplement. Il est de toi, ce moyen-là ?
— Pardi non, dit Mélie en rentrant sous son bonnet des mèches blondes et ternes. *Tout le monde* le connaît.
— C'est tout ?
— Non, le père Cagnat, mon cousin, rapport à l'albumine, est tout à fait « omnipotent ».
— Ah ! il est ?...
— Voui, ses jambes ont enflé jusqu'aux genoux, pis il a le ventre « préominent », il est pour ainsi dire « ingambe ». Quoi encore ? Les nouveaux propriétaires du château du Pont de l'Orme révolutionnent leur parc pour faire de l'apiciculture en grand.
— De la pisciculture ? Mais il n'y a pas d'eau au Pont de l'Orme ?
— C'est drôle comme t'es bouchée aujourd'hui, ma pauvre fille ! Je te dis qu'ils font construire des ruches et des ruches, pour faire de l'apiciculture, allons !
En train d'essuyer une lampe, Mélie me jette un regard plein de tendre mépris. Elle possède un vocabulaire à surprises. Il suffit d'être averti.

Il fait chaud dans cet odieux Paris ! Je ne veux pas qu'il fasse chaud ! Ce n'est pas l'ardeur, éventée de souffles frais, qu'on respire là-bas sans trop de peine, mais une touffeur qui m'accable. Etendue

1. Simagrée.

sur mon lit, l'après-midi, je songe à trop de choses, à Marcel qui m'oublie, à mon cousin l'Oncle qui couraille... Il m'a déçue. Pourquoi s'est-il montré si bon, si communicatif, presque tendre, si c'était pour m'oublier tout de suite ? Il eût fallu peu de jours, peu de mots, pour corder tout à fait, et nous serions sortis souvent ensemble. J'eusse aimé apprendre un peu mieux tout Paris avec lui. Mais c'est un vilain homme charmant, à qui Claudine ne saurait suffire pour amie.

Ces muguets, sur la cheminée, m'enivrent et me migrainent... Qu'ai-je ? Le chagrin de Luce, oui, mais encore autre chose, et mon cœur souffre de nostalgie. Je me sens ridicule comme cette gravure sentimentale accrochée dans le salon-parloir de mademoiselle Sergent, *Mignon regrettant sa patrie*. Moi qui me croyais guérie de beaucoup de choses, et revenue de tant d'autres ! Hélas, je retourne à Montigny... Serrer à brassées l'herbe haute et fraîche, m'endormir de fatigue sur un mur bas chauffé de soleil, boire dans les feuilles de capucines où la pluie roule en vif-argent, saccager au bord de l'eau des myosotis pour le plaisir de les laisser faner sur une table, et lécher la sève gommeuse d'une baguette de saule décortiquée ; flûter dans les tuyaux d'herbe, voler des œufs de mésange, et froisser les feuilles odorantes des groseilliers sauvages ; — embrasser, embrasser tout cela que j'aime ! Je voudrais embrasser un bel arbre et que le bel arbre me le rendît... — « Marchez à pied, Claudine, prenez de l'exercice. »

Je ne peux pas, je ne veux pas, ça m'embête ! Je préfère m'enfiévrer à domicile. Si vous croyez que ça sent bon, vos rues de Paris sous le soleil ! Et à qui dire tout ce qui me pèse ? Marcel m'emmènerait voir des magasins pour me consoler. Son père me comprendrait mieux... mais ça m'intimiderait de lui montrer tant de moi. Les yeux bleu foncé de ce cousin l'Oncle semblent déjà deviner tant de choses, ses beaux yeux gênants aux paupières bistrées et froissées, qui inspirent confiance... pourtant, au moment même où ce regard-là dit : « Vous pouvez tout me raconter », un sourire, sous la moustache qui s'argente, m'inquiète soudainement. Et papa... papa travaille avec M. Maria. (M. Maria, sa barbe doit lui tenir chaud, par ce temps-là. Est-ce qu'il en fait une petite natte, la nuit ?)

Comme j'ai déchu de moi-même depuis l'an dernier ! J'ai perdu l'innocent bonheur de remuer, de grimper, de bondir comme Fanchette... Fanchette ne danse plus, à cause de son ventre lourd. Moi, tête lourde, mais je n'ai pas de ventre heureusement.

Claudine à Paris

Je lis, je lis, je lis. Tout. N'importe quoi. Je n'ai que ça pour m'occuper, pour me tirer d'ici et de moi. Je n'ai plus de devoirs à faire. Et si je n'explique plus, en composition de style, deux fois par an au minimum, pourquoi « l'oisiveté est la mère de tous les vices », je saurais mieux comprendre comment elle en engendre quelques-uns.

Je suis retournée voir tante Wilhelmine, dimanche, à son jour. L'omnibus passe devant chez Luce... j'ai craint de la rencontrer. Elle n'hésiterait pas devant une scène de larmes en public, et je me sens les nerfs mal solides.

Ma tante, aplatie par la chaleur, ayant quitté son jour, elle m'a marqué un peu d'étonnement de ma visite. Je n'ai pas fait beaucoup de grandes phrases.

— Tante, ça ne va pas du tout. Je veux retourner à Montigny, Paris me mange les sangs.

— Ma petite fille, il est vrai que vous n'avez pas très bonne mine, et je trouve vos yeux trop brillants... Pourquoi ne venez-vous pas plus souvent me voir ? Votre père, je ne parle pas de lui, il est incurable.

— Je ne viens pas, parce que je suis mauvaise et irritée de tout. Je vous peinerais, j'en suis très capable.

— N'est-ce point là ce qu'on nomme le mal du pays ? Si Marcel au moins était ici ! Mais ce petit cachotier ne vous a pas dit, sans doute, qu'il passait la journée à la campagne ?

— Il a bien raison, il verra des feuilles. Il est tout seul ? Ça ne vous inquiète pas, tante ?

— Oh ! non, dit-elle avec son sourire si doux et si peu varié, c'est son ami Charlie qui l'emmène.

— Oh alors !... fais-je en me levant brusquement, il est en bonnes mains.

Décidément cette vieille dame est un peu bête. Ce n'est pas à elle non plus que je ferai mes confidences et mes gémissements d'arbre déraciné. Je piétine ; elle me retient avec un peu d'inquiétude :

— Voulez-vous voir mon médecin ? Un vieux médecin fort instruit et sagace, en qui j'ai toute confiance ?

Claudine à Paris

— Non, je ne veux pas. Il me dira de me distraire, et de voir du monde, et d'avoir des amies de mon âge... des amies de mon âge ! elles sont indignes !
Cette sale Luce tout de même...
— Adieu, ma tante, si Marcel peut venir me voir, il me fera plaisir.
Et j'ajoute pour atténuer ma brusquerie :
— Je n'ai que lui comme amie de mon âge.
Tante Cœur me laisse partir, cette fois sans insister. Je trouble sa quiétude de grand-mère aveugle et tendre, Marcel est tellement plus facile à élever !
Ah ! Ah ! ils cherchent la fraîcheur sous les arbres, dans la banlieue, ces deux jolis garçons ! La verdure les attendrit, anime leurs joues, teinte en aigue-marine les yeux bleus de Marcel et éclaircit les yeux noirs de son ami cher... Ça serait rudement drôle, s'ils se faisaient pincer ensemble. Dieu ! que j'aurais du goût ! Mais ils ont l'habitude, ils ne se feront pas pincer. Ils rentreront par les trains du soir, mélancoliques, au bras l'un de l'autre, et se sépareront avec des yeux éloquents... Et moi, je serai comme maintenant, toute seule.
Honte sur toi, Claudine ! Est-ce que ça va finir, cette obsession, cette angoisse de la solitude ?
Toute seule, toute seule ! Claire se marie, je reste toute seule.
Eh ! ma chère, c'est toi qui l'as voulu. Reste donc seule — avec tout ton honneur.
Oui. Mais je suis une pauvre petite fille triste, qui se réfugie le soir au poil doux de Fanchette pour y cacher sa bouche chaude et ses yeux cernés. Je vous jure, je vous jure, ce n'est pas, ce ne peut pas être là l'énervement banal d'une qui a besoin d'un mari. J'ai besoin de bien plus que d'un mari, moi...

Marcel est revenu. Aujourd'hui, son vêtement gris, d'un gris à émouvoir les tourterelles, se complète d'une cravate bouton d'or, bizarre ; un crêpe de Chine tourné autour du col blanc dont ne se voit plus qu'un liséré mince, une cravate drapée et attachée par des épingles à tête de perle, comme les femmes, trouvaille dont je lui fais compliment.

— Bonne promenade, dimanche ?
— Ah ! Grand-mère vous a raconté ? Cette grand-mère, elle finira par me compromettre ! Oui, promenade exquise. Un temps !
— Et un ami !
— Oui, dit-il les yeux perdus. Un ami couleur du temps.
— C'est une re-lune de miel, alors ?
— Pourquoi *re*, Claudine ?

Il est nonchalant, tendre... un air fatigué et délicieux... les paupières mauves sous les yeux bleus, il semble prêt à tous les abandons et toutes les confidences.

— Racontez la promenade.
— La promenade... rien. Déjeuner dans une auberge au bord de l'eau, comme deux...
— ... Z'amoureux.
— Bu du vin gris, continue-t-il sans protester, et mangé des frites, et puis je vous dis, rien, rien..., la flânerie dans l'herbe, dans l'ombre... Je ne sais pas ce qu'avait Charlie ce jour-là, vraiment...
— Il vous avait, voilà tout.

Etonné du ton de ma réplique, Marcel lève sur moi des regards languides :

— Quelle drôle de figure vous avez, Claudine ! Une petite figure anxieuse et pointue, charmante d'ailleurs. Vos yeux ont grandi depuis l'autre jour. Etes-vous souffrante ?

— Non, oui, des misères que vous ne comprendriez pas... Et puis quelque chose que vous comprendriez ; j'ai revu Luce.
— Ah ! s'écrie-t-il en joignant les mains d'un geste d'enfant, où est-elle ?
— A Paris, pour longtemps.
— Et... c'est donc ça que vous avez l'air las. Claudine ! O Claudine, qu'est-ce qu'il faut que je fasse pour que vous me disiez tout ?
— Rien, allez. C'est bref. Je l'ai rencontrée par hasard. Si, par hasard. Elle m'a emmenée chez elle, tapis, meubles de style, robe de trente louis... Hein, mon vieux ! dis-je en riant de sa bouche entrouverte de bébé étonné. Et puis... oui, comme autrefois ç'a été la Luce tendre, trop tendre, ses bras à mon cou, son parfum sur moi, la Luce trop confiante qui m'a tout dit... mon ami Marcel, elle vit à Paris avec un monsieur d'âge, de qui elle est la maîtresse.
— Oh ! crie-t-il sincèrement indigné. Comme ça a dû vous faire de la peine !
— Pas tant que je croyais. Un peu tout de même...
— Ma pauvre petite Claudine ! répète-t-il en jetant ses gants sur mon lit. Je comprends si bien...

Affectueux, fraternel, il m'a passé son bras autour des épaules, et de sa main libre il m'appuie la tête contre lui. Sommes-nous touchants, ou ridicules ? Ce n'est pas à cet instant-là que je me le suis demandé. Il me tient par le cou, comme Luce. Il sent bon comme elle, mais plus finement qu'elle, et je vois d'en bas ses cils blonds en abat-jour sur ses yeux... Mon énervement de toute la semaine va-t-il crever en sanglots à cette place ? Non, il essuierait mes pleurs mouillant son veston bien coupé, avec une inquiétude furtive. Hop, Claudine ! mords-toi la langue vigoureusement, remède souverain contre les larmes prêtes...

— Mon petit Marcel, vous êtes doux. Ça me console de vous avoir vu.
— Taisez-vous, je comprends si bien ! Dieu ! si Charlie me faisait pareille chose...

Tout rose d'une émotion égoïste, il se tamponne les tempes. Je trouve sa phrase si drôle que j'en éclate de rire.

— Oui, vous êtes énervée. Sortons, voulez-vous ! Il a plu, la température est devenue très tolérable.
— Oh ! oui, sortons, ça me détendra.
— Mais, dites encore... Elle a été pressante... et suppliante ?

Il ne songe pas du tout qu'à un vrai chagrin son insistance serait cruelle, il cherche, quoi ? Une sensation un peu spéciale.

— Oui, pressante. Je me suis sauvée pour ne pas la voir, sa

chemisette défaite sur la peau blanche, en larmes, et me criant par-dessus la rampe de revenir...

Mon « neveu » respire plus vite. Il faut croire que c'est bien énervant ces chaleurs précoces, à Paris.

Je le quitte un instant et je reviens, coiffée du canotier qui m'est cher. Le front à la vitre, Marcel regarde la cour.

— Nous allons où ?

— Où vous voudrez, Claudine, nulle part... Boire du thé froid au citron, pour nous ragaillardir un peu. Alors... Vous ne la reverrez plus ?

— Jamais, dis-je très raide.

Gros soupir de mon compagnon, il m'eût voulu peut-être une jalousie moins intransigeante, à cause des anecdotes.

— Il faut prévenir papa que nous sortons, Marcel. Venez avec moi.

Papa, heureux, se promène à grands pas dans sa chambre en dictant des choses à M. Maria. Celui-ci lève la tête, me contemple, contemple mon « neveu » et devient morne. Mon noble père méprise Marcel de toute la hauteur de ses épaules solides, que drape une redingote à taille dont les poches sont crevées. Marcel le lui rend bien, mais se montre plein de déférence.

— Allez, mes enfants. Ne soyez pas longtemps. Prenez garde aux courants d'air. Rapporte-moi du papier écolier, le plus grand que tu pourras trouver, et des chaussettes.

— J'ai apporté trois mains de papier écolier ce matin, intervient, d'une voix douce, M. Maria qui ne me quitte pas des yeux.

— Ça va bien ; quoique... On ne saurait trop acheter de papier écolier.

Nous partons, et j'entends papa, derrière la porte refermée, chanter à pleine voix une fanfare de chasse :

> *Si tu voyais mon chose,*
> *Tu rirais trop, tu rirais trop :*
> *Il est couleur de rose*
> *Comme un fond d'artichaut.*

— Il en a de joyeuses, mon grand-oncle, remarque Marcel qui s'étonne encore.

— Oui. Lui et Mélie, ils possèdent un répertoire assez complet ; ce qui m'a toujours fait rêver, c'est ce « couleur de rose, comme un fond d'artichaut ». Le fond d'artichaut carminé est une espèce inconnue, à Montigny, du moins.

Nous nous hâtons pour quitter la rue Jacob empestée et la rue Bonaparte malodorante. Aux quais, on respire, mais l'haleine de mai fleure ici le bitume et la créosote, hélas !
— Où qu'on va ?
— Je ne sais pas encore. Vous êtes jolie, Claudine, très jolie aujourd'hui. Vos yeux maryland ont quelque chose d'inquiet et de quémandeur que je ne leur connaissais pas encore.
— Merci.

Moi aussi, je me trouve à mon avantage. Les glaces des magasins me le disent, même les tout étroites où je ne me vois qu'un œil et une tranche de joue en passant. O Claudine girouette ! Moi qui ai tant pleuré mes cheveux longs, j'ai recoupé ce matin trois centimètres des miens, pour conserver cette coiffure de « pâtre bouclé ».
— Ça, c'est un mot de mon Oncle. — Le fait est qu'aucune autre ne saurait mieux encadrer mes yeux longs et mon menton mince.

On nous regarde beaucoup, Marcel autant que moi, il est peut-être un peu gênant au grand jour de la rue ; il rit aigu, se retourne sur les glaces en pliant sur une hanche, baisse les paupières quand les hommes le dévisagent, je ne me sens pas enchantée de ses façons.
— Claudinette, venez boulevard Haussmann boire du thé froid. Ça ne vous fait rien de prendre le boulevard à droite après l'avenue de l'Opéra ? c'est plus amusant.
— Moi, les rues de Paris ne m'amusent jamais. C'est plat tout le temps par terre... Dites, est-ce que vous savez si votre père est revenu à Paris ?
— Il ne m'en a point fait part, chère. Papa sort beaucoup. Journalisme, « affaires d'honneur, affaires de cœur ». Sachez que mon père aime infiniment les femmes, et vice versa, dit-il en insistant trop, avec le ton acide qu'il prend en parlant de mon cousin l'Oncle. Ça vous surprend ?
— Non, ça ne me surprend pas. Un sur deux, ce n'est pas trop pour une famille.
— Vous êtes gentille quand on vous vexe, Claudine.
— Mon petit Marcel, franchement, qu'est-ce que vous voulez que ça me fiche ?

Car il faut montrer que je sais bien mentir, et lui cacher l'impression d'agacement, de malaise, que m'ont causée ses dernières phrases. Je médite de retirer ma confiance à mon cousin l'Oncle. Je n'aime pas dire mes secrets à quelqu'un qui ira les oublier chez « des » femmes. C'est dégoûtant, aussi ! J'entends cet Oncle parler à « des » femmes, avec la même voix voilée et séduisante, la voix qui m'a dit des gentillesses affectueuses. Quand « ses » femmes ont

du chagrin, il les prend peut-être par les épaules pour les câliner, comme moi, il y a trois semaines ? Bon sang !
L'irritation disproportionnée de Claudine s'est traduite par un coup de coude dans la hanche d'une grosse dame qui lui barrait le chemin.
— Qu'est-ce qui vous prend, Claudine ?
— Zut, vous !
— Quel caractère !... Pardon, Claudine, j'oubliais que vous avez eu de la peine. Je sais bien à quoi vous pensez...
Il est toujours aiguillé sur Luce. Sa méprise me rend un peu de bonne humeur ressemblant à celle d'une coureuse que son amoureux a chagrinée et que son mari console.
Occupés tous deux de pensées que nous ne disons pas, nous atteignons le Vaudeville. Tout à coup, une voix... que j'entendais avant qu'elle parlât... chuchote dans mon dos :
— Bonjour, les enfants sages.
Je me retourne violemment, les yeux féroces, si rébarbative que mon cousin l'Oncle éclate de rire. Il est là, avec un autre monsieur en qui je reconnais le Maugis du concert. Le Maugis du concert, rondelet et rose, a très chaud, s'éponge, et salue avec un respect exagéré sous quoi je sens de la blague, ce qui ne contribue pas à me calmer.
Je dévisage l'Oncle Renaud comme si je le voyais pour la première fois. Son nez court et courbé et sa moustache couleur de castor argenté, je les connais bien, mais ses yeux gris-bleu, profonds et las, ont-ils changé d'expression ? Je ne savais pas qu'il eût la bouche aussi petite. Ses tempes froissées prolongent leurs menues coutures jusqu'aux coins des yeux ; mais je ne trouve pas ça très laid. Pouah ! l'affreux coureur qui vient de voir « des » femmes ! Et je le contemple d'un air si vindicatif, pendant ces deux secondes, que cette horreur de Maugis se décide à affirmer, en hochant la tête :
— Voilà une figure que je priverais de dessert... sans plus ample informé.
Je lui lance un coup d'œil d'intention meurtrière, mais ses yeux bleus bombés, ses sourcils en arc affectent une si onctueuse douceur, une si parfaite naïveté, que je lui pouffe au nez... sans plus ample informé.
— Ces vieilles dames, constate l'abominable Oncle en haussant les épaules, ça rit pour un rien.
Je ne réponds pas, je ne le regarde pas...
— Marcel, qu'a donc ton amie ? Vous vous êtes disputés ?

— Non, père, nous sommes les meilleurs amis du monde. Mais, ajoute-t-il d'un air de discrétion renseignée, je crois que Claudine a eu des ennuis cette semaine.

— Ne vous faites pas trop de bile, s'empresse Maugis ; les têtes de poupées, ça se remet très bien, je connais une adresse excellente, je vous aurai les 13-12 et le cinq pour cent au comptant.

C'est le tour de mon Oncle, à présent, de me regarder comme s'il me voyait pour la première fois. Il fait signe à Marcel, assez impérativement, de venir lui parler. Et, comme ils s'écartent d'un pas, je reste en proie au rondelet Maugis qui m'amuse, jamais distingué, mais parfois drôle.

— Il est très en beauté, l'éphèbe dont vous vous proclamez la tante.

— Je vous crois ! On le regarde plus que moi, dans la rue ! mais je ne suis pas jalouse.

— Comme vous avez raison !

— Pas, il a une belle cravate ? Mais c'est plutôt une cravate pour femme.

— Voyons, ne lui reprochez pas d'avoir quelque chose pour femme, fait Maugis conciliant.

— Et ses vêtements, voyez si ça fait un pli !

J'imagine que Marcel ne raconte pas Luce à son père ? Il n'oserait pas. Il fera bien de ne pas oser. Non, la figure de mon oncle serait autre.

— Claudine, dit-il, en se rapprochant avec son fils, je voulais vous emmener, tous deux, voir *Blanchette* dimanche prochain au théâtre Antoine. Mais si vous boudez, que dois-je faire ? Y aller tout seul ?

— Non, pas tout seul ; j'irai !

— Votre méchanceté aussi ?

Il me regarde bien dans les yeux... et je fléchis.

— Non, je serai gentille. Mais j'ai des misères, aujourd'hui.

Il me regarde toujours, il voudrait deviner, je tourne la tête comme Fanchette devant la soucoupe de lait qu'elle désire et qu'elle évite.

— Là, je vous laisse, mes enfants sages. Où allez-vous comme ça ?

— Boire du thé froid, père.

— Ça vaut mieux que d'aller au café, murmure Maugis, distraitement.

— Claudine, écoutez, me dit mon oncle en confidence. Je trouve Marcel infiniment plus sympathique depuis qu'il est votre ami. Je crois que vous lui êtes salutaire, petite fille. Son vieux papa vous en remercierait beaucoup, savez-vous ça ?

Je me laisse secouer la main par les deux hommes et nous tournons le dos. Salutaire à Marcel ? Voilà une chose qui me laisse froide, par exemple ! Je n'ai pas la corde moralisatrice. Salutaire à Marcel ? Dieu, que c'est gourde, un homme intelligent !

Nous avons bu du thé froid, au citron. Mais mon « neveu » m'a trouvée morne. Je l'amuse moins que Charlie, et je me rends compte que mes distractions sont, d'ailleurs, d'un tout autre ordre ; je n'y puis rien.

Le soir, après dîner, je lis, vague et absente, pendant que papa fume en chantonnant des mélopées sauvages, et que Mélie rôde, soupesant ses mamelles. La chatte, ballonnée, énorme, a refusé de dîner ; elle ronronne sans motif, le nez trop rose et les oreilles chaudes.

Je me couche tard, la fenêtre ouverte et les volets clos, après les trente-six tours de chaque soir, l'eau tiède, la contemplation déshabillée devant la glace longue, les exercices d'assouplissement. Je suis veule... Ma Fanchette, essoufflée, sur le flanc dans sa corbeille, tressaille et écoute son ventre gonflé. Je crois que c'est pour bientôt.

C'était pour bientôt ! A peine ma lampe soufflée, un grand *Môôô* désespéré me relève. Je rallume et je cours pieds nus, à ma pauvrette, qui respire vite, appuie impérieusement ses pattes chaudes sur ma main, et me regarde avec d'admirables yeux dilatés. Elle ronronne à tort et à travers. Soudain, crispation des pattes fines sur ma main, et second : *Môôô* de détresse. Appellerai-je Mélie ? Mais, au geste que je fais pour me relever, Fanchette éperdue se lève et veut courir ; c'est une manie, elle a peur. Je vais rester. Ça me dégoûte un peu, mais je ne regarderai pas.

Après une accalmie de dix minutes, la situation se corse : ce sont de courtes alternatives de ronron furieux *(Frrr, frrr)*, et de clameurs terribles *(Môôô, môôô)*. Fanchette pousse ses yeux hors de la tête, se convulse et... je tourne la tête. Une reprise de ronron, un remue-ménage dans la corbeille m'apprennent qu'il y a du nouveau. Mais je sais trop que la pauvre bête ne s'en tient jamais à une édition unique. Les clameurs reprennent, la patte éperdue me griffe la main, je tiens la tête obstinément tournée. Après trois épisodes semblables, c'est enfin le calme définitif. Fanchette est vide. Je cours à la cuisine, en chemise, lui chercher du lait, ça lui donnera le temps de mettre bien des petites choses en ordre. Je m'attarde exprès. Quand je reviens portant la soucoupe, ma jolie bête exténuée arbore déjà sa figure de mère heureuse. Je crois que je peux regarder...

Sur le ventre blanc et rosé, trois chatons minuscules, trois limaces de cave rayées de noir sur gris, trois petites merveilles tètent et ondulent comme des sangsues. La corbeille est propre et sans trace : cette Fanchette a le don d'accoucher comme par enchantement ! Je n'ose pas encore toucher les petits qui luisent, léchés de l'oreille à la queue, bien que la petite mère m'invite, de sa pauvre voix toute cassée, à les admirer, à les caresser... Demain, il faudra choisir, et en donner deux à noyer. Mélie sera, comme d'habitude, l'exécuteur des hautes œuvres. Et je verrai, pendant des semaines, Fanchette, mère fantaisiste, promener son petit rayé dans sa gueule, le lancer en l'air avec ses pattes, et s'étonner, incorrigible ingénue, que ce fils de quinze jours ne bondisse pas à sa suite sur les cheminées, et sur le dernier rayon de la bibliothèque.

Ma nuit écourtée a été pleine de rêves, où l'extravagant le disputait à l'idiot. Je rêve davantage depuis quelque temps.

Mélie a pleuré toutes les faciles larmes de son âme tendre, en recevant l'ordre de noyer deux des petits Fanchets. Il a fallu choisir et reconnaître les sexes. Moi, je ne m'y entends pas quand c'est si petit, et il paraît que de plus malins que moi s'y trompent, mais Mélie est infaillible. Un chaton dans chaque main, elle jette au bon endroit un coup d'œil sûr et déclare : « Voilà le petit mâle. Les deux autres sont des chattes. » Et j'ai rendu le petit élu à Fanchette, inquiète et criante par terre. « Emporte vite les deux autres qu'elle n'en sache rien. » Fanchette a, malgré tout, constaté qu'il en manquait ; elle sait compter jusqu'à trois. Mais cette bête délicieuse se montre mère assez médiocre : après avoir rudement roulé et retourné son chat, de la patte et de la gueule, pour voir si les autres n'étaient pas cachés dessous, elle a pris son parti. Elle léchera celui-là deux fois plus, voilà tout.

Encore combien de jours ? Quatre, jusqu'à dimanche. Dimanche, j'irai au théâtre avec Marcel et mon Oncle. Du théâtre, je m'en moque ; de mon Oncle, pas. Mon Oncle, mon oncle... Quelle bête d'idée de l'avoir baptisé ainsi ! Sotte « engaudre » de Claudine ! « Mon Oncle » ça me fait penser à cette horrible petite Luce. Ça ne lui fait rien, à elle, d'appeler mon oncle un vieux monsieur qui... Celui-ci, le mien, est en somme le veuf d'une cousine germaine que je n'ai jamais vue. Ça s'appelle un « cousin » en français honnête. « Renaud », c'est mieux que « mon Oncle », ça le rajeunit, c'est bien... Renaud !

Comme il a vite dompté ma mauvaiseté, l'autre jour ! Ç'a été lâcheté pure de ma part, et non courtoisie. Obéir, obéir, humiliation que je n'ai jamais subie — j'allais écrire savourée. Savourée, oui. C'est par perversité que j'ai cédé, je crois. A Montigny, je me serais laissé hacher plutôt que de balayer la classe à mon tour quand ça ne me disait pas. Mais, peut-être que si Mademoiselle m'avait bien regardée avec des yeux gris-bleu couleur Renaud, j'aurais obéi plus souvent, comme je *lui* ai obéi, tous mes membres engourdis par une mollesse inconnue.

Pour la première fois, je viens de sourire en pensant à Luce. Bon signe ; elle me devient lointaine, cette petite, qui dansait sur un pied en parlant de laisser crever sa mère !... Elle ne sait pas, ce n'est pas sa faute. C'est une petite bête veloutée.

Encore deux jours avant d'aller au théâtre. Marcel viendra. Ce n'est pas sa présence qui me ravit le plus ; devant son père, c'est une petite bûche blonde et rose, une petite bûche un peu hostile. Je les aime mieux séparément, Renaud et lui.

Mon état d'âme, — et pourquoi n'aurais-je pas un « état d'âme », moi aussi ? — manque de précision. Il est celui d'une personne à qui doit tomber prochainement une cheminée sur la tête. Je vis, énervée, dans l'attente de cette inévitable chute. Et quand j'ouvre la porte d'un placard, ou quand je tourne le coin d'une rue, ou quand arrive le courrier du matin qui ne m'apporte jamais rien, au seuil de toutes mes actions insignifiantes, j'ai un léger sursaut. « Est-ce pour cette fois-ci ? »

J'ai beau regarder la figure de ma petite limace, — il s'appellera Limaçon, le chaton, pour plaire à papa, et à cause de ses belles rayures nettes — j'ai beau interroger sa petite figure close, tigrée de raies délicates et convergentes vers le nez, comme la face d'une pensée jaune et noire, les yeux ne s'ouvriront qu'au bout de neuf jours révolus. Et lorsque je rends à Fanchette blanche son bel enfant, en lui disant mille compliments, elle le lave minutieusement. Quoiqu'elle m'aime à la folie, elle trouve au fond que je sens mauvais le savon parfumé.

Un événement, un événement grave ! Est-ce la cheminée que j'appréhendais ? Sans doute, mais alors je devrais être allégée de mon angoisse. Et je garde encore « l'estomac petit » comme on dit chez nous. Voici :

Ce matin à dix heures, comme je m'efforçais assidûment d'habituer Limaçon à un autre téton de Fanchette (il prend toujours le même, et quoi qu'en dise Mélie, je crains que ça ne déforme ma belle), papa entre, solennel, dans ma chambre. Ce n'est pas de le voir solennel, qui m'effare, c'est de le voir entrer dans ma chambre. Il n'y pénètre que quand je me déclare malade.

— Viens donc un peu avec moi.

Je le suis jusqu'à son trou à livres avec la docilité d'une fille curieuse. J'y trouve M. Maria. Cette présence aussi me semble toute simple. Mais M. Maria vêtu d'une redingote neuve à dix heures du matin, et ganté, ceci passe la vraisemblance !

— Mon enfant, commence mon noble père, onctueux et digne, voici un brave garçon qui voudrait t'épouser. Je dois te dire d'abord qu'il a toute ma bienveillance.

L'oreille tendue, j'ai écouté, attentive, mais abrutie. Quand papa a fini sa phrase, j'articule ce seul mot, idiot et sincère :

— Quoi ?

Je vous jure que je n'ai pas compris. Papa perd un peu de sa solennité, mais garde toute sa noblesse.

— Bougre de bougre, j'ai pourtant une assez belle diction pour que tu comprennes tout de suite ! Ce brave petit monsieur Maria veut t'épouser, même dans un an si tu te trouves trop jeune. Moi, tu comprends, j'oublie un peu ton âge, depuis le temps (!). Je lui ai répondu que tu devais avoir au juste quatorze ans et demi, mais il affirme que tu cours sur dix-huit ; il doit le savoir mieux que moi. Voilà. Et si tu ne veux pas de lui, tu seras difficile, mille troupeaux de cochons !

A la bonne heure ! Je regarde M. Maria, qui pâlit sous sa barbe, et me contemple de ses yeux d'animal à longs cils. Agitée, sans bien savoir pourquoi, d'une brusque allégresse, je me jette vers lui.

— Comment, c'est vrai, monsieur Maria ? Pour de vrai, vous voulez m'épouser ? Sans rire ?

— Oh ! sans rire, gémit-il à voix basse.

— Mon Dieu ! que vous êtes gentil !

Et je lui prends les deux mains que je secoue, joyeuse. Il s'empourpre, tel un couchant à travers les broussailles :

— Alors, vous consentiriez, Mademoiselle ?

Claudine à Paris

— Moi ? mais jamais de la vie !

Ah ! je manque de délicatesse autant qu'un kilo de dynamite ! M. Maria, debout devant moi, ouvre la bouche, et se sent devenir fou.

Papa croit de son devoir d'intervenir :

— Dis donc, vas-tu nous balancer longtemps ? Qu'est-ce que ça signifie ? Tu lui sautes au cou, et puis tu le refuses ? En voilà des manières !

— Mais, papa, je ne veux pas du tout épouser M. Maria, c'est clair. Je le trouve très gentil, oh ! tellement gentil, de me juger digne d'une attention aussi... sérieuse, et c'est de cela que je le remercie. Mais je ne veux pas l'épouser, pardi !

M. Maria esquisse un pauvre geste pitoyable de prière, et ne dit rien — il me fait de la peine.

— Père Eternel ! rugit papa. Pourquoi diable ne veux-tu pas l'épouser ?

Pourquoi ? Les deux mains écartées, je hausse les épaules. Est-ce que je sais, moi ? C'est comme si on me proposait d'épouser Rabastens, le beau sous-maître de Montigny. Pourquoi ? Pour la seule raison qui vaille au monde — parce que je ne l'aime pas.

Papa, exaspéré, jette aux échos des murs une telle volée de jurons que je ne l'écrirai pas. J'attends la fin de la kyrielle :

— Oh ! papa ! tu veux donc que j'aie du chagrin !

Cet homme de pierre n'en demande pas davantage :

— Bougre ! Du chagrin ? Evidemment non. Et puis enfin, tu peux réfléchir, tu peux changer d'avis. N'est-ce pas, vous, elle peut changer d'avis ? Ça me serait même rudement commode, si elle changeait d'avis ! Je vous aurais là tout le temps, on en abattrait de la besogne ! Mais, pour ce matin, une fois, deux fois, tu ne veux pas ? Fous-moi le camp, nous avons à travailler.

M. Maria sait bien, lui, que je ne changerai pas d'avis. Il tripote sa serviette en maroquin, et cherche son porte-plume sans le voir. Je m'approche :

— Monsieur Maria, vous m'en voulez ?

— Oh ! non, Mademoiselle, ce n'est pas ça...

Un enrouement subit l'empêche de continuer. Je m'en vais sur la pointe du pied, et seule dans le salon, je me mets à danser la « chieuvre ». Veine ! on m'a demandée en mariage ! En ma-ri-a-ge ! On me trouve assez jolie, malgré mes cheveux courts, pour m'épouser, celui-ci un garçon raisonnable, posé, pas un cas pathologique. Donc, d'autres... Assez dansé, je vais penser plus loin.

Il serait puéril de le nier, mon existence se corse. La cheminée immine. Elle va choir sur mon crâne qui bout, effroyable ou délicieuse, mais elle va choir. Je n'éprouve aucun besoin de confier mon état à qui que ce soit au monde. Je n'écrirai pas à Claire, à l'heureuse Claire : « O chère petite amie de mon enfance, il approche, le moment fatal, je prévois que mon cœur et ma vie vont fleurir ensemble... » Non, je ne lui écrirai rien du tout. Je ne demanderai pas à papa : « O mon père, quoi donc m'oppresse et me ravit à la fois ? Eclaire ma jeune ignorance »... Il en ferait une tête, mon pauvre papa ! Il tordrait sa barbe tricolore et murmurerait, perplexe : « Je n'ai jamais étudié cette espèce-là. »

« Bafute », Claudine, « bafute... ». Au fond, tu n'es pas fière. Tu erres dans le vaste appartement, tu délaisses le vieux et cher Balzac, tu t'arrêtes, l'œil vague et perdu, devant la glace de ta chambre, qui te montre une longue fillette mince aux mains croisées derrière le dos, en blouse de soie rouge à plis et jupe de serge bleu sombre. Elle a des cheveux courts en grosses boucles, une figure étroite aux joues mates, et des yeux longs. Tu la trouves jolie, cette fille-là, avec ton air de s'en ficher pas mal. Ce n'est pas une beauté qui ameute les foules, mais... je me comprends : ceux qui ne la voient pas sont des imbéciles, ou des myopes.

Que demain me fasse gente ! Ma jupe tailleur bleue suffira, et mon grand chapeau noir, avec la petite chemisette en soie bleu foncé — les teintes sombres me seyent mieux — et deux roses thé au coin de l'échancrure carrée du col, parce qu'elles sont, le soir, de la même nuance que ma peau.

Si je révélais à Mélie qu'on m'a demandée en mariage ? Non. Pas la peine. Elle me répondrait : « Ma "guéline", faut faire comme chez nous. Ceusse qu'on te propose, essaye-les avant ; comme ça, le marché est honnête et y a personne de trompé. » Car la virginité est pour elle de si peu de prix ! Je connais ses théories : « Des menteries, ma pauvre fille, des menteries ! Des histoires de médecins, tout ça. Après, avant, si tu crois qu'*ils* n'y prennent pas le même goût ! C'est tout-un-tel, va. » Suis-je pas à bonne école ? Mais il y a une fatalité sur les honnêtes filles ; elles le restent, malgré toutes les Mélies du monde !

Je m'endors tard dans la nuit étouffante, et des souvenirs de Montigny traversent mon sommeil agité, des songeries de feuilles bruissantes, d'aube frisquette et d'alouettes qui montent, avec ce chant que nous imitions, à l'Ecole, en froissant dans la main une poignée de billes de verre. Demain, demain... est-ce qu'on me trouvera jolie ? Fanchette ronronne doucement, son Limaçon rayé entre ses pattes. Ce ronron égal de ma chère belle, combien de fois m'a-t-il calmée et endormie...

J'ai rêvé cette nuit. Et la molle Mélie, entrant à huit heures pour ouvrir mes volets, me trouve assise en boule, mes genoux dans mes bras, et mes cheveux jusqu'au nez, absorbée et taciturne.
— Bonjour, ma France adorée.
— ... jour.
— T'es pas malade ?
— Non.
— T'as des misères et des chagrins ?
— Non. J'ai rêvé.
— Ah, c'est plus sérieux. Mais si t'as pas rêvé enfant, ni famille royale *(sic)*, y a pas de mal. Si au moins t'avais rêvé fumier d'homme !

Ces prédictions, qu'elle me réédite gravement depuis que je peux la comprendre, ne me font plus rire. Ce que j'ai rêvé, je ne le dirai à personne, pas à ce cahier non plus. Ça me gênerait trop de le voir écrit...

J'ai demandé qu'on dînât à six heures, et M. Maria s'en va une heure plus tôt, effacé, broussailleux, abattu. Je ne l'évite pas du tout depuis l'événement ; il ne me gêne en aucune façon. Je me montre même plus prévenante, diseuse de banalités et de lieux communs :
— Quel beau temps, monsieur Maria !
— Vous trouvez, Mademoiselle ? Il fait pesant, l'ouest est noir...
— Ah ! je n'avais pas vu. C'est drôle, depuis ce matin, je m'imagine qu'il fait beau.

A dîner, où, après avoir tripoté sans faim ma viande, je m'attarde sur le soufflé aux confitures, je questionne papa.
— Papa, est-ce que j'ai une dot ?
— Qu'est-ce que ça peut te foutre ?
— Tiens, tu es admirable ! On m'a demandée en mariage hier, ça peut recommencer demain. Il n'y a que le premier refus qui coûte. Tu sais, les demandes, c'est l'histoire des fourmis et du pot de confitures : quand il en vient une, il en vient trois mille.
— Trois mille, bougre ! Heureusement nos relations sont peu étendues. Bien sûr, pot de confitures, vous avez une dot ! Quand tu as fait ta première communion, j'ai mis chez Meunier, le notaire de Montigny, les cent cinquante mille francs que t'a laissés ta mère, une femme bien désagréable. Ils sont mieux chez lui qu'ici, tu comprends, avec moi, on ne sait jamais ce qui peut arriver...

Il a comme ça de ces mots attendrissants pour lesquels on l'embrasserait ; et je l'embrasse. Puis je retourne à ma chambre, énervée déjà parce qu'il se fait tard, l'oreille longue et le cœur court, guettant la sonnette.

Sept heures et demie. Il ne se dépêche vraiment pas ! Nous manquerons le premier acte. S'il allait ne pas venir ! Huit heures moins le quart. C'est révoltant ! Il aurait bien pu m'envoyer un petit bleu, ou même Marcel, cet oncle fugace...

Mais un *trrr* impérieux me met debout, et je me vois, dans la glace, une singulière figure blanche qui me gêne tant que je me détourne. Depuis quelque temps, mes yeux ont toujours l'air de savoir quelque chose que je ne sais pas, moi.

La voix que j'entends dans l'antichambre me fait sourire nerveusement ; une seule voix, celle de mon cousin l'Oncle, — de mon cousin Renaud, je veux dire. Mélie l'introduit sans frapper. Elle le suit d'un regard flatteur de chienne obéissante. Il est pâle lui aussi, visiblement énervé et les yeux brillants. Aux lumières, sa moustache argentée semble plus blonde... belle moustache relevée... si j'osais, je tâterais comme c'est doux...

— Vous êtes toute seule, ma mie Claudine ? Pourquoi ne dites-vous rien ? Hé ? Mademoiselle est sortie ?

Mademoiselle pense qu'il vient peut-être de chez une de « ses » femmes, et sourit sans gaîté.

— Non. Mademoiselle va sortir ; avec vous, je l'espère. Venez dire adieu à papa.

Papa est charmant pour mon cousin l'Oncle, qui ne plaît pas qu'aux femmes.

— Prenez bien soin de la petite ; elle est délicate. Avez-vous la clef pour rentrer ?

— Oui, j'ai la mienne pour rentrer chez moi.

— Demandez la nôtre à Mélie. Moi j'en ai déjà perdu quatre, j'ai renoncé. Où donc est le petit ?

— Marcel ? Il ne... il viendra nous retrouver au théâtre, je crois.

Nous descendons sans rien dire ; j'ai un plaisir de gosse à trouver en bas une voiture de cercle. Un coupé de chez Binder, magnifiquement attelé, ne pourrait pas m'enchanter davantage.

— Vous êtes bien ? Voulez-vous que je lève une des deux glaces, à cause du courant d'air ? Non, la moitié des deux seulement, on a si chaud.

Je ne sais pas si on a chaud, mais, bon Dieu, que mon estomac

est petit ! Un frisson nerveux me fait trembler les nacottes [1] ; j'ai de la peine à dire enfin :
— Alors, Marcel nous retrouve là-bas ?

Pas de réponse. Renaud — ça fait joli, Renaud tout court — regarde devant lui, le sourcil bas. Brusquement, il se tourne vers moi et me prend les poignets ; cet homme grisonnant a des mouvements si jeunes !

— Ecoutez, j'ai menti tout à l'heure, ça n'est pas bien propre : Marcel ne vient pas. J'ai dit le contraire à votre père, et ça me taquine.

— Comment ? Il ne vient pas ? Pourquoi ?

— Ça vous fait de la peine, n'est-ce pas ? C'est ma faute. La sienne aussi. Je ne sais pas comment vous expliquer... Ça vous semblera si peu de chose. Il vient me trouver rue de Bassano, chez moi, charmant, une petite figure moins raide et moins fermée que de coutume. Mais une cravate ! Un crêpe de Chine roulé autour du cou, drapé comme un haut de corsage, avec des épingles de perle un peu partout, enfin... impossible. Je lui dis : « Mon petit garçon, tu... tu serais bien aimable de changer de cravate, je te prêterai une des miennes. » Il se cabre, devient sec, insolent, nous... enfin nous échangeons des répliques un peu compliquées pour vous, Claudine ; il déclare : « J'irai avec ma cravate ou je n'irai pas. » Je lui ai jeté la porte sur le dos, et voilà. Vous m'en voulez beaucoup ?

— Mais, dis-je sans lui répondre, vous la lui avez vue déjà, cette cravate ; il la portait l'autre jour quand nous vous avons rencontré avec Maugis sur le boulevard, près du Vaudeville.

L'air très surpris, les sourcils levés.

— Non ? Vous êtes sûre ?

— Tout à fait sûre ; c'est une cravate qu'on ne saurait oublier. Comment ne l'avez-vous pas remarquée ?

Retombé en arrière contre les coussins, il hoche la tête en disant entre haut et bas :

— Je ne sais pas. J'ai vu que vous aviez les yeux battus, l'air farouche d'un chevreuil offensé, une chemisette bleue, une boucle de cheveux, légère, qui vous chatouillait toujours le sourcil droit...

Je ne réponds rien. J'étouffe un peu. Lui, sa phrase interrompue, incline son chapeau sur les yeux, d'un geste sec d'homme qui vient de dire une bêtise et s'en aperçoit trop tard.

— Ce n'est pas drôle, évidemment, moi tout seul. Je puis encore vous ramener, si vous voulez, ma petite amie.

1. Dents.

A qui en veut ce ton agressif ? Je ne fais que rire doucement, je pose ma main gantée sur son bras, et je l'y laisse.

— Non, ne me ramenez pas. Je suis très contente. Vous ne cordez pas ensemble, vous et Marcel, je vous préfère alternatifs plutôt que simultanés. Mais pourquoi ne pas avoir dit ça devant papa ?

Il prend ma main et la passe sous son bras.

— C'est simple. J'avais du chagrin, j'étais exaspéré, j'ai eu peur que votre père ne me privât de vous, chère petite compensation... Je ne vous avais peut-être pas méritée, mais je vous avais bien gagnée...

— Pas la peine d'avoir peur. Papa m'aurait laissée partir avec vous, il fait tout ce que je veux...

— Oh ! je sais bien, dit-il avec un peu d'irritation en tirant sa moustache en vermeil dédoré. Promettez-moi au moins de ne vouloir que des choses aussi raisonnables.

— On ne sait pas, on ne sait pas ! Ce que je voudrais... écoutez, accordez-moi ce que je vais vous demander...

— Quel bananier faut-il dépouiller ? quelle queue d'artichaut fabuleux devrai-je, amère, décortiquer ? Un mot, un geste, un seul... et les pralines de chocolat à la crème vont emplir votre giron... Ces coupés de cercle, mesquins, rétrécissent la noblesse de mes gestes, Claudine, mais celle de mes sentiments n'en craint pas !

Tous ces gens de lettres, ils parlent un peu à la blague, de la même façon, mais lui, combien plus chic que Maugis et sans cet horrible accent de faubourg parisien...

— Des pralines de chocolat, ça ne se refuse jamais. Mais... voilà, je ne veux plus vous appeler « mon Oncle ».

Il incline, dans les lumières, tôt dépassées, d'un magasin, une tête faussement résignée.

— Ça y est. Elle va m'appeler « Grand-Père ». La minute redoutée a sonné...

— Non, ne riez pas. J'ai réfléchi que vous étiez mon cousin et que, si vous vouliez, je pourrais vous appeler... Renaud. Ce n'est pas monstrueux, il me semble.

Nous suivons une avenue peu éclairée ; il se penche pour me voir ; je fais de loyaux efforts pour ne pas papilloter ; il répond enfin :

— C'est tout ? Mais commencez vite, je vous en prie. Vous me rajeunissez, pas autant que je le voudrais, mais déjà de cinq ans au moins. Regardez mes tempes ; ne viennent-elles pas de reblondir soudainement ?

Claudine à Paris

Je me penche pour constater, mais je me retire presque aussitôt. A le regarder de si près, mon estomac rapetisse encore...

Nous ne disons plus rien. De temps en temps, dans les lumières, j'« arœille » furtivement son profil court et ses yeux, grands ouverts, attentifs.

— Où demeurez-vous... Renaud ?
— Je vous l'ai dit, rue de Bassano.
— C'est joli, chez vous ?
— C'est joli... pour moi.
— Est-ce que je pourrais voir ?
— Dieu, non !
— Pourquoi ?
— Mais, parce que... c'est trop... gravure dix-huitième siècle pour vous.
— Bah ! qu'est-ce que ça fait ?
— Laissez-moi croire que « ça fait » encore quelque chose... Nous arrivons, Claudine.

Dommage.

Avant *Blanchette*, je me régale consciencieusement de *Poil de Carotte*. La grâce garçonnière, le geste contenu de Suzanne Desprès m'enchantent : ses yeux sont verts, comme ceux de Luce, sous la courte perruque rouge. Et la coupante netteté de ce Jules Renard me ravit.

Comme j'écoute, menton tendu, toute immobile, je *sens* tout à coup que Renaud me regarde. Je me retourne prestement : il a les yeux sur la scène et la contenance fort innocente. Ça ne prouve rien.

Pendant l'entracte, Renaud me promène et me demande :

— Etes-vous un peu plus calme, maintenant, petite nerveuse ?
— Je n'étais pas nerveuse, dis-je, hérissée.
— Et cette petite patte fine et raidie, dont je sentais, en voiture, le froid sur mon bras ? Pas nerveuse ? non, c'est moi !
— C'est vous... aussi.

J'ai parlé tout bas, mais le mouvement léger de son bras m'assure qu'il a bien entendu.

Pendant que se joue *Blanchette*, je songe aux doléances — si lointaines déjà — de la petite Aimée de Mademoiselle. Dans le temps où nous commencions à nous aimer, elle me confiait — plus crûment que ne fait cette Blanchette-ci — en quelle aversion épouvantée elle prenait, petite institutrice déjà habituée au relatif bien-être de l'Ecole, la demeure paternelle et toute la maisonnée pauvre, criarde et mal tenue. Elle me contait sans fin ses effrois de chatte frileuse, sur le seuil de la petite classe empestée, dans le courant d'air, où mademoiselle Sergent passait derrière nous jalouse et silencieuse...

Mon voisin, qui semble écouter mes pensées, m'interroge tout bas :

— C'est comme ça, à Montigny ?

— C'est comme ça, et bien pis encore !

Il n'insiste pas. Coude à coude, nous nous taisons ; je me détends peu à peu contre cette bonne épaule rassurante. Une minute, je lève la tête vers lui, il baisse ses yeux fins sur les miens, et je lui souris de tout mon cœur. Cet homme-là je l'ai vu cinq fois, je le connais depuis toujours.

Au dernier acte, je m'accoude la première et je laisse une petite place sur le bras de velours du fauteuil. Son coude comprend très bien, et vient trouver le mien. Mon estomac n'est plus du tout serré.

A minuit moins le quart, nous sortons. Le ciel est noir, le vent presque frais.

— S'il vous plaît, Renaud, je ne voudrais pas monter en voiture tout de suite, j'aimerais mieux marcher sur les boulevards, est-ce que vous avez le temps ?

— Toute la vie si vous voulez, répond-il en souriant.

Il me tient sous le bras, solidement, et nous marchons du même pas, parce que j'ai les jambes longues. Sous des globes électriques, je nous ai vus passer ; Claudine lève aux étoiles une extraordinaire frimousse exaltée et des yeux presque noirs ; le vent balaye les moustaches longues de Renaud.

— Parlez-moi de Montigny, Claudine, et de vous.

Mais j'ai fait signe que non. On est bien comme ça. On n'a pas besoin de parler. On marche vite : j'ai les pattes de Fanchette, ce soir ; le sol fait tremplin sous mes pas.

Des lumières, des lumières vives, des vitraux coloriés, des buveurs attablés à une terrasse...

— Qu'est-ce que c'est ?

— C'est la brasserie Logre.

— Oh ! que j'ai soif !

— Je ne demande pas mieux. Mais pas dans cette brasserie...

— Si, ici ! Ça brille, ça « rabate », c'est amusant.

— Mais c'est gendelettreux, cocotteux, bruyant...

— Tant mieux ! Je veux boire ici.

Il tire un instant sa moustache, puis ayant esquissé le geste :

« Pourquoi pas, après tout ? » il me guide jusqu'à la grande salle. Pas tant de monde qu'il prétendait ; malgré la saison, on respire à peu près. Les piliers de faïence verte éveillent en moi des idées de bain et de cruches fraîches.
— Soif ! Soif !
— Là, là, c'est bien, on vous fera boire ! Quelle enfant redoutable ! Il ne ferait pas bon vous refuser un mari, à vous...
— Je le crois, dis-je sans rire.

Nous sommes assis à une petite table contre un pilier. A ma droite, sous un panneau tumultueusement peinturluré de bacchantes nues, une glace m'assure que je n'ai pas d'encre sur la joue, que mon chapeau se tient droit et que mes yeux palpitent au-dessus d'une bouche rouge de soif, peut-être d'un peu de fièvre. Renaud, en face de moi, a les mains agitées et les tempes moites.

Un petit gémissement de convoitise m'échappe, suscité par le parfum en traînée d'un plat d'écrevisses qui passe.
— Des écrevisses aussi ? Voilà, voilà ! combien ?
— Combien ? Je n'ai jamais su combien j'en peux manger. Douze d'abord, on verra après.
— Et boire, quoi ? de la bière ?
Je fais la lippe.
— Du vin ? non. Du champagne ? De l'asti, moscato spumante ?
Je rougis de gourmandise.
— Oh ! oui !

J'attends, impatiente, et je regarde entrer plusieurs belles femmes en manteaux de soir légers et pailletés. C'est très joli : des chapeaux fous, des cheveux trop dorés, des bagues... Mon grand ami, à qui je montre chaque arrivante, témoigne une indifférence qui me choque. « Les siennes » sont peut-être plus belles ? Je deviens soudain sauvage et noire. Il s'étonne et cite de bons auteurs :
— Quoi ? Le vent a tourné ? « Hilda, d'où vient ta peine ? »
Mais je ne réponds rien.

On apporte l'asti. Pour chasser mon souci et éteindre ma soif, j'avale d'un trait un grand verre. L'homme à femmes, en face de moi, s'excuse de mourir de faim et de dévorer du roastbeef rouge. L'ardeur musquée et traîtresse du vin d'Asti se propage en chaleur naissante à l'ourlet de mes oreilles, en soif renaissante dans ma gorge. Je tends mon verre et je bois plus lentement, les yeux mi-fermés de délices. Mon ami rit :
— Vous buvez comme on tète. Toute la grâce des animaux est en vous, Claudine.

— Fanchette a un enfant, vous savez.
— Non, je ne sais pas. Il fallait me le montrer ! Je parie qu'il est beau comme un astre.
— Plus beau que ça encore... Oh ! ces écrevisses ! Si vous saviez, Renaud, — chaque fois que je l'appelle Renaud, il lève les yeux sur moi — là-bas, à Montigny, elles sont toutes petites, j'allais les prendre au Gué-Ricard avec mes mains, pieds nus dans l'eau. Celles-ci sont poivrées à miracle.
— Vous ne serez pas malade, vous me le jurez ?
— Pardi ! Je vais vous dire encore quelque chose, mais quelque chose de grave. Vous ne me trouvez pas extraordinaire ce soir ?

Je tends vers lui ma figure que rosit l'asti ; il se penche aussi, me regarde de si près que je distingue les plis fins de ses paupières brunies, et se détourne en répondant :

— Non, pas plus ce soir que les autres jours.
— Engaudre, va ! Mon ami, avant-hier, pas plus tard, à onze heures du matin, on m'a de-man-dée en ma-ria-ge.
— Sacrr... quel est l'idiot ?

Ravie de l'effet, je ris en gammes ascendantes, tout haut, et je m'arrête soudain parce que des soupeurs ont entendu et tourné la tête vers nous. Renaud n'est pas enchanté.

— C'est malin de me faire monter à l'arbre !... Au fond, je n'en ai pas cru un mot, vous savez.
— Je ne peux pourtant pas cracher, mais je vous en donne ma parole d'honneur, on m'a demandée !
— Qui ?

Voilà un « qui » dénué de bienveillance.

— Un jeune homme fort bien, M. Maria, secrétaire de papa.
— Vous l'avez refusé... naturellement ?
— Je l'ai refusé... naturellement.

Il se verse un grand verre de cet asti qu'il n'aime pas du tout et se passe la main dans les cheveux.

Pour moi, qui ne bois jamais que de l'eau à la maison, je constate des phénomènes inouïs : un treillis léger et vaporeux monte de la table, nimbe les lustres, recule les objets et les rapproche tour à tour.

Au moment où je songe à m'analyser, une voix connue crie du seuil de la salle :

— Kellner ! Que s'avancent par vos soins la choucroute garnie, mère du pyrosis, et ce coco fadasse mais salicylé que votre impudence dénomme ici bière de Munich. Velours liquide, chevelure

Claudine à Paris

débordante et parfumée de Rheintöchter, pardonne-leur, ils ne savent pas ce qu'ils boivent ! « Weia, waga, waga la weia... »

C'est Maugis, lyrique et suant, qui wagnérise, le gilet ouvert, le tube à bords plats sur l'occiput. Il remorque trois amis. Renaud ne retient pas un geste d'extrême contrariété, et se tire la moustache en grognant quelque chose.

Maugis, près de nous, cesse brusquement de se gargariser avec le *Rheingold*, arrondit ses yeux saillants, hésite, lève la main, et passe sans saluer.

— Là ! rage tout bas Renaud.

— Quoi donc ?

— C'est votre faute, mon petit, c'est la mienne surtout. Vous n'êtes pas à votre place, ici, seule avec moi. Cet imbécile de Maugis... tout le monde aurait fait comme lui. Croyez-vous utile de donner à mal penser de vous, et de moi ?

D'abord refroidie par ses yeux soucieux et mécontents, je me ragaillardis dans le même instant.

— C'est pour ça ? non, c'est pour ça que vous faites tout ce « raffut », et cet aria de sourcils froncés et de morale ? Mais je vous demande ce que ça peut bien me faire ? Donnez-moi à boire, sivousplaît.

— Vous ne comprenez pas ! Je n'ai pas pour habitude de sortir les petites filles honnêtes, moi. Jolie comme vous êtes, seule avec moi, que voulez-vous qu'on suppose ?

— Et puis après ?

Mon sourire ivre, mes yeux qui chavirent l'éclairent brusquement.

— Claudine ! ne seriez-vous pas un peu... gaie, par hasard ? Vous buvez sec, ce soir, est-ce que chez vous ?...

— Chez moi, je sable l'eau d'Evian, réponds-je, aimable et rassurante.

— Patatras ! nous voilà propres, qu'est-ce que je vais dire à votre père ?

— Il fait dodo.

— Claudine, ne buvez plus, donnez-moi ce verre plein, tout de suite !

— Voulez-vous une tape ?

Ayant garé mon verre de ses mains prudentes, je bois, et je m'écoute être heureuse. Cela ne va pas sans quelque trouble. Les lustres se nimbent de plus en plus comme la lune quand il pleuvra. « La lune boit » qu'on disait là-bas. Peut-être que c'est signe de pluie à Paris quand les lustres boivent... C'est toi, Claudine, qui as bu. Trois grands verres d'asti, petite « arnie » ! Comme c'est bon !... Les oreilles font *pch, pch*... Les deux gros messieurs qui mangent, à deux tables de nous, existent-ils réellement ? Ils se rapprochent, sans bouger ; en étendant la main, je parie que je les touche... Non, les voilà très loin. D'ailleurs, ça manque d'air entre les objets : les lustres collés au plafond, les tables collées au mur, les gros messieurs collés sur le fond clair des manteaux pailletés assis plus loin. Je m'écrie :

— Je comprends ! Tout est en perspective japonaise !

Renaud lève un bras désolé, puis s'essuie le front. Dans la glace de droite, quelle drôle de Claudine, avec ses cheveux en plumes soufflées, ses yeux longs envahis de délice trouble, et sa bouche mouillée ! C'est l'autre Claudine, celle qui est « hors d'état » comme on dit chez nous. Et, en face d'elle, ce monsieur à reflets d'argent qui la regarde, qui la regarde, qui ne regarde qu'elle et ne mange plus. Oh, je sais bien ! Ce n'est pas l'asti, ce n'est pas le poivre des écrevisses, c'est cette présence-là, c'est ce regard presque noir aux lumières qui ont enivré la petite fille...

Tout à fait dédoublée, je me vois agir, je m'entends parler, avec une voix qui m'arrive d'un peu loin, et la sage Claudine, enchaînée, reculée dans une chambre de verre, écoute jaser la folle Claudine et ne peut rien pour elle. Elle ne peut rien ; elle ne veut rien non plus. La cheminée dont je redoutais l'écroulement, elle est tombée à grand fracas, et la poussière de sa chute fait un halo d'or autour des poires électriques. Assiste, Claudine sage, et ne remue pas ! La Claudine folle suit sa voie, avec l'infaillibilité des fous et des aveugles...

Claudine regarde Renaud ; elle bat des cils, éblouie. Résigné, entraîné, aspiré dans le sillage, il se tait, et la regarde avec plus de chagrin encore, on dirait, que de plaisir. Elle éclate :

— Oh, que je suis bien ! Oh, vous qui ne vouliez pas venir ! Ah ! ah ! quand je veux... N'est-ce pas, on ne s'en ira plus jamais d'ici ? Si vous saviez... je vous ai obéi, l'autre jour, moi, Claudine, — je n'ai jamais obéi qu'exprès, avant vous... mais obéir, malgré soi, pendant qu'on a mal et bon dans les genoux — oh ! c'est donc ça que Luce aimait tant être battue, vous savez, Luce ? Je l'ai tant battue, sans savoir qu'elle avait raison, elle se roulait la tête sur le bord de la fenêtre, là où le bois est usé parce que, pendant les récréations, on y fend des cornuelles. Vous savez aussi ce que c'est, des cornuelles ? Un jour, j'ai voulu en pêcher moi-même, dans l'étang des Barres, et j'ai pris les fièvres, j'avais douze ans et mes beaux cheveux... Vous m'aimeriez mieux, pas, avec mes cheveux longs ?... J'ai des « fremis » au bout des doigts, toute une « fremil-

Claudine à Paris

loire ». — Sentez-vous ? Un parfum d'absinthe ? Le gros monsieur en a versé dans son champagne. A l'Ecole, on mangeait des sucres d'orge verts à l'absinthe ; c'était très bien porté de les sucer longtemps, en les affûtant en pointe aiguë. La grande Anaïs était si gourmande, et si patiente, elle les appointissait mieux que tout le monde, et les petites venaient lui apporter leurs sucres d'orge. « Fais-le-moi pointu ! » qu'elles disaient. C'est sale, pas ? J'ai rêvé de vous. Voilà ce que je ne voulais pas vous avouer. Un méchant rêve trop bon... Mais maintenant que me voilà *ailleurs*, je peux bien vous le dire...

— Claudine ! supplie-t-il, tout bas...

La Claudine folle, tendue vers lui, ses deux mains à plat sur la nappe, le contemple. Elle a des yeux éperdus et sans secrets ; une boucle de cheveux, légère, lui chatouille le sourcil droit. Elle parle comme un vase déborde, elle, la silencieuse et la fermée. Elle le voit rougir et pâlir, et respirer vite, et trouve cela tout naturel. Mais pourquoi ne paraît-il pas, autant qu'elle extasié, délivré ? Elle se pose vaguement cette question floue, et se répond tout haut, avec un soupir :

— Maintenant, il ne pourrait plus m'arriver rien de triste.

Renaud fait signe au maître d'hôtel avec la véhémence d'un homme qui se dit que « ça ne peut pas durer ainsi ».

Claudine divague, les pommettes chaudes, en broutant ses roses thé :

— Comme vous êtes bête.

— Oui ?

— Oui. Vous avez menti. Vous avez empêché Marcel de venir ce soir.

— Non, Claudine.

Ce « non » très doux la saisit et l'éteint un peu. Elle se laisse, petite somnambule, mettre debout et entraîner vers la sortie. Seulement, le parquet mollit comme de l'asphalte encore chaude... Renaud n'a que le temps de l'empoigner par un coude, et il la guide, et il la porte presque dans le fiacre à capote baissée, où il s'assied près d'elle. La voiture file. La tête bourdonnante et presque sans pensées, Claudine s'appuie contre l'épaule secourable. Il s'inquiète :

— Vous avez mal ?

Pas de réponse.

— Non. Mais tenez-moi, parce que je nage. Tout nage, d'ailleurs. Vous aussi, vous nagez, pas ?

Il lui enveloppe la taille de son bras, en soupirant d'anxiété. Elle appuie sa tête contre lui, mais son chapeau la gêne. Elle le retire d'une main incertaine et le pose sur ses genoux, puis elle penche à nouveau sa tête sur la bonne épaule, avec la sécurité de quelqu'un qui atteint enfin le but d'une longue marche. Et la Claudine sage, assiste, enregistre, se rapproche par instants... La belle avance ! Elle est presque aussi démente, cette Claudine sage, que l'autre.

Son compagnon, son ami aimé, n'a pu s'empêcher d'étreindre ce petit torse abandonné... Ressaisi, il la secoue doucement :

— Claudine, Claudine, songez que nous approchons... Monterez-vous l'escalier sans encombre ?

— Quel escalier ?

— Celui de la rue Jacob, le vôtre.

— Vous allez me quitter ?

Elle s'est redressée, raidie comme une couleuvre, et, nu-tête, en désordre, l'interroge de tout son visage bouleversé.

— Mais voyons, mon petit... revenez à vous. Nous sommes idiots, ce soir. Tout ceci arrive par ma faute...

— Vous allez me quitter ! crie-t-elle sans souci du cocher au dos attentif. Où voulez-vous que j'aille ? C'est vous que je veux suivre, c'est vous...

Ses yeux rougissent, sa bouche se serre, elle crie presque.

— Oh ! je sais, allez, je sais pourquoi. Vous allez chez *vos* femmes, celles que vous aimez. Marcel m'a dit que vous en aviez au moins six ! Elles ne vous aiment pas, elles sont vieilles, elles vous quitteront, elles sont laides ! Vous irez coucher avec elles, toutes ! Et vous les embrasserez, vous les embrasserez sur la bouche, même ! Et moi, qui m'embrassera ? Oh ! pourquoi ne voulez-vous pas de moi pour votre fille, au moins ? J'aurais dû être votre fille, être votre amie, être votre femme, tout, tout !...

Elle se jette à son cou et s'y cramponne, en larmes, sanglotant.

— Il n'y a que vous dans le monde, que vous, et vous me laissez !

Renaud l'enveloppe toute, et sa bouche fourrage la nuque bouclée, le cou tiède, les joues salées de pleurs.

— Vous quitter, cher parfum !...

Elle s'est tue soudain, lève sa figure mouillée et le regarde avec une attention extraordinaire. Il est haletant et pâli, jeune sous ses cheveux argentés ; Claudine sent trembler les muscles de ses grands bras autour d'elle. Il se penche sur la bouche chaude de la petite fille qui se cabre et se cambre, pour s'offrir ou pour résister, elle n'en sait rien au juste... Le brusque arrêt de la voiture contre le trottoir les sépare, ivres, graves et tremblants.

— Adieu, Claudine.

— Adieu...
— Je ne monte pas avec vous ; j'allume votre bougeoir. Vous avez la clef ?
— La clef, oui.
— Je ne peux pas venir vous voir demain ; c'est aujourd'hui demain ; je viendrai après-demain, sûrement à quatre heures.
— A quatre heures.
Docile, elle se laisse baiser la main longtemps, respire, pendant qu'il est penché, l'odeur légère de tabac blond qu'il porte avec lui, monte, rêveuse éveillée, les trois étages, et se couche, la folle Claudine, rejointe — il est bien temps — par la sage Claudine dans son lit bateau. Mais la Claudine sage s'efface timidement, admirative et respectueuse, devant l'autre, qui est allée droit où le Destin la poussait, sans se retourner, comme une conquérante ou une condamnée.

Mal. Mal partout. Mal délicieux d'une qu'on a rouée de coups ou de caresses. Les mollets tremblants, les mains froides, la nuque engourdie. Et mon cœur se hâte, tâche d'égaler en vitesse le tic tac de ma petite montre... puis s'arrête et repart en faisant *Poum!* Alors, c'est le vrai amour, le vrai? Oui, puisque nulle place ne m'est douce, hors son épaule où, nichée, mes lèvres touchaient presque son cou : puisque je souris de pitié quand j'approche, en pensée, les joues délicates de Marcel des tempes froissées de Renaud. Grâce à Dieu, non ! il n'est pas jeune. A cause de ce noble père, plutôt lunatique, qui est le mien, j'ai besoin d'un papa, j'ai besoin d'un ami, d'un amant... Dieu ! d'un amant !... C'est bien la peine d'avoir tant lu, et d'avoir fanfaronné ma science amoureuse — toute théorique — pour que ce seul mot, traversant ma cervelle, me fasse serrer les dents et crisper les doigts de pieds... Que faire en sa présence si je ne puis m'empêcher de penser ?... il le verra, il y pensera aussi... Au secours, au secours !... Je meurs de soif.

La fenêtre ouverte et l'eau du broc m'aident un peu. Ma bougie brûle toujours, sur la cheminée, et je suis stupéfaite devant la glace, que *ça* ne se voie pas davantage. A quatre heures, au grand jour, je m'endors exténuée.

— As-tu faim, ma guéline ? Ton chocolat t'attend depuis sept heures et demie, et il en est neuf at'taleure... Oh ! c'te tête !
— Qu'est-ce que j'ai ?
— On m'a changé ma nourrissonne !

Son sûr flair d'appareilleuse tourne autour de ma fatigue, inspecte les plumes froissées de mon chapeau jeté sur le fauteuil, se réjouit de ma migraine... Elle m'agace.

— As-tu fini de peser tes seins comme des melons ? Lequel est le plus mûr ?

Mais elle rit tout bas et s'en va dans sa cuisine en chantant une de ses plus impossibles chansons...

> *Les fill's de Montigny*
> *Sont chaud's comme la braise.*
> *Pour sûr qu'a sont ben aise*
> *Quand on...*

Il faut s'en tenir à cette brève citation.

Ce qui m'a réveillée, moi, c'est la terreur d'avoir seulement rêvé toute cette impossible nuit.
C'est donc ainsi qu'arrivent les grandes choses ? Bénis soient l'asti, et le poivre des écrevisses ! Sans eux j'aurais certainement manqué de courage.
J'aurais manqué de courage, ce soir-là, oui, mais un autre soir, mon cœur aurait fait *bardadô* tout de même. Mais n'est-ce pas qu'il m'aime ? N'est-ce pas qu'il était pâle, et qu'il perdait la tête comme une simple Claudine, sans ce malencontreux... ce bienheureux... non, je dis bien, sans ce malencontreux trottoir de la rue Jacob, où la roue du fiacre est venue se coincer ?... Jamais un homme ne m'a embrassée sur la bouche. La sienne est étroite et vive, avec une lèvre d'en bas ronde et ferme. Oh ! Claudine, Claudine, comme tu redeviens enfant en te sentant devenir femme ! J'ai évoqué sa bouche, l'affolement de ses yeux assombris, et une détresse délicieuse m'a fait joindre les mains...
D'autres idées m'assaillent, auxquelles je voudrais bien ne pas m'arrêter en ce moment.
« Pour sûr que ça fait mal ! » chantonne la voix de Luce. Mais non, mais non : elle a couché avec un pourceau, ça ne prouve rien ! Et d'ailleurs, qu'importe ? Ce qu'il faut, c'est qu'il soit là tout le temps, que la chère place de son épaule me soit tiède et prête à toutes les heures, et que ses grands bras m'abritent toute en se fermant sur moi... Ma liberté me pèse, mon indépendance m'excède ; ce que je cherche depuis des mois, — depuis plus longtemps — c'était, sans m'en douter, un maître. Les femmes libres ne sont pas des femmes. Il sait tout ce que j'ignore ; il méprise un peu tout ce que je sais ; il me dira : « Ma petite bête ! » et me caressera les cheveux...
Je chevauche si bien mon rêve que, pour me hausser jusqu'à la main de mon ami, j'ai baissé le front et dressé mes pieds sur leurs pointes, comme Fanchette quêtant le grattement de mes ongles sur

son petit crâne plat. « Toute la grâce des animaux est en vous, Claudine... » L'heure du déjeuner me surprend, attentive et penchée sur une glace ronde, pour deviner, les cheveux rebroussés sur les tempes, s'il aimera mes oreilles pointues.

Vite rassasiée de marmelade d'oranges et de frites, je laisse papa devant son café où, chaque jour, il laisse tomber, méthodique, sept morceaux de sucre et un soupçon de cendre de pipe. Et je m'abandonne à un désespoir aigu, en songeant que j'ai vingt-sept heures à attendre ! Lire ? Je ne peux pas, je ne peux pas. Des cheveux d'argent blond balayent les pages du livre. Et sortir non plus ; les rues grouillent d'hommes qui ne s'appellent pas Renaud, et qui me regarderaient, l'air avantageux, sans savoir, les imbéciles !

Une boulette d'étoffe roulée en tampon dans mon crapaud m'arrache un sourire. C'est une de mes petites chemises... commencée il y a longtemps ! Il faut coudre. Claudine aura besoin de chemises. Est-ce que Renaud aimera celle-là ? Blanche et légère avec une mignonne dentelle, et des épaulettes en ruban blanc... Les soirs où je m'apprécie particulièrement, je me contemple en chemise dans la glace longue, petite madame Sans-Gêne avec des frisons sur le nez. Renaud ne peut pas me trouver vilaine. Ah ! mon Dieu, je serais si près, trop près de lui, rien qu'avec une mince chemise. Mes mains agitées cousent de travers, et j'entends cocassement la voix lointaine de la favorite, la voix fluette de la petite Aimée de Mademoiselle, aux leçons de couture : « Claudine, je vous en prie, soignez vos ourlets à point devant, vous ne les perlez pas. Regardez ceux d'Anaïs ! »

On a sonné. Sans souffle et le cœur arrêté, j'écoute, le dé en l'air. C'est lui, c'est lui, il n'a pas pu attendre ! Au moment où je vais me lever et courir, Mélie frappe, et introduit Marcel.

La stupeur me tient assise. Marcel ? En voilà un que j'avais oublié ! Depuis plusieurs heures, il était mort. Quoi, c'est Marcel ! Pourquoi lui, et pas l'autre ?

Souple et silencieux, il m'a baisé la main, et s'est assis sur la petite chaise. Je le regarde d'un air ahuri. Il est pâlot, très joli, toujours un peu poupée. Un garçonnet en sucre.

Agacé de mon silence, il me presse :

— Eh bien, eh bien ?

— Eh bien, quoi ?

— C'était gai, hier soir ? Qu'est-ce qu'*on* vous a dit pour expliquer mon absence ?

Je délie avec effort ma langue :

— Il m'a dit que vous portiez une cravate inadmissible.

Comme il est bête, ce petit ! Il ne voit donc pas le miracle ? Ça crève les yeux, il me semble. Pourtant, je ne me presse guère de l'éclairer. Il éclate d'un rire aigu ; je tressaille.

— Ah ! ah !... une cravate inadmissible ! oui, toute la vérité tient dans ces trois mots. Que pensez-vous de l'histoire ? Vous la connaissez, ma cravate de crêpe de Chine ? c'est Charlie qui me l'a donnée.

— Je pense, dis-je en toute sincérité, que vous avez bien fait de ne pas changer de cravate. Je la trouve exquise.

— N'est-ce pas ? Une idée charmante, ce drapé épinglé de perles ! J'étais sûr de votre goût, Claudine. N'empêche, ajoute-t-il avec un soupir poli, que mon aimable père m'a privé de cette soirée avec vous. Je vous aurais ramenée, je guignais déjà le bon petit moment en voiture...

D'où sort-il, mais d'où sort-il ? Ça fait pitié, un tel aveuglement ! Il a dû entendre hier soir des paroles pénibles, car, en y songeant, sa figure a durci et sa bouche devient mince.

— Racontez, Claudine. Mon cher père fut exquis et spirituel à son ordinaire ? Il ne vous a pas traitée, comme moi, de « petite ordure » et « d'enfant sale » ? Dieu, gronde-t-il, allumé de rancune, quel goujat, quel...

— Non !

Je l'ai interrompu avec une violence qui m'a mise debout devant lui.

Immobile, il me regarde, pâlit, comprend, et se lève aussi. Un silence, pendant lequel j'entends le ronron de Fanchette, le tic tac de ma petite montre, la respiration de Marcel, et mon cœur qui cogne. Un silence qui dure peut-être deux minutes pleines...

— Vous aussi ? dit-il enfin d'une voix narquoise. Je croyais que papa ne donnait pas dans la jeune fille... D'habitude, il est pour femmes mariées, ou pour grues.

Je ne dis rien, je ne peux parler.

— Et... c'est récent ? D'hier soir, peut-être ? Remerciez-moi, Claudine, c'est grâce à ma cravate que ce bonheur vous est échu.

Son nez fin, pincé, est aussi blanc que ses dents. Je ne dis toujours rien, quelque chose m'empêche...

Debout derrière la chaise qui nous sépare, il me nargue. Les mains pendantes, la tête baissée, je le regarde en dessous ; la dentelle de mon petit tablier s'agite au battement de mon cœur. Le silence retombe, interminable. Tout à coup, il reprend lentement, d'une voix singulière :

— Je vous ai toujours crue très intelligente, Claudine. Et ce que vous faites aujourd'hui augmente l'estime que je ressens pour votre... adresse.

Stupéfaite, je lève la tête.

— Vous êtes une fille remarquable, je le répète, Claudine. Et je vous félicite... sans arrière-pensée... C'est un joli travail.

Je ne comprends pas. Mais j'écarte doucement la chaise qui nous sépare. J'ai une vague idée qu'elle me gênera tout à l'heure !

— Mais oui, mais oui, vous savez bien ce que je veux dire. Eh ! eh ! quoiqu'il ait croqué pas mal d'argent, papa est encore ce qu'on appelle dans son monde, un joli chopin...

Plus vive qu'une guêpe, j'ai jeté tous mes ongles dans sa figure : depuis une minute, je visais ses yeux. Avec un cri clair, il se renverse en arrière, les mains au visage, puis, retrouvant l'équilibre, il se rue vers la glace de la cheminée. La paupière d'en dessous, déchirée, saigne ; un peu de sang tache déjà le revers du veston. Dans un état d'exaltation folle, je m'entends pousser d'involontaires petits cris sourds. Il se retourne, hors de lui : je crois qu'il veut saisir une arme et je fouille fébrilement dans mon sac à ouvrage. Mes ciseaux, mes ciseaux !... Mais il ne songe même pas à me battre et me pousse de côté, courant au cabinet, pour tremper son mouchoir dans l'eau... Il se penche déjà au-dessus de ma cuvette ; cet aplomb ! Je suis sur lui en un clin d'œil, j'empoigne par les deux oreilles sa tête inclinée et je le rejette dans la chambre en lui criant d'une voix enrouée que je ne me connaissais pas :

— Non, non, pas ici ! File te faire panser chez Charlie !

Le mouchoir sur l'œil, il ramasse son chapeau, oublie ses gants et sort, je lui ouvre toutes les portes, et j'écoute dans l'escalier son pas trébuchant. Puis je rentre dans ma chambre et je reste là, debout, sans penser à rien, pendant je ne sais pas combien de temps. La lassitude de mes jambes me force à m'asseoir. Ce geste remet en marche ma machine à penser, et je croule. De l'argent ! De l'argent ! Il a osé dire que je voulais de l'argent ! C'est égal, un beau coup de griffe que j'ai donné là, ce petit morceau de peau qui pendait... J'ai raté l'œil, de moins d'un centimètre, ma foi. Le lâche, qui ne m'a pas assommée ! Pouah ! lavette, va... De l'argent ! de l'argent ! Qu'est-ce que j'en ferais donc ? j'en ai bien assez pour Fanchette et moi. O cher Renaud, je lui dirai tout et je me blottirai et sa tendresse me sera si douce que j'en pleurerai...

Ce petit que j'ai griffé, c'est la jalousie qui le rongeait ; sale petite âme de fille !

Tout à coup je comprends, et les tempes me font mal ; c'est *son* argent, l'argent de Marcel, que je prendrai si je deviens la femme de Renaud ; c'est pour *son* argent qu'il tremble ! Et comment l'empêcher, ce sec enfant, de croire à la cupidité de Claudine ? Il ne serait pas le seul à y croire, et il dira, et ils diront à Renaud que la petite se vend, qu'elle a enjôlé le pauvre homme qui passe l'âge dangereux de la quarantaine... Que faire ? que faire ? Je veux voir Renaud, je ne veux pas de l'argent de Marcel, mais je veux Renaud quand même. Si je demandais secours à papa ? Hélas !... j'ai si mal à la tête... O ma douce, chère place, sur son épaule, y renoncerai-je ? Non ! Je ferai tout sauter plutôt ! J'attacherai ce Marcel ici dans ma chambre et je le tuerai. Et après je dirai aux gardiens de la paix qu'il me voulait du mal et que je l'ai tué en me défendant. Voilà !

Jusqu'à l'heure où Fanchette me réveille en miaulant qu'elle a faim, je reste accroupie sur le fauteuil crapaud, deux doigts sur les yeux, deux doigts dans les oreilles, envahie de rêves sauvages, de désolations et de tendresse...

— Dîner ? Non, je ne dîne pas. J'ai la migraine. Fais-moi de la limonade fraîche, Mélie, je meurs de soif. Je vais me coucher.

Papa inquiet, Mélie anxieuse, tournent autour de mon lit jusqu'à neuf heures ; n'y tenant plus, je les supplie :

— Allez-vous-en, je suis si lasse.

La lampe éteinte, j'entends dans la cour les bonnes qui claquent les portes et lavent leur vaisselle... Il me faut Renaud ! Que n'ai-je télégraphié chez lui, tout de suite ? Il est trop tard. Demain ne viendra jamais. Mon ami, ma chère vie, celui à qui je me confierai comme à un papa chéri, celui auprès de qui je me sens tour à tour angoissée et honteuse, comme si j'étais sa maîtresse — puis épanouie et sans pudeur, comme s'il m'avait bercée petite fille dans ses bras...

Après des heures de fièvre, de martèlements douloureux, d'appels silencieux à quelqu'un qui est trop loin et n'entend pas, vers les trois heures du matin mes pensées affolées s'éclairent, reculent en cercle, tout autour, enfin, de l'Idée... Elle est venue avec l'aube, l'Idée, avec l'éveil des moineaux, avec la fraîcheur fugitive qui précède la journée d'été. Emerveillée devant Elle, je me tiens immobile sur le dos, les yeux grands ouverts dans mon lit. Que c'était simple, et que de chagrin inutile ! J'aurai les yeux battus et les joues tirées quand Renaud viendra. Et il ne fallait trouver que cela !

Je ne veux pas que Marcel pense : « Claudine vise mon argent. »
Je ne veux pas dire à Renaud : « Allez-vous-en et ne m'aimez plus. »
O Dieu ! ce n'est pas cela que je veux lui dire ! Mais je ne veux pas non plus être sa femme, et pour tranquilliser ma conscience irritable, eh bien ! — je serai sa maîtresse.

Ranimée, rafraîchie, je dors maintenant comme un sac, à plat ventre, la figure cachée dans mes bras croisés. La voix déclamatoire de mon vieux mendiant classique m'éveille, détendue et étonnée. Déjà dix heures ! « Mélie ! jette quat' sous au vieux ! »

Mélie n'entend pas. Je passe mon peignoir et cours à la fenêtre du salon, nu-pattes, coiffée comme une chicorée. « Vieux, voilà dix sous. Gardez la monnaie. » Quelle belle barbe blanche ! Il possède sans doute une maison de campagne et des terres, comme la plupart des pauvres de Paris. Tant mieux pour lui. Et comme je m'en retourne à ma chambre, je croise M. Maria qui arrive, et qui s'arrête, ébloui de mon déshabillé matinal.

— Monsieur Maria, est-ce que vous ne croyez pas que c'est aujourd'hui la fin du monde ?

— Hélas ! non, Mademoiselle.

— Moi, je crois que si. Vous verrez.

Assise dans mon cuveau d'eau tiède, je m'étudie et m'attarde minutieusement. Ce duvet-là, ça ne compte pas comme poil sur les jambes, au moins ? Dame, les bouts de mes nichettes ne sont pas si roses que ceux de Luce, mais j'ai les jambes plus longues et plus belles, et les reins à fossettes ; c'est pas un Rubens, non, mais je ne tiens pas au genre « belle-bouchère » — Renaud non plus.

Ce nom de Renaud presque prononcé pendant que je ne me sens vêtue que d'un cuveau de hêtre, m'intimide considérablement. Onze heures. Encore cinq heures à attendre. Ça va bien. Brossons, brossons les boucles, brossons les dents, brossons les ongles ! Faut que tout reluise, bon sang ! Des bas fins, une chemise neuve, un pantalon assorti, mon corset rose, mon jupon pékiné à petites raies qui fait *hui, hui* quand je remue...

Gaie comme à l'Ecole, active et tumultueuse, je m'amuse tout plein, pour m'empêcher de penser trop à ce qui pourra se passer... Dame, puisque c'est aujourd'hui que je me donne, il peut bien me prendre aujourd'hui s'il veut, tout ça est à lui... Mais j'espère qu'il ne voudra pas si vite, mon Dieu, si brusquement... Ça ne lui ressemblerait guère. Je compte sur lui, mais oui, beaucoup plus que sur moi. Moi, comme on dit à Montigny, j'ai perdu mon « gouvernement ».

L'après-midi est dure à passer quand même. Il ne peut pas ne pas venir. A trois heures, je joue les panthères en cage, et mes oreilles deviennent longues...

A quatre heures moins vingt, un coup de sonnette très faible. Mais je ne m'y trompe pas, c'est bien lui. Debout, adossée au pied du lit, je cesse d'exister. La porte s'ouvre et se referme derrière Renaud. Tête nue, il semble un peu maigri. Sa moustache tremble imperceptiblement, et ses yeux brillent bleu dans la pénombre. Je ne bouge pas, je ne dis rien. Il a grandi. Il a pâli. Il est bistré, fatigué, superbe. Encore près de la porte, sans avancer dans la chambre, il parle très bas.

— Bonjour, Claudine.

Tirée à lui par le son de sa voix, je viens, je tends mes deux mains. Il les baise toutes deux, mais il les laisse retomber.

— Vous m'en voulez, petite amie ?

Je hausse ineffablement les épaules. Je m'assieds dans le fauteuil. Il s'assied sur la chaise basse, et je me rapproche vite de lui, prête à me blottir. Méchant ! Il ne paraît pas comprendre. Il parle presque bas, comme s'il avait peur...

— Ma chère petite affolée, vous m'avez dit hier mille choses que le sommeil et le matin auront emportées... Attendez un peu, ne me regardez pas trop, chers yeux de Claudine que je n'oublierai jamais et qui me furent trop doux... Je me suis battu cette nuit, et la fin de l'autre nuit, contre un grand espoir fou et ridicule... Je n'ai plus su que j'avais quarante ans, continue-t-il avec effort, mais j'ai songé que vous vous en souviendriez, vous, sinon aujourd'hui, sinon demain, du moins dans peu de temps... Ma chérie aux yeux trop tendres, mon petit pâtre bouclé, dit-il plus bas encore — car sa gorge se serre et ses yeux deviennent humides — ne me tentez plus. Hélas ! je suis un pauvre homme émerveillé, envahi de vous ; défendez-vous, Claudine... Mon Dieu, c'est monstrueux ; pour les autres, vous pourriez être ma fille...

— Mais je suis aussi votre fille ! (je lui tends les bras). Vous ne sentez donc pas que je suis votre fille ? Je l'ai été tout de suite, j'ai été, dès les premières fois, votre enfant obéissante et étonnée, — bien plus étonnée encore, un peu plus tard, de sentir que lui venaient ensemble tant de choses, un père, un ami, un maître, un amoureux ! Oh ! ne protestez pas, ne m'empêchez pas, laissez-moi dire aussi un amoureux.

Un amoureux, ça se trouve tous les jours, mais quelqu'un qui est *tout* ensemble, et qui vous laissera orpheline et veuve, et sans ami, s'il vous laisse, est-ce que ce n'est pas un miracle sans pareil ? C'est vous le miracle... je vous adore !

Il baisse les yeux, mais trop tard. Une larme roule sur sa moustache. Eperdue, je me suspends à lui.

— Avez-vous du chagrin ? Est-ce que je vous ai peiné sans savoir ?

Les grands bras attendus m'enserrent enfin, les yeux bleu-noir mouillés m'éclairent.

— O petite inespérée ! Ne me laissez pas le temps d'avoir honte de ce que je fais ! Je vous garde, je ne puis que vous garder, petit corps qui êtes pour moi tout ce que le monde a fait fleurir de plus beau... Est-ce qu'avec vous je serai jamais vieux tout à fait ? Si vous saviez, mon oiseau chéri, comme ma tendresse est exclusive, comme ma jalousie est jeune, et quel mari intolérable je serai !...

Un mari ? C'est vrai, il ne sait pas ! Réveillée, arrachée de ma chère place où je colle une bouche furtive, je dénoue brusquement ses bras :

— Non, pas mon mari.

Il me regarde, les yeux ivres et tendres, et garde ses bras ouverts.

— C'est très sérieux. Je devais vous le dire tout de suite. Mais... vous me chavirez en entrant, et puis je vous avais tant attendu, je ne savais plus rien dire... Asseyez-vous là. Ne me tenez pas la taille — ni le bras — ni la main — je vous en prie. Il faudrait presque ne pas me regarder, Renaud.

Assise dans le petit crapaud, j'éloigne de mes bras tendus, avec toute la conviction qui me reste, ses mains chercheuses. Il s'assied tout près, tout près, sur la chaise bretonne.

— Marcel est venu hier après-midi. Oui. Il m'a demandé de lui raconter la soirée d'avant-hier — comme si ça se racontait, Renaud ! — Il m'a conté, lui aussi, l'histoire de la cravate. Il a dit de vous un mot qu'il ne devait pas dire.

— Ah ! gronde Renaud. J'ai l'habitude.

— Il a su, alors, que je vous aimais. Et il m'a fait des compliments de mon adresse ! Il paraît que vous êtes encore assez riche, et qu'en devenant votre femme, c'est sa fortune à lui Marcel, que j'escamote à mon profit...

Renaud s'est levé. Ses narines remuent de la plus mauvaise façon ; je me hâte de conclure.

— Alors, je ne veux pas vous épouser...

Le soupir tremblé que j'entends me presse d'achever.

— ... mais je veux être votre maîtresse.

— Oh ! Claudine !

— Quoi, Claudine ?

Il me contemple, les bras tombés, avec de tels yeux d'admiration et de détresse que je ne sais plus que penser. Moi qui m'attendais à un triomphe, à l'étreinte folle, à l'acquiescement peut-être trop vif...

— Est-ce que ce n'est pas bien ainsi ? Pensez-vous que, jamais, je voudrais laisser supposer que je ne vous aime pas mieux que tout ? J'ai de l'argent, moi aussi. J'ai cent cinquante mille francs. Ah ? Qu'est-ce que vous dites de ça ? Je n'ai pas besoin de l'argent de Marcel.

— Claudine...

— Je dois tout vous avouer, dis-je, en me rapprochant, caressante. Je l'ai grafigné, Marcel. Je... je lui ai enlevé un petit morceau de joue, et je l'ai mis dans l'escalier.

Je me lève et m'anime à ce souvenir, et mes gestes de guerrière lui arrachent un sourire sous sa moustache. Mais qu'attend-il ? Qu'attend-il pour m'accepter ? Il ne comprend donc pas ?

— Alors... alors voilà, dis-je d'une voix qui s'embarrasse. Je veux être votre maîtresse. Ce ne sera pas difficile ; vous savez quelle liberté on me laisse : toute cette liberté-là, je vous la donne, je voudrais vous donner toute ma vie... Mais vous avez des affaires dehors. Quand vous serez libre, vous viendrez ici, et j'irai aussi chez vous... chez vous ! Vous ne la trouverez plus trop gravure dix-huitième siècle, votre maison, pour une Claudine qui sera toute à vous ?

Mes jambes tremblant un peu, je me suis rassise. Il se laisse tomber sur ses genoux, sa figure à la hauteur de la mienne ; il m'arrête de parler, en posant, une seconde à peine, sans appuyer, sa bouche sur la mienne... il la retire, hélas, au moment où le baiser commence à m'éblouir... Ses bras autour de moi, il parle d'une voix mal sûre.

— O Claudine ! Petite fille renseignée par les mauvais livres, qu'y a-t-il dans le monde d'aussi pur que vous ? Non, ma chérie, mon délice, je ne vous laisserai pas accomplir cette prodigalité démente ! Si je vous prends, ce sera pour tout de bon, pour tout le temps ; et devant tout le monde, banalement, honnêtement, je vous épouserai.

— Non, vous ne m'épouserez pas !

Il me faut du courage, car, lorsqu'il m'appelle « ma chérie, mon délice », tout mon sang s'en va et mes os deviennent mous.

— Je serai votre maîtresse, ou rien.

— Ma femme, ou rien !

Saisie, à la fin, de l'étrangeté de ce débat, je pars d'un rire nerveux. Et, comme je ris bouche ouverte, tête en arrière, je le vois penché sur moi, si angoissé de désir que je tremble, puis je tends les bras, bravement, croyant qu'il m'accepte...

Mais il secoue la tête et dit, étranglé :

— Non !

Que faire ? Je joins les mains ; je supplie ; je lui tends ma bouche, les yeux demi-fermés. Il répète encore, suffoqué :

— Non ! ma femme ou rien.

Je me lève, égarée, impuissante.

Pendant ce temps, Renaud, comme illuminé, a gagné la porte du salon. Il touche déjà la porte du cabinet de travail, quand je devine... Le misérable ! Il va demander ma main à papa !

Sans oser crier, je me suspends à son bras, je l'implore tout bas :

— Oh ! si vous m'aimez, ne le faites pas ! Grâce, tout ce que vous voudrez... Voulez-vous Claudine tout de suite ? Ne demandez rien à papa, attendez quelques jours... Songez, c'est odieux, cette histoire d'argent ! Marcel est venimeux, il le dira partout, il dira que je vous ai séduit de force... Je vous aime, je vous aime...

Lâchement, il m'a enveloppée, et me baise lentement les joues, les yeux, les cheveux, sous l'oreille, là où ça fait tressaillir... Que puis-je dans ses bras ?

Et il a ouvert sans bruit la porte, en m'embrassant une dernière fois... Je n'ai que le temps de m'écarter vite...

Papa, assis en tailleur par terre dans ses papiers, la barbe en coup de vent et le nez en bataille, nous reluque avec férocité. Nous tombons mal.

— Qu'est-ce que tu viens foutre ici ? Ah ! c'est vous, cher Monsieur, je suis heureux de vous voir !

Renaud reprend un peu de sang-froid et de correction, quoique sans chapeau ni gants.

— Il y a, Monsieur, que je vous demanderai une minute d'entretien sérieux.

— Jamais, dit papa, catégorique. Jamais avant demain. Ceci, explique-t-il en indiquant M. Maria qui écrit, qui écrit trop vite, ceci est de toute urgence.

— Mais, moi aussi, Monsieur, ce que je veux vous dire est de toute urgence.

— Dites-le tout de suite, alors.

— Je voudrais... tâchez, je vous en supplie, de ne pas me trouver ridicule outre mesure... je voudrais épouser Claudine.

— Ça va recommencer, cette histoire ! tonne papa formidable et dressé sur ses pieds. Tonnerre de Dieu, sacré mille troupeaux de cochons, tous fils de garces !... Mais vous ne savez donc pas que cette bourrique ne veut pas se marier ? Elle va vous le dire qu'elle ne vous aime pas !

Sous l'orage, Renaud retrouve toute sa crânerie. Il attend la fin des jurons, et me toisant de haut, sous ses cils en abat-jour :

— Elle ne m'aime pas ? Osez donc dire, Claudine, que vous ne m'aimez pas ?

Ma foi non, je n'ose pas. Et, de tout mon cœur, je murmure :

— Si-da, que je vous aime...

Papa abasourdi, considère sa fille comme une limace tombée de la planète Mars.

— Ça, c'est bougrement fort ! Et vous, vous l'aimez ?

— Plutôt, fait Renaud, en hochant la tête.

— C'est extraordinaire, s'effare papa, sublime d'inconscience. Oh ! je veux bien ! Mais moi, pour épouser, elle ne serait pas du tout mon type. Je préfère les femmes plus...

Et son geste dessine des appas de nourrice.

Que dire ? je suis battue. Renaud a triché. Je lui chuchote tout bas, en me haussant jusqu'à son oreille :

— Vous savez, je ne veux pas de l'argent de Marcel.

Jeune, rayonnant sous ses cheveux d'argent, il m'entraîne dans le salon, en répondant, léger et vindicatif :

— Bah ! il aura encore toute sa grand-mère à manger !

Et nous retournons dans ma chambre, moi toute serrée dans son bras, lui qui m'emporte comme s'il me volait, tous deux ailés et bêtes comme des amoureux de romance...

Claudine en ménage

Sûrement, il y a dans notre ménage quelque chose qui ne va pas. Renaud n'en sait rien encore ; comment le saurait-il ?
Depuis six semaines, nous sommes de retour. Fini, ce vagabondage de flemme et de fièvre qui, durant quinze mois, nous mena, trôleurs, de la rue de Bassano à Montigny, de Montigny à Bayreuth, de Bayreuth à un village badois, que je crus d'abord, à la grande joie de Renaud, s'appeler « Forellen-Fischerei » parce qu'une affiche énorme proclame, au-dessus de la rivière, qu'on y pêche des truites, et parce que je ne sais pas l'allemand.

L'hiver dernier, hostile et serrée au bras de Renaud, j'ai vu la Méditerranée qu'un vent froid rebrousse et qu'éclaire un soleil pointu. Trop d'ombrelles, trop de chapeaux et de figures m'ont gâté ce Midi truqué, et surtout la rencontre inévitable d'un ami, de dix amis de Renaud, de familles qu'il fournit de billets de faveur, de dames chez qui il dîna. Cet affreux homme se fait aimable à tous, surtout en frais pour ceux qu'il connaît le moins, car les autres, les vrais amis, explique-t-il avec une douceur impudente, ce n'est pas la peine de s'exterminer le tempérament pour leur plaire, on est sûr d'eux...

Ma simplicité inquiète n'a jamais pu comprendre ces hivers de la côte d'Azur où les robes de dentelle frissonnent sous des collets de zibeline !

Et puis, l'abus que je fis de Renaud, l'abus qu'il fit de moi, força mes nerfs et me donna une âme mal résignée aux petits cailloux de la route. Et ballottée, entraînée, en un état, mi-pénible, mi-délicieux, d'ivresse physique et de quasi-vertige, j'ai fini par demander grâce, et repos, et le gîte définitif. M'y voici rentrée ! Que me faut-il donc ? Que me manque-t-il encore ?

Tâchons de mettre un peu d'ordre dans cette salade de souvenirs encore tout proches, déjà si lointains...

La bizarre comédie que fut le jour de mon mariage ! Trois semaines de fiançailles, la présence fréquente de ce Renaud que j'aime à l'affolement, ses yeux gênants, et ses gestes (contenus cependant) plus gênants encore, ses lèvres toujours en quête d'un bout de moi me firent pour ce jeudi-là une mine aiguë de chatte brûlante. Je ne compris rien à sa réserve, à son abstention dans ce temps-là ! J'aurais été toute à lui, dès qu'il eût voulu ; il le sentait bien. Et pourtant, avec un soin trop gourmet de son bonheur — et du mien ? il nous maintint dans une sagesse éreintante. Sa Claudine déchaînée lui jeta, souvent, des regards irrités au bout d'un baiser trop court et rompu avant le... avant le temps moral : « Mais enfin, dans huit jours ou maintenant, qu'est-ce que ça fait ? Vous me brégez inutilement, vous me fatiguez affreusement... » Sans pitié de nous deux, il me laissa tout intacte, malgré moi, jusqu'à ce mariage à la six-quat'deux.

Irritée sincèrement contre la nécessité d'informer un monsieur-maire et un monsieur-curé de ma décision de vivre avec Renaud, je refusai d'aider Papa, ni personne, en rien. Renaud y mit une adroite patience, Papa un dévouement inusité, furieux et ostentatoire. Mélie seule, rayonnante d'assister au dénouement d'une histoire d'amour, chanta et rêva au-dessus du plomb de la petite cour triste. Fanchette, suivie de Limaçon encore chancelant « plus beau qu'un fils de Phtah », flaira des cartons ouverts, des étoffes neuves, des gants longs qui lui donnèrent d'ingénus haut-le-cœur, et « fit du pain » en pétrissant mon voile de tulle blanc.

Ce rubis en poire qui pend à mon cou, au bout d'un fil d'or si léger, Renaud me l'apporta l'avant-veille de notre mariage. Je me rappelle, je me rappelle ! Séduite par sa couleur de vin clair, je le mirais à contre-jour, à hauteur des yeux, mon autre main appuyée à l'épaule de Renaud agenouillé. Il rit :

— Tu louches, Claudine, comme Fanchette quand elle suit une mouche volante.

Sans l'écouter, je mis soudain le rubis dans ma bouche « parce que ça doit fondre et sentir la framboise acidulée » ! Renaud, dérouté par cette compréhension nouvelle des pierres précieuses, m'apporta des bonbons le lendemain. Ils me causèrent, ma foi, autant de plaisir que le bijou.

Le grand matin, je m'éveillai irritée et bougonne, pestant contre la mairie et l'église, contre la lourdeur de ma robe à traîne, contre le chocolat trop chaud et Mélie en cachemire violet dès sept heures du matin (« Ah ! ma France, tu vas en avoir du goût »), contre ces gens qui allaient venir : Maugis et Robert Parville, témoins de Renaud, tante Cœur en chantilly, Marcel à qui son père pardonnait — exprès pour l'agacer et lui faire la gnée[1], je crois — et mes témoins à moi : un malacologue très décoré, très crasseux aussi, de qui je n'ai jamais su le nom, et M. Maria ! Papa, oublieux et serein, trouvait tout naturel ce dénouement singulier de mon amoureux martyre.

Et Claudine, prête avant l'heure, un peu jaunette dans sa robe blanche et son voile mal équilibré — pas toujours commodes, ces cheveux courts — assise devant la corbeille de Fanchette en train de se faire masser le ventre par son Limaçon rayé, Claudine songeait : « Ça me rebute, ce mariage ! L'idéal, ce serait de l'avoir ici, de dîner tous deux, de nous enfermer dans cette petite chambre où j'ai dormi en songeant à lui, où j'ai songé à lui sans dormir, et... Mais mon lit bateau serait trop petit... »

La venue de Renaud, la trépidation légère de ses gestes ne chassa point ces préoccupations. Il fallut pourtant, sur la prière de M. Maria qui s'affolait, objurguer Papa et l'aller relancer. Mon noble père, digne de la circonstance exceptionnelle et de lui-même, avait simplement oublié que je me mariais ; on le trouva en robe de chambre (à midi moins dix !) fumant sa pipe avec solennité. Il accueillit le pauvre Maria par ces mots mémorables :

— Arrivez donc, vous êtes bougrement en retard, Maria, aujourd'hui que nous avons justement un chapitre très dur... Tiens, cette idée de vous enfiler dans un habit noir, vous avez l'air d'un garçon de restaurant !

— Mais, Monsieur... Monsieur... le mariage de Mlle Claudine... On n'attend que vous...

— Foutre ! répondit Papa en consultant sa montre au lieu du calendrier, foutre ! vous êtes sûr que c'est pour aujourd'hui ? Si vous partiez devant, on pourrait toujours commencer sans moi.

1. Railler.

Robert Parville, ahuri comme un caniche perdu, parce qu'il n'était pas dans le sillage de la petite Lizery ; Maugis verni de gravité goguenarde ; M. Maria tout pâle ; tante Cœur pincée et Marcel gourmé, ça ne fait pas une foule, n'est-ce pas ? Ils me parurent au moins cinquante, dans l'appartement étroit ! Isolée sous mon voile, j'écoutais mes nerfs défaillants et agacés...

Mon impression, ensuite, fut celle d'un de ces rêves emmêlés et confus, où l'on se sent les pieds liés. Un rayon violet et rose sur mes gants blancs, à travers les vitraux de l'église ; mon rire nerveux à la sacristie, à cause de Papa prétendant signer deux fois sur la même page, « parce que mon premier paraphe est trop maigre ». Etouffante impression d'irréel ; Renaud, lui-même, devenu distant et sans épaisseur...

De retour à la maison, tout inquiet devant ma figure tirée et triste, Renaud m'interrogea tendrement ; je secouai la tête : « Je ne me sens pas beaucoup plus mariée que ce matin. Et vous ? » Ses moustaches tressaillirent ; alors je rougis en haussant les épaules.

Je voulus me débarrasser de cette robe ridicule et on me laissa seule. Fanchette, ma si chère, me reconnut mieux sous une blouse de linon rose et une jupe de serge blanche. « Fanchette, vais-je te quitter ? C'est la première fois... Il le faut. Je ne veux pas te trimbaler en chemin de fer avec ta famille. » Un peu envie de pleurer, malaise indéfinissable, côtes serrées et douloureuses. Ah ! que mon ami aimé me prenne vite et qu'il me délivre de cette appréhension sotte, qui n'est ni de la peur ni de la pudeur... Comme la nuit vient tard en juillet, et comme ce soleil blanc me serre les tempes !...

A la nuit tombante, mon mari — mon mari ! — m'emmena. Le roulement caoutchouté ne m'empêchait pas d'entendre mon cœur battre, et je serrais si fort les dents que *son* baiser ne les desserra pas.

Rue de Bassano, j'entrevis à peine, sous l'électricité voilée des lampes à écrire posées sur les tables, cet appartement « trop gravure dix-huitième siècle » qu'il avait jusqu'alors refusé de m'ouvrir. Je respirai, pour m'enivrer plus, cette odeur de tabac blond et de muguet, avec un peu de cuir de Russie, qui imprègne les vêtements de Renaud et ses moustaches longues.

Il me semble y être encore, je m'y vois, j'y suis.
Quoi, c'est maintenant ? Que faire ? Je pense à Luce, le temps

Claudine en ménage

d'un éclair. J'ôte mon chapeau sans savoir. Je prends la main de celui que j'aime, pour me rassurer, et je le regarde. Il se débarrasse, au hasard, de son chapeau, de ses gants, et s'étire un peu en arrière avec un soupir tremblé. J'aime ses beaux yeux sombres, et son nez courbé, et ses cheveux dédorés qu'un vent habile peigna. Je me rapproche de lui, mais il se dérobe, méchant, s'écarte et me contemple, pendant que j'achève de perdre toute ma belle hardiesse. Je joins les mains :
— Oh ! s'il vous plaît, dépêchez-vous !
(Hélas ! je ne savais pas que ce mot fût si drôle.)
Il s'assied :
— Viens, Claudine.
Sur ses genoux, il m'entend respirer trop vite ; sa voix s'attendrit :
— Tu es à moi ?
— Il y a longtemps, vous le savez bien.
— Tu n'as pas peur ?
— Non, je n'ai pas peur. D'abord, je sais tout !
— Quoi, tout ?
Il m'a couchée sur ses genoux et se penche sur ma bouche. Sans défense, je me laisse boire. J'ai envie de pleurer. Du moins, il me semble que j'ai envie de pleurer.
— Tu sais tout, ma petite fille chérie, et tu n'as pas peur ?
Je crie :
— Non !...
... quand même, et je me cramponne désespérément à son cou. D'une main, il essaie déjà de dégrafer ma chemisette. Je bondis :
— Non ! moi toute seule !
Pourquoi ? Je n'ai pas su pourquoi. Une dernière Claudinerie impulsive. Toute nue, je serais allée droit dans ses bras, mais je ne veux pas qu'il me déshabille.
Avec une hâte maladroite, je défais et j'éparpille mes vêtements, lançant mes souliers en l'air, ramassant mon jupon entre deux doigts de pied, et mon corset que je jette, tout cela sans regarder Renaud assis devant moi. Je n'ai plus que ma petite chemise, et je dis : « Voilà ! » l'air crâne, en frottant, d'un geste habituel, les empreintes du corset autour de ma taille.
Renaud n'a pas bougé. Il a seulement tendu la tête en avant et empoigné les deux bras de son fauteuil ; et il me regarde. L'héroïque Claudine, prise de panique devant ce regard, court éperdue et se jette sur le lit... sur le lit non découvert !
Il m'y rejoint. Il m'y serre, si tendu que j'entends trembler ses muscles. Tout vêtu, il m'y embrasse, m'y maintient, — mon Dieu,

qu'attend-il donc pour se déshabiller, lui aussi ? et sa bouche et ses mains m'y retiennent, sans que son corps me touche, depuis ma révolte tressaillante jusqu'à mon consentement affolé, jusqu'au honteux gémissement de volupté que j'aurais voulu retenir par orgueil. Après, seulement après, il jette ses habits comme j'ai fait des miens, et il rit, impitoyable, pour vexer Claudine stupéfaite et humiliée. Mais il ne me demande rien, rien que la liberté de me donner autant de caresses qu'il en faut pour que je dorme, au petit jour, sur le lit toujours fermé.

Je lui sus gré, je lui sus beaucoup de gré, plus tard, d'une abnégation aussi active, d'une patience aussi stoïquement prolongée. Je l'en dédommageai apprivoisée et curieuse, avide de regarder mourir ses yeux comme il regardait, crispé, mourir les miens. Je gardai longtemps, d'ailleurs, et à vrai dire je garde encore un peu l'effroi du... comment dire ? on appelle cela « devoir conjugal », je crois. Ce puissant Renaud me fait songer, par similitude, aux manies de la grande Anaïs qui voulait toujours gainer ses mains importantes de gants trop étroits. A part cela, tout est bon ; tout est un peu trop bon même. Il est doux d'ignorer d'abord, et d'apprendre ensuite, tant de raisons de rire nerveusement, de crier de même, et d'exhaler de petits grognements sourds, les orteils recourbés.

La seule caresse que je n'aie jamais su accorder à mon mari, c'est le tutoiement. Je lui dis « vous » toujours, à toutes les heures, quand je le supplie, quand je consens, quand le tourment exquis d'attendre me force à parler par saccades, d'une voix qui n'est pas la mienne. Mais lui dire « vous », n'est-ce pas une caresse unique que lui donne là cette Claudine un peu brutale et tutoyeuse ?

Il est beau, il est beau, je vous le jure ! Sa peau foncée et lisse glisse contre la mienne. Ses grands bras s'attachent aux épaules par une rondeur féminine où je pose ma tête, la nuit et le matin, longtemps.

Et ses cheveux couleur de grèbe, ses genoux étroits, et la chère poitrine qui respire lentement, marquée de deux grains de bistre, tout ce grand corps où je fis tant de découvertes passionnantes ! Je lui dis souvent, sincère : « Comme je vous trouve beau ! » Il m'étreint : « Claudine, Claudine, je suis vieux ! » Et ses yeux noircissent d'un regret si poignant que je le regarde sans comprendre.

— Ah ! Claudine, si je t'avais connue il y a dix ans !

— Vous auriez connu en même temps la cour d'assises ! Et puis, vous n'étiez qu'un jeune homme alors, une mauvaise sale arnie de jeune homme qui fait pleurer les femmes ; et moi...

— Toi, tu n'aurais pas connu Luce.
— Pensez-vous que je la regrette ?
— En ce moment-ci, non... ne ferme pas les yeux, je t'en supplie, je te le défends... Leur tournoiement m'appartient...
— Et moi toute !

Moi toute ? non ! La fêlure est là.

J'ai esquivé cette certitude aussi longtemps que je l'ai pu. J'ai souhaité ardemment que la volonté de Renaud courbât la mienne, que sa ténacité vînt assouplir mes sursauts indociles, qu'il eût, enfin, l'âme de ses regards, accoutumés à ordonner et séduire. La volonté, la ténacité de Renaud !... Il est plus souple qu'une flamme, brûlant et léger comme elle, et m'enveloppe sans me dominer. Hélas ! Claudine, dois-tu rester toujours maîtresse de toi-même ?

Il a su pourtant asservir mon corps mince et doré, cette peau qui colle à mes muscles et désobéit à la pression des mains, cette tête de petite fille coiffée en petit garçon... Pourquoi faut-il qu'ils mentent, ses yeux dominateurs et son nez têtu, son joli menton qu'il rase et montre, coquet comme une femme ?

Je suis douce avec lui, et je me fais petite ; je courbe sous ses lèvres une nuque docile, je ne demande rien et je fuis la discussion, dans la crainte sage de le voir me céder tout de suite, et qu'il tende vers moi sa bouche douce en un *oui* trop facile... Hélas ! il n'a d'autorité que dans les caresses.

(Je reconnais que c'est déjà quelque chose.)

Je lui ai conté Luce, et tout et tout, presque dans l'espoir de le voir froncer le nez, s'énerver, me presser de questions rageuses... Eh bien ! non, non. Et même au contraire. Il m'a pressée de questions, oui, mais pas rageuses. Et j'ai écouté parce que je pensais à son fils Marcel (agacée au souvenir des interrogations dont ce petit, lui aussi, me harcelait jadis), mais certes pas par défiance ; car si je n'ai pas trouvé mon maître, j'ai trouvé mon ami et mon allié.

A tout ce gougnigougna de sentiments, Papa répondrait, dédaigneux des mélis-mélos psychologiques de sa fille qui ergote, et dissèque, et joue à la personne compliquée :

— « L'excrément monte à cheval, et encore il s'y tient ! »

Admirable père ! Je n'ai pas, depuis mon mariage, assez songé à lui, ni à Fanchette. Mais Renaud m'a, pendant des mois, trop aimée, promenée, trop grisée de paysages, envornée[1] de mouvement, de ciels nouveaux et de villes inconnues... Mal au courant de sa Claudine, il a souvent souri d'étonnement en me voyant plus rêveuse devant un paysage que devant un tableau, plus enthousiasmée d'un arbre que d'un musée, et d'un ruisseau que d'un bijou. Il avait beaucoup à m'apprendre, et j'ai beaucoup appris.

La volupté m'apparut comme une merveille foudroyante et presque sombre. Quand Renaud, à me surprendre immobile et sérieuse, me questionnait, anxieux, je devenais rouge, je répondais sans le regarder : « Je ne peux pas vous dire... » Et j'étais obligée de m'expliquer sans paroles, avec cet interlocuteur redoutable qui se repaît de me contempler, qui épie et cultive sur mon visage toutes les délices de la honte...

On dirait que pour lui — et je sens que ceci nous sépare — la volupté est faite de désir, de perversité, de curiosité allègre, d'insistance libertine. Le plaisir lui est joyeux, clément et facile, tandis qu'il me terrasse, m'abîme dans un mystérieux désespoir que je cherche et que je crains. Quand Renaud sourit déjà, haletant et les bras dénoués de moi, je cache encore dans mes mains, quoiqu'il empêche, des yeux pleins d'épouvante et une bouche extasiée. Ce n'est qu'un peu de temps après que je vais me blottir sur son épaule rassurante et me plaindre à mon ami du mal trop cher que m'a fait mon amant.

Parfois, je cherche à me persuader que peut-être l'amour est trop neuf pour moi, tandis que, pour Renaud, il a perdu de son amertume? J'en doute. Nous ne penserons jamais de même là-dessus, en dehors de la grande tendresse qui nous a noués...

Au restaurant, l'autre soir, il souriait à une dîneuse solitaire, dont la minceur brune et les beaux yeux maquillés se tournaient volontiers vers lui.

— Vous la connaissez ?

— Qui ? la dame ? Non, chérie. Mais comme elle a une jolie silhouette, ne trouves-tu pas ?

— C'est pour cela seulement que vous la regardez ?

— Bien sûr, ma petite fille. Cela ne te choque pas, j'espère ?

— Non-da. Mais... je ne suis pas contente qu'elle vous sourie.

— Oh ! Claudine ! prie-t-il en penchant vers moi sa figure bistrée, laisse-moi croire encore qu'on peut regarder sans dégoût ton vieux mari ; il a tant besoin d'avoir un peu confiance en lui-même ! Le

---

1. Troublée, étourdie.

jour où les femmes ne me regarderont plus du tout, ajoute-t-il en secouant ses cheveux légers, je n'aurai plus qu'à...

— Mais qu'est-ce que ça fait, les autres femmes, puisque, moi, je vous aimerai toujours ?

— Chut ! Claudine, coupe-t-il adroitement, le ciel me préserve de te voir devenir un cas unique et monstrueux !

Voilà ! En parlant de moi, il dit : *les* femmes ; est-ce que je dis : *les* hommes, en pensant à lui ? Je sais bien : l'habitude de vivre en public, en collage, et en adultère, pétrit un homme et l'abaisse à des soucis qu'ignore une petite mariée de dix-neuf ans...

Je ne puis me tenir de lui dire, méchante :

— C'est vous, donc, qui aurez légué à Marcel cette âme de fille coquette ?

— Oh ! Claudine ! demande-t-il un peu attristé, tu n'aimes pas mes défauts ?... De fait, je ne vois pas, hors moi, de qui il tiendrait... Accorde-moi que cette coquetterie s'est moins dévoyée chez moi que chez lui !

Qu'il est vite redevenu léger et heureux ! Il me semble que s'il m'avait répondu sec, et fronçant ses beaux sourcils pareils au velours intérieur d'une coque de châtaigne mûre : « Assez, Claudine, Marcel n'a rien à faire ici », il me semble que j'eusse commencé à sentir une grande joie, et un peu de ce respect craintif qui ne veut pas me venir, qui ne peut pas me venir pour Renaud.

A tort ou à raison, j'ai besoin de respecter, de redouter un peu ce que j'aime. J'ai ignoré la crainte aussi longtemps que l'amour, et j'aurais voulu qu'elle vînt avec lui...

Mes souvenirs de quinze mois voyagent dans ma tête comme des grains de poudre à travers une chambre sombre barrée d'un rai de soleil. L'un après l'autre, ils passent dans le rayon, y brillent une seconde, pendant que je leur souris ou je leur fais la lippe, puis rentrent dans l'ombre.

A mon retour en France, il y a trois mois, j'ai voulu revoir Montigny... Mais ceci mérite que je me prenne, comme dit Luce, du commencement.

Mélie se hâta, il y a un an et demi, de faire claironner à Montigny mon mariage « avec un homme tout à fait bien, un peu fort d'âge, mais encore bien dru ».

Papa lança là-bas, à l'aventure, quelques faire-part, dont l'un au menuisier Danjeau (!) « parce qu'il avait bougrement bien ficelé ses caisses de livres ». Et j'en expédiai deux, avec les adresses moulées de ma plus belle main, à mademoiselle Sergent et à sa petite dégoûtation d'Aimée[1]. Ce qui me valut une lettre plutôt inattendue...

« Ma chère enfant », m'écrivit mademoiselle Sergent, « je suis sincèrement heureuse *(attends, marche, bouge pas !)* d'un mariage d'affection *(le français, dans les mots, brave l'honnêteté)* qui vous sera un sûr abri contre une indépendance un peu dangereuse. N'oubliez pas que l'Ecole attend votre visite, si vous revenez, ce que je souhaite, voir un pays qui peut vous tenir au cœur par tant de souvenirs. »

Cette ironie finale s'émoussa contre l'universelle indulgence qui m'enveloppait à ce moment-là. Ma surprise amusée persista seule, et le désir de revoir Montigny — ô bois qui m'avez enchantée ! — avec des yeux moins sauvages et plus mélancoliques.

Et comme nous revenions d'Allemagne par la Suisse, en septembre dernier, je priai Renaud de vouloir bien faire halte vingt-quatre heures avec moi, en plein Fresnois, dans la médiocre auberge de Montigny, place de l'Horloge, chez Lange.

Il consentit tout de suite, comme il consent toujours.

Pour revivre ces jours-là, il suffit que je ferme, une minute, les yeux...

---

1. Voir *Claudine à l'école.*

Dans le train omnibus qui flânoche, indécis, à travers ce pays vert et ondulé, je tressaille aux noms connus des petites stations désertes. Mon Dieu ! après Blégeau et Saint-Farcy, ce sera Montigny, et je verrai la tour ébréchée... Exaltée, les mollets travaillés de piqûres nerveuses, je me tiens debout dans le wagon, les mains cramponnées aux brassards de drap. Renaud, qui me surveille, la casquette de voyage sur les yeux, me rejoint à la portière :

— Mon oiseau chéri, tu tressailles à l'approche du nid de jadis ?... Claudine, réponds... je suis jaloux... je ne veux te voir ce silence énervé qu'entre mes bras.

(Je le rassure d'un sourire et j'épie de nouveau les dos des collines, toisonnées de forêts, qui fuient et tournent.)

— Ah !

Le doigt tendu, je montre la tour, sa pierre rousse effritée que drape le lierre, et le village qui dévale en dessous, qui a l'air de glisser d'elle. Sa vue m'a blessée, si fort et si doucement, que je m'appuie à l'épaule de Renaud...

Cime brisée de la tour, foule des arbres à têtes rondes, comment vous ai-je quittées... et ne dois-je m'emplir les yeux de vous que pour repartir encore ?

Les bras au cou de mon ami, j'y cherche à présent ma force et ma raison de vivre ; c'est à lui de m'enchanter et de me retenir, je l'espère, je le veux...

La petite maison rose du garde-barrière passe vite, et la gare des marchandises, — j'ai reconnu l'homme d'équipe ! — et nous sautons sur le quai. Renaud a déjà confié la valise et mon sac à main à l'unique omnibus, que je suis encore plantée là, silencieuse, à compter les bosses, les trous et les points de repère du cher horizon rétréci. Voilà, tout là-haut, le bois des Fredonnes qui tient à celui des Vallées... le chemin des Vrimes, serpent jaune de sable, qu'il est étroit ! il ne me mènera plus chez ma sœur de lait, ma mignonne Claire. Oh ! on a coupé le bois des Corbeaux, sans ma permission ! Sa peau râpée est maintenant visible et toute nue... Joie, joie de revoir la montagne aux Cailles, bleue et nébuleuse, qui se vêt de gaze irisée les jours de soleil, et se rapproche, nette, lorsque le temps tourne à la pluie. Elle est pleine de coquilles fossiles, de chardons violâtres, de fleurs dures et sans sève, fréquentée de papillons menus, aux ailes de nacre bleue, d'apollos tachés de lunules orange comme des orchidées, de lourds morios en velours sombre et doré...

— Claudine ! Ne crois-tu pas que nous devrions finir par grimper dans cette patache un jour ou l'autre ? demande Renaud, qui rit de mon hébétude heureuse.

Je le rejoins dans l'omnibus. On n'a rien dérangé : le père Racalin est ivre comme autrefois, immuablement ivre, et conduit son véhicule grinçant d'un fossé à l'autre, autoritaire et sûr de lui.

Je scrute les haies, les tournants de la route, prête à protester si on a touché à *mon* pays. Je ne dis rien, plus rien, jusqu'aux premières masures de la pente raide, où je m'écrie :

— Mais les chats ne pourront plus coucher dans le grenier à foin de chez Bardin ; il y a une porte neuve !

— C'est ma foi vrai, acquiesce Renaud, pénétré, cet animal de Bardin a fait mettre une porte neuve !

Mon mutisme de tout à l'heure crève en gaieté et en paroles imbéciles :

— Renaud, Renaud, regardez vite, on va passer devant la grille du château ! Il est abandonné, nous irons voir la tour. Oh ! la vieille mère Sainte-Albe qui est sur sa porte ! Je suis sûre qu'elle m'a vue, elle va le dire à toute la rue... vite, vite, tournez-vous ; ici, les deux pointes d'arbres, au-dessus du toit de la mère Adolphe, c'est les grands sapins du jardin, *mes* sapins, à moi... Ils n'ont pas grandi ; c'est bien fait... Qu'est-ce que c'est que cette fille-là que je ne connais pas ?

Il paraît que j'ai accentué cela avec une âpreté comique telle que Renaud rit de tout son cœur et de toutes ses blanches dents carrées. Mais c'est pas tout ça, il va falloir passer la nuit chez Lange, et mon mari pourrait bien rire moins gaiement, là-haut, dans l'auberge sombre...

Eh bien, non ! La chambre lui paraît tolérable, malgré les rideaux de lit en forme de tente, la toilette minuscule et les gros draps grisâtres (mais, Dieu merci, très propres).

Renaud, excité par la médiocrité du cadre, par toute l'enfance qui se lève de Claudine dans Montigny, m'étreint par-derrière et veut m'attirer... mais non... il ne faut pas, le temps passerait trop vite !

— Renaud, Renaud, cher grand, il est six heures ; je vous en prie, venez à l'Ecole faire une surprise à Mademoiselle, avant le dîner !

— Hélas ! soupire-t-il mal résigné, épousez donc une petite fille fiérotte et sauvageonne, pour qu'elle vous trompe avec un chef-lieu de canton qui compte 1 847 habitants !

Un coup de brosse à mes cheveux courts que la sécheresse allège et vaporise, un coup d'œil inquiet à la glace — si j'avais vieilli depuis dix-huit mois ? — et nous voici dehors sur la place de l'Horloge, si escarpée que, les jours de marché, maint petit étalage forain, impossible à équilibrer, fait *bardadô* et s'écroule à grand bruit.

Grâce à mon mari, grâce à mes cheveux coupés (je songe, un peu jalouse de moi-même, aux longs copeaux châtain roussi qui dansaient sur mes reins), on ne me reconnaît guère, et je puis m'étonner à mon aise.

— Oh ! Renaud, figurez-vous, cette femme avec un bébé sur le bras, c'est Célénie Nauphely !

— Celle qui tétait sa sœur ?

— Justement. C'est elle qu'on tète à présent. Heullà-t'y possible ! c'est dégoûtant !

— Pourquoi, « dégoûtant » ?

— Je ne sais pas. Il y a encore les mêmes pastilles de menthe chez la petite Chou... Peut-être qu'elle n'en vend plus depuis le départ de Luce...

La Grande-Rue — trois mètres de large — descend si raide que Renaud me demande où l'on achète, ici, des alpenstocks. Mais Claudine dansante, le canotier sur l'œil, l'entraîne en le tenant par le petit doigt. Au passage des deux étrangers, les seuils s'ornent de figures familières et plutôt malveillantes : je puis mettre un nom sur toutes, recenser leurs avaries et leurs rides.

— Je vis dans un dessin de Huard, constate Renaud.

Un Huard exaspéré, même. Cet escarpement de tout le village, je ne me le rappelais pas si rude, ni les rues si cailloutteuses, ni le complet de chasse du père Sandré si belliqueux... Le gâtisme du vieux Lourd, le connus-je aussi souriant et gélatineux ? Au tournant de Bel-Air, je m'arrête pour rire tout haut :

— Mon Dieu ! Madame Armand qui a toujours ses bigoudis !

Elle les tortille le soir en se couchant, oublie de les ôter le matin, et puis, tant pis, c'est trop tard, elle les garde la nuit suivante, et recommence le lendemain, et je les ai toujours vus, tordus comme des vers sur son front gras !... Ici, Renaud, j'ai admiré pendant dix ans, au carrefour de ces trois rues, un homme admirable nommé Hébert, qui fut maire de Montigny, bien qu'il pût à grand-peine signer son nom. Il se rendait assidûment aux séances du conseil municipal, hochait une belle figure de conventionnel, rouge sous des cheveux de chanvre blanc, et prononçait des discours qui sont restés célèbres. Par exemple : « Faut-il faire un caniveau dans la rue des Fours-Banaux, faut-il pas le faire ? *Tatistéquestion*, comme disent les Anglais. » Entre les séances, il se tenait debout au carrefour des trois rues, violet l'hiver et rouge l'été, et observait ; quoi ? Rien ! C'était toute son occupation. Il en est mort... Attention ! Ce hangar à double porte cochère porte au fronton une inscription mémorable, lisez : « Pompes à incendie et funèbres. » Ils ont mis *Pompes* en facteur commun ! Auriez-vous inventé celle-là, vous qui travaillez dans la diplomatie ?

L'indulgent rire de mon ami se fatigue un peu. Est-ce qu'il commencerait à me trouver trop Molinchard ? Non ; il ressent seulement un regret jaloux à voir le passé me reprendre tout entière.

Et voilà qu'au bas de la pente la rue s'ouvre sur une place bosselée. A trente pas, derrière les grilles peintes de gris fer, se carre la vaste école blanche coiffée d'ardoises, à peine salie par trois hivers et quatre étés.

— Claudine, c'est la caserne ?

— Non, voyons ! c'est l'Ecole !

— Pauvres gosses...

— Pourquoi « pauvres gosses » ? Je vous jure qu'on ne s'y embêtait pas.

— Toi, diablesse, non. Mais les autres ? Nous entrons ? Est-ce qu'on visite les prisonniers à toute heure ?

— Où vous a-t-on élevé, Renaud ? Vous ne savez donc pas qu'on est en vacances !

— Non ! C'est pour voir cette geôle vide que tu m'as amené, et c'est dans cet espoir que tu trépidais, voiturette sous pression ?

— Charrette à bras ! répondis-je victorieusement, car une année de voyage à l'étranger a suffi pour émailler mon vocabulaire fresnois d'invectives « bien parisiennes ».

— Si je te privais de dessert ?

— Si je vous mettais à la diète ?

Brusquement sérieuse je me tais, sentant sous ma main le pêne de la grille lourde résister, comme autrefois...

A la pompe de la cour, le petit gobelet rouillé, le même ! pend à sa chaîne. Les murs, tout blancs et crayeux il y a deux ans, sont griffés jusqu'à hauteur d'épaule comme par des milliers d'ongles énervés et captifs. Mais l'herbe maigre des vacances pousse à terre entre les briques du caniveau.

Personne.

Devant Renaud qui suit, docile, je gravis le petit escalier de six marches, j'ouvre une porte vitrée, je suis le couloir dallé et sonore qui relie le grand cours aux trois classes inférieures... Cette bouffée de fraîcheur fétide — balayage sommaire, encre, poussière de craie, tableaux noirs lavés d'éponges sales — me suffoque d'une émotion singulière. Agile sur ses espadrilles muettes, la petite ombre de Luce en tablier noir va-t-elle pas tourner ce coin de mur, et se blottir à mes jupes, importune et tendre ?

Je tressaille et je sens mes joues frémir : agile sur des espadrilles muettes, une petite ombre en tablier noir entrebâille la porte du grand cours... Mais non, ce n'est pas Luce ; une jolie frimousse aux yeux limpides me dévisage, que je n'ai rencontrée nulle part. Rassurée et me sentant presque chez moi, je m'avance :

— Là ous qu'est Mmmzelle ?

— Je ne sais pas, Mada... Mademoiselle. Sans doute en haut.

— Bon, merci. Mais... vous n'êtes donc pas en vacances ?

— Je suis une des pensionnaires qui passent les vacances à Montigny.

Elle est tout à fait gente, la pensionnaire qui passe les vacances à Montigny ! Les cheveux châtains en natte sur le tablier noir, elle penche et dérobe une fraîche bouche tout aimable, et des yeux mordorés, plus beaux que vifs, de biche qui regarde passer une automobile.

Une voix mordante (oh ! que je la reconnais !) tombe sur nous de l'escalier :

— Pomme, avec qui causez-vous donc ?

— Avec quelqu'un, Mmmzelle ! crie l'ingénue qui trotte et grimpe l'escalier des appartements privés et des dortoirs.

Je me retourne pour rire des yeux à Renaud. Il s'intéresse, son nez remue.

— Tu entends, Claudine ? Pomme ! elle se fera croquer, avec ce nom-là. Quelle chance que je ne sois qu'un vieux monsieur hors d'âge !...

— Taisez-vous, gibier de neuvième chambre ! On vient.

Un chuchotement rapide, un pas net qui descend et mademoiselle Sergent paraît, de noir vêtue, ses cheveux rouges incendiés par le soleil couchant, si semblable à elle-même que je me sens envie de la mordre et de lui sauter au cou, pour tout l'Autrefois qu'elle me rapporte dans son regard lucide et noir.

Elle s'arrête deux secondes ; cela suffit, elle a tout vu : vu que je suis Claudine, que j'ai les cheveux coupés, les yeux plus grands et la figure plus petite, que Renaud est mon mari et que c'est encore (je vous écoute !) un bel homme.

— Claudine ! oh ! vous n'avez pas changé... Pourquoi arriver sans me prévenir ? Bonjour, Monsieur. Cette enfant-là qui ne me dit rien de votre visite ! Est-ce que ça ne mérite pas un pensum de deux cents lignes ? Est-elle toujours aussi jeune et aussi terrible ? Etes-vous bien sûr qu'elle fût bonne à épouser ?

— Non, Mademoiselle, pas sûr du tout. Seulement je n'avais pas assez de temps devant moi, et je voulais éviter un mariage *in extremis*.

Ça va bien, ils seront camarades, ils corderont. Mademoiselle aime les beaux mâles, encore qu'elle en use peu. Qu'ils se débrouillent.

Pendant qu'ils causent, je m'en vais fouiner dans le Grand Cours, cherchant ma table, celle où Luce fut ma voisine. Je finis par découvrir, sous l'encre répandue, sous des cicatrices fraîches ou décolorées, un reste d'inscription au couteau... *uce* et *Claudi...* *15 février 189...*

Y ai-je mis mes lèvres ? Je ne l'avouerai pas... En regardant de si près, ma bouche aura effleuré ce bois couturé... Mais si je voulais ne pas mentir, je dirais maintenant que je me rends compte, je dirais que j'ai méconnu bien durement la tendresse servile de cette pauvre Luce, et qu'il m'a fallu deux ans, un mari, et le retour à cette école, pour comprendre ce que méritaient son humilité, sa fraîcheur, sa douce perversité offerte.

La voix de mademoiselle Sergent chasse mon rêve :

— Claudine ! Vous perdez le sens, je suppose ? Votre mari m'apprend que vos valises sont chez Lange !

— Pardi, fallait bien : je ne pouvais pas laisser ma chemise de nuit à la consigne de la gare !

— C'est simplement ridicule ! J'ai un tas de lits vides là-haut, sans compter la chambre de mademoiselle Lanthenay...

— Comment ! Mademoiselle Aimée n'est pas ici ? m'écriai-je avec trop d'étonnement.

Claudine en ménage 355

— Voyons, voyons, où avez-vous la tête ?
(Elle s'approche de moi et me passe la main sur les cheveux avec une ironie peu voilée.)
— Pendant les vacances, madame Claudine, les sous-maîtresses rentrent dans leurs familles.
(Bardadô ! Moi qui comptais sur le spectacle du mariage Sergent-Lanthenay pour édifier et réjouir Renaud ! Je m'imaginais que les vacances mêmes ne pouvaient séparer ce couple si uni... Ah bien, cette petite rosse d'Aimée ne doit pas y traîner longtemps dans sa famille ! Je comprends, maintenant, chez Mademoiselle, cet accueil surprenant d'amabilité ; c'est que, Renaud et moi, nous ne dérangeons aucun tête-à-tête... quel dommage !)
— Merci de votre offre, Mmmzelle ; je serai très contente de me rajeunir un peu en passant la nuit à l'école... Qu'est-ce que c'est donc que cette petite Pomme verte qui nous a reçus ?
— C'est une nigaude qui a manqué son oral de brevet élémentaire, après avoir demandé une dispense. Quinze ans ; une histoire absurde ! Elle passe ses vacances ici en punition, mais ça ne l'émeut pas autrement. J'en ai deux comme elle, là-haut, des petites Parisiennes, qui prennent le frais jusqu'en octobre... Vous verrez tout ça... venez d'abord qu'on vous installe...
Elle me coule un regard de côté et demande de sa voix la plus naturelle :
— Vous voulez bien coucher dans la chambre de mademoiselle Aimée ?
— Je veux bien coucher dans la chambre de mademoiselle Aimée !
Renaud suit, flaire et continue à s'amuser. Les gauches dessins aux deux crayons, fixés par quatre punaises au mur du couloir, ont fait gonfler de joie ses narines et remuer ses moustaches ironiques.
La chambre de la favorite... Elle a embelli depuis moi... Ce lit blanc d'une personne et demie, ces liberty aux fenêtres et la garniture de cheminée (aïe !) en albâtre et cuivre, le soin luisant qui y règne et le léger parfum flottant aux plis des rideaux m'occupent à l'excès.
— Dis donc, petite à moi, questionne Renaud, la porte refermée, mais c'est très bien, ces chambres d'adjointes ! Ça me réconcilie avec la laïque.
(Je pouffe.)
— Ah ! là là ! Vous croyez que c'est le mobilier officiel ? Voyons, rappelez-vous : je vous ai longuement parlé d'Aimée et du rôle que joue ici cette favorite affichée. L'autre sous-maîtresse se contente

d'un lit de fer, zéro mètre quatre-vingt-dix, d'une table en bois et d'une cuvette où je ne noierais pas un enfant de Fanchette.

— Oh! comment, alors, c'est ici, dans cette chambre, que...
— Mon Dieu, oui, c'est ici, dans cette chambre, que...
— Claudine, tu ne saurais croire comme ces évocations scabreuses m'impressionnent...

Si, si, je saurais très bien le croire. Mais je suis résolument aveugle et sourde, et je considère le lit scandaleux avec une moue. Il est peut-être assez large pour Elles, mais pas pour nous. Je vais souffrir. Renaud sera insoutenable. J'aurai chaud et je ne pourrai pas mettre mes jambes en losange. Et puis, ce creux fatigué au milieu, zut!

Il faut la fenêtre ouverte et le cher paysage connu qu'elle encadre pour me rendre ma bonne humeur. Les bois, les champs étroits et pauvres, moissonnés, la Poterie qui rougeoie le soir...

— O Renaud! aga là-bas ce toit en tuiles! On y fabrique des petits pots bruns et vernis, des cruches à deux anses avec un petit nombril tubulaire et indécent...

— Des cruchekenpiss, ça est joli, pour une fois, sais-tu?

— Autrefois, quand j'étais toute gobette, les potiers que j'allais voir et qui me donnaient des petits pots bruns et des gourdes plates me disaient fièrement, en secouant leurs gants d'argile mouillée : « C'est nous qu'on fournit l'auberge des Adrets à Paris. »

— Vrai, mon petit pâtre bouclé? Moi qui suis un vieil homme, j'ai bu une fois ou deux dans ces pichets-là, sans deviner que tes doigts fins avaient peut-être frôlé leur ventre. Je t'aime...

Un tumulte de voix fraîches et de piétinements menus nous sépare. Les pas, dans le corridor, se ralentissent devant la porte ; les voix baissent et chuchotent ; on frappe deux coups timides :

— Entrez!

Pomme paraît, rouge et pénétrée de son importance :

— C'est nous, avec vos sacs que le père Racalin vient d'apporter de chez Lange.

Derrière elle, des tabliers noirs se pressent, une gobette d'environ dix ans, rousse, drôlette et gaie, une brunette de quatorze à quinze ans, toute mate, des yeux noirs, liquides et lumineux. Effarouchée de mon regard, elle s'efface et démasque une autre brunette du même âge, toute mate aussi, les mêmes yeux... Que c'est amusant! Je la tire par la manche :

— Combien êtes-vous de ce modèle-là?
— Deux seulement : c'est ma sœur.

Claudine en ménage

— J'en avais comme un vague pressentiment... Vous n'êtes pas d'ici, j'entends ça.
— Oh! non... nous habitions Paris.
Le ton, le petit sourire mi-retenu de supériorité dédaigneuse sur la bouche ronde, elle est à manger, ma foi !
Pomme traîne la lourde valise que Renaud lui prend des mains, très empressé.
— Pomme, quel âge avez-vous ?
— Quinze ans deux mois, Monsieur.
— Vous n'êtes pas mariée, Pomme ?
Les voilà toutes parties à rire comme des poules ! Pomme se pâme avec ingénuité, les sœurs brunes et blanches y mettent plus de coquetterie. Et la gobette de dix ans, enfouie dans ses cheveux carotte, en fera, pour sûr, une maladie. A la bonne heure, je retrouve mon Ecole !
— Pomme, poursuit Renaud sans s'émouvoir, je suis sûr que vous aimez les bonbons !
Pomme le regarde de ses yeux mordorés comme si elle lui donnait son âme :
— Oh ! oui, Monsieur !
— C'est bon, je vais en chercher. Laisse, chérie, je trouverai bien tout seul.

Je reste avec les petites qui surveillent le couloir et tremblent de se faire pincer dans la chambre de la dame. Je les veux familières et déchaînées.
— Comment vous appelez-vous, les petites noires et blanches ?
— Hélène Jousserand, Madame.
— Isabelle Jousserand, Madame.
— Ne m'appelez pas madame, jeunes nigaudinettes. Je suis Claudine. Vous ne savez pas qui est Claudine ?
— Oh ! si ! s'écrie Hélène (la plus jolie et la plus jeune), Mademoiselle nous dit toujours, quand on a fait quelque chose de mal...
(Sa sœur la pousse ; elle s'arrête.)
— Va donc, va donc, tu nous arales ! N'écoute pas ta sœur.
— Eh bien, elle dit : « Ma parole, c'est à fuir la place ! On se croirait revenu au temps de Claudine ! » Ou bien : « Voilà qui est digne de Claudine, Mesdemoiselles ! »
(Exultante, je danse la chieuvre.)
— Quelle veine ! C'est moi l'épouvantail, c'est moi le monstre, la terreur légendaire !... Suis-je aussi laide que vous l'espériez ?

— Oh! non, fait la petite Hélène, caressante et craintive, et qui voile vite ses doux yeux sous des cils à double grille.

L'âme frôleuse de Luce hante cette maison. Il se peut aussi que d'autres exemples... Je les ferai parler, ces deux petites filles. Eloignons l'autre.

— Dis donc, toi, va voir dans le couloir si j'y suis.

(La roussotte rechigne, affamée de curiosité, et ne bouge guère.)

— Nana, veux-tu écouter la dame! crie Hélène Jousserand, toute rose de colère. Attends, ma vieille, si tu restes là, je dirai à Mademoiselle que tu portes les lettres de ta voisine de table dans la cour des garçons *en pour* des crottes en chocolat!

La gobette est déjà loin. Les bras aux épaules des deux sœurs, je les regarde de tout près. Hélène est plus gentille, Isabelle plus sérieuse, avec un duvet de moustache à peine visible, qui sera fâcheux plus tard.

— Hélène, Isabelle, il y a longtemps que mademoiselle Aimée est partie?

— Il y a... douze jours, répond Hélène.

— Treize, précise Isabelle.

— Dites donc, entre nous, elle est toujours bien, très bien, avec Mademoiselle?

(Isabelle rougit, Hélène sourit.)

— Bon, je n'en demande pas davantage. C'était comme ça de mon temps; il y a trois ans que cette... amitié dure, mes enfants!

— Oh! se récrient-elles en même temps.

— Parfaitement, il y a environ deux ans que j'ai quitté l'Ecole, et je les ai vues ensemble pendant toute une année... une année que je n'oublierai pas... Et, dites-moi, elle est toujours jolie, cette horreur de petite Lanthenay?

— Oui, dit Isabelle.

— Pas tant que vous, murmure Hélène qui s'apprivoise.

Comme je faisais à Luce, je lui enfonce mes ongles dans la nuque, par caresse. Elle ne cille pas. L'atmosphère de cette Ecole reconquise me saoule.

Pomme, bienveillante, écoute, les mains pendantes et la bouche entrouverte, mais sans s'intéresser. Son âme est ailleurs. A chaque instant elle se penche pour voir, par la fenêtre, si les bonbons n'arrivent pas.

Je veux encore savoir...

— Hélène, Isabelle, bavardez un peu. Qui sont les grandes de la première division, maintenant?

— Il y a... Liline, et Mathilde...

— Non ! déjà ? C'est vrai, deux ans... Liline[1] est-elle encore bien ? Je l'avais appelée la Joconde. Ses yeux verts et gris, le silence de sa bouche aux coins serrés...

— Oh ! interrompt Hélène avec une lippe rose et humide, elle n'est pas si belle que ça, cette année du moins...

— Ne la croyez pas, réplique très vite Isabelle la Duvetée, c'est la mieux de toutes !

— Bah ! on sait pourquoi tu dis ça, et aussi pourquoi Mademoiselle vous a ôtées de la même table aux cours du soir ; quand vous « repassez » sur le même livre !...

(Les beaux yeux de l'aînée s'emplissent de larmes claires.)

— Voulez-vous laisser votre sœur, petite poison ! Avec ça que vous m'avez l'air d'une sainte ! Cette enfant ne fait qu'imiter les exemples donnés par Mademoiselle et Aimée, après tout...

Au fond, je délire de joie ; ça va bien, l'Ecole a fait des progrès ! De mon temps, Luce seule m'écrivait des billets ; Anaïs elle-même n'en était qu'aux garçons. C'est qu'elles sont charmantes, celles-ci ! Je ne plains pas le docteur Dutertre, s'il continue à se déléguer cantonalement.

Notre groupe vaut d'être vu. Une brune à droite, une brune à gauche, la tête bouclée et excitée de Claudine au milieu, et cette fraîche Pomme innocemment contemplative... qu'on fasse entrer les vieux messieurs ! Quand je dis « les vieux »... J'en connais qui, jeunes encore... Renaud ne tardera pas à revenir...

— Pomme, regardez donc à la fenêtre si le monsieur aux bonbons n'arrive pas !... Est-ce que c'est son nom, Pomme ? demandai-je à ma jolie Hélène qui s'appuie, confiante, à mon épaule.

— Oui, elle s'appelle Marie Pomme ; on lui dit toujours « Pomme ».

— Elle n'a pas inventé la glace à trois pans, hé ?

— Oh ! ma foi, non. Mais elle ne fait pas de bruit et elle est de l'avis de tout le monde.

Je rêve, et elles me regardent. Petits animaux rassurés, elles inventorient d'un œil curieux et d'une patte légère mes cheveux coupés : « C'est naturel, leur frisure, n'est-ce pas ? », ma ceinture de daim blanc haute comme la main : « Tu vois, toi qui prétendais qu'on ne portait plus les ceintures larges », et sa boucle en or mat, présent — comme tout ce que j'ai — de Renaud, mon col cassé très raide et ma chemisette en linon bleu lavé à gros plis... L'heure coule... Je songe que je pars demain ; que tout ceci est

1. Voir *Claudine à l'école*.

un rêve court ; que je voudrais, jalouse d'un présent qui est mon passé déjà, marquer ici quelque chose ou quelqu'un d'un souvenir cuisant et doux... je resserre mon bras sur l'épaule d'Hélène et je souffle d'une voix imperceptible :

— Si j'étais votre camarade d'école, petite Hélène, m'aimeriez-vous autant que votre sœur aime Liline ?

Ses yeux à l'espagnole, aux coins tombants, s'ouvrent larges et quasi peureux ; puis la grille des cils s'abaisse et les épaules se raidissent.

— Je ne sais pas encore...

(Ça suffit, moi je sais.)

Pomme, à la fenêtre, éclate en cris de joie : « Des sacs ! des sacs ! Il a des sacs ! »

Après cette explosion, l'entrée de Renaud s'opère dans un silence de vénération. Il a acheté tout ce que la confiserie médiocre de Montigny peut offrir : depuis les crottes en chocolat à la crème jusqu'aux berlingots rayés, jusqu'aux bonbons anglais qui sentent le ressouvenir de cidre aigre.

C'est égal, tant de bonbons !... J'en veux aussi ! Renaud, arrêté au seuil, regarde une minute notre groupe, avec un sourire... un sourire que je lui ai déjà vu quelquefois... et prend enfin pitié de Pomme palpitante.

— Pomme, qu'est-ce que vous préférez ?

— Tout ! jette Pomme enivrée.

— Oh ! s'écrient les deux autres indignées, si on peut !

— Pomme, poursuit Renaud qui mousse de plaisir, je vous donne ce sac-là si vous m'embrassez... Tu permets, Claudine ?

— Pardi, qu'est-ce que ça fait ?

Pomme hésite quatre secondes, tiraillée entre sa gourmandise effrénée et le sentiment des convenances. Elle implore, d'un regard mordoré et candide, ses camarades hostiles, moi, le ciel, les sacs que mon ami lui tend à bout de bras... Puis, avec la grâce un peu niaise de toute sa petite personne, elle se précipite au cou de Renaud, reçoit le sac et s'en va, rouge, l'ouvrir dans un coin...

Je pille, pendant ce temps, un paquet de chocolats, aidée silencieusement, mais vite, par la paire de sœurs. La petite main d'Hélène va et vient du sac à sa bouche, infatigable, sûre... Qui eût pensé que cette bouche menue fût si profonde !

Une cloche grêle nous interrompt et coupe la contemplation de Renaud. Les petites filles, épeurées, fuient sans dire merci, sans nous regarder, comme des chats voleurs...

Le dîner au réfectoire amuse prodigieusement Renaud et m'ennuie un peu. L'heure vague, le crépuscule violet que je sens peser et descendre sur les bois... je m'évade malgré moi... Mais mon cher Renaud est si content ! Ah ! que Mademoiselle, roublarde, a bien trouvé le chemin de sa curiosité ! Dans cette salle blanche, assise près de Renaud à la table recouverte de moleskine blanche, devant ces petites filles jolies qui n'ont pas quitté leur tablier noir et qui chipotent leur bouilli avec le dégoût de gamines qu'on a gorgées de bonbons, Mademoiselle parle de moi. Elle parle de moi, et baisse la voix parfois à cause des oreilles de lièvre que tendent vers nous les deux petites Jousserand. Fatiguée, j'écoute et je souris.

— ... C'était un terrible garçon, Monsieur, et longtemps je n'ai su qu'en faire. De quatorze à quinze ans, elle a vécu le plus souvent à vingt pieds du sol, et paraissait occupée uniquement de montrer ses jambes jusqu'aux yeux... Je lui ai vu quelquefois la cruauté des enfants pour les grandes personnes... *(aïe donc!)*. Elle est restée ce qu'elle était, une délicieuse fillette... Quoiqu'elle ne m'aimât guère, je prenais plaisir à la voir remuer... une telle souplesse, une telle sûreté de mouvements. L'escalier qui conduit ici, je ne le lui ai jamais vu descendre autrement qu'à cheval sur la rampe. Monsieur, quel exemple !

La perfidie de ce ton maternel m'amuse, à la longue, et allume dans les yeux de Renaud une noire et dangereuse lumière que je connais bien. Il regarde Pomme, et voit Claudine, Claudine à quatorze ans, et ses jambes montrées « jusqu'aux yeux » (jusqu'aux yeux, Mademoiselle ! Le ton de la maison a singulièrement haussé, depuis mon départ). Il regarde Hélène et voit Claudine à califourchon sur une rampe d'escalier, Claudine et ses gestes narquois tachés d'encre violette... La nuit sera chaude... Et il éclate d'un rire nerveux quand Mademoiselle le quitte pour s'écrier : « Pomme, si vous prenez encore du sel avec vos doigts, je vous fait copier cinq pages de Blanchet ! »

La petite Hélène, silencieuse, cherche mon regard, l'évite quand elle l'a trouvé. Sa sœur Isabelle est décidément moins jolie ; cette ombre de moustache, quand le grand jour ne l'argente plus, lui fait une bouche d'enfant mal débarbouillé.

— Mademoiselle, dit Renaud en sursaut, autorisez-vous une distribution de bonbons demain matin ?

La gamine rousse et vorace, qui a léché tous les plats et mangé tous les croûtons pendant le dîner, laisse échapper un petit rugissement de convoitise. Non ! les yeux méprisants des trois grandes déjà gavées de saletés poisseuses !

— J'autorise, répond Mademoiselle. Elles ne méritent rien, ce sont des louaches [1]. Mais la circonstance est si exceptionnelle ! Qu'est-ce que vous attendez pour remercier, petites nigaudes ?... Allez, allez, au lit ! Il est près de neuf heures.

— Oh ! Mmmzelle, est-ce que Renaud peut voir le dortoir, avant que les gobettes se couchent ?

— Gobette vous-même ! Oui, on peut, concède-t-elle en se levant. Et vous, les sans-soin, gare si je trouve une brosse qui traîne !

Blanc-gris, blanc-bleu, blanc-jaune : les murs, les rideaux, les lits étroits qui ont l'air d'enfants emmaillotés trop serré. Renaud renifle la singulière odeur qui flotte, odeur de fillettes bien portantes, de sommeil, senteur sèche et poivrée de la menthe des marais dont une botte se balance au plafond ; son nez subtil analyse, goûte et réfléchit. Mademoiselle, par habitude, plonge une main redoutable sous les traversins, à dessein d'y capter la tablette de chocolat marquée de dents rongeuses, ou la livraison à dix centimes prohibée...

— Tu as couché ici, Claudine ? me demande très bas Renaud, de qui les doigts brûlants pianotent sur mon épaule.

Fine oreille, Mademoiselle a saisi la question et prévenu ma réponse :

— Claudine ? Jamais de la vie ! Et je ne le souhaitais pas. Dans quel état eût-on trouvé le lendemain le dortoir — et les pensionnaires ?

« Et les pensionnaires », elle a dit ! Heullà-t-y-possible ! Je ne peux pas, ma pudeur s'y oppose, tolérer plus longtemps ces allusions corsées. Filons nous coucher.

— Vous avez tout vu, Renaud ?

— Tout.

— Alors, allons dodo.

On chuchote sur nos talons. Je me doute bien de ce qu'elles murmurent, les petites brunes : « Dis donc, elle va coucher avec le Monsieur, dans le lit de mademoiselle Aimée ?... il n'aura jamais vu tant d'hommes, le lit de mademoiselle Aimée ! »

Partons. Je jette un sourire à la petite Hélène, qui natte ses cheveux pour la nuit, le menton sur l'épaule. Partons donc !

---

[1]. Gnian-gnian (la louache est la tique).

La chambre étroite et claire, la lampe qui chauffe trop, la fenêtre bleue de nuit pure ; un chat qui longe, petit fantôme de velours, le rebord dangereux de la fenêtre...

L'ardeur renaissante de Monsieur mon Mari qui a frôlé toute la soirée des Claudines trop jeunes, l'énervement qui tire les coins de sa bouche en un sourire horizontal...

Le sommeil court de Claudine couchée sur le ventre et les mains jointes sur les reins « en captive ligotée », dit Renaud...

L'aube qui m'attire, en chemise, du lit à la fenêtre, pour regarder la brume voguer sur les bois du côté de Moutiers, et pour entendre de plus près la petite enclume de Choucas, qui sonne, ce matin, comme tous les matins d'autrefois, en sol dièze...

Tout m'est resté, de cette nuit-là.

Rien ne remue encore dans l'école, il n'est que six heures. Mais Renaud s'éveille, parce qu'il ne me sent plus dans le lit ; il écoute le martèlement argentin du forgeron, sifflote inconsciemment un motif de *Siegfried*...

Il n'est pas laid, le matin, et c'est encore une grande qualité pour un homme! Il commence toujours par peigner ses cheveux vers la gauche avec ses doigts, puis se jette sur la carafe et boit un grand verre d'eau. Ceci me passe! Comment peut-on boire froid le matin ? Et puisque je n'aime pas cela, comment peut-il l'aimer!

— Claudine, à quelle heure partons-nous ?
— Je ne sais pas. Si vite ?
— Si vite. Tu n'es pas assez à moi dans ce pays. Tu me trahis avec tous les bruits, toutes les odeurs, tous les visages retrouvés ; chaque arbre te possède...

(Je ris. Mais je ne réponds rien, car je pense que c'est un peu vrai. Et puisque je n'ai plus mon gîte ici...)

— Nous partirons à deux heures.

Rasséréné, Renaud considère les sucreries en tas sur la table.

— Claudine, si nous allions réveiller les petites avec les bonbons. Qu'en penses-tu ?
— Ben! Si Mademoiselle nous voit...
— Tu crains le pensum vengeur ?
— Non-da... Et puis, zut, ça sera plus drôle si elle nous pince!
— O Claudine! Que j'aime ton âme écolière! Viens que je te respire, cher petit cahier rouvert...
— Ouch! vous froissez ma couverture, Renaud!... Et Mademoiselle sera levée si nous tardons...

Lui bleu en pyjama, moi blanche et longue dans ma grande chemise, et les cheveux jusqu'aux yeux, nous marchons, silencieux, chargés de bonbons. J'écoute à la porte du dortoir avant d'ouvrir... Rien. Elles sont silencieuses comme de petites mortes. J'ouvre tout doucement...

Comment peuvent-elles dormir, les misérables gobettes, dans le grand jour et ce soleil qui embrase les rideaux blancs !

Tout de suite, je cherche le lit d'Hélène : on ne voit pas sa mignonne figure enfouie, mais sa tresse noire seulement, comme un serpent déroulé. Près d'elle, sa sœur Isabelle fait la planche, à plat sur le dos, ses cils longs sur les joues, l'air sage et préoccupé ; et plus loin, la gamine rousse, en pantin jeté, un bras ici, un bras là, la bouche ouverte, la tignasse en auréole, ronflotte doucement... Mais Renaud regarde surtout Pomme, Pomme, qui a eu trop chaud et qui dort sur son lit, en chien de fusil, ensachée dans sa chemise de nuit à manches longues, la tête au niveau des genoux, son aimable petit derrière rond tendu... Elle a serré sa natte en corde, lissé ses cheveux à la chinoise, elle a une joue rouge et une joue rose, la bouche close et les poings fermés.

C'est gentil, tout ça ! Comme le personnel de l'Ecole a embelli ! De mon temps, les pensionnaires eussent inspiré la chasteté au « fumellier » Dutertre lui-même...

Séduit comme moi, et autrement aussi, Renaud s'approche du lit de Pomme, décidément sa préférée. Il laisse tomber un gros fondant vert à la pistache sur sa joue lisse. La joue tressaille, les mains s'ouvrent, et l'aimable petit derrière voilé s'émeut.

— Bonjour, Pomme.

Les yeux mordorés s'arrondissent, ébahis et accueillants. Pomme s'assied et ne comprend pas. Mais sa main s'est posée à plat sur le bonbon vert et râpeux. Pomme fait « ah ! », le gobe comme une cerise et prononce :

— Bonjour, Monsieur.

A sa voix claire, à mon rire, les draps ondulent sur le lit d'Hélène, la queue du serpent déroulé s'agite, et, plus brune qu'une fauvette à tête noire, Hélène se campe brusquement sur son séant. Le sommeil la quitte avec peine, elle nous regarde, renoue ses idées d'aujourd'hui à celles de la veille, et ses joues d'ambre deviennent roses. Décoiffée et charmante, elle repousse de la main une grande mèche obstinée qui barre son petit nez. Puis elle découvre Pomme assise et la bouche pleine.

— Ah ! crie-t-elle à son tour, elle va tout manger !

Son cri, son bras tendu, son angoisse puérile me ravissent. Je m'en vais m'accroupir en tailleur sur le pied de son lit, tandis qu'elle ramène ses pieds sous elle en rougissant davantage.

Sa sœur s'étire, balbutie, porte des mains pudiques à la grande chemise de nuit un peu dégrafée. Et la gamine carotte, Nana, gémit de convoitise, au bout de la salle, en se tordant les bras..., car Pomme, consciencieuse et infatigable, mange encore, et encore des bonbons...

— Renaud, c'est cruel ! Pomme est remplie d'attraits, je n'en disconviens pas, mais donnez aussi des bonbons à Hélène et aux autres !

Solennel, il hoche la tête et s'écarte :

— Bien ! que tout le monde écoute ! Je ne donne plus un seul bonbon... *(silence palpitant)* à moins qu'on ne vienne le chercher.

Elles se regardent, consternées. Mais la petite Nana a déjà mis hors du lit ses jambes courtaudes, et regarde ses pieds pour constater qu'ils sont propres et peuvent se montrer. Preste, et relevant sa grande chemise afin de ne pas trébucher, elle court à Renaud sur ses pattes nues qui font flic, flac, ébouriffée, semblable à un enfant des chromos de Noël. Et, maîtresse du sac ficelé que lui jette Renaud, elle retourne à son lit comme un chien content.

Pomme n'y tient plus et jaillit à son tour de ses draps ; insoucieuse d'un mollet rond que le jour a doré une seconde, elle court à Renaud qui lève haut les fondants convoités.

— Oh ! pleure-t-elle, trop petite, s'il vous plaît, Monsieur !

Et puisque ça a réussi hier soir, elle jette ses bras au cou de Renaud et l'embrasse. Ça réussit encore très bien aujourd'hui. Ce jeu commence à m'agacer...

— Va donc, Hélène, murmure Isabelle rageuse.

— Vas-y toi-même, tiens ! Tu es la plus grande. Et la plus gourmande aussi.

— C'est pas vrai !

— Ah ! c'est pas vrai ? Eh bien, je n'y vais pas... Pomme les mangera tous... Si elle pouvait vomir, pour lui apprendre...

En songeant que Pomme les mangera tous, Isabelle saute à terre, tandis que je retiens Hélène par sa cheville mince à travers le drap :

— N'y allez pas, Hélène, je vous en donnerai, moi.

Isabelle revient victorieuse. Mais, pendant qu'elle monte hâtivement dans son lit, on entend la voix pointue de Nana glapir :

— Isabelle a du poil aux jambes ! Elle a du poil aux jambes, plein !

— **Indécente !** indécente ! crie l'accusée qui, blottie dans son lit, ne laisse voir à présent que des yeux brillants et courroucés. Elle invective et menace Nana ; puis sa voix s'enroue, et elle fond en larmes sur son traversin.

— Là, Renaud ! voyez ce que vous faites !

(Il rit si fort, le méchant garçon, qu'il a laissé tomber le dernier sac qui s'est crevé à terre.)

— Dans quoi voulez-vous que je les ramasse ? demandé-je à ma petite Hélène.

— Je ne sais pas, je n'ai rien ici... ah ! tenez, ma cuvette, la troisième sur le lavabo...

(Dans la cuvette de fer émaillé, je lui apporte toutes ces saletés multicolores.)

— Renaud, allez donc voir un peu dehors, il me semble qu'on a marché ?

Et je reste assise sur le lit de ma petite Hélène qui suce et croque en me regardant en dessous. Quand je lui souris, elle rougit très vite, puis s'enhardit et sourit à son tour. Elle a un sourire blanc mouillé, d'un aspect frais et comestible...

— Pourquoi riez-vous, Hélène ?

— Je regarde votre chemise. Vous avez l'air un peu d'une pensionnaire, sauf que c'est du linon... non, de la batiste ? et qu'on voit au travers.

— Mais je suis une pensionnaire ! Vous ne le croyez pas ?

— Oh ! non... et c'est bien dommage.

(Ça va bien. Je me rapproche.)

— Je vous plais ?

— Oui... beaucoup, murmure-t-elle, comme un soupir.

— Voulez-vous m'embrasser ?

— Non, proteste-t-elle vivement, tout bas et presque effrayée.

(Je me penche, et je lui dis de tout près :)

— Non ? je connais ces *non*, qui veulent dire oui... Je les ai dits moi-même, autrefois...

De ses yeux qui supplient, elle désigne ses camarades. Mais je me sens si méchante et si curieuse ! Et je vais la tourmenter de nouveau, de plus près encore..., quand la porte s'ouvre devant Renaud, précédant Mademoiselle en peignoir, que dis-je ? en robe d'intérieur, déjà coiffée pour la parade.

— Eh bien, madame Claudine, l'internat vous tente ?

— Eh ! eh ! il aurait de quoi me tenter cette année.

— Cette année seulement ? Comme le mariage m'a changé ma Claudine !... Allons, Mesdemoiselles, vous savez qu'il est près de huit heures ? Je regarderai à neuf heures moins un quart sous les

lits, et, si j'y trouve la moindre chose, je vous la fais balayer avec votre langue !
Nous sortons du dortoir avec elle.
— Vous nous pardonnez, Mademoiselle, cette double intrusion matinale ? lui dis-je dans le corridor.
Aimable et ambiguë, elle répond à demi-voix :
— Oh ! en vacances ! Et j'y veux voir de la part de votre mari une gâterie toute... paternelle.
Je ne lui pardonnerai pas ce mot-là.

Je me souviens de la promenade avant déjeuner, du pèlerinage que je voulais faire jusqu'au seuil de « ma » maison d'autrefois, — que le séjour de cet odieux Paris m'a rendue plus chère encore — du serrement de cœur qui m'a tenue, immobile, devant le perron à double escalier et à rampe de fer noirci. Les yeux fixes, j'ai regardé l'anneau de cuivre usé où je me pendais pour sonner, au retour de l'école ; je l'ai tant regardé que je le sentais dans ma main. Et, tandis que Renaud contemplait la fenêtre de ma chambre, j'ai levé vers lui des yeux embués de larmes :
— Allons-nous-en, j'ai des peines...
Bouleversé de mon chagrin, il m'emmena silencieusement, serrée contre son bras. Je n'ai pas pu m'empêcher de faire virer du doigt l'*arrêteau* du volet à la fenêtre du rez-de-chaussée... et voilà...

Et voilà, maintenant, que je regrette d'avoir voulu venir, poussée vers Montigny par les regrets, l'amour, l'orgueil. Oui, par l'orgueil aussi. J'ai voulu montrer mon beau mari... Est-ce bien un mari que cet amant paternel, ce protecteur voluptueux ?... J'ai voulu faire la gnée à Mademoiselle et à son Aimée absente. Et puis — cela m'apprendra — et puis me voici tout angoissée et petite, ne sachant plus bien où est ma vraie demeure, le cœur par terre entre deux gîtes !
A cause de moi, le déjeuner va tout en digoinche. Mademoiselle ne sait pas ce que signifie ma mine désemparée (moi non plus) ; les petites filles, écœurées de sucre, ne mangent pas. Renaud rit seul, questionne Pomme :
— Vous répondez oui à tout ce qu'on vous demande, Pomme ?
— Oui, Monsieur.
— Je ne saurais plaindre, Pomme ronde et rose, les heureux qui vous approcheront. Il y a en vous le plus bel avenir, un avenir fait d'équitable partage et de sérénité.

Puis il surveille de l'œil l'irritation possible de Mademoiselle, mais elle hausse les épaules, et répond au regard de Renaud :
— Oh ! ça n'a pas d'importance avec elle, elle ne comprend jamais.
— Peut-être qu'avec les gestes ?...
— Vous n'auriez pas le temps avant votre train, Monsieur. Pomme ne saisit qu'à la quatrième explication, c'est un minimum.

J'arrête d'un signe l'horreur que va répliquer mon vilain garçon de mari, horreur déjà guettée par ma petite Hélène, qui écoute de toutes ses oreilles. (« Ma petite Hélène », c'est un nom que je lui ai donné tout de suite.)

Adieu, tout cela ! Car, pendant que je boucle les valises, les grelots et les jurons du père Racalin tapagent dans la cour. Adieu !

J'ai aimé, j'aime encore ces corridors sonores et blancs, cette caserne aux angles de briques roses, l'horizon court et boisé ; j'ai aimé l'aversion que m'inspirait Mademoiselle, j'ai aimé sa petite Aimée, et Luce, qui n'en a jamais rien su.

Je m'arrête une minute sur ce palier, la main au mur frais.
Renaud, en bas, sous mes pieds, dialogue (encore !) avec Pomme.
— Adieu, Pomme.
— Adieu, Monsieur.
— Vous m'écrirez, Pomme ?
— Je ne sais pas votre nom.
— L'objection ne tient pas debout. Je m'appelle « le Mari de Claudine ». Vous me regretterez, au moins ?
— Oui, Monsieur.
— Surtout à cause des bonbons ?
— Oh ! oui, Monsieur.
— Pomme, c'est de l'enthousiasme que m'inspire votre déshonnête candeur. Embrassez-moi !

Derrière moi, un frôlement si doux... Ma petite Hélène est là. Je me retourne, elle est jolie, en silence, toute blanche et noire ; je lui souris. Elle voudrait bien me dire quelque chose. Mais je sais que c'est trop difficile, et elle me regarde seulement avec de beaux yeux noirs et blancs. Alors, comme en bas Pomme s'accroche, obéissante et paisible, au cou de Renaud, j'entoure d'un bras cette petite fille silencieuse, qui sent le crayon de cèdre et l'éventail en bois de santal. Elle frémit, puis cède, et c'est sur sa bouche élastique que je dis adieu à mon jeune passé...

A mon jeune passé ?... Je puis bien, ici, ne pas mentir..., Hélène accourue à la fenêtre, tremblante et déjà passionnée, pour me regarder partir, tu ne sauras pas ceci, qui t'emplirait de surprise chagrine : ce que j'ai embrassé sur ta bouche pressante et malhabile, c'est seulement le fantôme de Luce !

Avant de parler à Renaud, dans le train qui nous emmène, je regarde une dernière fois la tour, écrasée sous un orage laineux qui s'amasse, disparaître derrière un dos rond de colline. Puis, délestée comme si j'avais dit adieu à quelqu'un, je reviens à mon cher et léger ami, qui m'admire, pour n'en point perdre l'habitude, et m'enserre, et... je l'interromps :

— Dites, Renaud, c'est donc bien bon d'embrasser cette Pomme ?

(Sérieusement, je regarde ses yeux, sans parvenir à en distinguer le fond d'un noir bleu d'étang.)

— « Cette Pomme ? » chérie, me ferais-tu le grand honneur, le vif plaisir de devenir jalouse ?

— Oh ! vous savez, ce n'est pas un honneur : Pomme ne saurait m'apparaître comme une conquête honorable.

— Ma toute mince, ma toute jolie, si tu m'avais dit : « N'embrassez pas Pomme ! » je n'aurais même pas eu de mérite à la laisser !

Oui. Il fera tout ce que je veux. Mais il n'a pas répondu tout droit à ma question : « C'est donc bien bon d'embrasser cette Pomme ? » Il excelle à ne jamais se livrer, à glisser, à m'envelopper de tendresse évasive.

Il m'aime, cela est hors de doute, et plus que tout. Dieu merci, je l'aime, c'est aussi certain. Mais qu'il est plus femme que moi ! Comme je me sens plus simple, plus brutale... plus sombre... plus passionnée...

J'évite exprès de dire : plus droite. J'aurais pu le dire, il y a un an et quelques mois. Dans ce temps-là, je n'aurais pas, si vite tentée, en haut de l'escalier du dortoir, embrassé cette bouche de fillette, mouillée et froide comme un fruit fendu, sous couleur de dire adieu à mon passé d'école, à mon enfance en sarrau noir... J'aurais baisé seulement le pupitre où Luce pencha son front têtu.

Depuis un an et demi, je sens progresser en moi l'agréable et lente corruption que je dois à Renaud. A les regarder avec lui, les grandes choses s'amoindrissent, le sérieux de la vie diminue ; les futilités inutiles, nuisibles surtout, assument une importance énorme. Mais comment me défendre contre l'incurable et séduisante frivolité qui l'emporte, et moi avec lui ?

Il y a pis : Renaud m'a découvert le secret de la volupté donnée et ressentie, et je le détiens, et j'en jouis avec passion, comme un enfant d'une arme mortelle. Il m'a révélé le pouvoir, sûr et fréquent, de mon corps long, souple et musclé — une croupe dure, presque pas de seins, et la peau égale d'un vase lisse, — de mes yeux tabac d'Egypte, qui ont gagné en profondeur et en inquiétude ; d'une toison courte et renflée, couleur de châtaigne peu mûre... Toute cette force neuve, je m'en sers, seulement à demi consciente, sur Renaud — oh ! oui — comme, restée deux jours de plus à l'Ecole, je l'eusse exercée sur cette Hélène charmante...

Oui, oui, ne me poussez pas, ou je dirai que c'est à cause de Renaud que j'ai baisé la bouche de la petite Hélène !

— Claudine petite et silencieuse, à quoi penses-tu ?

Il me demandait cela, je m'en souviens, à Heidelberg, sur la terrasse de l'hôtel, pendant que mes yeux erraient de l'ample courbe du Neckar aux ruines truquées du Schloss, au-dessous de nous.

Assise par terre, j'ai levé mon menton de mes deux poings :

— Je pense au jardin.

— Quel jardin ?

— Oh ! « quel jardin ! » Le jardin de Montigny, donc !

(Renaud jette sa cigarette blonde. Car il vit comme un dieu dans les nuages et les parfums des gianaclis.)

— Drôle de petite fille... Devant ce paysage-là ! Me diras-tu qu'il est plus beau, le jardin de Montigny, que ceci ?

— Non, pardi. Mais il est à moi.

C'est bien ça ! Vingt fois nous nous sommes expliqués sans nous comprendre. Avec des baisers, de tendres baisers un peu méprisants, Renaud m'a traitée de petite âme acagnardée, de vagabonde assise. En riant, je lui ai répliqué que son *home* tenait dans une valise. Nous avons raison tous deux, mais je le blâme puisqu'il ne pense pas comme moi.

Il a trop voyagé, moi pas assez. Moi, je n'ai de nomade que l'esprit. Je vais gaiement à la suite de Renaud, puisque je l'adore. Mais j'aime les courses qui ont une fin. Lui, amoureux du voyage pour le voyage, il se lève joyeux sous un ciel étranger, en songeant qu'aujourd'hui il partira encore. Il aspire aux montagnes de ce pays proche, à l'âpre vin de cet autre, au factice agrément de cette ville d'eaux peignée et fleurie, à la solitude de ce hameau perché. Et il s'en va, ne regrettant ni le hameau, ni les fleurs, ni le vin puissant...

Moi, je le suis. Et je goûte — si, si, je goûte aussi — la ville aimable, le soleil derrière les pins, l'air sonore de la montagne.

Mais je me sens, au pied, un fil dont l'autre bout s'enroule et se noue au vieux noyer, dans le jardin de Montigny.

Je ne me crois pas une fille dénaturée ! Et pourtant, il faut que j'avoue ceci : Fanchette m'a manqué, durant nos voyages, presque autant que Papa. Mon noble père ne m'a guère fait défaut qu'en Allemagne, où me le rappelaient ces cartes postales et ces chromos wagnériens, ennoblis d'Odin et de Wotan qui, tous, lui ressemblent, l'œil en moins. Ils sont beaux ; ils brandissent, comme lui, d'inoffensives foudres ; comme lui, ils ont la barbe en tempête et le geste dominateur ; et j'imagine que leur vocabulaire contient, comme le sien, tous les gros mots de l'âge fabuleux.

Je lui écrivis peu, il me répondit rarement, tendre et bousculé, en un style savoureusement hybride, où des périodes d'une cadence à ravir Chateaubriand (je flatte un peu Papa) recélant en leur sein — en leur auguste sein — les plus effarants jurons. J'appris par ces lettres, peu banales, que, hors M. Maria, qui, fidèle, silencieux, secrétarie toujours, rien ne va... « Je ne sais pas si j'en dois « accuser ton absence, petite bourrique, m'expliquait mon cher « père, mais je commence à trouver Paris infect, surtout depuis « que ce rebut de l'humanité qui a nom X... vient de publier un « traité de *Malacologie universelle*, bête à faire vomir les lions « accroupis au seuil de l'Institut. Comment l'Eternelle Justice « dispense-t-elle encore la lumière du jour à de tels salauds ? »

Mélie me décrivit bien, aussi, l'état d'âme de Fanchette depuis mon départ, sa désolation clamée pendant des jours et des jours, mais l'écriture de Mélie se rapproche de l'hiéroglyphe plus que du jambage, et on ne saurait entretenir avec elle une correspondance suivie.

Fanchette me pleure ! Cette idée m'a poursuivie. Et toute fuite de matou pauvre, au détour d'un mur, me faisait tressaillir pendant mon voyage. Vingt fois j'ai quitté le bras de Renaud surpris pour courir dire à une chatte, assise grave sur un seuil : « Ma Fîîîlle ! » Souvent choquée, la petite bête appuyait, d'un mouvement digne, son menton sur son jabot renflé. Mais j'insistais, j'ajoutais des onomatopées en séries mineures et aiguës, et je voyais les yeux verts se fondre en douceur, s'amenuiser en sourire, la tête plate et caressante râper durement le chambranle dans un salut de politesse ; et la chatte tournait trois fois, ce qui signifie clairement : « Vous me plaisez. »

Jamais Renaud n'a témoigné d'impatience devant ces crises félinophiles. Mais je lui soupçonne plus d'indulgence que de com-

Claudine en ménage

préhension. Il est bien capable, le monstre, de n'avoir jamais caressé ma Fanchette que par diplomatie.

Comme j'erre volontiers dans ce passé récent ! Renaud, lui, vit dans l'avenir ; cet homme, que la crainte de vieillir dévore, et qui, devant les glaces, constate avec des minuties désespérées les lacis de ses petites rides au coin des yeux, ce même homme trépide dans le présent et pousse, fiévreux, Aujourd'hui vers Demain. Moi, je m'attarde au passé, presque toujours avec un regret. On dirait que le mariage (zut ! non, l'amour) a précisé en moi certaines façons de sentir, plus vieilles que moi. Renaud s'en étonne. Mais il m'aime ; et si l'amant que j'ai en lui cesse de me comprendre, je me réfugie en lui encore, au cher grand ami paternel ! Je suis, pour lui, une fille confiante, qui s'étaye à son père choisi, qui se raconte à lui, quasiment en cachette de l'amant. Mieux : s'il arrive à Renaud-amant de s'immiscer en tiers entre Renaud-papa et Claudine-sa-fille, celle-ci le reçoit comme un chat dans une table à ouvrage. Le pauvre doit attendre alors, impatient et déçu, le retour de Claudine, qui vient, toute légère, reposée, lui apporter sa résistance peu durable, son silence et sa flamme.

Hélas ! tout ce que je note là, un peu au hasard, ne fait pas que je comprenne où est la fêlure. Mon Dieu, je la sens pourtant !

Nous voici chez nous ; finies, les courses lassantes du retour ; calmée, la fièvre de Renaud qui voudrait que le nouveau gîte me plût.
Il m'a priée de choisir entre deux appartements, qui sont siens tous deux. (Deux appartements, c'est pas guère pour un Renaud...) « S'ils ne te conviennent pas, mon enfant chérie, nous en trouverons un autre plus joli que ces deux-là. » J'ai résisté au désir de répondre : « Montrez-moi le troisième », et, ressaisie par mon insurmontable horreur du déménagement, j'ai examiné, assez consciencieuse, j'ai flairé surtout. Et, reconnaissant plus sympathique à mon nez irritable l'odeur de celui-ci, je l'ai choisi. Il y manquait peu de chose ; mais Renaud, soucieux du détail, et d'esprit plus femme que moi, s'est ingénié, fureteur, à compléter un ensemble sans trou ni tare. Inquiet de me plaire, inquiet aussi de tout ce qui peut choquer son œil trop averti, il m'a consultée vingt fois. Ma première réponse fut sincère : « Ça m'est égal ! », la seconde aussi ; au chapitre du lit, « cette clef de voûte du bonheur conjugal », comme s'exprime Papa, je donnai mon avis, net :
— Je voudrais mon lit bateau à rideaux de perse.
(Sur quoi mon pauvre Renaud leva des bras désemparés) :
— Misère de moi ! un lit bateau dans une chambre Louis XV ! D'ailleurs, chérie, monstrueuse petite fille, songe donc ! Il lui faudrait mettre une rallonge, que dis-je ? une rallarge...

Oui, je sais bien. Mais qu'est-ce que vous voulez ? je ne pouvais pas m'intéresser beaucoup à un mobilier que je ne connaissais pas, — pas encore. Le grand lit bas est devenu mon ami, et le cabinet de toilette aussi, et quelques vastes fauteuils en cabanon. Mais le reste continue à me regarder, si j'ose dire, d'un œil ombrageux ; l'armoire à glace louche quand je passe ; la table du salon, à pieds galbés, cherche à me donner des crocs-en-jambe, et je le lui rends bien.

Deux mois, Seigneur, deux mois, ça ne suffit donc pas pour apprivoiser un appartement ! Et j'étouffe la voix de la raison, qui grogne : « En deux mois on apprivoise beaucoup de mobiliers, mais pas une Claudine. »

Fanchette consentirait-elle à vivre ici ? Je l'ai retrouvée rue Jacob, la chère blanche et belle, on ne l'avait pas avertie de mon retour, et j'ai eu gros cœur à la voir prostrée d'émotion à mes pieds, sans voix, tandis que ma main sur son tiède ventre rose ne parvenait pas à compter les pulsations affolées de son cœur de chatte. Je l'ai étendue sur le flanc pour peigner sa robe ternie ; à ce geste familier elle a levé sa tête avec un regard si plein de choses : reproche, tendresse sûre, tourment accepté avec joie... Oh ! petite tête blanche, comme je me sens proche de toi, à te si bien entendre !

J'ai revu mon noble père, barbu de trois couleurs, haut et vaste, plein de mots sonores et d'inutile combativité. Sans le savoir bien, nous nous aimons, et j'ai compris tout ce que sa phrase d'accueil : « Daigneras-tu m'embrasser, vile engeance ? » contenait de vrai plaisir. Je crois qu'il a grandi depuis deux ans. Sans rire ! et la preuve, c'est qu'il m'a avoué se sentir à l'étroit rue Jacob. Je reconnais qu'il a ajouté ensuite : « Tu comprends, j'ai acheté, ces temps-ci, pour rien, des bouquins à l'Hôtel des ventes... Dix-neuf cents, au moins... Sacré mille troupeaux de cochons ! J'ai été forcé de les foutre au garde-meuble ! C'est si petit, cette turne... Au lieu que, dans cette chambre du fond qu'on n'ouvre jamais, à Montigny, je pourrais... » Il tourne la tête et tire sa barbe, mais nos yeux ont eu le temps de se croiser, avec un drôle de regard. Il est f..., il est capable, veux-je dire, de retourner là-bas, comme il est venu ici, sans motif...

J'élude ce que j'ai de pénible à écrire. Ce n'est peut-être rien de grave ? Si ça pouvait n'être rien de grave ! Voici :

Depuis hier tout est en place chez Ren... chez nous. On ne reverra plus la tatillonnerie importante du tapissier, ni l'incurable distraction du poseur de stores qui égarait pendant un quart d'heure, toutes les cinq minutes, ses petites machines en cuivre doré. Renaud se sent à l'aise, se promène, rit à une petite pendule correcte, malmène un cadre qui n'est pas d'équerre. Il m'a prise sous son bras pour faire le tour des propriétaires ; il m'a laissée, après un baiser réussi, dans le salon (sans doute pour aller travailler de son état dans la *Revue diplomatique*, régler le sort de l'Europe avec Jacobsen, et traiter Abdul-Hamid comme il le mérite), en me disant : « Mon petit despote, tu peux régner à ta guise. »

Assise et désœuvrée, ma songerie m'emporte, longtemps. Puis une heure sonne, je ne sais pas laquelle, et me met debout, incertaine du temps présent. Je me retrouve devant la glace de la cheminée, épinglant à la hâte mon chapeau... *pour rentrer.*

C'est tout. Et c'est un écroulement. Ça ne vous dit rien, à vous ? Vous avez de la veine.

Pour rentrer ! Mais où ? Mais je ne suis donc pas chez moi ici ? Non, non, et tout le malheur est là.

Pour rentrer ! Où ? Pas chez Papa, bien sûr, qui entasse sur mon lit des montagnes de sales papiers. Pas à Montigny, puisque, ni la chère maison... ni l'Ecole...

Pour rentrer ! Je n'ai donc pas de demeure ? Non ! J'habite ici chez un monsieur, un monsieur que j'aime, soit, mais j'habite chez un monsieur ! Hélas, Claudine, plante arrachée de sa terre, tes racines étaient donc si longues ? Que dira Renaud ? Rien. Il ne peut rien.

Où rentrer ? En moi. Creuser dans ma peine, dans ma peine déraisonnable et indicible, et me coucher en rond dans ce trou.

Assise de nouveau, mon chapeau sur la tête, les mains serrées très fort l'une dans l'autre, je creuse.

Mon journal est sans avenir. Je l'ai quitté voilà cinq mois sur une impression triste, et je lui en veux. D'ailleurs je n'ai pas le temps de le tenir au courant. Renaud me répand et m'exhibe dans le monde, un peu dans tous les mondes, plus que je ne souhaiterais. Mais puisqu'il est fier de moi, s'pas, je ne peux pas lui faire de peine en refusant de l'accompagner...

Son mariage — je n'en savais rien — a remué la foule variée (j'allais écrire « maillacée ») des gens qu'il connaît. Non, il ne les connaît pas. Lui, on le connaît énormément. Mais il n'est pas capable de mettre un nom sur la moitié des individus avec qui il échange des shakehands cordiaux et qu'il me présente. Eparpillement, légèreté incorrigible, il n'est attaché sérieusement à rien... qu'à moi. « Qui est ce monsieur, Renaud ? — C'est... Bon, son nom m'échappe. » Enfin ! Il paraît que le métier veut ça ; il paraît que le fait de rédiger des études profondes pour de graves publications diplomatiques vous procure, infailliblement, la poignée de main d'un tas de genreux, de femmes maquillées (demi-mondaines ou mondaines tout entières), de théâtreuses indiscrètes et cramponnes, de peintres et de modèles...

Mais Renaud fait tenir dans ces trois mots de présentation « Ma femme, Claudine », tant d'orgueil conjugal et paternel (dont la naïveté tendre, chez ce Parisien blasé, me touche), que je rentre mes piquants et que j'efface tout de même les plis amassés entre mes sourcils. Et puis, j'ai d'autres dédommagements : une joie vengeresse à répondre, quand Renaud me nomme vaguement un « Monsieur... Durand » :

— Vous m'avez dit avant-hier qu'il s'appelait Dupont !

La moustache claire et la figure foncée s'empreignent de consternation :

— Je t'ai dit ça ? Tu es sûre ? Me voilà propre ! Je les ai confondus tous deux avec... l'autre, enfin, ce crétin que je tutoie parce que nous étions ensemble en sixième.

N'importe, je m'habitue mal à des intimités aussi vagues.

J'ai recueilli, ici et là, dans les couloirs de l'Opéra-Comique, aux concerts Chevillard et Colonne, en soirée, en soirée surtout — au moment où la crainte de la musique assombrit les visages — des regards et des paroles qui ne marquaient pas, à mon sujet, une exclusive bienveillance. On s'occupe donc de moi ? Ah ! c'est vrai, je suis la femme de Renaud, ici, comme à Montigny il est le mari de Claudine. Ces Parisiens parlent bas, mais les oreilles des gens du Fresnois entendraient pousser l'herbe.

On dit : « C'est bien jeune. » On dit : « Trop brune... l'air mauvais... — Comment, trop brune ? Elle a des boucles châtaines. — Ces cheveux courts, c'est pour forcer l'attention ! Renaud a du goût pourtant. » On dit : « D'où ça sort-il ? — C'est montmartrois. — C'est slave, le menton petit et les tempes larges. — Ça sort d'un roman unisexuel de Pierre Louys... — Quel âge a-t-il donc, pour se plaire déjà aux petites filles, Renaud ? »

Renaud, Renaud... Voilà qui est caractéristique : on ne le désigne jamais que par son prénom.

Hier, mon mari me demande :
— Claudine, tu prendras un jour ?
— Pour quoi faire, grand Dieu !
— Pour bavarder, pour « faire patiapatia », comme tu dis.
— Avec qui ?
— Avec des femmes du monde.
— Je n'aime pas beaucoup les femmes du monde.
— Avec des hommes aussi.
— Ne me tentez pas !... Non, je ne prendrai pas de jour. Pensez-vous que je sache recevoir ?
— J'en ai bien un, moi !
— Oh ! vous ?... Eh bien, gardez-le ; je viendrai vous voir à votre jour. Allez, c'est plus prudent. Sans quoi, je serais capable, au bout d'une heure, de dire à vos belles amies : « Allez-vous-en, je suis rebutée. Vous m'aralez ! »

Il n'insiste pas (il n'insiste jamais), il m'embrasse (il m'embrasse toujours) et sort en riant.

Pour cette misanthropie, pour cette aversion craintive du « monde », maintes fois proclamée, mon beau-fils Marcel m'accable de son mépris courtois. Ce petit garçon, si insensible aux femmes, recherche assidûment leur compagnie, papote, touche des étoffes, verse du thé sans tacher les robes délicates, et clabaude avec passion. Quand je l'appelle « ce petit garçon », j'ai tort. A vingt ans, on n'est plus un petit garçon, et lui restera longtemps petite fille. A mon retour, je l'ai trouvé encore charmant, mais tout de même un peu fripé, mince à l'excès, les yeux agrandis et l'expression détraquée, trois fines rides précoces au coin des paupières... Les doit-il à Charlie seul ?

La colère de Renaud contre cet enfant fourbe n'a pas duré très longtemps : « Je ne peux pas oublier que c'est mon petit, Claudine. Et peut-être, si je l'avais élevé mieux... » Moi, j'ai pardonné à

Marcel par indifférence. (Indifférence, orgueil, intérêt inavoué — et assez inavouable — pour les déviations de sa vie sentimentale.) Et je ressens un doux plaisir, qui ne s'émousse pas, à regarder, sous l'œil gauche de cette fille ratée, la ligne blanche qu'y a laissée ma griffe [1] !

Mais ce Marcel m'étonne. Je m'attendais à sa rancune inlassable, à une hostilité ouverte. Rien de tout cela ! De l'ironie souvent, du dédain aussi, de la curiosité, c'est tout.

Sa seule occupation, c'est lui-même ! Souvent, il se regarde dans les glaces, et tire, de deux index appuyés sur les sourcils, la peau de son front aussi haut qu'elle peut monter. Surprise de ce geste, maladif à force d'être fréquent, je l'interroge : « C'est pour reposer l'épiderme au-dessous des yeux », répond-il fort sérieusement. Il allonge au crayon bleu le cerne de ses paupières ; il risque de trop beaux boutons de manchettes en turquoises. Pouah ! A quarante ans, il sera sinistre...

Malgré ce qui s'est passé entre nous, il n'éprouve pas de gêne à me faire des demi-confidences, par bravade inconsciente, ou par détraquement moral qui va s'aggravant. Hier, il traînait, ici, la grâce exténuée de sa taille trop fine, de son visage animé d'une fièvre lumineuse.

— Vous semblez éreinté, Marcel ?

— C'est que je le suis.

(Le ton agressif est de mise entre nous. C'est un jeu, ça ne signifie pas grand-chose.)

— Charlie, toujours ?

— Oh ! je vous en prie !... Il sied à une jeune femme d'ignorer, ou du moins d'oublier certains désordres d'esprit... c'est bien « désordres » que vous dites ?

— Ma foi, oui, on dit « désordres »... je n'oserais pas ajouter, « d'esprit ».

— Merci pour le corps. Mais, entre nous, ma fatigue n'a rien dont Charlie se doive enorgueillir. Charlie ! un indécis, un flottant...

— Allons donc !

— Croyez-moi. Je le connais mieux que vous...

— Je m'en flatte.

— Oui, c'est un timoré, au fond.

— Tout au fond...

— De l'histoire ancienne, notre amitié... Je ne la renie pas, je la romps, et sur des incidents pas très propres...

1. Voir *Claudine à Paris.*

— Comment, le beau Charlie ? Des histoires d'argent ?...
— Pis que ça. Il a oublié chez moi un carnet plein de lettres de femmes !
Avec quel dégoût haineux il a mâché son accusation ! Je le regarde, en réfléchissant profondément. C'est un dévoyé, un malheureux enfant — presque irresponsable — mais il a raison. Il faut seulement se mettre à sa place (eh là !) en imagination.

Il est dit que tout m'arrivera brusquement, les joies, les peines, les événements sans importance. Non pas, mon Dieu, que je me spécialise dans l'extraordinaire ; à part mon mariage... Mais le temps s'écoule pour moi comme pour la grande aiguille de certaines horloges publiques : elle est là bien tranquille pendant cinquante-neuf secondes, et, tout d'un coup, elle saute sans transition dans la minute suivante, avec une cascade ataxique. Les minutes la saisissent sans douceur, comme moi... Je n'ai pas dit que ce fût absolument et toujours désagréable, mais...
Voici ma dernière saccade : je vais voir Papa, Mélie, Fanchette et Limaçon. Ce dernier, splendide et rayé, fornique avec sa mère et nous ramène aux plus mauvais jours de l'histoire des Atrides. Le reste du temps, il arpente le logis, arrogant, léonin et rageur. Aucune des vertus de son aimable et blanche mère n'a passé en lui.
Mélie se précipite, portant dans la main le globe de son sein gauche, comme Charlemagne celui du monde...
— Ma France adorée, j'allais te faire un mot d'écrit !... Si tu savais, tout est à feu et à sang ici... Tiens, t'es gente avec ce chapeau-là...
— Applette, applette ! Tout est à feu et à sang ! Pourquoi ? Limaçon a renversé son... crachoir ?
(Blessée de mon ironie, Mélie se retire.)
— C'est comme ça ? Va demander à Monsieur, tu verras voir.
Intriguée, j'entre sans frapper chez Papa, qui se retourne au bruit et démasque une caisse énorme, qu'il emplit de bouquins. Sa belle figure velue revêt une expression inédite : fureur inoffensive, gêne, confusion puérile.
— C'est toi, petite bourrique ?
— Il y a apparence. Qu'est-ce tu fais donc, Papa ?
— Je... range des papiers.
— Quel drôle de portefeuille tu as là ! Mais... je la connais, cette caisse... Ça vient de Montigny, ça !
Papa a pris son parti. Il boutonne sa redingote à taille, s'assied en prenant des temps et croise les bras sur sa barbe :

— Ça vient de Montigny et ça y retourne ! C'est compris ?
— Non, pas du tout.
(Il me dévisage, les sourcils rabattus en buissons, baisse la voix, et risque le paquet) :
— Je fous le camp !

J'avais très bien compris. Je sentais venir cette fuite sans cause. Pourquoi est-il venu ? Pourquoi s'en va-t-il ? Je rêve. Papa est une force de la Nature ; il sert l'obscur Destin. Sans le savoir, il est venu ici, pour que je pusse rencontrer Renaud ; il s'en va, ayant rempli sa mission de père irresponsable...

Comme je n'ai rien répondu, cet homme terrible se rassure.
— Tu comprends, j'en ai assez ! Je me crève les yeux dans cette turne ; j'ai affaire à des gredins, à des gniafs, à des galapiats. Je ne peux pas remuer un doigt sans heurter le mur ; les ailes de mon esprit se déchirent à l'ignorance universelle... Sacré mille troupeaux de cochons galeux ! Je retourne à ma vieille cambuse ! Viendras-tu m'y voir, avec le malandrin que tu épouses ?

(Ce Renaud ! Il a séduit même Papa, qui le voit rarement, mais ne parle jamais de lui sans une particulière inflexion de tendresse bourrue.)

— Parié, voui, j'irai.
— Mais... j'ai bien des choses importantes à te dire : quoi faire de la chatte ? Elle est habituée à moi, cette bête...
— La chatte ?...

(C'est vrai, la chatte !... Il l'aime beaucoup. Mélie sera là d'ailleurs, et je me méfie pour Fanchette du valet de chambre de Renaud, de la cuisinière de Renaud... Ma chérie, ma fille, je dors à présent contre une autre chaleur que la tienne... Je me décide :)

— Emmène-la. Je verrai plus tard ; peut-être la reprendrai-je...

(Je sais surtout que, sous prétexte de devoir filial, je pourrai revoir la maison enchantée de souvenirs telle que je l'ai laissée, l'Ecole suspecte et chère... Au fond, je bénis l'exode paternel.)

— Emmène ma chambre aussi, Papa. J'y coucherai quand nous irons te voir.

(D'un geste, le rempart de la Malacologie m'abîme sous son mépris.)

— Pouah ! tu ne rougiras pas de cohabiter sous mon toit impollué avec ton mari, comme vous faites toutes, bêtes impures ! Qu'est-ce, pour vous, que la chasteté régénératrice ?

Que je l'aime ainsi ! Je l'embrasse et je m'en vais, le laissant en train d'enfouir ses trésors dans la vaste caisse, et de fredonner allégrement une paysannerie dont il raffole :

> *Vous comprenez ben c'que parler veut dire :*
> *Elle a mis sa main sur sa tirelire,*
> *Vous m'comprenez bien,*
> *Je n'dirai plus rien !*

Si c'est ça, l'hymne à la Chasteté régénératrice !

— Décidément, chérie, je vais reprendre mon jour.

J'apprends cette grave nouvelle de Renaud dans notre cabinet de toilette où je me déshabille. Nous avons passé la soirée chez la mère Barmann et assisté, pour changer, à une solide prise de bec entre cette chouette épaissie et le goujat tapageur qui partage sa destinée. Elle lui dit : « Vous êtes commun ! » Il réplique : « Vous embêtez tout le monde avec vos prétentions littéraires ! » Tous deux ont raison. Il hurle, elle piaille. La séance continue. A court d'invectives, il jette sa serviette, quitte la table et grimpe tumultueusement dans sa chambre. Tout le monde soupire et se détend, on dîne à l'aise, et au dessert l'amphitryonne expédie la femme de chambre Eugénie amadouer (à l'aide de quels procédés mystérieux ?) le gros homme, qui finit par redescendre calmé, sans faire jamais d'excuses. Cependant Gréveuille, l'académicien exquis, qui craint les coups, donne tort à sa vénérable amie, pelote le mari, et reprend du fromage.

Dans ce milieu charmant, j'apporte en écot ma tête frisée, mes yeux soupçonneux et doux, un décolletage ambigu — cou robuste et nuque renflée sur des épaules minces — et un mutisme gênant pour mes voisins de table.

On ne me fait pas la cour. Mon mariage récent tient encore à distance, et je ne suis pas de la race qui cherche à attirer les flirts.

Un mercredi chez cette mère Barmann, je fus traquée poliment par un jeune et joli garçon de lettres. (Beaux yeux, ce petit, un soupçon de blépharite ; n'importe...) Il me compara — toujours mes cheveux courts ! — à Myrtocleia, à un jeune Hermès, à un Amour de Prud'hon ; il fouilla, pour moi, sa mémoire et les musées secrets, cita tant de chefs-d'œuvre hermaphrodites que je songeai à Luce, à Marcel, et qu'il faillit me gâter un cassoulet divin, spécialité de la maison, servi dans de petites marmites cerclées d'argent. « A chacun sa marmite ; comme c'est amusant, n'est-ce pas, cher maître ? » chuchotait Maugis dans l'oreille de Gréveuille, et le pique-assiette sexagénaire acquiesçait d'un asymétrique sourire.

Mon petit complimenteur, excité par ses propres évocations, ne me lâchait plus. Blottie dans une guérite Louis XV, j'entendais, sans l'écouter qu'à peine, défiler sa littérature... Il me contemplait de ses yeux caressants, à longs cils, et murmurait, pour nous deux :

— Ah ! c'est la rêverie de Narcisse enfant, que la vôtre, c'est son âme emplie de volupté et d'amertume...

— Monsieur, lui dis-je fermement, vous divaguez. Je n'ai l'âme pleine que de haricots rouges et de petits lardons fumés.

Il se tut, foudroyé.

Renaud me gronda un peu, et rit davantage.

— Vous reprenez votre jour, mon ami doux ?

Il a installé son grand corps dans un fauteuil de paille et je me déshabille avec le chaste sans-gêne qui m'est habituel. Chaste ? disons : dépourvu d'arrière-pensée.

— Oui. Qu'est-ce que tu comptes faire, mon enfant chérie ? Tu étais bien jolie et bien pâlotte, tout à l'heure, chez la Barmann au nez crochu...

— Ce que je compte faire quand vous aurez repris votre jour ? Mais je compte aller vous voir.

— C'est tout ? dit son menton déçu.

— Oui, c'est tout ; et qu'y ferais-je à votre jour ?

— Mais enfin, Claudine, tu es ma femme !

— A qui la faute ? Si vous m'aviez écoutée, je serais votre maîtresse, mussée bien tranquille dans un petit rabicoin...

— Rabicoin ?

— Oui, dans un petit cagibi quelconque, loin de tout le monde, et vos réceptions suivraient leur train accoutumé. Faites donc comme si vous étiez mon amant...

(Mon Dieu, il me prend au mot ! Parce que je viens de relever, d'un pied leste, mon jupon de soie mauve tombé à terre, mon grand mari se mobilise, féru de la double Claudine reflétée dans la glace...)

— Otez-vous de là, Renaud ! Ce monsieur en habit noir, cette petite en pantalon, fi ! Ça fait Marcel Prévost dans ses chapitres de grand libertinage...

(La vérité, c'est que Renaud aime le bavardage des miroirs et leur lumière polissonne, tandis que je les fuis, dédaigneuse de leurs révélations, chercheuse d'obscurité, de silence et de vertige...)

— Renaud, mon beau ! nous parlions de votre jour...

— Zut pour mon jour ! J'aime mieux ta nuit !

Papa s'en est donc allé comme il était venu. Je ne l'ai point conduit à la gare, peu curieuse des tempêtes du départ, que je devine : drapé dans une nuée d'orage, il invectivera, sans moi, la « tourbe immonde » des employés, les gavera, méprisant, de somptueux pourboires, et oubliera de payer son omnibus.

Mélie me regrette, sincèrement, mais la permission d'emmener Fanchette panse « à c't'heure » tous ses regrets. Pauvre Mélie, sa *guéline* lui demeure incompréhensible ! Comment, j'ai épousé l'ami que j'ai choisi ; comment, je couche avec lui tant que je veux — et même davantage — j'habite une jolie *méson*, j'ai un domestique mâle, une voiture au mois, et je ne suis pas plus faraude que ça ? Pour Mélie, la farauderie doit se porter à l'extérieur.

D'ailleurs... aurait-elle un brin raison ? En présence de Renaud, je ne songe à rien, — qu'à lui. Il est plus absorbant qu'une femme choyée. La vie intense qu'il porte en lui s'extériorise en sourires, en paroles, en fredonnements, en exigences amoureuses ; tendrement, il m'accuse de ne pas lui faire la cour, de pouvoir lire en sa présence, d'avoir trop fréquemment les yeux accrochés à un point dans l'espace... Hors de sa présence, je sens la gêne d'une situation anormale, illicite. L'« état de mariage » n'est-il point fait pour moi ? Je devrais pourtant m'y habituer. Après tout, Renaud n'a que ce qu'il mérite. Il n'avait qu'à ne pas m'épouser...

Qu'on se le dise ! Mon mari a repris son jour.
On se l'est dit.

Qu'est-ce que Renaud a pu faire au bon Dieu pour mériter tant d'amis ? Dans le cabinet de travail en cuir couleur mulâtre qui sent bon le tabac d'Orient, dans l'antichambre longue où l'on exila les dessins et les pochades de toute provenance, le valet de chambre Ernest a introduit une quarantaine de personnes, hommes, femmes, et Marcel.

Au premier coup de sonnette, je bondis sur mes pieds et je cours m'enfermer dans le rassurant cabinet de toilette. On sonne... on resonne. A chaque trille du timbre, la peau de mon dos remue désagréablement, et je songe à Fanchette qui, les jours de pluie, regarde, avec les mêmes ondes nerveuses sur l'échine, de grosses gouttes choir de la gouttière crevée... Las ! il est bien question de Fanchette ! Voici maintenant que Renaud parlemente à travers la porte verrouillée de mon refuge.

— Claudine, ma petite fille, ce n'est plus possible... J'ai dit d'abord que tu n'étais pas rentrée, mais, je t'assure, la situation devient critique : Maugis prétend que je te cache dans un souterrain connu de Dieu seul...

(Je l'écoute en me regardant dans la glace et en riant malgré moi.)

— Les gens vont croire que tu as peur...

(Le lâche ! il a dit ce qu'il fallait dire ! Je brosse mes cheveux sur mon front, je tâte la fermeture de ma jupe et j'ouvre la porte.)

— Puis-je me montrer ainsi à votre monde ?
— Oui, oui, je t'adore en noir.
— Pardi, vous m'adorez en toute couleur.
— Surtout en couleur chair, c'est vrai... Viens vite !

On a déjà beaucoup fumé chez mon mari ; l'odeur du thé flotte avec celle de gingembre, — et ces fraises, ces sandwiches au jambon, au foie gras, au caviar, — comme ça sent vite le restaurant de nuit dans une pièce chaude !

Je m'assieds et je « fais visite ». Mon mari m'offre du thé comme à la dernière arrivée, et c'est la jolie Cypriote au nom paradoxal, Madame Van Langendonck, qui m'apporte de la crème. A la bonne heure !

Je retrouve, chez... Renaud, les vagues figures rencontrées aux concerts et au théâtre : les grands critiques et les petits, les uns avec leurs femmes, et les autres avec leurs amies. Parfaitement. J'ai insisté pour que mon mari ne fît point d'épuration — le vilain mot ! la chose eût été aussi laide. — Et, encore une fois, ce n'est pas moi qui reçois.

Maugis, un verre à bordeaux plein de kummel à la main, interroge, avec un intérêt merveilleusement joué, l'auteur d'un roman féministe en train de lui exposer la thèse développée dans son prochain livre ; l'interviewé parle, infatigable ; l'autre boit sans relâche. Dûment gris, il demande enfin d'une voix pâteuse :

— Et, et le titre de cet œuvre puissant ?

— Il n'est pas encore arrêté.

— Tâchez de faire comme lui.

Lors, il s'éloigne d'un pas raide.

Du clan nombreux des étrangers, j'extrais un sculpteur espagnol, qui a de beaux yeux de cheval, une bouche dessinée purement, une connaissance relative de notre langue, et qui s'occupe surtout de peinture.

Je lui avoue sans embarras que j'ignore presque tout le Louvre, et que je croupis dans mon ignorance sans trop de fièvre d'en sortir.

— Vous né connais pas les Roubens ?

— Non.

— Vous n'avez pas l'envie de les voir ?

— Non.

Sur ce, il se lève, cambre une jambe andalouse et m'assène ceci, dans un grand salut respectueux :

— Vous êtes un côchon, Madame !

Une belle dame, qui appartient à l'Opéra (et à un ami de Renaud), sursaute et nous regarde, espérant un esclandre. Elle ne l'aura pas. J'ai très bien compris cet esthète transpyrénéen, qui dispose d'un seul terme péjoratif. Il ne connaît que « cochon » ; nous n'avons qu'un mot pour dire « aimer », c'est tout aussi ridicule.

Quelqu'un est entré et Renaud s'exclame :

— Je vous croyais à Londres ! C'est vendu alors ?

— C'est vendu. Nous habitons Paris, fait une voix usée, avec un rien d'accent anglais, à peine perceptible.

Un grand homme blond se tient debout, carré, portant droite une petite tête brique aux yeux d'un bleu sans transparence. Il est, comme je dis, carré et bien mis, mais il a une raideur d'homme qui pense tout le temps à se tenir droit et à paraître solide.

Sa femme... on nous présente l'une à l'autre sans que j'entende très bien. Je suis occupée à la regarder, et j'aperçois vite une des plus réelles raisons de son charme : tous ses gestes, volte des hanches, flexion de la nuque, vif haussement d'un bras vers la chevelure, balancement orbiculaire de la taille assise, tracent des courbes si voisines du cercle que je lis le dessin, anneaux entrelacés, spirales parfaites des coquilles marines, qu'ont laissé, écrits dans l'air, ses mouvements doux.

Ses yeux, à cils longs, d'un gris ambré et variable, semblent plus foncés sous les cheveux d'or léger, ondés et verdissants. Une robe de panne noire, coupe sobre, étoffe trop riche, colle à ses hanches rondes et mobiles, à la taille mince et pourtant non serrée. Une toute petite étoile de diamants, tête d'une longue épingle, brille dans les amazones du chapeau.

Hors du manchon de renard, elle m'a tendu une menotte rapide et chaude, et son regard fait le tour de moi. Ne va-t-elle pas parler avec un accent étranger ? Je ne sais pourquoi, malgré la robe correcte, l'absence de bijoux et même de sautoir, je la trouve un peu rasta. Elle a des yeux qui ne sont pas d'ici. Elle parle... écoutons... eh bien ! elle parle sans le moindre accent. Comme on est bête de s'imaginer des choses ! Sa bouche fraîche, étroite au repos, devient, en s'ouvrant, tentante et fleurie. Tout de suite, elle effeuille des amabilités :

— Je suis très contente de vous connaître ; j'étais sûre que votre mari dénicherait une petite femme dont chacun pût s'étonner et s'éprendre.

— Merci pour mon mari ! Mais ne m'adresserez-vous pas, maintenant, un compliment qui ne flatte que moi seule ?

— Vous n'en avez que faire. Résignez-vous seulement à ne ressembler à personne.

Elle bouge à peine, ne risque que des gestes retenus, mais rien que pour s'asseoir près de moi, elle a eu l'air de virer deux fois dans sa robe.

Sommes-nous en coquetterie déjà, ou en hostilité ? En coquetterie plutôt ; malgré sa louange de tout à l'heure, je ne me sens pas la moindre envie de la grafigner, elle est charmante. De plus près je compte ses spirales, ses courbes multiples ; ses cheveux obéissants tournent sur sa nuque ; son oreille s'enroule, compliquée et délicate ; et ses cils en rayons et les plumes frémissantes couchées en rond sur son chapeau semblent écartés d'elle par une giration invisible.

Si je lui demandais combien elle compte, dans ses ascendants, de derviches tourneurs ? Non, il ne faut pas ; Renaud me gronderait. Et, d'ailleurs, pourquoi choquer si tôt cette attachante Madame Lambrook ?

— Renaud vous a parlé de nous ? interroge-t-elle.
— Jamais. Vous vous connaissez beaucoup ?
— Je crois bien !... ça fait six fois, au moins, que nous avons dîné ensemble. Et je ne compte pas les soirées.

Se moque-t-elle de moi ? Est-elle ironique ou niaise ? Nous verrons cela plus tard. Pour le moment, je m'enchante de son parler lent, de sa voix câline où, de temps en temps, s'attarde et roucoule un *r* rebelle.

Je la laisse parler tandis qu'elle ne me quitte pas des yeux et qu'elle constate de près, myope et sans-gêne, la couleur de mes prunelles, assortie à celle de mes cheveux courts.

Et elle se raconte. En un quart d'heure, je sais que son mari est un ancien officier anglais, fondu et vidé par les Indes, où il a laissé ses forces et son activité d'esprit. Il n'est plus qu'une belle carcasse, elle le fait bien entendre. Je sais qu'elle est riche, mais « jamais, jamais assez », dit-elle passionnément ; que sa mère, Viennoise, lui a donné de beaux cheveux, une peau de volubilis blanc (je cite) et le nom de Rézi.

— Rézi... votre nom sent la groseille...
— Ici, oui. Mais je crois qu'à Vienne, c'est un diminutif à peu près aussi distingué que Nana ou Titine.
— Ça m'est égal... Rézi. Que c'est joli, ce Rézi !
— C'est joli parce que vous le dites joliment.

Ses doigts nus caressent ma nuque découverte, si rapidement que je sursaute, plus nerveuse qu'étonnée, car, depuis deux minutes, je voyais ses yeux mouvants enserrer mon cou d'un collier de regards.

— Rézi...

C'est son mari, cette fois, qui veut l'emmener. Il vient me saluer, et ses opaques prunelles bleues me gênent. Une belle carcasse !...

Je pense qu'il y peut loger encore assez de jalousie et de despotisme, car, à son bref appel, Rézi s'est levée sans objection, vite. Cet homme s'exprime en termes espacés et lents (comme s'il « prenait du souffleur » tous les trois mots, dit Maugis). Evidemment, il soigne sa diction pour supprimer tout accent anglais.

Il est convenu qu'« on se verra souvent », que « Madame Claudine est une merveille ». J'irai voir, si je tiens ma promesse, cette blonde Rézi chez elle, à deux pas, avenue Kléber.

Rézi... Toute sa personne fleure un parfum de fougère et d'iris, odeur honnête, simplette et agreste qui surprend et ravit par contraste, car je ne lui découvre rien d'agreste, de simplet, ni, ma foi, d'honnête, elle est bien trop jolie ! Elle m'a parlé de son mari, de ses voyages, de moi, mais je ne sais rien d'elle-même, que son charme.

— Eh bien, Claudine... ?

Mon cher grand, énervé et content, se délecte à contempler le salon enfin vide. Assiettes salies, petits fours mordillés et abandonnés, cendre de cigarettes posées sur un bras de fauteuil et sur le rebord des consoles (sont-ils sans gêne, ces animaux de visiteurs !), verres poissés d'affreuses mixtures : car j'ai surpris un poète méridional, classiquement chevelu, occupé à combiner l'orangeade, le kummel, le cognac, le cherry Rocher et l'anisette russe ! « Une *Jézabel* liquide ! » s'est écriée la petite madame de Lizery (la bonne amie de Robert Parville), qui m'a appris qu'aux Oiseaux les élèves, ferrées sur *Athalie*, appelaient tous les « horribles mélanges » des *Jézabel*.

— Eh bien, Claudine, tu ne me dis rien de mon jour ?

— Votre jour, mon pauvre ! Je pense que vous êtes autant à plaindre qu'à blâmer... et qu'il faut ouvrir les fenêtres. Il reste pas mal de ces petits choux à la noisette, qui ont bonne tournure ; êtes-vous certain, comme dirait mon noble père, que personne ne s'est « essuyé les pieds » avec ?

(Renaud hoche la tête et presse ses tempes. La migraine le guette.)

— Ton noble père a toutes les prudences. Imite-le, et ne touche pas à ces denrées suspectes. J'ai vu Suzanne de Lizery y mettre les mains, des mains frôleuses qui sortaient je ne sais d'où, et portaient des traces de fatigue à leurs ongles cernés...

— Bouac !... Taisez-vous, ou je ne pourrai pas dîner. Allons dans le cabinet de toilette.

Mon mari a tant reçu aujourd'hui que je me sens abominablement

Claudine en ménage

lasse. Lui — ô jeune Renaud aux cheveux d'argent — me semble plus animé que jamais. Il erre, bavarde et rit, me respire, ce qui chasse, paraît-il, toute velléité de migraine, et circule autour de mon fauteuil.
— Qu'avez-vous à tourner comme une bondrée ?
— Une bondrée, en vérité ? J'ignore la bondrée. Laisse-moi deviner... Je vois, dans la bondrée, un petit animal au nez busqué... Bondrée ! une petite bête marron, qui frappe du sabot et qui a un sale caractère. Hein ?

Cette image d'un oiseau de proie-quadrupède m'a jetée dans un accès de gaieté si jeune que mon mari s'arrête, presque offusqué, devant moi. Mais je ris de plus belle, et ses yeux changent, s'aiguisent :
— Mon petit pâtre bouclé, c'est si drôle ? Ris encore, que je voie le fond de ta bouche...

(Gare ! me voilà en péril d'être aimée un peu vivement...)
— Non-da, pas avant le dîner.
— Après ?
— Je ne sais pas...
— Alors, avant et après. Admires-tu, comme je sais tout concilier ?

Faible et lâche Claudine ! Il a certains baisers qui sont des « Sésame... » et après lesquels je ne veux plus rien connaître que la nuit, la nudité, la lutte silencieuse et vaine pour me retenir, une minute, encore une minute, au bord de la joie.

— Renaud, qu'est-ce que c'est que ces gens-là ?
(La lampe éteinte, je gagne ma place dans le lit, ma place sur son épaule, où l'attache ronde du bras me fait un doux traversin accoutumé. Renaud range ses grandes jambes où j'agrippe mes pieds frileux et cherche, de sa nuque renversée, le centre d'une galette de crin qui lui sert d'oreiller. Immuables apprêts pour la nuit, suivis ou précédés de rites presque aussi quotidiens...)
— Quelles gens, mon enfant à moi ?
— Les Rézi... les Lambrook, je veux dire.
— Ah !... je pensais bien que la femme te plairait...
— Dites vite, qui c'est ?
— Eh bien, c'est un couple... charmant, mais mal assorti. Chez la femme, j'apprécie des épaules et une gorge veinée de bleu laiteux — qu'elle montre aux dîners privés, autant qu'en peut montrer une créature jeune et soucieuse du plaisir d'autrui ; — une coquetterie insinuante, de geste plus que de parole, le goût

du campement provisoire. Chez le mari, cet effondrement masqué d'épaules carrées et de correction m'avait intéressé. Le colonel Lambrook est resté aux colonies, son haillon physique est revenu seul. Il poursuit là-bas une vie ignorée, cesse de répondre dès qu'on lui parle de ses chères Indes, et se mure dans un silence rogue pour dissimuler son émoi. Quel attrait de souffrance, de beauté, de cruauté chère le tient là-bas ? — on l'ignore. Et c'est si rare, petite fille, une âme assez fermée pour garder contre tous son secret !

(Est-ce si rare, cher Renaud ?)

— ... La première fois que j'ai dîné chez eux, il y a deux ans, j'ai goûté, dans le bazar fantastique qui leur servait alors de *home*, un joli bourgogne, ma foi. J'ai demandé si j'en pourrais trouver de semblable : « Oui, dit Lambrook, il n'est pas cher. » Il cherche un instant, et relevant sa figure de terre cuite : « Vingt roupies, je pense. » Et il avait réintégré l'Europe depuis dix ans.

(Je songe une minute, muette, contre la chaleur de mon ami.)

— Renaud, est-ce qu'il aime sa femme ?

— Peut-être oui, peut-être non. Il lui témoigne un mélange de brutalité et de politesse qui ne me dit rien de bon.

— Est-ce qu'elle le trompe ?

— Mon oiseau chéri, comment le saurais-je ?

— Dame, elle aurait pu être votre maîtresse...

(Le ton convaincu de ma phrase secoue Renaud d'une gaieté intempestive.)

— Tenez-vous tranquille, vous saccagez ma place. Je n'ai rien dit d'extravagant. Cette supposition n'a de quoi choquer ni vous ni elle... Est-ce qu'elle a des amies que vous connaissez ?

— Mais c'est une enquête... pis, une conquête, Claudine, je ne te vis jamais occupée autant d'une inconnue !

— C'est vrai ; d'ailleurs, je me forme. Vous m'accusez de sauvagerie, je songe à me créer des relations. Et puisque je rencontre une femme jolie, dont le son de voix m'agrée, dont la main m'est sympathique, je m'informe d'elle, je...

— Claudine, interrompt Renaud avec un sérieux taquin, ne trouves-tu pas que Rézi a quelque chose de Luce, dans... dans la peau ?

Le vilain homme ! Pourquoi tout défleurir d'un mot ?... Je me retourne d'un saut de poisson et m'en vais chercher le sommeil à l'est du grand lit, dans des régions chastes et froides...

Grande lacune dans mon journal. Je n'ai pas mis à jour la comptabilité de mes impressions, et je me tromperai sûrement dans les totaux. La vie continue. Il fait froid, Renaud s'agite, allègre. Il me voiture d'une première à une autre, et crie bien haut que le théâtre l'assomme, que la grossièreté obligatoire du « moyen » le révolte...

— Mais, Renaud, s'étonne la simple Claudine, pourquoi y allez-vous ?

— Pour... tu vas me mépriser, mon petit juge... Pour voir les gens. Pour voir si Annhine de Lys marche encore avec miss Flossie, l'amie de Willy ; si le Reboux de la jolie Madame Mundoë est réussi ; si l'étrange Polaire, séduisante avec ses yeux de gazelle amoureuse, détient toujours le record de la taille d'abeille ; pour constater Mendès, lyrique, parler son flamboyant compte rendu à minuit et demi, assis à une table de souper ; pour m'épanouir devant la grotesque mère Barmann, à qui Gréveuille sert, dit Maugis, de chamelier-servant ; pour admirer l'aigrette de colonel qui surmonte cette fouine engraissée : Madame de Saint-Niketès...

Non, je ne le méprise pas, pour tant de légèreté. Et d'ailleurs ça n'aurait aucune importance, puisque je l'aime. Je sais que le public des premières n'écoute jamais la pièce. Moi, j'écoute, j'écoute passionnément... ou bien je dis : « Ça me rebute. » Renaud m'envie des convictions aussi simples et aussi vives : « Tu es jeune, ma petite fille.. » Pas tant que lui ! Il m'aime, travaille, visite, potine, dîne dehors, reçoit le vendredi à quatre heures, et trouve le temps de songer à un boléro de zibeline pour moi. De temps en temps, seul à seule, il détend sa figure charmante et lassée, m'étreint contre lui et soupire, avec une angoisse profonde : « Claudine, mon enfant chérie, que je suis vieux ! Je sens les minutes me rider une à une, ça fait mal, ça fait si mal ! » S'il savait comme je l'adore ainsi, et comme j'espère que les années calmeront sa fièvre de parade ! Alors, quand il voudra bien ne plus poitriner, alors seulement nous nous rejoindrons complètement, alors je cesserai de m'essouffler auprès de ses quarante-cinq ans piaffeurs.

Un jour, avec un ressouvenir amusé du sculpteur andalou et de son « Vous êtes un côchon, Madame ! » j'ai voulu découvrir le Louvre, et admirer sans guide ces Rubens nouveaux. Parée de mon boléro de zibeline et de la toque semblable qui me coiffe d'une bête roulée, je suis partie, brave et seule, pas topographe pour un sou, et perdue, comme une noce de Zola, à chaque tournant de galerie. Car si je flaire, sous bois, l'orient et l'heure, je m'égare dans un appartement de plain-pied.

J'ai trouvé les Rubens. Ils me dégoûtent. Voilà, ils me dégoûtent ! J'essaie loyalement, pendant une bonne demi-heure, de me monter littéralement le bourrichon (le style de Maugis me gagne) ; non ! cette viande, tant de viande, cette Marie de Médicis mafflue et poudrée dont les seins ruissellent, ce guerrier dodu, son époux, qu'enlève un zéphir glorieux — et robuste — zut, zut, et zut ! Je ne comprendrai jamais. Si Renaud et les amies de Renaud savaient ça !... Et, tant pis ! Si on me pousse, je dirai ce que je pense.

Attristée, je m'en vais à petits pas — pour résister à une envie de glissades sur le parquet poli — à travers les chefs-d'œuvre qui me considèrent.

Ah ! ah ! ça va bien, voilà des gens d'Espagne et d'Italie qui valaient quelque chose. Tout de même, ils ont du toupet d'étiqueter « Saint Jean-Baptiste » cette figure aguicheuse et pointue du Vinci qui sourit, col penché, comme Mademoiselle Moreno...

Dieu ! qu'il est beau ! J'ai trouvé, par hasard, l'enfant qui m'eût fait pécher. Une veine qu'il est sur toile ! Qui est-ce ? « Portrait d'un sculpteur », par Bronzino. Mais sous les cheveux noirs et drus, je voudrais toucher ce gonflement du front au-dessus des sourcils, et la lèvre ondulée et brutale, et baiser ces yeux de page cynique... Cette main blanche et nue modelait des statuettes ? Je veux bien le croire. Au ton du visage, j'imagine que cette peau sans

duvet est de celles qui verdissent, ivoire ancien, aux aines et au creux postérieur des genoux... Une peau chaude partout, même aux mollets... Et la paume des mains moite...
  Que fais-je là ? Rouge et mal éveillée, je regarde autour de moi... Ce que je fais ? je trompe Renaud, pardi !
  Il faudra que je raconte à Rézi cet esthétique adultère. Elle rira, de son rire qui part brusquement et s'arrête languissant. Car nous sommes, Rézi et moi, deux bonnes amies. Quinze jours y ont suffi, — c'est ce que Renaud nommerait « une vieille intimité ».
  Deux bonnes amies, oui-da. Je suis ravie d'elle, elle, enchantée de moi. D'ailleurs, nous ne nous témoignons aucune confiance réelle. Sans doute, c'est encore un peu tôt. Trop tôt pour moi, à coup sûr. Rézi ne mérite pas l'âme de Claudine. Je lui donne ma présence fréquente, ma tête court-bouclée qu'elle se plaît à coiffer — tâche vaine ! — et mon visage qu'elle semble aimer sans jalousie, pris entre ses deux mains douces, durant qu'elle regarde, dit-elle, danser mes yeux.
  Elle me fait les honneurs de sa beauté et de sa grâce, avec une insistance coquette. Depuis quelques jours, je vais chez elle chaque matin à onze heures.
  Les Lambrook habitent, avenue Kléber, un de ces appartements modernes où l'on a tant sacrifié au concierge, à l'escalier, aux premier et second salons — boiseries assez fines, bonne copie du Louis XV enfant de Van Loo — que les pièces privées prennent jour et air où elles peuvent. Rézi couche dans une longue chambre noire et s'habille dans une galerie. Mais ce cabinet de toilette incommode me plaît, surchauffé constamment. Et Rézi s'y vêt et dévêt par des procédés de féerie. Assise bien sage sur un fauteuil bas, je l'admire.
  La voilà en chemise ; ses cheveux merveilleux, teintés de rose par l'électricité aveuglante, de vert métallique par le jour bleu et bas, s'attisent lorsqu'elle « encense » pour les éparpiller. A toute heure, ce jour double et faux de la fenêtre insuffisante et des ampoules excessives éclaire Rézi d'une lumière théâtrale bondissante...
  Elle brosse ses cheveux de brume bondissante. Un coup de baguette : grâce à un peigne magique, voilà tout cet or rassemblé, poli et tordu, sur une nuque aux ondes assagies. Coment ça tient-il ? Les yeux grands ouverts, je suis prête à implorer : « Encore ! » Rézi n'attend pas mon souhait. Un autre coup de baguette : et cette jolie femme en chemise se dresse, moulée dans une robe de drap sombre, en chapeau, prête à sortir. Le corset à busc droit,

le pantalon effronté, le jupon mol et silencieux se sont abattus sur elle comme des oiseaux empressés. Alors Rézi, triomphante, me regarde et rit.

Son déshabillage ne présente pas moins d'attrait. Les vêtements tombent, tous à la fois et comme liés l'un à l'autre, car cette émule charmante de Fregoli ne conserve que sa chemise de jour... et son chapeau. Que ce chapeau m'agace, et m'étonne ! C'est lui qu'elle épingle sur sa tête, avant de mettre son corset, c'est lui qu'elle quitte après ses bas. Elle se baigne en chapeau, me raconte-t-elle.

— Mais pourquoi ce culte du couvre-chef ?

— Je ne sais pas... Affaire de pudeur, peut-être. Si je me sauvais la nuit, pour fuir un incendie, ça me serait égal de courir dehors toute nue, — mais pas sans chapeau.

— Ben, vrai ! Les pompiers auraient du goût !

Elle est plus jolie, moins grande aussi que je ne l'avais vue d'abord, d'une blancheur qui s'anime rarement de rose, d'une petitesse harmonieuse. Sa myopie, le gris incertain des yeux, la mobilité des cils dissimulent sa pensée. En somme, je ne la connais guère, malgré la spontanéité de cette parole qui lui jaillit à notre quatrième entrevue :

— Je raffole de trois choses, Claudine : des voyages, de Paris... et de vous.

Elle est née à Paris et l'aime en étrangère ; passionnée des odeurs froides et douteuses, de l'heure où le gaz rougit le crépuscule bleu, des théâtres et de la rue.

— Nulle part, Claudine, les femmes ne sont jolies comme à Paris ! (Laissons Montigny hors de cause, chère...) C'est à Paris que se voient les plus attachantes figures de beauté finissante, des femmes de quarante ans, maquillées et serrées avec rage, qui ont conservé leur nez fin, leurs yeux de jeune fille, et qui se laissent regarder avec plaisir et amertume...

Ce n'est pas une niaise qui pense et parle ainsi. Ce jour-là, j'ai serré ses doigts pointus qui dessinaient ses paroles en vrilles de vigne, comme pour la remercier de penser joliment. Le lendemain, elle frémissait d'aise à la vitrine de Liberty, pour une facile harmonie de satins safran et rose !

Presque chaque jour, un peu avant midi, quand je me décide, régulièrement en retard, à quitter l'avenue Kléber et ce fauteuil bas où je voudrais rester encore, pour rentrer, pour retrouver mon mari et mon déjeuner, la hâte de Renaud à m'embrasser et son appétit de viandes roses (car il ne se nourrit pas, comme moi, de mauviettes et de bananes), la porte du cabinet de toilette s'ouvre sans bruit et encadre la trompeuse robustesse de Lambrook. Hier encore...

— Par où êtes-vous venu ? s'écrie Rézi agacée.

— Par l'avenue des Champs-Elysées, répond cet homme calme.

Puis il s'attarde à me baiser la main, inspecte mon boléro ouvert, dévisage Rézi en corset et finit par dire à sa femme :

— Ma chère, que de temps vous perdez à vous attifer !

Songeant à la prestesse fantastique de mon amie, j'éclate de rire. Lambrook ne bronche pas ; sa peau cuite fonce légèrement. Il demande des nouvelles de Renaud, souhaite nous voir bientôt à sa table, et s'en va.

— Rézi, qu'est-ce qu'il a ?

— Rien. Mais, Claudine, ne riez pas quand il me parle... il croit que vous vous moquez.

— Vrai ? Ça m'est égal !

— Pas à moi. J'aurai une scène... Sa jalousie me pèse.

— Jaloux de moi ? A quel titre ? Est-il gourde, cet homme !

— Il n'aime pas que j'aie une amie...

Aurait-il ses raisons, le mari ?

Pourtant, rien dans les façons de Rézi ne me conduit à le croire... Quelquefois, elle me regarde longtemps, sans que cillent ses yeux myopes aux paupières presque parallèles — un détail qui les fait sembler plus longs — sa bouche mince, fermée, s'entrouvre, devint enfantine et tentatrice. Un petit frisson lui effleure les épaules, elle rit nerveusement, s'écrie : « Quelqu'un a marché sur ma tombe !... » et m'embrasse. C'est tout. Il y aurait bien de la vanité de ma part à supposer...

Je n'encourage rien. Je laisse passer le temps, je contemple sous toutes ses nuances cette Rézi irisée, et j'attends ce qui viendra ; j'attends, j'attends... avec plus de paresse que d'honnêteté.

J'ai revu Rézi ce matin. Ça ne l'empêche pas d'accourir chez moi, impatiente, vers cinq heures. Elle s'assied, comme Fanchette se couche, après deux tours complets ; son costume tailleur bleu foncé roussit l'or de ses cheveux ; un chapeau d'oiseaux, compliqué, la coiffe d'une bataille de mouettes grises, si mouvementée que j'entendrais, sans trop de surprise, piailler tous ces becs confondus...

Elle s'installe comme on se réfugie... et soupire.

— Qu'y a-t-il, Rézi ?

— Rien. Je m'ennuie chez moi. Les gens qui viennent chez moi

Claudine en ménage 399

m'ennuient. Un flirt, deux flirts, trois flirts aujourd'hui... je les ai assez vus ! La monotonie de ces hommes-là ! J'ai failli battre le troisième.
— Pourquoi le troisième ?
— Parce qu'il m'a dit, une demi-heure après le second et dans les mêmes termes, le misérable, qu'il m'aimait ! Et le second répétait déjà le premier. En voilà des individus qui ne me reverront pas souvent... Tous ces hommes qui se ressemblent, Dieu !
— N'en prenez qu'un, c'est plus varié.
— Plus fatigant aussi.
— Mais... votre mari, il ne tique pas ?
— Non ; pourquoi voulez-vous qu'il tique ?
(Ah ! çà, me prend-elle pour une bête ? Et ces précautions l'autre matin, ces avertissements pleins de réticences ? Elle me regarde cependant de ses plus clairs yeux, à reflets de pierre de lune et de perle grise.)
— Voyons, Rézi ! Avant-hier matin, je ne devais même pas rire de ce qu'il disait...
— Ah ! (sa main bat dans l'air, gracieuse, je ne sais quelle mayonnaise de songe...), mais, Claudine, ce n'est pas la même chose, ces hommes qui me frôlent... et vous.
— Je l'espère bien ! Encore que mes raisons de vous plaire ne puissent être les mêmes que les leurs...
(Son regard a jailli vers moi, vivement détourné...)
— ... dites-moi au moins, Rézi, pourquoi vous me voyez sans déplaisir.
(Rassurée, elle pose son manchon pour rythmer plus à l'aise, des mains, de la nuque, de tout le buste, ce qu'elle veut me dire ; elle s'enfonce dans la profonde bergère et me sourit tendrement, mystérieuse :)
— Pourquoi vous me plaisez, Claudine ? Je pourrais vous dire seulement : « Parce que je vous trouve jolie », et cela me suffirait, mais ne suffirait pas à votre orgueil... Pourquoi je vous aime ? Parce que vos yeux et vos cheveux, du même métal, sont tout ce qui demeure d'une petite statue de bronze clair, devenue chair par le reste ; parce que votre geste rude accompagne bien votre voix douce ; parce que votre sauvagerie s'humanise pour moi ; parce que vous rougissez, pour une de vos pensées intimes qu'on devine ou qui s'échappe, comme si une main effrontée s'était glissée sous vos jupes ; parce que...
Je l'ai interrompue, d'un geste — rude, oui, c'est vrai — irritée et troublée que tant de moi transparaisse sur moi-même... Vais-je

me fâcher ? la quitter tout à fait ? Elle prévient toute résolution hostile en m'embrassant, impétueuse, près de l'oreille. Noyée de fourrure, frôlée d'ailes pointues, à peine ai-je le temps de goûter l'odeur de Rézi, la simplicité menteuse de son parfum... que Renaud entre.

Je m'adosse, gênée, à mon fauteuil. Gênée, non pas de mon attitude, non pas du rapide baiser de Rézi, mais du regard aigu de Renaud, et de l'indulgence amusée, presque encourageante, que j'y lis. Il baise la main de mon amie, en disant :

— Je vous en prie, que je ne dérange rien ici.

— Mais vous ne dérangez rien du tout, s'écrie-t-elle, rien ni personne ! Aidez-moi, au contraire, à dérider Claudine qui se fâche d'un compliment très sincère.

— Très sincère, j'en suis sûr, mais mîtes-vous assez de conviction dans l'accent ? Ma Claudine est une petite fille très sérieuse et très passionnée, qui ne saurait accepter... (et parce qu'il appartient à une génération qui lisait encore Musset il fredonne l'accompagnement de la sérénade de *Don Juan*)... qui ne saurait accepter certains sourires écrits sous certaines paroles.

— Renaud, je vous en prie, pas de révélations conjugales.

(J'ai élevé le ton malgré moi, impatientée, mais Rézi tourne vers moi son plus désarmant sourire.)

— Oh ! si, oh ! si, Claudine ! Laissez-le raconter... J'y prends un très réel intérêt et c'est une charité que de débaucher un peu mes oreilles ! Elles en arrivent à ne plus savoir ce qu'...aimer veut dire.

Hum ! cette impétuosité d'épouse à la diète suit mal, il me semble, la lassitude flirteuse de tout à l'heure ; mais Renaud n'en sait rien. Apitoyé et généreux, il contemple Rézi du chignon aux chevilles, et je ne peux pas ne pas rire quand il s'exclame :

— Pauvre enfant ! Si jeune, et déjà sevrée de ce qui embellit et colore la vie ! Venez à moi, la consolation vous attend sur le divan de mon cabinet de sacrifice, et ça vous coûtera moins cher que chez un spécialiste.

— Moins cher ? Je crains les « prix d'artiste » !

— Vous n'êtes pas une artiste. Et puis, on est honnête ou on ne l'est pas...

— Et vous ne l'êtes pas. Merci, non !

— Vous me donnerez... ce que vous voudrez.

— Quoi ?

Elle voile à demi ses yeux couleur de fumée :

— ...Vous pourrez peut-être vous amuser aux bagatelles de la porte.

— J'aimerais bien la porte aux bagatelles...

Ravie de se sentir un peu outragée, Rézi gonfle la nuque et se rengorge avec le geste de Fanchette rencontrant dans l'herbe une sauterelle de taille excessive ou un coléoptère cornu.

— Non, vous dis-je, bienfaiteur de l'humanité! D'ailleurs je n'en suis pas là encore.

— Et où en êtes-vous... déjà ?

— Aux compensations.

— Lesquelles ? il y a plusieurs genres, au moins deux.

(Elle devient rose, exagère sa myopie, puis se tourne vers moi, suppliante et flexible :)

— Claudine, défendez-moi !

— Oui, je vous défendrai... de vous laisser consoler par Renaud.

— Non, vraiment ? Jalouse ?

Elle étincelle d'une joie peu charitable qui l'embellit extrêmement. A peine assise, une jambe allongée, l'autre repliée et moulée sous la jupe, elle se penche vers moi dans une pose tendue, comme prête à courir. Sa joue proche se dore d'un duvet plus pâle que ses cheveux, et ses cils incessamment palpitent, transparents, comme l'aile de gaze d'une guêpe. Prise à tant de beauté, c'est très véridiquement que je lui réponds :

— Jalouse ? Oh! non, Rézi, vous êtes bien trop jolie! Je ne pardonnerais pas à Renaud l'humiliation de me trahir avec une femme laide!

Renaud me caresse d'un de ces regards intelligents qui me ramènent à lui quand ma sauvagerie, ou un accès plus vif de solitude et d'absence, m'ont entraînée un peu loin... Je lui sais gré de me dire ainsi, par-dessus Rézi, tant de choses tendres, en silence...

Cependant Rézi la Blonde (m'a-t-elle tout à fait comprise ?) se rapproche, étire nerveusement ses bras joints par les mains dans son manchon, fait la moue, s'ébroue et murmure :

— Voilà... votre psychologie compliquée me creuse, et j'ai très faim...

— Oh! ma pauvre... moi qui vous laisse jeûner!

Je sursaute et cours à la sonnette.

Peu après, l'entente, la paix amicale s'exhalent des tasses brûlantes, des toasts lentement pénétrés de beurre. Mais moi, je méprise le thé de ces gens chics. Une corbeille au creux des genoux, j'égrène des alises flétries, je pique et presse des nèfles flasques, fruits d'hiver, fruits de chez nous envoyés par Mélie, qui sentent le cellier et le blet, le « flogre ».

Et parce qu'un toast, brûlé et noirci, parfume la chambre de créosote et de charbon frais, me voici partie, à tire-d'imagination, vers Montigny, vers la cheminée à hotte... je crois voir Mélie y jeter un fagot humide, et Fanchette, assise sur la pierre élevée du foyer, s'écarter un peu, choquée de la hardiesse des flammes et des crépitements du bois neuf...

— Ma fille !...

J'ai rêvé tout haut ! Et devant l'allégresse de Renaud, devant la stupéfaction de Rézi, je rougis et je ris, penaude.

L'hiver mou se traîne, tiède et pourrissant. Janvier va finir. Dans quelle hâte et quelle paresse, tour à tour, coulent les journées ! Théâtres, dîners, matinées et concerts, jusqu'à une heure du matin, souvent deux ; Renaud plastronne, et moi je ploie.

Réveil tardif, journaux submergeant le lit. Renaud partage son attention entre l'« attitude de l'Angleterre » et celle de Claudine, couchée sur le ventre et perdue en des songes malveillants, dormeuse à qui cette vie factice rogne trop sur l'indispensable sommeil. Déjeuner bref, en viandes roses pour mon mari, en horreurs diverses et sucrées pour moi. De deux à cinq, le programme varie.

Ce qui ne varie pas, c'est, à cinq heures, visite à Rézi ou visite de Rézi ; elle s'attache à moi, de plus en plus, sans le cacher. Et moi je m'attache à elle, mon Dieu oui, en le cachant...

Presque chaque soir, à sept heures, au sortir d'un thé, d'un bar où Rézi se réchauffe d'un cocktail, où je grignote des frites trop salées, je songe, avec une rage silencieuse, qu'il faut m'habiller et que Renaud m'attend déjà en ajustant ses boutons de perle. Grâce à ma coiffure courte et commode, je dois avouer — ma modestie en saigne ! — que j'inquiète également les femmes et les hommes.

A cause de ma toison coupée et de ma froideur envers eux, les hommes se disent : « Elle *est* pour femmes. » Car, cela frappe l'entendement, si je n'aime pas les hommes, je *dois* rechercher les femmes, ô simplicité de l'esprit masculin !

D'ailleurs les femmes — à cause de ma toison coupée et de ma froideur envers leurs maris et leurs amants — me paraissent enclines à penser comme eux. J'ai surpris vers moi de jolis regards curieux, honteux et fugitifs, des rougeurs, si j'appuie mes yeux, une minute, sur la grâce d'une épaule offerte ou d'un cou parfait.

J'ai soutenu, aussi, le choc de convoitises extrêmement explicites ; mais ces professionnelles des salons — dame carrée de cinquante ans ou plus ; sèche fillette noire à croupe abattue ; israélite monoclée, qui plonge son nez aigu dans les décolletages comme à dessein d'y enfiler une bague perdue — ces tentatrices ont trouvé chez Claudine une incuriosité qui, manifestement, les choqua. Et cela faillit nuire à une réputation bien ébauchée. En revanche, j'ai surpris avant-hier soir, sur les lèvres d'une de mes « amies » (lisez une jeune dame de lettres que j'ai rencontrée cinq fois), un si méchant sourire soulignant le nom de Rézi, que j'ai fort bien compris. Et je songe que le mari de Rézi pourrait « rabâter » dur, le jour où des potins effleureraient son oreille trop cuite.

J'ai failli pourtant apprivoiser un jour, sans le vouloir, cet homme d'ailleurs déplaisant.

Tous les nerfs sur la peau, j'écoutais malgré moi, chez Renaud, les glapissements d'un groupe d'hommes, jeunes et chauves, qui s'entretenaient de littérature avec une animation criarde... « Son dernier roman ? Ne coupez donc pas dans les réclames ! Il en est parti, en tout, six éditions. — Non, huit !... — Six, je vous dis ! Et encore, des éditions à deux cents, passes comprises, Sevin me l'a affirmé ! — Tu penses, le libraire tire ce qu'il veut, il prend des empreintes, et aïe donc ! — Ma *Dissection de l'âme*, Floury, à lui seul, en vendait vingt par jour ; eh bien, ça m'a rapporté, en tout et pour tout, trente louis. Et là-dessus, est-ce qu'on ne voulait pas me retenir une malheureuse avance de cent cinquante francs ? — Quand on pense que nous ne touchons rien sur les exemplaires de passe, c'est écœurant ! Moi, je carotte froidement des volumes, sous prétexte de service de presse supplémentaire, et je les lave chez Gougy. — Moi aussi ! — Moi aussi, parbleu, faut bien se défendre ! — Mon cher, en faisant 40 pour 100 et quatorze-douze aux détaillants, l'éditeur pourrait facilement nous donner vingt sous par exemplaire vendu et réaliser un bénef tout ce qu'il y a de coquet. — Il pourrait même lâcher trente sous sans se fouler. — Quelle race, oh ! »

Ils parlaient tous à la fois, avec la conviction que donne une surdité volontaire, et songeant à Kipling, au peuple singe, j'ai murmuré : « Bandarlog ! »

Lambrook, à côté de moi, eut, à ce mot hindou brusquement reconnu, un tressaillement maladif des mâchoires. Ses yeux se posèrent, lavés et clairs, sur les miens. Mais les rires de Rézi sonnèrent nerveusement à l'autre bout du salon, et il se leva, d'un air détaché, pour voir avec qui sa femme s'amusait si haut.

Un romancier trop connu (spécialité : forage des âmes féminines) vint s'installer à la place de ce marin toujours en éveil, et me chuchota : « Quel vilain temps ! » avec l'attitude et la figure — — soignées pour la galerie — d'un homme qui pantèle au bord de l'extase. Habituée aux façons de ce « Bourget du pauvre », ainsi que l'a surnommé Renaud, je le laissai paisiblement continuer une improvisation travaillée à huis clos et nuancée, non sans art, sur le dissolvant hiver sans froidure, la lâcheté délicieuse qu'amène le crépuscule tôt venu, tout le printemps menteur qu'enclôt cet inquiétant décembre... Un printemps plus certain, de peau moite, de gorges fleurissantes, palpite sous les fourrures lourdes... (Bonne transition)... De là au désir de les faire choir, ces fourrures pesantes, sur le tapis muet d'une garçonnière bien comprise, il n'y a qu'un pas. Lancé, ce demi-talent va le franchir...

Rêveuse, adoucie et comme conquise, je murmure :

— Oui... on respire au-dehors la fadeur grisante et dangereuse d'une serre...

(Puis je conclus brusquement, avec une exagération d'accent du Fresnois faite pour le déconcerter :)

— Ah ! dame oui, les blés sortiront de bonne heure, et aussi les *avouènes !*

Comme il a dû me trouver idiote ! J'en danserais la chieuvre de joie ! Mais ce gaillard-là, que j'ai froissé, va répéter partout, lui aussi, du haut de son ventre avantageux : « Claudine ? Elle est pour femmes !... » achevant en pensée : « ... puisqu'elle n'est pour moi. »

Pour femmes ? Tas d'imbéciles ! qu'ils entrent donc chez nous le matin, sur le coup, mon Dieu, sur le coup de dix heures, ils verront si je suis « pour femmes » !

Une lettre de Papa m'arrive, grandiloquente et navrée. En dépit de l'actif hanneton qui gravite dans son cerveau d'homme heureux, Papa s'agace de mon absence. A Paris, il s'en fichait. Là-bas, il a retrouvé vide la vieille maison, vide de Claudine. Plus de petite fille silencieuse pelotonnée, un livre entre les genoux, au creux d'un grand fauteuil qui crève aux coutures, — ou perchée à la fourche du noyer et écalant des noix avec un bruit d'écureuil — ou couchée longue et rétrécie sur le faîte d'un mur, à l'affût des prunes du voisin et des dahlias de la mère Adolphe... Papa ne dit pas tout cela, sa dignité s'y oppose, et la noblesse aussi de son style qui ne condescend point à certaines puérilités. Mais il y pense. Moi aussi.

Frissonnante, pénétrée de regret et de souvenir, je cours à Renaud, pour me cacher et m'endormir au creux de son épaule. Mon cher grand, que je détourne (sans qu'il grogne jamais) d'un vertueux labeur, ne saisit pas toujours les causes de ce qu'il nomme « mes naufrages ». Mais il m'abrite, généreux, sans me questionner trop. A sa chaleur, le mirage fresnois s'embrume et se dissipe. Et quand, vite ému à mon contact, il resserre son étreinte et penche sur moi sa moustache mêlée d'or, parfumée de muguet et de khédive, je relève ma figure pour lui rire et lui dire :

— Vous sentez la blonde qui fume !...

Cette fois-ci, il réplique, taquin :

— Et Rézi, que sent-elle ?

— Rézi ?... (Je songe une minute...) Elle sent le mensonge.

— Le mensonge ! Prétends-tu qu'elle ne t'aime pas et simule un béguin ?

— Non pas, mon grand. Je voulais dire moins que je n'ai dit. Rézi ne ment pas, elle dissimule. Elle emmagasine. Elle ne raconte pas, abondante et prodigue de détails, comme la jolie van Langendonck : « Je sors des Galeries Lafayette » au commencement d'une phrase qui finit par : « Il y a cinq minutes, j'étais à Saint-Pierre de Montrouge. » Rézi n'exubère pas, et je lui en sais gré. Mais je *sens* qu'elle cache, qu'elle enfouit proprement cent petites horreurs (comme Fanchette dans son plat) avec des pattes soigneuses ; cent petites horreurs banales, si vous voulez, mais bien faites.

— Qu'en sais-tu ?

— Rien, pardi, s'il vous faut des preuves ! Je vous parle d'après mon flair. Et puis, sa femme de chambre a souvent des façons, le matin, de lui remettre un papier chiffonné : « Voilà ce que Madame a oublié dans sa poche d'hier... » Par hasard, j'ai jeté un jour les yeux sur le contenu froissé de la « poche d'hier » et je pourrais bien affirmer que l'enveloppe n'était pas décachetée. Que pensez-vous de ce système postal ? Le soupçonneux Lambrook lui-même n'y verrait que... du vieux papier.

— C'est ingénieux, songe Renaud tout haut.

— Alors, vous comprenez, mon grand, cette Rézi cachottière qui arrive ici toute blanche et dorée, avec des yeux clairs jusqu'au fond, qui m'enveloppe d'un parfum pastoral de fougère et d'iris...

— Eh ! Claudine !

— Qu'est-ce qui vous prend ?

— Comment ! ce qui me prend ? Et toi ? Je rêve ! Ma Claudine absente et dédaigneuse qui s'intéresse à quelqu'un, à Rézi, au point de l'étudier, au point de réfléchir et de déduire ! Ah ! çà, Mademoiselle (il gronde pour rire, les bras croisés, comme Papa) — ah ! çà, mais nous sommes amoureuse ?

(Reculée de lui, je le regarde en dessous, les sourcils si bas, qu'il s'effare :)

— Quoi ? fâchée encore ? Décidément, tu prends tout au tragique !...

— Et vous rien au sérieux !

— Une seule chose : toi...

(Il attend, mais je ne bouge pas.)

— Ma petite bête, mais viens donc ! Que cette enfant me donne de mal ! Claudine, interroge-t-il (je suis revenue sur ses genoux, silencieuse et encore un peu tendue), apprends-moi une chose.

— Laquelle ?

— Pourquoi, lorsqu'il s'agit d'avouer, même à ton vieux mari-papa, une de tes secrètes pensées, te cabres-tu, farouche, aussi pudique et même plus que s'il te fallait, au milieu d'un concours imposant de notabilités parisiennes, montrer ton derrière ?

— Homme simple, c'est que je connais mon derrière, qui est ferme, de nuance et de toucher agréables. Je suis moins sûre, mon grand, de mes pensées, et de leur clarté, de l'accueil qu'elles trouveront... Ma pudeur, lucide, s'emploie à cacher ce qu'en moi je crains faible et laid...

Je surprends Renaud, ce matin, dans une vive et triste colère. En silence, je le regarde jeter au feu des papiers en boule, rafler brusquement tout un coin de son bureau chargé de brochures, et tasser cette brassée sur le feu de coke grésillant. Un petit cendrier, lancé d'une main sûre, va s'enfouir dans la corbeille à papiers. Puis c'est Ernest qui, pour n'être pas accouru assez vite, s'entend menacer d'expulsion comme un simple congréganiste. Ça chauffe !

Assise, les mains croisées, j'assiste et j'attends. Les yeux de Renaud me trouvent et s'adoucissent :

— Te voilà, mignonne, je ne t'avais pas vue. D'où viens-tu ?
— De chez Rézi.
— J'aurais dû le penser !... Mais, mon chéri, pardonne à ma distraction, je ne suis pas content.
— Une veine que vous le cachez si bien !
— Ne te moque pas... Viens près de moi. Calme-moi. J'ai des nouvelles, agaçantes jusqu'à être odieuses, de Marcel...
— Ah ?

Je songe à la dernière visite de mon beau-fils, qui exagère vraiment. Une inconcevable fanfaronnade le pousse à me narrer cent choses que je ne lui demande pas, entre autres le récit, quasi détaillé, d'une rencontre qu'il fit, rue de la Pompe, à l'heure où le lycée Janson lâche dans la rue une volée de gosses en béret bleu... Ce jour-là, l'odyssée de Marcel fut interrompue par Rézi, qui émoussa sur lui, pendant trois bons quarts d'heure, toutes les armes de ses regards, et la série de ses voltes les plus savantes. Enfin lassée, elle cessa la lutte, et se tourna vers moi avec un joli geste découragé, qui disait si bien : « Ouf ! j'en ai assez ! » que je me mis à rire, et que Marcel (ce détraqué est loin d'être bête) sourit, infiniment dédaigneux.

Ce dédain se mua vite en curiosité point déguisée lorsqu'il vit

Claudine en ménage

Rézi, éclectique, braquer sur moi toute sa panoplie — la même ! — de séductions... Affectant alors une discrétion hors de propos, il partit.
Quelle frasque nouvelle aura commise ce garçon ?
J'attends, la tête posée sur les genoux de Renaud, qu'on me l'apprenne.

— Toujours les mêmes histoires, ma pauvre chérie. Mon charmant fils mitraille de littérature néo-grecque un moutard de bonne famille... Tu ne dis rien, ma petite fille ? Moi, je devrais y être habitué, hélas ! mais ces histoires me soulèvent d'une telle horreur.
— Pourquoi ?
(A ma question posée doucement, Renaud sursaute.)
— Comment ! pourquoi ?
— Pourquoi, voulais-je dire, mon cher grand, souriez-vous aguiché, presque approbateur, à l'idée que Luce me fut une trop tendre amie ?... à l'espoir, — je répète, l'espoir ! — que Rézi pourrait devenir une Luce plus heureuse ?
(La drôle de figure que celle de mon mari en ce moment ! La surprise extrême, une sorte de pudeur choquée, un sourire penaud et câlin y passent en ondes comme l'ombre des nuages courant sur un pré... Triomphant, il s'écrie enfin :)
— Ce n'est pas la même chose !
— Dieu merci, non, pas tout à fait...
— Non, ce n'est pas la même chose ! Vous pouvez tout faire, vous autres. C'est charmant, et c'est sans importance...
— Sans importance... je ne suis pas de votre avis.
— Si, je dis bien ! C'est entre vous, petites bêtes jolies, une... comment dire ?... une consolation de nous, une diversion qui vous repose...
— Oh ?
— ...ou du moins qui vous dédommage, la recherche logique d'un partenaire plus parfait, d'une beauté plus pareille à la vôtre, où se mirent et se reconnaissent votre sensibilité et vos défaillances... Si j'osais (mais je n'oserai pas), je dirais qu'à certaines femmes il faut la femme pour leur conserver le goût de l'homme.

(Eh bien, non, je ne comprends pas ! Quelle singularité douloureuse de s'aimer autant que nous nous aimons, et de sentir si peu de même !... Je ne puis entendre ce que vient de dire mon mari que comme un paradoxe qui flatte et déguise son libertinage un tantinet voyeur.)

Rézi s'est faite mon ombre. A toute heure elle est là, m'enserre de ses gestes harmonieux dont la ligne se prolonge dans le vide, m'envorne de ses paroles, de ses regards, de sa pensée orageuse que je m'attends à voir jaillir en étincelles au bout de ses doigts effilés... Je m'inquiète, je sens en elle une volonté plus égale, plus têtue que la mienne qui va par bonds, et s'engourdit après.

Parfois, irritée, énervée de sa douceur tenace, de sa beauté qu'elle me passe sous le nez en bouquet, qu'elle pare devant moi à peine voilée, j'ai envie de lui demander brusquement : « Où voulez-vous en venir ? » Mais j'ai peur qu'elle me le dise. Et j'aime mieux me taire, lâchement, pour rester sans pécher auprès d'elle, car elle est, depuis trois mois, mon habitude chère.

A part, en somme, l'insistance de ses doux yeux gris, et le « Dieu ! que je vous aime ! » qui lui échappe souvent, naïf, spontané comme une exclamation de petite fille, je ne puis m'effaroucher de rien.

Au fait, qu'aime-t-elle en moi ? Je perçois bien la sincérité, sinon de sa tendresse, au moins de son désir, et je crains — oui, déjà, je crains — que ce désir seul l'anime.

Hier, accablée de migraine, opprimée par le crépuscule, j'ai laissé Rézi poser ses mains sur mes yeux. Les paupières fermées, je devinais derrière moi l'arabesque de son corps penché, svelte en robe collante gris plomb, un gris qui fait hésiter sur la nuance de ses yeux.

Le dangereux silence s'abattit sur nous deux. Elle ne risqua pas un geste, pourtant, et ne m'embrassa pas. Elle dit seulement, après quelques minutes : « O ma chère, ma chère... », et de nouveau se tut.

Quand la pendule sonna sept heures, je me secouai vivement et courus au commutateur pour faire la lumière. Le sourire de Rézi, apparue pâle et délicieuse sous la brusque lueur, se heurta à ma plus mauvaise figure, brutale et fermée.

Souple, réprimant un petit soupir, elle chercha ses gants, assura son chapeau inamovible, me dit « adieu » dans le cou, et « à demain », et je restai seule devant un miroir à écouter sa fuite légère.

Ne te mens pas à toi-même, Claudine ! Ta méditation, accoudée près de cette glace, et ton air de creuser un remords naissant, n'était-ce pas l'inquiétude seulement de constater intact ce visage aux yeux havane, qu'aime ton amie ?

— Ma petite fille chérie, à quoi penses-tu ?
(Sa petite fille chérie est accroupie en tailleur sur le grand lit qu'elle n'a pas encore quitté. Ensachée dans une grande chemise de nuit rose, elle cisèle pensivement les ongles de son pied droit à l'aide d'un mignon sécateur aux branches d'ivoire, et ne souffle mot.)
— Ma petite fille chérie, à quoi penses-tu ?
(Je relève ma tête coiffée de serpents en tronçons et je regarde Renaud — qui noue sa cravate, déjà habillé — comme si je ne l'avais jamais vu.)
— Oui, à quoi penses-tu ? Depuis le réveil tu ne m'as rien dit. Tu t'es laissé prouver ma tendresse sans même y prendre garde !
(Je lève une main qui proteste.)
— ...J'exagère, évidemment, mais tu y as mis de la distraction. Claudine...
— Vous m'étonnez !
— Pas tant que moi ! Tu m'avais habitué à plus de conscience dans ces jeux...
— Ce ne sont pas des jeux.
— Traite-les de cauchemars, si tu veux, ma remarque subsiste. Où erres-tu depuis ce matin, mon oiseau ?
— ...Je voudrais aller à la campagne, dis-je après réflexion.
— Oh ! fait-il consterné, Claudine ! Regarde donc !
(Il soulève le rideau, un déluge ruisselle sur les zincs et déborde des chéneaux.)
— Cette rosée matinale t'a mise en goût ? Evoque l'eau sale qui coule par terre, les bas de jupe qui collent aux chevilles ; songe aux gouttes froides sur l'ourlet des oreilles...
— J'y songe. Vous n'avez jamais rien compris à la pluie campagnarde, aux sabots qui font « giac » en quittant leur empreinte humide, au capuchon bourru dont chaque poil de laine enfile une

perle d'eau, le capuchon pointu qui fait au visage une petite
« méson » sous quoi on s'enfonce et on rit... Bien sûr, le froid
pique, mais on se chauffe les cuisses avec deux poches de châtaignes
chaudes, et on se gante de tricot maillacé...
— N'achève pas ! Mes dents grincent en songeant au contact
des gants de laine sur le bout des ongles ! Si tu veux revoir ton
Montigny, si tu y tiens vraiment tant que cela, si c'est une « dernière
volonté »... (il soupire)... nous irons.

Non, nous n'irons pas. Je me suis prise sincèrement, en parlant
tout haut, à penser les paroles que je disais. Mais, ce matin, le
regret du Fresnois ne me lancine pas, mon silence n'est pas nostalgique. Il y a autre chose.
Il y a... il y a... que les hostilités sont commencées et que la
traîtrise amoureuse de cette Rézi me trouve irrésolue, sans plan
de défense.
Je suis allée la voir à cinq heures, puisqu'elle est à présent la
compagne d'une moitié de ma vie, que j'en enrage, que cela me
charme, et que je n'y puis rien.
Toute seule, je la trouve rôtissant à un feu d'enfer. La lueur du
foyer l'embrase et la traverse, nimbée de flamme rose par ses
cheveux envolés, les lignes de sa silhouette dévorées et fondues
dans le rouge de cuivre et le cerise du métal en fusion. Elle me
sourit sans se lever et me tend les bras, si tendre que je m'effarouche et ne l'embrasse qu'une fois.
— Toute seule, Rézi ?
— Non. J'étais avec vous.
— Avec moi... et qui ?
— Avec vous... et moi. Cela me suffit. Pas à vous, hélas !
— Vous vous trompez, chérie.
Elle remue la tête, d'un balancement qui se propage jusqu'à ses
pieds, repliés sous un pouf bas. Et la douce figure rêveuse, où la
flamme vive sculpte les coins de la bouche en deux fossettes
d'ombre, me dévisage profondément.
Quoi, nous en sommes là ! Et c'est tout ce que j'ai trouvé ? Ne
pouvais-je, avant de la laisser m'envahir et s'imprégner de moi,
m'expliquer nettement et proprement ? Rézi n'est pas une Luce
bonne à battre, qui, pour une taraudée, vous laisse vingt-quatre
heures de repos. C'est ma faute, c'est ma faute...
D'en bas, elle me considère mélancoliquement et parle à mi-voix :
— O Claudine ! pourquoi vous défiez-vous de moi ? Quand je
m'assieds trop près de vous, je rencontre toujours sous votre robe

un pied défensif, inerte comme un pied de fauteuil, qui, écarté de vous, m'empêche d'approcher. « M'empêche ! » C'est me blesser, Claudine, que de songer à une défense physique ! Ma bouche a-t-elle jamais tenté sur votre visage une de ces erreurs volontaires dont on accuse, après, la hâte, ou l'obscurité ? Vous m'avez traitée comme une... malade, comme une... professionnelle, de qui l'on épie les mains, et devant qui il faut surveiller ses attitudes...
(Elle se tait et attend. Je ne dis rien. Elle reprend, plus câline :)
— Ma chère, ma chère, est-ce vous, vraiment, Claudine intelligente et sensitive, qui assignez à la tendresse des limites conventionnelles si ridicules ?
— Ridicules ?
— Oui, il n'y a pas d'autre mot. « Tu es mon amie, tu ne m'embrasseras qu'ici et là. Tu es mon amante, le reste est à toi. »
— Rézi...
(Elle arrête mon geste commencé.)
— Oh ! n'ayez pas de crainte ! Je synthétise grossièrement ; rien n'est entre nous de cette sorte ! Mais je voudrais que vous cessiez, chère, de me faire de la peine, et d'armer contre moi, qui ne le mérite pas, votre prudence. Rendez-moi justice (supplie-t-elle, rapprochée, sans que je m'en sois aperçue, par une reptation insensible), qu'y a-t-il dans ma tendresse qui vous mette en défiance ?
— Vos pensées, dis-je à voix basse.
(Elle est près de moi, assez près pour que je sente rayonner d'elle, sur ma joue, la chaleur qu'elle a reçue du feu.)
— Je vous demande donc grâce, murmure-t-elle, pour la force d'une affection qui dissimule si mal...
Elle semble docile, presque résignée. Mon souffle, que j'alentis pour qu'elle ne me devine point troublée, m'apporte son odeur de soie surchauffée, d'iris, une odeur plus douce encore parce qu'elle a levé son bras pour repolir sur sa nuque la torsade d'or... Qui me préservera du vertige ?... L'orgueil me retient d'amener à mon secours quelque diversion cousue de gros fil. Rézi soupire, étire des bras de Fille du Rhin dans l'onde, d'un geste de réveil... Son mari vient d'entrer, de la façon silencieuse et indiscrète qui est la sienne.
— Comment, pas de lumière encore, ma chère Rézi ? s'étonne-t-il après les poignées de main.
— Oh ! ne sonnez pas, prié-je sans attendre que Rézi réponde. C'est l'heure que j'aime, entre chien et loup...
— Elle me semble plus proche du loup que du chien, réplique,

en douceur, cet homme insupportable, qui parle assurément fort bien le français.

Rézi, muette, le suit d'un regard de noire rancune. Il marche d'un pas régulier, pénètre dans la baie d'ombre ouverte sur le grand salon, et continue sa promenade. Son pas cadencé le ramène vers nous, jusqu'au feu qui éclaire d'en bas sa figure durcie et ses yeux opaques. Arrivé à dix centimètres de moi, il fait militairement demi-tour et s'éloigne de nouveau.

Je suis restée assise, incertaine.

Les yeux de Rézi deviennent diaboliques ; elle calcule son élan... Dressée d'un silencieux effort de reins jusqu'à moi, elle me maîtrise d'une bouche follement douce et d'un bras au cou. Au-dessus des miens, ses larges yeux ouverts écoutent le pas qui s'éloigne, et sa main libre, levée, marque le rythme de la marche conjugale, en même temps que les frémissements de ses lèvres qui semblent compter les battements de mon cœur : un, deux, trois, quatre, cinq... Comme un lien coupé, l'étreinte tombe ; Lambrook se retourne ; Rézi est de nouveau assise à mes pieds, et semble lire dans le feu.

D'indignation, de surprise, d'angoisse pour le réel danger qu'elle vient de courir, je n'ai pu retenir un soupir tremblé, un cri trouble...

— Vous dites, chère Madame ?
— Mais, cher Monsieur, mettez-moi dehors ! Il est affreusement tard... Renaud doit me chercher à la Morgue !
— Laissez-moi croire qu'il vous cherchera d'abord ici, je m'en flatte.

(Cet homme est à battre !)
— Rézi... adieu...
— A demain, chérie ?
— A demain.

Voilà pourquoi Claudine cisèle, pensive, les ongles de son pied droit, ce matin.

Lâche Rézi ! L'habileté de son geste, l'abus qu'elle a fait de ma sûre discrétion, l'inoubliable perfection du périlleux baiser, tout cet Hier m'enfonce dans une songerie pesante. Et Renaud me croit triste. Il ne sait donc pas, il ne saura donc jamais qu'en mes yeux le désir, le vivace et proche regret, la volupté se teignent toujours de nuances sombres ?

Menteuse Rézi ! Menteuse ! Deux minutes avant l'assaut de son baiser, sa voix humble et sincère me rassurait, disait sa peine de pressentir mon injuste soupçon. Menteuse !...

Au fond de moi, la brusquerie de son piège plaide pour elle. Cette Rézi, qui se plaignait de me voir méconnaître sinon son désir, au moins sa retenue, n'a pas craint de se déjuger immédiatement, de risquer ma colère et la jalousie brutale de ce colosse creux.
Qu'aime-t-elle mieux, le danger ou moi ?
Peut-être moi ? Je revois cet animal sursaut des reins, ce geste de buveuse qui l'a jetée vers ma bouche... Non, je n'irai pas chez elle aujourd'hui !
— Vous sortez, Renaud ? M'emmenez-vous ?
— Tant que tu veux, mon enfant charmante. Rézi est donc occupée ailleurs ?
— Laissez Rézi. Je veux sortir avec vous.
— Une brouille, déjà ?
Je ne réponds que d'un geste qui écarte et déblaie. Il n'insiste pas. Gracieux comme une femme aimante, il bâcle ses courses en une demi-heure pour me retrouver dans la voiture — un coupé de remise un peu fatigué, mais bien suspendu — et me conduire chez Pépette boire du thé, manger des chestercakes, des sandwiches mixtes à la laitue et au hareng... On est tièdement, on est bien assis, nous disons des stupidités de mariés jeunes qui se tiennent mal... quand mon appétit et ma gaieté tombent ensemble. Les yeux sur un sandwich entamé, j'ai buté contre un tout petit souvenir déjà lointain...
Un jour, chez Rézi (il y a deux mois à peine), j'avais laissé, distraite ou sans faim, une rôtie mordue, creusée en demi-lune... Nous bavardions et je ne voyais pas la main de Rézi, adroite et timide, voler ce toast ébréché... Mais, tout à coup, je l'aperçus en train de mordre vivement, d'agrandir le croissant marqué de mes dents, et elle vit que je l'avais vue. Elle rougit, et pensa tout sauver en disant : « Comme je suis gourmande, hein ! » Ce tout petit incident, pourquoi faut-il qu'il surgisse et me trouble à présent ? Si elle avait un vrai chagrin, pourtant, de mon absence...
— Claudine ! Hep, Claudine !
— Quoi ?
— Mais, ma chère, c'est une maladie ! Va, mon pauvre oiseau, aux premiers beaux jours nous cinglons vers Montigny, vers ton noble père, vers Fanchette et Mélie !... Je ne veux pas te voir sombrer ainsi, mon enfant aimée...
Je souris au cher Renaud d'une manière ambiguë qui ne le rassure point, et nous revenons à pied, par un temps huileux d'après pluie, où chevaux et passants chancellent, sur le pavé gras, du même glissement ivre.

A la maison, un petit bleu m'attend.

« Claudine, je vous en prie, oubliez, oubliez ! Revenez, que je puisse vous expliquer, si cela peut s'expliquer... C'était un jeu, une taquinerie, l'envie folle de tromper celui qui marchait si près de nous, et dont les pas sur le tapis m'exaspéraient... »

Comment ! J'ai bien lu ? C'était pour tromper « celui qui marchait » comme elle dit ? Mais c'est moi, stupide, qui allais marcher ! « Une taquinerie » ? Elle verra si on me taquine impunément de cette façon-là !

Ma colère ondule en moi comme un chaton qui tète ; j'agite des projets sauvages... Je ne veux pas savoir tout ce qui tient, dans ma colère, de déception et de jalousie... Renaud me surprend, le petit bleu tout ouvert dans les mains.

— Ah ! ah ! on met les pouces ? All right ! Retiens ceci, Claudine, il faut toujours que ce soit l'*autre* qui mette les pouces !

— Vous avez du flair !

(A l'accent, il devine l'orage et s'inquiète.)

— Voyons, qu'y a-t-il eu ? Rien qu'on ne puisse dire ? Je ne demande pas de détails...

— Mais non ! Vous divaguez ; nous nous sommes disputées, voilà.

— Veux-tu que j'y aille pour tâcher d'arranger ça ?

(Mon pauvre grand ! Sa gentillesse, son inconscience me détendent, et je lui jette mes bras au cou avec un rire un peu sanglotant.)

— Non, non, j'irai demain, tranquillisez-vous ! « Une taquinerie ! »

Un reste de bon sens attarde ma main, avant de sonner chez Rézi. Mais ce bon sens-là, je le connais puisque c'est le mien, il me sert, juste une minute avant les gaffes, à goûter ce plaisir lucide de me dire : « C'est la gaffe. » Avertie, j'y cours sereine, bien calée par le poids rassurant d'une entière responsabilité.

— Madame est chez elle ?

— Madame est un peu souffrante, mais pour Madame, ça ne fait rien.

(Souffrante ? Bah ! pas assez pour que je retienne ce que je veux lui dire. Et puis, tant pis, zut, ça lui fera mal. « Un jeu ! » Nous allons jouer...)

Elle est toute blanche, en crêpe de Chine, les yeux cernés d'une marge mauve qui bleuit ses prunelles. Un peu surprise, et d'ailleurs remuée par sa grâce, par le regard qu'elle m'a jeté, je m'arrête :

— Rézi, seriez-vous réellement souffrante ?

— Non, puisque je vous vois.

(Je hausse malhonnêtement les épaules. Mais, quoi donc ? Sous l'ironie de mon sourire, la voici subitement hors d'elle :)

— Pouvez-vous rire ? Allez-vous-en, si vous voulez rire !

(Démontée par cette violence soudaine, je tâche de reprendre le bon bout :)

— Je vous croyais, ma chère, plus de goût... aux *jeux*, aux *taquineries* un peu poussées...

— Oui ? Vous l'avez cru ? Ce n'est pas vrai ! J'ai menti en vous écrivant, par lâcheté pure, pour vous revoir, parce que je ne peux pas me passer de vous, mais...

(Son ardeur fond dans une envie de pleurer.)

— ...mais ce n'était pas pour rire, Claudine !

Elle attend, peureuse, ce que je vais dire, et craint mon silence. Elle ne sait pas que tout, en moi, remue comme un nid affolé, et que la joie me submerge... Joie d'être aimée et de me l'entendre dire, joie avare d'un bien perdu et retrouvé, orgueil victorieux de me sentir autre chose qu'un jouet excitant... C'est la déroute triomphale de mon honnêteté féminine, je le sens... Mais puisqu'elle m'aime, je peux la faire souffrir encore...

— Chère Rézi...
— Ah ! Claudine !...

(Elle se croit tout près d'être exaucée, palpite, debout, et tend les bras ; ses cheveux et ses yeux jettent le même feu blond... Hélas ! comme la vue de ce que j'aime, beauté de mon amie, suavité des forêts fresnoises, désir de Renaud, suscite en moi la même émotion, la même faim de possession et d'embrassement !... N'ai-je donc qu'une seule façon de sentir ?...)

— Chère Rézi... dois-je croire, à votre fièvre, que c'est la première fois qu'on vous résiste ! Je comprends si bien, à vous voir, que vous ayez trouvé toujours des amies enchantées et soumises...

(Son geste, levé au-dessus de sa robe blanche qui s'enroule, étroite, et se perd dans l'ombre comme la traîne équivoque de Mélusine, son geste d'appel retombe. Les mains pendantes, je vois qu'elle rassemble en un instant son habileté et sa colère. Elle me brave :)

— La première fois ? Pensez-vous qu'ayant vécu huit ans avec cette brique creuse qui est mon mari je n'aie pas tout essayé ? Que, pour faire jaillir de moi l'amour, je n'aie pas cherché ce qu'il y a de plus beau, et de plus doux au monde, une femme amoureuse ? Peut-être placez-vous au-dessus de tout la nouveauté, la maladresse d'une première... faute ? O Claudine, il y a mieux, il y a chercher et choisir... Je vous ai choisie, achève-t-elle d'une voix blessée, et vous ne m'avez que subie...

Une dernière prudence me retient de l'approcher, et aussi le besoin de l'admirer mieux. Elle met au service de sa passion lâchée toutes les armes de sa grâce et de sa voix ; elle m'a dit, véridique : « Tu n'es pas la première », parce qu'ici la vérité frappe plus habilement que le mensonge ; elle a calculé, j'en jurerais, sa franchise... mais elle m'aime !

Je rêve d'elle devant elle, et me repais de la voir. Un mouvement de nuque m'évoque la Rézi coutumière, demi-nue, à sa toilette... Je tressaille ; il serait sage de ne plus la revoir ainsi...

Elle s'irrite et s'épuise de mon silence, et tend ses yeux vers l'ombre pour distinguer les miens.

— Rézi... (je parle péniblement) voulez-vous... nous allons nous reposer aujourd'hui de tout cela, et laisser venir demain, demain qui arrange tant de choses !... Ce n'est pas que vous m'ayez fâchée, Rézi. Je serais venue hier, et j'aurais ri, ou j'aurais grondé, si je je vous aimais moins...

(Un bref mouvement de bête guetteuse tend vers moi son menton joli, à peine fendu d'une fossette verticale.)

— ... Il faut me laisser penser, Rézi, sans m'envelopper autant de vous, sans jeter sur moi un tel filet de regards, de gestes qui approchent sans toucher, de pensées obstinées... Il faut vous asseoir ici, près de moi, poser votre tête sur mes genoux, et ne rien dire et ne pas bouger, parce que si vous bougez, je m'en irai...

Elle s'assied à mes pieds, couche sa tête avec un soupir et joint ses mains derrière ma taille. De mes doigts, que je ne puis empêcher de trembler, je peigne ses beaux cheveux en anneaux qui demeurent seuls à briller dans la chambre sombre. Elle ne remue pas. Mais sa nuque m'envoie son parfum, ses joues enfiévrées me chauffent, et contre mes genoux je sens la forme de ses seins... Oh ! qu'elle ne remue pas ! Si elle voyait mon visage et le trouble où je suis...

Mais elle n'a pas bougé, et j'ai pu la quitter, cette fois encore, sans lui avouer mon trouble si proche de son émoi.

A l'air vif et froid, j'ai calmé, comme j'ai pu, mes nerfs hérissés. C'est bien dans des situations analogues, n'est-ce pas, que l'« estime de soi » encore entière vous tonifie ? Oui ? Eh bien, moi, je me trouve plutôt poire.

Aujourd'hui, quittant la maison, je gage que les habitués du
« jour » de mon mari ont dû se dire : « Mais elle devient aimable,
la petite femme de Renaud ! Elle se forme ! »
Non, bonnes gens, je ne me forme pas, je m'étourdis. Ce n'est
pas pour vous, cette amabilité floue, cette fébrilité des mains
briseuses de tasses ! Pas pour vous, cet empressement de jeune
Hébé, vieil homme adonné aux lettres grecques et aux alcools
russes ! Pas pour vous, avantageux romancier à prétentions socia-
listes, ce sourire inconscient avec lequel j'ai accueilli votre proposition de venir à domicile (comme la manucure) me lire du Pierre
Leroux ; ni mon sérieux sculpteur andalou, à suivre le flot d'invectives hispano-françaises que vous déversez sur l'art contemporain ;
mon attention convaincue n'enregistrait pas seulement vos axiomes
esthétiques (« Tous les gens de talent, il est mort depuis deux
siècles »), mais elle écoutait en même temps le rire de Rézi, Rézi
moulée dans du drap blanc, le même blanc sourd et crémeux que
sa grande tunique de crêpe de Chine. Sculpteur andalou, vous dûtes
renoncer à ma conversion quand je vous eus dit : « J'ai vu les
Rubens — Ah ! eh bien ? — C'est de la tripaille ! » Que le mot de
« cochon » vous parut faible, et comme vous souhaitâtes ma mort !
Je vis pourtant, je vis dans l'honnêteté la plus nauséeuse. La
violence de mon attrait pour Rézi, le sentiment du ridicule, la
vanité de ma résistance, tout me presse d'en finir, de m'enivrer
d'elle jusqu'à tarir son charme. Et je réziste, ô le triste jeu de
syllabes ! je m'entête en me méprisant moi-même.
Aujourd'hui encore, elle est partie, dans le flot bavard des
hommes qui ont fumé et bu, des femmes qu'on a frôlées et que
la chaleur extrême du salon, après le froid du dehors, a grisées
un brin... Elle est partie, gardée à vue par son mari, sans que je
lui aie dit : « Je t'aime... à demain... » Partie, la méchante, fière

et comme sûre de moi malgré moi, sûre d'elle, menaçante et amoureuse...

Quand nous demeurons seuls, enfin, Renaud et moi, nous nous regardons, mornes, comme des vainqueurs fatigués sur le champ de bataille. Il s'étire, ouvre une fenêtre et s'accoude. Je le rejoins pour boire la brume fraîche, le vent propre qu'une averse a mouillé. Son grand bras qui m'entoure vite détourne de leur chemin mes pensées qui courent, désordonnées, ou se traînent, rompues, comme des lambeaux de nuages.

Je voudrais que Renaud, qui me domine d'une tête et demie, fût plus grand encore. Je voudrais être la fille ou la femme d'un Renaud géant, pour me musser au pli de son coude, dans la caverne de sa manche... Tapie sous le pavillon de son oreille, il m'emporterait à travers des plaines sans fin, à travers des forêts immenses, et, pendant la tempête, ses cheveux, sous le vent, gémiraient comme des pins...

Mais un geste de Renaud (pas le géant, le vrai) effraie mon conte et l'éparpille...

— Claudine, me dit sa voix pleine, veloutée comme son regard, il me semble que c'est raccroché, toi et Rézi ?

— Raccroché... si on veut. Je me fais prier.

(Il fredonne :)

— Y a pas de mal à ça, Claudinette, y a pas de mal à ça ! Et elle est toujours folle de toi ?

— Elle l'est. Mais je la fais languir encore après... après mon pardon. « Plus grande est la peine...

— ... le prix est plus grand », barytonne-t-il, décidément tourné à la musique. Elle était très jolie aujourd'hui, ton amie !

— Je ne la connais que jolie.

— Je le crois. A-t-elle une agréable chute de reins ?

(Je m'effare.)

— Sa chute de reins ? Mais je n'en sais rien ! Pensez-vous qu'elle me reçoive dans son tub ?

— Mais oui, je le pensais.

(Je hausse les épaules.)

— C'est indigne de vous, ces petits pièges-là ! Croyez-moi donc assez loyale — et assez affectueuse — Renaud, pour vous avouer nettement, quand le jour sera venu : « Rézi m'a emmenée plus loin que je ne le pensais... »

(De son bras qui enveloppe mes épaules, il me tourne vers la lumière du salon :)

— Ah ! Claudine ?... Mais alors ?...

Claudine en ménage

(Sur son visage penché, je lis de la curiosité, de l'ardeur, point d'inquiétude.)

— ... mais alors, tu le vois donc approcher, le jour où tu avoueras ?

— Ce n'est pas cela que j'ai à vous raconter ce soir, dis-je en détournant les yeux.

J'élude, car je me sens plus agitée et plus palpitante qu'un petit sphinx nocturne, un de ces petits sphinx roux aux yeux bleus et phosphorescents qui volent sur les asters et les lauriers fleuris ; leur corps de velours, retenu dans la main, respire et suffoque, et l'on s'attarde à sa tiédeur émouvante...

Ce soir, ce soir je ne suis plus à moi. Si mon mari veut — et il voudra — je serai la Claudine qui l'effraie et l'affole, celle qui se jette à l'amour comme si c'était pour la dernière fois, et qui se cramponne, tremblante, au bras de Renaud, sans ressource contre elle-même...

— Renaud, pensez-vous que Rézi soit une femme vicieuse ?

Il est près de deux heures du matin. Dans la nuit complète, je me repose, collée au flanc de Renaud. Il est ravi, encore tout prêt à me rendre au vertige dont je sors ; j'entends sous ma tête son cœur irrégulier et hâtif... Plaintive, les os fondus, je goûte la convalescence brisée qui suit les minutes trop intenses... mais j'ai retrouvé, avec la raison, l'idée qui ne me quitte guère, et l'image de Rézi.

Qu'elle éclaire — blanche et les bras tendus, longue dans sa robe qui la lie — la nuit où ma fatigue fait danser des points multicolores ; qu'assise à sa toilette, attentive, les bras levés, elle dérobe son visage pour ne montrer qu'une nuque dont l'ambre se fond dans l'or pâle de la chevelure naissante, c'est encore, c'est toujours Rézi. A présent qu'elle n'est plus là, je ne suis pas sûre qu'elle m'aime. Ma confiance en elle se borne au désir irritant de sa présence...

— Renaud, pensez-vous qu'elle soit vicieuse ?

— Je t'ai dit, ma folle petite fille, que je ne connaissais point d'amants à madame Lambrook.

— Ce n'est point cela que je vous demande. Avoir des amants, ça ne veut pas dire qu'on est vicieuse.

— Non ? Alors, qu'entends-tu par vice ? l'unisexualité ?

— Oui et non, ça dépend comment on la pratique. Mais ce n'est pas encore ça, le vice.

— Je m'attends à une définition pas ordinaire !

— Je regrette de vous donner une déception. Car enfin, ça tombe sous le sens. Je prends un amant...
— Eh là !
— C'est une supposition.
— Une supposition qui va t'attirer une fessée !
— Je prends un amant, sans amour, simplement parce que je sais que c'est mal : voilà le vice. Je prends un amant...
— Ça fait deux.
— ... un amant que j'aime, ou simplement que je désire — restez donc tranquille, Renaud ! — c'est la bonne loi naturelle et je me considère comme la plus honnête des créatures. Je résume : le vice, c'est le mal qu'on fait sans plaisir.
— Si nous causions d'autre chose, veux-tu ! Tous ces amants que tu as pris... j'ai besoin de te purifier...
— Va pour la purification.

(Tout de même, si j'avais parlé de prendre « une amie » au lieu d'« un amant », il aurait trouvé mon petit raisonnement très sortable. Pour Renaud, l'adultère est une question de sexe.)

Elle m'inquiète. Je ne reconnais plus, dans sa douceur rusée, dans ses adroites précautions à ne point irriter ma méfiance, la pâle et passionnée Rézi qui m'adjurait, pleine de pleurs et de fièvre... Un regard avivé de malice et de tendre défi vient de m'apprendre le secret de ces discrétions : elle sait que je... l'aime — ce mot sans nuance me suffit mal — elle a surpris mon trouble à demeurer seule auprès d'elle ; au baiser bref de la bienvenue ou de l'adieu (je n'ose pas ne plus l'embrasser !) son frémissement se sera prolongé en moi... Elle sait, maintenant, et elle attend. Tactique banale, soit. Pauvre piège amoureux, vieux comme l'amour, mais dans lequel, prévenue cependant, je tremble de tomber. O calculatrice ! J'ai pu résister à votre désir, mais au mien ?

« ... S'abandonner à l'ivresse de chérir, de désirer, — oublier tout ce qu'on aima, et recommencer d'aimer, — rajeunir dans la nouveauté d'une conquête, — c'est le but du monde !... »
Ce n'est pas Rézi qui parle ainsi. Ce n'est pas moi. C'est Marcel ! Son inconscience dévoyée atteint à une certaine grandeur, depuis que l'emportement d'une passion nouvelle exalte sa beauté lasse et son lyrisme fleuri.
Affalé vis-à-vis de moi, dans un grand fauteuil-guérite, il parle comme on délire, les yeux bas, les genoux joints, en lissant, d'un petit geste fréquent de maniaque, ses sourcils qu'un trait de crayon étire et prolonge.
Il ne m'aime point, certes, mais je n'ai jamais bafoué ses amours singulières, et peut-être est-ce là le secret de sa confiance.
Plus que jamais, je l'écoute sérieusement, et non sans trouble.
« S'abandonner à l'ivresse de chérir, de désirer, oublier tout ce qu'on aima... »
— Marcel, pourquoi oublier ?
(Il lève le menton en signe d'ignorance.)

— Pourquoi ! Je ne sais pas. J'oublie malgré moi. Hier pâlit et s'embrume derrière Aujourd'hui.

— J'aimerais mieux, moi, ensevelir Hier et ses fleurs séchées dans le coffret embaumé de ma mémoire.

(Presque sans le vouloir, j'imite sa redondance encombrée de métaphores.)

— Je ne saurais discuter cela, fait-il avec un geste d'insouciance... Donnez-moi cependant des nouvelles de votre Aujourd'hui, et de sa grâce un peu sensuellement viennoise...

(Je fronce le nez et baisse le front, menaçante :)

— Des potins, Marcel, déjà ?

— Non ; du flair seulement. Vous savez, la grande habitude !... Ah ! ça, décidément, vous préférez les blondes.

— Pourquoi ce pluriel ?

— Eh ! eh ! Rézi tient à présent la corde, mais, autrefois, je ne vous déplaisais pas !

(Quel toupet ! Sa coquetterie gâtée se trompe. Il y a dix mois, je l'aurais giflé ; mais je ne sais pas jusqu'à quel point je vaux mieux que lui, à présent. C'est égal ! Je le dévisage de tout près, en insistant du regard sur ses tempes fragiles qui se froisseront tôt, sur le pli déjà fatigué de la paupière inférieure et, l'ayant épluché, je décrète, rancunière :)

— Vous, Marcel, à trente ans vous aurez l'air d'une petite vieille.

Ainsi, il l'a vu ! Ça se voit donc ? Je n'ose me rassurer en reconnaissant à Marcel un flair spécial. La fougue flemmarde et fataliste qui me guide m'a soufflé ce conseil : « Puisqu'on croit que ça y est, autant que ça y soit ! »

C'est facile à dire ! Si Rézi poursuit sa cour silencieuse, de présence et de regards, du moins elle semble avoir renoncé à toute attaque effective. Devant moi, elle pare sa beauté comme on polit une arme, m'encense de ses parfums et, railleusement, me fait la gnée de toutes ses perfections. Elle met à ce jeu une gaminerie audacieuse, mêlée à une loyauté de geste dont je ne puis me plaindre.

— Regardez, Claudine, les ongles de mes pattes ! J'ai une nouvelle nail-powder, une merveille. Mes ongles sont de petits miroirs bombés...

Le pied mince se lève, effronté et nu, hors de la mule, et fait luire au bout des doigts pâles le rose délicieusement artificiel des ongles... puis disparaît juste au moment où, peut-être, j'allais le saisir et le baiser.

C'est encore la tentation de la chevelure : Rézi me confie, paresseuse, le soin de la peigner. Je m'en acquitte à ravir, surtout pour commencer. Mais le contact prolongé de cette étoffe d'or que j'effiloche, qui s'attache, électrique, à ma robe et crépite sous le râteau d'écaille comme une fougère qui s'embrase, la magie de ces cheveux enivrants me pénètre et m'engourdit... Et lâchement j'abandonne cette gerbe déliée, et Rézi s'impatiente, ou feint de s'impatienter...

Hier soir à table — un dîner de quinze couverts chez les Lambrook — n'a-t-elle point osé, cependant que chacun s'absorbait dans le décorticage ardu d'un homard à l'américaine, me jeter en plein visage la moue adorable d'un baiser... un baiser silencieux et complet... lèvres jointes puis mi-ouvertes... yeux d'onde grise ouverts et impérieux, puis voilés.

J'ai frémi qu'on la vît, et frémi plus encore de la voir.

Il arrive qu'à ce jeu émouvant elle s'embarrasse elle-même, comme ce matin chez elle...

Elle virait, onduleuse, en jupon et corset paille, tentant devant les glaces des renversements de danseuse hispano-montmartroise qui ploient la nuque au niveau des reins.

— Claudine, savez-vous faire ça ?...

— Oui, et mieux que vous.

— J'en suis sûre, chère. Vous êtes telle qu'un fleuret de bonne trempe, dure et souple... Ah !

— Qu'avez-vous ?

— Y aurait-il des moustiques en cette saison ? Vite, vite, regardez sur ma chère peau que j'aime tant... et moi qui me décollette ce soir !

Elle s'efforce pour voir, derrière son épaule nue, une piqûre (imaginaire ?). Je me penche.

— Là, là, un peu au-dessus de l'omoplate, plus haut, oui... ça m'a piquée... Que voyez-vous ?

Je vois, d'assez près pour l'effleurer, l'épaule à courbe parfaite, le profil de Rézi anxieuse, et plus bas une jeune gorge découverte, divergente et ronde comme celles qu'on houspille aux gravures lestes du dernier siècle... Je vois tout cela, stupide, et ne dis mot, et ne sens pas d'abord le regard intense que mon amie a levé sur moi. Ce regard m'appelle enfin, mais je le quitte pour la blancheur unique de cette peau sans nuance et sans ombres où les seins s'achèvent en rose soudain, du même rose que le fard de ses ongles...

Rézi suit, victorieuse, mes yeux qui errent. Mais, parce qu'ils se sont posés et insistent, elle mollit à son tour, et ses cils palpitent en aile de guêpe... Ses yeux bleuissent et tournoient, et c'est elle qui murmure : « Assez... merci... » dans un trouble aussi flagrant que le mien.

« Merci... » Ce mot soupiré, qui mêle la volupté à l'enfantillage, précipite ma défaite plus qu'une caresse profonde ne l'eût pu hâter.

— Ma petite fille, à quelle heure rentres-tu ? Pour une fois que nous dînons seuls chez nous !... Viens vite, tu es très bien comme ça, ne passe pas par ta chambre sous prétexte de recoiffer tes boucles... nous serions encore là à minuit. Allons, viens, assieds-toi, mignonne ! J'ai demandé pour ce soir les déplorables aubergines au parmesan qui te ravissent.

— Oui...

J'entends sans comprendre. Mon chapeau laissé aux mains de Renaud, je fourrage à deux poings ma tête trop chaude, et me laisse tomber sur la chaise de cuir, en face de mon mari, sous la lumière aimable et tamisée.

— Pas de potage ?

(Je fronce un nez dégoûté.)

— Pour m'attendre, raconte d'où tu viens, avec cette mine de somnambule et ces yeux qui dévorent ta figure ? De chez Rézi, hein !

— Oui...

— Avoue, ma Claudine, que je ne suis pas un mari trop jaloux ?

Pas assez, hélas ! C'est cela que j'eusse dû lui répondre et que je me contente de penser. Mais il avance vers moi un visage bistré, barré d'une moustache plus claire que la peau, adouci d'un féminin sourire, et si embelli de paternité amoureuse que je n'ose pas...

Pour occuper mes mains errantes, je romps des miettes dorées que je porte à ma bouche, mais ma main défaille : au parfum tenace qui l'embaume, je pâlis.

— Es-tu malade, mon petit enfant ? s'inquiète Renaud, qui jette déjà sa serviette...

— Non, non ! fatiguée, voilà tout. S'il vous plaît, j'ai bien soif...

Il sonne et demande le vin mousseux que j'aime, l'asti musqué que je ne bois jamais sans sourire... Mais cette fois-ci, je suis grise avant d'avoir bu.

Eh bien, oui, je viens de chez Rézi ! Je voudrais crier, étirer mes bras à les faire craquer, pour fondre l'agaçante courbature qui raidit ma nuque.

Je suis allée chez elle, comme tous les jours, vers cinq heures. Sans me donner jamais de rendez-vous, elle m'attend fidèlement à cette heure-là ; sans avoir rien promis, j'arrive à cette heure-là, fidèlement.

Je vais chez elle à pied, vite. Je vois les jours allonger, les ondées de mars laver les trottoirs, et les « jeannettes » de Nice, en monceaux sur les petites voitures, imprègnent l'air pluvieux de leur printemps précoce, enivrant et canaille.

C'est sur ce court chemin, maintenant, que j'étudie la marche des saisons, moi qui guettais, attentive comme une bête, la première feuille pointue du bois, la première anémone sauvage, veilleuse blanche filetée de mauve, et les minons du saule, petites queues de fourrure à l'odeur miellée. Bête des forêts, à présent la cage te tient et tu tiens à ta cage.

Aujourd'hui comme toujours, Rézi m'attend dans sa chambre blanche et verte, lit peint de blanc mat, et grands fauteuils d'un Louis XV finissant, tendus de soie couleur amande, où s'éploient de petits nœuds et de grands bouquets blancs. Dans ce vert doux, le teint et les cheveux de mon amie rayonnent.

Mais aujourd'hui...

— Comme il fait sombre chez vous, Rézi ! Et l'antichambre pas allumée ! Parlez, je ne vous vois même pas !

(Sa voix me répond, boudeuse, venant d'une bergère profonde, un de ces sièges douteux, trop larges pour un, un peu étroits pour deux...)

— Oui, c'est gai. Un accident d'électricité. Il paraît qu'on n'arrangera ça que demain matin. Alors, naturellement, on n'a rien ici pour suppléer. La femme de chambre parlait de planter des bougies dans mes flacons de toilette !...

— Eh bien ! ce ne serait pas si laid ?

— Merci... Vous vous mettez toujours avec le mauvais sort contre moi... Des bougies ! Pourquoi pas des cierges ? C'est mortuaire. Au lieu de venir me consoler, vous riez là, toute seule, je vous entends rire ! Venez avec moi dans la grande bergère, Claudine chérie...

(Je n'hésite pas un instant à me blottir dans la grande bergère.

Les bras à sa taille, je la sens libre et tiède dans une robe lâche, et son parfum monte...)

— Rézi, vous êtes comme la fleur du tabac blanc, qui attend la nuit pour délier toutes ses senteurs... Le soir venu, on ne respire plus qu'elle ; elle humilie les roses...

— Est-ce que, vraiment, j'attends la nuit pour embaumer ?

(Elle laisse aller sa tête sur mon épaule. C'est moi qui la tiens, chaude et vivante comme une perdrix prise...)

— Votre mari va-t-il encore une fois surgir dans l'ombre, comme un satan anglo-hindou ? demandai-je d'une voix qui s'assourdit.

— Non, soupire-t-elle. Il pilote des compatriotes.

— Des Hindous ?

— Des Anglais.

(Ni elle ni moi ne songeons à nos paroles. La nuit nous couvre. Je n'ose plus desserrer mes bras, et puis je ne veux pas.)

— Claudine, je vous aime...

— Pourquoi le dire ?

— Pourquoi ne pas le dire ? Pour vous, j'abandonne tout, même les flirts qui étaient le seul soulagement de mon ennui. Ne suis-je pas à votre gré, inoffensive, et, jusqu'à la souffrance, craintive de vous déplaire ?

— Jusqu'à la souffrance, oh ! Rézi...

— J'ai dit le mot qu'il faut. C'est souffrir qu'aimer et désirer sans remède, vous le savez.

(Oui, je le sais... Combien je le sais... Que fais-je en ce moment, sinon me délecter de cette peine inutile ?)

D'un mouvement insensible, elle s'est tournée vers moi davantage, accolée à moi de l'épaule aux genoux. Je l'ai à peine sentie bouger, elle m'a semblé virer dans sa robe.

— Rézi, ne me parlez plus. Je suis ligotée de paresse et de bien-être. Ne me forcez pas à me lever d'ici... Pensez que c'est la nuit, et que peut-être nous voyageons... Imaginez le vent dans les cheveux... penchez-vous, cette branche trop basse pourrait mouiller votre front !... Serrez-vous contre moi, prenez garde, l'eau des ornières profondes gicle sous les roues...

Tout son corps souple suit mon jeu, avec une complaisance traîtresse. De sa tête, renversée sur mon épaule, les cheveux s'envolent et me frôlent comme les ramures qu'invente mon inquiétude en quête de diversions...

— Je voyage, murmure-t-elle.

— Mais arriverons-nous ?
(Ses deux mains nerveuses étreignent ma main libre.)
— Oui, Claudine, nous arriverons !
— Où ?
— Penchez-vous, je vais vous le dire tout bas.

J'obéis, crédule. Et c'est sa bouche que je rencontre. J'écoute, longtemps, ce que sa bouche dit à la mienne... Elle n'a pas menti, nous arrivons... Ma hâte égale la sienne, la domine et la soumet. Révélée à moi-même, j'écarte les mains caressantes de Rézi qui comprend, frémit, lutte un court instant, puis demeure, les bras tombés...

Le coup sourd d'une lointaine porte cochère me met debout. Vaguement, je distingue la tache pâle de Rézi assise devant moi, et qui colle à mon poignet ses lèvres chaudes. D'un bras à sa taille, je la dresse, je la serre à moi toute, je la ploie et la baise au hasard sur ses yeux, dans ses cheveux en buisson, sur sa nuque moite...

— Demain !
— Demain... je t'aime...

...Je cours, la tête bourdonnante. Mes doigts s'agacent encore du grattement léger des valenciennes, croient glisser au satin d'un ruban dénoué, gardent le velouté d'une peau sans égale au monde, et l'air du soir me blesse, qui déchire le voile de parfum qu'elle a tissé sur moi...

— Claudine, si les aubergines au parmesan elles-mêmes te trouvent froide... je sais à quoi m'en tenir !
(Je sursaute à la voix de Renaud ; je reviens de loin. C'est vrai, je ne mange pas. Mais j'ai si soif !)
— Chérie, tu ne veux rien me dire ?
(Ce mari-là, décidément, ne ressemble pas aux autres ! Gênée de son insistance, je le supplie :)
— Renaud, ne soyez pas taquin... Je suis fatiguée, nerveuse, embarrassée devant vous... Laissez passer la nuit, et ne vous imaginez pas tant de choses, mon Dieu !...

Il se tait. Mais il épie, tout l'après-dîner, la pendule, et invoque à dix heures et demie un besoin de dormir à peu près inadmissible. Et vite, vite, dans notre grand lit, il cherche dans mes cheveux, sur mes mains, sur ma bouche, la vérité que je ne veux pas lui dire !

« Demain ! » implorait Rézi. « Demain ! » ai-je consenti. Hélas ! ce Demain ne vient pas ; j'ai couru chez elle, sûre d'un bonheur plus long, plus soigneux, dans l'heure claire encore qui me montrerait Rézi admirable et vaincue... j'avais si bien oublié son mari ! Il nous a troublées deux fois, le misérable ; deux fois il a disjoint, d'une entrée brusque, nos mains avides et peureuses ! Nous nous regardions, Rézi et moi, elle tout près de pleurer, moi si enragée de colère qu'à une troisième intrusion j'ai eu bien du mal à ne pas jeter mon verre d'orangeade au nez de ce mari soupçonneux, rigide et courtois... Et cet « adieu » vibrant, ces baisers volés, ces doigts appuyés et furtifs ne sauraient maintenant nous suffire...
Que faire ?
Je suis revenue, édifiant et balayant des projets impossibles. Rien !
Je retourne aujourd'hui chez Rézi, pour lui dire mon impuissance, pour la voir, la respirer...
Anxieuse comme moi, elle accourt :
— Eh bien, chérie ?
— Rien trouvé. Vous m'en voulez ?
Elle caresse des yeux l'arc de ma bouche qui parle, et ses lèvres tremblent et s'entrouvrent... Le reflet de son désir m'agite toute... Vais-je la saisir là, dans ce banal salon, et la caresser jusqu'à mourir ?
Elle me devine, recule d'un pas : « Non ! » dit-elle tout bas, d'un ton précipité, en désignant la porte.
— Alors, Rézi, chez moi ?
— Chez vous, si vous voulez...
(Je souris, puis je secoue la tête.)
— Non ! On sonne tout le temps ! Renaud va et vient ; les portes battent... Oh ! non...
(Elle tord ses mains blanches avec un petit désespoir.)

— Alors, quoi, plus jamais ? Croyez-vous que je puisse vivre un mois du souvenir d'hier ? Il ne fallait pas, achève-t-elle en détournant la tête, si vous ne pouvez, chaque jour, éteindre ma soif de vous...

Elle est allée tomber, tendrement boudeuse, dans la grande bergère, la même... Et quoique aujourd'hui une robe de ville l'enserre de lainage blond comme ses cheveux, je retrouve trop la courbe demi-couchée de ses hanches, la ligne fuyante des jambes argentées d'un impalpable duvet de velours...

— Oh, Rézi !
— Quoi ?
— La voiture ?
— La voiture ! des secousses, des surprises, des courbatures, — des figures curieuses tout à coup collées à la vitre, un cheval qui tombe, un agent empressé qui ouvre la portière, le cocher qui frappe discrètement, du bout du fouet : « Madame, la rue est barrée, faut-il retourner ? » Non, Claudine, pas de voiture !

— Alors, ma chère, trouvez vous-même un nid possible... jusqu'à présent, vous n'avez guère trouvé que des objections !

(Rapide comme une couleuvre qu'on touche, elle relève sa tête dorée, darde des regards pleins de reproches et de pleurs :)

— C'est tout votre amour ? Vous penseriez bien à vous froisser, si vous m'aimiez autant que je vous aime !

(Je hausse les épaules.)

— Mais aussi, pourquoi lever partout des barrières ? La voiture vous paralyse, ce salon est hérissé de pièges conjugaux... faut-il prendre le *Journal* du samedi et chercher un gîte à la journée ?

— Je voudrais bien, soupire-t-elle ingénument, mais tous ces endroits-là sont surveillés par la police, c'est... quelqu'un qui me l'a dit.

— Ça m'est égal, la police.

— A vous, oui, grâce au mari que vous possédez, grâce à Renaud...

(Sa voix change.)

— ... Claudine, dit-elle lentement, réfléchie, Renaud, Renaud seul peut...

Je la regarde, ébahie, sans trouver de réponse. Elle songe, très sérieuse, mince dans sa robe blonde, le poing sous le menton enfantin.

— Oui ! Claudine, notre repos dépend de lui... et de vous.

(Elle tend les bras, son impénétrable et tendre visage m'appelle.)

— Notre repos, oh ! chère, notre bonheur, dites comme vous voulez. Mais comprenez que je ne puis guère attendre, maintenant que j'ai connu votre force, maintenant que Rézi est à vous, avec toute sa passion et toute sa lâcheté !...

Je glisse vers ses bras, vers ses lèvres, prête à me résigner aux vêtements étroits et gênants, prête à gâcher notre joie par trop de hâte...

Elle s'arrache de mes mains : « Cht ! on a marché !... »

(Comme elle a peur ! sa blancheur a pâli légèrement, elle écoute penchée et les pupilles agrandies... Oh ! qu'une cheminée vienne donc aplatir ce Lambrook de malheur, et nous délivrer de lui !)

— Rézi, ma dorée, pourquoi pensez-vous que Renaud...

— Oui, Renaud ! c'est un mari intelligent, lui, et qui vous adore. Il faut lui dire... presque tout, il faut que sa tendresse adroite nous consente un abri.

— Vous ne craignez pas sa jalousie, à celui-là ?

— Non...

Tiens, tiens, son petit sourire !... Pourquoi faut-il que d'un geste ambigu, d'une inflexion de bouche rusée, elle arrête ma confiance folle qui courait vers elle, à la suite de mes désirs ? Mais c'est une ombre à peine, et n'eussé-je d'elle que sa sensualité sincère, la double douceur de sa peau et de sa voix, sa chevelure qu'elle me confie et sa bouche qui m'enchaîne... n'est-ce point assez ? Quoi qu'il m'en coûte, je demanderai secours — pas maintenant, un peu plus tard, je veux encore chercher moi-même ! — je demanderai secours à Renaud, j'humilierai pour elle ma sauvagerie pudique et le tendre orgueil que j'eusse mis à découvrir, seule, le havre sûr de notre passion...

Des bouderies énervées, des larmes rageuses, des reprises câlines, des heures électrisées où le contact seul de nos mains nous affole, — voilà le bilan de cette semaine. Je n'ai pas parlé à Renaud, il m'en coûte tant ! Et Rézi m'en veut. Je n'ai pas même avoué à mon cher grand que la tendresse, de Rézi à moi, de moi à Rézi, se précise plus qu'on ne peut dire... Mais il sait tout, à peu près et sans détails, et cette certitude lui communique une fièvre singulière. Quel proxénétisme aimant et bizarre le mène à me pousser chez Rézi, à me parer pour elle ? A quatre heures, quand je jette le livre qui trompa mon attente, Renaud, s'il est près de moi, se lève, s'agite : « Tu vas là-bas ? — Oui. » Il passe dans mes cheveux ses doigts habiles pour aérer mes boucles, penche jusqu'à moi sa grande moustache, attentif à renouer ma cravate de grosse soie nattée, à vérifier la netteté du col garçonnier. Debout derrière moi, il veille à l'équilibre du turban de fourrure sur ma tête, me tend les manches de ma zibeline... C'est lui, enfin, qui glisse dans mes mains stupéfaites une botte de roses rouge-noir, la fleur chère à mon amie ! Moi, j'avoue que je n'y aurais pas pensé.

Et puis, un grand baiser tendre :

— Va, ma petite fille. Sois bien sage. Sois fiérotte, pas trop humblement tendre, fais-toi désirer...

« Fais-toi désirer... » On me désire, hélas ! mais ce n'est pas un résultat de ma tactique.

Quand c'est Rézi qui vient me voir, mon irritation croît encore. Je la tiens là, dans ma chambre, — qui n'est que *notre* chambre, à Renaud et à moi — un tour de clé, et nous serions seules... Mais je ne veux pas. Il me déplaît, par-dessus tout, que la femme de chambre de mon mari (fille silencieuse au pas d'ombre, qui coud à points si lâches, avec des mains molles) frappe et m'explique, mystérieuse, derrière la porte fermée : « C'est le corsage de Madame... on attend pour *réchancrer* les emmanchures. » Je redoute le guet d'Ernest, valet de chambre à figure de mauvais prêtre. Tous ces gens-là ne sont pas à moi, je m'en sers avec discrétion et répugnance. Je crains plus encore — il faut tout dire — la curiosité de Renaud...

Et voilà pourquoi je laisse Rézi, dans ma chambre, dérouler la spirale de ses séductions, et nuancer toutes ses moues de reproches.

— Vous n'avez rien trouvé pour nous, Claudine ?
— Non.
— Vous n'avez pas demandé à Renaud ?
— Non.
— C'est cruel...

A ce mot qu'elle soupire tout bas, les yeux soudain baissés, je sens ma volonté fondre. Mais Renaud vient, frappe à petits coups précautionneux, et reçoit en réponse un « Entrez » plus brutal qu'un pavé.

Je n'aime pas du tout la grâce suppliante qu'affecte envers lui Rézi, ni cette façon qu'il a de respirer sur elle ce que nous lui cachons, de fouiller ses cheveux et sa robe comme pour y surprendre l'odorant souvenir de mes caresses.

Encore, aujourd'hui, devant moi... Il lui baise les deux mains à l'arrivée, pour le plaisir de dire après :

— Vous avez donc adopté le parfum de Claudine, ce chypre sucré et brun ?

— Mais non, répond-elle, candide.
— Ah ! je croyais.
Le regard de Renaud dévie sur moi, renseigné et flatteur. Toute mon âme trépigne... Vais-je, exaspérée, me pendre à ses grandes moustaches, jusqu'à ce qu'il crie, jusqu'à ce qu'il me batte ?... Non. Je me contiens encore, je garde le calme crispé et correct d'un mari dont on embrasse la femme aux petits jeux innocents. Et, d'ailleurs, il prétend s'en aller, avec la réserve insultante d'un serveur de cabinet particulier. Je le retiens :
— Restez, Renaud...
— Jamais de la vie ! Rézi m'arracherait les yeux.
— A quel propos ?
— Je connais trop, mon petit pâtre bouclé, le prix d'un tête-à-tête avec toi...
Une vilaine crainte m'empoisonne : Si Rézi, à l'âme fluide et menteuse, se prenait de préférence pour Renaud ! Juste, aujourd'hui, il est beau, dans une jaquette longue qui lui sied, les pieds petits et les épaules larges... Elle est là, cette Rézi, sujet de toute ma peine, fourrée de loutre, blonde comme le seigle, coiffée d'un précoce chapeau de lilas et de feuilles... Je reconnais en moi, naissante, la brutalité qui me faisait battre et griffer Luce... Que les larmes de Rézi seraient douces et poignantes à mon tourment !
Elle se tait, me regarde, et met toutes ses paroles dans ses yeux... Je vais céder, je cède...
— Renaud, mon grand, vous sortez avant dîner ?
— Non, ma petite fille, pourquoi ?
— Je voudrais vous parler... vous demander un service.
(Rézi jaillit de son fauteuil, affermit son chapeau, joyeuse, en désordre... elle a compris.)
— Je me sauve... Oui, justement je ne peux pas rester... Mais demain, je vous verrai longtemps, Claudine ? Ah ! Renaud, qu'on doit vous envier une enfant comme celle-ci !
(Elle disparaît dans le chuchotement de sa robe, laissant Renaud confondu.)
— Elle est folle, je pense ? Qu'est-ce qui vous prend, à toutes les deux ?
(Mon Dieu ! parlerais-je ? comme c'est dur !...)
— Renaud... je... vous...
— Quoi, mon petit ? Te voilà toute pâlotte !
(Il m'attire sur ses genoux. Peut-être que là ce sera plus facile...)
— Voilà... le mari de Rézi est bien embêtant.
— Ça oui, surtout pour elle !

— Il l'est pour moi aussi.
— Par exemple, je voudrais voir ça !... Il se serait permis quelque chose ?...
— Non ; ne remuez pas, gardez-moi dans vos bras. Seulement, ce Lambrook de malheur est tout le temps sur notre dos.
— Ah ! bon...
(Oh ! pardi, je sais bien que Renaud n'a rien d'un imbécile. Il comprend à demi-mot.)
— Ma chère petite bête amoureuse ! Alors, on te tourmente, toi et ta Rézi ? Que faut-il faire ? Tu sais bien que ton vieux mari t'aime assez pour ne pas te priver d'un peu de joie... Elle est charmante, ta blonde amie, elle t'aime si fort !
— Oui ? vous croyez ?
— J'en suis sûr ! Et vos deux beautés se complètent. Ton ambre ne craint pas l'éclat de sa blancheur... sauf erreur, c'est un alexandrin !
(Ses bras ont frémi... je sais à quoi il songe... Pourtant, je me détends à sa voix où coule la tendresse, une vraie tendresse...)
— Que veux-tu, mon oiseau chéri ? que je vide demain, pour tout l'après-midi, cet appartement ?
— Oh ! non...
(J'ajoute, après un silence embarrassé :)
— ... Si nous pouvions... ailleurs...
— Ailleurs ? Mais rien de plus facile !
(Il s'est levé d'un élan, m'a posée à terre, et marche à grands pas très jeunes.)
— Ailleurs... voyons... il y a bien... Non, ce n'est pas assez... Ah ! J'ai ton affaire !
(Il revient à moi, m'enveloppe et cherche ma bouche. Mais toute froide de confusion et de gêne, je me détourne un peu...)
— Ma petite fille charmante, tu auras ta Rézi, Rézi aura sa Claudine, ne t'occupe plus de rien — que de patienter un jour, deux jours au plus — c'est long, dis ! Embrasse ton grand qui veillera, aveugle et sourd, au seuil de votre chambre murmurante !...

La joie, la certitude de Rézi, parée de sa blancheur et de ses parfums, l'allégement du vilain secret confessé, ne m'empêchent pas de ressentir une autre détresse... Oh ! cher Renaud, que je vous eusse aimé, pour un sec et grondeur refus !...

Cette nuit d'attente, je l'avais souhaitée heureuse, rythmée de palpitations douces, de sommes mi-éveillés où l'image de Rézi passerait cendrée de lumière blonde... Mais cette attente même en évoque une autre, dans ma chambrette de la rue Jacob, une autre plus jeune et plus fougueuse... Non, je me trompe, ma veillée de cette nuit, je l'imagine plutôt pareille à celle de Renaud, deux ans passés... Rézi me trouvera-t-elle assez belle ? Assez fervente, j'en suis sûre, oh ! oui... Lasse d'insomnie, je heurte d'un pied mince et froid le dormir léger de mon ami, pour blottir dans son bras mon corps horripilé, et j'y somnole enfin.

Les rêves se succèdent et se mêlent, fumeux, inanalysables ; une silhouette jeune et souple y transparaît parfois, comme le visage de la lune, voilée de nuages et dévoilée... Quand je l'appelle « Rézi ! » elle se tourne et me montre le front bombé et doux, les paupières veloutées, la lèvre ronde et courte de la petite Hélène blanche et noire... Que vient faire dans mon rêve cette fillette entrevue, presque oubliée ?

Renaud n'a pas perdu de temps. Il est rentré dîner hier, vif, tumultueux et tendre.
— Préviens Rézi ! dit-il en m'embrassant. Que cette jeune sorcière se lave pour le sabbat de demain !
— Demain ? Où ?
— Ah ! voilà. Rendez-vous ici : je vous mène toutes deux. Il n'est pas bon qu'on vous voie entrer seules ; et puis, je vous installerai.

Cette combinaison me refroidit un brin : j'aurais voulu la clef, l'adresse de la chambre, la liberté...
A Rézi, anxieuse et venue avant l'heure, je dis, en essayant de rire :
— Voulez-vous venir avec moi ? Renaud nous a trouvé une... une... fillonnière.
(Ses yeux dansent et se dorent.)
— Ah !... Alors, il sait que je sais qu'il...
— Pardi ! Etait-ce possible autrement ? Vous-même, vous m'avez suggéré — avec quelle ténacité, Rézi, je vous en rends grâces à présent — de demander secours à Renaud...
— Oui, oui...
(Ses yeux gris, caressants et rusés, s'inquiètent, cherchent les miens ; sa main, d'un geste tournant recommencé vingt fois, assagit l'or envolé de sa nuque...)
— J'ai peur que vous ne m'aimiez pas, aujourd'hui, pas assez pour... cela, Claudine !
(Elle m'a parlé de trop près, son souffle est venu jusqu'à moi, c'est assez pour que je serre les mâchoires et que mes oreilles rougissent...)
— Je vous aime toujours assez..., et trop..., et follement, Rézi... Oui, j'aurais voulu que personne au monde ne nous autorisât ou nous défendît un après-midi de solitude et d'abandon. Mais si je puis, derrière une porte close et sûre, croire un moment que vous

m'appartenez, à moi la première, à moi la seule... je ne regretterai
rien.

Elle rêve au son de ma voix, peut-être sans m'écouter. Nous
tressaillons ensemble à la venue de Renaud, et Rézi, une minute,
perd un peu d'assurance. D'un rire complice et bon enfant, il
dissipe sa gêne et tire mystérieusement de son gousset une petite
clef :
— Chut ! A qui la confierai-je ?
— A moi, dis-je en tendant une main impérieuse.
— A moi ! supplie Rézi câline.
— Je-ne-sais-pas-à-quoi-je-me-dé-ci-de-rai, scande Renaud. Vous
tirerez au doigt mouillé !
(Pour cette plaisanterie à la Maugis, pour le rire aigu de Rézi
qui l'accueille, je me sens au bord d'une maladroite explosion de
rage. Renaud l'a-t-il pressentie ? Il se lève.)
— Venez, mes enfants, la voiture est en bas.

Assis en face de nous sur le cruel strapontin, il dissimule à peine
l'excitation de cette escapade. Son nez pâlit et ses moustaches
tressaillent quand ses yeux errent sur Rézi. Celle-ci, incertaine,
essaye de causer, s'arrête, questionne du regard ma triste et rogue
impatience...
Oui, je me ronge d'impatience ! Impatience de savourer tout ce
que promirent, durant cette semaine saccadée, la hâte et les prières
de mon amie ; impatience surtout d'arriver, de finir ce choquant
pèlerinage à trois...
Quoi ? Nous nous arrêtons rue Goethe ? Si près ? Il m'avait paru
que nous roulions depuis une demi-heure... L'escalier du numéro 59
n'est pas mal. Des écuries au fond de la cour. Deux étages. Renaud
ouvre une porte silencieuse, et c'est dès l'antichambre l'air mat et
pesant des pièces tendues d'étoffe.
Tandis que j'examine, un peu malveillante, le petit salon, Rézi,
avisée (je ne veux pas écrire expérimentée), court à la fenêtre et
inspecte le dehors sans lever les rideaux de tulle blanc. Sans doute
satisfaite, elle rôde comme moi dans le minuscule salon où le goût
maniaque d'un amateur du Louis XIII espagnol entassa les bois
dorés et sculptés, les lourds cadres à gros ornements, les christs
agonisants sur velours miteux, les prie-Dieu hostiles, et une énorme
chaise-à-porteurs-vitrine, pesante et belle, aux flancs de laquelle
croule un automne doré et sculpté en plein bois, pommes, raisins
et poires... Cette austérité sacrilège me plaît, je me déride. Une

portière à demi levée montre un coin de chambre à coucher anglaise et claire, la pomme d'un lit de cuivre, une plaisante chaise longue d'étoffe fleurie...
Décidément, l'impression est bonne.
— Renaud, déclare Rézi, c'est charmant ! Chez qui sommes-nous ?
— Chez vous, ô Bilitis ! Voici l'électricité. Voici du thé et du citron, des sandwiches, voici des raisins noirs, et puis voici mon cœur qui bat pour toutes deux...

Qu'il est à l'aise, et de quelle grâce il remplit son rôle suspect ! Je le regarde s'empresser, ranger les soucoupes de ses mains adroites et féminines, sourire de ses yeux bleu-noir, tendre à Rézi une grappe de raisin qu'elle mordille, coquette... Pourquoi m'étonné-je de lui, qui ne s'étonne pas de moi ?

...Je la tiens contre mon cœur, et tout le long de moi. Ses genoux frais me touchent, les petits ongles de ses pieds me griffent délicieusement. Sa chemise froissée n'est qu'un chiffon de mousseline. Mon bras ployé supporte précieusement sa nuque, son visage baigne dans l'onde de ses cheveux. Le jour finit, l'ombre atteint les feuillages clairs de cette tenture nouvelle et gênante à mes yeux. De temps en temps, si près de ma bouche, aux dents de Rézi qui parle, un reflet luit comme une ablette. Elle parle dans une fièvre gaie, un bras nu levé, dessinant de l'index ce qu'elle dit. Je suis dans le demi-jour ce bras blanc et sinueux, dont le geste rythme ma lassitude et l'adorable tristesse qui m'enivre...

Je voudrais qu'elle fût triste comme moi, comme moi recueillie et craintive devant les minutes qui nous échappent, qu'au moins elle me laissât à mon souvenir... Elle est délicieusement jolie, à présent. Tout à l'heure, elle fut passionnément belle...

Comme blessée à la première caresse, elle tourna vers moi une merveilleuse figure de bête, les sourcils bas, la lèvre relevée et meurtrière, une expression forcenée et suppliante... Puis tout fondit dans l'offre effrénée, dans l'exigence murmurante, dans une sorte de colère amoureuse, suivie de « Merci... » enfantins, de grands « Ah ! » soupirés et satisfaits, comme une petite fille qui avait bien soif et qui a bu d'un trait jusqu'au bout de son haleine...

Elle parle à présent, et sa voix chère, pourtant, trouble l'heure précieuse... En vérité, elle bavarde sa joie, comme Renaud... Ne peuvent-ils la goûter en silence ? Me voici toute sombre comme cette chambre étrangère... Quelle mauvaise partenaire d'après-aimer je fais.

Je me ranime en étreignant le corps tiède qui s'adapte au mien, qui plie quand je plie, le corps aimé, si charnu dans sa fuyante minceur que, nulle part, je ne trouve son armature résistante...

— Ah! Claudine, vous serrez si fort!... Oui, je vous assure que sa froideur conjugale, sa jalousie outrageuse peuvent tout excuser...

(Elle parle de son mari ? Je n'écoutais pas... Et qu'a-t-elle besoin d'excuses ? Ce mot sonne mal ici. D'un baiser, j'endigue le flot de ses douces paroles... pour quelques secondes.)

— ... Vous, vous, Claudine, je vous jure que personne ne m'a fait souffrir comme vous le tourment d'attendre. Tant de semaines perdues, mon amour! Songez que c'est le printemps, bientôt, et que chaque jour nous rapproche des villégiatures qui séparent...

— Je te défends de partir!

— Oui, défends-moi quelque chose! supplie-t-elle, invinciblement nouée à moi. Gronde-moi, ne me quitte pas, je ne veux voir que toi... et Renaud.

— Ah! Renaud trouve grâce ?

— Oui, parce qu'il est bon, parce qu'il a l'âme femme, parce qu'il comprend et protège notre solitude... Claudine, je ne sens pas de honte devant Renaud, est-ce bizarre!

(Bizarre en effet, et j'envie Rézi. Moi, j'ai honte. Non, ce n'est pas le mot tout à fait qu'il faut, j'ai plutôt... j'ai un peu... scandale. C'est cela, mon mari me scandalise.)

— ... Et puis, chérie, c'est égal, achève-t-elle soulevée sur un coude, nous vivons là, à nous trois, un petit chapitre pas ordinaire!

« Pas ordinaire! un petit chapitre! » Cette bavarde! Si je baise sa bouche, un peu cruellement, ne devine-t-elle pas pourquoi ? Je voudrais, de mes dents, couper sa langue pointue; je voudrais aimer Rézi muette, docile, parfaite en son silence illuminé seulement de regards et de gestes...

Je m'abîme dans mon baiser, les narines éventées du petit souffle pressé de mon amie... La nuit se fait ; mais je soutiens la tête de Rézi dans mes deux mains comme un fruit, et je froisse ses cheveux, si fins qu'à les toucher je devinerais leur nuance...

— Claudine, je suis sûre qu'il est sept heures!

Elle bondit, court à l'électricité et nous inonde de lumière.

Esseulée et frileuse, je me love à la place tiède, pour garder un peu plus longtemps la chaleur de Rézi et m'imprégner de son odeur blonde. J'ai le temps, moi. Mon mari m'attend, sans inquiétude... au contraire!

Eblouie, elle tourne un instant sans trouver ses lingeries éparses. Elle se penche, pour une fourche d'écaille égarée, se relève, et sa chemise glisse à terre. Sans embarras, elle renoue sa chevelure, avec cette prestesse voilée de grâce qui m'amuse et me charme. Au creux des bras levés, au bas du jeune ventre, mousse un or si pâle que, dans la lumière, ma Rézi semble aussi nue qu'une statue. Mais quelle statue oserait cette croupe élastique, si hardie après la gracilité du torse ?

Sérieuse, coiffée net comme une femme de bon ton, Rézi fixe sur sa tête son chapeau printanier et demeure une seconde à se mirer, uniquement vêtue d'une toque de lilas. Mon rire fouette sa précipitation, hélas ! Et voici que la chemise, le corset, le pantalon diaphane, le jupon couleur d'aurore s'abattent sur elle, appelés, certes, par trois paroles magiques. Une minute encore, et la Rézi mondaine, fourrée de loutre, gantée de suède ivoire, se tient devant moi, fière de son adresse prestidigitatrice.

— Ma blonde, il fait noir à présent que toutes vos blancheurs, vos dorures, ne luttent plus avec la lumière... Aidez-moi à me lever, je suis sans force contre ces draps qui me tiennent...

Debout, étirant mes mains moites — pour briser la petite raideur courbaturée qui contracte mes omoplates — je me contemple à la glace vaste et bien placée ; orgueilleuse de ma longueur musclée, de ma grâce plus garçonnière et plus précise que celle de Rézi...

Sa nuque caressante se glisse sous mon bras levé, et je me détourne devant l'image double, habillée et nue, que nous rejette le miroir...

Je me dépêche, aidée par mon amie, qui fleure, près de moi, l'amour et la fourrure...

— Rézi chère, n'essayez pas de m'apprendre votre prestesse ! Auprès de vos mains fées, j'aurai toujours l'air de m'habiller avec les pieds ! Comment ! nous n'avons pas goûté ?

— Nous n'avions pas le temps, objecte Rézi qui sourit vers moi.

— Du raisin noir au moins ? il fait si soif...

— Oui, du raisin noir... Prends...

Je le bois entre ses lèvres... Je chancelle de désir et de fatigue. Elle s'échappe de mes bras.

Les ampoules éteintes, la porte entrebâillée sur le froid sonore et lumineux de l'escalier, Rézi toute tiède qui me tend une dernière fois sa bouche au raisin muscat... et c'est tout de suite la rue, la hâte coudoyeuse des passants, et, à cause du rhabillage insolite, le frisson, le mal de cœur léger d'un lever en pleine nuit...

— Mon enfant chérie, viens que je te fasse rire !

C'est Renaud, qui interrompt dans le cabinet de toilette l'étrillage prolongé et matinal de mes cheveux courts. Il rit déjà, calé dans le fauteuil de paille.

— Voilà. Une personne dévouée, qui veut bien, pour soixante centimes l'heure, veiller au bon ordre de la rue Goethe, m'a remis ce matin un objet (trouvé dans la houle des draps) proprement plié dans un fragment du *Petit Parisien*, avec ces seuls mots : « C'est la mentonnière de Monsieur... »

— !!!

— Bon ! tu vas tout de suite penser à des inconvenances ! Regarde.

Au bout de ses doigts pendille un étroit chiffon de linon à tout petits plis, bordé de malines... L'épaulette de la chemise de Rézi ! Je l'ai prise au vol... je ne la lui rendrai pas.

— ... Je soupçonne d'ailleurs cette concierge de fournir des « mots » à nos vaudevillistes les plus aimés du public. Hier, vers six heures, je suis venu, discret — et un peu inquiet de ma chérie si longue à revenir — lui demander de vos nouvelles. Elle m'a répondu, pleine d'un blâme respectueux : « Il y a pas loin de deux heures que ces dames attendent après Monsieur. »

— Alors ?

— Alors... je ne suis pas monté, Claudine. Embrasse-moi « en pour ».

Ceci ne sera plus le journal de Claudine, vraiment, puisque je n'y puis parler que de Rézi. Qu'est devenue la Claudine alerte de jadis ? Lâche, brûlante et triste, elle flotte dans le sillage de Rézi. Le temps coule sans incidents autres que nos rendez-vous rue Goethe, une fois, deux fois par semaine. Le reste du temps, je suis Renaud dans l'exercice de ses fonctions : premières, dîners, salons littéraires. Au théâtre, souvent, j'emmène mon amie aggravée de Lambrook, dans la couarde certitude qu'elle ne me trompera pas pendant ce temps-là. Je souffre de jalousie et pourtant... je ne l'aime pas.

Non, je ne l'aime pas ! Mais je ne puis me déprendre d'elle, et d'ailleurs je n'y tâche point. Hors de sa présence, je puis, sans frémir, me l'imaginer boulée par une automobile, aplatie dans un accident de métropolitain. Mais je ne saurais, sans que les oreilles me sifflent, sans que mon cœur s'accélère, me dire : « En ce moment, elle livre sa bouche à un amant, à une amie, avec ce battement précipité des cils, ce renversement buveur que je connais. »

Qu'est-ce que ça fait que je ne l'aime pas..., je souffre tout autant !

Je supporte mal la présence de Renaud, si volontiers immiscé en tiers. Il n'a pas voulu me donner la clef du petit appartement, alléguant, sans doute avec raison, qu'on ne doit pas nous y voir pénétrer seules. Et c'est chaque fois pour moi le même effort humiliant de lui dire : « Renaud, nous allons demain *là-bas*... »

Il s'empresse, gentil, heureux, sans doute, comme Rézi, de la situation « pas ordinaire... ». Ce besoin, commun à tous deux, de s'affirmer vicieux et bien modernes me confond. Je fais ce que fait Rézi, pourtant, — et même davantage, — et je ne me sens pas vicieuse...

A présent, Renaud s'attarde en nous accompagnant *là-bas*. Il verse le thé, s'assoit, fume une cigarette, bavarde, se lève pour redresser un cadre ou chiquenauder une mite au velours des prie-

Dieu... il laisse deviner qu'il est chez lui. Et quand il veut enfin partir, feignant la hâte et l'excuse, c'est Rézi qui proteste : « Mais pas du tout, restez donc une minute !... » Moi, je ne dis rien.

Leur causerie me laisse à l'écart : potins, médisances, plaisanteries vite devenues lestes, allusions peu voilées au tête-à-tête qui va suivre... Elle rit, elle prête à ces longueries son doux regard myope, la grâce virante de sa nuque et de sa taille... Je vous jure, je vous jure que j'en suis aussi choquée, aussi irritée et pudique qu'une fille sage devant des images obscènes... La volupté — la mienne — n'a rien à voir avec le pelotage.

Dans la chambre claire, où flottent, mêlés, l'iris de Rézi, le chypre rude et sucré de Claudine, dans le grand lit embaumé de nos deux corps, je me venge, silencieuse, de tant de piqûres cachées et saignantes... Puis, s'adaptant à moi, dans une pose, Dieu merci, familière, Rézi parle et me questionne, agacée de la brièveté, de la simplicité de mes réponses, avide de savoir davantage, incrédule quand j'affirme ma sagesse antérieure et la nouveauté de ma folie.

— Mais enfin, Luce ?

— Eh bien, Luce, elle m'aimait.

— Et... rien ?

— Rien ! Vous me trouvez grotesque ?

— Non, certes, ma Claudine.

La joue sur ma gorge, elle paraît écouter en elle-même. Des souvenirs affleurent en étincelles à ses yeux gris... Si elle parle, je vais avoir envie de la battre, et pourtant, j'ai bien envie qu'elle parle...

— Rézi, tu n'as pas attendu ton mariage ?

— Si ! s'écrie-t-elle redressée, cédant au besoin de se raconter. Les débuts les plus ridicules, les plus médiocres... Mon professeur de chant, une blonde teinte, des os de cheval, qui, parce qu'elle avait des yeux vert d'eau, revêtait les ajustements modern-style et la personnalité d'une sphinge anglo-saxonne... Avec elle, je travaillais ma voix, et toute la gamme des perversités... J'étais très jeune, nouvelle mariée, craintive et peu emballée... Je cessai les leçons au bout d'un mois, oui, un mois juste, désenchantée affreusement, pour avoir assisté, par la porte entrouverte, à une petite scène où la sphinge, ceinturée d'écharpes liberty, convainquait aigrement sa cuisinière d'un dol inférieur à quatre-vingt-cinq centimes...

Rézi s'anime, ondule, agite ses cheveux de soie, rit au comique de sa réminiscence. Assise dans le creux de ma hanche, repliée sur elle-même, un pied dans sa main, la chemise glissante, elle a l'air de s'amuser énormément.

Claudine en ménage

— Et puis, Rézi, qui, après ?
— Après... c'était...
(Elle hésite, me regarde rapidement, referme la bouche et se décide :)
— C'était une jeune fille.
(Je jurerais, à sa mine, qu'elle vient de « passer » quelqu'un ou quelqu'une.)
— Une jeune fille ? Vraiment ? C'est intéressant !
(J'ai envie de la mordre.)
— Intéressant, oui... Mais j'ai souffert. Oh ! jamais plus je n'ai voulu connaître de jeune fille !
(Songeuse et demi-nue, la bouche attristée, elle semble une enfant amoureuse. Comme je dessinerais bien mes dents, en deux petits arcs rouges, sur cette épaule que nacre le demi-jour !)
— Vous... l'aimiez, celle-là ?
— Oui, je l'aimais. Mais, à présent, je n'aime que vous, chérie !
(Tendresse vraie ou appréhension instinctive, elle a jeté autour de moi ses bras purs et me noie de ses cheveux épandus. Mais je veux la fin de l'histoire...)
— ... Et elle, elle vous aimait ?
— Oh ! que sais-je ? Rien n'égale, ma Claudine aimée, la cruauté, l'exigence froide et essayeuse des jeunes filles ! (Je dis les jeunes filles honnêtes, les autres ne comptent pas.) Il leur manque le sens de la souffrance, celui de la pitié et de la justice... Celle-là, plus chercheuse et plus âpre au plaisir qu'une veuve de l'an passé, me laissait pourtant des semaines dans l'attente, ne voulait me voir que dans sa famille, regardait mon chagrin d'un joli et candide visage aux yeux durs... Quinze jours après, j'apprenais la cause de ma pénitence : un retard de cinq minutes au rendez-vous, une conversation trop gaie avec un ami... Et les mots méchants, les allusions cuisantes faites à voix haute, en public, avec la bravoure aiguë, brutale, de celles que n'a pas encore adoucies et apeurées la première faute !...

Mon cœur réduit et pincé bat plus vite. Je voudrais anéantir celle qui parle. Pourtant, je l'estime davantage, emportée et véridique dans son aveu. Je préfère ses yeux orageux que noircit son souvenir, au regard enfantin et provocateur dont elle dévisage Renaud — et tout homme, — et toute femme — et le concierge...

Mon Dieu, comme je suis changée ! Peut-être pas changée à fond, je l'espère, mais... déguisée. Le printemps est là, printemps de Paris, un peu poitrinaire, un peu corrompu, vite lassé, n'importe, c'est le printemps. Et que sais-je de lui que les chapeaux de Rézi ! Les violettes, les lilas, les roses ont tour à tour fleuri sur sa tête charmante, épanouis à la lumière de ses cheveux. Elle a présidé, autoritaire, à mes séances de modiste, agacée de constater si ridicules sur ma tête court-bouclée, certains chapeaux de « dame ». Elle m'a traînée chez Gauthé, pour m'y faire ceindre de cette armature de rubans imbriqués, corset docile qui obéit au rythme de mes hanches... Affairée, elle a trié, parmi des étoffes, les bleus favorables au jaune de mes yeux, les roses vigoureux sur quoi mes joues s'ambrent si singulièrement... Je suis vêtue d'elle. Je suis habitée d'elle. Je résiste avec peine au désir de la battre, et je crains de lui déplaire. Je jette, avant son seuil, la botte de narcisses sauvages achetée à quelque ambulant... Leur odeur excessive et méridionale m'est douce, mais Rézi ne l'aime pas.

Ah ! comme je suis loin d'être heureuse ! Et comment alléger l'angoisse qui m'oppresse ? Renaud, Rézi, tous deux me sont nécessaires, et je ne songe pas à choisir. Mais que je voudrais les séparer, ou mieux, qu'ils fussent étrangers l'un à l'autre !

Ai-je trouvé le remède ? On peut toujours essayer.

Marcel vient me voir aujourd'hui. Il me trouve bizarre, à la fois morne et agressive. C'est que, depuis une semaine, je recule un rendez-vous, que Rézi implore, Rézi toute fraîche, empressée, que le printemps éperonne... Mais je ne puis presque plus supporter la présence de Renaud entre nous deux. Comment ne le sent-il pas ? La dernière fois, rue Goethe, l'humeur voyeuse et tendre de mon mari s'est heurtée à une telle sauvagerie brutale que Rézi, inquiète, lui a fait je ne sais quel signe... Tout de suite il est parti... Cette manière d'entente, entre eux, m'a exaspérée davantage, je me suis butée, et Rézi s'en est allée, pour la première fois, sans retirer le chapeau qu'elle enlève après sa chemise.

Marcel, donc, plaisante ma mine rêche. Il a, dès longtemps, éventé le secret de mon souci et de ma joie ; il flaire en moi l'endroit malade, avec une sûreté qui m'étonnerait, si je ne connaissais mon beau-fils. Il me voit sombre aujourd'hui, alors il insiste, méchamment, sur ma petite plaie.

— Etes-vous une amie jalouse ?
— Et vous ?
— Moi... Oui et non. Vous *la* surveillez ?
— Est-ce que ça vous regarde ? Et pourquoi *la* surveillerais-je ?
(Il hoche sa fine tête maquillée, assure longuement sa cravate

où changent et se nacrent des nuances de scarabée ; puis il me regarde en coin :)
— Pour rien. Moi, je la connais peu. C'est superficiellement qu'*Elle* me donne l'impression d'une femme à surveiller.
(Je souris sans charité :)
— Vraiment ? J'en crois votre expérience de la femme...
— Charmant, concède-t-il sans s'émouvoir ; c'est un mot cruel. D'ailleurs, vous avez parfaitement raison. Je vous ai aperçus, tous trois, à la première du Vaudeville, madame Lambrook m'a paru délicieuse, coiffée un peu serré peut-être. Mais quelle grâce, et comme elle semble vous aimer... vous et mon père !
(Je me raidis bien et ne laisse rien paraître. Déçu, Marcel se lève, avec un de ces effets de hanche !... pour qui, Seigneur ?)
— Adieu, je rentre. Vous assombririez un auteur gai, s'ils n'étaient déjà si lugubres, tous !
— Pour qui me laissez-vous ?
— Pour moi. Je suis en lune de miel avec mon petit home.
— Vous avez un nouveau petit... ?
— Oui, avec une seule *m*. Comment ! vous ne savez rien de mon émancipation ?
— Non, *ils* sont si discrets !
— Qui ?
— Vos amis.
— C'est le métier qui veut ça. Oui, j'ai un petit appartement de cocotte. Tout petit, petit, petit. On y tient deux, en se serrant.
— Et on se serre ?
— C'est vous qui l'avez dit. Vous ne viendrez pas le voir ? J'aime autant, par exemple, que vous n'ameniez pas mon cher père. Votre amie, si cela peut l'amuser... Quoi ?
(Je lui ai pris le poignet d'une main vive, sous la poussée d'une idée, brusquement.)
— Vous ne vous absentez jamais l'après-midi ?
— L'après-midi... Si. Le jeudi et le samedi. Mais n'espérez pas, ajoute-t-il avec un joli sourire de jeune fille pudique, que je vous dise où je vais...
— Ça ne m'intéresse pas... Dites donc, Marcel... on ne peut pas le visiter en votre absence, votre petit reposoir ?
— Mon petit fatiguoir ?...
(Il lève des yeux vicieux, bleu moiré de gris sombre. Il a compris.)
— A la rigueur... Elle est discrète, la jolie madame Lambrook ?
— Oh !...
— Je vous donnerai la clef. Ne cassez pas mes petits bibelots,

j'y tiens. La bouilloire électrique, pour le thé, dans une armoire verte à gauche en entrant ; il n'y a pas à se tromper, j'ai juste un cabinet de travail (!) et une chambre à causer, avec cabinet de toilette. Les petits gâteaux secs, le vin de Château-Yquem, l'arak et le ginger-brandy dans la même armoire. Jeudi prochain ?

— Jeudi prochain. Merci, Marcel.

C'est une petite canaille, mais je l'embrasserais de bon cœur. Une joie tapageuse me promène d'une fenêtre à l'autre, les mains derrière le dos et sifflant à tue-tête.

Il donne la clef, lui !

La toute petite clef d'une serrure Fichet fait bosse dans mon porte-monnaie, sous ma main. J'emmène Rézi, avec le fol espoir de courir à une « solution ». La voir en secret, écarter de toute cette histoire, qui ne le regarde pas, mon cher Renaud, que j'aime trop ainsi — ah! Dieu oui — pour pouvoir, sans un affreux malaise, le voir mêlé à ces micmacs...

Rézi m'accompagne docilement, amusée, heureuse que ma rigueur ait fondu enfin au bout d'une semaine de bouderie.

Il fait chaud ; elle ouvre dans la victoria la veste garçonnière de son costume bleu en serge bourrue, et soupire en cherchant l'air. Je contemple, à la dérobée, la fuite de son profil simple, le nez de petite fille, les cils traversés de lumière, le velours des sourcils cendrés... Elle tient ma main, attend en patience et parfois se penche un peu, pour une charrette qui nous soufflette de son odeur mouillée, pour une vitrine ou une femme bien habillée qui passe... Elle est si douce, mon Dieu ! Ne dirait-on pas qu'elle n'aime, qu'elle n'espère que moi ?

Chaussée-d'Antin, une grande cour, puis une petite porte, un escalier minuscule et bien tenu, des paliers où l'on ne peut guère se tenir que sur un pied. Les trois étages gravis d'un trait, je m'arrête : ça sent déjà Marcel, santal et foin coupé, avec un rien d'éther. J'ouvre.

— Attendez, Rézi, on ne peut passer qu'un à la fois !

Mais oui, c'est comme je dis. Que cet appartement de poupée m'amuse déjà ! Un embryon d'antichambre précède une amorce de cabinet de travail ; la chambre à coucher-salon... causoir atteint seule des proportions normales.

Comme deux chattes dépaysées, nous avançons pas à pas, retenues à chaque meuble, à chaque cadre... Trop de parfums, trop de parfums...

— Regardez, Claudine, l'aquarium de la cheminée...
— Et les poissons à trois queues...
— Oh ! en voilà un qui a les nageoires comme des volants en forme ! Ça, c'est un brûle-parfums ?
— Non, un encrier, je crois... ou une tasse à café... ou autre chose.
— La belle étoffe ancienne, chérie ! on en ferait des revers délicieux pour une veste de demi-saison... Cette petite déesse charmante qui tient ses bras croisés...
— C'est un petit dieu...
— Mais non, Claudine !
— On ne voit pas bien, il y a une draperie. Aïe ! ne vous asseyez pas, comme j'ai fait, Rézi, sur le bras de ce fauteuil anglais et vert !...
— C'est vrai. Quelle idée baroque, ces espèces de lances en bois verni ! Il y a de quoi s'empaler !
— Chut, Rézi, ne parlons pas de pal dans la maison de Marcel.
— Oh ! Venez vite voir, mon petit pâtre !
(Je n'aime pas qu'elle m'appelle « mon petit pâtre », c'est un mot de mon Renaud. Ça me blesse pour elle, et surtout pour lui.)
— Voir quoi ?
— Son portrait !
Je la rejoins dans le salon-chambre à couch..., etc. C'est bien le portrait de Marcel, en dame byzantine. Un pastel assez curieux, couleur hardie sur dessin mou. Des cheveux roux en roues sur les oreilles, le front lourd de joyaux, elle, il... ah ! zut ! je ne sais plus... Marcel tient loin de lui, d'un geste apprêté, un pan traînant de la robe rigide et transparente, une gaze chargée de perles, droite comme une averse et qui montre, de pli en pli, le rose de la hanche fuyante, le mollet, le genou délié. Visage aminci, yeux dédaigneux, plus bleus sous les cheveux roux, c'est bien Marcel.

Rêveuse contre Rézi accotée à mon épaule, je revois le suspect garçon brun, l'intense portrait du Bronzino, au Louvre, qui m'a si soudainement conquise...

— Qu'il a de jolis bras, cet enfant ! soupire Rézi. Dommage qu'il ait des goûts...
— Dommage pour qui ? dis-je, vite soupçonneuse.
— Pour sa famille, tiens !
(Elle rit et tend ses dents à mes lèvres. Mes préoccupations prennent un autre chemin :)
— Ah ! ça, mais... où couche-t-il ?
— Il ne couche pas... il s'assied. Se coucher, c'est bien vulgaire.

Quoi qu'elle en dise, j'ai trouvé derrière un rideau de panne rose une façon d'alcôve étroite, un divan drapé de cette même panne rose, où des feuilles de platane ont laissé, en nuance de cendre verdâtre, leur ombre cinq fois pointue. Je joue, le doigt pressant un bouton électrique, à répandre sur cet autel la lumière qui tombe d'une fleur de cristal renversée... Orchidée, va !

Rézi montre d'un index mince les coussins qui jonchent le divan :

— Voilà qui suffirait à raconter qu'une femme ne mit jamais ici sa tête, ni le reste.

Je ris de sa malice perspicace. Les coussins, bien choisis, sont tous de brocart rude, de broderie au fil d'or et d'argent, de quinze-seize pailleté. Une chevelure féminine s'y carderait pitoyablement.

— Eh bien, nous les ôterons, Rézi.

— Otons-les, Claudine...

Peut-être ce sera le plus joli souvenir de notre tendresse. Je suis abandonnée, moins âpre. Elle apporte sa ferveur coutumière, sa docilité vaincue, et la fleur renversée épand sa lueur opaline sur notre bref repos...

Un peu après, en dessous de nous, un sec piano fourbu et un ténorino avarié se coalisent pour marteler, convaincus :

Jadis — vivait — en Nor — mandie...

C'est d'abord gênant d'avoir, autant que moi, le sens du rythme. Mais on s'y fait. Ça n'est plus du tout gênant... au contraire.

Jadis — vivait — en Nor...

Si quelqu'un m'avait jamais prédit qu'un six-huit de *Robert le Diable* m'impressionnerait un jour jusqu'à me serrer la gorge... Mais il y faut un concours de circonstances particulières.

Vers six heures, au moment où Rézi apaisée s'endort, les bras à mon cou, le timbre d'entrée grelotte, impérieux, à nous briser les nerfs. Affolée, elle étouffe un cri et m'enfonce tous ses ongles dans la nuque. Dressée sur un coude, j'écoute.

— Chérie, n'aie pas peur, ne crains donc rien, c'est quelqu'un qui se trompe... un ami de Marcel, il ne peut pas les avoir tous avertis de son absence.

Elle se rassure, découvre sa blanche figure, se détend, dans le désordre le plus dix-huitième siècle qu'on puisse voir... mais, de nouveau, *trrr...*

Elle bondit, et commence à s'habiller, sans que son épouvante fasse hésiter ses doigts escamoteurs. La sonnerie insiste, persiste ;

elle est taquine, intelligente, elle joue des airs de timbre... je serre les dents d'irritation nerveuse.

Ma pauvre amie, pâle, déjà toute prête à partir, serre ses mains sur ses oreilles. Les coins de sa bouche tressaillent à chaque reprise. J'ai pitié.

— Rézi, voyons, c'est évidemment un ami de Marcel...

— Un ami de Marcel ! Vous n'entendez donc pas la méchanceté, l'intention de cette sonnerie exaspérante !... Allez, c'est quelqu'un qui nous sait ici. Si mon mari...

— Ah ! vous n'êtes pas brave !

— Merci ! c'est facile d'être brave avec un mari comme le vôtre !

Je me tais. A quoi bon ? J'agrafe mon corset. Vêtue, je vais, à pas de chat, tendre l'oreille près de la porte. Je n'entends rien que ce timbre, ce timbre !

Enfin, après un dernier et long trille, une espèce de point d'exclamation, je perçois la fuite de pieds légers...

— Rézi ! il est parti.

— Enfin ! ne sortons pas tout de suite, on peut nous guetter... Si jamais je reviens ici !...

La triste fin de ce rendez-vous sans lendemain ! Ma jolie peureuse montre une telle hâte à me quitter, à s'éloigner de cette maison, de ce quartier, que je n'ose lui demander de rentrer avec elle... Elle descend la première, pendant que j'éteins la fleur renversée, que je ramasse les coussins pailletés. Le portrait de Marcel me regarde, menton dédaigneux, lèvres maquillées et closes...

J'ai aujourd'hui devant moi, serré dans un veston noir fort court, l'original du compromettant pastel byzantin. Il pétille de curiosité, comme au temps où Luce l'intriguait si fort.

— Eh bien, hier ?
— Eh bien, merci. Vous avez là un petit temple délicieux digne de vous.
(Il s'incline.)
— De vous aussi.
— Trop gentil. Votre portrait surtout m'a... intéressée. J'ai plaisir à vous savoir une âme contemporaine de Constantin.
— C'est le goût du jour... Dites-moi, vous n'êtes pas gourmandes, ni l'une ni l'autre : mon château-yquem, un cadeau de grand-mère, ne vous a donc pas tentées ?
— Non. La curiosité a muselé chez nous les autres instincts.
— Oh ! la curiosité... doute-t-il avec le sourire de son portrait... Quelles bonnes petites ménagères vous faites, j'ai trouvé tout dans un ordre parfait ! On ne vous a pas dérangées, au moins ?
(L'éclair de son sourire, son regard jeté et rentré si vite... Ah ! la petite canaille, c'était lui qui sonnait — ou qui faisait sonner, j'aurais dû m'en douter ! Mais tu ne me pinceras pas, mauvais garçon.)
— Non, pas du tout. Un calme de maison bien tenue. On a sonné une fois, je crois... et encore je ne suis pas sûre. J'étais toute, dans ce moment-là, à la contemplation de... de votre petite déesse androgyne, qui croise les bras...

(Ça lui apprendra ! Et comme nous sommes deux bons joueurs, il arbore un air d'amphitryon satisfait.)

Une lettre de Montigny que je suis obligée de lire tout haut pour la comprendre, tant l'orthographe en est hiéroglyphique.

Tu ne viens donc pas vers nous, ma petite servante ? Voilà que le grand rosier « cuisse-de-nain » veut fleurir, il est à même. Et le petit « frère pleureur » a bien forci, Monsieur est pareil.

Que Monsieur soit pareil, Mélie, je n'en pourrais douter. Que le frêne pleureur ait forci, cela est bien. Et le grand rosier cuisse-de-nymphe va fleurir... Il est si beau, il tapisse tout un mur, il fleurit avec hâte, avec abondance, sans repos, s'épuise vers l'automne, après des refloraisons, des sursauts de vie embaumée ; c'est un arbrisseau de pur sang qui mourra à la peine... « Le rosier cuisse-de-nymphe veut fleurir. » A cette nouvelle, j'ai senti revivre, humide de sève, la fibre qui m'attache à Montigny. Il veut fleurir !... Je palpite un peu de la joie fière d'une maman à qui l'on dit : « Votre fils aura tous les prix ! »

Toute ma famille végétale m'appelle. Mon ancêtre le vieux noyer vieillit à m'attendre. Sous la clématite, il pleuvra des étoiles bientôt...

Mais je ne puis, je ne puis ! Que ferait Rézi sans moi ? Je ne veux pas laisser Renaud près d'elle ; mon pauvre grand est si aimeur, et elle si... aimable !

Emmener Renaud ? Rézi toute seule, Rézi dans un Paris d'été, sec et brûlant, seule avec sa fantaisie et son goût de l'intrigue... Elle me trompera.

Mon Dieu ! est-il vrai que, d'heure en heure, de baisers en bouderies, quatre mois ont déjà passé ? Je n'ai rien fait durant ce temps, rien fait qu'attendre. J'attends, en la quittant, le jour qui me la rend ; j'attends, quand je suis auprès d'elle, que le plaisir, lent ou bref à venir, me la livre plus belle et plus sincère. J'attends, quand Renaud est avec nous, qu'il s'en aille, et j'attends le départ de Rézi, pour causer un peu sans amertume, sans jalousie, avec mon Renaud que, depuis Rézi, il me semble aimer plus encore.

Cela devait arriver ! Je suis tombée malade, et voilà trois semaines perdues. Une influenza, un refroidissement, du surmenage, qu'il appelle cela comme il voudra, le médecin qui me soigne, j'ai eu beaucoup de fièvre et beaucoup de mal dans ma tête. Mais on est solide, au fond.

Cher grand Renaud, que votre douceur me fut douce ! Jamais je ne vous sus autant de gré de parler avec un son de voix moyen, nuancé, arrondi...

Rézi aussi m'a soignée, malgré l'appréhension de lui paraître laide qui me faisait cacher dans mes bras mon visage brûlant. Quelquefois, sa manière de regarder Renaud, de s'asseoir « pour lui » au bord de mon lit, un genou relevé, gracieuse amazone en chapeau de copeaux tressés, en robe de broderie anglaise à ceinture de velours, tout son manège trop apprêté, trop coquet pour visiter une malade, m'ont choquée. A la faveur de la fièvre, j'ai pu lui crier « Va-t'en ! » et elle a cru que je délirais. J'ai cru voir, aussi, que Renaud sourit, lorsqu'elle entre, comme à une bouffée de vent frais... Ils causent devant moi de choses que je n'ai pas vues, et leur conversation, que je suis difficilement, me blesse, comme un langage convenu entre eux...

J'en ai voulu à mon amie de sa fraîche beauté aux joues mates et sans ombre. Et quoiqu'elle posât bien doucement, au long du divan où je reprenais mes forces, des roses rouge-noir à longue tige, je prenais, après son départ, la glace à main cachée sous les coussins, pour mirer longtemps ma pâleur, en songeant à elle avec une jalouse rancune...

— Renaud, c'est vrai que les arbres des boulevards sont déjà roussis ?

— Oui, c'est vrai, ma petite fille. Veux-tu venir à Montigny, tu en verras de plus verts ?

— Ils sont trop verts... Renaud, aujourd'hui, je pourrais sortir, je suis si bien portante. J'ai mangé toute une noix de côtelette après mon œuf, j'ai bu un verre d'asti, et picoré des raisins... Vous sortez ?

(Debout devant la fenêtre de son « sanctuaire du travail », il me regarde avec indécision.)

— J'aimerais bien sortir avec un beau mari comme vous. Ce complet gris vous va très bien, et ce gilet de piqué accentue en vous la prestance Second Empire qui me plaît tant... C'est pour moi que vous êtes si jeune aujourd'hui ?

(Il rougit un peu sous sa peau foncée, et lisse sa longue moustache d'argent :)

— Tu sais bien que j'ai de la peine, quand tu parles de mon âge...

— Qui parle de votre âge ? J'ai grand-peur, au contraire, que votre jeunesse dure aussi longtemps que vous-même, comme une maladie qu'on a de naissance. Emmenez-moi, Renaud ! Je sens en moi une force à étonner le monde !

(Ma grandiloquence ne le décide pas.)

— Mais non, ma Claudine, le morticole t'a dit : « Pas avant dimanche. » Nous sommes vendredi. Encore quarante-huit heures de patience, mon oiseau chéri. Tiens, voilà une amie qui saura te garder à la maison...

Il profite de l'entrée de Rézi pour s'esquiver. Je ne reconnais plus mon grand, si attentif à me plaire contre toute sagesse... Ce médecin est idiot !

— Pourquoi cette moue, Claudine ?

(Elle est si jolie que je me déride, cette fois. Bleue, bleue, bleue, d'un bleu vaporeux et savonneux à la fois...)

— Rézi, les elfes ont battu leur linge dans l'eau de votre robe.

Elle sourit. Assise contre sa hanche, je la vois d'en bas. Une fossette longue en point d'exclamation divise son menton têtu. Ses narines dessinent l'arabesque correcte et simple que j'admirais dans le nez de Fanchette. Je soupire.

— Voilà, je voulais sortir et cet âne de médecin ne veut pas. Restez-moi, vous, au moins, et donnez-moi votre fraîcheur, l'air libre qui bat dans votre jupe, aux ailes de votre chapeau de feuilles. Est-ce un chapeau, est-ce une couronne ? Jamais je ne vous vis si irrésistiblement viennoise, ma chère, avec vos cheveux de bière mousseuse... Restez-moi, racontez-moi la rue, les arbres grillés..., et le peu de tendresse que notre séparation vous a laissée pour moi...

(Mais elle refuse de s'asseoir, et tandis qu'elle me parle d'une voix enjôleuse, ses yeux vont d'une fenêtre à l'autre comme cherchant une issue.)

— Oh! que j'ai gros cœur! j'aurais voulu, ma douce, passer la journée près de vous, surtout si vous êtes seule... Il y a si longtemps, Claudine chérie, que votre bouche a oublié la mienne!...

(Elle se penche, caressante, offre ses dents mouillées, mais je me détourne.)

— Non. Je dois sentir la fièvre. Allez vous promener. Je veux dire : allez à la promenade.

— Mais ce n'est pas une promenade, ma Claudine! C'est demain l'anniversaire de mes fiançailles, — il n'y a pas de quoi rire! — et j'ai l'habitude de donner ce jour-là un cadeau à mon mari...

— Eh bien?

— Eh bien, j'ai oublié, cette année, mon devoir d'épouse reconnaissante. Et je cours, pour que Mister Lambrook trouve ce soir, sous sa serviette en bonnet d'évêque, n'importe quoi, un étui à cigares, des boutons de perles, un écrin à la dynamite, quelque chose, enfin! Sans quoi, c'est trois semaines de silence à la glace, de dignité sans reproche... Dieu! s'écrie-t-elle en levant ses poings, le Transvaal a pourtant besoin d'hommes, qu'est-ce qu'il fiche ici?

(Sa narquoiserie volubile et voulue m'emplit de défiance.)

— Mais, Rézi, que ne confiez-vous votre achat au goût infaillible d'un valet de chambre?

— J'y ai songé. Mais la domesticité, sauf ma « meschine », appartient à mon mari.

(Décidément, elle tient à sortir.)

— Allez, épouse vertueuse, allez fêter la Saint-Lambrook...

(Elle a déjà rabaissé sa voilette blanche.)

— Si je suis de retour avant six heures, voulez-vous encore de moi?

(Qu'elle est jolie ainsi penchée! Sa jupe, collée en torsade par la vivacité de son geste, la révèle toute... Une admiration platonique m'anime seule... Est-ce la faute de ma convalescence? Je ne sens plus battre à grandes ailes tumultueuses le désir d'autrefois... Et puis, elle m'a refusé de me sacrifier la Saint-Lambrook!)

— C'est selon. Montez toujours, on vous donnera suivant votre mérite... Non, je vous dis, je sens la fièvre!...

Me voici seule. Je m'étire, je lis trois pages, je marche. Je commence une lettre pour Papa, puis je m'absorbe dans un polissage minutieux de mes ongles. Assise devant la table à coiffer, je jette de temps en temps un coup d'œil au miroir-chevalet, comme on regarde l'heure. Je n'ai pas si mauvaise mine que ça, après tout... Les boucles un peu plus longues, ce n'est pas vilain. Ce col blanc, cette chemisette de mousseline rouge à mille raies blanches, ça sent la promenade à pied, la rue... Je lis dans la glace ce qu'ont résolu mes yeux. C'est vite fait ! Un canotier ceinturé de noir, une veste sur mon bras pour que Renaud ne blâme pas l'imprudence et je suis dehors.

Seigneur, qu'il fait chaud ! Ça ne m'étonne pas que le rosier cuisse-de-nymphe s'en donne de fleurir... Sale pays, que ce Paris ! Je me sens légère, j'ai maigri. Ça enivre un peu l'air libre, mais en marchant on s'y habitue. Je ne remue guère plus de pensées qu'un chien d'appartement qu'on sort après huit jours de pluie.

Sans le faire exprès, j'ai pris machinalement le chemin de la rue Goethe. Dame !... Je souris en arrivant devant le 59 et je jette un regard ami aux rideaux de tulle blanc qui voilent les fenêtres du second étage...

Ah ! le rideau a remué !... Ce petit mouvement m'a clouée au trottoir, raide comme une poupée. Qui donc est « chez nous » ? C'est le vent entré par une fenêtre sur la cour, qui a soulevé ce tulle sans doute... Mais pendant que ma logique raisonne, la bête, en moi, mordue d'un soupçon, puis encolérée brusquement, a deviné avant que de comprendre.

Je traverse la rue au pas de course, je monte les deux étages, comme dans un cauchemar, sur des marches en coton hydrophile qui enfoncent et rebondissent sous mes pieds. Je vais me pendre au bouton de cuivre, sonner à tout briser... Non, *ils* ne viendraient pas !

J'attends une minute, la main sur le cœur. A cause de ce pauvre geste banal, une phrase de Claire, ma sœur de lait, revient, cruelle, à mon souvenir : « C'est comme dans les livres, n'est-ce pas, la vie ? »

Je tire le bouton de cuivre, timidement, tressaillante au bruit nouveau de cette sonnette qui n'avait jamais sonné pour nous... Et pendant deux longues secondes, je me dis, étreinte d'une lâcheté de petite fille : « Oh ! si on pouvait ne pas ouvrir ! »

Le pas qui s'approche ramène tout mon courage dans un flot de colère. La voix de Renaud demande, mécontente : « Qui est là ? »

Je suis sans souffle. Je m'appuie au mur de faux marbre qui me fait froid au bras. Et, pour le bruit de la porte qu'il entrouvre, je souhaite mourir...

... Pas longtemps. Il faut, il faut ! Je suis Claudine, que diable !

Claudine en ménage

je suis Claudine ! Je jette ma peur comme un manteau. Je dis :
« Ouvrez, Renaud, ou je crie. » Je regarde en face celui qui ouvre,
tout vêtu. Il recule devant moi, d'étonnement. Et il ne lâche que
ce mot, bien modéré, de joueur agacé par la guigne : « Sapristi ! »
L'impression d'être la plus forte me raidit encore. Je suis
Claudine ! Et je dis :
— J'ai vu d'en bas quelqu'un à la fenêtre ; alors je suis montée
vous dire un petit bonjour.
— C'est malin ce que j'ai fait là, murmure-t-il.
Il ne tente pas un geste pour m'arrêter, s'efface pour me laisser
passer et me suit.
J'ai traversé rapidement le petit salon, soulevé la portière fleurie...
Ah ! je savais bien ! Rézi est là, elle est là, pardi, qui se rhabille...
En corset, en pantalon, son jupon de linon et de dentelle sur le
bras, le chapeau sur la tête, comme pour moi... Je verrai toujours
cette figure blonde qui, sous mes regards, se décompose et semble
mourir. Je l'envie presque d'avoir si peur... Elle regarde mes mains,
et je vois sa fine bouche blanchir et se sécher. Sans me quitter des
yeux, elle étend vers sa robe un bras qui tâtonne. J'avance d'un
pas. Elle manque tomber, et protège son visage de ses coudes levés.
Ce geste, qui découvre le creux mousseux de ses bras tant de fois
respiré, déchaîne en moi des ouragans... Je vais prendre cette
carafe, la lancer... ou cette chaise peut-être... Les arêtes des meubles
vibrent devant mes yeux comme l'air chaud sur les prés...
Renaud, qui m'a suivie, m'effleure l'épaule. Il est incertain, un
peu pâle, mais surtout ennuyé. Je lui dis, d'une voix pénible :
— Qu'est-ce que... vous faites là ?
(Il sourit nerveusement, malgré lui.)
— Ma foi... nous t'attendions, tu vois.
Je rêve... ou il perd le sens... Je me retourne vers celle qui est
là, qui a vêtu, pendant que mon regard s'est détourné d'elle, la
robe d'eau bleue où les elfes ont battu leur linge... Ce n'est pas
elle qui oserait sourire !
« C'est comme dans les livres, n'est-ce pas, la vie ? » Non, douce
Claire. Dans les livres, celle qui arrive pour se venger tire deux
coups de feu, au minimum. Ou bien elle s'en va, laissant la porte
retomber, et son mépris, sur les coupables, avec un mot écrasant...
Moi, je ne trouve rien, je ne sais pas du tout ce qu'il faut que je
fasse, voilà la vérité. On n'apprend pas, comme ça, en cinq minutes,
un rôle d'épouse outragée.
Je barre toujours la porte. Rézi va, je crois, s'évanouir. Comme
ce serait curieux ! Lui, au moins, il n'a pas peur. Il suit, comme

moi, avec moins d'émoi que d'intérêt, les phases de la terreur sur le visage de Rézi, et semble enfin comprendre que cette heure-ci ne devait pas nous rassembler...

— Ecoute, Claudine... Je voudrais te dire...

D'un geste du bras, je lui coupe sa phrase. Du reste, il ne semble pas autrement désireux de la continuer, et il hausse l'épaule gauche d'un air de résignation un peu fataliste.

C'est à Rézi que j'en veux ! J'avance sur elle, lentement. Je me vois avancer sur elle. Le dédoublement qui me gagne me rend incertaine sur mon intention. Vais-je la frapper, ou seulement augmenter, jusqu'à la syncope, sa peur honteuse ?

Elle recule, tourne derrière la petite table qui porte le thé. Elle gagne la paroi ! Elle va m'échapper ! Ah ! je ne veux pas.

Mais elle touche déjà la portière, tâtonne, à reculons et les yeux toujours fixés sur moi. Involontairement, je me baisse pour ramasser une pierre, — il n'y a pas de pierres... Elle a disparu.

Je laisse retomber mes bras, mon énergie soudain rompue.

Nous sommes là tous deux, à nous regarder. Renaud a sa bonne figure, presque de tous les jours. Il a l'air peiné. Il a de beaux yeux un peu tristes. Mon Dieu ! il va me dire : « Claudine... » et si je parle ma colère, si je laisse s'écouler en reproches et en larmes la force qui me soutient encore, je sortirai d'ici à son bras, plaintive et pardonnante... Je ne veux pas ! Je suis... je suis Claudine, bon sang ! Et puis, je lui en voudrais trop de mon pardon.

J'ai trop attendu. Il avance, il dit : « Claudine... »

Je bondis et, d'instinct, je me mets à fuir, comme Rézi. Seulement, moi, c'est moi que je fuis.

J'ai bien fait de me sauver. La rue, le coup d'œil que je jette au rideau dénonciateur raniment en moi l'orgueil et la rancune. Et d'ailleurs, je sais maintenant où je vais.

Courir en fiacre jusqu'à la maison, y saisir mon sac de voyage, redescendre après avoir jeté ma clef sur une table, ceci ne prend pas un quart d'heure. J'ai de l'argent, pas beaucoup, mais assez.

« Cocher, gare de Lyon. »

Avant de monter dans le train, je lance une dépêche à Papa, puis ce petit bleu à Renaud : « Envoyez à Montigny vêtements et linge pour séjour indéterminé. »

Ces bluets, sur le mur, passés du bleu au gris, ombres de fleurs sur un papier plus pâle... Ce rideau de perse à dessins chimériques... oui, voici bien le fruit monstrueux, la pomme qui a des yeux... Vingt fois je les ai vus en songe, pendant mes deux années de Paris, mais jamais si vivement...

Cette fois, j'ai bien entendu, du fond de mon transparent sommeil, le cri de la pompe !

Assise en sursaut sur mon petit lit bateau, le premier sourire de ma chambre d'enfant m'inonde de larmes. Larmes claires comme ce rayon qui danse en sous d'or aux vitres, douces à mes yeux comme les fleurs du papier gris. C'est donc vrai, je suis ici, dans cette chambre ! Je n'ai pas d'autre pensée, jusqu'au moment d'essuyer mes yeux, avec un petit mouchoir rose qui n'est pas de Montigny...

Ma tristesse tarit mes larmes. On m'a fait du mal. Mal salutaire ? Je suis près de le croire, parce qu'enfin je ne puis pas être tout à fait malheureuse à Montigny, dans cette maison... Oh ! mon petit bureau taché d'encre ! Il enferme encore tous mes cahiers d'école : *Calcul... Orthographe...* Car on ne disait plus *Problèmes* ni *Dictée*, du temps de Mademoiselle, *Orthographe, Calcul*, ça fait plus distingué, plus « Enseignement secondaire... ».

Des ongles durs grattent la porte, malmènent la serrure. Un « *mouin* » !... angoissé et impérieux me somme d'ouvrir... O ma chère fille, que tu es belle ! Mes idées sont dans une telle salade que je t'avais un instant oubliée, Fanchette ! Viens dans mes bras, dans mon lit, colle à mon menton ton nez humide et tes dents froides, si émue de me revoir que tes pattes « font du pain » sur mon bras nu, toutes griffes dehors. Quel âge as-tu donc ? Cinq ans, six ans, je ne sais plus. Ta blancheur est si jeune. Tu mourras jeune... comme Renaud. Allons, bon ! ce souvenir me gâte tout... Reste sous ma joue, que je m'oublie à écouter, déchaînée et vibrante, toute ton usine à ronrons...

Qu'as-tu pu penser de moi, à mon arrivée brusque et sans bagages ? Papa lui-même a flairé quelque chose :
— Eh bien ? et l'autre animal ? ton mari ?
— Il viendra dès qu'il aura le temps, Papa.

J'étais pâle, absente, demeurée là-bas, rue Goethe, entre ces deux êtres qui m'ont fait du mal. Quoique dix heures eussent sonné, je refusai de me mettre à table, désireuse seulement d'un lit, d'un trou chaud et solitaire, pour songer, pour pleurer, pour détester... Mais l'ombre de ma chambre d'autrefois abrite tant de bienveillants petits fantômes que le sommeil vint avec eux, berceur et noir.

Un pas mou traîne des savates. Mélie entre sans frapper, remise d'aplomb, tout de suite, dans les vieilles habitudes. Elle tient dans une main le petit plateau déverni — le même ! — et de l'autre son sein gauche. Elle est fanée, sans soin, prête aux louches entremises, mais son aspect seul m'épanouit l'âme. Cette laide servante apporte, sur le petit plateau écaillé, dans la tasse fumante, « le philtre qui abolit les années !... » Il sent le chocolat, ce philtre. Je meurs de faim.

— Mélie !
— Quoi, ma France adorée ?
— Tu m'aimes, toi ?

Elle prend le temps de poser son plateau avant de répondre, en levant ses molles épaules :
— Probable.

(C'est vrai. Je sens que c'est vrai. Elle reste debout et me regarde manger. Fanchette aussi, assise sur mes pieds. Toutes deux m'admirent sans réserve. Cependant, Mélie secoue la tête et pèse son sein gauche d'un air désapprobateur.)
— T'as pas bien grosse mine. Quoi t'est-ce qu'*ils* t'ont fait ?
— J'ai eu l'influenza, je l'ai écrit à Papa. Où est-il, Papa ?
— Dans son rabicoin, parié. Tu le voiras atta-l'heure. Tu veux-t'y que j'âlle te chorcher une tine¹ ?
— A quoi faire ? dis-je, gagnée par le patois aimé.
— Pour laver Monsieur ton derrière, donc, et le restant.
— Voui-dâ, et une belle, encore !

(Au seuil, elle se retourne, et, à brûle-pourpoint :)
— Quance qui vient, M. Renaud ?
— Je sais-t'y, moi ? Il te l'écrira. Allons, trotte !

En attendant la tine, je me penche par la fenêtre. On ne voit

1. Grande terrine, ou cuveau de bois.

rien, dans la rue, que des toits qui dégringolent. En raison de la pente excessive, chaque maison a son premier étage au niveau du rez-de-chaussée de celle qui la précède. Assurément, la pente raide s'est accrue pendant mon absence ! J'aperçois le coin de la rue des Sœurs, qui va tout droit, je veux dire tout de travers, à l'Ecole... Si j'allais voir Mademoiselle ? Non, je ne suis pas assez jolie... Et puis, j'y trouverais peut-être la petite Hélène, cette future Rézi... Non, non, plus d'amies, plus de femmes !.. Je secoue ma main, les doigts écartés, avec la gêne un peu dégoûtée que cause un long cheveu lisse accroché aux ongles...

Je me glisse pieds nus jusqu'au salon... Ces vieux fauteuils, comme leurs déchirures savent me sourire ! Ici, tout est en place. Deux ans de pénitence à Paris n'ont point attristé leurs dos ronds, leurs jolis pieds Louis XVI que blanchit un reste de peinture... Cette Mélie, quelle cruche ! Le vase bleu que, pendant quinze ans, j'ai vu à la gauche du vase vert, elle l'a posé à droite ! Vite, je remets en place les choses, je soigne et parachève le décor de presque toute ma vie. Rien ne manque, en vérité, que ma joie d'alors, que mon allègre solitude...

De l'autre côté des persiennes tirées contre le soleil, c'est le jardin... Non, jardin, non, je ne te verrai que dans une heure ! Tu m'émeus si fort, du seul murmure de tes feuilles, il y a si longtemps que je n'ai mangé de la verdure !

Papa croit que je dors. Ou bien, il a oublié que je suis arrivée. Ça ne fait rien. J'irai dans son antre, lui extirper quelques malédictions, tout à l'heure. Fanchette me suit pas à pas, craint une évasion. « Ma Fîîîlle ! Ne crains rien ! sache que ma dépêche disait : *vêtements et linge pour séjour indéterminé...* » Indéterminé. Qu'est-ce que ça veut dire ? Je n'en sais trop rien. Mais il me semble bien que je suis ici pour longtemps, longtemps... Ah ! qu'il fait bon dépayser son mal !

Ma courte matinée s'écoule dans le jardin enchanté. Il a grandi. Le locataire passager n'a touché à rien, pas même, je crois, à l'herbe des allées...

Le noyer énorme porte mille et mille noix pleines. Et rien qu'à respirer l'odeur funèbre et forte d'une de ses feuilles froissées, mes yeux se ferment. Je m'accote à lui, qui protège le jardin et le dévaste, car la froideur de son ombre tue les roses. Qu'importe ? rien n'est plus beau qu'un arbre, — que celui-là. Au fond, contre le mur de la mère Adolphe, les deux sapins frères saluent de la tête sans rire, raides dans leur vêture sombre qui sert pour toutes les saisons...

La glycine qui escalade le toit a défleuri ses grappes charmantes...
Tant mieux ! je pardonne difficilement aux fleurs de glycine d'avoir paré les cheveux de Rézi...

Inerte au pied du noyer, je m'écoute redevenir plante. Là-bas, la montagne aux Cailles bleuit et s'éloigne ; il fera beau demain, si Moustiers n'est pas couvert.

— Ma guéline ! aga une lettre !

... Une lettre... Déjà... que la trêve est courte ! Ne pouvait-il me laisser un peu de temps, encore un peu de soleil et de vie animale ? Je me sens toute petite et timide devant la peine qui va m'assaillir... Effacer, effacer tout ce qui fut, et recommencer toute neuve... hélas !

Mon enfant chérie...

(Il pouvait aussi bien s'en tenir là. Je sais tout ce qu'il va me dire. Oui, j'étais son enfant ! Pourquoi m'a-t-il trompée ?)

Mon enfant chérie, je ne puis me consoler de ta peine. Tu as fait ce que tu devais faire, et je ne suis qu'un homme misérable qui t'aime avec désolation. Tu sais, Claudine, tu es sûre pourtant qu'une imbécile curiosité m'a seule poussé à cela, aussi ce n'est pas de cela que je me sens coupable ; je te le dis au risque d'aggraver ta rigueur. Mais je t'ai fait du mal, et je ne puis trouver de repos. Je t'envoie tout ce que tu m'as demandé. Je te confie au pays que tu aimes. Songe qu'à travers tout tu es ma tendresse et ma ressource uniques. Ma « jeunesse », comme tu disais quand tu riais encore en levant les yeux vers moi, ma triste jeunesse d'homme déjà vieux est partie tout d'un coup avec toi...

Que j'ai mal, que j'ai mal ! Je sanglote, assise par terre, la tête au flanc rude du noyer. J'ai mal de ma peine ; j'ai mal, hélas ! de la sienne... Je ne savais pas encore ce que c'était qu'un « chagrin d'amour », m'en voilà deux à présent ; et je souffre du sien plus encore que du mien... Renaud, Renaud !...

Je m'engourdis à cette place, mon chagrin se fige lentement. Mes yeux cuisants suivent le vol d'une guêpe, le « frrt » d'un oiseau, le trajet compliqué d'une jardinière... Comme le bleu de ces aconits est bleu ! d'une belle couleur nourrie, forte et commune... D'où vient cette haleine miellée, qui fleure l'essence d'Orient et le gâteau à la rose ?... C'est le grand rosier cuisse-de-nymphe qui m'encense... Pour lui, je me dresse sur mes pieds travaillés de fourmis, je vais à sa rencontre.

... Tant de roses, tant de roses! je voudrais lui dire : « Repose-toi. Tu as assez fleuri, assez travaillé, assez épuisé ta force et tes parfums... » Il ne m'écouterait pas. Il veut battre le record de la rose, en nombre et en odeur. Il a du fond, de la vitesse, il donne tout ce qu'il peut. Ses filles innombrables sont des roses jolies et petites, comme celles des images de piété, à peine teintées au bord des pétales avec un petit cœur de carmin vif. Une à une, elles pourraient sembler un peu bébêtes, — mais qui songeait à critiquer le manteau murmurant d'abeilles qu'elles ont jeté sur ce mur ?

... « Bourrique de cochon ! qu'on arrache la peau de cette bête infâme vomie par les enfers !... »

Pas de doute possible, c'est Papa qui se manifeste. Heureuse de le voir, de me distraire à son extravagance, je cours. Je l'aperçois penché à une fenêtre du premier étage, celle de la bibliothèque. Sa barbe a un peu blanchi, mais elle roule toujours en fleuve tricolore sur sa vaste poitrine. Il lance du feu par les naseaux, et ses gestes consternent l'univers.

— Qu'est-ce que tu as, Papa ?

— Cette chatte immonde a souillé de ses pattes, perdu à jamais mon admirable lavis ! Il faut la foutre par la fenêtre !

(Il commet donc des lavis, à présent ? Je tremble un peu pour ma Fiiiille...)

— Oh ! Papa, tu lui as fait du mal ?

— Non, naturellement ! Mais j'aurais pu lui en faire et je l'aurais dû, entends-tu, fille de cornard ?

(Je respire. A le voir si rarement, j'avais oublié l'innocuité de ses foudres.)

— Et toi, tu vas bien, ma Dine ?

(Sa voix infiniment tendre, cette appellation de ma toute petite enfance rouvrent en moi de jeunes fontaines ; j'écoute bruire, goutte à goutte, de clairs et fugaces souvenirs... Bon, voilà qu'il retonne !)

— Eh bien, bourrique, je te parle, il me semble ?

— Oui, cher Papa, je vais bien. Tu travailles ?

— C'est m'offenser que d'en douter seulement. Tiens, lis ça, c'est paru de la semaine dernière ; la terre a tremblé. Tous mes galapiats de collègues ont fait des gueules...

Il me jette le numéro des *Comptes Rendus* qui inséra sa précieuse communication.

(Malacologie, Malacologie ! Tu dispenses à tes fidèles le bonheur, l'oubli de l'humanité et de ses misères... En feuilletant le fascicule d'un rose aimable, j'ai trouvé, moi, la vraie limace, ce mot qui se traîne, visqueux, sur ses cinquante-cinq lettres *Tétraméthyl-monophénil-sulfotripara-amido-triphényl-méthane...* J'entends, hélas ! le rire de Renaud à une pareille trouvaille...)

— Tu permets, Papa, que je garde la brochure ? Elle ne te fera pas défaut ?

— Non, répond-il, olympien, de sa fenêtre, j'en ai commandé dix mille tirages à part chez Gauthier-Villars.

— C'était prudent. A quelle heure déjeune-t-on ?

— Adresse-toi à la valetaille. Je ne suis que cerveau, je ne mange pas, je pense !

Il referme avec un fracas de tempête ses vitres qu'embrase le soleil.

Je le connais ; pour un homme qui n'est que cerveau, il va « penser » tout à l'heure un bifteck sérieux.

Toute ma journée s'écoule à chercher, pas à pas, miette à miette, mon enfance éparse aux coins de la vieille maison ; à regarder, aux barreaux de la grille qu'a tordue la glycine puissante, changer et pâlir, puis violacer au loin la montagne aux Cailles. Les bois drus, d'un vert opaque et plein qui bleuit vers le soir, je ne veux les aimer que demain... Aujourd'hui, je panse mon mal, je le dorlote à l'abri. Trop de lumière, trop de vent pur, et les vertes ronces fleuries de rose pourraient effilocher l'ouate légère de guérison où s'enveloppe mon chagrin meurtri.

Dans le soir rougeoyant, j'écoute s'endormir le bienveillant jardin. Au-dessus de ma tête zigzague le vol noir et muet d'une petite rate volage [1]... Un poirier de Saint-Jean, pressé et prodigue, laisse tomber un à un ses fruits ronds, flogres aussitôt que mûrs, et qui entraînent dans leur chute des guêpes tenaces... Cinq, six, dix guêpes au trou d'une petite poire... Elles tombent en continuant de manger, en battant seulement l'air de leurs ailes blondes... Ainsi battaient, sous mes lèvres, les cils dorés de Rézi...

Je n'ai pas tressailli, au souvenir de la traîtresse amie, avec le repliement douloureux que je redoutais. Celle-là, ah ! je me doutais bien que je ne l'aimais pas...

Tandis que je ne puis, sans un cruel sursaut, sans joindre les mains d'angoisse, évoquer la grande taille de Renaud debout dans l'ombre de la chambre fleurie, guettant ma décision, ses tristes yeux craignant l'irréfutable...

— Ma Nonore, une dépêche pour toi !

(C'est trop à la fin ! Je me retourne menaçante, prête à détruire le papier bleu.)

— Y a une réponse payée.

1. Chauve-souris.

Je lis : *Prière instante de donner nouvelles santé.*
... Il n'a rien osé de plus. Il a songé à Papa, à Mélie, à mademoiselle Mathieu, la directrice des postes. J'y songe aussi, moi, en répondant : *Voyage excellent. Père en bonne santé.*

J'ai pleuré en dormant, et je ne me souviens pas de mon rêve, un rêve pourtant qui m'éveille oppressée, avec de grands soupirs tremblés. Le jour point, il n'est que trois heures. Les poules dorment encore, les moineaux seuls crient avec un bruit de pierraille remuée. Il fera beau, l'aube est bleue...

Je veux, comme lorsque j'étais petite fille, me lever avant le soleil, pour aller surprendre aux bois des Fredonnes le goût nocturne de la source froide, et les lambeaux de la nuit qui, devant les premiers rais, recule aux sous-bois et s'y enfonce...

Je saute à terre. Fanchette, endormie, dépossédée du creux de mes genoux écartés, roule comme un escargot sur elle-même, sans ouvrir un œil. Un petit gémissement : et elle presse de plus belle sa patte blanche sur ses yeux fermés. L'aube mouillée ne l'intéresse pas. Elle n'a de goût qu'aux nuits claires où, assise, droite, correcte comme une déesse-chatte d'Egypte, elle regarde rouler dans le ciel, interminablement, la blanche lune.

Ma hâte à me vêtir, cette heure indécise du petit matin me ramènent à des levers frissonnants de l'hiver, quand je partais pour l'Ecole, gamine maigrelette, à travers le froid et la neige non balayée. Brave sous le capuchon rouge, je crevais de mes dents l'écorce des châtaignes bouillies, tout en glissant sur mes petits sabots pointus...

Je passe par le jardin, par-dessus les pointes de la grille. J'écris sur la porte de la cuisine, au charbon : « Claudine est sortie, elle rentrera pour le déjeuner... » Avant de franchir la grille, jupe relevée, je souris à *ma* maison, car il n'en est pas de plus mienne que cette grande case de granit gris, persiennes dépeintes et ouvertes, nuit et jour, sur des fenêtres sans défiance. L'ardoise mauve du toit se pare de petits lichens ras et blonds et, posées sur le pavillon de la girouette, deux hirondelles se rengorgent, pour faire gratter leur plastron offert et blanc, par le premier rayon aigu du soleil.

Mon apparition dans la rue dérange, insolite, les chiens préposés au service de voirie, et des chats gris fuient, silencieux et courbes. En sûreté sur le bord d'une lucarne, ils me suivent d'un regard jaune... Ils redescendront tout à l'heure, quand le bruit de mes pas aura décru au tournant de la rue...

Ces bottines de Paris ne valent rien pour Montigny. J'en aurai d'autres, moins fines, avec de petits clous dessous.

Le froid exquis de l'ombre bleue atteint ma peau déshabituée, pince mes oreilles. Mais là-haut voguent des voiles légers, des gazes mauves, et le rebord des toits vient de se teindre, tout d'un coup, d'un rose violent de mandarine... Je cours presque vers la lumière, j'arrive à la porte Saint-Jean à mi-chemin de la colline, où une maison, misérable et gaie, plantée là toute seule, au bout de la ville, garde l'entrée des champs. Ici, je m'arrête avec un grand soupir...

Ai-je atteint la fin de mes peines ? Sentirai-je ici se mourir l'écho du coup brutal ? Dans cette vallée, étroite comme un berceau, j'ai couché, pendant seize ans, tous mes rêves d'enfant solitaire... Il me semble les voir dormir encore, voilés d'un brouillard couleur de lait, qui oscille et coule comme une onde...

Le claquement d'un volet rabattu me chasse du tas de pierres où je songeais, dans le vent qui me fait la bouche toute froide... Ce n'est pas aux gens de Montigny que j'ai affaire. Je veux descendre, passer ce lit de brume, remonter le chemin de sable jaune, jusqu'aux bois, effleurés à leur cime d'un rose brûlant... Allons !

Je marche, je marche, anxieuse et pressée, les yeux bas au long de la haie, comme si j'y cherchais l'herbe qui guérit...

Je rentre à midi et demi, plus défaite que si trois braconniers m'avaient troussée aux bois. Mais pendant que Mélie se lamente, je mire, avec un sourire inerte, mon visage las rayé d'une griffe rose près de la lèvre, mes cheveux feutrés de bardanes, ma jupe mouillée où le millet sauvage a brodé ses petites boules vertes et poilues. Ma chemise de linon bleu, craquée sous le bras, laisse monter à mes narines ce parfum chaud et moite qui affolait Ren... Non, je ne veux plus penser à lui !

Que les bois sont beaux ! Que la lumière est douce ! Au rebord des fossés herbeux, que la rosée est froide ! Si je n'ai plus trouvé, sous les taillis et dans les prés, le peuple charmant des petites fleurs minces, myosotis et silènes, narcisses et pâquerettes printanières... si les sceaux de Salomon et les muguets ont défleuri, depuis longtemps, leurs cloches retombantes, j'ai pu du moins baigner mes mains nues, mes jambes frissonnantes, dans une herbe égale et profonde, vautrer ma fatigue au velours sec des mousses et des aiguilles de pin, cuire mon repos sans pensée au soleil rude et montant... Je suis pénétrée de rayons, traversée de souffles, sonore de cigales et de cris d'oiseaux, comme une chambre ouverte sur un jardin...

— C'est du propre, une si jolie robe ! blâme Mélie.

— ...M'est égal. J'en aurai d'autres. Ah ! Mélie, je crois que je ne serais pas rentrée, s'il ne fallait pas déjeuner !... Mais je suis toute morte de faim.

— C'est bon, le manger est cuit... Si ça a du bon sens ! Et Monsieur qui huche après toi, et qui regarde en bœuvarsé[1] ! T'es bien la pareille qu'avant. Trôleuse, va !

J'ai tant couru, tant regardé, tant aimé ce matin, que je reste au jardin tout l'après-midi. Le potager, encore non visité, me régale d'abricots chauds, de pêches âpres, que je déguste, à plat ventre, sous le grand sapin, un vieux Balzac étalé entre mes coudes.

Mon Dieu ! je me sens si légère d'esprit, si bienheureusement battue de fatigue, n'est-ce pas là le bonheur revenu, l'oubli, la solitude joyeuse d'autrefois ?

Je pourrais m'y tromper ; mais non, Mélie a tort, je ne suis plus la « pareille qu'avant » ; dans le jour déclinant, l'inquiétude point, le malaise revient, l'angoissant malaise qui me force à bouger, à changer de chambre, de fauteuil, de livre, comme on cherche une place fraîche dans un lit fiévreux... Je tourne à la cuisine, j'hésite longtemps... j'aide Mélie à battre une mayonnaise qui refuse de prendre... je lui demande enfin, l'air détaché :

— Il n'est pas venu de lettres pour moi, aujourd'hui ?

— Non, ma guéline : y avait que les journaux de Monsieur.

J'ai dormi si lasse, que mes oreilles bourdonnaient, et que les muscles surmenés de mes mollets tressaillaient automatiquement. Mais mon sommeil ne fut pas agréable, traversé de rêves confus, que dominait une sensation énervée d'attente. Si bien que je m'attarde au lit ce matin, entre Fanchette et mon chocolat qui refroidit.

Fanchette, persuadée que je reviens pour elle seule, connaît depuis mon retour la joie parfaite, peut-être un peu trop parfaite. Je ne la tourmente pas assez. Il lui manque mon insistance taquine

---

1. Regarder en bœuvarsé, c'est rouler de gros yeux, torves et inquiets, comme un bœuf tombé sur le flanc, un bœuf « versé ».

de jadis à la tenir debout sur ses deux pattes de derrière, à la suspendre par la queue, à la vanner, les pattes attachées deux à deux, en criant : « Voici le lièvre blanc qui pèse huit livres ! » Je ne suis que tendre, je la caresse sans la pincer, sans lui mordre les oreilles... Dame, Fanchette, on ne peut pas tout avoir ; ainsi, moi, par exemple...

Qui monte les marches du perron ? Le facteur, je pense... Pourvu que Renaud ne m'ait pas écrit !...

Mélie m'aurait déjà apporté sa lettre... Elle ne vient pas. J'écoute pourtant avec mes oreilles, mes narines, toute tendue... Elle ne vient pas... Il n'a pas écrit... Tant mieux ! Qu'il oublie et qu'il me laisse oublier !...

Ce soupir-là, qu'est-ce qu'il veut dire ? C'est un soupir de soulagement, je n'en veux pas douter. Mais me voici bien tremblante, pour une Claudine rassurée... Pourquoi n'a-t-il pas écrit ? Parce que je ne lui réponds pas... Parce qu'il craint de m'irriter davantage... Ou bien il a écrit, et déchiré sa lettre... Il a manqué le courrier... Il est malade !

D'un saut, je suis debout, repoussant la chatte décoiffée qui cligne des yeux, brusquement réveillée. Ce mouvement me rend la conscience, avec la honte de moi...

Mélie est si traînarde... Elle aura posé la lettre à la cuisine sur un coin de la table, près du beurre qu'on apporte entre deux feuilles de bette à carde... Ce beurre va tacher la lettre... Je tire le cordon qui déchaîne le vacarme d'une cloche de couvent.

— C'est pour ton eau chaude, ma servante ?
— Oui, pardi... Dis donc, Mélie, le facteur n'a rien donné pour moi ?
— Non, mon guélin.

Ses yeux bleus fanés se plissent d'un attendrissement égrillard :
— Ah ! ah ! le temps te dure après ton homme ? Sacrée jeune mariée, va ! Ça te démange !...

Elle s'en va en riant tout bas. Je tourne le dos à ma glace pour n'y plus voir l'expression de ma figure...

Mon courage enfin ressaisi, je monte, à la suite de Fanchette, au grenier qui fut tant de fois mon refuge, pendant les pluies tenaces. Il est vaste et sombre, les draps de la lessive pendent aux rouleaux de bois du séchoir ; un amas de livres demi-rongés occupe tout un coin, une antique chaise percée, à qui un pied manque, attend, béante, le séant d'un fantôme... Une grande manne d'osier recèle des restes de papiers à tentures, qui datent de la Restauration : fond jaune colique à rayures prune, simili-treillages verts où grimpe une végétation compliquée, où voltigent d'improbables oiseaux vert courge... Tout cela pêle-mêle avec les débris d'un vieil herbier, où j'admirais, avant de les détruire, les délicats squelettes de plantes rares venues je ne sais d'où... Il en reste encore, que je feuillette, respirant la suave vieille poussière un peu pharmaceutique, papier moisi, plantes mortes, fleurs de tilleul cueillies la semaine passée et qui sèchent sur un drap étalé... La lucarne levée, la *goulotte* encadre, comme autrefois, quand je lève la tête, le même petit paysage lointain et achevé : un bois à gauche, une prairie descendante, un toit rouge dans le coin... C'est composé avec soin, bébête et charmant.

On a sonné en bas... J'écoute les portes, les voix indistinctes, quelque chose comme un meuble lourd qu'on traîne... Pauvre Claudine endolorie, comme il suffit de peu maintenant pour t'émouvoir !... Je ne peux plus durer, j'aime mieux descendre à la cuisine.

— Où que t'étais donc, ma France ? Je t'ai chorchée, et puis j'ai pensé que t'avais encore parti trôler... C'est ta malle que M. Renaud envoye grande vitesse. Racalin l'a mussée dans ta chambre par le petit scaier.

Cette grande malle de parchemin m'assombrit et m'agace comme un meuble de *là-bas*... Un de ses flancs porte encore un grand placard rouge à lettres blanches : HOTEL DES BERGUES.

Il date de notre voyage de noces... J'avais prié qu'on laissât collée cette affiche, qui rendait la malle visible de très loin dans les gares... A l'hôtel des Bergues... il a plu tout le temps, nous ne sommes pas sortis...

Je relève le couvercle avec violence, comme si je voulais jeter à bas le souvenir cher et cuisant, à figure d'espoir, qui se tient devant moi...

A première vue, je ne crois pas que la femme de chambre ait oublié grand-chose. La femme de chambre... Je vois ici la trace d'autres mains que les siennes... Sous les chemisettes d'été, sur le lit de linge fin et frais, enrubanné de neuf, ce n'est pas elle qui a posé le petit écrin vert... Le rubis que m'a donné Renaud y brille limpide, sang clair, vin riche et doux... J'ose à peine y toucher, non, non, qu'il dorme encore dans le petit écrin vert !

Dans le casier inférieur, on a couché mes robes, corsages vides, manches découragées, trois robes simples que je puis garder ici. Mais y garderai-je aussi cette boîte d'ancien vermeil, si jolie, qu'il m'a donnée, comme il m'a donné le rubis, comme il m'a donné tout

ce que j'ai... On l'a remplie des bonbons que j'aime, fondants trop sucrés et chocolats mous... Renaud, méchant Renaud, si vous saviez comme les bonbons sont amers, mouillés de larmes chaudes !...
J'hésite maintenant à soulever chaque pli, où se tapit le passé, où veille la tendre et suppliante sollicitude de celui qui m'a trahie... Tout ceci est plein de lui ; il a lissé de ses mains ces lingeries pliées, il a lié les rubans de ces sachets...
Lente, les yeux brouillés de pleurs, je tarde à vider ce reliquaire...
J'aurais voulu tarder plus encore ! Tout au fond, dans l'une de mes petites mules de maroquin, une lettre blanche est roulée. Je sais bien que je la lirai... mais comme c'est froid, ce papier fermé ! Comme il craque désagréablement, sous le tremblement de mes doigts ! Il faut le lire, quand ce ne serait que pour faire taire ce petit bruit odieux...

« Ma pauvre enfant adorée, je t'envoie tout ce qui me reste de toi, tout ce qui gardait encore ici ton parfum, un peu de ta présence. Ma chérie, toi qui crois à l'âme des choses, j'espère encore que celles-ci te parleront de moi sans colère. Me pardonneras-tu, Claudine ? Je suis mortellement seul. Rends-moi, — pas maintenant, plus tard, quand tu voudras bien, — non pas ma femme, mais seulement la chère petite fille que tu as emmenée. Parce que j'ai le cœur crevé de chagrin, en songeant que ta pâle petite figure intense sourit à ton père et qu'il me reste à moi le cruel visage de Marcel. Je te supplie de te souvenir, quand tu seras moins triste, qu'une ligne de ta main me sera chère et bénie comme une promesse... »

— Lavoù que tu vas ? Et le manger qu'est servi ?
— Tant pis pour lui. Je ne déjeune pas. Tu diras à Papa... ce que tu voudras, que je me promène jusqu'à la montagne aux Cailles... Je ne rentrerai que ce soir.
En parlant, je fourre fébrilement dans un petit panier le croûton d'une miche cassée, des pommes de moisson, une cuisse de poulet que je chipe au plat dressé... Sûr que non, je ne déjeune pas ici ! Il me faut, pour lire dans mon trouble esprit, l'ombre tigrée de soleil, et la beauté des bois comme conseillère...
Je suis sans m'arrêter, malgré le rude soleil, l'étroit chemin des Vrimes, fossé plutôt que chemin, creusé et sableux comme un lit de rivière. Mes pas font fuir les verdelles [1] couleur d'émeraude,

---

1. Grand lézard vert.

si peureuses que je n'ai jamais pu en capturer une seule ; au-devant de moi se lèvent en nuée les papillons communs, beige et marron comme des laboureurs. Un morio passe, zigzaguant, effleure la haie, comme s'il avait peine à soulever plus haut le lourd velours brun de ses ailes... De loin en loin, un mince sillon ondulé moule en creux le sable de la route : une couleuvre a passé là, ardoisée et brillante. Peut-être qu'elle portait en travers de sa petite bouche plate de tortue les pattes vertes d'une grenouille encore gigotante...

Je me retourne souvent, pour voir diminuer la tour sarrasine ourlée de lierre, et le château décrépit. Je veux aller jusqu'à ce petit pavillon de garde-chasse, qui depuis cent ans peut-être a perdu le plancher de son unique étage, ses fenêtres, sa porte, et jusqu'à son nom... Car il s'appelle ici « la-petite-maison-où-il-y-a-tant-de-saletés-écrites-sur-les-murs. » C'est comme ça. Et c'est bien vrai qu'on n'a jamais vu — gravées, charbonnées, accentuées d'esquisses au couteau ou à la craie, en long, en large, enchevêtrées, — autant d'obscénités, de grosses scatologies naïves. Mais je n'ai que faire de la petite maison hexagone où pèlerinent le dimanche les gars insulteurs et les filles en bandes sournoises... Je veux le bois qu'elle garda jadis, et que ne souille pas la jeunesse endimanchée, parce qu'il est trop serré, trop silencieux, coupé de gouillas humides d'où fusent des fougères...

Affamée, la pensée endormie, je mange comme un bûcheron, mon panier au creux des genoux. Jouissance pleine de se sentir une brute vivace, accessible seulement à la saveur du pain qui craque, de la pomme farineuse ! Le doux paysage éveille en moi une sensualité presque semblable au ravissement de la faim que j'assouvis : ces bois égaux et sombres sentent la pomme, ce pain frais est gai comme le toit de tuile rose qui les troue...

Puis, couchée sur le dos, les bras en croix, j'attends l'heureuse torpeur.

Personne aux champs. Qu'y ferait-on ? On ne cultive rien. L'herbe pousse, le bois mort tombe, le gibier vient au collet. Les gobettes en vacances mènent les moutons au long des talus, — et tout à cette heure sieste, comme moi. Un buisson de ronce en fleur exhale sa trompeuse odeur de fraise. La ramure basse d'un chêne rabougri m'abrite comme l'auvent d'une maison...

Tandis que je rampe pour changer mon lit d'herbe fraîche, un grignotement de papier froissé chasse le sommeil proche... La lettre de Renaud palpite dans mon corsage, la lettre qui supplie...

« Ma pauvre enfant adorée »... « la chère petite fille que tu as emmenée »... « ta pâle petite figure intense... »

Il a écrit, pour la première fois peut-être, sans peser les mots qu'il écrivait, il a écrit sans littérature, lui que, d'habitude, la répétition d'un mot à deux lignes d'intervalle, choque comme une tache d'encre à son doigt.

Cette lettre-là, je la porte comme une fiancée, près de mon cœur. Avec l'autre, celle d'avant-hier, ce sont les deux seules lettres d'amour que j'aie reçues, puisque, dans le temps de nos brèves accordailles, Renaud vivait tout près de moi, et que, depuis, joyeuse, docile ou indifférente, j'ai toujours suivi son humeur voyageuse et mondaine...

...Qu'ai-je fait de bon, pour lui et pour moi, en dix-huit mois ? Je me suis réjouie de son amour, attristée de sa légèreté, choquée de ses façons de penser et d'agir — tout cela sans rien dire, en fuyant les explications, et j'en ai voulu plus d'une fois à Renaud de mon propre silence.

J'ai mis de l'égoïsme à souffrir sans chercher de remède ; de l'orgueil routinier à blâmer silencieusement. Pourtant, que n'eût-il pas fait pour moi ? Je pouvais tout obtenir de sa tendresse empressée ; il m'aimait assez pour me conduire, — si je l'eusse d'abord guidé. Je lui ai demandé... une garçonnière !

Tout est à recommencer. Tout est, Dieu merci, recommençable. « Mon cher grand, lui dirai-je, je vous ordonne de me dominer !... » Je lui dirai encore... tant d'autres choses...

...Que l'heure coule, que le soleil tourne, que sortent du bois les papillons délicats au vol incertain et déjà nocturne, qu'une petite chouette timide, sociable et éblouie se montre trop tôt à la lisière du bois, et clignote, que le taillis s'anime, au tomber du jour, de mille bruits inquiets, de cris menus, je n'y prête que des oreilles distraites, des yeux absents et tendres... Me voici debout, étirant mes bras engourdis, mes jarrets courbaturés, puis fuyant vers Montigny talonnée par l'heure... l'heure du courrier, pardi ! Je veux écrire, écrire à Renaud.

Ma résolution est prise... Ah ! qu'il m'en a peu coûté.

« Cher Renaud, je suis embarrassée pour vous écrire, parce que c'est la première fois. Et il me semble que je ne pourrai jamais vous dire tout ce que je veux vous dire avant que parte le courrier du soir.

« J'ai à vous demander pardon d'être partie, et à vous remercier de m'avoir laissée partir. J'ai mis quatre jours à comprendre, toute

Claudine en ménage

seule dans ma maison et dans mon chagrin, ce dont vous m'eussiez convaincue en peu de minutes... Pourtant je crois que ces quatre jours n'ont pas été perdus.

« Vous m'avez écrit toute votre tendresse, cher grand, sans me parler de Rézi, sans me dire : "Tu as fait avec elle ce que moi-même j'ai fait, avec si peu de différence...". C'eût été très raisonnable pourtant, d'une logique à peine boiteuse... Mais vous saviez que ce *n'était pas la même chose*... et je vous suis reconnaissante de ne me l'avoir pas dit.

« Je ne voudrais plus, plus jamais, vous causer de chagrin, mais il faut que vous m'y aidiez, Renaud. Oui, je suis votre enfant — pas rien que votre enfant — une fille trop choyée à qui vous devez parfois refuser ce qu'elle demande. J'ai désiré Rézi et vous me l'avez donnée comme un bonbon... Il faut m'apprendre qu'il y a des gourmandises nuisibles, et qu'à tout prendre on doit se méfier des mauvaises marques... Ne craignez pas, cher Renaud, d'attrister votre Claudine en la grondant. Il me plaît de dépendre de vous, et de craindre un peu un ami que j'aime tant.

« Je veux encore vous dire ceci : c'est que je ne retournerai pas à Paris. Vous m'avez confiée au pays que j'aime, venez donc m'y retrouver, m'y garder, m'y aimer. Si vous devez me quitter quelquefois, par force ou par envie, je vous attendrai ici fidèlement, et sans défiance. Il y a dans ce Fresnois assez de beauté, assez de tristesse, pour que vous n'y craigniez pas l'ennui, si je reste auprès de vous. Car j'y suis plus belle, plus tendre, plus honnête.

« Et puis venez, parce que je ne peux plus durer sans vous. Je vous aime, je vous aime, c'est la première fois que je vous l'écris. Venez ! Songez que je viens d'attendre pendant quatre longs jours, mon cher mari, que vous ne soyez plus trop jeune pour moi !... »

Claudine s'en va

(JOURNAL D'ANNIE)

Il est parti ! Il est parti ! Je le répète, je l'écris, pour savoir que cela est vrai, pour savoir si cela me fera mal. Tant qu'il était là, je ne sentais pas qu'il partirait. Il s'agitait avec précision. Il donnait des ordres nets, il me disait : « Annie, vous n'oublierez pas... » puis, s'interrompant : « Mon Dieu, quelle pauvre figure vous me faites ! J'ai plus de chagrin de votre chagrin que de mon départ ! » Est-ce que je lui faisais une si pauvre figure ? Je n'avais pas de peine, puisqu'il était encore là.

A l'entendre me plaindre ainsi je frissonnais, repliée et craintive, je me demandais : « Est-ce que vraiment je vais avoir autant de chagrin qu'il le dit ? c'est terrible ! »

A présent, c'est la vérité : il est parti ! Je crains de bouger, de respirer, de vivre. Un mari ne devrait pas quitter sa femme, quand c'est ce mari-là, et cette femme-là.

Je n'avais pas encore treize ans, qu'il était déjà le maître de ma vie. Un si beau maître ! un garçon roux, plus blanc qu'un œuf, avec des yeux bleus qui m'éblouissaient. J'attendais ses grandes vacances, chez grand-mère Lajarrisse — toute ma famille — et je comptais les jours. Le matin venait enfin où, en entrant dans ma chambre blanche et grise de petite nonne (à cause des cruels étés de là-bas, on blanchit à la chaux, et les murs restent frais et neufs dans l'ombre des persiennes), en entrant, elle disait : « Les fenêtres de la chambre d'Alain sont ouvertes, la cuisinière les a vues en revenant de ville. » Elle m'annonçait cela tranquillement, sans se douter qu'à ces seuls mots je me recroquevillais, menue, sous mes draps, et que je remontais mes genoux jusqu'à mon menton...

Cet Alain ! je l'aimais, à douze ans, comme à présent, d'un amour confus et épouvanté, sans coquetterie et sans ruse. Chaque année, nous vivions côte à côte, pendant tout près de quatre mois (parce qu'on l'élevait en Normandie dans une de ces écoles genre anglo-saxon, où les vacances sont longues). Il arrivait blanc et doré, avec cinq ou six taches de rousseur sous ses yeux bleus et il poussait la porte du jardin comme on plante un drapeau sur une citadelle. Je l'attendais, dans ma petite robe de tous les jours, n'osant pas, de peur qu'il le remarquât, me parer pour lui. Il m'emmenait, nous lisions, nous jouions, il ne me demandait pas mon avis, il se moquait souvent, il décrétait : « Nous allons faire ceci, vous tiendrez le pied de l'échelle : vous tendrez votre tablier pour que je jette les pommes dedans... » ; il posait son bras sur mes épaules et regardait autour de lui d'un air méchant, comme pour dire : « Qu'on vienne me la prendre ! » Il avait seize ans, et moi douze.

Quelquefois — c'est un geste que j'ai fait encore hier, humblement — je posais sur son poignet blanc ma main hâlée et je soupirais : « Comme je suis noire ! » Il montrait ses dents carrées dans un sourire orgueilleux et répondait : « Sed formosa, chère Annie. »

Voici une photographie de ces temps-là. J'y suis brune et sans épaisseur, comme maintenant, avec une petite tête un peu tirée en arrière par les cheveux noirs et lourds, une bouche en moue qui implore « je ne le ferai plus », et, sous des cils très longs plantés en abat-jour, droits comme une grille, des yeux d'un bleu si liquide qu'ils me gênent quand je me mire, des yeux ridiculement clairs, sur cette peau de petite fille kabyle. Mais puisqu'ils ont su plaire à Alain...

Nous avons grandi très sages, sans baisers et sans gestes vilains. Oh ! ce n'est pas ma faute. J'aurais dit « oui », même en me taisant. Souvent, près de lui, au jour finissant, j'ai trouvé trop lourde l'odeur des jasmins, et j'ai respiré péniblement, la poitrine étreinte... Comme les mots me manquaient pour avouer à Alain : « Le jasmin, le soir, le duvet de ma peau que caressent mes lèvres, c'est vous... » ; alors, je fermais ma bouche, et j'abaissais mes cils sur mes yeux trop clairs, dans une attitude si habituelle qu'il ne s'est jamais douté de rien, jamais... Il est aussi honnête qu'il est beau.

A vingt-quatre ans, il a déclaré : « Maintenant, nous allons nous marier », comme il m'aurait dit onze ans auparavant : « A présent, nous allons jouer aux sauvages. »

Il a toujours si bien su ce que je devais faire que me voici, sans lui, comme un inutile joujou mécanique dont on a perdu la clef. Comment saurai-je à présent, où est le bien et le mal ?

Pauvre, pauvre petite Annie égoïste et faible ! Je me lamente sur moi en pensant à lui. Je l'ai supplié de ne pas partir... en peu de paroles, car son affection, toujours retenue, craint les expansions vives : « Cet héritage, ce n'est peut-être pas grand-chose... nous avons assez d'argent, et c'est chercher bien loin une fortune peu certaine... Alain, si vous chargiez quelqu'un... » L'étonnement de ses sourcils a coupé ma phrase maladroite ; mais j'ai repris courage : « Eh bien, alors, Alain, emmenez-moi. »

Son sourire plein de pitié ne m'a pas laissé d'espoir : « Vous emmener, ma pauvre enfant ! délicate comme vous l'êtes, et... si mauvaise voyageuse, soit dit sans vous blesser. Vous voyez-vous supportant la traversée jusqu'à Buenos Ayres ? Songez à votre santé, songez — c'est un argument qui vous touchera, je le sais — à l'embarras que vous pourriez m'être. »

J'ai abaissé mes paupières, ce qui est ma façon de rentrer chez moi, et j'ai maudit silencieusement mon oncle Etchevarray, tête brûlée qui disparut, il y a quinze ans, sans donner de nouvelles. Le déplaisant toqué, qui s'avise de mourir riche dans des pays qu'on ne connaît pas, et de nous laisser quoi ?... des estancias où l'on élève des taureaux, « des taureaux qui se vendent jusqu'à six mille piastres, Annie ». Je ne me rappelle même pas combien cela fait, en francs...

La journée de son départ n'est pas encore finie que me voici écrivant en cachette dans ma chambre, sur le beau cahier qu'il m'a donné pour que j'y tinsse mon « Journal de son voyage » et relisant l'*Emploi du temps* que m'a laissé sa ferme sollicitude.

Juin. — Visites chez madame X..., madame Z..., et madame T... (important).

Une seule visite à Renaud et Claudine, ménage réellement trop fantaisiste pour une jeune femme dont le mari voyage au loin.

Faire payer la facture du tapissier pour les grandes bergères du salon et le lit canné. Ne pas marchander, car le tapissier fournit nos amis G..., on pourrait clabauder.

Commander les costumes d'été d'Annie. Pas trop de « genre tailleur », des robes claires et simples. Que ma chère Annie ne s'entête pas à croire que le rouge ou l'orange vif lui éclaircissent le teint.

Vérifier les livres des domestiques chaque samedi matin. Que Jules n'oublie pas de dépendre la verdure de mon fumoir, et qu'il la roule sous poivre et tabac. C'est un assez bon garçon, mais mou, et il fera son service avec négligence, si Annie n'y veille elle-même.

Annie sortira à pied dans les avenues, et ne lira pas trop de fadaises, pas trop de romans naturalistes ou autres.

Prévenir à l'« Urbaine » que nous donnons congé le 1ᵉʳ juillet. Prendre la victoria à la journée pendant les cinq jours qui précéderont le départ pour Arriège.

Ma chère Annie me fera beaucoup de plaisir en consultant souvent ma sœur Marthe et en sortant souvent avec elle. Marthe a un grand bon sens et même du sens pratique sous des dehors un peu libres.

Il a songé à tout ! Et je n'ai pas, même une minute, la honte de mon... de mon incapacité ? inertie serait peut-être plus juste, ou passivité. La vigilance active d'Alain absorbe tout et m'ôte le moindre souci matériel. J'ai voulu, la première année de notre mariage, secouer ma silencieuse oisiveté de petite pays-chaud. Alain eut tôt fait de rabattre mon beau zèle : « Laissez, laissez, Annie, c'est fait, je m'en suis occupé... » « Mais non, Annie, vous ne savez pas, vous n'avez aucune idée... ! »

Je ne sais rien, — qu'obéir. Il m'a appris cela, et je m'en acquitte comme de la seule tâche de mon existence, avec assiduité, avec joie. Mon cou flexible, mes bras pendants, ma taille un peu trop mince et qui plie, jusqu'à mes paupières qui tombent facilement et disent « oui », jusqu'à mon teint de petite esclave me prédestinaient à obéir. Alain me nomme souvent ainsi « petite esclave », il dit cela sans méchanceté, bien sûr, avec seulement un léger mépris pour ma race brune. Il est si blanc !

Oui, cher « Emploi du temps », qui me guidez encore en son absence et jusqu'à sa première lettre, oui, je donnerai congé à l'« Urbaine », je surveillerai Jules, je vérifierai les livres des domestiques, je ferai mes visites et je verrai souvent Marthe.

Marthe, c'est ma belle-sœur, la sœur d'Alain. Quoiqu'il la blâme d'avoir épousé un romancier, pourtant connu, mon mari lui reconnaît une intelligence vive et désordonnée, une lucidité brouillonne. Il dit volontiers : « Elle est adroite. » Je n'arrive pas à démêler très bien la valeur de ce compliment.

En tout cas, elle joue de son frère avec un doigté infaillible, et je crois bien qu'Alain ne le devine pas. Avec quel art elle sauve le mot risqué qu'elle vient de laisser échapper, avec quelle maîtrise elle escamote un sujet de conversation dangereux ! Quand j'ai fâché mon seigneur et maître, je reste là toute triste, sans même implorer ma grâce ; Marthe, elle, rit à son nez, ou admire à propos une remarque qu'il vient de faire, dénigre à coups de mots drôles un raseur particulièrement odieux, — et Alain déplisse ses durs sourcils.

Adroite, certes, de l'esprit et des mains. Je la regarde ébahie, lorsque, en bavardant, elle fait éclore sous ses doigts un adorable chapeau, ou un jabot de dentelle, avec le chic d'une « première » de bonne maison. Marthe n'a rien pourtant du trottin. Assez petite, potelée, la taille serrée et très mince, une croupe avenante et mobile, elle porte droite une tête flambante de cheveux roux-doré (les cheveux d'Alain) éclairée encore par de terribles yeux gris. Une figure de petite pétroleuse — au sens communard du mot — qu'elle arrange très joliment en minois dix-huitième siècle. De la poudre de riz, du rouge aux lèvres, des robes bruissantes en soies peintes à guirlandes, le corsage à pointe et les talons très hauts. Claudine (l'amusante Claudine qu'il ne faut pas trop voir) l'appelle souvent « marquise pour barricades ».

Cette Ninon révolutionnaire a su asservir — là encore je reconnais le sang d'Alain — le mari qu'elle a conquis après une courte lutte : Léon c'est un peu l'Annie de Marthe. Quand je pense à lui, je l'appelle « ce pauvre Léon ». Pourtant, il n'a pas l'air malheureux. Il est brun, régulier, joli garçon, la barbe en pointe et l'œil en amande, avec des cheveux doux et plats. Un type parfaitement français et modéré. On lui voudrait plus de saccade dans le profil, plus de carrure dans le menton, de brusquerie dans l'arcade sourcilière, moins de condescendance dans ses yeux noirs. Il est un peu — c'est méchant ce que j'écris là — un peu « premier à la soie », prétend cette peste de Claudine qui l'a nommé un jour : « Et-avec-ça-Madame ? » Et l'étiquette est restée à ce pauvre Léon, que Marthe traite en propriété de rapport.

Elle l'enferme régulièrement trois ou quatre heures par jour, moyennant quoi il fournit, m'a-t-elle confié, un bon rendement moyen d'un roman deux tiers par an, « le strict nécessaire », ajoute-t-elle.

Qu'il y ait des femmes douées d'assez d'initiative, de volonté quotidienne, — et de cruauté aussi — pour édifier et soutenir un budget, un train de vie, sur le dos penché d'un homme qui écrit, qui écrit et qui n'en meurt pas, cela me dépasse. Je blâme quelquefois Marthe, et puis je l'admire avec un peu d'effroi.

Constatant son autorité masculine qui a su exploiter la docilité de Léon, je lui ai dit, un jour de grande hardiesse :

— Marthe, toi et ton mari vous êtes un ménage contre nature.

Elle m'a regardée stupéfaite, et puis elle a ri à s'en trouver mal :

— Non, cette Annie, elle vous a des mots ! Tu ne devrais jamais sortir sans un Larousse. Un ménage contre nature ! Heureusement que je suis toute seule pour t'entendre, par les modes qui courent...

Mais Alain est parti tout de même ! je ne peux pas l'oublier longtemps dans mon bavardage intime. Que faire ? Ce fardeau de vivre seule m'accable... Si j'allais à la campagne, à Casamène, dans la vieille maison que nous a laissée grand-mère Lajarrisse, pour n'y voir personne, personne jusqu'à son retour ?...

Marthe est entrée, balayant de ses jupes raides, des sabots de ses manches, mes beaux projets ridicules. J'ai caché mon cahier, très vite.

— Toute seule ? Viens-tu chez le tailleur ? Toute seule dans cette chambre triste ! La veuve inconsolée, quoi !...

Sa plaisanterie mal venue, — sa ressemblance aussi avec son frère, malgré la poudre, le chapeau Trianon et la haute ombrelle — m'arrachent de nouvelles larmes.

— Bon, ça y est ! Annie, tu es la dernière des... épouses. Il reviendra, je te dis ! J'imaginais, moi simple, moi indigne, que son absence te donnerait (les premières semaines du moins) une impression de vacances, d'escapade...

— D'escapade, oh ! Marthe...

— Quoi, oh ! Marthe ?... C'est vrai que ça sonne le vide, ici, dit-elle en tournant par la chambre, ma chambre, où le départ d'Alain n'a pourtant rien changé.

J'essuie mes yeux, ce qui prend toujours un peu de temps parce que j'ai beaucoup de cils. Marthe dit en riant que j'ai « des cheveux au bout des yeux ».

Elle est appuyée des deux coudes à la cheminée, me tournant le dos. Elle porte, un peu tôt pour la saison, je trouve, une robe de voile bis à petites roses démodées, une jupe montée à fronces et un fichu croisé qui sont de madame Vigée-Lebrun, avec des cheveux roux, dégageant la nuque, qui sont d'Helleu. Cela crie un peu, pourtant sans disgrâce. Mais je garderai ces remarques pour moi. D'ailleurs quelles sont les remarques que je ne garde pas pour moi ?...

— Qu'est-ce que tu examines si longtemps, Marthe ?

— Je contemple le portrait de monsieur mon frère.

— D'Alain ?

— C'est toi qui l'as nommé.

— Qu'est-ce que tu lui trouves ?

Elle ne répond pas tout de suite. Puis elle éclate de rire et se retournant :

— C'est extraordinaire, ce qu'il ressemble à un coq !

— A un coq ?

— Oui, à un coq. Regarde.

Suffoquée d'entendre une telle horreur, je prends machinalement le portrait, une photo tirée en sanguine, qui me plaît fort : dans un jardin d'été, mon mari est campé, nu-tête, ses cheveux roux en brosse, l'œil hautain, le jarret bien tendu... Il se tient ainsi habituellement. Il ressemble... à un beau garçon solide, qui a la tête près du bonnet, l'œil prompt ; il ressemble aussi à un coq. Marthe a raison. Oui, à un coq roux, vernissé, crêté, ergoté... Désolée comme s'il venait de partir une seconde fois, je refonds en larmes. Ma belle-sœur lève des bras consternés.

— Non, vrai, tu sais, si on ne peut même pas parler de lui ! Tu es un cas, ma chère. Ça va être gai d'aller chez le tailleur avec ces yeux-là ! Est-ce que je t'ai fait de la peine ?

— Non, non, c'est moi toute seule... Laisse, ça va passer...

Je ne peux pourtant pas lui avouer que je suis désespérée qu'Alain ressemble à un coq, et surtout que je m'en sois aperçue... A un coq ! Elle avait bien besoin de me faire remarquer cela...

— Madame n'a pas bien dormi ?
— Non, Léonie...
— Madame a les yeux battus... Madame devrait prendre un verre de cognac.
— Non, merci. J'aime mieux mon cacao.

Léonie ne connaît qu'un remède à tous les maux : un verre de cognac. J'imagine qu'elle en expérimente journellement les bons effets. Elle m'intimide un peu parce qu'elle est grande, de gestes décidés, qu'elle ferme les portes avec autorité et qu'en cousant dans la lingerie, elle siffle, comme un cocher qui revient du régiment, des sonneries militaires. C'est d'ailleurs une fille capable de dévouement, qui me sert depuis mon mariage, depuis quatre ans, avec un mépris affectueux.

Seule à mon réveil, seule à me dire qu'une journée et une nuit se sont écoulées depuis le départ d'Alain, seule à réunir tout mon courage pour commander les repas, téléphoner à l'« Urbaine », feuilleter les livres de comptes !... Un collégien qui n'a pas fait ses devoirs de vacances ne s'éveille pas plus morne que moi, le matin de la rentrée...

Hier, je n'ai pas accompagné ma belle-sœur à l'essayage. Je lui en voulais, à cause du coq... J'ai prétexté une fatigue, la rougeur de mes paupières.

Aujourd'hui, je veux secouer ma prostration et, — puisque Alain me l'a ordonné — visiter Marthe à son jour, bien que la traversée, sans appui, toute seule, de ce salon immense, sonore de voix féminines, me soit toujours un petit supplice. Si je me faisais, comme dit Claudine, « porter malade » ? Oh ! non, je ne peux pas désobéir à mon mari.

— Quelle robe que Madame a besoin ?

Oui, quelle robe ? Alain n'hésiterait pas, lui. D'un coup d'œil, il eût consulté la couleur du temps, celle de mon teint, puis les noms inscrits au « jour », et son choix infaillible eût tout contenté...

— Ma robe en crêpe gris, Léonie, et le chapeau aux papillons...

Des papillons gris aux ailes de plumes cendrées, tachées de lunules orange et roses, qui m'amusent. Enfin ! il faut constater que mon grand chagrin ne m'enlaidit pas trop. Le chapeau aux papillons bien droit sur les cheveux lisses et gonflés, la raie à droite et le chignon bas, les yeux bleus gênants et pâles, plus liquides encore à cause des larmes récentes, allons, il y a de quoi faire pester Valentine Chessenet, une fidèle du salon de ma belle-sœur, qui me déteste parce que (je sens cela) elle trouverait volontiers mon mari tout à fait de son goût. Une créature qu'on a plongée, dirait-on, dans un bain décolorant. Les cheveux, la peau, les cils, tout du même blond rosâtre. Elle se maquille en rose, se poisse les cils au mascaro (c'est Marthe qui me l'a dit) sans arriver à tonifier sa fadasse anémie.

Elle sera à son poste chez Marthe, le dos au jour pour masquer ses poches sous les yeux, à bonne distance de la Rose-Chou dont elle redoute l'éclat bête et sain, elle me criera aigrement, par-dessus les têtes, des rosseries auxquelles je ne saurai rien répondre ; mon silence intimidé fera rire d'autres perruches, et on m'appellera encore « la petite oie noire » ! Alain, autoritaire Alain, c'est pour vous que je cours m'exposer à tant de douloureuses piqûres !

Dès l'antichambre, à ce bruit de volière, ponctué, comme de coups de bec, par les chocs des petites cuillers, mes mains se refroidissent.

Elle est là, cette Chessenet ! Elles sont toutes là, et toutes jacassent, sauf Candeur, poétesse-enfant, dont l'âme silencieuse ne fleurit qu'en beaux vers. Celle-là se tait, tourne avec lenteur des yeux moirés et mord sa lèvre inférieure d'un air voluptueux et coupable, comme si ce fût la lèvre d'une autre.

Il y a Miss Flossie, qui dit, pour refuser une tasse de thé, un « Non... », si prolongé, dans un petit râle guttural semblant accorder toute elle-même. Alain ne veut pas (pourquoi ?) que je la connaisse, cette Américaine plus souple qu'une écharpe, dont l'étincelant visage brille de cheveux d'or, de prunelles bleu de mer, de dents implacables. Elle me sourit sans embarras, ses yeux rivés aux miens, jusqu'à ce qu'un frémissement de son sourcil gauche, singulier, gênant comme un appel, fasse détourner mon regard... Miss Flossie sourit plus nerveusement alors, tandis qu'une enfant rousse et mince, blottie dans son ombre, me couve, inexplicablement, de ses profonds yeux de haine...

Maugis — un gros critique musical — ses yeux saillants avivés d'une lueur courte, considère le couple des Américaines de tout près, avec une insolence à gifler, et grognonne presque indistinctement, en remplissant de whisky un verre à bordeaux :

— Quéqu'Sapho, pourvu qu'on rigole !

Je ne comprends pas ; j'ose à peine regarder tous ces visages subitement figés dans une immobilité malveillante à cause de ma robe qui est jolie. Que je voudrais m'enfuir ! Je me réfugie près de Marthe qui me réchauffe de sa main solide et petite, de ses yeux d'audace, braves comme elle-même. Comme je l'envie d'être si brave ! Elle a la langue vive et impatiente, elle dépense beaucoup, il n'en faut pas tant pour qu'on potine autour d'elle sans bonté. Elle le sait, court au-devant des allusions, empoigne les amies perfides et les secoue avec l'entrain et la ténacité d'un bon ratier. Aujourd'hui, je l'embrasserais pour sa réponse à madame Chessenet, qui crie à mon entrée :

— Ah ! voici la veuve du Malabar !

— Ne la taquinez pas trop, riposte Marthe. Après tout, quand un mari s'en va, ça laisse un vide.

Derrière moi une voix pénétrée acquiesce, en roulant des *r* :

— Cerrrtainement, un vide considérrrable... et doulourrreux !

Et toutes partent d'un éclat de rire. Je me suis retournée, confuse, et ma gêne augmente en reconnaissant Claudine, la femme de Renaud. « Une seule visite à Renaud et Claudine, ménage trop fantaisiste... » La circonspection que leur témoigne Alain me rend sotte et comme coupable en leur présence. Pourtant, je les trouve enviables et gentils, ce mari et cette femme qui ne se quittent pas, unis comme des amants.

Comme j'avouais à Alain, un jour, que je ne blâmais point Claudine et Renaud de se poser en amants mariés, il m'a demandé, assez sec :

— Où avez-vous pris, ma chère, que des amants se voient plus et mieux que des époux ?

Je lui ai répondu sincèrement :

— Je ne sais pas...

Depuis ce temps nous n'échangeons plus, avec ce ménage « fantaisiste » que de rares visites de politesse. Cela ne gêne point Claudine, que rien ne gêne, ni Renaud qui ne se soucie guère que de sa femme au monde. Et Alain professe une parfaite horreur des ruptures inutiles.

Claudine ne paraît point se douter qu'elle a déchaîné les rires.

Claudine s'en va

Elle mange, les yeux baissés, un sandwich au homard, et déclare posément, après, que « c'est le sixième ».

— Oui, dit Marthe gaîment, vous êtes une relation ruineuse, l'âme de madame Beulé a passé en vous.

— Son estomac seulement, c'est tout ce qu'elle avait de bon à prendre, rectifie Claudine.

— Méfiez-vous ! ma chère, insinue madame Chessenet, vous engraisserez à ce régime-là. Il m'a semblé, l'autre soir, que vos bras prenaient une agréable, mais dangereuse ampleur.

— Peuh ! réplique Claudine, la bouche pleine, je vous souhaite seulement d'avoir les cuisses comme j'ai les bras, ça fera plaisir à bien du monde.

Madame Chessenet, qui est maigre, et s'en désole, avale cette rebuffade péniblement, le cou si tendu que je crains un petit esclandre. Mais elle toise seulement, avec un mutisme rageur, l'insolente aux cheveux courts, et se lève. J'esquisse un mouvement pour me lever aussi, puis je me rassieds afin de ne pas sortir avec cette vipère décolorée.

Claudine attaque vaillamment l'assiette aux petits choux pralinés et m'en offre (si Alain nous voyait !...). J'accepte et je lui chuchote :

— Elle va en inventer des horreurs sur vous, cette Chessenet !

— Je l'en défie bien. Elle a déjà sorti tout ce qu'elle pouvait imaginer. N'y a plus que l'infanticide qu'elle ne m'a pas attribué, et encore je n'oserais pas en répondre.

— Elle ne vous aime pas ? questionné-je timidement.

— Si ; mais elle le cache.

— Ça vous est égal ?

— Pardi !

— Pourquoi ?

Les beaux yeux havane de Claudine me dévisagent.

— Pourquoi ? Je ne sais pas, moi. Parce que...

L'approche de son mari interrompt sa réponse. Souriant, il lui indique la porte d'un signe léger. Elle quitte sa chaise, souple et silencieuse comme une chatte. Je ne saurai pas pourquoi.

Pourtant, il me semble que ce regard enveloppant qu'elle lui a jeté était bien une réponse...

Je veux partir aussi. Debout au milieu de ce cercle de femmes et d'hommes, je me sens défaillir d'embarras. Claudine voit mon angoisse, revient vers moi ; sa main nerveuse agrippe la mienne et la tient ferme pendant que ma belle-sœur m'interroge.

— Pas encore de nouvelles d'Alain ?

— Non, pas encore. Je trouverai peut-être un télégramme en rentrant.
— C'est la grâce que je te souhaite. Bonsoir, Annie.
— Où passez-vous vos vacances ? me demande tout doucement Claudine.
— A Arriège, avec Marthe et Léon.
— Si c'est avec Marthe !... Alain peut naviguer tranquille.
— Croyez-vous que, même sans Marthe...

Je sens que je rougis ; Claudine hausse les épaules et répond, en rejoignant son mari qui l'attend, sans impatience, près de la porte :
— Oh ! Dieu non, il vous a trop bien dressée !

Ce message téléphonique de Marthe m'embarrasse beaucoup :
« Impossible d'aller te cueillir à domicile pour essayer chez Taylor.
Viens me prendre à quatre heures chez Claudine. »

Une image outrageante ne m'eût pas plus troublée que ce papier bleu. Chez Claudine ! Marthe en parle à son aise ; l'Emploi du temps dit... Que ne dit-il pas ?

Le rendez-vous donné par Marthe, dois-je le considérer comme une visite officielle à Renaud-Claudine ? Non... Si... je m'agite, je cherche à biaiser, craignant de fâcher ma belle-sœur, redoutant Alain et ma conscience ; mais ma conscience débilitée, et si peu au fait du chemin à suivre, cède à l'influence la plus proche, elle cède surtout au plaisir de voir cette Claudine qu'on me défend comme un livre libre et trop sincère...

— Rue de Bassano, Charles.

J'ai revêtu une sombre robe modeste, voilé mon visage de tulle uni, ganté mes mains de suède neutre, préoccupée d'enlever à ma « démarche » tout « caractère officiel ». Je sais me servir de ces mots-là, avertie par l'expérience d'Alain qu'une démarche doit ou ne doit point revêtir un caractère officiel. Lorsque je les prononce en pensée, ces mots-là, ils accompagnent, en guise de légende, un dessin, baroque et naïf, de rébus... La Démarche, petit personnage aux membres filiformes, tend ses bras vers les manches offertes d'un habit d'académicien, brodé finement au collet de « caractèrofficielcaractèrofficielcaract... » en guirlande délicate... Que je suis sotte d'écrire tout cela ! Ce n'est qu'une toute petite divagation. Je ne noterai jamais les autres : à les relire, ce cahier me tomberait des mains...

Au palier de Claudine, je consulte ma montre : quatre heures dix, Marthe sera sûrement arrivée, assise et croquant des sucreries dans cet étrange salon qu'à mes premières visites je vis à peine, tant la timidité me suffoquait...

— Madame Léon Payet est arrivée ?

Une vieille bonne hostile me regarde distraitement, attentive surtout à empêcher la fuite d'un grand chat fauve et noir.

— Limaçon, le derrière va te cuire, atta l'heure... Madame Léon... quoi ? C'est à l'étage au-dessus, probable.

— Non, je voulais dire... Madame Claudine est chez elle ?

— Madame Claudine à présent ? Vous n'avez pas l'air ben fixée. Claudine, c'est ici... Mais elle est sortie...

— Menteuse des menteuses ! crie une voix de gamin joyeux. Justement, j'y suis, chez moi. Tu bisques, hein, Mélie ?

— Je ne bisque pas du tout, riposte Mélie sans se troubler. Mais une autre fois, t'iras ouvrir toi-même, pour t'apprendre.

Et elle s'en va très digne, le chat rayé sur ses talons. J'attends toujours, au seuil de l'antichambre, qu'un être surgi de l'ombre, veuille m'introduire... Est-ce la maison de la sorcière ? « Château-gâteau, ô joli château-gâteau... » Ainsi chantaient Hansel et Gretel devant le palais tentateur...

— Entrez, je suis dans le salon, mais je ne peux pas bouger, crie la même voix.

Une grande ombre se lève et barre la fenêtre : c'est Renaud qui vient à ma rencontre.

— Entrez, chère Madame, la petite est si occupée qu'elle vous dira bonjour seulement dans une minute.

La petite ? Mais la voilà accroupie, presque, dans la cheminée où flambe un feu de bois malgré la saison. Je m'avance, intriguée : elle tend à la flamme un objet indistinct — toujours la sorcière des contes où s'extasièrent les terreurs de mon enfance crédule... — Je craindrais, en le souhaitant, voir dans la flamme qui dore la tête bouclée de Claudine se tordre des salamandres, agoniser des animaux dont le sang, mêlé au vin, fait mourir de langueur...

Elle se relève, très calme :

— Bonjour, Annie.

— Bonjour, Mad... Claudine.

J'ai articulé son nom avec un peu d'effort. Mais le moyen de dire « Madame » à cette petite femme que tout le monde appelle par son prénom !

— ... Il allait être cuit à point, je ne pouvais pas le lâcher, vous comprenez ?

Elle tient un petit gril carré en fil d'argent où noircit et se boursoufle une tablette de chocolat rôtie.

— ... Mais c'est pas encore la perfection, cet outil-là, vous savez,

Renaud ! Ils m'ont fait un manche trop court, et j'ai une cloque sur la main, tenez !

— Montre vite.

Son grand mari se penche, baise tendrement la fine main échaudée, la caresse des doigts et des lèvres, comme un amant... Ils ne s'occupent plus du tout de moi. Si je m'en allais ? Ce spectacle ne me donne pas envie de rire...

— C'est guéri, c'est guéri, s'écrie Claudine en battant ses mains. Nous allons manger la grillade nous deux, Annie. Mon grand, mon beau, je vais faire salon. Allez voir dans votre bureau si j'y suis.

— Je te gêne donc ? demande, penché encore vers elle ce mari aux cheveux blancs dont les yeux regardent si jeune.

Sa femme se hausse sur la pointe des pieds, relève à deux mains les longues moustaches de Renaud, et lui plante sur la bouche un baiser qui chante pointu... Oh ! je crois bien que je vais me sauver !

— Minute, Annie ! où courez-vous par là ?

Une main despotique s'est emparée de mon bras, et le visage ambigu de Claudine, bouche railleuse et paupières mélancoliques m'interroge sévèrement.

Je rougis, comme si je me sentais coupable de ce baiser regardé...

— C'est que... puisque Marthe n'est pas arrivée...

— Marthe ? Elle doit venir ?

— Mais oui ! C'est elle qui m'a donné rendez-vous ici, sans quoi...

— Comment « sans quoi », petite impolie ! Renaud, vous saviez que Marthe devait venir ?

— Oui, chérie.

— Vous ne m'avez pas prévenue !

— Pardon, ma petite fille. Je t'ai lu tout ton courrier dans ton lit, comme d'habitude. Mais tu jouais avec Fanchette.

— C'est un mensonge éhonté. Dites plutôt que vous vous occupiez, vous-même, à me chatouiller, avec les ongles, tout le long des dernières côtes... Assise, Annie ! Adieu, mon grand...

Renaud ferme doucement la porte.

Je me pose, un peu raide, tout au bord du divan. Claudine s'y installe en tailleur, les jambes ramenées sous sa jupe de drap orange. Une chemisette de satin souple, blanche, que soulignent des broderies japonaises du même ton que la jupe, éclaire sa figure mate. A quoi songe-t-elle, si sérieuse tout à coup, pensive, dans sa chemisette brodée et sous ses cheveux courts, comme un petit batelier du Bosphore ?

— Pas, il est beau ?

Sa parole brève, ses gestes, soudains comme son immobilité, me secouent autant que des bourrades.
— Qui ?...
— Renaud, pardi ! C'est bien possible qu'il m'ait lu la lettre de Marthe... Je n'aurai pas fait attention.
— Il lit votre courrier ?
Elle dit oui d'un signe, affairée : car la tablette de chocolat rôtie colle au petit gril d'argent et menace de s'effriter... Sa distraction m'enhardit :
— Il le lit... avant vous ?
Les prunelles malicieuses se lèvent :
— Oui, Mes-Beaux-Yeux. (Vous voulez bien que je vous appelle « Mes-Beaux-Yeux » ?) Qu'est-ce que ça peut vous faire ?
— Oh ! rien. Mais je n'aimerais pas cela.
— Rapport à vos flirts ?
— Je n'ai pas de flirts, Claudine !
J'ai jeté cela avec tant de feu, tant de sincérité révoltée que Claudine se tord de joie :
— Elle a coupé ! elle a coupé ! ô âme candide ! Eh bien, Annie, j'en ai eu, moi, des flirts... et Renaud me lisait leurs lettres.
— Et... qu'est-ce qu'il disait ?
— Peuh... rien. Pas grand-chose. Quelquefois il soupirait : « C'est curieux, Claudine, la quantité de gens qu'on rencontre, convaincus qu'ils *ne sont pas comme tout le monde* et... du besoin de l'écrire... » Voilà.
— Voilà...
J'ai répété le mot malgré moi, sur le même ton qu'elle...
— ...Alors, Claudine, ça vous est égal ?
— Quoi ? oui, tout m'est égal, — sauf un seul être... (elle se ravise) pourtant non ! Il ne m'est pas indifférent que le ciel soit chaud et pur, que les coussins profonds se creusent sous ma paresse, que l'année abonde en abricots sucrés et en châtaignes farineuses, que le toit de ma maison, à Montigny, soit assez solide pour ne pas semer ses ardoises brodées de lichen, un jour d'orage... (sa voix qui chantait et traînait, se raffermit vite, ironique). Vous voyez, Annie, que je m'intéresse comme vous, comme tous, au monde extérieur et, pour parler aussi simplement que votre romancier mondain de beau-frère, « à ce que charrie le temps dévorateur qui coule d'un flot inégal ».
Je secoue le front, mal convaincue ; et j'accepte, pour plaire à Claudine des bribes de chocolat grillé, qui sent un peu la fumée, beaucoup la praline.

— C'est divin, pas ? Vous savez, c'est moi qui ai inventé le gril à chocolat, ce génial petit machin qu'on a fabriqué, nonobstant mes indications, avec un manche trop court. J'ai inventé aussi le peigne à-carder-les-puces, pour Fanchette, la poêle sans trous pour griller les marrons l'hiver, l'ananas à l'absinthe, la tarte aux épinards (Mélie dit que c'est elle, mais c'est pas vrai), et mon salon-cuisine que voici.

L'humour de Claudine me mène du rire à l'inquiétude, et du malaise à l'admiration. Ses yeux havane allongés jusqu'aux tempes, proclament avec la même chaleur, le même regard pur et direct, sa passion pour Renaud ou ses droits d'auteur sur le gril à chocolat...

Son salon-cuisine prolonge cette impression d'inquiétude. Je voudrais seulement savoir si j'ai devant moi une démente convaincue ou une mystificatrice experte...

Une cuisine ou une salle d'auberge, d'auberge triste et enfumée de Hollande. Mais sur quel mur d'auberge, même hollandaise, sourirait cette délicieuse Vierge du quinzième siècle, enfantine, frêle, charmante dans sa tunique rose et son manteau bleu, qui s'agenouille et prie, craintivement.

— C'est beau, hein, fait Claudine. Mais, ce qui me plaît le plus là-dedans, c'est le contraste vicieux — parfaitement, vicieux — de cette robe dans les roses tendres avec cet affreux fond de paysage désolé, aussi désolé que vous l'étiez, Annie, le jour que Monsieur votre Alain s'est embarqué. Vous n'y pensez plus, maintenant, à ce navigateur ?

— Comment, je n'y pense plus ?

— Enfin, vous y pensez moins. Oh! ne rougissez pas pour ça, c'est bien naturel quand il s'agit d'un homme si correct... Tenez, regardez l'expression gentiment contrite de cette Vierge ; elle a l'air de dire, en regardant son petit Jésus : « Vrai, c'est bien la première fois que ça m'arrive ! » Renaud croit qu'il est de Masolino.

— Qui ?

— Pas l'enfant, bien sûr, le tableau ! Les com-pé-ten-ces l'attribuent à Filippo Lippi.

— Et vous ?

— Moi, je m'en fiche.

Je n'insiste pas. Cette critique d'art très particulière me démonte un peu.

Une Claudine de marbre, dans un angle, sourit, les paupières baissées, à la manière d'un saint Sébastien qui se délecterait de son supplice. Un grand divan d'ours sombre, que caresse ma main dégantée, recule et s'abrite sous une sorte d'alcôve. Mais tout le reste de l'ameublement me stupéfie : cinq ou six tables de cabaret, en chêne luisant et sombre, — comme ciré par les coudes immobiles des buveurs de bière, — autant de bancs épais et patauds, une horloge fruste et endormie, des pichets de grès, une cheminée caverneuse en hotte renversée, gardée par les hauts chenets de cuivre. Sur tout cela, un désordre éphémère de livres jetés, de revues effeuillées qui jonchent l'épais tapis d'un rose terreux... Intriguée, j'ai tout examiné. J'y gagne une tristesse... comment dire ? une tristesse maritime, comme si, par ces petits carreaux verdâtres derrière quoi tombe le jour, j'avais longtemps contemplé une houle grise où mousse un peu d'écume, sous la pluie transparente et légère ainsi qu'une cendre fine...

Claudine a suivi ma pensée, et lorsque je reviens à elle, nous nous regardons avec des yeux pareils...

— Vous vous plaisez ici, Claudine ?

— Oui. J'ai horreur des appartements gais. Ici, je voyage. Voyez, les murs verts ont la sombre couleur du jour regardé à travers une bouteille, et ces bancs de chêne poli ont porté, je le crois, tant de derrières découragés de pauvres gens qui buvaient tristement et se saoulaient... Hé ! Il me semble que Marthe vous pose le petit lapin des familles, Annie ?

Comme elle a rompu brusquement, presque méchamment, le fil de son rêve mélancolique ! Je le suivais si bien, séparée, pour cette heure seulement du souci de celui qui est sur la mer... Et puis, la mobilité de Claudine me fatigue, qui mêle l'enfantillage à la sauvagerie, et dont l'esprit de jeune barbare peut bondir de la gourmandise à l'amour immodeste d'un ivrogne désespéré, à cette Marthe bruissante et agressive.

— Marthe, oui... elle est bien en retard.

— Un peu ! Sans doute que Maugis a, pour la retenir, des arguments sérieux...

— Maugis ? est-ce qu'elle devait le voir aujourd'hui ?

Claudine fronce le nez, penche sa tête comme un oiseau curieux, me regarde jusqu'au fond des yeux, puis éclate de rire en sautant sur ses pieds.

— Je ne sais rien, je n'ai rien vu, rien entendu, crie-t-elle avec une volubilité de petite fille. J'ai peur seulement de vous ennuyer. Vous connaissez le gril à chocolat, le salon-cuisine, Renaud, mon portrait en marbre, tout... Je vais toujours appeler Fanchette, pas ?

On n'a jamais le temps de répondre à Claudine. Elle ouvre une porte, se penche et gazouille des appels mystérieux :

Claudine s'en va

— Ma bien belle, ma charmante, ma toute blanche, mou-ci-mouci-amour, vrrrrou, vrrrrain...

La bête apparaît, lente, somnambulique comme un petit fauve charmé ; une chatte blanche très belle qui lève sur Claudine des yeux obéissants et verts.

— ... Ma charbonnière, ma marmitonne, tu as encore fait pipi sur une bottine vernie à Renaud, mais il n'en saura rien, je lui dirai que c'est du cuir de mauvaise qualité. Et il fera semblant de le croire. Viens que je te lise des choses tout plein belles de Lucie Delarue-Mardrus !

Claudine empoigne la chatte par la peau du cou, la lève au-dessus de sa tête et s'écrie :

— Voyez, Madame, le chat noyé pendu à un crochet (elle ouvre les doigts : Fanchette retombe de haut sur ses pattes molles et précises, sans une inquiétude, et reste là...). Vous savez, Annie, depuis que ma Fille habite Paris, je lui lis des vers, elle sait par cœur les Baudelaire pour les chats et je lui apprends maintenant tous les « Pour le chat » de Lucie Delarue-Mardrus !

Je souris, amusée de cette voltigeante gaminerie.

— Vous croyez qu'elle comprend ?

Claudine m'humilie d'un regard traînant par-dessus l'épaule.

— Etes-vous gourde, Annie ! Pardon, je voulais dire seulement : « J'en suis certaine. » Assise, Fanchette ! Regardez, vous, l'incrédule, et écoutez. C'est inédit. C'est superbe.

POUR LE CHAT

Chat, monarque furtif, mystérieux et sage,
Sont-ils dignes, nos doigts encombrés d'anneaux lourds,
De votre majesté blanche et noire, au visage
    de pierrerie et de velours ?

Votre grâce s'enroule ainsi qu'une chenille ;
Vous êtes, au toucher, plus brûlant qu'un oiseau.
Et, seule nudité, votre petit museau
    Est une fleur fraîche qui brille.

Vous avez, quoique enrubanné comme un sachet,
De la férocité plein vos oreilles noires,
Quand vous daignez crisper vos pattes péremptoires
    Sur quelque inattendu hochet.

> *En votre petitesse apaisée ou qui gronde*
> *Râle la royauté des grands tigres sereins ;*
> *Comme un sombre trésor vous cachez dans vos reins*
> *Toute la volupté du monde...*
>
> *Mais, pour ce soir, nos soins vous importent si peu*
> *Que rien en votre pose immobile n'abdique :*
> *Dans vos larges yeux d'or cligne un regard bouddhique,*
> *Et vous vous souvenez que vous êtes un Dieu.*

La chatte dort à demi, vibrante d'un ronron faible et voilé qui accompagne en sourdine la voix singulière de Claudine, tantôt grave, pleine d'r caillouteux, tantôt douce et basse à faire frémir... Quand la voix cesse, Fanchette rouvre ses yeux obliques. Toutes deux se regardent un moment aussi sérieuses l'une que l'autre... L'index levé près du nez, Claudine soupire en se tournant vers moi.

— « Péremptoire... ! » Il fallait dénicher ce mot-là ! C'est beau, hein, ces strophes qu'écrit Ferveur ? Moi, pour avoir trouvé « péremptoire » je donnerais dix ans de la vie de la Chessenet !

Ce nom choque ici comme un bibelot de camelote dans une collection sans tare.

— Vous n'aimez pas Ch... madame Chessenet, Claudine ?

Claudine, presque étendue, les regards au plafond, lève une main paresseuse.

— M'est égal... Betterave jaune sculptée... M'est aussi égal que la Rose-Chou...

— Ah ! la Rose-Chou...

— Rose ou Chou ? Cette fille dodue, qui a des joues comme des fesses de petits amours ?

— Oh !...

— Quoi, oh ? « Fesse » n'est pas un vilain mot. D'ailleurs, la Rose-Chou aussi... t'égal.

— Et... Marthe ?

Une indiscrète curiosité m'anime, comme si, en questionnant Claudine, j'allais surprendre le secret, la « recette » de son bonheur, qui la détache de tout, qui l'éloigne des potins, des mesquines querelles, des convenances même... Mais l'adresse me manque, et Claudine se moque de moi, retournée d'un saut de carpe sur le ventre, le nez dans la fourrure argentée de sa chatte...

— Marthe, je pense qu'elle a manqué son rendez-vous... je veux dire qu'elle nous avait donné. Mais... C'est une interview, Annie ?

J'ai honte. Une brusque franchise me jette vers elle :

— Pardonnez-moi, Claudine. C'est que je louvoyais, j'hésitais à vous demander... ce que vous pensez d'Alain... Depuis qu'il est parti, je ne sais comment vivre, et personne ne me parle de lui, du moins comme je voudrais que l'on m'en parlât... Est-ce l'habitude, à Paris, d'oublier si vite ceux qui partent ?

J'ai parlé comme je pensais, surprise moi-même de mon émotion. Le visage mat et triangulaire de Claudine se méfie, appuyé sur deux petits poings, éclairé de nacre par le satin blanc de la chemisette.

— Est-ce l'habitude d'oublier ?... Je ne sais pas trop. Cela doit dépendre de ceux qui partent. M. Samzun, « Alain » comme vous dites, m'a produit l'effet d'un mari... impeccable. Il vise à la distinction, il décroche la correction, c'est toujours ça... Il abonde en apophtegmes définitifs et en gestes...

— « Péremptoires », lui aussi, dis-je aussi avec un sourire peureux.

— Oui ; mais il n'a aucun droit au « péremptoire » lui, puisqu'il n'est pas chat. Ah ! non, qu'il n'est pas chat ! Il a du snobisme dans le cœur et une tringle dans le fondement... Dieu, que je suis sotte ! Voulez-vous ne pas pleurer ? Comme si ça comptait, ce que je dis ! Vous savez bien, enfant battue, que Claudine a un courant d'air dans la cervelle... Bon, elle veut s'en aller ! Embrassez-moi avant, pour dire que vous ne m'en voulez pas. Avec son catogan, sa robe plate, ses larmes limpides au bout des cils, dirait-on pas une petite fille qu'on marie de force ?

Je souris pour lui plaire, pour la remercier de laisser voir, hors de la commune livrée du mensonge, son âme indocile et sincère...

— Adieu, Claudine. Je ne suis pas fâchée contre vous.

— J'espère bien. Voulez-vous m'embrasser ?

— Oh ! oui.

Elle se penche, longue et flexible, les mains sur mes épaules :

— Donnez bouche ! Qu'est-ce que je dis donc ? L'habitude... Donnez votre joue. Là. A bientôt, à Arriège ? Par ici l'antichambre. Bonjour à cette coureuse de Marthe. Non, vos yeux ne sont pas rouges. Adieu, adieu... chrysalide !

Je descends pas à pas, troublée, flottante. Elle a dit : « Une tringle dans le... » Mon Dieu, je crois que c'est la métaphore, l'image de cette tringle qui m'a choquée, plutôt que le jugement même de Claudine. Elle a blasphémé, et je l'ai laissée blasphémer, interdite un moment devant cette enfant sans entraves.

Mon cher Alain, je vous ai promis de montrer du courage. Je ne vous montrerai donc que mon courage, pardonnez-moi de cacher le reste, — que vous devinez bien.

Je fais tout mon possible pour que notre maison, que vous aimez nette et bien servie, ne s'aperçoive pas trop de votre départ ; les livres des gens sont vus au jour dit, et Léonie est très bien pour moi, en intention au moins.

Votre sœur est charmante, comme toujours ; je voudrais gagner à son contact un peu de sa vaillance, de sa volonté toujours éveillée, mais je ne me dissimule pas que c'est une grande ambition — d'ailleurs vous n'y tenez guère, et votre fermeté intelligente suffit aisément pour nous deux.

Je ne sais où cette lettre vous atteindra et l'incertitude où j'en suis augmente ma gaucherie à vous écrire. Une correspondance entre nous deux est une chose si nouvelle pour moi, une habitude si perdue ! J'aurais voulu ne jamais la reprendre. Et pourtant je sens bien que dans mes heures de défaillance, elle me deviendra le suprême secours. Je vous dirai en peu de mots, et mal sans doute, et moins que je ne le pense, que je vous suis de tout mon cœur dévouée, et que je demeure

Votre petite esclave,   ANNIE.

J'ai écrit cette lettre, toute contrainte, sans jeter mon cœur et ma tristesse vers lui. Est-ce manque de confiance en moi-même, comme toujours, ou en lui, pour la première fois ?

Qui préférerait-il ? L'Annie plus silencieuse et plus douce qu'une plume, celle qu'il connaît, celle qu'il a habituée à se taire, à voiler sa pensée sous les mots, ainsi que ses yeux sous ses cils, ou l'Annie inquiète et désemparée qu'il laisse ici, l'Annie sans défense contre une folle imagination, celle qu'il ne connaît pas...

Qu'il ne connaît pas...

Je songe comme une coupable. Cacher, c'est presque mentir. Je n'ai pas le droit de cacher en moi deux Annies. Mais si la seconde n'était que la moitié de l'autre ? Que cela me fatigue !

Lui, on le connaît tout quand on l'a vu une heure. Son âme est régulière comme son visage. Il déteste l'illogique et craint l'incorrect. M'eût-il épousée, si, un soir lointain de nos fiançailles, je lui avais jeté au cou mes bras en lui disant : « Alain, je ne puis supporter cette heure-ci sans vos caresses... »

Mon Dieu ! son absence seule cause tant de déraison. Que de tourments à ne pas lui avouer, à son retour ! Ceci ne sera point,

Claudine s'en va

comme il avait trouvé, le « Journal de son voyage » mais celui d'une pauvre créature troublée...
— Madame, une dépêche !
Avec ses façons de soldat brusque, cette Léonie m'a fait peur. A présent, mes doigts tremblent d'appréhension...

Excellent voyage. Embarquons aujourd'hui. Lettre suivra. Souvenirs affectueux.

SAMZUN.

C'est tout ? Une dépêche n'est pas une lettre, et celle-ci devrait me rassurer de tout point. Mais elle m'arrive dans un tel moment de déséquilibre moral... « Souvenirs affectueux. » Je ne sais pas, j'aurais voulu autre chose. Et puis, je n'aime pas qu'il signe « Samzun ». Est-ce que je signe « Lajarrisse » ? Ma pauvre Annie, quelle mauvaise bête t'a piquée aujourd'hui ? Et quelle rage te prend de t'aller comparer à un homme — à un homme comme Alain ?

Je vais chez Marthe, pour me fuir.

C'est Léon que j'y trouve. Comme tous les jours à cette heure-ci, il est attablé dans son cabinet de travail, que Marthe nomme la « chambre des supplices ». Des bibliothèques à grillages dorés, une belle table Louis XVI sur laquelle cet écrivain modèle n'a jamais laissé choir un pâté, car il travaille soigneusement, la paume sur un sous-main — c'est une geôle très supportable.

A mon entrée, il se lève en se tamponnant les tempes.
— Quelle chaleur, Annie ! je ne peux accoucher de rien de bon. Et puis, je ne sais pas, mais c'est un jour mou et triste, malgré le soleil. Un mauvais jour sans moralité.
— N'est-ce pas ?

Je l'ai interrompu vivement, presque avec gratitude. Il me regarde de ses beaux yeux de bête douce, sans comprendre...
— Oui, j'aurai du mal à tirer mes soixante lignes, aujourd'hui.
— Vous serez grondé, Léon.

Il hausse les épaules, habitué et las.
— Il marche, votre roman ?

En tirant sa barbe pointue, il répond avec une vanité discrète, comme son talent gris.
— Pas mal..., comme les autres.
— Parlez-moi de votre dénouement.

Léon apprécie en moi une auditrice complaisante, facilement intéressée, et qui, elle du moins, prend goût, si peu que ce soit, au récit de ces adultères du grand monde, de ces nobles suicides, de ces faillites princières...

— Il ne se présente pas très bien, soupire mon pauvre beau-frère. Le mari a repris sa femme, mais elle a tâté de la liberté, et piétine, et flaire le vent. Si elle reste, ça sera plus littéraire ; mais, comme dit Marthe, ça sera plus de vente, si elle refiche le camp...

Léon a gardé, du journaliste d'autrefois, quelques vilains mots qui me choquent.

— Enfin, résumé-je, elle voudrait s'en aller ?
— Dame !...
— Eh bien, il faut qu'elle parte...
— Pourquoi ?
— Puisqu'elle a « tâté de la liberté »...

Léon rit mollement, tout en comptant ses pages...

— C'est drôle de vous entendre dire ça, à vous... Marthe vous attend au Fritz, ajoute-t-il en reprenant sa plume. Vous ne m'en voudrez pas de vous renvoyer, ma petite ? Je dois livrer ça en octobre, alors...

Son geste montre le tas, encore mince, des feuillets noircis.

— Travaillez, mon pauvre Léon.

— Place Vendôme, Charles !

Marthe s'est acoquinée à ces thés de cinq heures du Fritz. Comme je préfère mon petit Afternoon Tea de la rue d'Indy, la salle basse qui fleure le cake et le gingembre, son public de vieilles Anglaises à rangs de perles fausses, mêlé de demi-mondaines en rendez-vous discret...

Mais Marthe chérit, au Fritz, la longue galerie blanche qu'elle traverse avec un air myope de chercher quelqu'un, comme si ses menaçants yeux gris n'avaient pas, dès le seuil, compté et jaugé l'assistance, les têtes qu'elle retrouve et qu'elle surveille, les chapeaux qu'elle copiera à la maison, d'une main infaillible...

Quelle vilaine humeur est la mienne ! Voici que je pense presque mal de ma belle-sœur, en la compagnie de qui pourtant je me réchauffe et me distrais, depuis le départ d'Alain... La vérité, c'est que je tremble chaque fois qu'il me faut traverser seule cette redoutable galerie du Fritz, sous les regards de ces luncheurs, ardents surtout à dévorer leur prochain.

Cette fois encore, je me jette en avant, avec le courage des timides, je longe à grands pas le hall rectangulaire, en songeant, affolée : « Je vais me prendre le pied dans ma robe, ma cheville va tourner... ma fermeture bâille peut-être, j'ai une mèche dans le cou... », si bien que je passe droit devant Marthe sans la voir.

Elle me rattrape par la béquille de son ombrelle, et rit si haut que je pense mourir de confusion :

— Après qui cours-tu, Annie ? tu as l'air d'une femme à son premier rendez-vous. Là, assieds-toi, donne ton ombrelle, ôte tes gants... Ouf ! te voilà sauvée encore une fois ! Pas trop mal pour une suppliciée, cette petite figure-là ; l'épouvante te sied. Qui fuyais-tu ?

— Tout le monde.

Elle me considère avec un dédain apitoyé et soupire :

— J'ai bien peur de ne jamais rien faire de toi. Aimes-tu mon chapeau ?

— Oui.

J'ai répondu « oui », de confiance.

Toute à me remettre, je n'avais pas regardé Marthe. Son chapeau, c'est peut-être un chapeau en effet, cette Charlotte Corday de mousseline tombant en plissés autour de la figure ? En tout cas, c'est réussi. La robe en linon, l'inévitable fichu qui dégage le cou laiteux, complètent un joli travestissement 1793. C'est toujours Marie-Antoinette, mais déjà au Temple. Jamais je n'oserais sortir ainsi déguisée !

A l'aise dans son succès, elle darde autour d'elle ses yeux insoutenables que peu d'hommes affrontent ; elle croque allégrement ses rôties, regarde, parle, me rassure et m'étourdit.

— Tu viens de la maison ?

— Oui.

— Tu as vu Léon ?

— Oui.

— Il travaillait ?

— Oui.

— Y a pas, faut qu'il livre en octobre, j'ai des factures sérieuses... Des nouvelles d'Alain ?

— Un télégramme... il m'annonce une lettre.

— Tu sais que nous partons dans cinq jours ?

— Comme tu voudras, Marthe.

— « Comme tu voudras ! » Dieu, que tu es fatigante, ma pauvre amie ! Regarde vite, voilà la Rose-Chou. Son chapeau est raté !

Le chapitre des chapeaux tient une place considérable dans l'existence de ma belle-sœur. D'ailleurs, c'est vrai, le chapeau de la Rose-Chou (une belle et fraîche créature, un peu trop épanouie, qui n'a pas, comme dit Claudine, inventé le volant en forme), le chapeau de la Rose-Chou est raté.

Marthe frétille de joie.

— Et elle veut nous faire croire qu'elle se ruine en Reboux ! La Chessenet, sa meilleure amie, m'a raconté que la Rose-Chou découd tous les fonds de chapeaux chics de sa belle-mère, pour les coller dans les siens.

— Tu le crois ?

— Il faut d'abord admettre le mal, d'emblée, on a toujours le temps de s'informer, après... Quelle chance ! Voilà Renaud-Claudine, on va les appeler ici. Maugis est avec eux.

— Mais, Marthe... Alain n'aime pas que nous fréquentions trop les Renaud-Claudine...

— Je sais bien.

— Alors, je ne dois pas...

— Puisqu'il n'est pas là, ton mari, laisse donc... c'est moi qui t'invite, ta responsabilité est à couvert.

Après tout, puisque c'est Marthe qui m'invite... O mon Emploi du temps ! je saurai me faire pardonner.

Claudine nous a vues. A trois pas, elle lance, pour Marthe, un vibrant « Salut, Casque d'Or ! » qui fait retourner les têtes.

Renaud la suit, indulgent à toutes ses folies, et Maugis ferme la marche. Je n'aime pas beaucoup ce Maugis, mais je supporte, parfois amusée, son effronterie d'alcoolique souriant. Je n'en dirai rien à Alain qui professe pour ce gros débraillé coiffé d'un haut-de-forme à bords plats un dégoût d'homme sobre et correct.

Marthe s'agite comme une poule blanche.

— Claudine, vous prenez du thé ?

— Bouac, pas de thé ! Ça me rebute.

— Du chocolat ?

— Non... je voudrais du vin à douze sous le litre.

— Du... quoi ? demandé-je ébahie.

— Chut, Claudine ! gronde doucement Renaud, qui sourit sous sa moustache blanchissante, tu vas scandaliser madame Samzun.

— Pourquoi ? s'étonne Claudine. C'est pas sale, du vin à douze sous le...

— Pas ici, ma petite fille, nous irons en boire tous les deux, tous les deux seuls, accoudés sur le zinc du troquet, filou mais cordial, de l'avenue Trudaine. Es-tu contente (il laisse tomber sa voix), mon oiseau chéri ?

— Oui, oui ! Oh ! que j'ai du goût ! crie l'incorrigible.

Elle contemple son mari avec tant de puéril enthousiasme, tant d'admiration enamourée, qu'une étouffante envie de pleurer me suffoque soudain. Si j'avais demandé à Alain du vin à douze sous le litre, il m'aurait donné... la permission de me mettre au lit et de prendre du bromure !

Maugis penche vers moi sa moustache oxydée par les alcools cosmopolites :

— Vous semblez, Madame, en proie à quelques remords de ce thé tiède, de ces éclairs vomitivement chocolateux... Ce n'est point au Fritz que vous dégoterez le cordial nécessaire. Les liquides, ici, indisposeraient la clientèle du plus infime cantinier de fantabosses... Le claret à soixante centimes préconisé par madame Claudine ne m'excite, lui non plus, qu'à sourire... une jolie verte, v'là ce qu'il vous faudrait.

— Une jolie quoi ?

— Disons une bleue, si ça vous chante davantage. Un pernod d'enfant. Je préside un syndicat féministe : « Le Droit à l'absinthe ». Ce que les adhérentes rappliquent, c'est rien de le dire.

— Je n'ai jamais bu de ça, dis-je avec un peu de dégoût.

— Oh ! s'écrie Claudine, il y a tant de choses, sage Annie, auxquelles vous n'avez jamais goûté !...

L'intention qu'elle glisse sous cette phrase me rend sotte et embarrassée. Elle rit et regarde Marthe, qui répond à son coup d'œil goguenard :

— Nous comptons beaucoup, pour la former, sur « la vie facile et relâchée des villes d'eaux », ainsi que l'on s'exprime dans le dernier roman de Léon.

— Dans *Un Drame du cœur* ? s'empresse Maugis, une œuvre puissante, Madame, et qui restera. Les affres d'un amour maudit mais aristocratique y sont peintes en traits de feu, d'une plume trempée dans le fiel !...

Comment, Marthe pouffe ? Ils sont là tous quatre, à railler le malheureux qui, là-bas, lime ses soixante lignes quotidiennes... Je suis gênée, effarouchée, amusée à mon corps défendant ; j'étudie le fond de ma tasse, puis je lève furtivement les yeux sur Claudine, qui, justement, me regardait, et qui murmure à son mari, tout bas, comme pour elle-même :

— Cette Annie, quels yeux merveilleux elle a, n'est-ce pas, mon cher grand ? Des fleurs de chicorée sauvage, écloses sur un sable brun...

— Oui, complète Renaud..., quand elle lève ses paupières, on dirait qu'elle se déshabille.

Tous quatre me dévisagent, avec une expression lointaine... Je souffre à crier, je souffre d'un plaisir affreux, comme si ma robe fût tout d'un coup tombée.

La première, Marthe se secoue, change la conversation :

— Quand venez-vous là-bas, Renaud-Claudine ?

— Où, ma chère ?

— A Arriège, ça va sans dire. Maintenant, hélas, tout bon Parisien a dans la peau un arthritique qui sommeille...

— Le mien a des insomnies, fait Maugis, doctoral. Je le douche au whisky. Mais vous, dame Marthe, c'est du chichi, vos cures, histoire de suivre la mode.

— Pas du tout, insolent que vous êtes ! Je vais à Arriège très sérieusement, et ces vingt-huit jours de traitement me permettent, l'hiver, de manger des truffes, de boire du bourgogne, et de me coucher à trois heures du matin... A propos, c'est bien mardi prochain qu'on pèlerine tous à la soirée Lalcade ? Ça sera plus gai qu'Arriège.

— Oui, répond Claudine. Ça sera plein de ducs, avec des princes « entre-mi ». Vous iriez sur les mains, pas, Marthe ?

— Je le pourrais, réplique Marthe un peu pincée, mes dessous sont assez soignés pour ça...

— Et puis, ronchonne Maugis, dans sa moustache, elle porte des pantalons fermés.

J'ai entendu. Nous avons tous entendu !

Un petit froid.

— Et vous, la pensive ? questionne Claudine, arriégez-vous ?

C'est moi la pensive... Je sursaute... J'étais déjà loin.

— Moi, je suivrai Marthe et Léon.

— Et moi, je suivrai Renaud, pour qu'il ne suive pas d'autres jupons (c'est pour rire, mon beau !). On va se retrouver là-bas, veine ! Je vous regarderai boire de l'eau qui sent le vieux œuf, et je pourrai connaître, vos grimaces comparées, les respectifs stoïcismes de vos âmes. Vous en ferez une tête à la buvette, vous, vieux bidon de Maugis !

Ils rient, et moi je songe, angoissée, à la figure d'Alain, s'il entrait tout à coup, et m'apercevait en si incorrecte compagnie. Car enfin, la présence de Marthe ne sauve pas tout, et l'intimité n'est vraiment pas possible avec cette toquée de Claudine qui traite les gens de « vieux bidon ».

— Je n'irai pas chez madame Lalcade, Alain.

— Vous irez, Annie.

— Je serai si seule, si triste de votre départ...
— Si triste... ma modestie ne veut pas discuter. Mais non pas seule. Marthe et Léon vous accompagneront.
— Ce sera comme vous voudrez.
— Comprenez donc un peu les choses, ma chère enfant, et ne regardez pas comme une corvée tout ce que je vous conseille d'utile. Cette soirée de madame Lalcade comptera comme une... une manifestation d'art et votre absence réjouirait de méchantes gens... Ne négligez pas cette maison aimable, la seule peut-être où les gens du monde frôlent sans risque tout un lot d'artistes intéressants... Si vous saviez un peu plus vous mettre en avant, vous pourriez peut-être vous faire présenter à la comtesse Greffulhe...
— Ah ?
— Mais je ne compte guère que, surtout sans moi, vous vous fassiez valoir... Enfin !...
— Comment faudra-t-il être habillée ?
— Votre robe blanche, à ceinture de fronces serrées, me semble indiquée. Une grande simplicité, ce soir-là, Annie. Vous verrez chez madame Lalcade un petit excès de coiffures Gismonda, de robes Laparcerie... Que rien, dans votre parure, n'autorise une confusion... Restez telle que vous voici, réservée, le geste simple ; il ne faut rien ajouter, rien changer. N'est-ce pas un beau compliment que je vous fais ?

Un très beau, à coup sûr, et j'en ai senti tout le prix.

Il y a presque deux semaines de cela, et j'entends encore toutes les paroles d'Alain, sa voix qui n'hésite jamais.

Je mettrai, ce soir, ma robe blanche, j'écouterai chez madame Lalcade la triste et frivole musique de Fauré, que vont mimer des travestis... Je songe à la joie de Marthe qui remplace, presque au pied levé, une jolie marquise enrhumée... En quarante-huit heures, ma belle-sœur a chiffonné des soies changeantes, essayé un « corps » baleiné, consulté des estampes et des coiffeurs, répété un rigaudon...

— Que de monde, Léon !
— Oui. J'ai reconnu l'équipage des Voronsoff, des Gourkau, des... Ayez l'obligeance, Annie, de me boutonner mon gant...
— Qu'ils sont étroits, vos gants !
— C'est une erreur, Annie. Ils sont neufs seulement. La gantière me dit toujours : « Monsieur a une main qui fond... »

Je ne souris même pas de sa puérilité. Coquet de sa main et de son pied, mon pauvre beau-frère endure mille petits supplices, mais ne cède pas un quart de pointure à ses doigts meurtris...

Un tel flot de manteaux clairs déborde, par la porte de la serre-vestiaire, jusque dans le jardin, que la crainte et l'espoir de n'y pouvoir pénétrer m'agitent une minute... D'un coude insinuant, Léon me fraye un lent passage. Evidemment, j'entrerai, mais ma robe périra... Un coin de miroir, de grâce, car il me semble bien que mon lourd catogan se délie... Entre deux somptueux paquets, je mire un morceau de moi-même : mince, brune comme une fille de couleur, c'est Annie, et la douceur, soumise jusqu'à sembler traîtresse, de ses yeux aussi bleus que la flamme du gaz en veilleuse.

— Ça va bien, ça va bien. Très en forme, ce soir, l'enfant battue !

Le miroir reflète à présent, tout près de la mienne, la silhouette nerveuse de Claudine, le décolletage en pointe aiguë de sa robe jaune qui ondule comme une flamme...

Je me retourne pour lui demander, assez sottement :

— Je viens de perdre Léon... Vous ne l'avez pas vu ?

La diablesse jaune éclate de rire :

— Je ne l'ai pas sur moi, ma pure vérité ! Vous y teniez vraiment ?

— A quoi ?

— A votre beau-frère ?

— C'est que... Marthe figure ce soir, et je n'ai que lui.

— Il est peut-être mort, dit Claudine avec un sérieux macabre. Ça n'a aucune importance. Je vous chaperonnerai aussi bien. On s'assoira, on regardera les épaules huileuses des vieilles dames, on cognera dessus si elles parlent pendant la musique, et je mangerai toutes les fraises du buffet !

L'alléchant programme (ou l'autorité irrésistible de Claudine ?) me décide. Je fais, tête basse, mon premier pas dans l'atelier où peint et reçoit madame Lalcade. Il ruisselle de fleurs...

— Elle a invité tous ses modèles, chuchote ma compagne.

...Il étincelle de femmes, si serrées que leurs têtes seules virent et penchent, à chaque entrée sensationnelle, comme un champ de lourds pavots sous le vent...

— Jamais nous ne nous assoirons là-dedans, Claudine !

— Pardi, vous allez voir ça !

Le souriant sans-gêne de Claudine ne connaît point l'insuccès. Elle conquiert une demi-chaise, y frétille des reins jusqu'à invasion complète, et m'installe, Dieu sait comment, à côté d'elle.

— Là ! Aga le joli rideau de scène à guirlandes ! Oh ! que j'aime tout ce qu'on ne voit pas derrière ! Aga aussi Valentine Chessenet en rouge, et ses yeux de lapin, en rouge également... Vrai, Marthe a un rôle ? Aga encore, Annie, madame Lalcade qui nous dit bon-

jour par-dessus cinquante-trois dames. Bonjour, Madame ! Bonjour, Madame ! Oui, oui, nous sommes très bien. Les trois quarts de nos séants ont de quoi reposer leur tête.
— On va vous entendre, Claudine !
— Qu'on m'entende ! réplique la redoutable petite créature. Je ne dis rien de vilain, mon cœur est pur et je me lave tous les jours. Ainsi ! Bonjour, grosse panse de Maugis ! Il vient pour voir Marthe décolletée jusqu'à l'âme, et peut-être aussi pour la musique... Oh ! que la Rose-Chou est belle, ce soir ! Je vous défie, Annie, de distinguer à trois pas la fin de sa peau et le commencement de sa robe rose. Et quelle viande saine et abondante ! A quatre sous la livre, il y en a au moins pour cent mille francs ! Non, ne cherchez pas combien ça fait de kilos... Voilà Renaud, là-bas, dans la porte.
Sans qu'elle s'en doute, tout de suite, sa voix s'est adoucie.
— Je ne vois rien.
— Moi non plus, qu'une pointe de moustache, mais je sais que c'est la sienne.
Oui, elle sait que c'est lui. Petit animal aimant et fougueux, elle le flaire à travers tant de parfums, tant de chaleurs, tant d'haleines... Ah ! que leur amour me rend triste, chaque fois !

L'électricité meurt brusquement, et l'enragé papotage aussi après ce *ah !* de surprise vulgaire qui jaillit de la foule, à la première fusée du Quatorze Juillet... Sur la scène, toujours close, pleuvent déjà les gouttes des harpes, nasillent les mandolines égratignées : « Oh ! les filles. Venez, les filles... » et le rideau s'ouvre lentement...
— Oh ! que j'ai du goût, murmure Claudine ravie.
Sur la grisaille d'un fond de parc, Aminte, Tircis et Clitandre, et Cydalise, et l'Abbé, et l'Ingénue, et le Roué, gisent et s'alanguissent, comme revenus de Cythère. L'escarpolette balance à peine, sous le poids léger d'une bergère en paniers, vers qui tendent les vœux du berger zinzolin. Une belle feuillette l'album de musique et se penche trop pour suivre la molle chanson qu'esquissent les doigts énervés de l'amant... Rêveurs désabusés, musique incrédule et souriante, tout cet enchantement fuit, trop tôt, devant les allègres accords qui annoncent le rigaudon.
— Quel dommage ! soupire Claudine.

Des couples graves, en habits changeants, paradent, pirouettent et saluent. La dernière marquise, tout en argent glacé, au bras d'un marquis bleu céleste, c'est Marthe, éclatante, qu'un murmure admirant salue et que je reconnais à peine.

La volonté d'être belle la transfigure. Le roux de ses cheveux brille çà et là, feu mal éteint sous cette cendre de poudre. Les yeux ardents pâlis par le maquillage, la gorge en pommes découverte jusqu'à l'impossible, elle pivote, sérieuse, sur de périlleux talons pointus, plonge en révérences, lève sa petite main fardée et darde sur le public, l'instant d'une pirouette, son plus terrible regard de Ninon anarchiste... Sans beauté réelle, sans grâce profonde, Marthe éclipse toutes les jolies créatures qui dansent à ses côtés.

Elle a *voulu* être la plus belle... Que je veuille une pareille chose, moi... Pauvre Annie ! La musique pompeuse et triste te raille, t'amollit, t'étreint jusqu'aux larmes ; et tu gâtes ton émotion en te retenant de pleurer, en songeant à l'invasion proche et cruelle de la lumière, aux regards avisés de Claudine...

Ma très chère Annie,

Votre lettre m'arrive bien juste avant l'embarquement, et vous n'accuserez, de la brièveté de celle-ci, que la hâte du départ. J'ai plaisir à vous savoir si brave, si attachée à tout ce qui fait la vie d'une femme simple et de bon monde : votre mari, votre famille, votre joli logis net et bien ordonné.

Car il me semble que je puis, que je dois, de loin, vous faire les compliments que je retiens auprès de vous. Ne m'en remerciez pas, Annie, c'est un peu mon œuvre que j'admire : une aimable enfant, façonnée peu à peu et sans grande peine, en jeune femme irréprochable, en ménagère accomplie.

Le temps est magnifique ; nous pouvons compter sur une traversée parfaite. Vous pouvez donc espérer que les choses iront normalement, jusqu'à Buenos Aires. Vous savez que j'ai une belle santé et que le soleil ne me fait pas peur. Ainsi, ne vous énervez pas si les courriers sont rares et irréguliers. Je me contraindrai moi-même à ne point trop attendre vos lettres, qui me seront pourtant bien précieuses.

Je vous embrasse, ma très chère Annie, de toute mon affection inébranlable. Je sais que vous ne sourirez pas de ma formule un peu solennelle, le sentiment qui m'attache à vous n'a rien de frivole.
  Votre

Alain Samzun.

L'index sur une tempe qui bat, j'ai lu sa lettre péniblement. Car me voici en proie, une fois de plus, à cette migraine terrassante, qui, presque périodiquement, me désespère. Les mâchoires contractées, l'œil gauche clos, j'écoute dans ma pauvre cervelle un marteau incessant. A chaque heurt mes paupières tressaillent. Le jour me blesse, l'obscurité m'étouffe.

Autrefois, chez grand-mère, je respirais de l'éther jusqu'à l'insensibilité, mais, aux premiers mois de notre mariage, Alain m'a trouvée un jour à demi pâmée sur mon lit, un flacon serré dans ma main, et il m'a interdit de recommencer. Il m'a parlé très sérieusement, très clairement, des dangers de l'éther, de l'horreur qu'il professe pour ces « remèdes d'hystérique », de l'innocuité, en somme, des migraines : « toutes les femmes en ont ! » Depuis, je me laisse souffrir avec le plus de patience que je puis, me bornant, sans succès, aux compresses bouillantes et à l'hydrothérapie générale.

Mais aujourd'hui, je souffre si fort que j'ai envie de pleurer, et que la vue de certains objets blancs, feuille de papier, table laquée, draps du lit ouvert où je me suis étendue, me donne la contraction de gorge, la nausée nerveuse que je connais bien et que je redoute. La lettre d'Alain — tant espérée pourtant ! — je la trouve froide, incolore, il faut que mon mal soit bien méchant... Je la relirai plus tard...

Léonie entre. Elle prend beaucoup de soin pour ne pas faire de bruit : elle ouvre la porte très doucement et la referme rudement, l'intention du moins est méritoire.

— Madame a toujours mal ?

— Oui, Léonie...

— Pourquoi que Madame ne prend pas...

— Un verre de cognac ? non, merci.

— Non, Madame, mais un peu d'éther.

— Monsieur n'aime pas que je me drogue, Léonie ; l'éther ne me vaut rien.

— C'est Monsieur qui fait croire ça à Madame. Que ça peut faire mal à Madame, mais pour connaître quelque chose aux misères des femmes, ne me parlez pas d'un homme. Moi, je prends toujours de l'éther quand la névralgie me tient.

— Ah ! vous... vous en avez ici ?

— Un flacon tout neuf. Je vais le chercher à Madame.

La divine odeur puissante détend mes nerfs. Je m'allonge sur mon lit, le flacon sous mes narines, je pleure des larmes de faiblesse et de plaisir. Le méchant forgeron s'éloigne, ce n'est plus maintenant qu'un doigt qui frappe ma tempe, discret, cotonneux. Je respire si fort que mon gosier est tout sucré..., mes poignets sont lourds.

Des rêves vagues qui passent, tous barrés d'une ligne de lumière : celle qui filtre entre mes paupières à demi fermées. Je vois Alain, dans un costume de tennis qu'il portait il y a huit ans, un été, un maillot blanc que sa chair teintait de rose... Je suis moi-même la toute jeune Annie d'alors, avec ma natte lourde que terminait une boucle molle... Je touche ce doux maillot rosé, qui m'émeut autant qu'une peau vivante, tiède comme la mienne, et je me dis confusément qu'Alain est un petit garçon, que cela n'a pas d'importance, pas d'importance, pas d'importance... Il est passif et vibrant, il abaisse sur ses joues enflammées de longs cils noirs qui sont ceux d'Annie... Comme, sous le doigt, cette peau est veloutée ! Pas d'importance... pas d'importance...

Mais une balle de tennis vient me frapper durement la tempe, et je la saisis au vol, blanche, tiède..., une voix nasillarde déclare, tout près de moi : « C'est un œuf de coq. » Je n'en suis point surprise, puisque Alain est un coq, un coq rouge au fond des assiettes. Il gratte d'une patte arrogante la faïence qui crisse à rendre fou, et chante : « Moi, moi, je... » Qu'est-ce qu'il dit ? je n'ai pas pu entendre. La barre de lumière gris-bleu le coupe en deux, comme un sautoir de Président de la République, puis c'est le noir, le noir, une mort délicieuse, une chute lente que soutiennent des ailes...

Une vilaine action, une vilaine action, oui, Annie, cela ne peut s'appeler autrement ! Une désobéissance, et réfléchie, et complète, à la volonté d'Alain. Il a raison de me défendre cet éther qui me rend irresponsable... Je m'accuse en toute humilité deux heures après, seule avec mon image, assise à ma coiffeuse où je lisse et renoue mes cheveux défaits. Ma tête est libre, vide et claire. Les yeux cernés, la bouche pâlie, l'inappétence, malgré mon jeûne d'un jour, accusent seuls ma débauche du poison aimé. Pouah ! la vapeur refroidie et passée de l'éther colle aux rideaux ; il faut de l'air, de l'oubli, — si je puis...

Ma fenêtre, au second étage, s'ouvre sur un triste horizon : la cour étroite, le cheval d'Alain qu'on panse, un gros palefrenier en chemise à carreaux. Au bruit de ma fenêtre, un bull noir assis sur le pavé lève son museau carré .. Comment c'est toi, mon pauvre Toby ! Toi l'exilé, toi le honni ! Il est debout, petit et sombre, et agite vers moi le souvenir de sa queue coupée.

— Toby ! Toby !

Il saute, il gémit en sifflant. Je me penche.

— Charles, envoyez-moi Toby par l'escalier de service, s'il vous plaît.

Toby a compris avant lui et s'élance. Une minute encore et le pauvre bull noir est à mes pieds, convulsif, délirant d'humilité et de tendresse, la langue et les yeux hors de la tête...

Je l'avais acheté, l'an dernier, à un homme d'écurie de Jacques Delavalise, parce que c'était vraiment un beau petit bull de huit mois, pas équarri, sans nez, des yeux limpides et un peu bridés, des oreilles comme des cornets acoustiques. Et je l'avais ramené à la maison, assez fière, un peu craintive. Alain l'examina en connaisseur, sans malveillance.

— Cent francs, dites-vous ? Ce n'est pas cher. Le cocher sera content, les rats détruisent tout dans l'écurie.

— Dans l'écurie ! Mais je ne l'avais pas acheté pour cela. Il est joli, je voudrais le garder pour moi, Alain...

Haussant les épaules :

— Pour vous ? Un bull d'écurie dans un salon Louis XV, n'est-ce pas ? ou sur les dentelles de votre lit ? Si vous tenez à un chien, ma chère enfant, je vous chercherai un petit havanais en soie floche, pour le salon, ou encore un grand sloughi... les sloughis vont avec tous les styles.

Il a sonné et désigné à Jules mon pauvre Toby noir qui mâchait ingénument un gland de fauteuil :

— Portez ce chien à Charles, qu'il lui achète un collier, qu'il le tienne propre, et qu'il me dise s'il tue bien le rat. Le chien s'appelle Toby.

Depuis, je n'ai revu Toby que par la fenêtre. Je l'ai vu souffrir et penser à moi, car nous nous étions aimés à première vue.

Un jour, j'ai gardé de petits os de pigeon et les lui ai portés dans la cour, en me cachant. Je suis rentrée le cœur gros, avec un malaise que j'ai cru dissiper en avouant à Alain ma faiblesse. Il ne me gronda presque pas.

— Etes-vous enfant, Annie ! Si vous voulez, je dirai à Charles qu'il prenne quelquefois le bull avec lui, sous le siège, quand vous sortirez. Mais que je ne rencontre jamais Toby dans l'appartement, jamais, n'est-ce pas ? vous m'obligerez beaucoup.

Aujourd'hui, il ne me suffirait pas, pour m'alléger de tout souci, disons franchement : de tout remords, d'avouer à Alain la présence de Toby dans ma chambre à coucher. Ceci, qui m'eût fait trembler, la semaine passée, est une vétille auprès de mon ivresse d'éther, coupable et délicieuse.

Dors sur le tapis à roses grises, Toby noir, dors avec de grands soupirs de bête émue : tu ne retourneras pas à l'écurie.

Arriège.
Une odeur d'orangers en fleurs et de bain de Barèges monte par ma fenêtre ouverte. « L'odeur locale », m'explique obligeamment le garçon qui monte les malles. Je m'en doutais. Marthe m'assure qu'on s'y habitue en quarante-huit heures. A celle des orangers fleuris, plantés en haie devant l'hôtel, d'accord. Mais l'autre, la senteur sulfureuse qui poisse la peau, horreur !

Je m'accoude, déjà découragée, pendant que Léonie, à qui son feutre de voyage donne l'air d'un gendarme en civil, ouvre ma grande malle en paille de bois, et dispose les bibelots d'argent de mon sac comme pour la parade.

Que suis-je venue faire ici ? Je me sentais moins seule à Paris, dans ma chambre jaune, auprès du portrait d'Alain, qu'entre ces quatre murs de chaux rose à soubassement gris. Un lit de cuivre dont j'inspecte, soupçonneuse, la literie fatiguée. Une toilette trop petite, une table à écrire que je convertirai en table à coiffer, une table pliante, montée sur X, que je convertirai en table à écrire, des fauteuils quelconques et des chaises ripolinées... Il faudra vivre là-dedans combien de jours ? Marthe a dit : « Ça dépend ».

Ça dépend de quoi ? Je n'ai pas osé l'interroger davantage.

J'entends, de l'autre côté du corridor dallé, sa voix perçante et les répliques sourdes de Léon, qui ne me parviennent pas, mettent du vide entre les phrases. Je m'engourdis, isolée de tout, du lieu où je suis, de Marthe, d'Alain, de l'avenir pénible, du temps qui coule...

— On descend, Annie ?
— Ah ! Marthe ! tu m'as fait peur ! Mais je ne suis pas prête.
— Qu'est-ce que tu fabriques, grands dieux ? Ni lavée, ni coiffée ? Je t'en prie, ne commence pas à faire le « poids mort ».

Ma belle-sœur est pomponnée comme pour le Fritz, fraîche, maquillée et rose. Les onze heures de chemin de fer lui sont clémentes. Elle déclare qu'elle « veut aller à la musique » qui joue dans le parc.

— Je vais me dépêcher. Et Léon ?

— Il lave son corps divin. Allons, Annie, ouste ! Qu'est-ce qui t'arrête ?

J'hésite, en corset et en jupon, à me déshabiller si complètement devant Marthe. Elle me regarde comme un animal rare.

— O Annie, sainte Annie, il n'y a pas deux poires comme vous ! Je tourne le dos, étrille tes charmes sans angoisse.

Elle s'en va à la fenêtre. Mais la chambre elle-même me gêne, et je me vois dans la glace, brune et longue comme une datte... Marthe, effrontée et brusque, fait volte-face. Je crie, je colle mes bras à mes flancs mouillés, je me tords et je supplie... Elle ne semble pas m'entendre, et braque curieusement son face-à-main :

— Drôle de créature ! Tu n'es pas d'ici, évidemment. Tu as l'air d'une bonne femme des mosaïques d'Egypte... ou d'un serpent debout... ou d'une jarre en grès fin... Stupéfiant ! Annie, tu ne m'ôteras pas de l'idée que ta mère a fauté avec un ânier des Pyramides.

— Je t'en prie, Marthe ! Tu sais bien que ces plaisanteries-là me choquent à un point...

— On le sait. Attrape ta chemise, grande sotte ! A ton âge faire la pensionnaire comme ça !... Moi, j'irais toute nue devant trois mille personnes, si c'était la mode. Dire qu'on cache toujours ce qu'on a de mieux !

— Oui ? Madame Chessenet ne serait sûrement pas de ton avis !

— Savoir ! (Tu ne l'aimes pas ? Ça m'amuse.) Elle doit porter des seins dernier cri, en étole, les pans jusqu'aux genoux.

Cette présence bavarde tonifie ma paresse, finit par chasser ma pudeur bébête. Et Marthe a le don de se faire pardonner presque tout.

Je noue ma cravate de tulle blanc devant la glace, tandis que Marthe, penchée à la fenêtre, me décrit ce qui se passe sous ses yeux :

— Je vois, oh ! je vois des bonnes balles... je vois Léon qui nous cherche avec des airs de caniche perdu... il nous croit à la musique, bon débarras !

— Pourquoi ?

— Crainte qu'il me rase, tiens ! Je vois une dame renversante, toute en valenciennes, mais une binette ridée de vieille reinette... Je vois des dos idiots d'hommes en panamas pétris comme des meringues ratées... Je vois... ah !

— Quoi ?
— Hep, hep ! eh bien, c'est pas malheureux ! oui, oui, c'est nous, montez !
— Tu es folle, Marthe ! Tout le monde te regarde. A qui en as-tu ?
— A la petite van Langendonck.
— Calliope ?
— Elle-même !
— Elle est ici ?
— Probable, puisque je l'appelle.

Je fronce involontairement les sourcils : encore une relation qu'Alain désirerait couper, et qu'il tient à longue distance ; non que cette petite Cypriote, veuve d'un Wallon, fasse parler d'elle autant qu'une Chessenet ; mais mon mari lui reproche une beauté voyante et pâmée qu'il ne trouve pas de bon ton. Je ne savais pas qu'il y eût pour la beauté un code de convenances... mais Alain l'affirme.

Calliope van Langendonck, dite « la Déesse aux yeux pers » annoncée par un murmure élégant d'étoffes, effectue une entrée théâtrale, accable Marthe de baisers, de paroles, de dentelles traînantes, de regards lazuli, glissant entre des paupières armées de cils brillants comme des lances, — puis s'abat sur moi. J'ai honte de me sentir si peu expansive, et je lui offre un fauteuil. Marthe la larde déjà de questions :

— Calliope, quel est le ponte fortuné que vous remorquez ici cette année ?
— What is it ponte ? ah ! oui... Pas dé ponte, jé suis toute seule.

Elle répète souvent les phrases qu'on vient de dire, avec un air câlin de s'écouter et de traduire. Est-ce coquetterie, ou ruse pour se donner le temps de choisir sa réponse ?

Je me souviens que cet hiver elle mêlait le grec, l'italien, l'anglais et le français, avec une ingénuité trop complète pour être sincère. Son « babélisme » ainsi que dit Claudine, qu'elle amuse à la folie, son charabia soigneusement cultivé retient l'attention comme un charme de plus.

— Seule ? Racontez ça à d'autres !
— Si ! il faut soigner deux mois par anno, pour rester belle.
— Ça lui réussit jusqu'à présent, pas, Annie ?
— Oh ! oui. Vous n'avez jamais été plus jolie, Calliope. Les eaux d'Arriège vous font du bien, n'est-ce pas ?
— Les eaux ? Je prends never... jamais...
— Alors, pourquoi...
— Parce que l'altitude est excellente ici, et que je rencontre gens que je connais, et que je peux faire toilettes économiques.

— Femme admirable ! Pourtant, le soufre, c'est bon pour peau ?
— Non, c'est kakon, movais pour peau. Je soigne peau avec recette spéciale, turque.
— Dites vite, je pantèle, et je suis sûre qu'Annie n'a plus un fil de sec.

Calliope, qui a laissé tous ses « articles » dans l'île de Chypre, écarte doctoralement des mains scintillantes :
— Vous prenez... vieux boutons de gloves, en nacre, vous mettez dans un avgothiki... coquetier... et vous pressez citron tout entier dessus... Le lendemain, elle est en pâte...
— Qui, *elle* ?
— Les boutons et le citron. Et vous étalez sur figure, et vous êtes plus blanc, plus blanc, que...
— Ne cherchez pas. Je vous remercie infiniment, Calliope...
— Je peux ancora donner recette pour détacher lainages...
— Non, assez, bon Dieu, assez ! Pas tout le même jour !... Depuis quand êtes-vous à Arriège ?
— Depuis... un, due, three... sept jours... Je suis si heurèse de vous voir ! Je veux plus vous quitter. Quand vous avez appelé tout à coup par la wind... fenêtre, j'ai eu spavento et j'ai laissé drop mon ombrelle !...

Je suis désarmée. Devant ce polyglottisme déchaîné, Alain lui-même ne tiendrait pas son sérieux. Si cette légère créature peut me rendre courtes les longues heures de ma « saison » je la verrai tant qu'elle voudra, — à Arriège.

Quel besoin avait Marthe de me traîner autour de ce kiosque à musique ! J'en rapporte une étreignante migraine, et l'empreinte, presque physique, sur ma peau, de tous ces regards sur nous. Ces gens-là, baigneurs et buveurs d'Arriège, nous ont épluchées, dévorées, avec des yeux de cannibales. J'appréhende maladivement les potins, les espionnages et les délations de ces désœuvrés minés d'ennui. Heureusement, bien peu de visages connus, excepté la petite Langendonck. Les Renaud-Claudine arrivent dans trois jours, ils ont retenu leur appartement.

Triste chambre que celle-ci ! L'électricité crue tombe du plafond sur mon lit vide et mort... Je me sens seule, seule, au point de pleurer, au point d'avoir retenu Léonie pour me décoiffer, afin de garder auprès de moi une présence familière... Viens, mon Toby noir, petit chien chaud et silencieux qui adore jusqu'à mon ombre, reste à mes pieds, tout fiévreux du long voyage, agité de cauchemars ingénus... Peut-être rêves-tu qu'on nous sépare encore ?...

Ne crains pas, Toby, le maître sévère, il dort à présent sur l'eau sans couleur ; car les heures de son coucher sont ordonnées comme toutes celles de sa vie... Il a remonté son chronomètre, il a couché son grand corps blanc, froid du tub glacial. Songe-t-il à Annie ? Est-ce qu'il soupirera la nuit, est-ce qu'il s'éveillera dans le noir, le noir profond, que ses pupilles dilatées peupleront de lunules d'or et de roses processionnantes ? S'il appelait, à cette minute même, son Annie docile, s'il cherchait son odeur de rose et d'œillet blanc, avec le sourire martyrisé de l'Alain que je n'ai vu et possédé qu'en songe ? Mais non. Je le sentirais à travers l'air et la distance...

Couchons-nous, mon petit chien noir. Marthe joue au baccara.

Mon cher Alain,

Je m'accoutume à cette vie d'hôtel. C'est un effort qui, je l'espère, me sera compté par vous, de même que je vous fais honneur de chaque victoire remportée sur mon apathie.

Les journées me sont plus longues pourtant qu'aux baigneurs effectifs. Marthe, vaillante comme toujours, se soumet à un traitement très dur de douches et de massages. Léon boit seulement ; moi je regarde.

Nous avons rencontré ici madame Van Langendonck, qui est seule. Croyez, cher Alain, que je n'ai point recherché cette rencontre. Marthe l'accueille bien et dit que les amitiés de villes d'eaux se coupent à Paris le plus aisément du monde. J'espère que vous voilà rassuré sur le superficiel de nos relations. Et d'ailleurs, elle habite l'hôtel du Casino, tandis que nous logeons au Grand-Hôtel.

Je crois aussi que les Renaud-Claudine débarquent dans peu de jours. Il nous sera presque impossible de ne pas les voir ; il me semble d'ailleurs que vous considérez le mari comme acceptable, parce qu'il connaît toute la terre. Quant à sa femme, nous aviserons à agir au mieux, et pour cela je me fie à Marthe, qui tient de vous un sens très fin de la décision opportune.

Je vous parle de nous, cher Alain. Vous m'avez défendu de vous importuner de ma sollicitude, inutile mais si bien intentionnée ! Sachez donc encore que nous nous levons à 7 heures moins le quart, qu'à 7 heures sonnantes nous sommes assises aux petites tables de la laiterie. On trait devant nous un lait mousseux et chaud, que nous buvons lentement en regardant monter le brouillard que le soleil aspire.

Il faut bien déjeuner dès 7 heures, car la douche est à 10. On vient là au saut du lit sans prendre le temps même d'une toilette sommaire. Ce petit lever ne réussit pas à toutes les femmes, et j'admire comme Marthe supporte cette épreuve. Elle paraît enve-

Claudine s'en va 525

loppée de linons et de mousselines, en capuchons ruchés et neigeux qui l'avantagent extrêmement.

Votre Annie n'y déploie pas tant d'art ; elle arrive en jupe tailleur et en blouse de soie molle, et l'absence de corset ne me change guère la taille. Ma natte de la nuit relevée en catogan par un ruban blanc, un chapeau paillasson en forme de cloche, — voilà une tenue qui ne fait pas émeute.

Après deux tasses de lait et autant de petits croissants, promenade dans le parc, retour à l'hôtel pour le courrier et la toilette, — à dix heures, douche. Marthe disparaît, et je reste seule jusqu'à midi. Je flâne, je lis, je vous écris. Je cherche à m'imaginer votre vie, votre cabine, l'odeur de la mer, le battement de l'hélice...

Adieu, cher Alain, prenez bien soin de vous-même, et de votre affection pour

ANNIE.

C'est tout ce que je trouve à lui écrire. Je me suis interrompue vingt fois, une maladresse au bout de ma plume... Quel mauvais esprit m'habite, pour que j'écrive déjà « maladresse » là où il faudrait « franchise » ?...

Mais pouvais-je écrire tout ? Je crains, même de loin, la colère de mon mari, s'il apprend que je vis côte à côte avec Calliope, avec Maugis arrivé depuis trois jours et qui ne nous quitte guère... Le train de 5 heures 10 amène demain Claudine et son mari... Lâchement je me dis qu'un aveu bien complet au retour d'Alain, me vaudra seulement un grand sermon. Il n'aura pas vu Calliope à la laiterie le matin en « déshabillé galant » — si déshabillé et si galant, que je détourne les yeux pour lui parler — des tulles qui dégringolent, des pelisses à fanfreluches qui bâillent sur la peau dorée, et d'extraordinaires mantilles de blonde pour voiler les cheveux mal relevés. Hier matin, pourtant, elle arrive embobelinée dans un vaste cache-poussière, en soie glacée d'argent, si hermétique et si convenable que je m'étonne. Autour de nous les panamas et les casquettes à carreaux regrettent et cherchent les coins de peau ambrée.

Je lui fais compliment de sa correction. Elle éclate de son rire déchirant et s'écrie : « Je crois bien ! C'est forcé ! J'ai pas de chemise dessous ! »

Je ne savais où me mettre. Les casquettes et les panamas se sont penchés vers elle, d'un mouvement automatique de marionnettes qui saluent...

Heureusement, Calliope est seule. Seule ? Hum ! J'ai parfois, marchant auprès d'elle, croisé des messieurs très bien, qui se détournaient avec une discrétion si affectée, une indifférence si parfaite. Elle passait, roide dans sa petite taille, avec un coup de paupières en éventail, qu'elle a voulu m'apprendre, sans y réussir.

L'heure de la douche nous rapproche l'une de l'autre, en faisant le désert autour de nous. Léon, très déprimé ces temps-ci, vient s'asseoir souvent à notre table et risque des cravates déconcertantes, des gilets vifs qui vont bien à son teint mat. Il s'éloigne de quart d'heure en quart d'heure, pour les quatre verres d'eau ; il tente un essai de cour littéraire auprès de Calliope. A mon grand étonnement, elle le reçoit avec un dédain peu déguisé, un froid regard bleu tombant de haut qui signifie : « Que veut cet esclave ? »

Il y a encore... Marthe. Oui, Marthe. Même pour écrire ceci, j'hésite... Ce Maugis la suit de trop près, et elle supporte sa présence comme si elle ne s'en apercevait pas. Je ne puis le croire. Les étincelants yeux gris de Marthe voient tout, écoutent tout, saisissent la pensée derrière les yeux qu'ils regardent. Comment n'arrache-t-elle pas sa petite main potelée et fine, aux lèvres de cet individu, qui lui disent, deux fois par jour, un bonjour et un adieu prolongés ? Maugis sue l'alcool. Il est intelligent, d'accord, instruit sous sa blague à demi gâteuse ; il tire l'épée, m'a dit Alain, d'un poignet redoutable que l'absinthe ne fait pas encore trembler. Mais... pouah !

Elle s'amuse, je veux l'espérer. Elle coquette pour le plaisir de voir les yeux globuleux de son adorateur s'injecter et s'attendrir en la regardant. Elle s'amuse...

Je viens d'accompagner Marthe à sa douche. J'en tremble encore. Dans une affreuse cabine de sapin brut, ruisselante de toutes ses parois, pénétrée de soufre et de vapeur d'eau, j'ai assisté, derrière un paravent de bois, au supplice sans nom qu'est cette douche-massage. En un tour de main, Marthe est nue. Je clignote devant tant de sans-gêne et de blancheur. Marthe est blanche comme Alain, avec plus de rose dessous. Sans un frisson de malaise, elle tourne vers moi une croupe effrontée, marquée de fossettes profondes, tandis qu'elle sangle autour de ses tempes un bonnet de caoutchouc, un serre-tête abominable, une façon de marmotte de poissarde.

Puis elle vire... et je reste frappée du caractère que prend cette jolie tête de femme, ainsi privée de ses cheveux ondés : des yeux aigus jusqu'à la folie, la mâchoire courte et solide, l'arcade sourcilière peuple et brutale, je cherche en vain la Marthe que je connais dans celle-ci qui me fait peur. Cette figure inquiétante rit au-dessus d'un corps mignon et gras, presque trop féminin, tout en excès de minceurs et rondeurs...

— Annie, hep! tu dors debout?

— Non. Mais j'en ai déjà assez. Cette cabine, ce bonnet...

— Hein, Catherine, croyez-vous qu'elle est brave, ma petite belle-sœur? Si nous lui donnions à nous deux une bonne douche, à grand jet?

Je considère avec appréhension la créature sans sexe, en tablier ciré, juchée sur des socques de bois. Elle rit sur des gencives rouges.

— Si Madame veut se coucher... Le quart d'heure est déjà bien entamé.

— Voilà, voilà.

D'un bond, Marthe franchit le rebord d'une espèce de cercueil ouvert, incliné, que je n'avais pas vu d'abord et s'y étend, les mains sur les seins, pour les préserver du choc trop rude. Le jour d'en haut éclaire les veines de sa peau, sculpte les plis minces, touche brutalement à tout l'or roux qui moutonne sur elle... Je rougis dans l'ombre... Je n'aurais jamais cru Marthe si velue... Je rougis davantage, en songeant que sur le corps d'Alain fleurit la même abondance d'or rose comme du cuivre. Marthe attend en fermant les yeux, les coudes tremblants, et la créature sans sexe braque sur elle deux gros tubes de caoutchouc, qui pendent du plafond...

Des cris perçants, des clameurs suppliantes éclatent... Sous le jet froid, plus gros que mon poignet, qui tombe d'aplomb sur elle et se promène de la poitrine aux chevilles, Marthe se tord comme une chenille coupée, sanglote, grince, injurie, ou soupire, — lorsque le jet bouillant succède au jet froid, adoucie, consolée.

La créature douche d'une main et claque de l'autre, claque sans pitié, d'une grande main solide, ce corps délicat qui se marbre de rouge brûlant.

Après cinq minutes de ce tourment effroyable, un grand peignoir chaud, une friction sèche, et Marthe, délivrée de l'odieux serre-tête, me regarde en haletant, de grosses larmes au coin des yeux.

D'une voix étranglée, je lui demande si c'est ainsi tous les matins.

— Tous les matins, mon petit. Hein! Claudine le déclarait l'an dernier : « Ça et le tremblement de terre, on n'a rien trouvé de mieux pour faire circuler le sang. »

— Oh! Marthe, c'est affeux! Ce jet plus rude qu'un gourdin qui t'a fait pleurer, sangloter... Quelle horreur!

A demi rhabillée, elle tourne vers moi un bizarre sourire en coin, les narines encore battantes :
— Je ne trouve pas.

Les repas, ici, me sont un supplice. Nous avons le choix entre deux restaurants, qui tous les deux dépendent du casino ; car les hôtels ne servent point de repas, et cette ville d'eaux, qui n'a de ville que le nom, se compose du casino, de l'établissement thermal, et de quatre grands hôtels. Ces réfectoires où l'on se rend comme des pensionnaires ou des prisonniers, où l'on grille à midi sous le rude soleil montagnard, suffisent à me couper l'appétit. J'ai songé à me faire servir dans ma chambre, mais on m'apportera la desserte tiède, et puis, ce ne serait pas gentil pour Marthe, à qui les repas sont des prétextes à potiner et à fouiner... Je parle déjà comme elle !

Calliope s'assied à la même table que nous, et Maugis aussi, que je supporte mal. Marthe s'occupe de lui, paraît s'intéresser à ses articles de critique, quémande, autoritaire, un article sur *Un drame du cœur*, le dernier roman de mon beau-frère, pour fouetter la vente et encourager les villes d'eaux...

Léon dévore les viandes coriaces avec un appétit d'homme anémié et ne lâche pas Calliope, qui persiste à le renvoyer à ses soixante lignes, méprisante comme une fille de roi pour un scribe à gages. Drôle de petite femme ! Je l'avoue ; c'est moi qui la recherche maintenant. Elle se raconte avec une volubilité embarrassée, pêchant dans une langue étrangère le mot qui lui fait défaut dans la nôtre, et j'écoute comme un conte de fées le récit cahoté de sa vie.

C'est surtout pendant la douche de Marthe, à l'heure déserte, que je m'oublie à l'entendre. Je m'assieds en face d'elle dans un grand fauteuil d'osier, derrière la laiterie et j'admire, pendant qu'elle parle, sa beauté parée et en désordre.

— Quand j'étais petite, dit Calliope, j'étais très belle.
— Pourquoi « j'étais » ?
— Because je suis moins. La vieille qui lavait le linge me crachait toujours dans la figure.
— Oh ! la dégoûtante ! Vos parents ne l'ont pas mise à la porte ?

Le beau regard bleu de Calliope me couvre de dédain :
— A la porte ? Chez nous, il faut les vieilles cracher sur les jolies petites, en disant « Phtu ! phtu ! » : c'est pour conserver belles et garder contre mauvais œil. Je suis conservée kallista aussi, pour-

quoi ma mère, le jour du baptême, a fait mettre repas sur table, la nuit.
— Ah ?
— Oui. On pose sur la table beaucoup de choses pour manger, et on se couche. Alors, les mires vient.
— Qui ?
— Les mires. On les voit pas, mais elles arrivent pour manger. Et on range chaque chair, chiesa, comment vous dites ? chaise, bien contre mur, parce si une des mires cognait son coude en passant pour sit à table, elle donnerait... mauvais sort sur petit enfant.
— Que c'est joli, ces vieux usages ! Les mires, comme vous dites, ce sont des fées ?
— Fées ? je sais pas. C'est des mires... Ha ! j'ai mal à ma tête.
— Voulez-vous un peu d'antipyrine ? j'en ai dans ma chambre.
Calliope passe sur son front poli une main aux doigts teints de rose.
— Non, merci. C'est ma faute. J'ai pas fait les croix.
— Quelles croix ?
— Comme ça, sur l'oreiller.
Elle dessine sur son genou une série de petites croix rapides, avec le tranchant de la main.
— Vous faites les petits croix, et vite, vite, vous couchez la tête sur l'endroit, et les mauvais visiteurs ne vient pas dans le sommeil, ni head-ache, ni rien.
— Vous êtes sûre ?
Calliope hausse les épaules et se lève :
— Si, je suis sûre. Mais vous, c'est un peuple sans réligion.
— Où courez-vous, Calliope ?
— C'est devtera... lundi. Il faut faire mes ongles. Voilà encore que vous ne savez pas ! Lundi, faire les ongles : santé. Mardi, faire les ongles : fortune.
— Et vous préférez la santé à la fortune ? Comme je vous comprends !
Déjà en marche, elle se retourne, tenant à brassées ses dentelles éparses.
— Je préfère pas... lundi je fais une main, et mardi l'autre.

Entre midi et cinq heures, une chaleur inhumaine terrasse tous les baigneurs. La plupart s'enferment dans le grand hall du casino, qui ressemble à la salle des pas perdus de quelque gare modern-style. Renversés dans les rockings, ils flirtent, les malheureux !

ils sucent du café dans de la glace pilée, et somnolent au bruit d'un vague orchestre assoupi comme eux-mêmes. Je me dérobe souvent à ces plaisirs prévus, embarrassée par les regards, par le mauvais ton de Maugis, par le bruit d'une trentaine d'enfants et leur sans-gêne déjà poseur.

Car j'ai vu là des petites filles, à qui leurs treize ans font déjà du mollet et de la hanche, user indignement de ce qu'on appelle les privilèges de l'enfance. A cheval sur la jambe d'un grand cousin, ou juchée sur un tabouret de bar, les genoux au menton, une adorable petite blonde, aux yeux qui savent, montre tout ce qu'elle peut d'elle-même et guette d'un regard de chatte froide, l'émoi honteux des hommes. Sa mère, une grosse cuisinière couperosée, s'extasie : « Est-elle bébé, à son âge ! » Je ne peux pas croiser cette gamine effrontée sans me sentir mal à l'aise. Elle a inventé de souffler des bulles de savon et de les poursuivre d'une raquette en laine. Des individus de tout âge soufflent maintenant dans des pipes de terre et courent après les bulles de savon pour frôler la petite fille, lui voler son chalumeau, l'enlever d'un bras quand elle se penche à la baie vitrée. Ah ! quelle vilaine bête dort donc dans certains hommes !

Il reste encore, Dieu merci, de vrais bébés, des garçonnets pataudes, aux mollets nus couleur de cigare, d'une gentillesse oursonne ; des fillettes poussées trop vite, tout en angles et en grands pieds minces, des tout petits, les bras en boudins roses ficelés de plis tendres — comme ce gros amour de quatre ans, malheureux dans sa première culotte, et qui chuchotait, très rouge, à sa miss sévère et dégoûtée : « Est-ce que le monde a l'air que j'ai fait dans mon pantalon ? »

Je traverse, pour rentrer chez moi, la nappe dangereuse de soleil qui sépare notre hôtel du casino. Pendant vingt-cinq secondes, je goûte le plaisir cuisant de me sentir comme soulevée de chaleur, le dos grésillant, les oreilles bourdonnantes... Près de tomber, je me réfugie dans la fraîcheur noire du vestibule, où une porte ouverte sur les sous-sols laisse monter une odeur de vieille futaille, de vin rouge tourné en vinaigre... Puis, c'est ma chambre silencieuse, déjà parfumée de moi, le lit moins hostile, où je me jette en chemise, pour y songer, dévêtue, jusqu'à cinq heures...

Toby effleure mes pieds nus d'une langue congestionnée, puis tombe prostré sur le tapis. Mais cette horripilante caresse me laisse tremblante et comme outragée, oriente mes pensées sur la mauvaise route... Ma demi-nudité me rappelle la douche de Marthe, ce qu'elle cherche dans ces jets qui la rudoient, la blancheur de mon mari... celui du rêve... Pour me délivrer de l'obsession — est-ce bien pour m'en délivrer ? — je saute à bas du lit et cours chercher, entre deux sachets, le dernier portrait d'Alain.

Quoi donc ?... Est-ce maintenant que je rêve ? Ce beau garçon-là, il me semble que je ne le reconnais pas... Le dur sourcil, et cette pose arrogante de coq ! Voyons, je me trompe, et le photographe aura retouché à l'excès ?...

Mais non, cet homme-là, c'est mon mari, qui voyage au loin. Je tremble devant son image, comme je tremble devant lui-même. Une créature courbée, inconsciente de sa chaîne, voilà ce qu'il a fait de moi... Bouleversée, je cherche obstinément dans notre passé de jeunes époux, un souvenir qui puisse m'abuser de nouveau, qui me rende le mari que j'ai *cru* avoir. Rien, je ne trouve rien... que ma soumission d'enfant battue, que son sourire de condescendance sans bonté... Je voudrais savoir que je rêve ou que je délire. Ah ! le méchant, le méchant ! Quand m'a-t-il fait le plus de mal, en partant sur la mer, ou bien en me parlant pour la première fois ?

Dans la chambre de Marthe, qui est la plus grande, nous attendons, derrière les volets tirés, Claudine et Calliope qui doivent venir prendre le thé, Claudine arrivée d'hier soir avec son mari, et qui viendra seule, par exception, Marthe excluant aujourd'hui les hommes, « pour se reposer ». Elle se repose en piétinant sur place, en virant dans sa robe de mousseline vert cru, un vert impossible qui outre sa blancheur et embrase sa chevelure mousseuse. Au corsage échancré, une grosse rose rose, commune et embaumée. Marthe associe sur elle, d'un choix sûr, de violentes et heureuses couleurs...

Je la trouve bien agitée, les yeux menaçants et la bouche triste. Elle s'assied, crayonne rapidement sur une feuille blanche, murmure des chiffres :

— ... Ici, c'est deux louis par jour... quinze cents francs chez Hunt à la rentrée... et l'autre idiot qui veut passer par Bayreuth... C'est plutôt compliqué, la vie !

— Tu me parles, Marthe ?

— Je te parle sans te parler. Je dis que c'est compliqué, la vie.

— Compliqué... peut-être bien.

Elle hausse les épaules.

— Oui. « Peut-être bien. » S'il te fallait trouver cinq cents louis.

— Cinq cents louis ?

— Ne te fatigue pas à calculer, ça fait dix mille francs. S'il te fallait les dénicher d'ici trois semaines, dans... dans les plis de ta robe, qu'est-ce que tu ferais ?

— Je... j'écrirais au banquier... et à Alain.

— Comme c'est simple !

Elle est si sèche que je crains de l'avoir froissée :

— Comme tu me dis cela, Marthe ! Est-ce que... est-ce que tu as besoin d'argent ?

Ses durs yeux gris s'apitoient :

— Mon pauvre petit pruneau, tu me fais de la peine. Bien sûr, j'ai besoin d'argent... Tout le temps, tout le temps !

— Mais, Marthe, je vous croyais riches ! Les romans se vendent, et ta dot...

— Oui, oui. Mais il faut manger. Le châteaubriant est hors de prix cette année. Crois-tu qu'avec trente mille de rente, en tout et pour tout, une femme puisse vivre convenablement, si elle n'a pas un courage de teigne ?

Je réfléchis une seconde, pour avoir l'air de calculer :

— Dame... c'est peut-être un peu juste. Mais, Marthe, pourquoi ne pas...

— Ne pas ?...

— Ne pas me le dire ? J'ai de l'argent, moi, et je serais très contente...

Elle m'embrasse, d'un baiser qui sonne comme une tape, et me tire l'oreille :

— T'es gentille. Je ne dis pas non. Mais pas maintenant. Laisse, j'ai encore une ou deux ficelles qui sont comme neuves. Et puis, je te garde pour la bonne bouche. Et puis... ça m'amuse de me battre contre l'argent, de trouver à mon réveil une facture qu'on réclame pour la dixième fois, de regarder le dedans de mes mains vides en me disant : « Ce soir, il faut vingt-cinq louis dans cette menotte-là. »

Ebahie, je la contemple, cette petite Bellone en robe verte comme une sauterelle... « Se battre, lutter... » des mots effrayants qui font lever des images de gestes meurtriers, de muscles tendus, de sang, de victoires... Je reste devant elle comme une infirme, les mains inertes, songeant à mes larmes récentes devant la photographie d'Alain, à ma vie écrasée... Un trouble pourtant me vient :

— Marthe... comment fais-tu ?

— Tu dis ?

— Comment fais-tu, quand tu as tant besoin d'argent ?

Elle sourit, se détourne, puis me regarde de nouveau, avec un air doux et lointain :

— Eh bien, voilà... je tape l'éditeur de Léon... J'embobine le couturier, ou bien je le terrorise... Et puis il y a des rentrées inespérées.

— Tu veux dire de l'argent qu'on te devait, que tu avais prêté ?

— A peu près... J'entends Claudine ; à qui parle-t-elle ?

Elle ouvre la porte et se penche sur le corridor. Je la suis des yeux, avec une arrière-pensée pénible... Pour la première fois, je viens de feindre l'ignorance, de simuler le zozotisme d'une Rose-Chou... « Des rentrées inespérées ! »... Marthe m'inquiète.

Claudine parle en effet, dans le corridor. J'entends : « Ma fîîîlle... » Quelle fille ? Et cette tendresse dans l'accent ?...

Elle paraît, tenant en laisse sa Fanchette maniérée et tranquille qui marche en ondulant et dont les yeux verts noircissent à notre vue. Marthe, ravie, bat des mains comme au théâtre.

— Comme c'est bien Claudine ! Où avez-vous pris cette bête délicieuse ? Chez Barnum ?

— Pardi non. Cheux nous. A Montigny. Fanchette, assise !

Claudine ôte son chapeau de garçon, remue ses boucles. Elle a ce teint mat, cet air sauvage et doux qui me plaît tant. Sa chatte s'assied correctement, la queue sous les pattes de devant. J'ai bien fait d'envoyer mon Toby promener avec Léonie ; elle l'aurait griffé.

— Bonjour, vous, princesse lointaine.

— Bonjour, Claudine. Vous avez fait bon voyage ?

— Très bon, Renaud charmant. Il a tout le temps flirté avec moi, si bien que je n'ai pas eu une seule minute la sensation d'être mariée... Croyez-vous, un monsieur qui voulait m'acheter Fanchette ? Je l'ai regardé comme s'il avait violé ma mère... On a chaud, ici. Est-ce qu'il va venir beaucoup de dames ?

— Non, non, Calliope van Langendonck seulement.

Claudine passe lestement son pied par-dessus une chaise, une chaise très haute :

— Chance ! je l'adore, Calliope. Ohé, de la trirème ! On va avoir du goût. Et puis elle est jolie, et puis elle est la dernière détentrice de l'« âme antique ».

— Par exemple ! se révolte Marthe. Elle qui est cosmopolite comme un croupier du casino !

— C'est ce que je voulais dire. Elle incarne, en mon imagination simpliste, tous les peuples qui sont en dessous de nous.

— Les taupes ? raillé-je timidement.

— Non, subtile petite rosse. Au-dessous... sur la carte. La voilà ! Paraissez, Calliope, Hébé, Aphrodite, Mnasidika... Je sors tout ce que je sais de grec pour vous !

Calliope semble nue dans une robe trop riche de chantilly noir sur crêpe de Chine clair. Elle succombe dès le seuil :

— Je suis morte. Trois étages...

— ...C'est movais pour peau, continue Claudine.

— Mais c'est bon pour femme enceinte. Ça fait tomber enfant.

Marthe, *effarée*. — Vous êtes enceinte, Calliope ?

Calliope, *sereine*. — Non, *never*, jamais.

Claudine s'en va

MARTHE, *amère*. — Vous avez de la veine. Moi non plus, d'ailleurs. Mais c'est assommant, tous ces moyens préventifs. Comment vous garez-vous, vous ?
CALLIOPE, *pudique*. — Je suis veuve.
CLAUDINE. — Evidemment, c'est un moyen. Mais la condition n'est ni nécessaire, ni suffisante. Quand vous n'étiez pas veuve, qu'est-ce que vous faisiez ?
CALLIOPE. — Je faisais les croix dessus, avant. Et je tousse, après.
MARTHE, *qui pouffe*. — Les croix !... Sur qui ? Sur vous, ou sur le partenaire ?
CALLIOPE. — Sur tous deux, *dearest*.
CLAUDINE. — Ah ! Ah ! Et vous toussiez après ? C'est le rite grec ?
CALLIOPE. — Non, poulaki mou. On tousse comme ça *(elle tousse)* et c'est parti.
MARTHE, *dubitative*. — Ça vient plus vite que ça ne s'en va... Claudine, passez-moi donc la salade de pêches...
CLAUDINE, *absorbée*. — Je ne suis pas curieuse, mais j'aurais voulu voir sa tête...
CALLIOPE. — Tête de qui ?
CLAUDINE. — La tête de feu van Langendonck, pendant que vous « faisiez croix dessus ».
CALLIOPE, *candide*. — Mais je les faisais pas sur tête.
CLAUDINE, *éclatant*. — Ah ! ah ! que j'ai du goût. *(Suffoquant de rire.)* Cette bon sang de Calliope me fait engorger !
Elle crie et se pâme de joie ; Marthe, elle aussi, s'étrangle. Moi-même, malgré la honte qu'elles me donnent, je ne puis m'empêcher de sourire dans la demi-obscurité qui me protège, qui ne me protège pas assez, car Claudine a surpris la gaîté silencieuse que je me reproche.

— Eh là, dites donc, sainte Annie, je vous vois. Allez jouer dans le parc tout de suite, ou n'ayez pas l'air de comprendre. Ou plutôt non (sa voix rude devient douce et chantante), souriez encore ! Quand les coins de votre bouche remontent, vos paupières descendent, et les histoires de Calliope ont moins d'équivoque... petite Annie... que votre sourire...

Marthe interpose entre Claudine et moi l'aile d'un éventail ouvert :

— ...et si ça continue, vous allez appeler ma belle-sœur « Rézi » ! Merci, je ne veux pas que mon honnête chambre serve à ça!

Rézi ? qu'est-ce que c'est ? Je m'enhardis :

— Vous avez dit... Rézi ? C'est un mot d'une langue étrangère ?

— Vous ne croyez pas si bien dire ! riposte Claudine pendant que Marthe et Calliope échangent des sourires complices. Puis sa gaîté tombe net, elle cesse de sucer son café glacé, rêve une minute, avec des yeux assombris, les mêmes yeux que ceux de sa chatte blanche qui, pensive, menace un point dans le vide...

Qu'ont-elles dit encore ? Je ne sais plus, je me reculais de plus en plus dans l'ombre de la persienne. Je n'ose transcrire les bribes que je me rappelle. Mille horreurs ! Calliope met à les débiter plus d'inconscience, une impudeur exotique ; Marthe une crudité nette et sans trouble ; Claudine, une sorte de sauvagerie languide, qui me révolte moins.

Elles en étaient venues à me questionner, avec des rires, sur des gestes et des choses que je n'ose nommer, même en pensée. Je n'ai pas tout compris, j'ai balbutié, j'ai retiré mes mains de leurs mains insistantes, elles ont fini par me laisser, bien que Claudine murmurât, les yeux sur mes yeux pâles qui laissent trop entrer le vouloir d'autrui : « Cette Annie est attachante comme une jeune fille. » Elle est partie la première, emmenant sa chatte blanche au collier de cuir vert, et bâillant à notre nez : « Il y a trop longtemps que j'ai vu mon grand ; le temps me dure ! »

Maugis « colle » de plus en plus. Il encense Marthe de ses hommages, qui montent vers elle dans une fumée de whisky. Ces rendez-vous à la musique de cinq heures m'excèdent. Nous y retrouvons Calliope, autour de qui les hommes ont des regards de meute, et Renaud-Claudine amoureux et agaçants. Mais oui, agaçants ! Cette manière de se sourire des yeux, de s'asseoir genou à genou, comme des mariés de quinze jours ! Et encore, j'ai vu, moi, des mariés de quinze jours, qui n'attiraient pas l'attention...

...Deux mariés tout récents qui dînaient à une petite table de restaurant, lui roux, elle trop brune, sans que le visage traduisît jamais le désir, leurs mains la caresse, sans que leurs pieds se joignissent sous la nappe retombante... Souvent, elle laissait descendre ses paupières sur des yeux transparents, « couleur de fleur de chicorée sauvage », elle posait et reprenait sa fourchette, froidissait sa main chaude au flanc perlé de la carafe, en fiévreuse accoutumée à sa fièvre. Lui, il mangeait d'un appétit sain comme ses dents, et parlait d'une voix de maître : « Annie, vous avez tort ; cette viande est saignante à point... » L'aveugle ! l'indifférent ! il ne voyait ni cette fièvre douce, ni ces cils trop lourds qui voilent les yeux bleus. Il ne devinait pas quelle angoisse était la mienne, et comme j'aspirais, en la redoutant, à l'heure encore non venue où mon plaisir saurait répondre au sien... Que cela est pénible à écrire... effarée, obéissante, je me pliais à sa caresse simple et robuste qui me quittait trop tôt, à l'instant où raidie, la gorge pleine de larmes, au bord même, pensais-je, de la mort, j'appelais et j'attendais... je ne savais quoi.

Je le sais maintenant. L'ennui, la solitude, un après-midi d'atroce migraine et d'éther ont fait de moi une pécheresse pleine de remords. Péché qui menace toujours et contre quoi je lutte désespérément... Depuis que je rédige ce journal, je me vois apparaître, chaque jour, un peu plus nette, comme un portrait noirci qu'une main experte relave... Comment Alain, qui s'enquérait si peu de mes misères morales, devina-t-il ce qui s'était passé entre moi et... et Annie ? Je l'ignore. Peut-être une jalousie de bête trahie l'éclaira-t-elle ce jour-là...

D'où m'est donc venue la lumière ? De son absence ? Quelques lieues de terre et d'eau entre lui et moi ont fait ce miracle ? Ou bien j'ai bu le philtre qui rendit la mémoire à Siegfried ? Mais le philtre tardif lui rendit aussi l'amour, et moi, hélas !... A quoi m'accrocherai-je ? Tous, autour de moi, courent et combattent vers le but de leur vie... Marthe et Léon peinent, lui pour les gros tirages, elle pour le luxe. Claudine aime, et Calliope se laisse aimer... Maugis se grise... Alain emplit sa vie de mille vanités exigeantes : respectabilité, existence brillante et correcte, souci d'habiter une maison bien tenue, d'éplucher son livre d'adresses comme un certificat de domestique, de dresser sa femme qu'il enrêne trop court comme son demi-sang anglais... Ils vont, ils agissent, et moi je reste les mains vides et pendantes...

Marthe tombe au milieu de cet accès noir. Elle-même semble moins allègre, sinon moins vaillante, et sa bouche mobile et rouge rit avec un pli triste. Mais peut-être est-ce moi qui vois tout amer ?

Elle s'assied sans me regarder, dispose les plis d'une jupe de dentelle, qui accompagne un petit habit Louis XVI en pékin blanc. Des plumes blanches frémissent sur son chapeau blanc. Je n'aime pas beaucoup cette robe-là, trop parée, trop messe de mariage. Je préfère tout bas la mienne en voile ivoire, coulissée partout, en rond à l'empiècement, au-dessus du volant de la jupe, aux manches qui s'ouvrent ensuite en ailes...

— Tu viens ? demanda Marthe, la voix brève.

— Où ça ?

— Oh ! cet air de tomber toujours de la lune ! A la musique, il est cinq heures.

— C'est que je...

Son geste coupe :

— Non, je t'en prie ! Tu l'as déjà dit. Ton chapeau, et filons.

D'habitude, j'eusse obéi, quasi inconsciente. Mais aujourd'hui est un jour troublé, qui me change :

— Non, Marthe, je t'assure, j'ai mal à la tête.

Elle remue ses épaules :

— Je sais bien. C'est l'air qui te remettra. Viens !

Doucement, je réponds toujours non. Elle se mord les lèvres et fronce ses sourcils roux, crayonnés de châtain.

— Enfin, voyons ! J'ai besoin que tu viennes, là !

— Besoin ?

— Oui, besoin. Je ne veux pas rester seule... avec Maugis.

— Avec Maugis ? C'est une plaisanterie. Il y aura Claudine, Renaud et Calliope.

Marthe s'agite, pâlit un peu, ses mains tremblent.

— Je t'en supplie, Annie... ne me fais pas mettre en colère.

Interloquée, défiante, je reste assise. Elle ne me regarde pas, et parle, les yeux vers la fenêtre :

— J'ai... grand besoin que tu viennes, parce que... parce que Léon est jaloux.

Elle ment. Je sens qu'elle ment. Elle le devine, et tourne enfin vers moi ses yeux de flamme.

— Oui, c'est une craque, parfaitement. Je veux parler à Maugis, sans témoins ; j'ai besoin de toi pour faire croire aux autres que tu nous accompagnes, lui et moi, un bout de chemin, à trente pas, comme l'institutrice anglaise. Tu prendras un livre, un petit ouvrage, ce que tu voudras. Là. Ça y est ? Qu'est-ce que tu décides ? Me rendras-tu ce service ?

J'ai rougi pour elle. Avec Maugis ! Et elle a compté sur moi pour... oh ! non !

A mon geste, elle frappe rageusement du pied :

— Sotte ! crois-tu que je vais coucher avec lui dans un fourré du parc ? Comprends donc que rien ne va, que l'argent se cache, qu'il faut que je tire à Maugis, non seulement un article sur le roman de Léon qui va paraître en octobre, mais deux, mais trois articles, dans les revues étrangères qui nous ouvriront Londres et Vienne ! Ce soiffard est plus malin qu'un singe, et nous nous mesurons depuis un mois ; mais il y passera, ou je... je...

Elle bégaye de fureur, le poing tendu, avec une sauvage figure de tricoteuse déguisée en ci-devant, puis se calme, par un bel effort, et dit froidement :

— Voilà la situation. Tu viens à la musique ? A Paris, je n'en serais pas réduite à te demander ça. A Paris, une femme d'esprit se tire d'affaire toute seule ! Mais ici, dans ce phalanstère, où le voisin d'hôtel compte vos chemises sales et les brocs d'eau chaude que la bonne monte le matin...

— Alors, Marthe, dis-moi... c'est par amour pour Léon ?

— Par amour que... quoi ?

— Oui, que tu te dévoues, que tu fais bon visage à cet individu... c'est pour la gloire de ton mari, n'est-ce pas ?

Elle rit sèchement en poudrant ses joues allumées :

— Sa gloire, si tu veux. Le laurier est une coiffure... qui en vaut une autre. Ne cherche pas ton chapeau, il est sur le lit.

Jusqu'où me mèneront-elles ? Il n'en est pas une des trois à qui je voudrais ressembler ! Marthe, prête à tout, Calliope, cynique comme une femme de harem, et Claudine sans pudeur, à la manière d'un animal qui a tous les instincts, même les bons. Mon Dieu, puisque je les juge clairement, préservez-moi de devenir semblable à elles !

Oui, j'ai suivi Marthe à la musique, puis dans le parc, et Maugis marchait entre nous deux. Dans une allée déserte, Marthe m'a dit simplement : « Annie, le ruban de ton soulier se défait. » Docile, j'ai semblé rattacher un lacet de soie dont le nœud tenait fort bien, et je n'ai pas rattrapé ma distance. Je marchais derrière eux, les yeux à terre, sans oser regarder leurs dos et sans entendre de leurs voix qu'un murmure précipité.

Lorsque Marthe, émue et triomphante, est venue me relever de ma honteuse faction, j'ai poussé un grand soupir de soulagement. Elle m'a pris le bras, gentille :

— C'est fait. Merci, petite. Tu m'as aidée à arranger bien des choses. Mais juge de la difficulté ! Si j'avais donné rendez-vous à Maugis dans le parc, à la laiterie, ou aux petites tables du café glacé, un gêneur, ou pis : une gêneuse nous serait tombée sur le poil au bout de cinq minutes. Le voir dans ma chambre, ça devenait dangereux...

— Alors, tu les auras, Marthe ?

— Quoi ?

— Les articles des revues étrangères ?

— Ah ! oui... Oui, je les aurai, et tout ce que je voudrai.

Elle se tait un instant, secoue ses grandes manches pour s'aérer, et murmure comme pour elle-même :

— Il est riche, le mufle !

Surprise, je la regarde :

— Riche ? qu'est-ce que cela peut te faire, Marthe ?

— Je veux dire par là, explique-t-elle très vite, que je l'envie d'écrire pour son plaisir, au lieu de masser, comme ce pauvre Léon, qui assiège là-bas Calliope sans résultat. Cette ville cypriote, sans remparts, se défend étonnamment !

— Et puis, l'assaillant n'est peut-être pas très armé, risqué-je timidement.

Marthe s'arrête net au milieu de l'allée :

— Miséricorde ! Annie qui lâche des inconvenances ! Ma chère, je ne te savais pas sur Léon des documents si précis.

Elle a rejoint, tout animée, le groupe des amis quittés, mais j'ai de nouveau prétexté la migraine, et me revoici dans ma chambre, mon Toby noir à mes pieds, inquiète de moi, mécontente de tout, humiliée du vilain service que je viens de rendre à ma belle-sœur.

Ah ! tout ce qu'Alain ne soupçonne pas ! Cela me fait méchamment sourire, de penser qu'il ignore tant de moi-même, et tant de sa sœur préférée. Je prends en grippe cet Arriège, où ma vie s'est éclairée si tristement, où l'humanité plus petite et plus serrée se montre toute proche et caricaturale... J'ai usé l'amusement de voir remuer tous ces gens-là. Il défile, à la laiterie matinale, trop de laideurs replâtrées chez les femmes, de convoitises bestiales chez les hommes, — ou bien de fatigue, car il y paraît de sinistres figures de baccara, tirées et vertes, avec des yeux injectés. Ces figures-là appartiennent à des corps gourds d'hommes assis toute la nuit sur une chaise, et l'arthritisme n'ankylose pas seul tant de « charnières », comme dit Marthe.

Je n'ai plus envie d'entrer dans la salle de gargarisme, ni d'assister à la douche de Marthe, ni de potiner dans le hall, ni de m'épanouir aux *Noces de Jeannette* avec Claudine, cette effrontée, folle de Debussy, ayant imaginé par sadisme d'aller applaudir frénétiquement les opéras-comiques les plus poussiéreux. Que les mêmes heures ramènent les mêmes plaisirs, les mêmes soins, rassemblent les mêmes visages, voilà ce que je ne puis plus supporter. Par la fenêtre, mes yeux fuient constamment vers la déchirure ouverte à l'ouest de la vallée, cassure dans la chaîne sombre qui nous enserre, faille de lumière où brillent de lointaines montagnes voilées d'une poudre de nacre, peintes sur un ciel dont le bleu défaillant et pur est le bleu même de mes prunelles... C'est par là, maintenant, qu'il me semble que je m'évade... Par là je devine, (ou je suppose, hélas !) une autre vie qui serait la mienne, et non celle de la poupée sans ressort qu'on nomme Annie.

Mon pauvre Toby noir, que faire de toi ? Voilà que nous allons partir pour Bayreuth ! Marthe l'a décidé, d'un entrain qui m'épargne toute discussion. Va, je t'emmènerai, c'est encore le plus simple et le plus honnête. Je t'ai promis de te garder, et j'ai besoin de ta présence adorante et muette, de ton ombre courte et carrée près de mon ombre longue. Tu m'aimes assez pour respecter mon sommeil, ma tristesse, mon silence, et je t'aime comme un petit monstre gardien. Une gaîté jeune me revient, à te voir m'escorter, grave, la gueule distendue par une grosse pomme verte que tu portes précieusement tout un jour, ou gratter d'une griffe obstinée un dessin du tapis, pour le détacher du fond. Car tu vis, ingénu, entouré de mystères. Mystère des fleurs coloriées sur l'étoffe des fauteuils, duperie des glaces d'où te guette un fantôme de bull, poilu de noir, qui te ressemble comme un frère, piège du rocking-chair, qui se dérobe sous les pattes... Tu ne t'obstines pas à pénétrer l'inconnaissable, toi. Tu soupires, ou tu rages, ou bien tu souris d'un air embarrassé, et tu reprends ta pomme verte mâchouillée.

Moi aussi, il n'y a pas deux mois, je disais : « C'est ainsi. Mon maître sait ce qu'il faut. » A présent, je me tourmente et je me fuis. Je me fuis ! Entends ce mot comme il faut l'entendre, petit chien, plein d'une foi que j'ai perdue. Il vaut mieux, cent fois mieux, radoter sur ce cahier et écouter Calliope et Claudine, que m'attarder seule, dangereusement, avec moi-même...

Nous ne parlons plus que de voyage. Calliope m'en rebat les oreilles, et se désole de notre départ, à grand renfort de « Diè tout-puissant ! » et de « poulaki mou ».

Claudine considère toute cette agitation avec indifférence et gentillesse. Renaud est là, que lui importe le reste ? Léon, amer depuis son échec qu'il ne pardonne pas à Calliope, parle trop de son roman, du Bayreuth qu'il veut y décrire, « un Bayreuth considéré sous un angle spécial ».

— C'est un sujet neuf, déclare gravement Maugis qui envoie depuis dix ans, à trois journaux quotidiens, des correspondances bayreuthiennes.

— C'est un sujet neuf quand on sait le rajeunir, affirme Léon, doctoral. Bayreuth vu par une femme amoureuse à travers l'hyperesthésie des sens que donne la passion satisfaite, — et illégitime !
— blaguez, blaguez... ça peut fournir une très bonne copie et vingt éditions !

— Pour le moins, souffle Maugis dans un flot de fumée. D'abord, moi, je donne toujours raison au mari d'une jolie femme.

La jolie femme somnole à demi, allongée dans un rocking... Marthe ne dort jamais qu'à la façon des chats.

Nous cuisons dans le parc ; deux heures, l'heure étouffante et longue ; le café glacé fond dans les tasses, Calliope se meurt doucement, en gémissant comme un ramier. Je jouis du soleil torride, renversée dans un fauteuil de paille, et je ne remue pas même les paupières... A la pension, on m'appelait le lézard... Léon consulte fréquemment sa montre, attentif à ne pas dépasser le temps fixé pour sa récréation. La dépouille de Toby, qui semble inhabitée, gît sur le sable fin.

— Tu emmènes ce chien ? soupire Marthe faiblement.
— Certainement, c'est un si honnête garçon !
— Je n'aime pas beaucoup les honnêtes garçons, même en voyage.
— Alors, tu monteras dans un autre compartiment.

Ayant répondu cela, je m'émerveille en silence de moi-même. Le mois dernier, j'aurais répondu : « Alors, je monterai dans un autre compartiment. »

Marthe ne réplique rien et semble dormir. Au bout d'un instant, elle ouvre tout à fait ses yeux vigilants :

— Dites donc, vous autres, vous ne trouvez pas qu'Annie est changée ?
— Heu... mâchonne Maugis, très vague.
— Vous croyez ? demande Calliope, conciliante.
— Peut-être... hésite Léon.
— J'ai plaisir à constater que vous êtes tous de mon avis, raille ma belle-sœur. Je ne vous surprendrai donc pas en disant qu'Annie marche plus vite, courbe moins les épaules, regarde moins à terre, et parle presque comme une personne naturelle. C'est Alain qui va trouver du changement !

Gênée, je me lève :

— C'est ton activité, Marthe, qui me galvanise. Alain n'en sera pas aussi surpris que tu le penses. Il m'a toujours prédit que tu aurais une excellente influence sur moi. Je vous demande pardon, mais je rentre écrire...

— Je vous suis, dit Calliope.

Effectivement, elle me suit, sans autre encouragement de ma part. Elle passe sous mon bras mince son bras potelé.

— Annie, j'ai un très grand service à vous demander.

Bon Dieu, quelle figure séduisante ! Entre les cils en pointes d'épées, les yeux lazuli luisent, fixes, suppliants, et la bouche en arc tendu s'entrouvre prête, dirait-on, à toutes les confidences... Avec Calliope, il faut s'attendre à tout.

— Dites, ma chère, vous savez bien que s'il est en mon pouvoir...

Nous sommes dans ma chambre. Elle me prend les mains, avec une mimique outrée d'actrice italienne.

— Oh! oui, n'est-ce pas? Vous êtes une tellement pure! C'est ce qui m'a décidée. *I am*... perdue, si vous me refuseriez! Mais vous voudrez vous intéresser pour moi...

Elle roule en tampon un petit mouchoir de dentelle et s'essuie les cils. Ils sont secs. Je ne me sens pas à mon aise.

Très posée à présent, elle manie les cent fétiches baroques qui cliquettent à sa chaîne (Claudine dit de Calliope qu'elle marche avec un bruit de petit chien) et regarde le tapis. Je crois qu'elle murmure quelque chose pour elle-même...

— C'est prière à la Lune, explique-t-elle. Annie, portez-moi secours. J'ai besoin d'une lettre.

— Une lettre?

— Oui. Une lettre... *épigraphion*. Une lettre bien, que vous dicterez.

— Mais pour qui?

— Pour... pour... un ami du cœur.

— Oh!

Calliope étend un bras tragique :

— Je jure, par serment, sur la tête de mes parents qui sont morts, que c'est un ami du cœur seulement!

Je ne réponds pas tout de suite. Je voudrais savoir...

— Mais, ma chère, quel besoin avez-vous de moi pour cela?

Elle se tord les mains avec un visage très calme :

— Comprenez! Un ami du cœur, que j'aime, oh! oui, j'aime, par serment, Annie! Mais... mais je le connais pas trop.

— Hein!

— Si. Il veut m'épouser. Il écrit lettres qui sont *passionnelles*, et je *answer*... réponds très peu pourquoi... parce que je sais pas très bien écrire.

— Qu'est-ce que vous racontez là?

— La vérité, par serment! Je parle... deux, *tree*, quatre, *five*, langages, assez pour voyager. Mais je n'écris pas. Français surtout, si compliqué, si... je ne trouve pas le mot... Mon ami me croit... instruite, unique, femme universelle, et je voudrais tant paraître comme il croit! Sans ça... comme vous dites, en France, vous?... l'affaire est dans un seau.

Elle peine, rougit, pétrit son petit mouchoir et jette tout son fluide. Je réfléchis, très froide :

— Dites-moi, ma chère, sur qui comptiez-vous avant moi ? Car enfin, je ne suis pas la première...

Elle hausse l'épaule rageusement :

— Un tout petit de mon pays, qui écrivait bien. Il était... amoureux de moi. Et je copiais sa correspondance... mais à l'autre genre, vous entendez.

Cette scélératesse paisible, au lieu de m'indigner, me donne le fou rire. C'est plus fort que moi, je ne puis prendre Calliope au sérieux, même dans le mal. Elle m'a désarmée. J'ouvre mon buvard.

— Mettez-vous là, Calliope, nous allons essayer. Quoique... vous ne saurez jamais combien cela m'est étrange d'écrire une lettre d'amour... Voyons. Que dois-je dire ?

— Tout ! s'écrie-t-elle avec une passion reconnaissante. Que je l'aime !... Qu'il est loin !... Que ma vie est sans parfum, et que je décoloris... Enfin tout ce qu'on dit à l'habitude.

... Que je l'aime... qu'il est loin... J'ai déjà traité le sujet, mais avec si peu de succès... Accoudée près de Calliope, les yeux sur la main brillante de bagues, je dicte comme en songe...

— Mon ami si cher...

— Trop froid, interrompt Calliope. Je vais écrire « Mon âme sur la mer ! »

— Comme vous voudrez... « Mon âme sur la mer »... Je ne puis pas ainsi, Calliope. Donnez-moi la plume, vous recopierez, vous modifierez après.

Et j'écris, enfiévrée :

« Mon âme sur la mer, vous m'avez laissée comme une maison sans maître où brûle encore une lumière oubliée. La lumière brûlera jusqu'au bout, et les passants croiront que la maison est habitée, mais la flamme va baisser dans une heure et mourir... à moins qu'une autre main ne lui rende l'éclat et la force...

— Pas ça, pas ! intervient Calliope penchée sur mon épaule. Pas bon, « l'autre main !... » Ecrivez « la même main ».

Mais je n'écris plus rien. Le front sur la table, au creux de mon bras replié, je pleure brusquement, avec le dépit de ne pouvoir cacher mes larmes... Le jeu a mal fini. La bonne petite Calliope comprend — un peu de travers — et m'entoure de ses bras, de son parfum, de doléances, d'exclamations désolées :

— Chérie ! Psychi mou ! Que je suis mauvaise ! J'ai pas pensé que vous étiez seule ! Donnez, c'est fini. Je veux plus. Et d'ailleurs,

Claudine s'en va

c'est assez. Le commencé, bon pour varier dessus ! je mettrai *palazzo* au lieu de maison et je chercherai dans romans français pour le reste...

— Je vous demande pardon, ma petite amie. Ce temps d'orage m'a mis les nerfs en triste état.

— Nerfs ! ah ! s'il n'y avait que nerfs ! dit Calliope sentencieuse, les yeux au plafond. Mais...

Son geste cynique et simple complète si singulièrement sa phrase que malgré moi, je souris. Elle rit.

— Oui, hein ? Addio, manythanks, et pardonnez-moi. J'emporte commencement de la lettre. Soyez avec votre courage.

Déjà dehors, elle rouvre la porte et passe sa tête de déesse malicieuse :

— Et même, je copierai deux fois. Parce que j'ai un autre ami.

« En tant que salines et sulfureuses, les eaux d'Arriège sont indiquées dans les maladies chroniques de la peau... »

Claudine lit tout haut le petit panégyrique, broché sous couverture séduisante, qu'offre aux baigneurs l'établissement thermal. Nous écoutons, pour la dernière fois, le triste orchestre qui joue tout le temps fortissimo, avec une rigueur morne et sans nuances. Entre une *Sélection des Dragons de Villars* et une *Marche* d'Armande de Polignac, Claudine nous initie, malgré nous et non sans commentaires, aux vertus de la source sulfureuse. Sa diction est châtiée, son ton docte, son calme imperturbable.

Sa chatte blanche, en laisse, dort sur une chaise de paille « une chaise qui coûte deux sous, comme pour une personne », a réclamé Claudine, « et pas une chaise en fer, parce que Fanchette a le derrière frileux ! »

— On va jouer à un jeu ! s'écrie-t-elle, inspirée.

— Je me méfie un peu, dit son mari aux yeux tendres. Il fume des cigarettes égyptiennes odorantes, silencieux le plus souvent, détaché comme s'il avait mis toute sa vie en celle qu'il nomme « son enfant chérie »...

— Un jeu très joli ! Je vais deviner, sur vos figures, les maladies que vous soignez ici, et quand je me tromperai, je donnerai un gage.

— Donnez-m'en un tout de suite, crie Marthe. Je me porte comme un charme.

— Moi aussi, grogne Maugis congestionné, le panama rabattu jusqu'aux moustaches.

— Moi aussi, fait Renaud, doucement.

— Et moi donc ! soupire Léon, pâle et fatigué.

Claudine, toute jolie sous une capeline blanche, nouée sous le menton par des brides de tulle blanc, nous menace d'un doigt pointu.

— Attends, marche, bouge pas ! Vous allez voir qu'ils sont tous venus ici pour leur plaisir..., comme moi !

Elle reprend son petit livre, et distribue ses diagnostics comme autant de bouquets :

— Marthe, à vous « l'acné et l'eczéma » ! A vous, Renaud, la..., voyons... ah ! « la furonculose ». C'est joli, pas ? On dirait un nom de fleur. Je devine chez Annie « l'érysipèle à poussée intermittente », et chez Léon, « l'anémie scrofuleuse »...

— ... Merci, très peu pour lui, interrompt Renaud qui voit mon beau-frère en train de sourire jaune.

— ... et chez Maugis... chez Maugis... bon sang, je ne trouve plus rien... ah ! je le tiens ! Chez Maugis, dis-je... « l'herpès récidivant des parties génitales ».

Une explosion de rires ! Marthe montre toutes ses dents et pouffe effrontément vers Maugis furieux, qui relève son panama pour invectiver contre l'inconvenante jeune femme. Renaud essaie sans conviction d'imposer silence, parce que tout un groupe honnête, derrière nous, vient de fuir à grand fracas scandalisé de chaises qu'on renverse.

— Faites pas attention, jette Claudine, ceux-là qui s'en vont (elle reprend sa brochure) c'est des jaloux, des petites maladies de rien du tout, des... « métrites chroniques », des mesquins « catarrhes de l'oreille » ou de méchantes « leucorrhées » d'un sou !

— Mais, vous-même, petite poison, éclate Maugis, qu'est-ce que vous êtes venue fiche ici, hormis embêter les gens tranquilles ?

— Chut !... (elle se penche mystérieuse et importante) ne le dites à personne, je viens soigner Fanchette qui a la même maladie que vous.

Bayreuth.
La pluie, la pluie... Le ciel fond en pluie, et le ciel, ici, c'est du charbon. Si je m'appuie au rebord de la fenêtre, mes mains et mes coudes sont marqués de noir. La même poudre noire, impalpable, neige invisiblement sur ma robe de serge blanche, et si je caresse distraitement ma joue du plat de ma main, j'y écrase en traînées un charbon ténu et collant... sur le volant de ma jupe, des gouttes de pluie ont séché en petites lunes grises. Léonie brosse longuement mes vêtements et ceux de Marthe, d'un air allègre de gendarme sentimental. Ça lui rappelle son pays natal, Saint-Etienne, proclame-t-elle.

Vers l'ouest, le ciel jaunit. Peut-être la pluie va-t-elle cesser, et verrai-je Bayreuth autrement qu'à travers ce voile fin et sans plis, autrement aussi qu'à travers le trouble cristal de mes larmes.

Car, dès mon arrivée, je fondis en eau, comme les nuages. J'écrirai ici, avec un peu de honte, le puéril motif d'une telle crise de désolation.

A Schnabelweide, où nous quittions la ligne de Nurnberg-Carlsbad, le train, hâtif et distrait plus qu'il n'est accoutumé en Allemagne, emporta mon nécessaire de toilette et ma malle vers l'Autriche, de sorte que je me trouvai — après quinze heures de route et toute poissée de ce charbon allemand qui sent le soufre et l'iodoforme — sans une éponge, sans un mouchoir de rechange, sans un peigne, sans... tout ce dont je ne puis me passer. Ce coup me démoralisa, et tandis que Léon et Maugis couraient aux renseignements, je me mis à pleurer, debout sur le quai de la gare, à pleurer de grosses larmes qui faisaient de petites boules dans la poussière.

— Cette Annie, murmurait Claudine avec philosophie, comme elle a le tempérament marécageux.

Si bien que mon arrivée dans la « Ville sainte » fut pitoyable et ridicule. Le snobisme de Marthe s'extasia en vain devant les cartes postales, les Graals en verre rouge, les chromos, les bois sculptés, les dessous-de-plat, les cruches à bière, le tout à l'image du dieu Wagner ; Claudine même, mal peignée, le canotier sur l'oreille, m'arracha à peine un sourire, quand, sur la place de la Gare, elle me brandit sous le nez une saucisse fumante qu'elle tenait à pleine main.

— J'ai acheté ça, cria-t-elle, c'est une espèce de facteur des postes qui les vend. Oui, Renaud, un facteur ! Il a des saucisses chaudes dans sa boîte en cuir bouilli, et il les pêche avec une fourche, comme des serpents. Vous n'avez pas besoin de faire la lippe, Marthe, c'est délicieux ! J'en enverrai à Mélie, je lui dirai que ça s'appelle un Wagnerwurst...

Elle s'en fut dansante tirant son doux mari vers une konditorei peinte en lilas, pour manger de la crème fouettée avec sa saucisse...

Grâce au zèle de Léon, éperonné par Marthe, grâce au polyglottisme de Maugis, qui parle autant de dialectes allemands qu'il y a de tribus dans Israël, et qui dompta, d'une phrase parfaitement inintelligible pour moi, l'apathie souriante des employés, je récupérai mes valises, à l'heure même où Claudine, émue de mon dénuement, m'envoyait une de ses chemises de linon, courte à faire rougir, et une petite culotte de soie japonaise semée de lunes jaunes, avec ce mot : « Prenez toujours ça, Annie, quand ce ne serait que pour essuyer vos larmes, et souvenez-vous que je suis un type dans le genre de saint Martin. Et encore, saint Martin eût-il donné son pantalon ? »

J'attends, sans hâte, l'heure du déjeuner, la fin de la pluie. Un peu de bleu vogue entre deux nuages gras, puis disparaît. Ma fenêtre donne sur l'Opernstrasse, au-dessus d'un trottoir de planches qui cache une eau fétide. L'escalier sent le chou. Mon étrange lit-cercueil s'emboîte, durant le jour, sous un couvercle tendu d'étoffe à ramages. Le premier drap se boutonne au couvre-pied, et mon matelas est fait de trois morceaux, comme les chaises longues du grand siècle... Non, décidément non, je ne sens point de fièvre sacrée. J'envie Marthe, qui, dès la gare, pétillait d'un enthousiasme de convention, et respirait déjà ce que son mari appelle, en style pompeux, « la ferveur de tous les peuples venus pour adorer l'homme qui fut plus grand qu'un homme »... Derrière la cloison, j'entends cette néophyte se débattre rageusement parmi ses malles, vider d'un coup les tout petits brocs d'eau chaude. La voix de Léon

m'arrive en bourdonnement. Le mutisme de Marthe ne me semble point de bon augure. Et je ne suis qu'à moitié surprise de l'entendre s'écrier, de ce ton aigu, si peu... Marie-Antoinette :
— Zut ! Quel sale patelin !

Une seule douceur m'apaise, m'immobilise devant cette fenêtre, à ce guéridon d'acajou mal calé : celle de me sentir très loin, hors d'atteinte... Combien y a-t-il de temps qu'Alain est parti ? Un mois, un an ? je ne sais plus. Je cherche en moi son image reculée, je tends parfois l'oreille, comme au bruit de son pas... Est-ce que je l'attends, ou bien si je le crains ? Souvent je me retourne vivement, avec l'impression qu'il est là, qu'il va poser sa forte main sur mon épaule, et mon épaule cède pour la recevoir... Cela est bref comme un avertissement. Je sais bien que, s'il revenait, il serait de nouveau mon maître, et mon cou ploie doucement sous le joug encore récent, comme mon doigt garde l'anneau qu'Alain y mit le jour de notre mariage, l'anneau meurtrissant, un peu trop étroit.

Comme nous sommes mornes, tous les trois, dans cette *Restauration*, pour des gens en voyage d'agrément ! Je sais bien que la nouveauté du lieu, le maigre éclairage de gaz haletant, le vent froid sous la tente mal jointe, ne m'incitent pas, personnellement, à la gaîté, mais Marthe et son mari ont le même air perdu et gêné. Marthe regarde son poulet à la compote de poires et grignote du pain. Léon prend des notes. Sur quoi ? L'endroit est plutôt quelconque. Ce restaurant Baierlein qui tire sa vogue d'une terrasse en coin qu'abrite une tente rayée, me paraît assez ressemblant à celui d'Arriège, compotes en plus. Davantage d'Anglaises à table, peut-être, et des petits cruchons bruns de Seltz-wasser. Que d'Anglaises ! Et que me parle-t-on de leur réserve gourmée ? Elles arrivent, me dit Léon, de *Parsifal*. Rouges, le chapeau mal remis, des cheveux admirables noués en corde disgracieuse, elles crient, pleurent leurs souvenirs, lèvent les bras et mangent sans relâche. Je les regarde, moi qui n'ai pas faim, moi qui ne pleure pas, moi qui croise frileusement les mains dans mes manches larges avec l'espoir dégoûté de l'ivrogne : « Est-ce que je serai comme cela dimanche ? » A dire vrai, je me le souhaite.

Marthe, silencieuse, toise les dîneurs de ses yeux insolents. Elle doit trouver que ça manque de chapeaux. Mon beau-frère continue à prendre des notes ! Tant de notes ! On le regarde. Moi aussi, je le regarde. Comme il a l'air français !

Avec un tailleur anglais, un bottier suédois, un chapeau américain, ce joli homme réalise le type français dans toute sa cor-

rection incolore. La douceur menue des gestes trop fréquents, la juste proportion des traits d'un visage régulier et dénué de caractère, cela suffit-il à dénoncer en lui le Français type, sans grandes qualités, et sans grands défauts ?
Marthe, brusque, me tire de ma rêverie ethnologique.
— Ne parlez pas tous à la fois, s'il vous plaît. Vrai, ce qu'on se rase, ici. Il n'y a pas une usine *encore* plus folâtre ?
— Si, dit Léon, qui consulte son Baedeker. Le restaurant de Berlin. C'est plus chic, plus français, mais moins couleur locale.
— Tant pis pour la couleur locale. Je viens pour Wagner et pas pour Bayreuth. Alors nous irons demain au Berlin...
— ... Nous paierons dix marks une truite au bleu...
— Et encore quoi ? Maugis est là pour... pour une addition... ou deux.
Je me décide à intervenir.
— Mais, Marthe, ça me gêne, moi, de me faire inviter par Maugis...
— Eh bien, ma chère, pendant ce temps-là tu iras au Duval...
Léon, ennuyé, pose son crayon :
— Voyons, Marthe, que vous êtes cassante ! D'abord, il n'y a pas de Bouillon Duval...
Très nerveuse, Marthe jette un rire aigre.
— Ah ! ce Léon ! Il n'y a que lui pour avoir des mots de situation... Allons, Annie, ne fais pas la martyre. C'est ce poulet aux poires qui m'a mise hors de moi... Venez-vous, tous les deux ? Je suis vannée, je rentre.
Elle ramasse, d'un geste maussade, sa jupe traînante et floconneuse, et balayant la terrasse d'un regard de dédain :
— C'est égal, quand on aura un petit Bayreuth à Paris, ce que ce sera plus chic, mes enfants... et plus couru !

Ce qu'a été cette première nuit... il vaut mieux n'en point parler. Tapie au milieu du dur matelas, hérissée au contact des draps de coton, je respirais avec crainte le relent — imaginaire ? — de chou qui filtrait sous les portes, par les fenêtres, à travers les murs. Je finis par vaporiser tout un flacon d'œillet blanc dans mon lit, et je me dispersai dans un sommeil illustré de rêves voluptueux et ridicules, — toutes les pages d'un mauvais livre un peu caricatural — une débauche en costume Louis-Philippe ; Alain, en nankin, et plus entreprenant qu'il ne le fut jamais. Moi, en organdi, plus révoltée que je ne le songeai jamais... Mais aussi ce pantalon à pont rendait tout consentement impossible.

Le hasard des places louées presque au dernier moment, m'a séparée de Marthe et de Léon. Je m'en félicite sans le dire. Debout dans la sourde lumière des lampes rondes en collier rompu autour de la salle, j'analyse avec précaution l'odeur de caoutchouc brûlé et de cave moisie. La laideur grise du temple ne me choque pas. Tout cela — et la scène basse, et l'abîme noir d'où jaillira la musique — trop décrit, me semble à peine nouveau. J'attends. Dehors, la seconde fanfare sonne (l'appel de Donner, je crois). Des étrangères retirent leur épingle à chapeau, d'un geste blasé et familier. Je les imite. Comme elles, je regarde vaguement la Fürstenloge où paradent des ombres noires, où se penchent de grands fronts dénudés... Cela n'a point d'intérêt. Il faut attendre encore un peu, que la dernière porte matelassée se soit ouverte une dernière fois, rabattant un petit volet de jour bleu, que la dernière vieille lady ait toussé une bonne fois, qu'enfin le *mi* bémol monte de l'abîme et gronde comme une bête cachée...

— Evidemment, c'est très beau, décrète Marthe. Mais ça manque d'entr'actes.

Je frémis encore et je cache mon émotion comme un désir sensuel. Aussi répond-je simplement que ça ne m'a pas paru très long. Mais ma belle-sœur, qui inaugure en vain une robe orangée, de la même nuance que ses cheveux, prise peu ce « prologue-féerie ».

— Les entr'actes, ici, ma chère, ça fait partie du théâtre. Une chose à voir; demandez à tous les habitués. On y mange, on s'y rencontre, on échange longuement ses impressions... Le coup d'œil est à peu près unique. N'est-ce pas, Maugis ?

Le grossier personnage lève imperceptiblement ses lourdes épaules :

— « Unique », c'est le mot que je cherchais. N'empêche qu'ils n'ont pas la trouille de servir ici, en lieu et place de bière blonde, cette f...ichue lavasse à l'encaustique. Venir à Bayreuth pour boire ça, c'est à se les rouler dans la farine !

Ecroulé, débraillé, je cherche en vain sur lui la marque réhabilitante du fanatisme. Maugis est un de ceux qui ont « découvert » Wagner en France. Il l'a imposé d'année en année, par des chroniques têtues, où le scepticisme déboutonné côtoie étrangement un lyrisme d'alcoolique. Je sais que Léon méprise son vocabulaire ballonné et canaille et que Maugis traite Léon « d'homme du monde »... Ils s'entendent à merveille pour le reste, surtout depuis deux mois.

Perdue dans cette salle énorme de la restauration du théâtre, je me sens si loin... ce n'est pas assez dire, si... séparée de tout ! Le démon de la musique m'habite encore, la plainte des ondines pleure en moi, et lutte avec l'assourdissant cliquetis de vaisselle et de fourchettes. Des serveurs affolés, en habits noirs positivement raidis de graisse, courent les mains chargées, et la mousse rosâtre des bocks se verse dans le jus des viandes...

— Comme si ce n'était pas assez de leur « gemischtes-compote », grogne Marthe pleine de rancune. Ce Loge était particulièrement médiocre, n'est-ce pas, Maugis ?

— Pas particulièrement, oh ! non, repart celui-ci avec des mines d'indulgence bouffonne. Je l'ai entendu il y a dix-sept ans dans le même rôle, et je le trouve indiscutablement meilleur aujourd'hui.

Marthe n'écoute pas. Elle braque ses yeux, puis son face-à-main, vers le fond de la salle :

— Mais... mais parfaitement, c'est elle !

— Qui, elle ?

— La Chessenet, donc ! Avec des gens que je ne connais pas. Là, tout au fond, la table contre le mur.

Péniblement remuée, comme tirée en arrière vers ma vie ancienne, j'explore avec crainte l'échiquier des tables : ce chignon d'un blond pâle et rose, c'est bien celui de Valentine Chessenet.

— Dieu, quel ennui ! soupiré-je découragée.

Marthe baisse son face-à-main pour me dévisager.

— Qu'est-ce que ça peut te faire ? Tu ne crains pas, ici, qu'elle te repige ton Alain ?

Je me cabre légèrement.

— Repiger ? cela veut bien dire « piger une deuxième fois » et je ne sache pas...

— On ne dit pas « sacher », on dit « sacquer », explique Maugis, bienveillant et pâteux.

Marthe se tait, serre la bouche, et m'observe en coin. Ma fourchette tremble un peu dans ma main, Léon mordille son crayon d'or, jette autour de lui un œil de reporter. Brusque, violente, l'envie me monte de prendre ce mollasse par la nuque et de frapper contre la table sa jolie figure sans énergie... Puis mon sang soulevé retombe, et je demeure étonnée d'un si ridicule transport... La musique ne me vaut rien, je crois.

La vue de cette Chessenet m'a ramenée vers Alain, que je vois, — l'instant d'un éclair, — sans vie, endormi et blanc comme un mort...

La maîtresse de mon mari !... Si elle avait été la maîtresse de mon mari !... Depuis deux heures je me répète cela, sans en pouvoir tirer une image, bien précise. Je ne puis évoquer le souvenir de madame Chessenet autrement qu'en costume de soirée, ou en tenue de concert élégant, coiffée d'un de ces chapeaux trop petits dont elle essaie de se créer un genre bien à elle... le genre Chessenet ! Pourtant, si elle a été la maîtresse de... elle a dû laisser tomber sa robe étroite, enlever délicatement ce chapeau trop petit... Mais ma tête fatiguée n'invente pas plus loin. Et puis, je ne me figure pas non plus Alain faisant, comme on dit, la cour à une femme. Il ne m'a pas fait la cour, à moi. Il ne fut jamais suppliant, pressant, inquiet, jaloux. Il m'a donné... une cage. Cela m'a suffi si longtemps...

Sa maîtresse ! Comment cette idée ne m'inspire-t-elle pas contre mon mari plus de rancune désolée ? Est-ce que je ne l'aimerais plus du tout ?

Je ne peux plus, je suis fatiguée. Quittons tout cela. Songe, Annie, que tu es maintenant seule et libre, pour des semaines encore... Libre ! le singulier mot... Il y a des oiseaux qui se croient libres, parce qu'ils sautillent hors de la cage. Seulement, ils ont l'aile rognée.

— Comment, tu es encore couchée ?

Toute prête, j'entrais chez Marthe, pour lui demander de visiter un peu Bayreuth le matin ; je la trouve encore au lit, potelée et blanche dans ses cheveux roux. A mon entrée, elle tourne d'un brusque saut de carpe sa croupe ronde sous les draps. Elle bâille, elle s'étire... Elle couche avec toutes ses bagues... Elle me jette, sous les sourcils froncés, un rapide regard gris :

— Tu sens déjà la rue ! Où vas-tu ?

— Nulle part, je voulais me promener seulement. Tu es souffrante ?

— Mal dormi, migraine, flemme...
— Tant pis pour moi. J'irai toute seule.

Je sors après une poignée de main à ce pauvre Léon, qui n'a pas quitté son guéridon d'acajou — aussi laid que le mien — où il dépêche, avant le grand déjeuner, ses soixante lignes...

Toute seule dans la rue ! Je n'oserai rien acheter, je parle trop mal l'allemand. Je regarderai. Voilà déjà un magasin modern-style qui est tout un monde... un monde wagnérien. Les Filles du Rhin, pour la photographie, se sont enlacées épaule à épaule ; trois affreuses commères, dont l'une louche, et coiffées « en fleurs » comme ma cuisinière luxembourgeoise à son jour de sortie... Au bord du cadre pyrogravé, sinuent des algues... ou des lombrics. Le tout : dix marks. C'est donné.

Pourquoi tant de portraits de Siegfried Wagner ? Et de lui seul ? Les autres enfants du « feu à Cosima », comme l'appelle Maugis, sont cependant moins vilains que ce jeune homme au nez caricatural et débonnaire. Que Siegfried conduise l'orchestre, et même le conduise assez mal, cela ne constitue pas une excuse suffisante... L'odeur du chou persiste... Ces rues n'ont aucun caractère et j'hésite, en haut de l'Opernstrasse, à tourner vers la droite ou vers la gauche...

L'enfant perdu que sa mère abandonne
Trouve toujours un asile au saint lieu...

chante derrière moi une voix d'oiseau effronté.

— Claudine !... Oui, je ne sais où aller. J'ai si peu l'habitude de sortir seule.

— C'est pas comme moi. A douze ans, je trottais tel un petit lapin..., à quoi je ressemblais, d'ailleurs, par la blancheur du derrière.

Le... postérieur tient vraiment une place excessive dans la conversation de Claudine ! Il ne s'en faut guère que de cela qu'elle me plaise tout à fait.

Je songe, en marchant auprès de cette libre créature, qu'Alain me permettait de voir chez elles des femmes douteuses, pas même douteuses ! comme cette Chessenet, comme la Rose-Chou, qui s'assure, avant, que ses amants sont « nés », et qu'il me défendait Claudine, qui est charmante, qui adore son mari et ne le cache pas. N'avais-je pas plus à perdre auprès de celles-là que de celle-ci ?...

— Au fait, Claudine, je m'étonne de vous rencontrer sans Renaud, et sans Fanchette.

— Fanchette dort, et d'ailleurs la poussière de charbon lui noircit les pattes. Mon Renaud travaille à sa *Revue diplomatique*, où il engueule Delcassé à l'instar du poisson pourri. Alors, je suis sortie pour ne pas le déranger, d'autant plus que j'ai le vertigo, ce matin.
— Ah ! vous avez le...
— Le vertigo, oui. Mais vous-même, Annie, en voilà des façons de petite indépendante, toute seule dans une ville étrangère, sans gouvernante ! Et votre rouleau de cuir ? Et le carton à dessins ?

Elle me taquine, drôlette dans sa jupe écourtée, son canotier en grosse paille penché sur le nez, les cheveux courts en boucles rondes, son visage triangulaire tout brun sur la chemisette blanche en soie chinoise. Ses beaux yeux presque jaunes l'éclairent toute, comme les feux allumés en plein champ.
— Marthe se repose, répondis-je enfin. Elle est fatiguée.
— De quoi ? de se faire peloter par Maugis ? Oh ! qu'est-ce que j'ai dit ? se reprend-elle, la main hypocritement à plat sur la bouche, comme pour refouler la phrase imprudente...
— Vous croyez ?... Vous croyez qu'elle... qu'il lui fait ce que vous dites ?
Ma voix a tremblé. Claudine ne m'apprendra rien. Sotte que je suis ! Elle secoue les épaules et tourne sur un pied :
— Ah ! bien ! si vous écoutez tout ce que je dis... Marthe est comme un tas de femmes que je connais, ça l'amuse qu'on la viole un peu devant tout le monde. En tête à tête, c'est autre chose. Allez, elles n'en sont pas plus malhonnêtes pour ça.
Un si beau raisonnement ne me convainc pas. « Devant tout le monde » c'est déjà trop...
Je marche pensivement à côté de Claudine. Nous croisons des Anglaises — encore ! — et des Américaines, en dentelle et en soie, dès dix heures du matin. On regarde beaucoup ma compagne. Elle s'en aperçoit et rend coup d'œil pour coup d'œil avec un aplomb indifférent. Une seule fois, elle se retourne vivement, et me tire par la manche :
— La jolie femme ! Vous avez vu ? cette blonde, avec des yeux couleur café brûlé ?
— Non, je n'ai pas fait attention.
— Petite gourde, va ! Où allons-nous ?
— Je n'allais nulle part. Je voulais voir un peu la ville.
— La ville ? pas la peine. C'est rien que des cartes postales, et le reste en hôtels. Venez, je sais un joli jardin : on se mettra assis par terre...

Sans force devant sa volonté turbulente, je mesure mon pas sur son pas vif et long. Nous suivons une laide rue, nous dépassons le Schwarzes Ross, puis une grande place déserte, provinciale, agréable et triste, tilleuls et statues...
— Qu'est-ce que c'est, cette place, Claudine ?
— Ça ? je ne sais pas. La place de la Margrave. Quand je ne suis pas sûre, je baptise toujours : de la Margrave. Venez, Annie, nous arrivons.

Une petite porte, au coin de la grande place, ouvre un jardin fleuri et bien ordonné, bientôt élargi en parc, un parc un peu négligé, qui pourrait aboutir à quelque château engourdi et frais d'une province de France.
— Ce parc, c'est ?
— Le parc de la Margrave ! affirme Claudine avec aplomb. Et voici encore un banc de la Margrave, un soldat de la Margrave, une nounou de la Margrave... C'est vert, pas ? ça repose. On croirait Montigny... en beaucoup moins bien.

Nous nous asseyons côte à côte sur la pierre adoucie d'un vieux banc.
— Vous aimez votre Montigny ? un beau pays ?

Les yeux jaunes de Claudine s'allument, puis se noient, elle tend les bras d'un geste d'enfant...
— Un beau pays ! J'y suis heureuse comme une plante dans la haie, comme un lézard sur son mur, comme... je ne sais pas, moi. Il y a des jours où je ne rentre pas entre le matin et la nuit... où *nous* ne rentrons pas, corrige-t-elle. J'ai appris à Renaud à connaître combien ce pays est beau. Il me suit.

Sa tendresse vibrante pour son mari me jette, une fois de plus, dans une mélancolie tout près des pleurs.
— Il vous suit... oui, toujours !
— Mais je le suis aussi, fait Claudine, surprise. Voilà, nous nous suivons... sans nous ressembler.

Je penche la tête, je gratte le sable du bout de mon en-cas :
— Comme vous vous aimez !
— Oui, répond-elle simplement. C'est comme une maladie.

Elle rêve un moment, puis ramène ses yeux vers moi.
— Et vous ? interroge-t-elle brusquement.

Je tressaille.
— Et moi... quoi ?
— Vous ne l'aimez pas, votre mari ?
— Alain ? Mais si, naturellement...

Je me recule, mal à l'aise. Claudine se rapproche, impétueusement :

— Ah ! « naturellement ? » Ben, si vous l'aimez naturellement, je sais ce que ça veut dire ! D'ailleurs...

Je voudrais l'arrêter, mais j'arrêterais plus facilement une ponette emballée !

— D'ailleurs, je vous ai vus souvent ensemble. Il a l'air d'un bâton, et vous d'un mouchoir mouillé. C'est un maladroit, un nigaud, un brutal...

Je me gare du geste comme devant un poing levé...

— ... Oui, un brutal ! on lui a donné une femme, à ce rouquin-là, mais pas avec la manière de s'en servir, ça sauterait aux yeux d'un enfant de sept mois ! « Annie, on ne fait pas ci... ce n'est pas l'usage. Annie, on ne fait pas ça... » Moi, à la troisième fois, je lui aurais répondu : « Et si je vous fais cocu, ça sera-t-y la mode ? »

J'éclate, à la fois, de rire et de larmes, tant elle a lancé le mot avec une furie comique. La singulière créature ! Elle s'est enflammée au point d'enlever son chapeau, et secoue ses cheveux courts pour se rafraîchir.

Je ne sais comment me reprendre. J'ai encore envie de pleurer, et plus du tout envie de rire, Claudine se tourne vers moi, avec une figure sévère qui la fait ressembler à sa chatte :

— Il n'y a pas de quoi rire ! Il n'y a pas non plus de quoi pleurer ! Vous êtes une petite gnolle, un joli chiffon, une loque de soie, et vous n'avez pas d'excuse, puisque vous n'aimez pas votre mari.

— Je n'aime pas mon...

— Non, vous n'aimez personne !

Son expression change. Elle se fait plus sérieuse :

— Car vous n'avez pas d'amant. Un amour, même défendu, vous eût fait fleurir, branche souple et sans fleurs... Votre mari ! mais si vous l'aviez aimé, au beau sens du mot, aimé comme j'aime ! dit-elle — ses mains fines ramenées sur la poitrine avec une force et un orgueil extraordinaires — vous l'auriez suivi sur la terre et sur la mer, sous les coups et les caresses, vous l'auriez suivi comme son ombre et comme son âme !... Quand on aime d'une certaine manière, reprend-elle plus bas, les trahisons elles-mêmes deviennent sans importance...

J'écoute, tendue vers elle, vers sa voix révélatrice de petite prophétesse, j'écoute avec une désolation passionnée, les yeux sur les siens qui regardent loin. Elle s'apaise et sourit comme si elle m'apercevait seulement.

— Annie, il y a dans les champs, chez nous, une graminée fragile qui vous ressemble, à tige mince, avec une lourde chevelure de graines qui la courbe toute. Elle a un joli nom que je vous donne quand je pense à vous, « la mélique penchée ». Elle tremble au vent, elle a peur ; elle ne se redresse que lorsque ses grains sont vides...

Son bras affectueux entoure mon cou.

— Mélique penchée, que vous êtes charmante, et quel dommage ! Je n'ai pas vu de femme, depuis... depuis longtemps, qui vous valût. Regardez-moi, fleurs de chicorée, yeux plus cillés qu'une source dans l'herbe noire, Annie à l'odeur de rose...

Toute brisée de chagrin, toute amollie de tendresse, j'appuie ma tête à son épaule, je lève vers elle mes cils encore mouillés. Elle penche son visage et m'éblouit de ses yeux fauves, si dominateurs soudain que je ferme les miens, accablée...

Mais le bras affectueux se dérobe, me laisse chancelante... Claudine a sauté sur ses pieds. Elle s'étire en arc, frotte ses tempes d'une main rude...

— Trop fort ! murmura-t-elle. Un peu plus... Et moi qui ai tant promis à Renaud...

— Promis quoi ?... demandé-je, encore égarée.

Claudine rit à mon nez d'un drôle d'air, montrant ses dents courtes.

— De... de... d'être rentrée à onze heures, mon petit. Applettez, nous arriverons un peu juste.

Le premier acte de *Parsifal*, qui vient de finir, nous rend au grand jour désenchantant. Pendant les trois journées qui ont suivi *Rheingold*, ces longs entr'actes, qui font la joie de Marthe et Léon, ont toujours coupé, de la manière la plus inopportune et la plus choquante, mon illusion ou mon ivresse. Quitter Brünnhilde abandonnée et menaçante, pour retrouver ma belle-sœur fanfreluchée, la tatillonnerie de Léon, la soif inextinguible de Maugis, la nuque décolorée de Valentine Chessenet, et les « Ach ! » et les « Colossal ! » et les « Sublime ! » et le lot d'exclamations polyglottes prodiguées par tant de fanatiques sans discrétion, non, non !

— Je voudrais un théâtre pour moi toute seule, avoué-je à Maugis.

— Voui, répondit-il, quittant une minute la paille de son grog bouillant, vaut mieux entendre ça que d'être cul-de-jatte. Vous êtes un type dans le genre de Louis de Bavière. Voyez où l'a conduit cette fantaisie malsaine : il est mort après avoir construit des résidences d'un style qui n'a de nom que dans la plus départementale pâtisserie ! Méditez sur ce triste résultat des mauvaises habitudes solitaires.

Je sursaute ! Je laisse là cet alcoolique, et refusant la trop grosse glace au citron que me tend Claudine, je vais m'adosser contre un pilier du péristyle, face au soleil bas. Les nuages rapides se hâtent vers l'est, et leur ombre est tout de suite froide. Sur Bayreuth, les fumées noires des usines se replient, lourdes, jusqu'à ce qu'un vent plus vigoureux les boive, d'un souffle.

Un groupe de Françaises, — corsets droits qui écrasent les hanches, jupes trop longues rejetées en arrière et plaquées en avant — parle haut et pointu, l'esprit très libre et loin de la musique souveraine, avec cette agitation froide qui les fait charmantes une minute et agaçantes au bout d'un quart d'heure. Ce sont de jolies

créatures. Même sans les entendre, on les devine d'une race faible et nerveuse, méprisantes et sans volonté durable, si différentes, par exemple, de cette Anglaise rousse et calme, qu'elles épluchent du haut en bas et qui les ignore, assise sur un degré du perron, montrant ses grands pieds mal chaussés avec une tranquillité pudique...
A mon tour elles me regardent et chuchotent.

La plus renseignée explique : « Je crois que c'est une jeune veuve, qui vient ici à chaque festival pour un ténor de la maison... » Je souris à cette imagination agile et calomniatrice, et m'écarte vers Marthe qui, animée, blanche et mauve, appuyée à l'ombrelle haute, parade dans sa grâce la plus Trianon, reconnaît des Parisiens, lance des bonjours, inventorie des chapeaux... Et toujours cet odieux Maugis qui frôle sa jupe ! Je préfère rebrousser chemin vers Claudine.

Mais Claudine bavarde ferme — un énorme gâteau bourré de crème entre ses doigts dégantés — avec une étrange petite créature... Ce brun visage égyptien, où la bouche et les yeux semblent tracés de deux coups de pinceau parallèles, encadré de boucles rondes et dansantes comme celles d'une petite fille de 1828, mais c'est mademoiselle Polaire ? Tout de même, Polaire à Bayreuth, ceci passe l'invraisemblable.

Souples, bougeantes, au bord du front, dans la raie, un petit nœud de ruban — blanc pour Polaire, noir pour Claudine — les gens qui les contemplent avidement les déclarent pareilles. Je ne trouve pas : les cheveux de Claudine moutonnent moins sages, plus garçonniers, ses regards, qui n'évoquent pas l'Orient comme les yeux de Polaire, — ces admirables yeux de fellahine, — ses regards ont plus d'ombre, plus de défiance... et plus de servage. N'importe, elles se ressemblent. Passant derrière elles, Renaud caresse avec une tendresse amusée, vite, leurs deux toisons courtes ; puis, riant de mon regard stupéfait :

— Mais oui, Annie, parfaitement, c'est Polaire, notre petite Lily.

— Leur Tiger Lily, complète Maugis, qui nasille et mime un cakewalk avec d'extravagants déhanchements de minstrel dont j'ai honte de rire :

She draws niggers like a crowd of flies,
She is my sweetest one, my baby Tiger Lily !

Me voilà bien renseignée !

Insensiblement, je me suis trop approchée des deux amies, curieuse... Claudine m'a vue. Un geste impérieux m'appelle. Très embarrassée de moi-même, je me trouve devant cette petite actrice qui me regarde à peine, tout occupée à se tenir sur un pied, à jeter en arrière ses cheveux bruns aux reflets fauves, à expliquer fiévreusement je ne sais quoi, avec une voix de gorge prenante et pinçante :

— Vous comprenez, Claudine, si je veux faire du théâtre sérieux, il faut que je connaisse tout le théâtre sérieux d'avant moi. Alors, je suis venue à Béreuth pour m'instruire.

— C'était votre devoir, approuve fermement Claudine, dont les yeux havane expriment la jubilation.

— On m'a logée tout au bout de la ville, au diable, là-bas, à la Cabane Bambou...

« A la Cabane Bambou ! » Quel singulier nom d'hôtel ! Claudine voit mon ahurissement, et me renseigne avec une bonté angélique :

— C'est le bambou de la Margrave.

— Ça ne fait rien, continue Polaire, je ne regrette pas mon voyage, quoique !... vous savez, chez madame Marchand, c'était autrement monté qu'ici, et puis, leur Wagner, il y a pas de quoi se taper le derrière par terre !... Tant qu'à sa musique, je m'en bats l'œil et le flanc droit, de la patrouille !

— ... Comme s'exprime Annie, glisse Claudine en me regardant.

— Ah ! Madame dit ça aussi ? Enchantée de la rencontre... Qu'est-ce que je disais donc ? Ah ! oui. Moi, ça fait déjà deux fois que je viens à *Parsifal*, pour m'assurer qu'il y a du sale monde partout. Vous avez vu, Kundry, ce bandeau qu'elle a autour du front, et puis les fleurs, et puis le voile qui pend ? Eh bien, c'est juste la coiffure que Landorff m'avait inventée pour le Wintergarten de Berlin, l'année que je me suis tant barbée à chanter le « *petit Cohn !* »

Polaire triomphe et souffle un instant, oscillante sur ses talons hauts, sur sa taille anormale qu'elle pourrait ceindre d'un faux-col.

— Vous devriez réclamer, conseille Claudine avec chaleur.

Polaire tressaille comme un faon et repart :

— Jamais, c'est au-dessous de moi... (ses beaux yeux s'assombrissent). Moi, je ne suis pas une femme comme les autres. Et puis quoi ? Réclamer à ces Boches ? oh ! la la... ousqu'est ma brosse à reluire ? Et puis, je n'en finirais pas. Encore dans leur *Parsifal*, tenez, au trois, quand le bouffi trempe dans l'eau et que le gonze poilu est en train de l'arroser, eh bien, la pose du type, les mains jointes à plat et le corps de trois quarts c'est mon geste de la *Chanson des Birbes*, qu'il m'a chipé. On peut le dire, que je souffre ! Et tout mon côté, Claudine, droit, de corset, que les baleines sont cassées !

J'étudie son séduisant visage, d'une mobilité cinématographique, qui exprime tour à tour l'exaltation, la révolte, une férocité nègre, une mélancolie énigmatique, ombres qu'éparpille un rire brusque et secoué, tandis que Polaire lève son menton aigu comme un chien qui hurle à la lune. Puis elle nous plante là, sur un adieu enfantin et sérieux de petite fille bien élevée.

Je suis des yeux, un moment, sa démarche vive, son adresse à se faufiler entre les groupes, avec un tour de reins preste, des cassures de gestes qui font songer à celles de sa syntaxe, une inclinaison de bête savante marchant sur ses pattes de derrière...

— Quarante-deux de taille ! songe Claudine. C'est une pointure de soulier, non pas de ceinture.

— Annie ?... Annie, je te parle !
— Oui, oui, j'entends ! dis-je en sursaut.
— De quoi est-ce que je viens de te parler ?

Sous l'œil inquisiteur de ma belle-sœur, je me trouble et je détourne la tête.

— Je ne sais pas, Marthe.

Elle hausse ses épaules, presque visibles en rose sous un corsage de dentelle blanche à emmanchures basses. Un corsage d'une indécence folle, — mais, puisqu'il est montant, Marthe se montre ainsi dans la rue, très à l'aise, calme sous le regard des hommes. Elle me gêne.

Armée d'un vaporisateur, elle parfume à l'excès sa chevelure d'un rouge-rose. Les beaux cheveux vivants et indociles comme elle-même !

— Assez, Marthe, assez, tu sens trop bon.
— Jamais trop ! Moi, d'abord, j'ai toujours peur qu'on dise que je sens la rousse ! Maintenant que tu es descendue de ton nuage, je recommence : Nous dînons ce soir à Berlin, au restaurant de Berlin, grande bête !... C'est Maugis qui nous rince.
— Encore !

Le mot est parti malgré moi, non sans que Marthe l'ait croisé d'un regard aussi pointu qu'un coup de corne. Plus brave que moi, elle prend l'offensive :

— Quoi, « encore ! » dirait-on pas que nous vivons aux crochets de Maugis ? C'est son tour, nous l'avons invité avant-hier.
— Et hier soir ?
— Hier soir ? c'est autre chose ; il voulait nous montrer Sammet, gargote historique. D'ailleurs, ce n'était pas mangeable, dans cette

boîte-là, de la viande dure et du poisson mou ; il nous devait bien un dédommagement.

— A vous, peut-être, mais pas à moi.

— C'est un homme bien élevé ; il ne nous sépare pas.

— Bien élevé... j'aimerais autant que cette fois-ci, il se montrât élevé... comme les autres jours.

Marthe peigne sa nuque à petits coups de lissoir rageurs.

— Charmant ! c'est de la bonne ironie. Décidément tu te formes. C'est la fréquentation de Claudine ?

Elle a accentué sa phrase avec tant d'acidité que je frémis comme si elle m'eût effleurée du bout des ongles...

— J'ai moins à perdre à fréquenter Claudine, que toi à voir Maugis si souvent.

Elle se retourne sur moi, son chignon en casque, la coiffe de la flamme tordue.

— Des conseils ? Tu as un rude culot ! Oui, un rude culot de te mêler de me guider, de fouiner dans mes affaires !... J'ai un mari pour ça, tu sais ? Et je m'étonne que tu oses trouver mauvais ce que Léon accepte comme parfaitement correct !

— Je t'en prie, Marthe...

— Assez, hein ? et que ça ne t'arrive plus ! M. Maugis est, au fond, un ami très dévoué.

— Marthe, je te supplie de ne pas continuer. Injurie-moi si tu veux, mais ne pose pas « Monsieur Maugis » en ami parfaitement dévoué et correct, ni Léon en mari arbitre... c'est me croire par trop niaise !

Elle ne s'attendait pas à cette conclusion. Elle retient son souffle précipité. Elle lutte un long instant contre elle-même, silencieusement, durement, et se maîtrise enfin avec une puissance qui me prouve la fréquence de telles crises.

— Allons, allons, Annie... n'abuse pas de moi. Tu sais quelle soupe au lait je fais, et je crois que tu me taquines exprès...

Elle sourit, les coins de sa bouche encore tremblants :

— Tu viens dîner avec nous, n'est-ce pas !

J'hésite encore. Elle me prend la taille, adroite et caressante comme lorsqu'elle voulait dérider Alain.

— Tu dois cela à ma réputation. Songe donc, on pourra croire en nous voyant tous quatre, que c'est à toi que Maugis fait la cour !

Nous revoilà bonnes amies, mais je sens notre amitié qui craque comme une gelée blanche au soleil. Je suis très fatiguée. Cette petite scène a décidé la grande migraine, suspendue et menaçante depuis hier, à s'abattre sur ma pauvre tête. N'importe, je ne me sens pas mécontente. Il y a un mois seulement, je n'aurais pas eu le courage de dire à Marthe la moitié de ce que je pensais...

La voiture nous emporte vers le *Vaisseau Fantôme* sans que j'ouvre la bouche, abêtie et le doigt sur la tempe. Léon s'apitoie :

— Migraine, Annie ?

— Migraine, hélas.

Il hoche la tête et me considère de ses doux yeux d'animal. Moi aussi, depuis quelque temps, j'ai grande pitié de lui. Si Marthe porte les culottes, il pourrait bien, lui, porter... Claudine dirait le mot tout à trac. Ma belle-sœur, paisible à ma droite, s'enfarine les joues pour lutter contre la chaleur.

— Nous ne verrons pas Maugis, là-haut, reprend mon beau-frère, il garde la chambre.

— Ah ! fait Marthe indifférente.

Sa lèvre s'est crispée comme pour retenir un sourire. Pourquoi ?

— Il est malade ? demandé-je. Peut-être un peu trop de grogs hier soir ?

— Non. Mais il traite le *Vaisseau Fantôme* de cochonnerie sentamentale, de raclure italo-allemande, et tous les interprètes de « pieds mal lavés ». Je vous prie de croire, Annie, que je rapporte là ses paroles expresses. Il ajoute, d'ailleurs, que la seule pensée du pêcheur Daland, père de Senta, lui donne grand mal au ventre.

— C'est un genre de critique un peu particulier, dis-je sans aménité.

Marthe regarde ailleurs et ne semble pas désireuse de poursuivre la conversation. A notre gauche, les landaus vides redescendent au grand trot, dans un flot de poussière, et nous montons presque au pas, engrenés dans la file... Ce théâtre de briques (c'est vrai, Claudine a raison, il ressemble à un gazomètre), la foule claire qui l'entoure, la haie d'indigènes bêtement ricaneurs, tout ce décor vu quatre fois seulement, mais invariable, j'éprouve, à le retrouver, l'impatience presque physique qui me saisissait certains jours, à Paris, en regardant de ma chambre l'horizon court et intolérablement connu. Mais, dans ce temps-là, j'avais des nerfs moins exigeants, un maître attentif à m'anémier, la pensée craintive et les yeux bas.

Je n'avouerai qu'à moi-même, à ces feuillets inutiles, mon désenchantement de Bayreuth. Il n'y a pas assez loin d'un entr'acte de *Parsifal* à un thé parisien, à un cinq heures chez ma belle-sœur Marthe, ou chez cette abominable Valentine Chessenet. Les mêmes ragots, la même fougue de potins et de médisance, voire de calomnie ; le même papotage, qui s'amuse de toilettes, de compositeurs avancés, de gourmandise et d'indécence.

De nouveau, j'aspire à m'en aller. A Arriège, je regardais la faille de lumière entre deux cimes ; ici, j'accompagne d'un regard perdu la fuite des fumées vers l'est... Où fuirai-je le trop pareil, le trop connu, le médiocre, le méchant ? Peut-être aurais-je dû, comme le disait Claudine, accompagner Alain, malgré lui ? Mais non, car j'aurais retrouvé avec lui, en lui, tout ce que je fuis à présent... Hélas ! la migraine est une triste et lucide conseillère, et je l'écoute plus que je ne fais le *Hollandais volant*... L'éther, l'oubli, l'évanouissement frais... cela seul m'attire... Un mark, dans la main du vieil « ouvreur », achète ma liberté, autorise ma fuite silencieuse... « C'est une dame malade... »

Je cours, je monte en voiture, je suis dans ma chambre où Toby dort tendrement sur mes pantoufles, et s'écrie de tendresse en me revoyant si tôt. Il m'aime, lui !... Moi aussi, je m'aime. Je me regarde mieux, à présent. Isolée de cet homme blanc dont la peau brillante me faisait si noire, je me trouve plus jolie, et toute pareille, ainsi que l'a dit Marthe, à une jarre élancée de grès fin, où trempent et fleurissent deux corolles bleues de chicorée sauvage. Claudine parlait ainsi comme on songe tout haut... « Fleurs bleues, regardez-moi, yeux plus cillés qu'une source dans l'herbe noire... », mais son bras ami s'est dérobé...

Enfin, enfin, quasi dévêtue, à plat ventre sur le lit fermé et le divin flacon sous mes narines... Tout de suite, l'envolement, la piqûre fraîche de gouttelettes d'eau imaginaires sur toute ma peau ; le bras du méchant forgeron qui se ralentit... Mais je veille à présent, du fond de ma demi-ivresse, je ne veux pas le sommeil, la syncope dont on sort écœurée, je ne veux du petit génie de l'éther, rusé consolateur au sourire équivoque et doux, que le battement d'ailes en éventail, que l'escarpolette émouvante qui me balance avec mon lit...

L'aboiement rageur et bref du petit chien m'éveille, glacée ; je tâtonne pour trouver ma montre. Bah ! ils ne me chercheront guère là-haut, près du « gazomètre »... Ils s'occupent de tant de choses et si peu de moi... Mon égarement, mon sommeil brusque de femme enivrée n'ont pas duré plus d'une heure. J'aurais cru bien plus ! « Tais-toi, tais-toi donc, Toby, j'ai des oreilles si fragiles en ce moment... »

Il se tait à regret, pose son nez carré sur ses pattes, et gonfle ses bajoues trop longues en aboyant encore à l'intérieur. Bon petit gardien, petit ami noir, je t'emmènerai partout... Il écoute, j'écoute aussi ; une porte se referme dans la chambre voisine, celle de Marthe. La toute prévenante madame Meider, sans doute, qui vient « rancher », ouvrir les petites boîtes d'argent, étirer les journaux illustrés de Paris, jetés en boule dans la corbeille.

Hier, en traversant le vestibule, j'ai surpris dans la cuisine quatre petites Meider, en tabliers à bretelles, qui lissaient d'une main soigneuse et sale une *Vie en Rose* chiffonnée. Elles y apprendront le français, les quatre petites Meider, et autre chose aussi.

Non, ce n'est pas madame Meider. On parle français... Mais c'est Marthe ! Marthe qui vient prendre de mes nouvelles : je n'attendais pas d'elle une sollicitude si dévouée. Marthe et une voix d'homme. Léon ? non.

A demi rhabillée, assise sur mon lit les jambes pendantes, je tâche d'entendre, sans y parvenir. L'éther bourdonne encore, d'une aile ralentie, dans mes oreilles...

Mon chignon tombe. Une épingle d'écaille glisse sur ma nuque, froide et douce comme un petit serpent. A quoi ressemblé-je, avec ce corsage ouvert, ces jupes remontées qui laissent voir ma peau sombre, ces pieds tout chaussés ?... La glace verdâtre réfléchit mon image en désordre, bouche pâlie, yeux d'eau froide tirés vers les tempes, cernés d'un mauve meurtri... Mais qui donc parle dans la chambre de Marthe ?

Ce murmure qui ne cesse pas, ponctué d'un rire tranchant ou d'une exclamation de ma belle-sœur... Une étrange conversation à coup sûr.

Soudain un cri ! Une voix d'homme profère un juron, puis la voix de Marthe irritée : « Tu ne pouvais pas caler ton pied ? »

Bouleversée, je referme ma chemisette avec des mains qui tremblent, j'abats mes jupes comme si l'on m'avait surprise. Mes doigts maladroits enfoncent dans mes cheveux, dix fois, la même fourche inutile... Qui donc est là derrière, mon Dieu ! Marthe dit toujours « vous » à son mari.

Plus rien. Que faire ? Si *l'homme* avait fait du mal à Marthe ? Ah ! je voudrais, je voudrais qu'il ne lui eût fait que du mal, que ce fût un voleur, un rôdeur armé d'un couteau, tant je devine des choses plus laides qu'un crime, derrière cette porte ! Je veux voir, je veux savoir...

J'ai saisi le loquet. J'ouvre, je pousse le battant de toutes mes forces, un bras devant le visage comme si je craignais un coup...

J'aperçois, sans comprendre tout de suite, le dos laiteux de

Claudine s'en va

Marthe, ses épaules rondes jaillies de la chemise. Elle est, elle est... assise sur les genoux de Maugis, de Maugis, rouge, affalé sur une chaise, et tout habillé, je crois... Marthe crie, bondit, saute à terre et démasque le désordre de l'affreux individu.

Campée, debout devant moi, en pantalon de linon à jambes larges et juponnées, elle évoque irrésistiblement, sous son chignon roux qui oscille, l'idée d'une clownesse débraillée de mi-carême. Mais quelle tragique clownesse, plus pâle que la farine traditionnelle, les yeux agrandis et meurtriers!... Je reste là sans pouvoir parler.

La voix de Maugis s'élève, ignoblement gouailleuse :

— Dis donc, Marthe, maintenant que la môme nous a zieutés, si qu'on finirait cette petite fête... Qu'est-ce qu'on risque ?

D'un coup de tête bref, elle lui indique la porte, puis marche sur moi et me pousse dans ma chambre, si brutale que je chancelle.

— Qu'est-ce que tu fais là ? Tu nous a suivis ?
— Ah ! Dieu non !
— Tu mens !

Je me redresse, j'ose la regarder mieux.

— Non, je ne mens pas. J'avais la migraine, je suis rentrée, j'ai donné quelque chose à l'homme de la porte pour qu'il me laisse passer, je...

Marthe rit, comme si elle avait le hoquet, sans ouvrir la bouche.

— Ah ! tu le pratiques aussi, le mark à l'homme de la porte ? Tu es mûre pour le grand coup, Alain n'a qu'à bien se tenir... J'admets ta migraine, mais qu'est-ce que tu venais fiche dans ma chambre ?

Comme c'est brave une femme ! Celle-ci a retrouvé son élément, sa crânerie de pétroleuse sur la barricade. Les poings à la taille, elle braverait une armée, avec la même pâleur, les mêmes yeux insoutenables...

— Parleras-tu ? Qu'est-ce que tu attends pour aller raconter à Léon qu'il est cocu ?

Je rougis à cause du mot, et à cause du soupçon.

— Je n'irai pas, Marthe. Tu le sais bien.

Elle me regarde un moment, les sourcils hauts.

— De la grandeur d'âme ? Non. Ça ne prend pas. Un truc, plutôt, pour me tenir en main, pendant le reste de ma vie ? Rentre ça. J'irais plutôt lui dire, moi-même, à l'autre idiot !

Je fais un geste d'impatience lasse :

— Tu ne me comprends pas. Ce n'est pas seulement le... la...

chose elle-même qui me... qui me choque, c'est l'individu que tu as choisi... oh ! Marthe, cet homme...

Blessée elle se mord la lèvre. Puis elle hausse les épaules, avec une triste amertume.

— Oui, oui. Tu es encore une de ces nigaudes pour qui l'adultère — un mot poncif qui te plaît, hein ? — doit se cacher dans les fleurs, et s'ennoblir par la passion, la beauté des deux amants, leur oubli du monde... Ah ! la la, ma pauvre fille, garde tes illusions ! Moi je garde mes embêtements... et mes goûts aussi. Cet individu, comme tu l'appelles, possède, entre autres qualités, un portefeuille complaisant, un genre d'esprit crapuleux qui me convient assez, et le tact d'ignorer la jalousie. Il sent le bar ? C'est possible ; j'aime encore mieux cette odeur-là que celle de Léon qui sent le veau froid.

Comme fatiguée tout à coup, elle se laisse tomber sur une chaise :

— Tout le monde n'a pas la chance de coucher avec Alain, ma chère amie. C'est en somme un privilège réservé à un petit nombre de personnes... que j'envie modérément.

Qu'est-ce qu'elle va dire ? Elle me jette un méchant sourire avant d'ajouter :

— D'ailleurs, sans vouloir lui faire de tort, ça doit être un fichu amant que mon délicieux frère. « Toc-toc, ça y est... Jusqu'au revoir, chère Madame. » Hein ?

Les larmes aux yeux, je détourne la tête. Marthe agrafe rapidement sa robe, épingle son chapeau, et continue de parler, sèche et fiévreuse :

— ...Aussi, je ne comprends pas que Valentine Chessenet s'en soit toquée si longtemps, elle qui se connaît en hommes...

C'est bien ce nom que je pressentais. Mais, moi aussi, je suis brave à ma manière ; sans bouger, j'attends la fin.

Ma belle-sœur met ses gants, saisit son ombrelle, ouvre la porte :

— Dix-huit mois, ma chère, dix-huit mois de correspondance et d'entrevues régulières. Deux fois par semaine, c'était réglé comme une leçon de piano.

Je caresse le petit bull, d'une main toute froide, l'air indifférent. Marthe baisse la voilette de son chapeau couvert de roses, lèche sur ses lèvres le superflu de pommade-raisin, et me guette dans la glace. Ah ! Elle ne verra rien !

— Il y a longtemps, Marthe ? J'en ai bien entendu parler, mais jamais d'une façon très précise.

— Longtemps ? Oui, assez longtemps. C'est rompu depuis la

dernière Noël... dit-on. Huit mois, bientôt, c'est de l'histoire ancienne. Adieu, grande âme !
Elle claque la porte. Elle se dit à coup sûr : « J'ai riposté. Un beau coup ! Qu'Annie parle à présent si elle veut. Je me suis vengée d'avance. » Elle ne sait pas qu'en pensant tuer quelqu'un, elle frappait sur un vêtement vide.

L'abattement, la courbature, — la honte et la brûlure de ce que j'ai vu, — l'incertitude où je suis de ce qu'il faut décider, — tout cela s'emmêle et me fatigue à l'extrême. Du moins, je sens clairement l'impossibilité de revoir Marthe tous les jours, à toute heure, sans revoir, à côté de sa grâce insolente, l'odieuse face de ce gros homme violacé, presque tout vêtu... Est-ce cela, l'adultère, et faut-il croire que ce qu'ils faisaient ressemble à l'amour ? La caresse monotone et brève d'Alain me salissait moins que ceci, et, Dieu merci, si je devais choisir... Mais je ne veux pas choisir.

Je ne veux pas non plus rester ici. Je n'entendrai pas *Tristan*, je ne verrai plus Claudine... Adieu, Claudine, qui vous dérobez ! Car depuis l'heure agitée où elle devina une grande part de mon angoisse, l'heure trouble où je me sentis si près de l'aimer, Claudine fuit les occasions de me parler seule à seule, et me sourit de loin comme à un pays regretté.

Allons, cherchons une autre route ! La saison s'avance. Pour la première fois, je songe que bientôt Alain s'embarquera sur le bateau du retour, et je l'imagine, enfantinement, chargé de gros sacs d'or, de l'or rouge comme ses cheveux...

Une phrase de sa dernière lettre me revient en mémoire : « J'ai constaté, ma chère Annie, que le type de certaines femmes de ce pays se rapproche du vôtre. Les plus agréables ont, comme vous, de lourds et longs cheveux noirs, les cils beaux et fournis, le teint brun, uni, et ce même goût de l'oisiveté et de la songerie vaine. Mais ce climat-ci explique et excuse leurs penchants. Peut-être que de vivre ici eût changé bien des choses entre nous... »

Quoi ! cet esprit net et positif s'embrumerait aussi ? Confusément, il penserait à corriger, à modifier notre... notre « emploi du temps » ? De grâce, assez de changements, assez de surprises, de déceptions ! Je suis lasse, avant de recommencer ma vie. Un coin propre, silencieux, des visages nouveaux derrière lesquels j'ignore tout, — je ne demande rien, rien de plus !

Péniblement je me lève, à la recherche de ma femme de chambre... Dans la cuisine, entourée des quatre petites Meider extasiées, elle leur chante, d'une forte voix de baryton :

*Je vous aimeu... d'amour...
J'en rêve nuit... t'et... jour...*

— Léonie, c'est pour mes bagages, je pars tout à l'heure.
Elle me suit sans répondre, ébahie. Les petites Meider ne connaîtront jamais la fin de la valse française...
Revêche, elle plonge dans ma malle.
— Est-ce que je dois faire la malle de madame Léon aussi ?
— Non, non, je pars seule, avec vous et Toby. Et j'ajoute, embarrassée : « J'ai reçu une dépêche. »
Le dos de Léonie n'en croit pas un mot.
— Vous vous ferez conduire à la gare avec les colis, dès que vous serez prête. Je vous rejoindrai avec le chien.
J'ai si peur qu'ils ne rentrent ! Je consulte ma montre à chaque instant. Bénis soient, pour un jour, ces spectacles interminables ! Ils assurent ma fuite.
J'ai payé ma note sans regarder, laissant un pourboire très fort (je ne connais pas les habitudes), qui fait sauter de joie les quatre petites filles en tabliers à bretelles. On n'est pas fier en Franconie !
Enfin, me voilà seule avec Toby colleté de cuir et de poil de blaireau pour le voyage. Sa petite figure noire suit mes mouvements, il comprend et il attend, sa laisse d'acier traînante sur le tapis. Encore un quart d'heure. Vite, à l'adresse de Marthe, un mot sous enveloppe : « Je pars pour Paris. Explique à Léon ce que tu voudras. »
J'ai le cœur serré d'être si seule au monde... Je voudrais laisser un adieu plus tendre que celui-là... mais à qui ?... je crois que j'ai trouvé :

Ma chère Claudine,

Quelque chose d'inattendu me force à partir tout de suite. C'est un départ très pénible, très précipité. Mais n'allez pas supposer un accident, survenu à Alain ou à Marthe, ou à moi. Je pars parce que tout me pèse ici ; Bayreuth n'est pas assez loin d'Arriège ni Arriège assez loin de Paris, où je rentre.

Vous m'avez fait voir trop clairement que là où ne commande pas le grand amour, il n'y a que médiocrité ou détresse. Je ne sais pas encore quel remède j'y trouverai ; je pars pour changer, et pour attendre.

Peut-être auriez-vous su me retenir, vous qui rayonnez la foi et la tendresse. Mais depuis le jardin de la Margrave, vous ne semblez

Claudine s'en va 571

plus le vouloir. Sans doute vous avez raison. Il est juste que vous gardiez pour Renaud, tout entière, la flamme dont vous m'avez un instant éclairée.

Du moins, écrivez-moi une lettre, une seule lettre. Réconfortez-moi et dites-moi, même en mentant, que ma misère morale n'est pas sans recours. Car je songe au retour d'Alain, avec une si trouble appréhension, que l'espoir même ne m'y est plus clair.

Adieu, conseillez-moi. Souffrez que j'appuie une minute, en pensée, ma tête à votre épaule, comme dans le jardin de la Margrave.

ANNIE.

Onze heures du matin. L'arrivée. Le Paris sec et triste d'une fin d'été. L'estomac creux, le cœur malade, il me semble revenir de l'autre côté du monde, avec l'envie de me coucher là et de dormir. Laissant Léonie lutter contre la douane, je m'enfuis en fiacre vers la maison...

L'arrêt de ma voiture amène sur le seuil de l'hôtel le concierge sans livrée, en manches de chemise, et sa femme — ma cuisinière — dont les joues couperosées se marbrent de rouge et de blanc... Je lis distraitement sur leurs plates figures la surprise, l'embarras, une dignité froissée de serviteurs corrects envers qui on n'agit pas correctement...

— C'est Madame !... mais nous n'avons pas reçu la dépêche de Madame !...

— C'est que je n'en ai pas envoyé.

— Ah ! je disais aussi... Monsieur n'est pas avec Madame ?

— Apparemment non. Vous me ferez déjeuner aussitôt que possible. N'importe quoi, des œufs, une côtelette... Léonie me suit avec la malle.

Je monte lentement les degrés de l'escalier, suivie du concierge qui a endossé précipitamment une tunique verte aux boutons ternis... Je regarde, dépaysée, ce petit hôtel, qu'Alain a voulu acheter... Je n'y tenais pas, moi. Mais *on* ne m'a pas demandé mon avis... Je pensais pourtant qu'au-dessous d'un certain prix, le petit hôtel est plus banal et plus inconfortable qu'un appartement...

Que m'importe tout cela, à présent ? Je me sens indifférente comme une voyageuse. On a posé des doigts sales sur la porte blanche de ma chambre à coucher. L'ampoule électrique du corridor est fêlée... Poussée par l'habitude ancienne, j'ouvre la bouche pour dire qu'on répare, qu'on lave... Puis, je me ravise et me détourne.

Un peu de douceur, un peu de lâcheté me détendent, quand

j'ouvre ma chambre blanche et jaune... Sur ce petit bureau laqué, où la poussière paraît peu, j'ai écrit les premières lignes de mon cahier... Dans ce grand lit plat, où mon corps creuse à peine son poids léger, j'ai rêvé migraine, crainte, résignation, ombre brève d'amour, volupté incomplète... Qu'y rêverai-je à présent, dépouillée de ma peur, de ma résignation, et de l'ombre même de l'amour ? C'est une chose extraordinaire qu'une créature aussi faible que moi, aussi penchante vers tout appui moral et physique, se trouve seule, on ne sait comment, sans en périr aussitôt comme un volubilis désenlacé. Peut-être qu'on ne finit pas ainsi... si vite... Machinalement, je viens me mirer au-dessus de la cheminée.

Sans étonnement, j'eusse vu apparaître dans la glace une Annie consumée, diminuée, les épaules plus étroites, la taille plus molle encore qu'avant l'été... Mon image me surprend, et je m'accoude à l'étudier de près.

Les cheveux sombres, feutrés par une nuit en wagon, encadrent d'une marge brutale l'ovale toujours mince d'une figure brune. Mais ce pli de fatigue aux coins des lèvres ne modifie pas seul la ligne de la bouche, une bouche plus ferme, moins implorante qu'autrefois... Les yeux, eux, regardent plus droit, portent, sans faiblir à tout instant, l'auvent soyeux des cils. « Fleurs de chicorée sauvage », mes yeux si clairs, mon unique beauté véritable, je ne pourrai plus vous regarder sans penser à Claudine qui, penchée sur eux, disait par taquinerie : « Annie, on voit jusque de l'autre côté, tant ils sont clairs. » Hélas ! c'était vrai. Clairs, comme un flacon vide. Attendrie par ce souvenir, vaguement enivrée par la nouveauté de mon image, j'incline la tête, je pose mes lèvres sur ma main dégantée...

— Je dois t'y défaire la malle de Madame ?

Léonie, essoufflée, mesure d'un œil hostile cette chambre qu'il faudra « faire à fond »...

— Je ne sais pas, Léonie... J'attends une lettre... Ne sortez que les robes et les jupons de soie, le reste ne presse pas...

— Bien, Madame. Voilà justement une lettre de Monsieur que le portier allait renvoyer en Allemagne.

D'une main brusque, je prends la lettre inattendue. Pour la lire seule, je m'en vais dans le cabinet d'Alain, où je pousse moi-même les persiennes.

Ma chère Annie,

C'est un mari très fatigué qui vous écrit. Rassurez-vous ; j'ai dit : fatigué, et non malade. Il a fallu batailler ; je vous ai déjà informée des difficultés de convertir en argent ce qui était en taureaux, et vous les redirai de façon détaillée. Je suis tout au plaisir de m'en être tiré honorablement et d'en rapporter une belle somme. Vous me saurez gré, Annie, d'un voyage qui me permet d'augmenter le train de notre maison, et de vous offrir une fourrure de zibeline aussi belle que celle de Madame... vous savez qui je veux dire ?... ma sœur la nomme, trop librement : « la Chessenet ».

Le soleil est pesant à cette heure, et j'en profite pour mettre à jour ma correspondance. Dans la cour de la maison, une fille est assise, qui coud ou fait semblant de coudre. Il y a vraiment une ressemblance assez singulière, et que j'ai remarquée tant de fois, entre sa silhouette immobile, penchée, au chignon noué sur la nuque, et la vôtre, Annie. La fleur rouge est en plus ici, et le petit châle jaune aussi. N'importe, cela m'occupe et fait dévier ma pensée vers vous, et vers mon retour qui n'est plus qu'une affaire de jours...

De jours ! C'est vrai, il y a longtemps déjà... De jours ! Je finissais par croire qu'il ne reviendrait pas. Il va revenir, il va quitter la terre lointaine, la fille brune qui me ressemble et qu'il appelle peut-être Annie, les nuits d'orage... Il va revenir et je n'ai pas encore décidé mon sort, pris courage contre moi-même et contre lui !

Sans ramasser la lettre, glissée à terre, je songe en regardant autour de moi. Ce cabinet de travail, qui sert de fumoir, n'a pas gardé l'empreinte de son maître. Rien n'y traîne, et rien n'y charme. La verdure déclouée pour l'été laisse un grand panneau de mur blanc, non tendu. Je suis bien mal ici, je ne resterai pas à Paris.

— Léonie !

Le bon gendarme accourt, une jupe pendue à chaque index.

— Léonie, je veux partir demain pour Casamène.

— Pour Casamène ? Oh ! ma foi, non.

— Comment, non ?

— Madame n'a pas écrit à la jardinière, la maison est fermée et pas nettoyée, les provisions pas faites. Et puis il me faudrait bien deux jours pour les choses qu'on a besoin ici, les jupes de toujours de Madame ont la doublure abîmée, la robe en linon blanc qu'on n'a pas trouvé de teinturier pour elle en Allemagne ; le jupon qui va avec, sa dentelle il faut qu'on la remplace, et encore...

Je ferme mes oreilles à deux mains, la syntaxe de Léonie m'impressionne.

— Assez, assez ! Vous avez deux jours pour tout cela. Seulement,

écrivez vous-même à la jardinière que... (j'hésite un moment...) que je n'amène que vous. Elle fera la cuisine.
— Bien, Madame.
Léonie sort d'un pas digne. Je l'aurai froissée une fois de plus. Il faut tant d'égards envers les subalternes ! Tous les domestiques qui ont passé dans cette maison ont été de vraies sensitives, des sensitives grognon, qui ressentaient vivement les nuances de l'humeur d'autrui et le laissaient paraître sur leurs visages, en l'absence d'Alain.

Je pars demain. Il est temps, ma patience s'use. Tout ce décor de ma vie conjugale me devient intolérable, même le salon Louis XV où j'attendais le vendredi, docile et horrifiée, le coup de sonnette de la première visiteuse. J'exagère : En ce temps-là, qui recule étrangement, j'étais plus docile qu'horrifiée, et presque heureuse, d'un bonheur incolore, peureux. Errante aujourd'hui, démoralisée et pourtant plus têtue, mon sort est-il meilleur ? C'est un problème bien ardu pour une cervelle aussi fatiguée.

Je ne laisse guère de moi dans ce petit hôtel étroit et haut comme une tour. Alain n'a pas voulu des meubles de grand-mère Lajarrisse, ils sont demeurés à Casamène. Quelques livres, deux ou trois portraits d'Annie..., le reste appartient à mon mari. Je lui ai donné, il y a trois ans, ce petit bureau anglais, qu'il a gardé miséricordieusement dans son cabinet de travail. Je tire, indiscrète, la poignée de cuivre du tiroir, qui résiste. Un homme d'ordre ferme ses tiroirs en partant pour un si long voyage. En regardant de plus près, je découvre, scellé minuscule, une petite bande de baudruche gommée, à peu près invisible... Peste ! mon mari montre une confiance relative en son personnel. Mais une précaution aussi dissimulée vise-t-elle seulement le valet de chambre ?... Brusquement la venimeuse figure de Marthe m'apparaît : « dix-huit mois, ma chère, dix-huit mois de correspondance suivie, de rendez-vous réguliers... »

J'aimerais assez connaître le style de Valentine Chessenet. Non pas, grand Dieu, qu'une jalousie physique m'étreigne, que la fièvre pousse ma main... C'est simplement, qu'au point où j'en suis venue, les scrupules me semblent un luxe ridicule.

...Les petites clefs de mon trousseau échouent l'une après l'autre sur la serrure anglaise. Cela m'ennuie de recourir à quelqu'un. Je cherche... Cette règle plate, en fer poli, sur la table à écrire... Oui, en faisant levier sous le tiroir... Que c'est dur ! J'ai chaud, et l'ongle de mon pouce est cassé, un petit ongle rose si soigné au bout de

ma main brune... Oh! quel craquement! Si les domestiques entraient, croyant à un accident! J'écoute une minute, effrayée. Les cambrioleurs doivent mourir fréquemment de maladie de cœur...
Le bois de frêne clair a éclaté. Encore un peu de travail et le tablier du joli meuble, fendu, éventré, tombe, suivi d'une avalanche de papiers.
Me voilà interdite comme une petite fille qui a renversé une boîte de dragées! Par où commencerai-je? Ce ne sera pas long; chaque petite liasse, méthodiquement serrée d'un caoutchouc, porte une inscription:
Voici *Factures acquittées*, voici *Titres de propriété*, voici *Pièces relatives au procès des terrains* (quels terrains?) puis *Reçus de Marthe* (ah?), *Lettres de Marthe*, *Lettres d'Annie* (trois en tout), *Lettres d'Andrée* (mais quelle Andrée?), *Lettres... Lettres... Lettres...* ah! enfin: *Lettres de Valent...*
Je vais doucement tourner la clef de la porte, puis, assise sur le tapis, j'éparpille au creux de mes genoux la liasse assez copieuse.
« Mon rouquin d'amour... », « Mon petit homme blanc » (elle aussi!), « Cher ami », « Monsieur », « Méchant gosse... », « Sale lâcheur... », « Ma cafetière en cuivre rouge »... Les appellations varient, certes, plus que le fond des lettres. L'idylle est complète, pourtant. On peut chronologiquement la suivre, depuis le petit bleu « J'ai fait une gaffe en me donnant si vite... » jusqu'au « Je ferai tout pour te ravoir, j'irai plutôt te chercher chez ta petite oie noire... »
En marge ou au verso de toutes les lettres, la raide écriture d'Alain a noté: « Reçu le... Répondu le... par télégramme fermé. » Je l'aurais reconnu à ce trait. Ah! *elle* peut bien l'appeler rouquin d'amour, ou mimi blanc, ou théière... cafetière, je ne sais plus... c'est toujours le même homme!
Qu'est-ce qu'il faut faire de tout cela, à présent? Envoyer le paquet de lettres sous pli cacheté, à l'adresse d'Alain écrite de ma main? On procède ainsi dans les romans. Mais il croirait que je l'aime encore, que je suis jalouse. Non. Je laisse tous les papiers à terre, au pied du meuble cambriolé, avec la règle plate et le trousseau de mes petites clefs. Ce saccage met un réjouissant désordre dans la pièce sans âme. Emportons les *Lettres d'Annie...* Là, c'est fini... La figure d'Alain quand il reviendra!

Une enveloppe bleue s'accote à ma tasse sur le plateau du petit déjeuner. Au timbre bavarois moins qu'à l'écriture grasse et ronde, j'avais deviné la réponse de Claudine. Elle me répond vite: elle a pitié... Son écriture lui ressemble, sensuelle, vive, droite, et d'où s'élancent des boucles courtes et gracieuses, des barres de T renflées, despotiques...

Ma douce Annie,

Je ne verrai donc plus, de longtemps, les yeux uniques que vous cachez si souvent sous vos cils, comme un jardin derrière une grille, car il me semble que vous voilà partie pour un grand voyage... Et quelle idée avez-vous de me demander un itinéraire ? Je ne suis ni l'Agence Cook, ni Paul Bourget. Enfin, nous verrons ça tout à l'heure, je veux vous dire d'abord le plus pressé, qui est banal comme un fait divers.

Dans la journée qui suivit votre départ, je ne rencontrai pas le ménage Léon à Tristan. *Votre beau-frère, ce n'est rien, mais Marthe manquant les entr'actes de* Tristan, *les plus sensationnels après ceux de* Parsifal ! *Nous rentrons du théâtre comme d'habitude, à pied, moi pendue au bras de mon cher grand, et nous songeons tous deux à faire un petit détour pour prendre des nouvelles de Marthe... Horreur ! l'honnête maison Meider ouverte à tout venant, quatre petites filles en tabliers roses qui courent comme des rats. Marthe, enfin, dont j'entrevois le fanal rouge en racines droites et qui nous claque la porte au nez pour nous empêcher d'entrer... Renaud parlemente avec une bonne, écoute ce qu'elle gémit en bavarois ponctué de* Yo ! *et m'emmène, si étonné, qu'il avait presque l'air bête... J'exagère.*

Savez-vous quoi, Annie ? Léon venait de s'empoisonner, comme une modiste plaquée ! Il avait bu du laudanum, et d'un tel cœur, qu'il s'était collé une indigestion monstre ! Vous allez penser tout de suite que le suicide de Liane hanta ce cerveau éminemment parisien ? Pas du tout. Au cours d'une scène vive, Marthe très énervée — la chronique ne dit pas pourquoi — avait traité son époux de « cocu » avec tant de fréquence et de conviction que le malheureux n'avait plus douté de ce qu'on appelle en style de reporter « l'étendue de son malheur ».

Va pour étendue.

Le lendemain, je tente une reconnaissance, toute seule : Marthe me reçoit, épouse modèle, et me raconte la « fatale erreur », se lève dix fois pour courir auprès du malade... Maugis n'était pas là, parce qu'une dépêche urgente l'avait appelé à Béziers la veille au soir. C'est curieux tout de même, Annie, ce qu'on voit de départs urgents dans la colonie française de Bayreuth !...

Rassurez-vous vite, enfant craintive, le suicidé va bien ; Marthe le soigne comme un cheval qui doit courir le Grand Prix. Sous peu de jours il sera en état de reprendre son travail à raison de quatre-vingts lignes quotidiennes au lieu de soixante, pour rattraper le temps perdu. Votre belle-sœur est une femme intelligente et qui comprend à merveille que la situation de femme mariée est de beaucoup supérieure à celle de la femme divorcée, ou à certains veuvages, même lucratifs.

Vous voilà au courant. Parlons de vous. De vous, embarrassante petite créature, si lente à se connaître elle-même, si prompte, le jour venu, à s'enfuir, silencieuse et coiffée de noir, comme une hirondelle qui émigre.

Vous partez, et votre fuite et votre lettre sont comme un reproche pour moi. Que je vous regrette, Annie à l'odeur de rose ! Il ne faut pas m'en vouloir. Je ne suis qu'une pauvre bête amoureuse de la beauté, de la faiblesse, de la confiance, et j'ai bien du mal à comprendre que, lorsqu'une petite âme comme la vôtre, s'appuie sur la mienne, qu'une bouche s'entrouvre, comme la vôtre, vers la mienne, je ne doive pas les embellir encore, l'une et l'autre, d'un baiser. Je ne le comprends pas très bien, vous dis-je, quoiqu'on me l'ait expliqué.

On a dû, Annie, vous parler de moi, et d'une amie, que j'aimais trop simplement, trop entièrement. C'était une fille méchante et séduisante, cette Rézi, qui voulut mettre entre Renaud et moi sa grâce blonde et dévêtue, et se donner le littéraire plaisir de nous trahir tous les deux... A cause d'elle j'ai promis à Renaud — et à Claudine aussi — d'oublier qu'il peut y avoir de jolies créatures faibles et tentantes, qu'un geste de moi pourrait enchanter et asservir...

Vous partez, et je vous devine tout en désordre. J'espère, pour vous et pour lui, que votre mari ne va pas revenir tout de suite. Vous n'êtes encore ni assez clairvoyante, ni assez résignée. Que vous n'aimiez pas, c'est un malheur, un malheur calme et gris, oui Annie, un malheur ordinaire. Mais songez que vous pourriez aimer sans retour, aimer et être trompée... C'est le seul grand malheur, le malheur pour lequel on tue, on brûle, on anéantit... Et on a rudement raison ! Ainsi, moi, si jamais... Pardonnez-moi, Annie, j'allais oublier qu'il s'agit ici uniquement de vous. Une amoureuse a bien de la peine à cacher son égoïsme.

« Conseillez-moi ! » suppliez-vous. Comme c'est commode ! Je vous sens prête à diverses sottises, que vous accomplirez doucement, avec une mollesse entêtée, avec cette grâce de jeune fille qui

donne tant d'incertitude et de charme à tous vos gestes, sinueuse Annie.

Je ne veux pourtant pas, bon sang! vous dire tout à trac : « On ne vit pas avec un homme qu'on n'aime pas, c'est de la cochonnerie », bien que cette opinion ne diffère pas sensiblement de ma vraie pensée. Mais je puis, du moins, vous raconter ce que j'ai fait :

Munie d'un gros chagrin, et d'un petit bagage, je suis rentrée dans mon terrier natal. Pour mourir? Pour y guérir? Je n'en savais rien en partant. La divine solitude, les arbres apaisants, la nuit bleue et conseillère, la paix des animaux sauvages, m'ont détournée d'un dessein irréparable, m'ont reconduite doucement au pays d'où je venais — au bonheur...

Ma chère Annie, vous pouvez toujours essayer.

Adieu. Ne m'écrivez pas, si ce n'est pour m'annoncer que le traitement opère. Car j'aurais trop de regret de n'en pouvoir recommander un autre.

Je baise, des cils au menton, tout votre visage qui a la forme fuselée et presque la nuance d'une aveline mûre. De si loin, les baisers perdent leur poison, et je puis poursuivre une minute, sans remords, notre rêve du jardin de la Margrave.

CLAUDINE.

Claudine m'a trompée. Je suis injuste : elle s'est trompée. La « cure de campagne » n'est pas une panacée, et puis on guérit malaisément le malade qui n'a pas la foi.

Aux premières pages de ce journal (Toby, que je te prenne encore, l'œil saillant et l'oreille fière à le traîner par un coin, comme le cadavre d'un ennemi !), aux premières pages de ce journal sans fin ni commencement, perverti et timide, hésitant et révolté et tout pareil à moi-même, je lis ces mots : « le fardeau de vivre seule... » Annie ignorante ! Que pèse-t-il, ce fardeau-là, auprès de la chaîne que j'ai, quatre ans et sans repos, portée, et qu'il faudrait reprendre pour la vie ? Mais je ne veux pas la reprendre. Ce n'est pas que la liberté même se révèle si tentante, et je n'en veux pour preuve que ma fièvre à changer de place, l'amère sensibilité qui mire ma solitude à toutes ces solitudes du ciel, des champs, des âpres rochers gris, dont les coupures fraîches sont rouges... Mais choisir son mal !... d'aucuns feraient de cela leur idéal de bonheur...

Hélas oui ! A peine arrivée, je veux repartir. Casamène est à moi, pourtant. Mais j'y ai trop vécu à côté d'Alain. Dans le bosquet romantique, sous le couvert de la « petite forêt » — un taillis modeste que j'avais baptisé de ce nom démesuré — au fond du hangar sombre, où des outils empâtés de rouille font songer à quelque chambre des tortures nurembergeoises, dans tous les recoins de ce domaine démodé, je retrouverais sans peine les marques et les dégradations de nos jeux d'autrefois. Près du ravin, un marronnier porte encore sur son écorce, en ceinture pleine d'ampoules, la trace cruelle d'un fil de fer dont l'enserra Alain, il y a peut-être douze ans. Là, mon sévère compagnon fut l'Œil-de-serpent, chef d'une tribu de Peaux-Rouges, et moi sa petite squaw domestiquée, attentive au feu de pommes de pin. Il s'amusait très fort, presque toujours sérieux et grondeur, d'une raideur qui faisait partie du jeu.

Il n'a jamais aimé Casamène. Mon futile grand-père décora ces quelques hectares d'un peu plus de pittoresque qu'il n'était nécessaire : un ravin, bien entendu *sauvage*, deux collines, une combe, une grotte, un point de vue, une grande allée pour la perspective, des arbustes exotiques, une voie empierrée pour les voitures, tortueuse assez pour que l'on croie parcourir des kilomètres sur ses terres... Tout cela, disait Alain, d'un ridicule achevé. C'est bien possible. J'y vois surtout, à présent, une poignante tristesse de jardin abandonné, et sous ce soleil blanc comme un soleil d'octobre, une fertilité funèbre de cimetière...

« Les arbres apaisants !... » Ah ! Claudine, je sangloterais si je ne me sentais si effarée, si pétrifiée de solitude. Les pauvres arbres, ceux-ci, ne connaissent la paix, ni ne la donnent. Beau chêne tordu, géant aux pieds enchaînés, depuis combien d'années tends-tu vers le ciel tes branchages tremblants comme des mains ? Quel effort vers la liberté t'a versé sous le vent, puis redressé en coudes pénibles ? Tout autour de toi, tes enfants nains et difformes implorent déjà, liés par la terre...

D'autres créatures prisonnières, comme ce bouleau argenté, se résignent. Ce fin mélèze aussi, mais il pleure et chancelle, noyé sous ses cheveux de soie et j'entends de ma fenêtre son chant aigu sous les rafales... Oh ! tristesse des plantes immobiles et tourmentées, se peut-il qu'en vous une âme pliante et incertaine ait jamais puisé la paix et l'oubli !... Ce n'est pas là, Claudine, c'est en vous seule que brillaient la force, le bondissement des bêtes heureuses, la joie qui aveugle et colore à la fois !

Il pleut, et tout en est pire. J'allume tôt la lampe, et je m'enferme, à peine rassurée par les lourds volets pleins, par le bavardage à pleine voix de Léonie avec la petite de la jardinière. Le feu craque, — il faut du feu déjà, — les boiseries aussi. Quand la flamme se tait, le silence bourdonnant emplit mes oreilles. Les pattes onglées d'un rat courent distinctement entre les lames des plafonds, et Toby, mon unique petit gardien noir, lève une tête féroce vers cet ennemi inaccessible... Pour Dieu, Toby, n'aboie pas ! Si tu aboies, le silence fracassé va tomber en éclats sur ma tête, comme les plâtres d'une maison trop ancienne...

Je n'ose plus me coucher. Je prolonge ma veillée devant le feu mourant, jusqu'au bout de la lampe, j'écoute les frôlements veloutés, l'haleine du vent qui pousse les feuilles sur le gravier, tous les pas des bêtes menues que je ne connais pas. Je touche, pour me donner courage, la lame large d'un couteau de chasse, et le froid de l'acier, au lieu de me rassurer, m'effraie davantage.

Quelle sotte peur ! Les meubles amis ne me connaissent-ils plus ? Si, mais ils savent que je les quitterai, ils ne m'abritent pas. Vieux piano aux moulures cannelées, je t'ai fatigué de mes gammes. « Plus de nerf, ma petite Annie, plus de nerf ! » Déjà ! Ce portrait de polytechnicien à taille de guêpe, d'après un daguerréotype, c'est mon grand-père. Il creusa des puits au sommet de la montagne, entreprit une culture de truffes, tenta d'éclairer le fond de la mer « à l'aide d'huile de baleine brûlant en vases transparents hermétiquement clos » (!) ; bref, il ruina sa femme et sa fille, l'âme légère et sans remords, adoré des siens. La jolie taille que la sienne, si l'image est sincère ! Une femme d'aujourd'hui pourrait l'envier. Un beau front chimérique, des yeux curieux d'enfant, de petites mains gantées de blanc... C'est tout ce que je sais de lui.

Au-dessus du piano, au mur, une mauvaise photographie de mon père ; je ne l'ai connu que vieux et aveugle. Un homme distingué en favoris blancs — comment suis-je la fille d'un être aussi... quelconque ?

De ma mère, rien. Pas un portrait, pas une lettre. Grand-mère Lajarrisse refusait de me parler d'elle et me recommandait seulement : « Prie pour elle, mon enfant. Demande à Dieu miséricorde pour tous les disparus, les exilés, pour les morts... » Il est bien temps, vraiment, d'aller m'inquiéter de ma mère ! Qu'elle reste, pour moi, ce que je l'imaginai toujours : une jolie créature triste, qui est partie ? ou qui s'est tuée ? J'en ai plus de pitié que de souci !

Deux lettres m'arrivent ! Il y a là de quoi m'inquiéter deux fois. Dieu merci, l'une est de Claudine, et l'autre d'Alain. Et puis, je me sens, ce matin, plus forte et plus alerte, calmée par l'heure fraîche, — car le coucou de la cuisine a chanté huit fois ses deux notes de crapaud — par l'odorant thé bouillant qui fume dans ma tasse bleue, par l'appétit délirant de Toby, qui saute et pleure pointu, durant que je m'attarde. Je respire un air mobile et léger, un air de fête et de départ ; c'est ma manière à moi, oui, Claudine, de goûter la paix des champs, que de rêver au son des grelots sur la route... Je serais une jeune femme de dix-huit cent... trente et quelques. Une créole, n'est-ce pas ? Elles furent à la mode dans ce temps-là. Un mariage malheureux, l'enlèvement, le costume incommode et fragile, les brodequins lacés que blessent les cailloux, la chaise lourde, les postiers fumants... quoi encore ? l'essieu qui se brise, les surprises, la rencontre providentielle... Tout le joli, le ridicule, le sentimental de nos grand-mères...

Dans l'enveloppe au timbre français, quelques lignes seulement de Claudine :

> *Ma chère petite Annie, je ne sais où vous trouver. Que ceci vous parvienne et vous dise seulement que Marthe, à Paris, explique votre fugue en peu de mots : « Ma belle-sœur soigne en province une grossesse difficile. » C'est la grâce que je vous souhaite ! Tout en serait peut-être plus simple ?... Sachez encore que Léon et sa femme me semblent en parfaite santé et en parfait accord.*
>
> *Adieu, je voulais vous rassurer, vous avertir. Cela seulement... et savoir quelque chose de vous car je n'y puis tenir : je crains tout pour vous... hors moi-même. J'avais dit : « Ne m'écrivez pas, si le remède échoue. » Il s'agit bien de remède ! Je veux tout savoir de vous, de vous à qui j'ai, si proprement renoncé. Un mot, une image, une dépêche, un signe... Faites-en ma récompense, Annie. Guérie, ou malade, ou « perdue » comme on dit, ou bien même... ce que dit Marthe... Bouac ! non, pas cela ! Demeurez l'amphore, étroite et grêle, que deux bras refermés peuvent aisément étreindre.*
>
> *Votre*
>
> CLAUDINE.

C'est tout ! Oui, c'est tout. La tendre inquiétude de Claudine même ne me satisfait pas. Quand on n'a rien à soi, comme moi, on espère tout d'autrui...

Une mauvaise fatigue assombrit cette heure claire. Qu'avait-on besoin de me rapprocher de ces gens-là, de ces jours-là ? Je relis la lettre de Claudine, et sa malencontreuse sollicitude ravive en moi des images effacées, à travers lesquelles je regarde fixement, sans bien voir, l'enveloppe carrée et l'écriture raide d'Alain... Dakar, Dakar... où donc ai-je vu ce nom-là, inscrit en noir dans un petit rond ? Pourquoi Dakar ? La dernière fois, c'était Buenos Aires...

Avec un cri, je sors de ma brume. Dakar ! Mais il revient, il est en route, il se rapproche, il sera ici demain, tout à l'heure !... Voilà donc ce que couvait le calme de cette matinée ? Mes mains maladroites déchirent la lettre avec l'enveloppe, l'écriture si nette tremble devant mes yeux... Je lis à peu près : « Ma chère Annie... enfin... le retour... rencontre de nos amis X... qui voyagent en touristes... me retiennent... affaire de dix jours... trouver la maison prête, Annie heureuse... »

Dix jours, dix jours ! Le sort ne m'accorde pas davantage pour réfléchir. C'est peu. Ce sera assez.

— Léonie !
— Madame ?

Elle tient trois chatons nouveau-nés dans son tablier levé, et m'explique, pour s'excuser, en riant :

— C'est que je vas les noyer.
— Faites vite, alors. Les malles, le sac de toilette, tout cela bouclé pour l'express de cinq heures. Nous rentrons à Paris.
— Encore !
— Ça vous gêne ? Je serais désolée de vous imposer une minute de plus un service qui contrarie vos goûts.
— Je ne disais pas ça, Madame...
— Dépêchez-vous, Monsieur m'annonce son retour.

Je l'entends, au premier étage, se venger sur les tiroirs de commode et les serrures des placards...

Tous ces cartons, tous ces paquets ! Une odeur composite flotte, de cuir neuf, de papier noir goudronné, de laine rude et non portée, de bitume aussi, à cause du grand manteau imperméable. J'ai bien occupé mon temps depuis mon retour précipité. On n'a vu que moi chez le bottier, le tailleur, le chapelier... Je parle comme un homme, mais la faute en est à la mode, plus qu'à moi.

En cinq jours je me suis commandé et fait livrer tant, tant de choses ! J'ai gravi tant d'étages, mandé tant de fournisseurs à faces de domestiques enrichis, enlevé tant de fois ma jupe et mon corsage, bras nus et frissonnants sous les doigts froids des « premières », que la tête me tourne. N'importe, cela est bon. Je me secoue par le collet.

Assise, un peu étourdie, j'admire mes trésors. Les beaux grands souliers lacés, plats et effilés comme des yoles, bas sur leurs talons anglais ! On doit marcher d'aplomb, longtemps, sur ces petits bateaux jaunes. Du moins, je le suppose. Mon mari préférait pour moi les talons Louis XV, plus « féminins »... Puisqu'il les préférait, je n'en veux pas ! Il n'aimerait guère non plus ce complet de bure rousse, pelage d'écureuil, dont la jupe en forme s'évase si net et si simple... Je l'aime, moi. Sa sobriété m'amincit encore, sa couleur fauve souligne le bleu de mes yeux, l'exagère jusqu'à faire venir l'eau sous la langue... Et ces gants masculins à piqûres, ce feutre correct, traversé d'une plume d'aigle !... Tant de nouveautés, tant de désobéissance me grisent, comme l'imprévu de cette chambre d'hôtel. Un hôtel très bien, à deux pas de la maison, — on ne dira pas que je me cache.

Sans souci de la vraisemblance, j'ai dit à Léonie : « La maison a besoin de réparations urgentes, Monsieur me rejoindra à l'Impérial-Voyage. » Depuis, la pauvre fille vient ici tous les matins, pour prendre les ordres et se plaindre :

— Madame croirait-elle ? L'architecte n'est pas encore venu pour les réparations que Madame y a écrit.
— Pas possible, Léonie ! Au fait, il a peut-être reçu de Monsieur des instructions particulières ?
Et je la congédie, avec un sourire si bienveillant qu'elle s'intimide.
Fatiguée, j'attends l'heure du thé, caressant de l'œil seulement — parce qu'il m'impressionne quand je le touche — le plus beau de mes joujoux neufs, dont j'ai fait emplette tout à l'heure : un petit revolver mignon, mignon, noir, qui ressemble à Toby... (Toby, je te prie de ne pas lécher ce carton verni ! Tu vas te faire mal au ventre !)... Il a deux crans de sûreté, six coups, une baguette, un tas d'affaires. Je l'ai acheté chez l'armurier d'Alain. L'homme qui me l'a vendu m'a soigneusement expliqué le mécanisme, en me regardant furtivement, d'un air fataliste, comme s'il pensait : « Encore une ! Quel malheur ! si jeune ! Enfin, il faut bien que je vende mes bibelots... »

Je suis bien. Je goûte un repos oublié depuis longtemps. Un choix assez sûr a meublé ce petit salon jaune et la chambre Louis XVI qui l'accompagne. Mon instinct irritable et dégoûté ne flaire pas ici les tapis sales, les capitonnages aux recoins inquiétants. La lumière glisse sur des meubles lisses, sur des boiseries mates d'un blanc-gris tranquille. Un petit téléphone de service grelotte discrètement dans une paix de maison bien tenue. Quand je sors, un vieux monsieur en jaquette, qui trône dans le bureau, me sourit comme à sa fille... La nuit, je dors des heures, sur les bons matelas fermes et carrés.

Je rêve une minute que je suis une mûre demoiselle anglaise, paisible et sèche, et que j'ai pris pension dans un family très chic...
« Toc-toc-toc... »
— Entrez !
« Toc-toc-toc... »
— Entrez donc, je vous dis...
La petite femme de chambre drôlette passe son museau de souris.
— C'est le thé, Marie ?
— Oui, Madame, et une visite pour Madame.
— Une visite !
Je bondis sur mes pieds, tenant encore par les lacets un de mes souliers jaunes. Le museau de souris s'effare :
— Mais oui, Madame ! c'est une dame.
Je tremble, mes oreilles bourdonnent.
— Vous êtes sûre que... que c'est une dame ?

Marie éclate de rire comme une soubrette de comédie ; je l'ai mérité.
— Vous avez dit que j'étais là ?... Faites monter.
Appuyée à la table, j'attends, et cent sottises tourbillonnent dans ma cervelle... Cette dame, c'est Marthe, et Alain la suit... Ils vont me prendre... Je regarde follement le joujou noir...
Un pas frôle le tapis... Ah ! mon Dieu, c'est Claudine ! que je suis contente, que je suis contente !
Je me jette à son cou avec un tel « Ah ! » de délivrance qu'elle s'écarte un peu, étonnée.
— Annie... qui attendiez-vous ?
Je presse ses mains, je passe mon bras sous le sien, je la pousse vers le canapé de canne dorée avec des gestes nerveux qu'elle écarte doucement, comme inquiète...
— Qui j'attendais ? Personne, personne ! Ah ! que je suis heureuse que ce soit vous !
Un soupçon assombrit ma joie :
— Claudine... on ne vous envoie pas ? vous ne venez pas de la part de... ?
Elle lève ses sourcils déliés, puis les fronce d'impatience :
— Voyons, Annie, nous avons l'air de jouer la comédie de société... vous surtout ! Qu'est-ce qui se passe ? Et que craignez-vous ?
— Ne vous fâchez pas, Claudine. C'est si compliqué !
— Croyez-vous ? C'est presque toujours si simple !
Docile je ne la contredis point. Elle est jolie, comme toujours, à sa manière, mystérieuse sous son chapeau noir enguirlandé de chardons blancs et bleus, toute en yeux et en cheveux bouclés, le menton ironique et pointu...
— Je veux tout vous dire, Claudine... Mais d'abord, comment saviez-vous que je suis ici ?
Elle lève le doigt :
— Chut !... Il faut remercier une fois de plus le Hasard, avec un H majuscule, Annie, le Hasard qui me sert, à moins qu'il ne me commande... Il m'a conduite au magasin du Louvre, qui est un de ses temples, puis sous les arcades du Théâtre-Français, non loin d'un armurier connu, où une petite créature mince, aux yeux brûlants et bleus, achetait...
— Ah ! c'est pour cela...
Elle aussi, elle a eu peur. Elle a cru... C'est gentil, mais un peu naïf. Je souris en dessous.

— Quoi, vous pensiez... Non, non, Claudine, ne craignez rien ! On ne fait pas, comme ça, pour un oui, pour un non...

— ... Parler la poudre... D'ailleurs votre raisonnement est faux, c'est le plus souvent, pour un oui, pour un non, au contraire...

Elle se moque, mais tout mon cœur se gonfle de gratitude envers elle, non pas pour sa crainte un brin feuilletonesque de tout à l'heure, mais parce qu'en elle, en elle seule, j'ai rencontré la pitié, la loyauté, la tendresse un instant fougueuse, tout ce que m'a refusé ma vie...

Elle me parle dur et me regarde tendre. Le malaise perce sous la raillerie. Elle n'est pas bien sûre de ce qu'il faut m'ordonner. C'est un petit médecin ignorant, intelligent et superstitieux, un rebouteux un peu devin, mais sans expérience... Je sens tout cela et me garderai de le lui dire. Il est trop tard pour changer mes habitudes...

— Ça n'est pas dégoûtant du tout, cet immeuble, constate Claudine en regardant autour d'elle. Ce petit salon est drôle.

— N'est-ce pas ? Et la chambre, tenez... Ça ne sent pas l'hôtel.

— Ma foi non, on dirait plutôt une chouette maison de... oui, passez-moi l'expression, une maison de rendez-vous.

— Ah ? je n'en sais rien.

— Ni moi non plus, Annie, répond-elle en riant. Mais on m'a fait des descriptions.

Cette révélation me laisse songeuse : « Une maison de... » La rencontre est ironique, pour une femme qui n'attend personne !

— Prenez du thé, Claudine.

— Bouac, qu'il est fort ! Beaucoup de sucre au moins. Ah voilà Toby ! Toby charmant, ange noir, crapaud carré, front de penseur, saucisson à pattes, gueule d'assassin sentimental, mon chéri, mon trésor !...

La voilà redevenue tout à fait Claudine, à quatre pattes sur le tapis, son chapeau tombé, embrassant le petit chien de toutes ses forces. Toby, qui menace tout le monde de ses dents inégales et solides, Toby charmé se laisse rouler par elle comme une pelote...

— Fanchette va bien ?

— Toujours, merci. Elle a eu encore trois enfants, croyez-vous ! Ça lui en fait neuf cette année. Je l'écrirai à M. Piot... Des enfants indignes, du reste, grisâtres, mal marqués, fils du charbonnier ou du blanchisseur... Mais quoi, ça lui fait du bien.

Elle boit sa tasse de thé à deux mains comme une petite fille. Ainsi, au jardin de la Margrave, elle tint, renversée une minute, une seule minute, ma tête à la dérive...

Claudine s'en va

— Claudine...
— Quoi ?
Ressaisie je veux me taire.
— Rien...
— Rien quoi, Annie ?
— Rien... de nouveau. C'est à vous de me questionner.
Ses yeux de collégien malicieux redeviennent des yeux de femme, pénétrants et sombres :
— Je le puis ? Sans restriction ?... Bon ! Votre mari est revenu ?
Assise près d'elle, je baisse les yeux sur mes mains croisées, comme au confessionnal :
— Non.
— Il revient bientôt ?
— Dans quatre jours.
— Qu'est-ce que vous avez décidé.
J'avoue tout bas :
— Rien ! Rien !
Alors qu'est-ce que c'est que ce fourbi ?
Elle désigne, du menton, la malle, les vêtements, les cartons pêle-mêle... Je me trouble.
— Des babioles pour la saison prochaine.
— Oui-da ?
Elle m'inspecte d'un regard soupçonneux... Je n'y tiens plus. Qu'elle me blâme, mais qu'elle ne suppose pas une escapade indigne, je ne sais quel ridicule enlèvement... Vite, vite, je parle, je raconte une histoire décousue :
— Ecoutez... Marthe m'a dit, là-bas, qu'Alain, avec Valentine Chessenet...
— Ah ! la rosse !
— Alors, je suis venue à Paris, j'ai... j'ai démoli à peu près le bureau d'Alain, j'ai trouvé les lettres.
— Très bien !
Les yeux de Claudine pétillent, elle tord un mouchoir. Encouragée, je m'emballe...
— ...et puis j'ai tout laissé par terre, les lettres, les papiers, tout... il les trouvera, il saura que c'est moi... seulement, je ne veux plus, je ne veux plus, vous comprenez, je ne l'aime pas assez pour rester avec lui, je veux m'en aller, m'en aller, m'en aller...
Je suffoque de larmes et de hâte, levant la tête pour chercher l'air. Claudine embrasse délicatement mes deux mains, et demande à voix très douce :
— Alors... c'est le divorce que vous voulez ?

Je la regarde, hébétée :
— Le divorce... pour quoi faire ?
— Comment ? Elle est extraordinaire ! Mais voyons, puisque vous ne voulez plus vivre avec lui ?
— Bien sûr. Mais est-ce que c'est nécessaire, le divorce ?
— Dame, c'est encore le plus sûr moyen, sinon le plus court. Quelle enfant !
Je n'ai pas le cœur à rire. Je m'affole peu à peu :
— Mais comprenez donc que je ne voudrais pas le revoir ! j'ai peur, moi !
— C'est bravement dit. Peur de quoi ?
— De lui... qu'il me reprenne, qu'il me parle, peur de le voir... Il sera peut-être très méchant...
Je frissonne.
— Ma pauvre petite ! murmure Claudine tout bas, sans me regarder.
Elle semble réfléchir très fort.
— Qu'est-ce que vous me conseillez, Claudine ?
— C'est difficile. Je ne sais pas très bien, moi. Il faudrait demander à Renaud...
Terrifiée, je crie :
— Non. A personne, personne !
— Vous êtes bien déraisonnable, mon petit. Voyons... Avez-vous pris les lettres de la dame ? me demande-t-elle tout à coup.
— Non, avoué-je un peu interloquée. Pour quoi faire ? Elles ne m'appartiennent pas.
— En voilà une raison ! (Et Claudine hausse les épaules, très méprisante.) Et, zut ! je ne trouve rien. Avez-vous de l'argent ?
— Oui... Tout près de huit mille francs. Alain m'en avait laissé beaucoup.
— Je ne vous demande pas ça... De l'argent à vous, une fortune personnelle ?
— Attendez... trois cent mille francs de dot, et puis, cinquante mille francs liquides, que m'a laissés, il y a trois ans, grand-mère Lajarrisse.
— Ça va bien, vous ne mourrez pas. Ça ne vous fait rien, pour plus tard, que le divorce soit prononcé contre vous ?
Je réponds par un geste hautain.
— Moi aussi, dit drôlement Claudine. Eh bien mon cher petit... partez.
Je ne bouge pas, je ne dis rien.
— Ma consultation, mon ordonnance ne vous font pas pousser

Claudine s'en va

des cris d'enthousiasme, Annie ? Je comprends ça. Mais je suis au bout de mon rouleau et de mon génie.

Je lève sur elle mes yeux noyés de nouvelles larmes, je lui montre sans parler la malle, les rudes vêtements, les longues chaussures, le manteau imperméable, tout ce puéril appareil de globe-trotter, acheté ces jours derniers. Elle sourit, son regard prenant se voile :

— Je vois, je vois. J'avais vu tout de suite. Où allez-vous, mon Annie que je vais perdre ?

— Je ne sais pas.

— C'est vrai ?

— Je vous le jure.

— Adieu, Annie.

— Adieu... Claudine.

Je l'implore, pressée contre elle.

— ... Dites-moi encore...

— Quoi, ma chérie ?

— Qu'Alain ne peut pas me faire du mal, s'il me rattrape ?...

— Il ne vous rattrapera pas. Du moins, pas tout de suite. Vous verrez avant lui des gens déplaisants, qui tripoteront des papiers, puis ce sera le divorce, le blâme sur Annie, et la liberté...

— La liberté... (j'ai parlé à voix imperceptible, comme elle). La liberté... est-ce très lourd, Claudine ? Est-ce bien difficile à manier ? ou bien sera-ce une grande joie, la cage ouverte, toute la terre à moi ?

Très bas, elle répond en secouant sa tête bouclée :

— Non, Annie, pas si vite... Peut-être jamais... Vous porterez longtemps la marque de la chaîne. Peut-être, aussi, êtes-vous de celles qui naissent courbées ?... Mais il y a pis que cela. Je crains...

— Quoi donc ?

Elle me regarde en face. Je vois luire dans leur beauté les yeux et les larmes de Claudine, petites larmes suspendues, yeux dorés qui m'ont refusé leur lumière...

— Je crains la Rencontre. Vous le rencontrerez, l'homme qui n'a pas croisé encore votre chemin. Si, si, répond-elle à mon geste de révolte, celui-là vous attend quelque part. C'est juste, c'est inévitable. Seulement, Annie, ô ma chère Annie, sachez bien le reconnaître, ne vous trompez pas, car il a des sosies, il a des ombres multiples, il a des caricatures, il y a, entre vous et lui, tous ceux qu'il faut franchir, ou écarter...

— Claudine... si je vieillissais sans le rencontrer ?

Elle lève son bras gracieux, dans un geste plus grand qu'elle-même :

— Allez toujours ! Il vous attend de l'autre côté de la vie !

Je me tais, respectueuse de cette foi dans l'amour, un peu fière aussi d'être seule, ou presque seule, à connaître la vraie Claudine exaltée et sauvage comme une jeune druidesse.

Ainsi qu'à Bayreuth, me voici prête à lui obéir dans le bien et dans le mal. Elle me regarde, avec ces yeux où je voudrais retrouver l'éclair qui m'éblouit au jardin de la Margrave...

— Oui, attendez, Annie. Il n'est peut-être pas d'homme qui mérite... tout cela.

Son geste effleure en caresse mes épaules et je m'incline vers elle, qui lit sur mon visage l'offre de moi-même, l'abandon où je suis, et les paroles que je vais dire... Elle appuie vivement sur ma bouche sa main tiède, qu'elle pose après sur ses lèvres, et qu'elle baise.

— Adieu, Annie.

— Claudine, un instant, rien qu'un instant ! Je voudrais... je voudrais que vous m'aimiez de loin, vous qui auriez pu m'aimer, vous qui restez !

— Je ne reste pas, Annie. Je suis déjà partie. Ne le sentez-vous pas ? J'ai tout quitté... sauf Renaud... pour Renaud. Les amies trahissent, les livres trompent. Paris ne verra plus Claudine, qui vieillira parmi ses parents les arbres, avec son ami. Il vieillira plus vite que moi, mais la solitude rend les miracles faciles, et je pourrai peut-être donner un peu de ma vie pour allonger la sienne...

Elle ouvre la porte, et je vais perdre ma seule amie... Quel geste, quel mot la retiendraient... ? N'aurais-je pas dû... ? Mais déjà, la porte blanche a caché sa sveltesse sombre et j'entends décroître sur le tapis le frôlement léger qui m'annonça tout à l'heure sa venue... Claudine s'en va.

Je viens de lire la dépêche d'Alain. Dans trente-six heures, il sera ici, et moi... Je prends ce soir le rapide de Paris-Carlsbad, qui nous conduisit jadis vers Bayreuth. De là... je ne sais encore. Alain ne parle pas allemand, c'est un petit obstacle de plus.

J'ai bien réfléchi depuis avant-hier, ma tête en est toute fatiguée. Ma femme de chambre va s'étonner autant que mon mari. Je n'emmène que mes deux petits amis noirs : Toby le chien, et Toby le revolver. Ne serai-je pas une femme bien gardée ? Je pars résolument, sans cacher ma trace, sans la marquer non plus de petits cailloux... Ce n'est pas une fuite folle, une évasion improvisée que la mienne ; il y a quatre mois que le lien, lentement rongé, s'effiloche et cède. Qu'a-t-il fallu ? Simplement que le geôlier distrait tournât les talons, pour que l'horreur de la prison apparût, pour que brillât la lumière aux fentes de la porte.

Devant moi, c'est le trouble avenir. Que je ne sache rien de demain, que nul pressentiment ne m'avertisse, Claudine m'en a trop dit déjà ! Je veux espérer et craindre que des pays se trouvent où tout est nouveau, des villes dont le nom seul vous retient, des ciels sous lesquels une âme étrangère se substitue à la vôtre... Ne trouverai-je pas, sur toute la grande terre, un à peu près de paradis pour une petite créature comme moi ?

Debout, de roux vêtue, je dis adieu, devant la glace, à mon image d'ici. Adieu, Annie ! Toute faible et vacillante que tu es, je t'aime. Je n'ai que toi, hélas, à aimer.

Je me résigne à tout ce qui viendra. Avec une triste et passagère clairvoyance, je vois ce recommencement de ma vie. Je serai la voyageuse solitaire qui intrigue, une semaine durant, les tables d'hôte, dont s'éprend soudain le collégien en vacances ou l'arthritique des villes d'eaux... la dîneuse seule, sur la pâleur de qui la médisance édifie un drame... la dame en noir, ou la dame en bleu, dont la mélancolie distante blesse et repousse la curiosité du compatriote de rencontre... Celle aussi qu'un homme suit et assiège, parce qu'elle est jolie, inconnue, ou parce que brillent à ses doigts des perles rondes et nacrées... Celle qu'on assassine une nuit dans un lit d'hôtel, dont on retrouve le corps outragé et sanglant... Non, Claudine, je ne frémis pas. Tout cela c'est la vie, le temps qui coule, c'est le miracle espéré à chaque tournant du chemin, et sur la foi duquel je m'évade.

Table

PRÉFACE, par Gérard Bonal 3

CLAUDINE A L'ÉCOLE 7

CLAUDINE A PARIS 193

CLAUDINE EN MÉNAGE 337

CLAUDINE S'EN VA 483

Impression CPI Firmin-Didot en août 2021
Éditions Albin Michel
22, rue Huyghens, 75014 Paris
www.albin-michel.fr
ISBN : 978-2-226-44433-2
N° d'édition : 00215/03 – N° d'impression : 165671
Dépôt légal : mai 2019
Imprimé en France